KB271369

서울을 詩로 읽는다

서울을 詩로 읽는다

권오만

혜안

머리말

　이 책에서는 우리의 근·현대시를 읽는 방법에 얼마쯤 새로운 변화를 시도하였다. 그 새로운 변화란 우리 근·현대시를 읽는 데에 문학사의 문제점을 기술하는 일과 함께 우리 시인들이 그려낸 삶의 공간을 살펴보려고 한 점이다.

　이 책에서 살펴보려고 한 시에 투영된 공간은 두 가지이다. 하나는 한국의 거대도시 서울, 또 하나는 우리가 살아가는 가정이다. 앞의 시들에서는 우리의 역사 전개과정에서 6백 년이 넘는 긴 기간에 걸쳐 수도, 국내의 최대 도시로서 한국의 종주도시의 역할을 맡아 온 서울에서의 삶의 모습을 살펴보려고 하였다. 뒤의 시들에서는 흔히 '집'이라고 일컫는 가정 안에서의 구체적인 삶의 실상을 살펴보려고 하였다. 우리 근·현대시를 대상으로 하여 살펴보려고 한 위 두 개의 공간을 바라보는 시선은 다르다. 그 점으로 말미암아 이 책은 크게 제1부, 제2부로 나누어 편성하였다.

　제1부에는 네 편의 글들을 실었다. 「서울을 詩로 읽는다」라는 이 책의 표제와 어울릴 만한 글들을 묶어 실은 것이다. 네 편의 글들 중 「종로 ; 둥지」와 「종로 ; 풀무」 두 편은 종로를 특정 공간으로 하여 제작된 시들을 살핀 것이다. 「한국 현대시의 서울 체험」은 서울 지역 전반을 대상으로 하여 살핀 글이다. 「서울의 문학 100년」은 20세기

100년에 걸친 '서울의 문학'을 살핀 글로서 시뿐만이 아닌 소설 작품들에까지 논의의 폭을 넓힌 글이다.

제2부로 묶은 「한국 현대시와 '집 안의 집'」은 우리 근·현대시들을 읽는 새로운 방법의 하나로서 필자가 새로 시도해 본 것이다. 당초에는 이 글 한 편만으로 한 권의 책을 펴내 보려고 의도한 것이었다. 빠른 시일 안에 완결될 것 같지 않아 우선 여기 함께 묶어 내놓기로 했다. 미완의 상태이지만 그런 대로 제 구실을 하리라고 생각한다. 말끔히 완결 짓지 못한 까닭이겠지만, 아픈 손가락처럼 자꾸 마음이 캥기는 글이다.

이 부실한 글들을 내놓는 데에도 여러 기관의 배려를 입었다. 제1부의 글들을 쓰게 된 데에는 서울시립대의 서울학연구소의 격려, 자극이 컸다. 그 글들을 기획할 무렵 연구소의 소장이셨던 강홍빈 교수님의 배려는 꽤 긴 시간이 지나간 지금에도 따듯이 살아난다. 서울시사편찬위원회의 지원 또한 힘이 되었음을 고맙게 생각한다.

출판 기업들이 함빡 힘겨워 하는 시기에, 이 책과 필자의 또 한 권의 책 『서울의 시, 서울의 시인들』을 함께 맡아 제작하느라 애쓰시는 혜안의 대표께 또 그 편집실 가족들에게 깊은 감사의 뜻을 전한다.

2004. 7. 20.

권 오 만

차　례

머리말　5
차　례　7

제1부 서울을 詩로 읽는다

종로 ; 둥지로서의 여러 모습
－한국 현대시에서의 종로 읽기⑴　13

　1. 시작하는 말　13

　2. 고향 또는 어린 시절의 '둥지' 종로　15
　　1) 김광규와 통인동, 인왕산　16
　　2) 마종기와 '아우라'로서의 명륜동　20
　　3) '종로 고향 시편'의 성격　23

　3. 새 '둥지'로의 전입과 도시에서의 길 찾기　26
　　1) 서울 전입의 두 경우 「철새」, 「입성」　26
　　2) 서울의 주택난 「종로별곡」　32
　　3) 공중에 걸린 집과 지하철 출근
　　　「토끼들의 시대」, 「막연한…」　35
　　4) 사회의 혼돈과 퇴폐의 풍속도
　　　「아이쿠 사막」, 「서벌(徐伐), 셔블…」　38
　　5) 서울의 병리(病理)와 도시시의 경향성　40

6) 미로(迷路)에서의 길 찾기 「서울 길」의 경우 44

7) 도시시, 곧 종로시의 가능성 45

4. '둥지'의 변모 또는 소멸 47

1) 시의 소재로서 청계천의 두 양상 47

2) '키치'의 뒷골목 「세운상가 키드의 사랑」 51

3) 서울대 동숭동 캠퍼스의 변모
「청동(靑銅)의 숲」과 「자본주의의 약속」 55

4) 종묘 앞 공원과 민중 시위
「옛 왕들이 잠든 거리에」 61

5) 종로의 변모와 그 시적 형상화의 변화 63

5. 맺는말 64

종로 ; 현대 한국의 '풀무'로서의 모습
－한국 현대시에서의 종로 읽기(2) 67

1. 시작하는 말 67

2. 한국 현대시에 나타난 '풀무'로서의 종로 71

1) 해방의 감격과 '잉경' 71

2) 남북 분단－38선과 이데올로기의 시련 87

3) 6·25 전란과 민족의 수난 97

4) 4·19 혁명과 자유, 민주 정신의 분출(噴出) 106

5) 5·16 군사정변과 참여시의 성장 123

6) 유신의 억압과 저항시의 항전 139

7) 10·26과 광주의 5월 151

8) 6·10 민주항쟁과 '새 날들' 161

3. 맺는말 173

한국 현대시의 서울 체험 177

1. 서울 체험의 두 양상 177

2. 수도(首都)에서의 체험
　－국운(國運)을 실감하는 현장 179
　1) 현대시 이전 179
　2) 현대시에서의 수도 체험 183
3. 서울에서의 도시 체험 206
　1) 현대시 이전 206
　2) 현대시에 나타난 서울에서의 도시체험 210
4. 요약과 결론 242

서울의 문학 100년 245
1. 서울 문학 100년의 뜻 245
2. 서울 문학 100년의 전개 양상 248
　1) 제1기의 서울 문학(1901~1918) 248
　2) 제2기의 서울 문학(1919~1945) 254
　3) 제3기의 서울 문학(1945~1959) 261
　4) 제4기의 서울 문학(1960~1972) 266
　5) 제5기의 서울 문학(1973~1990) 272
　6) 제6기의 서울 문학(1991~2000) 281
3. 맺는말 287

제2부 즐거운 시 읽기

한국 현대시와 '집 안의 집' 291
1. 시 읽기의 새 방법을 찾아서 291
2. '집 안의 집'과 '집'의 뜻 294
3. 집－건물 또는 주거－의 시 296
　1) 생활공간으로서의 집 313

2) 의지할 곳으로서의 집 321
3) 인간의 사업과 그 표상으로서의 집 349
4) 인간 존재의 표상으로서의 집 353
4. '집 안의 집'과 삶의 모습 357
1) 결혼 363
2) 출산(出産) 382
3) 와병(臥病) 397

찾아보기 417

제1부
서울을 詩로 읽는다

종로 ; 둥지로서의 여러 모습
—한국 현대시에서의 '종로' 읽기(1)

1. 시작하는 말

한국 현대시에서 '종로'를 읽는 작업은 한반도 안의 어느 다른 지역을 읽는 작업과는 같지 않다. 그것은 강원도의 한적한 지역인 '정선'을 읽는 작업과 다른 것은 물론, 서울의 번화한 지역인 '강남', '서초'를 읽는 작업과도 다르다. '종로' 읽기의 그러한 특이성은 종로가 한반도 안에서 가장 오랜 연륜을 지닌 거리/지역들 중의 하나이며 가장 길게 번영을 누려 온 거리/지역들 중의 하나라는 점과 무관한 것은 아니지만, 그 점들만이 '종로' 읽기의 특이성을 형성한 이유의 전부는 아니다. '종로' 읽기의 그러한 특이성은 무엇보다도 종로가 조선 왕조 500여 년간의 왕도(王都)로서 긴 기간을 누려 온 지역인데다가 현재도 한국을 이끄는 수도의 중심지라는 점에서 연유하는 것이다. 종로의 그러한 성격을 손정목은 국심(國心),[1] 강홍빈은 조선조, 일제 강점기, 해방 뒤 '산업 근대화 과정'에서 이룩된 세 개의 지층을 보여주는 공간으로 부각해 놓고 있다.[2]

두 도시학자들이 부각해 놓고 있듯이 종로는 모든 한국의 길들이 그 곳에 모이고 그 곳에서 흩어지는 '국심(國心)'이며 전국의 인물과 산물이 그 곳에 모이는 '나라의 중심부'이고 지난 600여 년간의 역사가

---

1) 손정목, 「서울 600년, 鐘路 600년 그리고 未來」, 『종로구지(상)』(종로구, 1994).
2) 강홍빈, 「근대화의 도시풍경 : '신주작대로'기행」, 한국도시연구소 편, 『한국도시론』, 박영사, 1998.

형성한 '세 겹의 지층'을 함께 드러내는 거의 유일한 거리/지역이다. 종로의 이와 같은 특이성은 종로를 배경 또는 대상으로 만들어진 우리 현대시들에도 자연스럽게 반영되지 않을 수 없었을 터이다. 앞에서 한국 현대시에서의 '종로' 읽기가 다른 지역의 읽기와는 달리 특이성을 가지리라고 한 것은 바로 그와 같은 점을 지칭한 것이다.

이 글에서는 한국 현대시에서의 '종로' 읽기를 두 갈래로 나누어 살펴보려고 한다. '둥지'로서의 종로, '풀무'로서의 종로를 구분하여 살펴보는 것이 그것이다. '둥지'로서의 종로란 사전에서의 '둥지'에 대한 뜻풀이 그대로 "아늑하고 포근한 삶의 공간"을 가리킨다. 600년이 넘는 긴 기간에 걸쳐 종로가 한국의 심장부로 기능하여 왔으며 1950년대 이래 대도시 서울의 중심 거리/지역으로 기능해 왔던 만큼, 한 개인이 그 지역에 삶의 둥지를 틀었다면 그의 삶은 아늑하고 포근한 즐거움을 침해당할 가능성에 심각하게 노출되어 있는 셈이다. 그렇기는 해도 그 곳이 어떤 공간임을 가릴 것 없이 '둥지'는 또한 '둥지'로서의 성격을 지켜내기 위하여 부단히 작용하지 않을 수 없었을 것이다. 이 글에서는 거대도시 서울의 중심 지역인 종로를 '둥지'로 바라보는 현대시 작품들에서 삶의 어떤 면모들이 집중적으로 나타났는가를 검토하려고 한다.

이희승 편 『국어대사전』에서는 '풀무'의 뜻을 "불을 피울 적에 바람을 일으키는 제구"라고 풀이하고 있다. 종로를 '풀무'로 바라본다는 것은 이 지역에 자리 잡았던 옛 왕조 시대의 국왕과 현재도 자리 잡고 있는 국민 주권 시대의 국가수반과 그들을 보좌하던 행정 기구들 그리고 그것과 종횡으로 연결되어 있는 온갖 국가적, 사회적 움직임들을 '풀무'로 바라본다는 뜻이다. 그들 또는 그들이 이끌던 행정, 문화 기구들을 '풀무'로 바라보게 될 때에 '풀무'의 작동에 따라 크게 일어나기도 하고 또 그렇지 못하기도 한 용광로의 불은 국세 또는 국가의 번영 정도를 뜻하게 될 것이다. 세종로를 중심으로 한 종로는 긴 기간에 걸쳐 한국의 '국심' 또는 '중심부'로 기능하여 왔다는 점에서 '풀무'로 읽혀질 기반을 마련한 것이라고 할 수 있다.

위에서 살펴본 것처럼 이 글 전체는 종로를 '둥지'와 '풀무'로 바라보는 것으로 완결할 예정이다. 그러나 지금 작성하고 있는 이 논문은 우선 종로를 '둥지'로 바라보는 관점만으로 한정하여 매듭을 지을 것이다. 이 논문에서 종로를 '풀무'로 바라본 관점까지를 함께 포괄하기는 논문 한 편의 분량으로 보아 무리하다고 할 만큼 길다고 판단하였기 때문이다. 종로를 '풀무'로 바라보는 관점의 글, 곧 이 글의 속편은 이 논문의 뒤를 이어 작성하여 별도의 지면에 발표할 예정이다.

2. 고향 또는 어린 시절의 '둥지' 종로

이 절에서는 종로를 출생지로 하거나 어린 시절의 성장지로 한 시인들이 종로라는 특정의 거리/지역에 대한 생각과 느낌을 어떻게 그려냈는가를 살펴보려고 한다.

한국의 현대시인들 중 1960년대 말 이전에 이미 시인으로서 활동하였던 이들 중에서 서울에서 출생한 이들을 찾아보면 그 첫 자리에 최남선이 꼽힌다. 그 뒤로 오상순, 박종화, 변영로, 심훈, 이상, 피천득 등이 식민지 시대에 활동한 서울 출신의 시인들이다. 서울에서 출생하여 광복 이후에 활동을 시작한 시인들로는 김윤성, 김수영, 김영태, 김후란, 정현종, 이탄, 박제천, 강은교, 김광규 등을 열거할 수 있다.[3]

---

3) 이 글에서는 시인들의 출생지를 알아내기 위한 자료로 『세계문예대사전』 (성문각, 1975)을 이용했다. 이 글에서 1960년대 말 이전까지 등단한 시인들만의 출생지를 밝혀 놓은 것도 그 자료에 말미암은 것이다.

위에 열거한 시인들 중 다수가 종로를 생장지로 했거나 종로와 가볍지 않은 인연을 맺었을 것으로 짐작된다. 앞에서 살펴보았듯이 종로는 한반도의 중심지인 서울에서도 중심을 차지한 지역이었기 때문이다. 그러나 시인들마다 그들이 종로와 맺었던 인연을 반드시 그들의 작품에서 형상화해 놓은 것은 아니다. 가령 이상은 종로구 통인동에서, 김수영은 종로구 관철동에서 각각 생장한 것으로 밝혀져 있으나, 그들의 작품들에는 거리/지역으로서의 종로가 구체적으로 그려져 있지는 못한 것이 그 한 예가 된다. 그런 사정으로 말미암아 이 항에서는 종로에서 출생한 시인 김광규와 종로에서 출생하지는 않았으나 그 거리/지역에서 소년기를 보낸 시인 마종기의 작품들을 논의의 대상으로 택하기로 한다.

1) 김광규와 통인동, 인왕산

통인동 뒷골목을
지나다 보니
옛날의 기와집
그대로 있고
반쯤 허물어진
담벼락에는
서투르게 그려 놓은
마징가 제트
지금도 낙서가
여전하구나

개구쟁이 꼬마들이
30년을 그려 온
붉은 벽돌 담벼락의

재미있는 낙서들
지우고
또 지우면
기억 속에서
희미하게 떠오르는
먼 옛날
어린 시절

커다란 대가리에
가느다란 손과 발
백묵으로 그리다 만
영이의 솜씨
문어처럼 생긴
화성인은
바로 나였다

나는 아빠되고
영이는 엄마되어
소꿉장난하다가
싫증이 나면
영이는 담벼락에
낙서를 했다

―철수 바보 똥개

　　위는 김광규의 제2시집 『아니다 그렇지 않다』에 수록한 시 「영이가
있던 날」의 처음 다섯 연이다. 위에 인용한 대목들에서 시인은 통인동
에 거주하던 어린 시절의 한 장면을 회상해 낸다. 자신의 소꿉장난

동무였던 영이가 그려 놓았던 낙서의 회상이 그것이다. 서울의 밀집한 주택가 통인동의 골목길에서 생장하던 아이가 만났던 공간은 풍요한 자연으로 둘러싸인 곳이 아니었다. 지금부터 50년쯤 전의 서울 통인동은 하늘 높이 솟은 빌딩들이 온통 시야를 가려 버리는 거리/지역은 아니었다. 그러했다고 해서 당시의 그 거리/지역이 자연 속에서 자연과 더불어 생활을 가꾸어 가던 곳인가 하면 그런 것도 아니다. 서울의 북촌 중에서도 일찍부터 빼곡하게 취락을 형성했던 그 곳은 비가 내리면 들판의 우쭐거리는 작물들과 나무, 꽃, 풀들을 바라볼 수 있던 곳이 아니었다. 그 곳은 골목길의 불량한 하수도 시설에 짜증스러워 해야 하고, 빗물이 고인 웅덩이를 조심스럽게 피해야 하는 도시의 생리를 드러낸 곳이었다. 위 시에서의 골목길의 낙서는 바로 그러한 도시 주택가에서 살아가던 어린이들의 자연스러운 면모를 보여 준 것이다.

　물론, 지금부터 50년쯤 전 서울 통인동에 살던 어린이에게 자연은 오늘의 서울 어린이들에게 비하면 훨씬 가까운 대상이었다. 시야를 가리는 높은 건물 등의 차폐물이 현재에 비해 현저히 적었고, 공해 물질이 떠도는 정도가 현재와는 비교할 수조차 없이 적었던 것이 당시 서울의 실상이었다. 따라서 하늘, 바람, 해, 달, 별, 비, 눈 같은 천체며 기상과 기후 상태는 그것들 자체가 자연의 표상이었을 것이다. 그런 자연물들과 함께, 어쩌면 그 자연물들과 복합되어 어린 김광규를 강렬하게 매혹시킨 것은 통인동 가까이에 자리 잡고 있는 인왕산이었다. 김광규는 그의 여러 편의 작품들에 걸쳐 인왕산, 공해에 찌들기 전의 그 산에 대한 그리움을 토로해 놓았다.

　　　한때 그 가슴에 호랑이를 기르고
　　　한양 도읍 오백 년 산자락에 펼치고
　　　서울의 슬픔과 기쁨

소꿉장난처럼 내려다보던
장엄한 인왕산
아득한 할아버지의 고향
어린날 올라가고 싶었던
헌칠한 미끄럼바위의
믿음직한 얼굴 어디로 갔나
맑은 물 돌 사이로 흐르던
가파른 골짜기 소나무 숲에 오늘은
깨어진 유리 조각 비닐봉지 나뒹굴고
석유 냄새 풍기는 잿빛 아지랑이
큰 신을 가리고 아른거린다
그 억센 지맥도 이제는
동서남북 아스팔트길로 모두 끊기고
8백 만 인구의 한가운데 갇혀
멀지않아 쓰러질 듯
가쁜 숨 헐떡인다
비쩍 마른 옆얼굴과
헐벗은 뒷모습 드러낸 채
종로구와 서대문구 변두리에 주저앉아
늘그막에 셋방살이를 하는
불쌍한 인왕산

—「인왕산」·전편

위 시에서 시인은 통인동에 가까운 산, 인왕산을 가리켜 '아득한 할아버지의 고향'이라고 했다. 인왕산이 시인의 가계와 맺은 인연을 그렇게 말했다기보다 그 산이 옛 한양을 둘러싼 내사산(內四山)의 하나이며 그 중에서도 그의 '둥지' 가까이 자리 잡고 있던 산임을 그렇게 말한 것이다. 우리는 이 시에서 시인이 '아득한 할아버지의 고향'을 말한 것 이상으로 자신의 고향 가까이에 위치한 그 산에 대한 추억과 안타까움을 표백하였다는 느낌을 갖는다. 그 산에 대한 어린 시절의 회상이 그렇고 장년이 되어 그 산의 쇠잔함을 안타까워하는 느낌이 그렇다. 위 시에서 우리는 시인의 과거와 현재가 인왕산이라는 한 지역에 대한 느낌을 중심으로 만나고 있음을 본다. 흔히 고향은 동심(童心)과 관련을 맺으며, 고향은 어린 시절과 동심의 세계 가운데 존재하는 것으로 설명되는 점을 상기하게 하는 대목이다.[4]

2) 마종기와 '아우라'로서의 명륜동

김광규가 순전히 서울 종로에서만 생장했던 것과는 달리 마종기는 외지에서 생장하다가 소년기가 막 시작될 무렵 서울 종로로 옮겨 들어온 경우이다. 마종기의 그러한 경력은 다른 글에서보다 그 자신의 시에 그대로 토로되어 있다. 『평균률 2』무렵에 씌어진 시 「그리고 평화한 시대가」에서 시인은 시인 가족의 종로 전입이 마치 사춘기 무렵에 이루어진 것처럼 쓰고 있으나, 그가 만 11세이던 해에 종로구 명륜동에서 6·25전란을 겪었던 점으로 미루어 소년기의 첫 무렵에 이미 명륜동에 정주하였음을 알 수 있다.

> 목욕을 마치면
> 비 마르는 주일 오후에
> 명륜동 골목을 빠져나가는
> 무지개같이,
> 다섯 색깔 정도의 무지개같이
> 가볍고 산뜻한 현기증같이.

---

4) 전광식, 『고향』, 문학과 지성사, 1999, 42쪽.

물이 물을 씻는다.
투명한 물이
투명하지 않은 물을
비빈다.

시간의 과거와 지금이
속살거리는 목욕물 소리,
내 육신의 모든 부분이
차고도 투명한 물이 다시 되어
명륜동 2가나 3가에 내리는
초겨울의 비.

우리들의 사랑도
물이었다.
지금 체중에도
남아 있는 온기.

—「목욕탕에서」· 부분

　　마종기의 고국 사랑에는 아버지를 향한 그리움과 함께 그의 가족들의 단란한 생활이 펼쳐졌던 명륜동에 대한 그리움이 핵을 형성한다. 앞에서 인용한 「목욕탕에서」에는 물로 몸을 씻는 정결한 시간을 말하면서 비가 그친 무렵에 명륜동 상공에 뻗어 오르던 무지개를 회상하는 대목이 나타난다. 명륜동이라는 서울 종로의 한 마을이 무지개로서 '아우라'를 띤 모습이다. 시인 마종기에게 아버지의 모습과 옛 거주지였던 명륜동이 '아우라'를 띠고 나타나는 것은 그 이유가 분명하다. 젊은 시절의 옛 거주지가 시인 개인의 과거를 회상하게 하고 시인의 실존의 심리적이고 시간적인 배후와 근원을 이루게 하는 한편, 그의 존재의 출발이면서 뿌리요 중심을 지각하게 하기 때문이다. 우리는

그 점을 그의 다른 시 「중산층 가정」에서 한층 더 명료하게 목격할
수 있다.

> 한때는 우리도 따뜻한 중산층 가정이었다. 명륜동 집에서 매일
> 머리 맞대고 얼간 꽁치로 저녁을 먹고, 모여 앉아 텔레비 연속극
> 도 보고 가끔은 식후의 과자도 나누어 먹었다. 십 년이 겨우 넘은
> 시간—십 년의 폭탄은 우리를 산산이 깨뜨리고 나는 한쪽 파편이
> 되어 태평양 건너에서 굴러다닌다.
>
> 그렇다. 파편이라는 뜻을 버릴 수 없다. 긴장의 순간에 빛나던 시
> 간은 사라져버리고 더 이상 소리낼 수도, 폭파될 수도, 불을 지를
> 수도 없어서 자유로운, 자유로워서 아름다울 수 없는 침전의 생
> 활을.
> 그러나 한낮에도 먼지를 뒤집어쓰는 파편의 뜻을 버릴 수 없다.
>
> ——「중산층 가정」· 부분

위에 인용한 시 「중산층 가정」은 시인의 아버지 마해송과 그의
가족이 단란하게 살았던 고장인 명륜동을 시인이 어째서 '아우라'로
대하게 되었는가 하는 배경을 소상하게 알려 준다. 시인의 생애에서
아버지 마해송은 살뜰한 육친이면서 깊은 깨우침을 준 인격체였다.
그 살뜰한 육친이며 훌륭한 스승이기도 했던 아버지의 곁을 시인은
뜻하지 않게 떠나야만 했다. 따라서 시인 마종기는 혈연과 정신 양면의
뿌리였던 아버지 곁을 떠나 살게 되었을 뿐 아니라, 그 밖에도 숱한
귀중한 것들을 잃어버린 채 살게 된 자신의 처지를 '태평양 건너에서
굴러다니는 파편'으로 인식한 것이다. 그가 자신의 현재의 삶을 '파편'
으로 인식할 때에 '파편' 이전의 본체로서의 삶에 대한 그리움은 당연
한 것이다. 그 '본체'로서의 삶의 자리에 떠오르는 것이 '아우라'로서

의 아버지이며 명륜동 옛 집이다.

인간의 삶은 결국 시간과 함께 공간 속에서 영위된다. 시인 마종기가 존경하는 아버지 그리고 사랑하는 가족들과 함께 종로구 명륜동에서 영위하던 삶의 시간을 '빛나던 시간'으로 인식하게 될 때에 그 삶이 펼쳐졌던 '명륜동'이라는 공간 역시 범연한 것으로 대하기 어려울 것이다. 종로구 명륜동은 시인 마종기에게 고국 회상에서 떠오르는 거의 유일무이한 안정과 행복의 공간이라는 점에서 더욱 그렇다. 시인 자신의 술회대로 그는 "외국에서 나고 자라고/(……)/ 다시 외국에 나와 있다"5)는 점에서 그렇게 말할 수 있는 것이다.

종로구 명륜동을 시인 마종기의 고향이라고는 할 수 없다. 그는 종로구 명륜동에서 출생하지도 않았으며 거기서 유년 시절을 보내지 도 않았기 때문이다. 그것은 시인 김광규가 통인동을 포함한 서울을 고향으로 인식한 것과는 분명히 다른 점이다.

그러함에도 불구하고 명륜동은 마종기에게 어느 누구의 고향보다 도 강렬한 아우라를 두르고 나타난다. 그의 뜨거운 고국애와 '빛나는 시간'의 핵으로 놓여 있는 것이 명륜동이기에 나타나는 양상이다. 그런 점에서 우리는 마종기의 명륜동이 그의 고향은 아니면서도 고향 과 다를 바 없는, 아니, 어느 누구의 범상한 고향보다도 오히려 강렬한 흡인력을 발산하는 공간으로 부상되어 나타난다고 말할 수 있다.

3) '종로 고향 시편'의 성격

흔히 고향은 자연 풍경과의 만남의 장소로 인식된다. 많은 이들에게 고향이 그들이 유년기에 뛰놀던 산과 내, 들과 숲 같은 자연을 상기하도

---

5) 마종기, 「그리고 평화한 시대가」, 『마종기시전집』, 문학과지성사, 1999, 146쪽.

록 하는 것은 자연의 일부를 이루는 인간으로서는 지극히 자연스러운 반응이다. 서울, 그 중에서도 종로와 같은 대도시의 중심 거리/지역을 출생지로 두고 또 거기서 성장한 이들에게 자연 풍경과의 만남은 제한될 수밖에 없을 터이다. 그렇기는 해도 서울과 같은 대도시에서 출생, 성장한 이들조차도 그들이 접할 수 있었던 자연과의 만남을 가능한 한 시도했다고 할 수 있다. 김광규 시에서의 인왕산과 마종기 시에서의 창경궁, 경학원이 그런 대상이다.6)

　고향은 자연과의 만남의 장소라는 점 이외에도 몇 가지의 성격을 간직하고 있다. 가계의 혈연관계 속에서 결속이 이루어지는 장소, 언어·관습·전통 등을 공유하고 있는 이웃들과의 공동체의 장소, 자연·가족·이웃들과의 관계에서 삶의 뿌리가 착근되는 생활공간이 라는 점 등이 그 성격들이다.7) 고향이 간직하는 이 몇 가지 성격들은 대도시가 자연과의 만남에 적합한 장소가 아닌 것처럼 역시 대도시가

---

6) 마종기 시에서의 창덕궁, 경학원이 명륜동 지역에서의 자연과의 만남이 라는 점을 시작품들에서 찾아보면 다음과 같다.

지난 가을 나흘 동안 일시 귀국을 했었습니다. 산소에도 못 가고 햇살 넓은 금요일 아침,/40년만에 정문으로 창경궁에 들어갔었습니다./ (……)/지난 세월은 너무 긴 시간이라 풀숲에 덮이고/ 죄송하고 암담해서 어깨 늘어뜨리고 걷는데/산수유, 느릅나무, 말채나무, 산사나무, 황벽나 무, 귀룽나무, 때죽나무, 미선나무, 자작나무, 서어나무(……)/비슷하게 생긴 나무들이 이름표를 달고 줄 서서/ 오랜만이구나, 반갑다, 오랜만 이구나, 반갑다, 하대요./배고팠던 한국 전쟁중에는 버찌를 따먹으러/저 기 창경원 담을 매일 내 집같이 넘나들었지요./이 나무 숲에는 인민군 고사포 부대가 있었구요./기억력 좋은 나무들이 금방 나를 알아보더군 요(―「창경궁 편지」·부분).

몇 해 피난갔다가 돌아왔을 때, 경학원 자리. 그대로 앙상한 소나무를 깔아놓은 채 있고, 조금은 춥고 무서웠지만, 눈 오는 밤을 혼자 걸으면 서 사랑하려고 했지. 세상 모든 것을 사랑하는 것만이 좋은 시인이 되 는 길인 줄 믿고 있었지(―「경학원 자리」·부분).

7) 전광식, 앞의 책, 30쪽.

구현해내기 적합한 성격들이라고 말하기는 어렵다. 서울과 같은 대도시는 가계의 혈연관계 속에서 인간관계가 형성되는 장소로서는 부적절한 편이다. 대도시에서 인간은 혈연관계와는 무관하게 폐쇄적인 개별자로서 떠도는 것이 일반적인 양태이다. 또한 대도시는 언어·관습·전통 등을 공유하는 이웃들과 공동체를 형성하는 장소도 못 된다. 대도시의 인간은 이웃들과 다수의 공통점을 갖고 공동체를 형성하기는커녕, 익명의 존재로서 떠도는 것이 일반적인 모습이기 때문이다. 대도시는 자연·가족·이웃들과의 관계에서 삶의 뿌리를 착근시키는 생활공간도 못 되는 편이다. 대도시의 주민은 어느 한 곳에 삶의 뿌리를 착근시키려는 노력보다도 자신의 삶의 공간을 '임시 체류지'로 받아들이면서 끝없이 더 나은 체류지를 추구하는 성향을 보여 준다는 점을 간과할 수 없는 것이다.[8]

고향이 간직하는 위의 세 성격은 대소가, 친척들이 모여 사는 집성촌(集姓村)이나 마을의 뿌리가 깊은 전통 마을에서는 용이하게 확인할 수 있는 성격이다. 고향의 그런 성격이 시작품들에 집중적으로 나타난 예들로는 백석의 『사슴』, 고은이 '기초 환경'의 시들을 모은 시집들이라고 했던 『만인보』 1~9권을 듬직하다.[9] 『사슴』, 『만인보』 1~9권의 경우와는 달리 김광규, 마종기의 작품들에는 고향의 위와 같은 성격들이 노래된 예를 찾아보기가 어렵다. 김광규와 마종기의 '종로 시편'들이 그려낸 1950년대, 1960년대의 서울은 1990년대의 서울과는 비교할 수 없을 만큼 전통의 순후한 면을 간직하고 있었다. 그러나 당시의 서울 역시 이미 대도시의 면모를 지울 수 없을 만큼 띠고 있었다.

---

8) 전광식, 앞의 책, 82~94쪽.
9) 고은은 현재까지 그가 30권으로 기획한 『만인보』의 절반인 15권을 출간, 발표했다. 그 15권 중 1~9권이 고향과 그 언저리에서 만난 이들을 그린 시집들인데, 그는 그 시집들을 '기초 환경'을 노래한 것이라고 했다.

아마도 그 점 때문에 김광규, 마종기 두 시인의 '종로 시편'들에는 집성촌, 전통 마을에서나 구할 수 있는, 위에서 열거한 고향의 성격들을 찾아보기 어려운 것일 터이다.

우리는 이제까지 종로를 고향 또는 어린 시절의 성장지로 한 두 시인의 작품들을 살펴보았다. 이 글에서 명명한 대로 종로를 '둥지'로 하는 첫째 사례를 살펴본 것이다. 그 첫째 사례를 살펴본 결과 우리는 종로와 같은 대도시를 출생지 또는 성장지로 한 시인들도 종로 같은 대도시의 거리/지역을 고향 또는 '아우라'의 고장으로 대한다는 점을 확인할 수 있었다. 고향 또는 '아우라'의 고장으로는 부실한 조건을 갖춘 곳임에도 '빛나던 시간'에 대한 원초적인 그리움에는 차이가 없는 것이다. 그러나 종로 같은 대도시의 거리/지역에 대한 그리움은 전통 마을의 그것과 온전히 같기는 어렵다. 전통 마을이 가졌던 공동체 의식을 대도시의 거리/지역에서는 제대로 누릴 수 없는 것이다. 그들의 '종로 시편'에서 고향에서의 공동체 의식 같은 것을 찾아보기 어려운 점은 그 때문이다.

3. 새 '둥지'로의 전입과 도시에서의 길 찾기

1) 서울 전입의 두 경우 「철새」, 「입성」

우리 사회에 산업화의 기틀이 어느 정도 마련된 것은 1960년대 후반에 들어와서의 일이다. 그 무렵부터 우리 사회에는 향도이촌(向都離村)의 바람이 크게 일기 시작하였다. 그 시기에 도시는 새로운 가능성의 표지(標識)처럼 인식되어 선호되었는데, 그 중에도 서울 선호 현상은 더욱 격심하였다. 서울 전입의 거센 바람이 우리 사회에 회오리치던 연대에 시인들은 그들의 작품들에서 자연스럽게 그 변화를 그려내게

되었다. 시인들 중 적지 않은 이들은 그 회오리에 직접 끼어들기도
했다. 다음 두 편의 시들이 그 회오리에 끼어 든 시인들의 생생한
증언에 해당한다.

(1)
바람에 몇번 뒤집힌 새는
바람 밑에서 놀고
겨울이 오고
겨울 뒤에서 더 큰 겨울이 오고 있었다

"한번……"
우리 사는 바닷가 둥지를 돌아보며
아버지가 말했다
"고향을 바꿔보자"

내가 아직 모르는 길 앞에서는
달려갈 수도
움직일 수도 없는 때,

아버지는 바람에 묻혀
날로 조그맣게 멀어져가고, 멀어져가는 아버지를 따라
우리는 온몸에 날개를 달고
날개 끝에 무거운 이별을 달고
어디론가 가고 있었다

환한 달빛 속
첫눈이 와서 하얗게 누워 있는 들판을 가로질러
내 마음의 한가운데

아직 누구도 날아가지 않은 하늘을 가로질러
우리는 어느새
먹물 속을 날고 있었다.

"조심해라, 얘야"
앞에 가던 아버지가 발을 헛딛었다
발 헛딛은 자리,
서울이었다

—감태준, 「철새」·전편

(2a)
서울이여 다시 돌아왔다
기차가 지나는 성북역 부근
다닥다닥 붙은 지붕과 지붕들의
하늘 보이지 않는
처마와 처마 밑으로
억센 전라도 사투리로 오뎅 국물 퍼주던
중구 순화동 포장마차 물비린내 나는 천막 안으로
신문지 한 장 덮고들, 잠을 청하는
한없이 긴 을지로 지하보도로
(……)
대학로 눈물과 맞고함의 아비규환 속에서
마스크를 파는 장사치의 끈질긴 흰 웃음 속으로
조상님께 차가운 소주 한 잔 올리고
재배 삼배 절 넙죽 올리고 떡국 한 그릇 해치우고
서울이여 다시 돌아왔다

아무런 노래도 없이 세월에 빈 마음도 없이

—함성호, 「입성」·부분

(1)은 아마도 1960년대 이후에 몰아쳤던 서울 전입의 회오리를 시작품으로 그려낸 대표적인 예에 해당할 것이다. 이해하기에 별로 어렵지 않은 은유들을 활용하면서 서울 전입을 결정하게 된 사유, 전입에 따른 정서, 전입의 과정을 비교적 소상하게 그려냈다는 점에서 그렇게 말할 수 있는 것이다. 시인 감태준은 이 작품 이전에 이미 『몸 바뀐 사람들』이란 시집을 내어 놓았다.[10] 그가 말하는 '몸 바뀐 사람들'이란 서울 전입 이후 몸을 붙였던 산동네의 바라크마저 철거당하고 몸이 바로 집이 된 이들을 지칭하는 이름이다. 그가 자신의 시집 제목으로까지 붙였던 '몸 바뀐 사람들'이 그 실은 서울 전입으로 말미암은 도시 실향민, 이른바 '뿌리 잃은 사람들'이란 점에 상도할 때에 그가 얼마나 서울 전입 회오리를 절실하게 체험하였으며 그것을 문제 삼은 시인인가를 짐작할 수 있는 것이다.

(1)은 서울로 곧바로 전입했으며 가족 전원이 솔가 전입한 경우를 보여준다. 그와는 달리 (2)는 한 가족들 중 젊은 세대가 단신 또는 부부 단위로 전입하여 늙은 세대와 빈번히 왕래하는 경우를 보여주고 있다. (2)의 끝 대목에 시의 화자가 세밑에 귀향하여 설날 차례를 지낸 뒤에 귀경하는 것으로 그려져 있는 데서 확인할 수 있는 점이다.[11]

---

10) 미래사 간 감태준 시선집 『마음의 집 한 채』에 수록된 연보는 그가 1947년생으로 마산에서 출생하여 마산고등학교를 졸업하였다고 밝혀 놓고 있다. 위 (1)시와 종로가 맺고 있는 관계는 시 자체에는 보이지 않는다. (1)시와 종로가 맺고 있는 관계는 시 자체가 아닌, 서울 전입 이후 그의 직장 소재지에서 찾을 수밖에 없다. 위 연보에는 시인이 1972년에 『월간 문학』 신인상 시부문에 당선된 뒤 1974년부터 『현대문학』사에 입사하여 근무한 것으로 밝혀 놓고 있다. 당시 『현대문학』사는 서울 종로구 연지동에 소재해 있었다. 그는 1985년에 장시 「종로별곡」을 발표하였다. 상경 이후 그가 종로와 두터운 인연을 맺었던 결실일 것이다.

솔가 전입한 경우라도 전입을 주도하여 단행한 늙은 세대에 비하여 거대도시로 전입된 젊은 세대의 느낌은 늙은 세대와는 다를 수밖에 없다. 젊은 세대는 전입 단행의 주체도 아니며 도시에 대한 그 세대의 감수성은 예민하고 그 욕망은 강렬하겠기 때문이다. 그/그녀는 정신적으로든, 물리적으로든 도시라는 새로운 환경에서 방황하기 쉬운 처지에 놓인 것이다. 그러나 솔가 전입의 경우에 젊은 세대의 방황은 흔히 저지된다. 솔가해 온 가정이라는 울타리가 그/그녀의 방황을 저지하는 힘으로 작용하는 까닭이다.

솔가 전입한 가정의 젊은 세대에 비하여 단신 전입한 젊은 세대의 방황은 더욱 심대할 가능성이 높다. 말할 것도 없이 그/그녀를 제약할 어떤 힘도 보이지 않기 때문이다.[12] 우리는 (2a)를 그런 경우의 한 예로 읽을 수 있다. 위에서 인용하지 않았던 (2b)의 다음 부분들까지 채워 넣으면 (2a)의 화자의 방황은 좀더 상세하게 드러난다.

---

11) (2)시의 작가인 함성호의 간략한 연보는 시집 『56억 7천만년의 고독』(문학과 지성사, 1992)의 표지 날개에 다음과 같이 밝혀져 있다.

"시인 함성호씨는 1963년 강원도 속초에서 태어나 강원대 건축과를 졸업했으며 현재 건축설계사무소에서 일하고 있다. 1990년 『문학과 사회』 여름호로 시단에 데뷔했으며 '21세기 전망' 동인으로 활동 중이다."

12) 영국의 저명한 문화 이론가인 레이몬드 윌리엄즈는 도시 이주자들이 문학에 미치는 영향을 대단히 중시했다. 그는 군중 속에서 고독하고 외로운 개인이나 도시 범죄라는 사실에 대한 관심 등의 주제가 도시의 잡답과 관련하여 나타난다고 말한 뒤에 도시로 새로 전입한 이주자들이 문학 형태에 미치는 영향을 다음과 같이 역설하였다.

"형태의 쇄신에 대한 가장 중요한 일반적 요인은 대도시로의 이주라는 사실이며, 엄격한 의미에서 혁신 창도자의 얼마나 많은 이들이 이주자인가는 더 빈번히 강조할 수가 없을 터이다. 주제의 층위에서 이 점은 뚜렷한 방식으로 낯섦과 거리 그리고 실로 소외의 요소의 토대를 이루며 아주 규칙적으로 작품 주제의 부분을 형성한다"(Raymond Williams, Metropolitan Perception and Emergence of Modernism, ed. Tony Pinkney, *The Politics of Modernism*, Verso, 1989).

30

(2b)

달라 있다고 넌지시 물어오던 늙은 할마시들의
남대문 시장 입구로, 없는 놈이 없는 놈 잡아먹는다는
상계동 아파트 현장 노가다꾼들의 욕지거리 아래로
술꾼들이 질펀하게 게워놓은
흥청거리는 영등포 시장으로, 뒷골목으로
늘 떠 다니는 청량리역
슬며시 팔짱 껴오는 매음의 분냄새 속으로
신세계 앞 쭈그리고 앉은 모자 앵벌이꾼의
위협적인 생의 두 손바닥 안으로

거대도시에 처음 전입한 이의 느낌은 대체로 경이감 그것이었을
가능성이 높다. 그 점은 영국 도시시의 첫 단계도 그러했고, 한국
도시시의 첫 단계도 그러했다.[13] 그러나 거대도시에서의 생활이 진행
되고 거대한 인구들이 계속 집결하면서 도시의 거대화가 심화될수록

---

13) 영국은 산업 발전과 함께 일찍부터 도시화의 초기 단계를 겪었다. 도시
화 이후 거의 즉시로 낯모르는 이들로 이루어진 군중으로서의 근대 도
시를 반기는 문학상의 주제가 생겨났다. 워즈워스의 「서곡·Ⅶ」도 그런
주제를 노래한 작품의 하나이다. 다음에 그 작품의 일부를 옮겨 보기로
한다.

오 친구여! 큰 도시에서 생겨나는/ 하나의 느낌이, 독점적인 권리로 거
기 있었느니/ 사람들로 넘쳐나는 거리에서 얼마나 자주/ 나는 군중들과
함께 앞으로 걸어 나가면서/ 나 스스로에게 중얼거렸나./ "내 곁을 지
나가는 사람, 사람마다의 얼굴이 신비로구나"

한국 도시시의 출발을 담당하였던 시인 박팔양의 도시관 또한 워즈워드
시의 도시관과 크게 다르지 않다. 그의 「도시 정조」의 일부를 옮겨 본
다.

도회는 강렬한 음향과 색채의 세계,/ 나는 그것을 얼마나 사랑하는지
모른다./ 불규칙한 직선의 나열, 곡선의 배회,/ 아아 표현화의 그림 같
은 도회의 기분이여!

도시의 문제들, 고독하고 불결하고 추악하며 위험하고 불안하며 비열하고 절망스러운 문제들의 진상이 드러나기에 이르렀다. 스피어스는 거대도시가 노출하는 그러한 문제들을 다음과 같이 정리하여 제시하였다. 그가 제시한 그 문제들은 현재 거대도시 서울이 안고 있는 문제들과 별로 다르지 않은 것들이다.

> 도시는 근대성의 당당한 현실이며 두루 인정받는 상징이면서 또한 근대적 곤경을 조성하고 상징하기도 한다. 그의 과거와 그가 종전에 머물렀던 인간관계의 끈으로부터 떨어져 나와 익명이고 뿌리를 잃고 불안하고 안전하지 못하며 매스 미디어의 노예가 되었으나 영혼의 선택이라는 두려운 자유로 말미암아 신의 실종으로 내팽개쳐진 거대 집단의 인간은 거대도시의 전형적인 시민들이다. 거대도시에서 인간은 죽음을 초래하며 마비되는 교통, 신체상의 쇠퇴, 정치적인 부패, 인종상·경제상의 불안, 범죄, 폭동, 경찰의 잔인성을 감내한다. 이것은 우리가 길들여지는 무시무시한 풍경으로, 단테나 보들레르를 전혀 들어 본 일이 없는 이들조차 이 잔인하고 추악하며 비인간적이고 실망스러운 모습을 지옥으로 말하는 것이 가장 자연스러운 은유이다.[14]

거대도시 서울에 새로 전입한 젊은 세대가 지옥도에 방불한 위와 같은 처지에 부딪혔을 때 그들의 반응은 어떻게 나타났었던 것일까? 서울에 새로 전입해 들어온 시인들이 서울에서의 경험을 형상화해 낸 몇몇 예들을 다음에서 살펴보기로 한다.

2) 서울의 주택난 「종로별곡」

---

14) Monroe K. Spears, *Dionysus and the City - modernism in twentieth century poetry*, Oxford Univ. Press, 1970, p.74.

(3)
왜 가는 것일까, 너는
바람은 왜 내 머릿속을
발통을 달고 지나가는 것일까
우리 걸어온 종로에서 멀리
오늘은 어제보다도 더 멀리
너를 앞세우고 가는 이 바람을
나는 왜 붙들지 못하는 것일까
나는 왜 힘찬 날개가 없는 것일까
(……)
우리는
종각이 내려다보이는 찻집에 마주앉아
차를
못 마시고
찻잔 위를
바람에 쫓겨다니는 민들레 꽃씨를
메마른 눈으로 쫓는다
─내일 올 기쁨을
오늘 이미 잃었으니
갈 곳이 어딘가
밤이 오는 종로에

바라건대 머물 숲은 없을는지
생각할수록 아늑하여
숲보다 더 나은 집이 없는 것을,
(……)
우리 함께 따뜻이
머물 숲은 없을는지

─감태준, 「종로별곡」

위 (3)은 '이상과 현실, 너와 나의 따뜻한 나날을 위하여'라는 부제가 붙어 있는 감태준의 장시 「종로별곡」의 몇 연이다. 부제에서 암시받을 수 있듯이 이 작품은 종로 거리를 배경으로 하면서도 각별히 그 거리를 점묘하려는 의도를 갖지는 않았다. 위 시는 종각, 찻집, 후미진 뒷골목의 여관, 가로수, 거리를 달리는 차들, 안경점, 껌팔이, 야경원, 여러 형태의 술집과 밥집들 등 통금이 머지않은 시간대의 종로 거리의 모습을 보여준다. 그러나 이 시는 그 풍경들을 힘써 그려내려 하지는 않았다. 화자와 시인이 거의 일체를 이루고 있는 이 작품에서는 그 풍경들을 찬찬히 그려낼 경황이 아니었다고 말하는 것이 옳을 것이다. 지금, 화자 곧 시인은 따뜻이 '머물 숲'을 갖지 못하여 연인과 헤어져야 한다는 사실을 안타까워하고 있다. 인간을 자주 새로 그려냈던 시인에게 숲은 인간이 거주할 공간을 가리킨다. 연인과 거주할 공간을 찾아내지 못한 그의 안타까움은 너무도 절실하여 거리의 꼼꼼한 풍경 묘사는 그의 의도 밖이었던 것이다.

위 (3)에서의 거주 공간 찾기는 1970년대 말 서울의 주택난을 드러낸다. 갑작스럽게 거대 인구가 몰려들어, 주택난이 불가피했던 것이 당시 서울의 실상이었다. 따라서 서울에 새로 전입한 이들이 가장 부심했던 문제가 주택 문제일 수밖에 없었던 것은 당연한 이치이다. 서울에 새로 전입한 넉넉하지 못한 지방민들이 둥지를 틀 수 있었던 주거는 자연히 그들의 경제력으로 구할 수 있었던 불량한 것이었다. (3)에서 연인과 함께 머물 '숲'을 애타게 찾던 시인도 그 뒤 결혼하여 새로 둥지를 틀었는데, 그 경우도 '산마을'일 수밖에 없었다. 시인은 그가 자리 잡은 '산마을'을 "발붙일 데 없는 사람들, 아니면 손발이 짧은 뜨내기끼리 서로 손발이 되어주며 주저앉은 동네"라고 표현했다.[15)

서울로의 전입 그리고 서울에서의 뿌리 내리기는 위 시에서처럼 힘겹게 이루어졌다. 지방민의 서울 전입의 당초 의도는 서울에서 새로운 꿈을 실현하는 것이었을 터이다. 그러나 그 실현은 그 꿈이 화사한 것만큼 결코 용이할 수는 없었던 것이다.

3) 공중에 걸린 집과 지하철 출근 「토끼들의 시대」, 「막연한…」

'산마을'의 셋집에서 용케 벗어나 서울에서 자신의 최초의 집을 마련하게 되었을 때에, 그 최초의 집은 당시의 풍속대로 흔히 작은 평수의 아파트로 귀착되는 것이 상례였다. 오늘날 주거 공간으로서 아파트는 한국의 도시, 나아가 한국의 대표적인 거대도시 서울의 한 유행 현상이라는 점에서 그렇다. 대지를 떠나 공중에 높이 걸린 아파트에서 살아가는 꼴은 감수성이 예민한 시인이 아니더라도 반길 만한 모습이 아니다. 시인 김승희는 아파트의 주거 양식을 인간에 대한 '모욕'으로 본다고 토로한다. 그리고 아파트살이를 '토끼장 살이'로 그려내면서 다음과 같이 비판하고 야유하였다.

> (4)
> 도시 한복판에서
> 애완용 토끼를 기르는 시대가 되었다,
> 죄없이 애완용 토끼 두 마리
> 높다란 아파트 베란다에 걸려 있어,
> 그것이 왜 꼭 종교적으로, 모욕적으로
> 보이는 나.
> (……)
> 베란다의 토끼들이 안방으로 들어가고
> 안방의 사람들이 베란다에 나와

---

15) 감태준, 「내게 묻는 말」, 『마음의 집 한 채』, 미래사, 1991.

토끼장 속으로 들어간다,
사람들이 토끼장을 가득 메우고
토끼들은 넥타이를 매고
회사로 백화점으로 거래처로도 가고
신용카드를 쓰고 사인도 하네
―행복에 이르는 기나긴 질병
―누군들 그 병에 걸리고 싶지 않겠는가
야수적 창조성보다 행복한 순응이 더 좋아
언어의 위선들이여
일상성 속에 적멸보궁이
(그래도 밤새 들리는 철망 덜컹이는 소리)

―김승희, 「토끼들의 시대」·부분16)

위 (4)의 앞머리에서 시인은 "도시 한복판에서/ 애완용 토끼를 기르
는 시대가 되었다"고 하면서, 공중에 높이 걸린 아파트 베란다에서의
토끼 사육 문제를 제기하고 있다. 땅 위에서 뛰며 살아야 할 토끼를
'죄없이' 높다란 베란다에서 사육하는 것이 시인으로서는 생명에 대한
신성 모독으로 비춰진다는 것이다. 아파트 베란다에서의 토끼 사육을
자연의 생태를 왜곡한 인간의 편의 중심이라는 기호로 읽는 시인은
4연에 이르러 놀랄 만큼 상상력을 비약시킨다. "베란다의 토끼들이
안방으로 들어가고/ 안방의 사람들이 베란다에 나와/ 토끼장 속으로
들어간다"는 상상력이 그것이다. 그 상상력은 계속 이어지면서 "사람
들이 토끼장을 가득 메우고/ 토끼들은 넥타이를 매고/ 회사로 백화점으

---

16) 김승희, 『세상에서 가장 무거운 싸움』, 세계사, 1995. 이 시에는 종로와
　　의 관련이 직접 나타나 있지 않다. 또 정확한 통계를 참고한 것은 아니
　　지만 종로는 서울에서 아파트 건립율이 높지 않은 지역의 하나일 것이
　　다. 그러나 종로 역시 서울의 일반적 거주 형태와 전혀 무관할 수는 없
　　으리라는 점에서 이 시를 인용하기로 했다.

36

로 거래처로도 가고/ 신용카드를 쓰고 사인도 하"는 것으로 발전된다. 시인의 상상력을 여기까지 따라온 독자는 그제서야 시인이 그의 상상 력으로 무엇을 말하고 싶어한 것인가를 짐작하게 된다. 시인은 처음부 터 실물로서의 토끼의 삶을 말하려던 것이 아니라, 토끼장을 방불하게 하는 고층 아파트를 주거로 하는 오늘의 대도시 주민들의 삶의 양식을 비판하고 야유하려고 했던 것이다.

(5)
저것 보십시오, 지하철 4호선이 달리고 있지요. 저기 중생들 사 이 떼밀려 자빠지지 않으려고 출입구 쇠봉에 찰싹 달라붙은 사내 가 시인 하재봉입니다. 저 인간은 아직 아침도 제대로 챙겨 넣지 못했습니다. 보십시오, 입가에 젖물 같은 게 허옇게 말라붙어 있 지요. 아파트에서 급히 뛰쳐나오면서 찬 우유를 밥통에 냅다 들 이붓다 보니 콧구멍이고 바지 가랑이고 할 것 없이 그냥 철철 흘 리면서 7 : 30에 매달린 것입니다.

—이윤택, 「막연한 기대와 몽상에 대한 반역 · 2」 · 전편[17]

거대도시 서울은 도시 생활의 척박하고 비정함을 주택 문제로만 드러내는 것이 아니다. 출, 퇴근 때를 비롯한 교통난 또한 거대도시 서울의 심각한 문제이다. 1974년 8월부터 개통되기 시작한 서울 지하 철은 빠르고 안전한 교통수단이기는 하다. 그러나 이용 시민이 워낙 거대한 숫자라서 그것 역시 안락하기는 어렵다. 지하철 4호선은 종로 의 외곽을 운행하는 노선인데, 시인 이윤택은 장난스럽게 만원 4호선 지하철에 친구인 시인 하재봉이 매달려 가는 것으로 그려냈다. 출근길 에 지하철에 매달린 인물을 친구인 시인 하재봉으로 설정함으로 이

---

17) 이윤택, 『막연한 기대와 몽상에 대하 반역』, 세계사, 1989.

시는 여러 면에서 생채를 얻게 된다. 객관적 시점만으로는 얻기 어려운 "아직 아침도 제대로 챙겨 넣지 못했습니다", "아파트에서 급히 뛰쳐나오면서 찬 우유를 밥통에 냅다 들이붓다 보니" 같은 소설에서의 전지적 시점에 가까운 서술을 제시하여 시간에 쫓기고 만원 지하철에 시달리는 도시 직장인의 비애를, 그것도 장난스럽게 그려낸 점이 그 예이다. 대상 인물의 비애로운 모습과 그 모습을 그려내는 장난스러운 해학의 어울림은 어두운 희극(dark comedy)을 연상하게 하는 효과를 발휘한다.

4) 사회의 혼돈과 타락의 풍속도 「아이쿠 사막」, 「徐伐, 셔블…」

(6)
모두들 정치에 뒷덜미가 잡힌 채
끌려다니는 아이쿠 사막에선
머리가 띵한 사람들이 독주를
들이키며 살아간다 술에 고통을 절여버린다
아이쿠 아이쿠 소리 끝없는
아이쿠 사막에선
미치고 싶거나 죽고 싶은 사람들이
구멍을 찾는다 구멍 속 수렁에
온몸을 쑤셔넣는다
아이쿠
도처에 매음의 털난 수렁이 널려 있는
아이쿠 사막에선
껍질에 곧잘 속는 사람들을 위해
낙타상인들이
포장 잘 된 신기루표 물건들을 끌고온다

—최승호, 「아이쿠 사막」·부분[18]

최승호의 시 (6)은 1990년 4월에 발행한 시집『세속도시의 즐거움』에 수록된 작품이다. 시집의 발행 시점으로 미루어 보아 이 시는 1980년대 후반 우리 공동체의 정치·사회 현실을 말한 것이다. 이 시에서 시인은 당시의 정치·사회 현실을 한 마디로 '아이쿠 사막'이란 조어(造語)로 집약한다. '아이쿠 사막'이란 매일, 매일 정치와 사회 현실에 경악과 충격을 경험해야 하는 가공할 만한 세태를 일컫기 위해 만들어진 말이다. 사태가 그렇고 보니 정치·사회 현실에 희망을 잃은, 힘없는 시민들은 '독주를 들이키며' '술에 고통을 절여버리는' 퇴영적인 풍조에 길들여지게 마련이었다. 퇴폐적인 풍조는 퇴영적인 풍조 속에서 더욱 조장된다. 시인 황지우는 퇴영적인 풍조가 만연한, 비인간적인 삶의 현장인 서울에서 한 중년의 직장인이 어떻게 죄의식도 없이 퇴폐적으로 타락하는가를 다음과 같이 그려 보였다.

(7)
張萬燮氏(34세, 普聖物産株式會社 종로 지점 근무)는 1983년 2월 24일 18 : 52 # 26, 7, 8, 9……, 화신 앞 17번 좌석버스 정류장으로 걸어간다. 귀에 꽂은 산요 레시바는 엠비시에프엠 "빌보드 탑텐"이 잠시 쉬고, "중간에 전해 드리는 말씀" 시엠을 그의 귀에 퍼붓기 시작한다.

쪼옥 빠라서 씨버 주세요. 해태 봉봉 오렌지 쥬스 삼배권!
더욱 커졌씁니다. 롯데 아이스콘 배권임다!
뜨거운 가슴 타는 갈증 마시자 코카콜라!
오 머신는 남자 캐주얼 슈즈 만나줄까 빼빼로네 에스에스 패션!

---

18) 최승호, 『세속도시의 즐거움』, 세계사, 1990.

보성물산주식회사 종로 지점 근무, 34세의 장만섭 씨는 산요 레
시바를 벗는다. 최근 그는 머리가 벗겨진다. 배가 나오고, 그리고
그는 피혁 의류 수출부 차장이 되었다. 간밤에도 그는 외국 바이
어들을 만났고 "그년"들을 대주고 그도 "그년들 중의 한년"의 그
것을 주물럭거리고 집으로 와서 아내의 그것을 더욱 힘차게, 더
욱 전투적이고 더욱 야만적으로, 주물러 주었다. 이것은 그의 수
법이다.(……)

―황지우, 「徐伐, 셔블, 셔볼, 서울, SEOUL」·부분[19]

「徐伐, 셔블, 셔볼, 서울, SEOUL」은 우리가 신라 이래 수도를 부르고
표기하던 명칭들이다. 그 명칭들을 그대로 시의 표제로 사용한 데서도
드러나듯이 (7)은 거대도시 서울의 풍속의 한 단면을 포착한 것이다.
(7)시의 중심인물 장만섭 씨가 수출부 차장이라는 점은 의미하는 바가
적지 않다. 이른바 '수출 드라이브 정책'으로 '경제 입국'을 기도하던
시기의 첨병역을 그가 담당한다는 점 때문이다. 그는 외국 바이어들과
상담에 나서면서 그들에게 "그년"들을 대준다. 또한 자기 자신도 "그
년들 중의 한년"과 적당히 놀아난다. 국가적으로나 개인적으로 모두
'부의 축적'을 추구하면서 일락(逸樂)의 늪으로 빠져 들어가는 모습을
보여주는 국면이다. 도덕적 불감증이 만연한, 퇴폐적인 사회의 모습을
거기서 읽을 수 있다.

5) 서울의 병리(病理)와 도시시의 경향성

거대도시 서울 주민들의 건강한 삶을 위협하는 요소들은 위와 같은
도덕적 불감증 이외에도 수다하다. 물과 땅, 대기의 오염과 각종 사고
및 범죄 그리고 실업과 같은 물리적 위협이 있는가 하면, 고독, 무한

---

19) 황지우, 『새들도 세상을 뜨는구나』, 문학과 지성사, 1983.

경쟁과 같은 정신적 위협도 있다. 위와 같은 온갖 위협들이 지뢰밭의 지뢰들처럼 위험스럽게 도사리고 있는 것이 서울과 같은 거대도시에서의 삶의 실상이다. 그런 점 때문에 서울과 같은 거대도시는 빈번하게 단테의 「지옥편」의 참상과 비교된다. 다음에 인용하는 작품도 그런 예의 하나이다.

(8)
가로수가 더 이상 전원에 부착된
안전벨트로 보이지 않는 도시
서울의 클리토리스 남산
거대한 주사기처럼 스포이트처럼
발광하며 문명을 주사하는 타워
어둠이 내리면 연꽃처럼 피어나는 광고
여관 개업식 날 만국기를 다는 곳
서서히 사람들을 처형하는 독가스
합법적으로 내뿜으며 질주하는 자동차
현재의 인구와, 작금의 교통사고 현황과,
환경오염도와, 일기예보와, 활자뉴스와……,
순간적 인식과 찰나적 망각을 종용하는
슬픔과 아픔이 숙성될 수 없는
정서의 겉절이 시대
적당량의 희망과 고통과 죽음을 투여받아
전신이 무감각화된 서울,
출판 최대의 폭력물, 역사책에
대환란을 기록할 기술 지상주의자들
텔레비젼에 스티로폴 눈이 내리며 주는 예시
머지않아 진짜 스티로폴이 눈처럼 내릴
단테가 이 도시에 태어났더라면

일상의 모작으로 충분했을 신곡, 지옥편
가로수가 시멘트에 질식사한 흙의 상주처럼
새끼줄로 복대하고 머리 풀어헤친 오, 서울

—함민복, 「백신의 도시, 백신의 서울」·전편[20]

(8)은 거대도시 서울이 안고 있는 다수의 문제들을 묶어서 제시한 작품이다. (8)이 그려낸 서울의 문제들로는 자연과의 유리, 물질문명과 상업 문화의 자제할 줄 모르는 범람, 환경오염과 교통사고, 기술 지상주의자들이 만드는 인공물들이 초래할 위험 등을 들 수 있다. 위와 같은 문제들을 말하면서 시인 함민복은 거대도시 서울의 병리현상을 크게 두 가지로 묶어서 제시한다. 순간과 찰나만을 이어서 살아가는 거대도시 서울은 슬픔과 아픔을 숙성시키기 어려운 '정서의 겉절이'에 길들여진 무감각화된 지역이라는 점이 그 첫째다. 온갖 인공적인 것, 비인간적인 것에 길들여진 거대도시 서울은 단테의 신곡 지옥편을 방불하게 하는 불행한 지역이라는 점이 그 둘째다. 결국 시인은 서울을 죽음의 땅으로 인식한다. 그리고 거리의 가로수에서 서울의 죽음을 조상하는 상징 형태를 발견한다. "가로수가 시멘트에 질식사한 흙의 상주처럼/ 새끼줄로 복대하고 머리 풀어헤친 오, 서울"이라는 위 시의 끝 대목이 그 예에 해당한다.

우리의 현대 시인들은 함민복의 위 시에서처럼 흔히 거대도시 서울에 모멸과 증오를 표하는 데에 익숙해져 왔다. 가령, 최승호는 시

---

20) 시인 함민복의 간단한 약력은 다음과 같다.

1962년 충주 출생, 월성 원자력발전소에서 4년 근무 후 서울 예전 문창과 졸업. 1988년 『세계의 문학』을 통해 등단. 이 시에는 종로 거리의 모습이 직접 나타나지는 않으나 거기서 빤히 건너다보이는 남산 타워의 모습이 그려져 있다. 위 작품은 그의 다음 시집에 수록되어 있다(함민복, 『자본주의의 약속』, 세계사, 1993).

42

「밥숟갈을 닮았다」에서 "천만 개의 숟갈이 한 냄비에 덤비듯/ 꿀꿀거리고 덜그럭대는 서울"이라고 했는가 하면, "기름진 돼지 머리가/ 웃고 있는 좌판 위의 서울"이라고도 했다.[21) 서울이 거대 인구의 치열한 생존 경쟁장이며 기품없는, 저속한 문화의 현장임을 그렇게 말한 것이다. 그는 다른 시 「물질적 열반의 도시」에서 "이 도시의 병을 내 몸이 함께 앓는 것일까"라고 자문하면서 도시가 앓는 병을 "마음이 뒤틀리고, 금이 가며, 흔들리는, 물질적 열반"이라고 했다.[22) 주지하듯이 '물질적 열반'이란 성립되기 어려운 말이다. '열반'이란 정신적 해탈의 경지를 이르는 말인데, 이 경우에는 '정신'이 차지할 자리를 '물질'이 차지했다는 점 때문이다. '물질'이 '정신'을 대행하는 거대도시 서울에서의 맘모니즘을 의미하는 말일 것이다.

이윤택은 시 「신기루 도시」에서 서울에 대한 자신의 두 갈래의 상반된 태도를 토로한다. 서울에 대한 적개심으로 말미암아 서울로부터 탈주를 꿈꾸면서도 여전히 서울에 발목 잡혀 있는 것이 그가 말하는 상반된 태도이다. 자신의 상반된 태도를 성찰하면서 이윤택은 서울이 자신이 "스스로 선택한 감옥"이라고 탄식한다.[23)

앞의 (1)~(8)의 인용시들 그리고 최승호, 이윤택의 시들이 그려내고 있듯이 거대도시 서울은 숱한 문제들을 안고 있다. 불과 3, 40년 사이에 1,100만에 이르는 거대 인구가 몰려들어 세계에서도 가장 큰 도시의 하나를 형성해 놓은 여파이다. 서울에 난제가 덧쌓이고 숱한 병리적 현상이 드러날 때에 서울의 중심 거리/지역으로서 종로 역시 그 난제와 병리의 소용돌이에서 벗어날 수 없었다. 약간의 예외가 없는 것은 아니겠지만 서울의 난제와 병리란 바로 종로의 현상 자체라고 해도

---

21) 최승호, 앞의 책.
22) 최승호, 『진흙소를 타고』, 민음사, 1987.
23) 이윤택, 『막연한 기대와 몽상에 대한 반역』, 세계사, 1989.

조금도 그릇된 말이 아닐 것이다.

6) 미로(迷路)에서 길 찾기 「서울 길」의 경우

> 내 마음엔 웬 실핏줄이 이리도 많은지요 이 실핏줄을 다 지나야
> 그곳에 당도하게 되겠지요(……) 며칠만에 시내에 나가 보면 아
> 직도 포장도 안 뜯은 새 건물이 제본소에서 마악 도착한 신간 소
> 설책 뭉치처럼 부려지고 있어요 날마다 당신에게로 가는 길이 늘
> 어나요 길 속에 길이 있어요 지금 막 도착한 저 빌딩의 몸 속을 좀
> 들여다보세요 층계와 층계 사이로 불컨 실핏줄들이 보이잖아요?
> 저 길을 언제 다 지나 당신에게 당도하지요? 서울이 서울을 낳아
> 요 마음이 제 몸을 한껏 부풀려 또 마음을 낳아요 거기로 이삿짐
> 을 가득 실은 차들이 쏟아져 들어오고 또 실핏줄이 엉겨붙어요 샛
> 길이 나요 발을 디뎌 보지도 않았는데 또 길이 나요 언제 저 길을
> 다 뒤져 당신을 찾아내지요 당신이 보고 싶어요
>
> ―김혜순, 「서울 길」· 부분[24]

김혜순은 위 시에서 거대도시 서울의 복잡하게 뒤얽혀 있는 삶의
양식을 프랙탈의 구조로 파악한다. '서울이 서울을 낳'고 '마음이
제 몸을 한껏 부풀려 또 마음을 낳'으며 '길 속에 길이 있'는 것이
시인 김혜순이 포착한 프랙탈로서의 서울의 모습이다.[25] '서울이 서울

---

24) 김혜순, 『나의 우파니샤드, 서울』, 문학과 지성사, 1994.
25) 권오만, 「김혜순 시의 技法 읽기」, 『전농어문연구』 제10집, 서울시립대
   학교 국어국문학과, 1998. 이 논문에서는 김혜순 시의 주요 기법의 하나
   로 프랙탈 인식을 거론하였다. 그 글에서 프랙탈이 무엇인가를 소개한
   대목을 옮겨 보기로 한다.

   "프랙탈 도형의 특징 중, 김혜순 시와 관련하여 주목하려고 하는 것은
   自己相似이다. 자기상사란, 어떤 도형의 부분이 전체 도형의 축소된 상
   이 되어 있는 것으로, 세상에는 이런 특징을 가진 것들이 다수 존재한

을 낳'는다는 것은, 서울의 거리에 서울을 구성하는 빌딩들이 새로 세워진다는 뜻이며, '길 속에 길이 있'다는 것은 한길 가에 즐비한 빌딩들 내부에도 복도, 층계 등 '실핏줄' 같은 통로가 열려 있다는 뜻이다. 김혜순은 이 시에서 프랙탈의 자기상사를 활용하여 서울의 뒤얽히고 복잡한 삶의 실상을 효과적으로 그려낸 것이다. 시인은 프랙탈로서 서울의 뒤얽히고 복잡한 삶을 그려내면서 거대도시 서울의 삶을 어둡게 부정적으로만 바라보지 않는다. 거대도시 서울이 '미로'에 다름 아님을 말하면서도 그 '미로' 속의 삶을 이끄는 빛으로서 '그대' 찾기를 단념하지 않는 데서 시인의 강인한, 밝은 전망을 읽을 수 있는 것이다.

거대도시 서울에서의 삶의 실상은 아마도 위에 인용한 김혜순의 「서울 길」 같은 데서 가장 근접한 모습을 찾을 수 있을 것이다. 거대도시에서의 삶을 결코 부정적으로만 대하지 않으며 그러면서도 동시에 현실과 동떨어진 긍정적인 시각을 경계하는 태도에서 말이다. 시인은 도시문화에 대한 긍정과 부정의 느낌을 그렇게 섞바꾸어 짜면서, 도시 안에서의 길 찾기를 계속해 나간다고 할 수 있다. 그런 점에서 시인 김혜순은 적어도 도시 문화를 대하는 태도에 있어서 '신중하고 균형잡힌 태도'를 견지했다고 말할 수 있을 것이다.

7) 도시시, 곧 종로시의 가능성

이 글의 앞 항목들인 「1. 도시 전입의 두 경우」에서부터 「6. 미로에서

다. 이 프랙탈 도형의 존재 양상은 일상생활 중에서도 비근한 예를 얼마든지 찾아볼 수 있다. 가령 큰 그릇에 닮은꼴의 작은 그릇들이 포개 들어가는 것이 그런 예이다. 흔히 세트라고 불리는 남비, 찬합, 채반, 목판 같은 것들에서 그런 예를 쉽게 찾아볼 수 있다. 일본의 달마상 인형 속에는 작은 달마상 인형이 들어 있고, 또 그 작은 달마 속에는 더 작은 달마가 들어 있는데, 그것 역시 자기상사의 좋은 보기이다."

의 길 찾기」에 이르기까지에는 글쓰기에 있어서 한 가지 위반을 범하고 있다. 이 글 앞머리에서 스스로 우리 현대시들에서 종로를 '둥지'로 한 작품들을 검토하겠노라고 약속했으면서도 이 절에서는 그 점을 제대로 지키지 못한 것이 그것이다. 그렇다면 스스로 설정한 그 약속을 이 절에서는 왜 깨뜨려야만 했던가? 이유는 간단하다. 우리 현대시 작품들에서 도시, 그 중에서도 서울에서의 도시 문제를 그려낸 작품들을 찾아내기는 어렵지 않다. 그러나 그 문제를 종로로 좁혀서 그려낸 작품들은 그 예를 구하기가 용이하지 않은 까닭이다.

그런 까닭으로 이 글에서는 종로보다는 그 범주가 매우 큰 서울을 배경으로 도시 문제를 그려낸 작품들을 검토할 수밖에 없었다. 종로를 배경으로 도시 문제를 그려낸 작품들을 구하기 어렵다는 사정으로 논의 범주 위반을 한 셈이다. 그러나 그 범주 위반은 형식적인 것일 뿐, 실질적인 위반에는 해당하지 않는다고 생각한다. 그렇게 말할 수 있는 근거는 서울 전체의 도시 문제나 종로의 도시 문제나 큰 차이를 찾을 수 없으리라는 점에서 연유한다.

우리 현대 시인들은 도시 문제들을 형상화해내면서 구태여 그 대상 지역을 밝혀 놓으려 하지 않았다. 대상의 특정성을 밝혀 실감을 증폭시키는 경우가 아니라면, 고의로 특정화시킬 이유를 찾을 수 없었기 때문일 것이다. 그것은 어느 도시에서나 또는 한 도시의 어느 구역에서나 찾아볼 수 있는 보편적 현상을 구태여 특정화시키는, 효과의 삭감(削減)만을 가져온다는 점을 지각한 결과이다. 이 절에서는 바로 그런 논리 위에서 서울의 도시 문제를 종로의 도시 문제로 받아들이기로 한 것이다.

4. '둥지'의 변모 또는 소멸

1) 시의 소재로서 청계천의 두 양상

광복 이후 종로 거리/지역의 변모 중 주목할 만한 것으로는 청계천의 복개 및 고가도로 설치를 첫손가락으로 꼽을 수 있을 것이다. 종로 남쪽으로 거대하게 뻗어나간 서울의 여타 지역으로부터 종로를 떼어놓았던 차단물로서의 청계천이 그 공사로 말미암아 사라졌다는 점에서 그렇다. 그 이외에 종로의 변모 중 현저한 것으로는 세종로 일대에 세종문화회관의 건립과 정부 종합청사를 비롯한 여러 관청 건물들의 건립, 세운상가의 건설, 동숭동 옛 터로부터의 서울대의 이전, 종묘공원의 신설, 경희궁의 복원, 경기·서울·휘문·중동·경기여·숙명여·정신여 등 비교적 긴 역사를 가진 명문 남녀 중·고교들의 강남, 강동 지역으로의 이전을 꼽을 수 있을 터이다.

복개하기 이전의 청계천은 종로 거리의 뒤쪽을 둘러 흐르던 긴 개천이었다. 그것은 옛 한양성을 둘러싼 백악, 인왕산, 남산, 매봉 등의 여러 물줄기를 모으면서 서울 도성의 중심부를 관류하여 오간수문(五間水門)으로 빠져나가는 길이 13.7km의 하천이었다.[26] 그 하천은 한양성 내부를 분할하던 자연적 경계였다. 그 하천을 사이에 두고 궁궐, 관아, 종묘 그리고 벌열층의 주거 등 상층 위계의 공간이 자리잡은 북촌과 몰락한 양반들과 민초들의 삶의 터전인 남촌이 구분되어 있었다.[27] 다음에 인용하는 김수영, 김용호의 작품들에서 광복 이후와 6·25전란 직후 세탁장, 염색업의 현장으로 탈바꿈한 청계천 오염실

---

26) 박문호·이상석·양진희, 「역사적 변천을 통해서 본 서울시 지천의 현대적 활용방안」, 『서울학연구』 제7집, 서울시립대 서울학연구소, 1996.
27) 강홍빈, 「청계천과 천변 ; 공간, 시간, 사람」, '98 서울학 심포지움 기조발표문, 서울시립대 서울학연구소, 1998.

태의 일단을 읽을 수 있을 것이다.

(1)
전통(傳統)은 아무리 더러운 전통이라도 좋다 나는 광화문(光化門)
네거리에서 시구문의 진창을 연상하고 인환(寅煥)네
처갓집 옆의 지금은 매립(埋立)한 개울에서 아낙네들이
양잿물 솥에 불을 지피며 빨래하던 시절을 생각하고
이 우울한 시대를 패러다이스처럼 생각한다
　　　　　　　　　　　　　　—김수영, 「거대(巨大)한 뿌리」

(2)
다리 아래
깜정 색깔만이 세가 나는
염색공장이 있다.
때가 묻은 죄를
은폐하기 알맞은 색깔이다.
그래서 알리바이가
멋지게 성립한다.

　　　　　　　　　　　　　　—김용호, 「동대문 주변」

　위에 인용한 김수영의 시 「거대한 뿌리」에는 서울 시민의 대형
세탁장으로 변모한 청계천의 풍경이 드러나 있다. 서울의 부녀들이
청계천 가에 "양잿물 솥에 불을 지펴" 그 자리에서 빨래를 삶기까지
했으니 그 개천의 오염도는 심각하지 않을 수 없었을 것이다. 염색업의
현장으로서 청계천의 오염도는 더욱 심각했다. 시인 김용호는 그 점을
"깜정 색깔만이 세가 난"다고 했고, "때가 묻은 죄를/ 은폐하기 알맞은
색깔"이라고도 했다. 위 두 편의 시에서 볼 수 있듯이 청계천의 오염은

심각한 것이었는데, 오염 이외에도 청계천은 불결과 빈곤의 상징 구실을 하여 종로 그리고 서울 거리의 암종(癌腫)처럼 인식되었다.[28]

　　종로 그리고 서울의 암종처럼 여겨졌던 청계천을 복개하려는 계획은 1936년부터 추진되어 1937년부터 시행되었다. 그러나 중일전쟁과 그 뒤를 이어 태평양전쟁을 일으켰던 일제로서는 그 계획을 제대로 수행할 수 없는 형편이었다. 일제가 세운 그 계획은 1958년부터 4년간에 걸쳐 우리 정부에 의해 시행, 완결되었다. 청계천을 복개한 뒤 서울시는 복개한 그 길 위에 고가도로를 건설하는 계획을 추진하였다. 그 계획이 무르익어 '청계고가도로'가 기공된 것은 1967년 8월 15일이고, 동대문까지의 제1차 공사가 끝난 것은 1969년 3월 22일이었다. 그 공사가 속행되어 마장동까지 그 길이 놓이게 된 것은 1971년 8월 15일이었다.[29] 청계천이 복개되고 그 위로 고가도로까지 건설되자, '서울의 암종'으로까지 불렸던 서울의 명물 하나가 우리 눈앞에서 사라지게 되었다. 시인 박라연은 그것이 폐수의 흐름인 줄 알면서도 오늘의 우리에게 이름만 남기고 사라진 청계천을 찾는다. 폐수와 같이 지저분한 삶의 자리에서 오히려 폐수의 흐름의 진상을 목격하고 싶다는 뜻이다.

　　　(3)
　　　서울의 아침은
　　　청계천에서 시작된다
　　　살면서 열심히 일하면서
　　　날개가 부러지면
　　　생각의 가지 끝에 잠시 둥지를 튼다

---

28) 전우용, 「청계천과 천변 ; 공간과 상징의 역사」, '98 서울학 심포지움 발표문, 서울시립대 서울학연구소, 1998.
29) 손정목, 「서울 도시계획이야기, 8」, 『국토정보』 1996. 12.

명절이면
아침 이슬에 날개 씻고
가장 높은 전봇대에 앉아
못 가는 고향에 편지한다

날마다 달라지는 구호와 현수막
붙박이 간판들은 서슴없이
우리들의 공중마저 빼앗고
어느 날 새의 부리에서
끊임없이 흘러내린 폐수
여기서는 치료할 수 없다며
뿌리째 이사한 청계천
어디로 갔을까 우리들의 청계천은

—박라연, 「우리들의 청계천」

박라연의 이 시는 이 땅의 민중들이 변혁의 욕구로 몸부림치던 연대의 작품이다. 청계천 일대와 같이 비교적 열악한 환경에 삶의 뿌리를 둔 이들은 당시에 강렬하게 대두되었던 변혁 운동에 고무되어 그들의 욕구를 분출했다. 위 (3)시에서 "날마다 달라지는 구호와 현수막"이라고 한 것은 그 일대에서 생업에 종사하는 이들의 욕구가 분출된 양상을 표현한 것이다. 생업 현장에서의 그러한 욕구 분출에도 불구하고 그 현장에 소속된 이들 개개인의 삶의 질이 용이하게 개선되었던 것은 아니다. 어떤 이는 '날개'가 부러진 듯한 좌절을 겪기도 하고 어떤 이는 '폐수'가 흘러내리는 듯한 절망에 고통스러워하기도 했다. 그런 좌절과 절망을 곱씹을 때에 그들의 생업의 터전이 '서울의 암종'이라고까지 불렸던 청계천이 복개된 일대라는 점은 여러 가지 감회를 갖게 하였을 것이다. 시인 박라연은 그런 점에 착안하여 청계천 일대에서 생업에 종사하는 이들의 힘겹고 어두운 삶을 말하면서 서울의 폐수가 흐르던 청계천을 끌어들인 것으로 보인다. 인용한 시의 끝 부분인 "여기서는 치료할 수 없다며/ 뿌리째 이사한 청계천/ 어디로 갔을까 우리들의 청계천은"이라는 대목에서 시인은 폐수 같은 삶 가까이 흐르던 청계천이 끝내는 사라져 버렸음을 노래했다. 그 개천의 복개로 말미암아 그 개천의 모습이 눈앞에서 사라진 사정을 그렇게 노래한 것이다.

2) '키치'의 뒷골목 「세운상가 키드의 사랑」

청계천의 복개는 종로와 서울 남부 지역을 분할하던 경계선을 지워 버렸을 뿐만 아니라, 그 인근 지역의 개발을 촉진했다. 우리가 통칭하여 '세운상가'라고 부르는, 종묘 건너에서 퇴계로 대한극장 건너까지에 이르도록 서울의 남북으로 뻗어 있는 4개 건물, 8개 상가의 건축도 청계천의 복개가 이루어지지 않았더라면 실현되기 어려웠을 것이다.30) 4개 건물, 8개 상가로 이루어져 있는 '세운상가'는 그 상가수가 많은 만큼 그 전문 업종도 여러 가지이다.

일반적으로 상가를 노래한 시작품들이 드문 것과는 달리 시인 유하는 '세운상가'를 노래한 여러 편의 작품들을 만들어 냈다. 김현이 그의 '유하론'인 「키치 비판의 의미」에서 그를 '키치 중독자'라고 명명했던 것처럼 키치에 중독되어 있었던 유하는 '세운상가'를 무대로 그의 키치 중독을 해소하였고 또 그 증세를 키웠기 때문에 나타난

---

30) 강우원, 「세운상가 30년의 존재 담론」, '98 서울학 심포지움 발표문, 서울시립대학교 서울학연구소. 세운상가 건축이 기공된 것은 청계천의 1차 복개사업이 끝난 1966년 8월이다. 이 글에서는 '세운상가'로 통칭되는 8개 상가군을 현대상가·세운상가 가동(棟)·대림청계상가·대림상가·삼풍상가·풍전호텔·신성상가·진양상가로 열거하였다.

양상이다.

(4)
이러지도 저러지도 못하는 지독한 마음의 열병,
나 그때 한여름날의 승냥이처럼 우우거렸네
욕정이 없었다면 생도 없었으리
수음 아니면 절망이겠지, 학교를 저주하며
모든 금지된 것들을 열망하며, 나 이곳을 서성였다네

흠집 많은 중고 제품들의 거리에서
한없이 위안받았네 나 이미, 그 때
돌이킬 수 없이 목이 쉰 야외 전축이었기에
올리비아 하세와 진추하, 그 여름의 킬러 또는 별빛
포르노의 여왕 세카, 그리고 비틀즈 해적판을 찾아서
비틀거리며 그 등록 거부한 세상을 찾아서
내 가슴엔 온통 해적들만이 들끓었네
해적들의 애꾸눈이 내게 보이지 않는 길의 노래를 가르쳐 주었네
　　　　　　　　　　　—유하, 「세운상가 키드의 사랑·1」·부분

(5)
나는 미국판 마분지 소설
휴먼 다이제스트로 영어를 공부했고
해적판 레코드에서조차 지워진 금지곡만을 사랑했다
나의 영토였던 동시 상영관의 지린내와, 부루라이또 요코하마
양아치, 학교의 개구멍과 세운상가의 하꼬방,
난 모든 종류의 위반을 사랑했고
버려진 욕설과 은어만을 사랑했다

나는 세운상가 키드, 종로3가와 청계천의
아황산 가스가 팔할의 나를 키웠다
─유하, 「세운상가 키드의 사랑·3」·부분

위에 인용한 (5) 「세운상가 키드의 사랑 ·3」에는 "나는 세운상가 키드, 종로3가와 청계천의/ 아황산가스가 팔 할의 나를 키웠다"는 대목이 나온다. 이 대목은 한국 현대시사에서 저명한 작품, 서정주의 시 「자화상」의 패러디에 해당한다. 「자화상」에서 서정주는 청년기의 자신이 방황과 번민 속에 시작의 길로 나아갔음을 "나를 키운 건 팔할이 바람이다"라는 말로 형상화해 낸 것이다. 서정주의 그 명구 이래 "나를 키운 건 팔 할이 X이다"는 다수의 한국 현대 시인들에 의해서 빈번하게 시도된 패러디이다. 위 (5)에서 유하 또한 그 명구를 패러디로 만들어 "나를 키운 건 팔 할이 세운상가이며, 그러기에 나는 세운상가 키드이다"라고 토로하고 있는 것이다. 유하의 다른 시 「재즈·1」에서 그가 "내 사춘기의 스승은 세운상가였지"라고 말하는 것도 (5)의 경우와 다르지 않다.

시인 유하에게 세운상가는 어떠한 곳이었던가? 그는 어째서 세운상가는 '내 사춘기의 스승'이라거나 '나는 세운상가 키드'라고 말할 수 있었던 것일까? 그 점은 세운상가를 노래한 유하 시의 여기저기에서 어렵지 않게 알아볼 수 있다. 그는 세운상가의 '흠집 많은 중고 제품들의 거리'에서 '금지된 것들을 열망할' 수 있었던 것이다. 당시 사춘기의 그가 금지당하면서도 열망하였던 것들은 해적판 음반 또는 테이프, 포르노 영화, 미국판 마분지 소설, 무협소설, 대중영화 등이다. 이런 것들은 대체로 키치라고 불릴 수 있는 것들이다. 클레멘트 그린버그는 그의 책 『아방가르드와 키치』에서 모더니즘의 전위와 후위의 이론을 전개하면서 아방가르드는 전위예술로, 키치는 후위예술로 보았다.

그것은 그에 따르면 대중적이고 상업적인 예술로서 화보가 있는 문학지, 잡지의 표지, 삽화나 광고, 호화판 잡지나 선정적인 싸구려 잡지, 만화, 유행가, 탭댄스, 할리우드 영화 등을 가리킨다.[31] 유하는 세운상가에서 위와 같은 키치 문화를 만났고 거기에서 위안을 찾을 수 있었다. 그리고 거기에 중독되었으며 뒤에 그것들에 대해서 반성적인 시각을 키울 수 있게 되었다. 김현이 유하의 키치시에서 그 시의 의의를 찾아낸 것도 그 점이다. 유하는 키치 중독자이며 키치 반성자이기에 그 이중의 역할이 그의 시에 활력을 불어넣는다는 것이다.[32]

그러나 키치 탐닉을 거쳐 키치 비판에 이르고 그 키치 비판으로 일정한 사회적, 문화적 역할까지 수행하게 된 오늘의 시인 유하에게 키치의 집산지인 세운상가는 당연히 그 모습을 달리 할 수밖에 없었을 것이다. 그에게 있어 지난날의 그 곳은 "네가 욕망하는 거라면 뭐든 다 줄거야"(「세운상가 키드의 사랑·2」)라고 말하는 듯한 금지된 욕망의 분출구였다. 그 욕망의 분출구는 매혹적인 것들의 집결지이면서 동시에 등록이 거부된 세상이었다. 그러나 이제 그 곳은 키치로서 당당히 '고담시'[33]를 비판하는 그 도시의 뒷골목에 해당한다. 물론

---

31) 클레멘트 그린버그, 임정숙 역, 「아방가르드와 키치」, 『현대미술비평 30 선』, 중앙일보 계간미술, 1987.
32) 김현, 「키치 비판의 의미」, 유하 시집 『무림일기』, 중앙일보사, 1989의 해설문.
33) 유하, 「세운상가 키드의 사랑·3」에 나오는 '고담시'란 세상에 실재하는 도시의 이름이 아니라 가상 도시의 이름인 것으로 보인다. 시집 『세운상가 키드의 사랑』의 해설문 「적막의 바로크」를 쓴 정과리는 '고담시'의 '고담'이 '고준담론' 의 준말이고, 풍자적으로 쓰인 것이리라고 했다. 그의 견해에 나 역시 동의한다. '고담시'를 정과리 식으로 해석하면 그 가상 도시의 이름은 시인 유하가 창작한 것이 된다. 그런 해석과는 달리 가상 도시 '고담시'는 인기 높던 만화 『배트맨』에 등장하는 문제 많은 도시의 이름을 차용한 것으로 볼 수도 있다. 그 경우 가상 도시 '고담시'의 이름을 작명한 것은 물론 그 만화의 작가가 될 것이다. 유하가 키치

그 뒷골목은 예나 이제나 쓰레기들의 세상이다. 그렇기는 해도 시인 유하는 이제 "곰팡이를 반성하지 않는 곰팡이"임을 선언할 수 있게 되었다. '쓰레기'는 같은 '쓰레기'이지만 '고담시'에 가득 찬 허위를 상대로 삿대질을 할 수 있는 '쓰레기 세상'으로서 세운상가를 새롭게 자리매김 한 것이다. 바로 그 점이 시인 유하가 '나는 세운상가 키드'이 다라고 세상을 향해 소리 칠 수 있었던 배경이다.

3) 서울대 동숭동 캠퍼스의 변모 「청동(靑銅)의 숲」과 「자본주의의 약속」

　서울대가 종로구 동숭동 등 여러 곳에 흩어져 있었던 교사에서 관악산 밑 신림동으로 이전 집결한 것은 그 대학 자체만의 문제는 아니었다. 그 대학의 동정이 우리 사회에 현저한 영향을 끼쳤다는 점에서도 그렇지만, 남겨 놓고 떠난 교사, 부지가 서울의 도시 형태를 크게 바꾸어 놓았다는 점에서도 그렇다. 서울대의 동숭동 캠퍼스는 그 대학의 대학 본부가 자리잡고 있었던 대표적인 캠퍼스였다. 서울대 의 이전 이후 그 부지에는 문예진흥원, 문예극장을 비롯한 다수의 소극장 등의 문예 기구, 상가, 주택 등이 들어서 옛 모습을 바꾸어 놓았다.

　시인 황지우는 자신이 수학하였던 옛 학교 부지를 돌아보면서 변해 버린 오늘의 모습 속에서 과거의 그의 재학 시기의 기억을 반추했다. 시 「靑銅 마로니에 숲」이 그런 작품이다. 그 시의 표현대로 말하자면 시인은 "이혼한 아내를, 결국엔 찾아가는 사내처럼 동숭동"을 찾은 것이다. 그 시의 몇 행을 옮겨 보면 다음과 같다.

에 익숙한 시인이라는 점에서 그 도시의 이름은 만화로부터 차용한 것 으로 보는 것이 보다 적절할 듯하다.

(6)
이혼한 아내를, 결국엔 찾아가는 사내처럼
동숭동엘 갔다. 첫 키스의 쉰 술 냄새 남아 있던
마로니에 나무 아래에서, 담배 한 개비 꺼내
한참을 망설이다 다시 집어넣는 동안
심리학과(心理學科) 실험실 복도에 누군가 기타를 치고 있다.
누구는 감옥 가고 누구는 군대 가고, 누구는 절로 갔던가?
누구에게나 청춘은 한밤에 일어나 통곡하고 싶은 삶이지만,
청동으로 부은 옛 숲; 텅 빈 교정을 병정들이
근무 교대할 때 아테네史의 Y교수 혼자 시계탑 너머로,
주조(鑄造)된 1972년 10월 17일 흐린 하늘을 보고 있었다.
대리석탑 속에 잠들어 있던 이성은 그날 후로 여태
내 삶을 험난한 물결 위에 떠다니게 했달까.[34]

위 시는 1990년대인 현재에서 1970년대의 첫 무렵인 시인의 대학 시절을 회상한 작품이다. 그 점 때문에 위에 인용한 대목에는 '청동(靑銅)으로 부은', '주조(鑄造)된' 같은 낱말이나 어구가 쓰이고 있는 것이다. '청동(靑銅)으로 부은'과 '주조(鑄造)된'은 재질의 유무만을 달리할 뿐 결국은 같은 상태를 지시한다. 그 낱말, 어구가 지시하는 상태는 마치 한 개의 조각 작품처럼 빛을 뿜지만 그 자체로는 성장과 변모를 정지한 모습을 가리킨다. 좀더 풀어서 말하면 그것은 기억 속에는 또렷하게 살아 있으나 현존하는 생생한 풍경이 아닌, 과거의 모습을 지시하는 것이다. 이 시의 제목인 「청동(靑銅) 마로니에 숲」 또한 위에서 말한 시간구조와 관련을 갖는다. '마로니에'는 서울대가 이전하기 이전, 그 대학의 동숭동 캠퍼스가 자랑하던 나무로서 동숭동 캠퍼스의

---

34) 황지우, 「靑銅 마로니에 숲」, 『어느 날 나는 흐린 주점에 앉아 있을 거다』, 문학과지성사, 1998.

상징물의 하나였다. 따라서 「청동(靑銅) 마로니에 숲」이란 이 시의 제목은 지금은 없어진 시인의 기억 속의 동숭동 캠퍼스란 의미를 띤다고 해야 하겠다.

이광호는 그의 황지우론인 「초월의 지리학」에서 황지우의 시들은 "70년대와 80년대를 관통하는 한국 현대사의 저 처절한 연대기를 벗어나서는 올바로 이해되지 않는다. 그것은 그의 반란이 철저히 역사적 과정의 시적 산물이라는 것을 의미한다"고 했다.35) 이광호의 그러한 단언은 무엇보다도 황지우 자신의 시작품들에서 근거를 찾을 수 있는 것이다. 또한 그의 시작품들과 아울러 살펴보아야 할 것은 그의 연보이다. 연보에는 한국 현대사의 처절한 연대인 7, 80년대에 시인의 삶이 '험난한 물결'에 휩쓸려 있었음을 다음과 같이 간략하게 기록해 놓고 있다.36)

- · 1973(21세) 문리대의 유신반대 시위에 연루, 구속되어 강제 입영되다
- · 1980(28세) 광주 민주화 항쟁에 가담한 혐의로 구속되다
- · 1981(29세) 광주 민주화 항쟁에 가담한 사유로 서울대학교 대학원에서 제적되어, 서강대학교 대학원 철학과에 입학하다

위 연보에서와 같이 시인 황지우는 시대의 '험난한 물결'에 휩쓸리면서 대학 시절을 보냈고 젊은 시절을 엮었다. 시인의 그러한 모진 시련은 위에 인용한 「청동(靑銅) 마로니에 숲」에도 그대로 드러나

---

35) 이광호, 「초월의 지리학」, 이남호 · 이경호 편, 『황지우 문학 앨범』, 웅진출판, 1995.
36) 이남호 · 이경호 편, 『황지우 문학 앨범』, 1995.

있다. 그 시에 드러난 대학 시절의 회상은 "주조(鑄造)된 1972년 10월 17일 흐린 하늘"로 표현된 유신의 쓰라린 체험을 밑자리로 하고 있어, 그의 어떤 최근 작품보다도 시대와 역사로 인한 아린 아픔을 불러일으키고 있다.

> (7)
> 루울루룰루 룰루루, 쉰 술 같은 옛 노래 휘파람 불며
> 지나간 청동숲, 구리 나뭇가지들에 첫 키스 훈김.
> 황금가지를 따가지고 내려오는 잘생긴 청년처럼
> 이몸도 한때는 푸른 셔츠 소매 걷어올리고 머리엔
> 詩의 대기를 이고 마로니에 가지 밑을 거닐었지
> 쉰 입맞춤에서 내 사랑의 꼭지도 떨어졌지만
> 생은 영원히, 영원히 되풀이되는 난장판인가,
> 포커 치던 자리에선 화장하고 나온 여중생들이
> 브레이크 댄스를 추고, Y교수가 올라가려는
> 도서관 계단에 앉아서 손금 봐주는 점쟁이들.
> 검은 개가 고목 위에서 눈 밝히고 내려다본다.

  (6)에 인용한 부분의 뒤를 잇는 위 (7)에서도 시인의 생각은 과거와 현재를 넘나든다. 시인은 시대와 역사의 '험난한 물결'에 휩쓸리기 전에 그에게도 구김없는 대학 시절이 있었음을 회상한다. 푸른 셔츠 소매 걷어올려 입은 젊은이로서 "詩의 대기를 이고 마로니에 가지 밑을 거닌" 자신을 그려본 것이 그것이다. 그러나 그런 감미로운 회상은 변모된 동숭동의 새 풍속도로 말미암아 깨뜨려질 수밖에 없었다. 시인의 회상을 깨뜨린 것은 "화장하고 나온 여중생들"의 브레이크 댄스였다. 서울대의 이전 후, 동숭동 캠퍼스의 일부는 '마로니에 공원'으로 조성되었는데, 여중생들의 댄스판은 거기서 벌어졌던 것이다.

58

  시인의 재학 시절에 동숭동 캠퍼스에서 벌어진 삶의 모습은 난장판 그것이었다. 3선 반대, 유신 반대의 학생 시위가 잇따랐고 최루탄 연기가 뒤덮었으며 경찰의 곤봉 세례가 살벌했다. (6)의 "누구는 감옥 가고 누구는 군대 가고, 누구는 절로 갔던가"라는 회상 대목은 학원 안에까지 회오리치던 시대와 역사의 난장판을 말한 것이다. 캠퍼스가 조용할 때면 여기저기서 포커판이 벌어졌는데, 그것 역시 난장판의 다른 모습에 지나지 않았다. 20여 년 전, 포커판이 벌어졌던 자리에 지금은 여중생들의 댄스판이 벌어진 모습을 보며 시인은 한숨짓지 않을 수 없었다. 옛 포커판 그리고 지금의 여중생 댄스판을 겹쳐 보면서 시인이 갖게 되는 물음은 "생은 영원히 되풀이되는 난장판인가"라는 것이다.

  '마로니에 공원'이 있는 앞 길, 흔히 '대학로'라고 불리는 그 길은 서울 종로의 이름난 상가라고는 할 수 없었던 구역이다. 길 이쪽으로도, 저쪽으로도 서울대 병원, 중앙공업연구소 등의 공공건물들이 상가의 확장을 가로막았기 때문이다. 그러나 서울대 옛 터에 공원이 조성되고 그 옛 터 일부에 상가가 들어서면서 '젊은이의 거리'처럼 알려지자 그 일대에도 변화가 찾아왔다. 동숭동과 명륜동을 잇는, 젊은 고객들을 대상으로 한 점포들이 길가로, 골목 안으로 빽빽이 들어차게 된 것이다. 시인 함민복은 동숭동 일대의 그러한 변화를 자본주의의 모습으로 파악한다. 그리고 그 빽빽한 상가 중의 어떤 집을 골라 이루어진 만남의 약속을 '자본주의의 약속'이라고 명명한다.

(10)
혜화동 대학로로 나와요 장미빛 인생 알아요 왜 학림 다방 쪽 몰라요 그럼 어디 알아요 파랑새 극장 거기 말고 바탕골 소극장 거기는 길바닥에서 기다려야 하니까 들어가서 기다릴 수 있는 곳 바

로 그 앞 알파포스타 칼라나 그 옆 버드 하우스 몰라 그럼 대체 어
딜 아는 거요 거 간판 좀 보고 다니쇼 할 수 없지 그렇다면 오감도
위 옥스퍼드와 슈만과 클라라 사이 골목에 있는 소금창고 겨울나
무로부터 봄나무에로라는 카페 생긴 골목 그러니까 소리창고 쪽
으로 샹베르샤유 스카이파크 밑 파리 크라상과 호프 시티 건너편
요 또 모른다고 어떻게 다 몰라요 반체제인산가 그럼 지난번 만났
던 성대 앞 포토폴리오 어디요 비어 시티 거긴 또 어떻게 알아 좋
아요 그럼 비어 시티 OK 비어 시티—

—함민복, 「자본주의의 약속」·전편

이 시의 소재 또는 배경이 되어 있는 것은 대학로의 상가이다.
시인 함민복은 그 상가, 보다 정확하게 말하면 그 상가의 상호들을
소재로 삼으면서 자본주의의 가공할 만한 힘을 웃음 속에서 성찰하고
있다. 위 시는 전화 통화라는 특수한 접촉과 매개방식을 활용하면서,[37]
가벼운 웃음을 유발한다.

"그럼 대체 어딜 아는 거요 거 간판 좀 보고 다니쇼" "어떻게 다
몰라요 반체제인산가" 같은 말들이 송화, 수화 중인 두 인물을 상상하
게 하면서 웃음을 유발하게 하는 것이다.

이 시는 독자에게 웃음을 유발하면서 가벼운 느낌을 갖게 한다.
그러나 웃음, 가벼움만으로 이 시 읽기를 마치는 것은 시인의 의도하는

---

37) 권오만, 「김수영 시의 기법론」, 『한양어문연구』 제13집, 한양대학교 한
   양어문연구회, 1995. 이 글에서는 야콥슨이 제시한 전달체계의 6요소
   중 '접촉(contact)'의 양상을 시의 구성 요소의 하나로 받아들여 논의했
   다. '접촉'이란 물리적, 심리적으로 발화와 어떤 방법으로 관계를 맺는
   가를 의미한다. 일반적으로 시의 말하기는 화자의 독백투로 이루어지며
   청자는 그것을 엿듣는 것으로 이해되어 왔다. 그러나 그렇게 이해된 시
   의 말하기는 화자, 청자의 접촉의 방법이 변화하면 달리 이해될 수밖에
   없다. 함민복의 시 「자본주의의 약속」은 문명의 이기인 전화의 송화가
   전면에 떠오르고 수화가 이면에 감추어진 특이한 접촉 방식을 보여준다.

바와 동떨어진 것이다. 시인은 웃음, 가벼움과 함께 시인 함성호가 '환위(換位)의 시학'이라고 명명한 시학을 이 시에서 행하고 있기 때문이다. 그는 자본주의 사회의 무한 욕망을 상호들에 나타나는 무차별한 잡식성으로 읽은 것이다. 자본주의 사회의 작은 점포들이 벌이는 무한 경쟁과 무한 욕망은 시인 함민복에게 자본주의의 거대한 폭력성을 읽는 작은 표지로 작용한 것이다.

시 「자본주의의 약속」에서 위와 같이 자본주의의 폭력성의 표지를 읽었을 때, 우리들은 그 시에서 어렵지 않게 '환위의 시학'을 읽을 수 있을 것이다. 그 시에서 '환위'는 시 구조 안에서는 화자의 태도에서, 시의 바깥에서는 시인의 태도에서 읽을 수 있다. 이 시에서의 '환위'는 "몰라요 반체제인산가", "그럼 비어 시티 OK 비어 시티"처럼 웃음과 가벼움을 유발하는 태도가 실제로는 결코 웃음과 가벼움만이 아닌 위장에 해당한다는 점을 우선 지각하는 것이다. 그런 뒤에 함민복이 그 시에서 정작 말하려는 것은 자본주의의 무한 욕망이 점차로 우리의 생활을 미로에 처박고 있음을 우려, 비판한다는 점을 깨닫는 것이다.

4) 종묘 앞 공원과 민중 시위 「옛 왕들이 잠든 거리에」

청계천의 복개, 세운상가의 건축, 서울대 동숭동 캠퍼스의 이전은 모두 3공과 유신시대의 산물이었다. 그것들과는 달리 종묘 앞, 종로 3가 일대를 개발하여 '종묘공원'을 설치한 것은 5공 시기의 작품이다. 개발 이전의 종로 3가 일대는 '서울의 치부(恥部)'로 꼽히던 사창가, 이른바 '종삼(鍾三)'을 중심으로 한 우범지역, 불량주택 지역이었다. 그 지역을 주민들과의 격심한 마찰 끝에 1985년부터 '종묘공원'으로 조성할 수 있었다.

(8)

기적 소리가 들리지 않지만 종로4가 세운상가 지하엔 기차들이
지나간다. 옛 왕들의 머리맡을 지나가는 기차들은 비애를 배울
틈이 없다. 잠든 스무 명의 왕들과 느리게 걸어 다니는 실업자들
사이로 기차가 지나가고, 지상에는 살찐 비둘기가 날아오른다.
종묘공원의 연초록 잎사귀들에선 납 냄새가 난다. 날아오르는 날
개 밑으로 확성기의 쉰 목소리가 터져 오르고 전투 경찰의 방패가
긴장 없이 늘어선다. 줄지어 모여드는 습성과 날아오르려는 날개
들의 습성 사이엔 아무 관계도 없는 것인지 이 전쟁엔 살기 대신
피곤함만 가득하다. 무관하게 한 공간 속에 놓이는 것들. 그러나
무책임은 아무런 관계가 없이도 조직화된다. 실업자들의 빈손은
이 봄 지상에서 가장 무서운 무기이다.

—이영진, 「옛 왕들이 잠든 거리에」· 전편38)

위 시는 '종묘공원'의 오늘의 풍경을 그린 작품이다. 모두 2장으로
구성된 산문시이다. 앞 장에서는 종묘에서 제향(祭享)을 받는 조선조의
왕들이 20위임을 말하였고, 종묘 바깥에 조성된 공원에서 실업자들이
기운없이 걷는 모습을 그려냈다. 이영진의 시 「옛 왕들이 잠든 거리에」
에서 시인이 정작 말하려는 것은 뒷장에 나타난다. 지난날들에는 왕국
의 신성 공간이었던 종묘 앞에 공원이 조성되었을 뿐더러, 그 공원에서
조직화된 실업자들과 전경들 사이에 공방의 싸움이 벌어져 있는 모습
이 시인으로서는 기묘하게 느껴진다는 것이다.

'종묘공원'이 조성된 것이 5공 시대였다고 했는데, 5공 시대는 아마
도 민중 시위가 가장 적었던 시기일 것이다. 5공은 광주 민주화 항쟁을
무력으로 진압한 데서도 드러나듯이 철권(鐵拳)을 휘두른 정권이었다.

---

38) 이영진, 「옛 왕들이 잠든 거리에」, 『아파트 사이로 수평선을 본다』, 솔,
1999.

따라서 그 시대에는 '종묘공원'을 집결지로 하여 민중 시위를 일으킬 엄두조차 내기가 쉽지 않았다. 그러나 6공 이후 그 곳은 서울의 주요 시위 현장의 하나로 변모했다. 위 시는 변모된 '종묘공원'의 오늘의 풍경을 그린 것이다.

5) 종로의 변모와 그 시적 형상화의 변화

이제까지 종로 거리/지역이 우리 삶의 '둥지'로서 어떻게 변모하여 왔고 그것이 우리 현대시에서 어떻게 노래되어 왔는가를 살펴보았다. 종로 거리/지역의 변모로 살펴본 것들은 청계천, 세운상가, 서울대 동숭동 캠퍼스, 종묘공원 등인데, 그것들 이외에도 종로 거리 지역의 변모를 가져온, 다른 것들을 더 거론할 수 있을 것이다. 예를 들면 조선조의 정궁인 경복궁의 장관을 차폐하면서 건립된 조선 총독부 건물의 해체, 옛 서울고 터의 경희궁 복원 등이 그런 것들이다. '둥지'로서 종로 거리/지역의 모습을 바꾸어 놓은 그것들 또한 이 글에서 다루어야 마땅했다. 그러나 그 변모에 대한 논의를 부득이 이 글에서는 진행시키지 못했다.

종로의 거리/지역에는 특정구역이 다수 자리잡고 있다. 여기서 말하는 특정구역이란 경복궁 등 옛 궁궐을 비롯한 문화재 건물들, 청와대를 비롯한 다수의 관서 건물들, 인사동·동숭동 등 이른바 '문화 거리' 등이 차지한 지역을 가리킨다. 종로 거리/지역에는 그러한 특정구역들이 다수 포진하고 있어, 종로 거리/지역의 경관, 기능의 성격에 현저한 영향을 끼치고 있다. 서초·강남·송파·강동·양천·노원·도봉 등 서울의 신 개발지역의 주거 형태의 주류가 아파트이며 그 지역들에는 아파트를 포함한 고층 건물들이 밀집한 것과는 달리 종로 거리/지역에는 그런 현상이 덜 나타난 점 같은 것도 종로 거리/지역의 성격이 드러난 면의 하나일 것이다.

종로 거리/지역은 서울의 다른 거리/지역과 그렇게 다른 성격을 드러낸다. 그러나 그렇게 변별적인 성격을 가지면서도 종로 거리/지역 또한 오늘의 서울 일반의 성격을 회피할 수 없이 내포하지 않을 수 없다. 인구 과밀로 하여 대두되는 주택·교통 문제며 각종 공해로 말미암은 오염, 도시 생활로 하여 격발되는 무질서·경쟁·범죄 등으로부터 종로의 거리/지역은 결코 벗어날 수 없는 것이다.

종로 거리/지역 역시 예외일 수 없도록 나타나는 위와 같은 도시 문화의 면모는 그 거리/지역을 배경으로 한 우리 현대시의 의식과 기법에도 반영되어 나타난다. 종로 거리/지역을 배경으로 한 도시시의 그러한 면모는 우선 실망·탄식·불안·회의·절망·도피·반항과 같은 의식으로 표출된다. 또한 그러한 불행한 의식에 대한 시인들의 자각은 그들의 작품을 야유·조소(嘲笑)·풍자·반어(反語)·항의·전도(顚倒)의 기법으로 물들이도록 작용하고 있는 것이다. 위 (3), (4)에 인용한 다수 작품들에서 우리는 시대와 사회의 변모로 인한 시인들의 의식과 제작 기법의 위와 같은 변화를 실감하게 된다.

5. 맺는말

이 글의 앞머리에서 밝혀 두었듯이 종로는 한국의 수도, 대표적인 거대도시인 서울에서도 핵심을 이루는 거리/지역이다. 한양 정도(定都) 이후 600년이 넘도록 조선의 도읍, 일제 식민지 경영의 중심지, 독립된 한국 수도의 중심지 역할을 담당하면서 거리/지역으로서의 종로는 자연스럽게 그 성격을 구축하였다. 서울의 공간들을 '신주작대로'를 중심으로 탐사한 한 도시계획학자가 세종로 일대에는 세 지층이

64

두텁게 깔려 있다고 한 것은 옛 한양의 북촌이었던 종로 거리/지역의 성격을 도시 형성사의 방식으로 읽은 것에 해당한다.39) 그는 국가의 상징 기구들이 모여 있는 세종로의 변천사를 말하면서 "세종로의 변천사는 거듭된 과거 부정의 역사였다. 계속해서 지우고, 덧칠하고, 새로 짓는 속에서 오늘의 거리 풍경이 생겨났다."고 그 변천의 역사를 규정했다. 종로의 모든 거리/지역이 국가의 상징 기구들이 다수 모여 있는 세종로의 변천사와 동일한 과정을 거쳐 왔다고 말하기는 어렵다. 그렇기는 해도 종로 거리/지역은 한양 정도 무렵부터 이미 도시의 경역 안에 포함되어 있었기에, 근년에 서울의 테두리 안에 포함된 서울의 다른 지역과는 구별되는 성격을 가질 수밖에 없었다.

도시 형성사로서 종로 거리/지역이 가진 그러한 성격은 자연히 문화의 한 발현 형태인 시작품들에도 영향을 미칠 수밖에 없었다. 위에서 살펴본 바와 같이 종로의 거리/지역은 길고 오랜 도시 형성의 역사를 간직하고 있고, 그 점은 표나게 또는 은연중에 종로 거리/지역의 경관과 기능에 영향을 끼치고 있다. 따라서 한국 현대시 중 종로 거리/지역을 노래한 다수 작품들은 그 점을 뚜렷이 의식하지 못하는 중에도 그 영향을 받았을 가능성이 높다고 말할 수 있을 터이다. 김광규, 마종기 등의 '종로 고향 시편'들이 그런 작품들이다. 그 작품들은 이미 4, 50년 전에도 종로에는 도시로서의 성격이 이미 확고하게

---

39) 강홍빈, 앞의 글. 이 글의 다른 대목에서 강홍빈은 세 지층에 대하여 다음과 같이 적어 놓았다.

> "가장 두터운 지층을 지닌 세종로는 조선조에 형성된 공간의 바탕 위에 일제와 해방 이후의 두 지층이 더해지면서 오늘의 형상을 가지게 되었다."
> "성장사는 무척 짧고 압축되어 있다. 신주작대로의 첫구간 세종로에는 여섯 세기의 지층이 깔려 있지만, 나머지 구간은 그렇지 않다. 태평로 —소공로 구간이래야 한 세기가 훨씬 못 되고, 남산 이남의 구간, 반포로는 한 세대도 못 된다."

자리 잡고 있어서, 당시 그들의 삶의 양식은 서울 외곽지대의 그것과는 현저하게 달랐음을 보여주고 있다.[40] 이 글의 (2)에서 검토한 것은 서울이 오늘과 같은 거대도시로 변모하기 이전의 종로에서의 삶의 모습이다.

그러나 다른 한편 종로 거리/지역은 서울의 다른 지역과 변별되면서도 거대도시 서울의 일부라는 성격을 내포하기도 한다. 이 글에서는 그 점을 3. 새 '둥지'로의 전입과 도시에서의 길 찾기와 4. '둥지'의 변모 또는 소멸에서 여러 시작품들을 인용하면서 검토하였다. 그 검토에서 종로 거리/지역은 거대도시 서울의 일부로서 각종의 다양한 도시 문제들을 유발하는 현상을 목격할 수 있었다. 또한 우리 시인들은 그들의 작업에서 그것들을 놓치지 않고 형상화하고 있음을 확인할 수 있었다.

위 (2), (3), (4)의 인용 시들을 검토하면서 시간과 공간 그리고 인간의 삶의 관련상을 생각하게 된 것은 우연이 아니다. 인간은 시간과 더불어 공간 속에서 살아가는 존재이기에 그 3요소의 상호작용은 필연한 것이다. 현대 그리고 서울과 같은 대도시에서의 삶은 우리 시인들의 의식과 시작 기법에 적지 않은 변화를 가져올 수밖에 없었다. 한 시대, 한 사회의 '촉수'라고 불리는 시인들의 응전 방식이 거기에 약동하고 있기 때문일 것이다.

---

40) 이미 조선조부터 취락이 형성되어 있었던 종로 거리/지역은 서울 편입의 역사가 길지 않은 신 개발지역과는 두 가지 점에서 그 면모를 달리 할 수밖에 없었다. 신 개발지역이 서울로 편입되기 전에는 흔히 농경지였으며, 서울로 편입된 이후에는 경이적일 만큼 새롭게 다듬어진 현대 도시의 면모를 띠게 된 것이, 종로 거리/지역과는 다른 점이다. 유하의 제2시집 『바람부는 날이면 압구정동에 가야 한다』에서는 개발 이전의 압구정동 지역이 배밭이었으며, 서울로 편입되어 도시 지역으로 개발된 이후에는 호화, 사치로운 유행의 거리가 되었음을 노래하였다.

종로 ; 현대 한국의 '풀무'로서의 모습
―한국 현대시에서의 '종로' 읽기 (2)

1. 시작하는 말

이 글은 한국 현대시를 대상으로 하여 종로 거리/지역을 읽어내려는 필자의 두 번째 시도에 해당한다. 한국 현대시를 대상으로 하여 종로 거리/지역을 읽되, 그 거리/지역에서 나타난 한국인의 삶의 모습을 읽으려는 것이 이 글의 중심 의도이다. 이 글의 전편(前篇)에 해당하는 「한국 현대시에서의 '종로' 읽기(1)」에서는 종로 거리/지역을 삶의 터전―앞의 글에서는 그것을 '둥지'라고 불렀다.―으로 삼은 이들의 삶의 여러 모습들을 살펴보았다.[1] 이 글에서는 그 글의 뒤를 이어 우리 공동체가 종로 거리/지역을 배경으로 하여 어떤 역사적 사건들을 어떻게 겪어 왔던가를 알아보려고 한다.

한 국가 또는 한 사회 공동체가 맞고 환희하고 갈등하며 겪어낸 사건, 우리가 흔히 역사적 사건이라고 부르는 사건들을 둘러싸고서도 우리의 삶의 모습은 전개된다. 아니, '역사적'이란 에피셋이 의미하고 있듯이 공동체의 삶을 뒤흔들 만한, 거대한 사건일수록 그 사건은 우리의 삶에 큰 자취를 남기는 법이다. 그런 의미에서 이 글은 이 글의 전편인 「종로 ; '둥지'의 여러 모습」에 함께 묶여질 수도 있었다. 그러함에도 불구하고 이 글을 전편과 갈라 떼어 발표하는 것은 다름이

---

[1] 권오만, 「종로 ; '둥지'의 여러 모습―한국 현대시의 '종로' 읽기(1)」, 이 글은 1999년 11월 17일에 열린 서울학 심포지움에서 그 요지가 발표되었으며, 글 전체는 서울시립대학교 서울학연구소가 발행한 『서울학 연구』 제13호에 수록되었다.

아니다. 글의 길이가 지나칠 만큼 길어지리라는 우려와 우리 공동체가 겪은 큰 사건을 일상의 삶과 구별하여 강조하고 싶다는 의도가 함께 작용한 결과이다.

이 글의 표제에서는 '풀무'라는 낱말을 사용했다. 그 낱말의 뜻을 사전에서는 "불을 피우는 데 바람을 일으키는 제구"라고 풀이하고 있다.2) '풀무'라는 낱말을 이 글의 표제에서 사용한 것은 서울과 같은 종주도시(宗主都市, primate city)3)는 그 국가 또는 그 공동체에서 행정, 교육, 문화의 중심지, 2·3차 산업을 이끌어 나가는 중심지로 기능하게 되어 마치 대장간에서 풀무와 같은 역할을 수행하는 점을 나타내려는 의도를 반영한다. 도시란 원래 인류 문화 발전의 결과물로서 사회 발전의 구심점이 되며, 국가를 움직여 나가는 데에 핵심적인 역할을 떠맡게 된다. 그런 도시들 중에서도 종주도시는 그 역할을 가장 큰 규모, 달리 말하면 전국적인 규모로 수행하게 되는 점을 '풀무'라는 낱말을 은유로 하여 드러내려고 한 것이다.

한국의 종주도시인 서울에서도 종로는 핵심에 해당하는 거리/지역 이다. 종로가 서울의 중심지가 된 것은 조선조가 개국한 첫 무렵, 한양으로 정도(定都)한 1394년부터의 일이다. 『한양(漢陽)—그 곳에서 살고 싶다?』를 저술한 최완기는 종로가 서울에서도 중심지라는 점을 다음과 같이 설명하였다.

성 안의 터 중에서도 오늘의 종로구 일대가 한성부의 중심 구역이

---

2) 한글학회, 『새한글사전』, 한글학회, 1986.
3) 강대기, 『현대도시론』, 대우 학술총서 인문사회과학 21, 민음사, 1987, 94쪽. 한 국가의 수도나 그 국가에서 가장 큰 도시가 여타 다른 도시보 다 그 규모나 기능면에서 월등한 위치로 성장하게 되는데 이를 도시종 주성(都市宗主性, urban primacy)이라 하고 이러한 위치를 차지한 도시 를 종주도시(宗主都市)라고 한다.

었다(……). 조선 왕조의 다섯 궁궐 중의 네 개가 종로구에 위치해 있고, 의정부·6조 등의 행정 관아가 거의 종로구에 있었다. 따라서 전국의 인물과 산물이 이 곳으로 집중되었던 것이 조선 시대였다. 이를테면 종로구 일대는 우리나라의 심장부였다.[4]

종로를 한양의 중심부로 발전시켰던 조선조의 시책은 그 뒤 일제의 식민지 경영 당국에 의해서도 계승되었다. 그 시책은 군정과 독립 이후의 우리 정부에 의해서도 변함없이 이어져 내려와 오늘에 이르렀다. 국가 경영 형태가 조선조 시대와 비교할 수도 없을 만큼 복잡다기해진 오늘에 있어서 서울 종로는 때때로 서울의 중심지로서의 기능에 도전을 받는 것은 엄연한 현실이다. 세종로와 지호지간(指呼之間)의 거리에 위치해 있었던 국회가 여의도에 의사당을 마련한 것, 역시 세종로와 근접한 거리에 있었던 대법원을 비롯한 사법부가 서초의 신 개발지역으로 이전한 것, 행정부의 경제 부처 일부가 과천에 위치한 제2 정부종합청사로 이전한 것 등이 그 생생한 예들이다.

그렇기는 해도 오늘날 한국의 종주도시 서울의 위상이 흔들릴 수 없듯이, 서울의 중심 거리/지역으로서 종로의 위상 또한 흔들리지 않고 있다. 종로 거리/지역의 중심지로서의 성격은 무엇보다도 국가적인 행사에서 상징적으로 드러난다. 가령 국군 창설 60주년을 맞아 국군이 시가행진을 계획할 경우를 생각해 보자. 그럴 경우에 시가행진이 이루어질 거리/지역은 서울에서 으뜸으로 번영을 누리고 있는

---

4) 최완기, 『漢陽―그 곳에서 살고 싶다?』, 교학사, 1997, 81쪽. 도성으로 둥글게 둘러싸인 한양은 다시 서쪽에서 동쪽으로 흐르는 큰 개천을 경계로 하여 남쪽 지역과 북쪽 지역으로 구분되고 있는데, 북쪽 지역이 곧 종로구의 관할 구역이다. 조선 왕조는 수도를 설계하면서 북쪽 지역에 궁궐·관아·상가 등 주요 시설을 마련하여, 이 지역을 서울의 중심부로서, 나아가 한반도의 중심지로서 발전시켰다.

거리/지역인 서초, 강남, 송파가 아닌, 종로일 가능성이 가장 높다. 전통의 무게로도 그렇고 다수의 상징물들을 가지고 있는 점에서도 그렇지만, 청와대, 정부 중앙 청사, 세종문화회관 등 종로 거리/지역이 포용하고 있는 실제적인 무게에 있어서도 종로는 서울의 다른 거리/지역을 월등하게 능가하기 때문이다.

종로의 거리/지역을 우리 사회의 '풀무'로 읽으려는 이 글의 의도 또한 위에서 살펴본 종로 거리/지역의 무게와 깊은 관련을 갖는다. 서울 시민들은 민족 공동체의 운명이 걸려 있던 역사적 사건들에 봉착하게 되었을 때에 흔히 종로 거리의 동정에 관심을 모으거나 그 거리로 모여들었다. 우리의 현대시인들 또한 그러했다. 그들은 민족 공동체의 운명이 걸린 역사적 사건을 노래하게 될 때에 그 배경을 흔히 종로 거리/지역으로 선택했다. 서울 시민들 그리고 한 시민으로서 시인들이 그와 같이 종로 거리/지역을 중시하였기에 한국 현대시에서 종로 거리/지역을 우리 사회의 '풀무'로 읽으려는 이 글의 의도 또한 배태될 수 있었다.

이 글에서는 종로 거리/지역을 우리 사회, 우리 역사의 '풀무'로 바라보면서 광복 이후 우리 사회가 격동하였던 역사적 사건들을 다루려고 한다. 이 글에서는 위로는 1945년의 민족 해방으로부터 아래로는 1987년 6월의 민주 항쟁에 이르는 남북 분단, 6·25전란, 4·19시민 혁명, 5·16군사 쿠데타, 1972년부터 1979년까지 자행된 유신, 1980년에 맞은 '서울의 봄', 광주 민중항쟁과 그 뒤를 이은 민주화 투쟁 등 우리 공동체의 운명을 가름한 역사적 사건들이 종로 거리/지역과 어떻게 관련을 맺으면서 전개되었으며, 또 그 사건들이 우리 현대시 작품들에 어떻게 반영되어 나타났던가를 검토하려는 것이다.

2. 한국 현대시에 나타난 '풀무'로서의 종로

1) 해방의 감격과 '잉경'

마침내 해방을 맞았다. 일제 36년의 쇠사슬을 끊고 우리 민족 공동체가 마침내 자유를 찾았다. 만해 한용운이 그의 시집 『님의 침묵』에서 노래하였듯이 인격과 인권을 잃어버린 식민지 백성[5]이었던 한국인은 36년 동안의 긴 통한의 세월을 살아오던 끝에 마침내 자신이 자신의 주인이 되는 해방을 맞게 된 것이다. 저들의 말이 아니면 말을 못하게 하고 저들의 글자가 아니면 글을 못 쓰게 하던 일제의 만행(蠻行)[6]

---

5) 한용운, 「당신을 보았습니다」, 『님의 沈默』, 회동서관, 1926. 이 시는 일제 식민지 백성으로서 한국인의 인격과 인권이 어떻게 짓밟혔던가를 다음과 같이 형상화하여 보여 주었다.

> 당신이 가신 뒤로 나는 당신을 잊을 수가 없습니다.
> 까닭은 당신을 위하느니보다 나를 위함이 많습니다.
>
> 나는 갈고 심을 땅이 없으므로 추수가 없습니다.
> 저녁거리가 없어서 조나 감자를 꾸러 이웃집에 갔더니, 주인은 「거지는 인격이 없다. 인격이 없는 사람은 생명이 없다. 너를 도와주는 것은 죄악이다」라고 말하였습니다.
> 그 말을 듣고 나올 때에, 쏟아지는 눈물 속에서 당신을 보았습니다.
>
> 나는 집도 없고 다른 까닭을 겸하여 민적(民籍)이 없습니다.
> '민적 없는 자는 인권이 없다. 인권이 없는 너에게 무슨 정조냐' 하고 능욕하려는 장군이 있었습니다.
> 그를 항거한 뒤에, 남에 대한 격분이 스스로의 슬픔으로 변하는 찰나에 당신을 보았습니다.

6) 한우근, 『한국통사』, 을유문화사, 1970, 574쪽. 미나미 지로(南次郞) 조선 총독은 그가 내임(來任)한 지 2년 뒤인 1938년에 신교육령을 발포하여 중학교 교과목 중에서 한국어를 삭제하여 한국인 일반에게 한국어 교육을 금하고, 나아가서는 한국민의 한국어 사용까지도 금지하였다. 1940년 8월에는 『동아』(東亞)・『조선』(朝鮮) 등 한국어 신문이 거의 폐간당했고, 다음해 4월에는 『문장』(文章)・『인문평론』(人文評論) 등 한국

을 고스란히 겪어낼 수밖에 없었던 우리 시인들은 1945년 8월 15일의
광복을 맞자마자 발 빠르게 움직이기 시작했다. 광복의 그 날로부터
불과 1개월여만인 9월 29일에 '문예 강연회'가 열린 것도 그런 발
빠른 움직임의 하나였다. 그 강연회에서 시인 김광섭은 시의 표제부터
해방의 감격스러움을 문자 그대로 드러내는 「해방(解放)」이란 시를
낭독, 발표했다.

> 압박(壓迫)과 유린(蹂躪)과 희생(犧牲)에 묻힌 36년
> 피를 흘리며 신음(呻吟)하며
> 자유를 찾으며 해방을 원하며
> 우리들은 얼마나
> 움직이는 세기(世紀)의 파동 속에
> 뛰어들려 하였던가
> 또한
> 어데서 하고싶은 일을 하고
> 어데서 읽고싶은 글을 읽고
> 어데서 가고싶은 길을 갈 수 있었던가
>
> 어데로 가나 나라 없는 백성
> 어데로 가나 이름 없는 사람
> 아지 못할 무거운 죄(罪)와 벌(罰)
> 조선(朝鮮)은 속박과 눈물의 땅
> 피와 땀에 추근히 젖어서
> 대지(大地)는 빛을 잃고
> 우리들은 폐허(廢墟)에 누운
> 헐벗은 손님에 지나지 못하였다

어로 간행되는 잡지도 폐간당했다.

위는 김광섭의 시 「해방」의 1, 2연이다. 모두 9연으로 짜여진 그 시에서 식민지의 속박(束縛) 36년의 과거를 돌이켜 본 것이 위 두 연이다. 시인은 무엇보다도 먼저 시의 앞머리에서 식민지 생활 36년이 란 얼마나 혹독한 것이었던가를 압축하여 제시하려 했다. 그 잔혹한 세월은 한 마디로 "압박과 유린과 희생에 묻힌" 세월이었으며, "피를 흘리며 신음하며/ 자유를 찾고 해방을 원하"던 세월이었다. '하고싶은 일'도 '읽고싶은 글'도 '가고싶은 길'도 자신의 뜻대로 결정할 수 없었던 노예 아닌 노예로서의 삶, 그것이 식민지 백성에게 강요된 굴종의 삶이었다.

시인은 위에 인용한 제2연에서 "압박과 유린과 희생에 묻힌 36년" 동안, 일제 식민지 백성으로서의 삶이 어떤 것이었던가를 조금 더 구체적으로 펼쳐 놓는다. "어데로 가나 나라 없는 백성/ 어데로 가나 이름 없는 사람/ 아지 못할 무거운 죄와 벌/ 조선은 속박과 눈물의 땅"이라고 한 것이 그것이다. "어데로 가나 나라 없는 백성"이란 2연 제1행의 말은 우리가 식민지 시대를 이야기할 때에 항상 되뇌는 말이 다. 나라를 부지하지 못하여 식민지 백성으로 전락했었다는 짙은 비애 가 그 말에는 서려 있다. "어데로 가나 이름 없는 사람"이란 시인이 아마도 두 가지 사실을 의식하면서 쓴 말일 것이다. 각기 자신의 이름을 가진 개인 개인의 울타리는 나라인데, 나라가 이미 망했으니 개인의 이름인들 온전하겠는가 하는 생각이 그 하나다. 또 하나는 식민지 시대 말기에 일제가 저질렀던 만행(蠻行)으로서의 창씨개명(創氏改名) 이다.[7]

---

7) 한우근, 앞의 책, 575쪽. 반면에 일제는 형식적인 동화정책을 썼다. 1937년에 일제는 「황국신민(皇國臣民)의 서사(誓詞)」라는 것을 만들어, 집회 때마다 이것을 외우게 하고, 이와 아울러 일본 신사(神社)에의 참배 를 한국인에게 강제하였으며, 1938년에 이르러서는 일본식으로 「창씨개 명(創氏改名)」할 것을 강요하였다.

제3행의 "아지 못할 무거운 죄와 벌"은 식민지 백성이 겪었던 고통을 실감 그대로 전해 주는 표현이다. 우리는 흔히 식민지 백성이 처했던 현실을 '노예 상태'라고 표현하는 데 익숙해져 왔다. 위의 표현은 그것과 같은 느낌을 전해 주면서도 새로운 실감을 덧보탠 점에서 유의할 만하다. 식민지 백성이 처했던 상황을 "아지 못할 무거운 죄와 벌"이라고 표현한 것은 그 상황을 실감나게 그려낸 일반적 표현이면서, 시인 김광섭으로서는 자신의 생생한 체험을 펼쳐 놓은 개별적 표현이기도 하다. 여기서 그 말을 시인 김광섭의 '개별적 표현' 운운하는 것은 그가 그야말로 '아지 못할 무거운 죄'의 혐의로 해방 직전 3년 8개월의 긴 기간을 영어(囹圄)의 몸으로 지냈음을 상기하는 것과 관련된다. 그는 1941년 2월의 피체(被逮)에서 석방까지를 다음과 같이 회상했다.

단기(檀紀) 4274년, 서기로는 1941년 2월 21일 새벽꿈도 깨기 전 이른 아침 운니동(雲泥洞) 46번지의 1호 나의 집에는 일행의 주구(走狗) 고등경찰들이 뛰어들어,(……) 돈화문 파출소에서 안국동 파출소로, 다시금 종로서 취조실을 거쳐 본정서(本町署) 유치장에서 밤을 새우고 또 다시 문초를 받고 저 유명한 경기도 경찰부 유치장 어둠을 지나 종로서 유치장에 유숙하면서 미결감(未決監)으로 압송되던 5월 31일까지 만 100일 동안 구명 생활을 하다가(……) 서대문 형가(刑家)로 갔으니,(……)2년의 체형(體刑)을 받기에 1년 8개월을 수속하니 도합 3년 8개월의 암흑 속에서 오직 영혼의 구제를 기원하면서 흰 머리칼로 서울 장안(長安)에 다시 돌아왔을 때 나는 전쟁과 제국주의가 만들어 놓은 서울의 풍경과 습관에 익숙치 못한 한 개의 약소민족의 고아가 되고 말았다.8)

---

8) 김광섭, 「발문(跋文)」, 『마음』, 중앙문화협회, 1949. 일제가 김광섭에게

74

위에 인용한 회상대로 그 자신이 죄가 아닌 죄로서 긴 세월의 옥고를 겪었던 것이 김광섭의 경우였다. 그렇고 보면 위의 시 「해방」에서 식민지 백성이 겪어야 할 현실을 '아지 못할 무거운 죄와 벌'이라고 그려낸 시인의 심경을 우리는 깊이 이해할 수 있을 것이다. 그 표현은 일제 식민지에 대한 한국인의 일반적 인식이기도 하지만, 또한 시인 자신에게 사무쳤던 나라 잃은 백성으로서의 슬픔과 깨달음의 토로였던 것이다.

이 해방(解放)된 감격(感激)
이 공통(共通)된 환희(歡喜)가
오늘 자유의 기원(紀元)이 되어
조국에 바치는
한 덩어리 열(熱)이 되고
힘이 되었으니
누가 우리의 길을 막으랴

아 조선의 의지와 지혜(知慧)와 생명
영원토록 생동(生動)하라
도약(跳躍)하라 비상(飛翔)하라
　　　(……)

긴 옥고를 치르게 한 사연은 아주 사소한 것이었다. 그는 피체 직전에 중동중학에서 영어를 가르쳤는데, 수업 시간 중에 아일랜드의 시를 가르치면서 학생들에게 반일(反日) 민족사상을 고취했다는 것이 그에게 씌어진 혐의의 전부였다. 3년 8개월에 걸친 김광섭의 옥중 체험은 그에게 몇 편의 시를 만들게 했다. 그 몇 편의 시들 중 「독방(獨房) 67호실의 겨울」의 3, 7연을 옮기면 다음과 같다.

외론 등불 아래/ 붉은 옷을 걸치고/ 움직이는 그림자/ 슬픔을 깨우치나니// 낮이나 밤이나/ 북향 철창(北向 鐵窓)은 어둡고/ 검은 창막(窓幕) 너머로 / 바람은 불고 불고……

이십 세기의 파동(波動) 많은 산맥
높은 봉우리 위에
영원(永遠)한 자유와 독립의 탑(塔)을 세우라

같은 작품의 끝 대목인 8, 9연이다. 앞에서 인용하였던 1, 2연이 식민지 시대의 참담했던 고통을 반추하였던 것과는 달리, 이 연들에서는 해방을 맞은 우리 민족의 굳은 신념을 토로하고, 민족의 웅대한 미래를 전망했다. 대체로 시작품에서 한 공동체의 신념을 토로하거나 미래를 전망하는 경우는 추상과 관념에 흐르기 십상이다. 공들여 제작하였을 이 작품의 경우 또한 그런 일반적 폐단을 시원하게 벗어나지는 못하였다.

8, 9연만이 아니라 작품 전체에 걸쳐 이 시의 화자는 마치 연단에 선 듯한 느낌을 준다. 대중을 상대로 공적인 화제(話題)를 가지고 연설하는 듯한 행사시(行事詩)의 분위기를 벗어나지 못하였다는 뜻이다. 바로 그러한 태도의 선택 때문에 이 시는 추상과 관념 또한 털어내지 못했다고 할 수 있다. 이 시가 추상과 관념을 털어내고 행사시의 분위기를 벗어날 수 있었더라면 아마도 역사의 거리로서 종로의 거리/지역을 좀더 실감이 나도록 그려낼 수 있었을지도 모른다. 그러나 시인은 이 시에서 그의 체험을 구체적인 시간·공간·사람과 연결시켜 구체적인 삶의 세목(細目)으로 형상화시키지는 못하였다. 해방이란 엄청나게 큰 사건이 공동체의 구성원들에게 공적인 화제일 수밖에 없다는 점에 지나치게 구속된 결과이다. 그런 사정으로 말미암아 이 시에서는 어떤 구체적인 시간·공간·사람도 제대로 그려지지 못하게 된 것이다.

김광섭은 원래 체험의 구체성을 포착하여 시로 형상화하는 데 능했던 시인은 못 되는 편이었다. '옥중시(獄中詩)'를 비롯한 몇몇 작품들에서 그가 체험의 구체성을 전혀 포착하지 못했다고는 할 수 없다. 그러나 그의 시의 본령은 체험시보다 관념시 쪽에 좀더 가까운 편이었다.[9] 해방 직후의 그의 작품들은 대체로 행사시의 성격을 띠었기에 그 작품들에서 체험의 세목을 찾기는 더욱 쉽지 않다. '시민 행렬 속에서' 라는 부제를 달고 있는 「독립의 길」 같은 작품이 그 점을 알려 주는 좋은 예이다. 위 시에서는 "고래가 간다 거북이가 긴다 깽맥이 운다"처 럼 1948년 8월 15일 한국이 독립한 것을 경축하는 시민의 가장 행렬이 시가를 행진하는 풍경까지도 그려냈다. 아마도 그 행렬이 행진한 거리 는 종로일 가능성이 높은 편이다. 1960년대 말까지 그와 같은 경축 행사는 거의 예외 없이 종로 거리에서 치러졌다는 점에서 그렇게 말할 수 있다. 그런 경우에도 그는 "행렬 행렬 연속하는 만세/ 아 나는 만세 속으로 다름질친다"와 같이 그 행사에 대한 느낌을 북돋아 독자의 의식을 고양시키려는 데서만 머물렀던 것이다.

> 울었다, 잉경
> 울었다, 잉경
> 거짓말이 아니라, 정말
> 잉경이 울었다.
> 쌓이고 쌓인 세월 속에
> 두고 두고 먼지와 녹이 슬어
> 한 마리 커어단 짐승처럼
> 죽은 듯 잠자던 잉경……

---

9) 김광섭 시의 관념적인 성격은 그의 와병(臥病) 이후의 시집 『성북동 비 둘기』(범우사, 1966)에 이르러 현저하게 극복되었다. 시인으로서 그가 와병 이후의 시들로 더 높은 평가를 받는 데는 관념적 경향의 극복이 중 요하게 작용한 것이다.

살을 에우고 뼈를 깎는 원한이
이 악물고 참았던 서러움
함께 복받쳐 나오는 울음처럼
미친 듯 울부짖는 종소리……

나는 들었노라, 정녕 들었노라
두 개의 귀로, 뚜렷이 들었노라
—이젠 새 세상이 온다
—이젠 새 세상이 온다.

작품 말미에 지은 때를 '46 가을'이라고 밝혀 놓은 윤곤강의 시
「잉경」이다. 해방을 맞은 때로부터 1년여 뒤에도 여전히 잊을 수 없도
록 생생한 광복의 감격을 종로의 대표적 상징물, 나아가 한국의 대표적
상징물의 하나인 '잉경'의 울림소리로써 그려낸 작품이다. 『서울의
시, 시의 서울』을 편저한 제해만은 이 시의 시적 화자는 해방의 기쁨으
로 온통 들떠 있다고 하고 "이 시에는 이런 상황이 잘 표출되어 있다"고
했다.10) 제해만의 평가처럼 위에 인용한 윤곤강의 시 「잉경」은 아마도
해방의 감격을 종로의 풍경과 연결시켜 노래한 것으로는 가장 널리
알려진 작품이라고 해도 손색이 없을 것이다.

앞에서 윤곤강의 「잉경」에서 그려진 '보신각 종' 또는 그 소리를
종로의 대표적 상징물이며 나아가 한국의 대표적 상징물의 하나라고
했다. 그렇다면 '보신각 종' 또는 그 소리는 어떻게 종로와 한국의
대표적 상징물로 자리 잡게 된 것일까? 또 시 「잉경」에서 윤곤강은
잉경의 울림소리를 마치 광복의 표상처럼 받아들여 "이젠 새 세상이
온다"는 선포처럼 들었다. '보신각 종'소리에 대한 시인 윤곤강의

10) 제해만, 『서울의 시, 시의 서울』, 외길사, 1994, 287쪽.

78

그러한 인식은 그 종 또는 종소리가 불러일으키는 느낌에서만 연유한 것인가? 그렇지 않으면 그 느낌 이외에 다른 사유 또는 근거도 개재한 것인가? 그 점을 밝혀보기 위하여는 먼저 '보신각 종' 또는 그 소리와 관련된 긴 기간에 걸친 제도의 역사를 돌이켜보아야 할 듯하다.

조선조는 개국의 첫 무렵인 1395년(태조 4년) 한양에 도성을 쌓고 4대문과 4소문을 냈다. 그 3년 뒤인 1398년부터는 종루(鐘樓)에 새로 주조한 큰 종을 달아 종소리에 맞추어 8개의 문을 열고 닫도록 했다. 밤 10시에 28번을 울려 성문을 닫게 하는 것을 '인정(人定)'이라고 불렀고 새벽 4시에 33번을 울려 성문을 열게 하는 것을 '파루(罷漏)'라고 불렀다.11) 성문을 닫는 것과 함께 성내(城內) 주민들에게 통행금지를 알리는 구실을 했던 '인정'은 달리 '인경'이라고도 불렸는데, 윤곤강 시에서의 '잉경'은 '인경'이 음운 변화를 일으킨 경우이다.

인경은 통행금지를 알리는 기능 이외에 화재 경보의 기능도 했다. 성중(城中)의 이궁(離宮), 관청 청사, 민가에 불이 나면 인경을 울려 진화하도록 했다는 기록12)이 인경의 화재 경보 기능을 전해 준다. 광복 이후로 새해를 맞거나 3·1절을 기념할 때처럼 경사스러운 때에 인경을 타종하는 것을 우리는 관례로 지켜온다. 그러나 그러한 관례는 광복 이후에 이루어진 것이지, 조선조의 경사에 인경이 타종되었다는 기록은 어디에서도 구할 수 없다. 그렇다면 시인 윤곤강이 시 「잉경」에서 그 울림소리를 듣고 "이젠 새 세상이 온다"고 환희에 들떴던 것은 그 자신이 받았던 느낌에 스스로 들떴던 것인가?

그렇지는 않다. 그 울림소리를 바로 "이젠 새 세상이 온다"는 복음으로 들은 것은 절대로 시인의 백일몽이 아니었다. 조선조는 분명히

---

11) 『서울 600년사·제1권』, 서울특별시, 1977, 310~313쪽 ;『한국민족문화대백과사전·18 』, 한국정신문화연구원, 1991, 「인정(人定)」 항목.
12) 『서울 600년사·제1권』, 313쪽.

그 종소리를 경축의 소리로 타종하지는 않았다. 그러나 그 종소리는 수도인 한양 또는 국가의 안녕을 수호하기 위한 제도의 소리였고, 긴 역사 속에서 국가의 태평을 상징하는 소리로 자연스럽게 자리 잡고 있었다. 「종루」에서 울리던 인정, 파루의 종소리를 국태민안(國泰民安)의 상징 소리로 들은 모습은 임진왜란의 참화를 겪은 직후의 기록들에서 살펴볼 수 있다.

왜란을 겪으면서 종로 네거리에 위치했던 「종루」 건물도, 거기 달려 있었던 '대종'도 모두 참화를 입었다. 「종루」의 '대종'은 얼마나 혹독한 참화를 입었던지 그 종의 5분의 2 가량은 녹아 없어졌고, 나머지 부분은 흙더미에 반쯤 묻혀 있었다. 전쟁 직후였던 선조 28년(1595년) 당시에는 무엇보다 총포(銃砲)의 필요가 컸던지라 군의 사무를 맡아 처리하던 기관인 비변사(備邊司)에서는 종의 남은 부분을 녹여 쓰고자 했다. 그러나 백성들 중 그 종을 못 잊는 이들이 그것을 녹여 없애는 데 반대하여 그대로 놓아 둘 수밖에 없었다. 임금 선조도 그 종의 남은 부분을 가볍게 처리하는 데 반대하였다.[13]

왜란 중에 잿더미로 변한 한양으로 환도한 선조는 옛 문물제도의 복구를 서둘렀다. '인정'과 '파루'를 울려 도성 안팎의 통행을 금지하고 해제하였던 제도를 복구하는 것도 그런 것들 중의 하나였다. '인정', '파루'를 알리는 종소리를 다시 들을 수 있게 된 것은 선조 29년(1596년) 가을이었던 듯하다. 다시 울리게 된 종소리를 듣고 도성 안의 백성들이 감격하였다는 다음의 기록은 그 종소리가 어떤 상징으로 자리 잡았던가를 짐작하도록 만든다.

> 갑오추(甲午秋)에 남대문종을 걸어서 신혼(晨昏)에 울릴 것을 명하였다. 성중 백성들이 종성(鐘聲)을 듣고 모두 슬퍼하고 또한 기

---

13) 『서울특별시사 · 고적편』, 서울시사편찬위원회, 1964, 856~857쪽.

80

뼈하였다.14)

　임진왜란 직후에 '인정', '파루'를 울려주던 종소리 또는 종을 둘러싸고 나타난 위의 두 삽화는 그 종소리 또는 그 종이 어떻게 상징으로 자리 잡게 되었던가 하는 점을 알려주는 좋은 자료이다. '인경'의 종이 깨져 못 쓰게 된 경우에도 가볍게 다룰 수 없는 것으로 생각한 것은 그것이 이미 단순한 사물 이상의 상징물임을 나타낸다. 다시 울리게 된 종소리를 듣고 백성들이 '슬퍼하고 또한 기뻐하였다'면 그 소리는 이미 단순하게 통행을 금하고 그것을 해제하는 소리 이상의 상징적인 것이 아닐 수 없다. 그것들이 상징하는 것은 작게, 직접적으로는 도성 안의 치안과 질서 유지이지만, 크게, 거시적으로는 태평한 사회, 국가이다. 깨진 종 조각마저 녹여 쓰기를 주저한 것은 그 상징 훼손을 우려한 것이며, 다시 듣게 된 종소리에 슬픔 또는 기쁨으로 반응한 것은 그 상징의 소생과 부활에 대한 느낌을 드러낸 것이다.

　고종 이후 '보신각' 종으로 불린 그 종이 우리 민족의 상징물로 여겨졌던 것은 꼭 내국인의 경우로만 한정되지 않는다. 영국왕립지리학회 회원으로 뛰어난 현장답사 연구자였던 이사벨라 버드 비숍 여사는 1894년 겨울과 1897년 봄 사이에 4회에 걸쳐 한국의 여러 곳을 답사했다. 그 답사 뒤에 그녀는 구한말의 정치, 경제, 문화를 그보다 더 철저하게 재현한 연구서는 달리 없다는 평가15)를 낳게 한 한국 견문록인 『한국과 그 이웃나라들(Korea and Her Neighbours)』을 썼다. 그 책에서 비숍 여사는 '보신각 종'에 관하여 다음과 같은 소감을 적어 놓았다.

---

14) 위의 책, 861쪽에서 재인용.
15) 이사벨라 버드 비숍, 이인화 역, 「역자 해제」, 『한국과 그 이웃나라들』, 살림, 1994.

세계에서 세 번째로 큰 것이라고 하는 거대한 청동 종(鐘)은 이방인
의 눈에 보이는 몇 안 되는 구경거리 가운데 하나이다. 그것은 시내
한복판의 종각 안에 매달려 있는데(……)그 둔중한 음향이 서울의
모든 곳에 울려 퍼지는 이 종은 5백 년 동안 성문이 열고 닫히는
시간을 알려왔다.[16)

비숍 여사의 위 기록에서 볼 수 있듯이 외국인에게도 경이로운
대상이었던 '인경'은 조선조의 삶과 문화의 중요한 한 상징이었다.
그것은 도성 안 백성들이 활동을 중지할 시간과 다시 새 활동을 시작할
시간을 알리는 기능만으로 끝난 것이 아니라, 국가와 민족의 안녕을
지키는 표지이며 상징이었다. 인경이 가진 그러한 상징성을 한국 현대
시인들 중 가장 먼저 깊이 있게 파악한 것은 심훈이었다. 아마도 그가
서울에서 생장하였으며 중학 시절을 그 종이 걸려 있던 종각 가까이에
서 보낸 점이 작용하였기 때문일 것이다.[17) 그는 1930년에 짓고 1949
년에 이르러서야 유고시로 발표된 「그날이 오면」에서 '보신각' 종의
민족적 상징성을 다음과 같이 힘껏 고창했다.

　　　그날이 오면 그날이 오며는

---

16) 이사벨라 버드 비숍, 이인화 역, 『한국과 그 이웃나라들』, 살림, 1994,
　　56쪽.
17) 심훈, 「필경사잡기(筆耕舍雜記)」, 『심훈문학전집 · 3』, 탐구당, 1966. 이
　　글에서 심훈은 그가 서울에서 생장한 '서울 토박이'임을 다음과 같이 밝
　　혀 놓았다.
　　　　"나는 생어장(生於長)을 서울에서 한지라 외모와 감정까지 '서울놈'을
　　　　못 면한다. 철두철미 놀고먹는 도회인의 타입인 것을 나 스스로 인정한
　　　　다."
　　그는 종로 '보신각'에서 1km쯤 북쪽으로 곧게 올라가면 위치한 경기중
　　학을 다녔다.

삼각산이 일어나 더덩실 춤이라도 추고
한강물이 뒤집혀 용솟음칠 그날이,
이 목숨이 끊기기 전에 와주기만 하량이면,
나는 밤하늘에 나는 까마귀와 같이
종로의 인경을 머리로 들이받아 울리오리다.
두개골은 깨어져 산산조각이 나도
기뻐서 죽사오매 오히려 무슨 한이 남으오리까.

두 연으로 구성되어 있는 「그날이 오면」의 첫째 연이다. 잃어버린 국권의 회복을 간절하면서도 격렬하게 소망하는 시답게 이 시에는 서울, 옛 한양의 상징물들이 다수 열거되어 있다. 삼각산, 한강물이 그것들이고, 종로의 인경이 또한 그것이다. 위에서 인용하지 않은 제2연의 '육조(六曹)앞 넓은 길' 또한 광화문, 경복궁이 바라보이는, 당시로는 한국 제일의 넓은 길이어서 역시 상징성을 갖는다고 할 만하다.

'삼각산', '한강물'이 어떻게 서울의 상징물, 나아가 한국의 상징물로까지 자리 잡게 된 것인가를 길게 살펴볼 필요는 없을 줄 안다. 지리상의 명소들, 가령 파리 시의 센 강, 런던 시의 템스 강 등의 명소들이 그 도시, 그 국가를 어떻게 대표하고 상징하는가는 오늘 우리의 삶 속에서도 충분히 짐작할 수 있는 것이기 때문이다. 다만, 조선조의 개국 공신이며 한양으로 도읍을 정하는 데 크게 기여하였던 정도전이 개국 송가(頌歌)의 하나로 지었던 「신도가(新都歌)」에서 "알 픈 한강수(漢江水)여/ 뒤흔 삼각산(三角山)이여/ 덕중ᄒ신 강산(江山)즈 으메/ 만세(萬歲)를 누리쇼셔"처럼 삼각산, 한강수를 한양 또는 조선조의 상징물로 노래한 이래, 그것들은 한양 또는 조선의 상징으로 무수히 회자되었다는 점만을 밝혀두기로 한다.

이 연 그리고 이 시 전체에 걸쳐 독자들에게 엄청난 충격을 불러일으키는 것은 종로의 인경과 관련하여 시인이 제시해 놓은 상상력이다. 위의 인용에서 볼 수 있듯이 시인은 "나는 (……) 까마귀와 같이/ 종로의 인경을 머리로 들이받아 울리오리다"라고 했다. 그런 뒤에 그는 "두개골은 깨어져 산산조각이 나도/ 기뻐서 죽사오매 오히려 무슨 한이 남으오리까"라고 덧붙여 놓았다. 이 대목은 참혹한 자기 파괴를 상상하면서, 참혹한 자기 파괴마저 '그 날'을 맞는 기쁨에는 멀리 미치지 못하리라는, '그날'에 대한 그의 희구의 강렬성을 피력한 것이다. 그 상상과 짝을 이루는 것이 이 시 제2연의 "드는 칼로 이 몸의 가죽이라도 벗겨서/ 커다란 북을 만들어 둘쳐 메고는/ 여러분의 행렬에 앞장을 서오리다"라는 대목이다. 제2연의 그 대목 뒤에도 시인은 "우렁찬 그 소리를 한 번이라도 듣기만 하면/ 그 자리에 꺼꾸러져도 눈을 감겠소이다"처럼 자신의 죽음을 넘어선 가치로의 지향을 피력하였다.

죽음을 넘어선 가치 지향은 한국인의 정신사가 드물지 않게 보여 온 삶의 드라마이다. 을사늑약(乙巳勒約) 이후 강적 일제에 맞서 그 드라마는 처절하면서도 치열하게 전개되었다. 1905년 이후 전개된 우리의 '독립운동사'는 달리 말하면 그 드라마의 전개사였다고 해도 과언이 아니다.[18] 심훈은 위의 시 「그날이 오면」에서 그 드라마의 종장(終章)을 상상적으로 꿈꾸었다. 꿈결에도 잊지 못하는 '그날'의 도래를 상상한 것이 그것이다. 그 드라마의 종장을 상상하여 그려내면서 그는 그 시에서 죽음을 넘어선 그 가치의 실현 또한 그의 상상력을 동원하여 그려냈던 것이다.

앞에서 말했듯이 죽음을 넘어선 가치 지향은 우리 정신사에서 드물

---

18) 충정공 민영환의 죽음이나 매천 황현의 죽음이 '죽음을 넘어선 가치 지향'의 적절한 예일 것이다. 두 경우와 같이 선명한 모습을 보여준 것은 아니나, 독립 전선에 뛰어들어 순사(殉死)했거나 온갖 고초를 겪은 이들 역시 죽음을 건 가치 실현에 몸을 던진 것이라고 보아야 할 것이다.

지 않게 만날 수 있는 모습이다. 그 점을 의식하면서 「그날이 오면」을 논한 기왕의 몇몇 연구자들은 이 시에서 '비극적인 황홀경'을 보고 느꼈다. 가치 지향을 추구한 죽음이 비극의 풍모를 띤다면, 죽음을 딛고 실현된 가치 지향이 황홀경의 느낌과 환각에 바탕을 두었다는 점 때문이다.[19] 시 「그날이 오면」은 위와 같이 죽음을 넘어선 '비극적인 황홀경'으로 주목을 받는 이외에, 시의 화자가 토로한 매저키즘으로도 주목을 받는다. "인경을 머리로 들이받아" 두개골이 "산산조각이나"는 상상이나 자기 몸의 가죽을 벗겨 "커다란 북을 만들어 들쳐메고는" 행렬에 앞장을 서는 상상은 처참한 자기 파괴를 전제한다는 점에서 매저키즘으로 이해되는 것이다. 그 처절한 매저키즘의 참상을 이 시의 화자, 곧 시인이 상상한 것은 시인의 개인사와 두 면에 걸쳐 관련을 가질 것이다. 첫째로는 국권 회복이라는 가치 지향에 대한 그의 열정이 강하고 굳으며 격렬했다는 점이다.[20] 둘째로는 국권 회복을 위해 바쳐진 순국선열의 처절한 희생을 그가 너무도 잘 짐작하

---

19) 김종길, 「한국시에 있어서의 비극적 황홀」, 『진실과 언어』, 일지사, 1974 ; 김윤식, 『황홀경의 사상』, 홍성사, 1984, 106쪽 ; 최동호, 「심훈시의 전개와 시대적 상황의 인식」, 서준섭·최동호 등 편, 『식민지 시대의 시인 연구』, 시인사, 1985 ; 김재홍, 『현대시와 역사의식』, 인하대학교 출판부, 1988, 83~92쪽.

20) 국권 회복을 위한 심훈의 굳은 의지는 그의 절필시(絶筆詩)인 「오오, 조선의 남아여!—백림(伯林)마라톤에 우승한 孫, 南 양군에게」에도 뚜렷이 나타나 있다. 이 시는 1936년 8월 10일 베를린 올림픽 마라톤에서 손기정, 남승룡 두 선수가 1, 3위에 입상한 것을 알리는 중앙일보 호외에 실렸던 작품이다. 이 시를 발표한 며칠 뒤 심훈은 발병, 그 해 9월 16일에 급서(急逝)하여 이 시가 절필시가 되었다. 그 시의 끝 연만을 소개해보면 다음과 같다.

> 오오, 나는 웨치고 싶다! 마이크를 쥐고
> 전세계의 인류를 향해서 웨치고 싶다!
> '인제도 인제도 너희들은 우리를
> 약한 족속이라고 부를터이냐!'

고 있었다는 점이다.21) 심훈 개인사의 그 두 면이 작용하면서 이 시에서의 매저키즘, 달리 말하여 국권 회복을 위한 처절한 자기희생은 상상되었을 것이다. 앞에서도 밝혀 두었듯이 심훈의 「그날이 오면」이 제작된 것은 1930년이었으나, 그의 시들을 일반 독자들이 접할 수 있었던 것은 1949년이었다. 그의 시작품들에 내포된 격렬한 항일적인 정서들로 말미암아 식민지 시대에는 그 시를 지상에 발표하기도 어려웠고 그 시집 출판도 실현하기 어려웠기 때문이다.22) 일반 독자들과는 달리 문단 내부에서 심훈 시의 존재 내지 그 의의가 알려져 있었던가 여부는 현재로서는 알 길이 없다. 위와 같은 사정을 고려할 때에 시 「그날이 오면」은 때로 매우 미묘한 입장에 놓일 수 있으리라는 점을 생각해볼 수 있다. 최동호가 말하였듯이 그 시는 이육사의 시 「절정」과 함께 1930년대의 저항시를 대표하는 작품의 하나이다.23) 그러면서도 그 시를 독자들이 실제로 접할 수 있었던 때가 1949년 7월 이후이어서 그 시가 그려낸 제재, 가령 '인경' 같은 상징물과 관련된 탁월한 형상력

---

21) 제일고보(현재의 경기고교) 재학 중에 기미독립운동에 참여하였던 심훈은 기소 유예로 석방된 후 중국으로 건너가 북경, 남경, 상해, 항주 등지에서 머물면서 독립투사들의 희생과 고초를 직접 견문하고 체험하였다. 시인의 체험을 직접 토로한 것으로 보이는 시 「박군의 얼굴」은 박씨 성을 쓰는 세 인물들 중 A는 사형 언도를 받고 복역중이며, B는 고문을 당하던 중 변사했으며, C는 산송장이 되어 출옥한 모습을 그려낸 작품이다. C를 그려낸 대목 중 두 행만을 옮겨보면 다음과 같다.

　　　눈을 뜬채 등골을 뽑히고 나서
　　　산송장이 되어 옥문(獄門)을 나섰구나.

22) 시집 『그날이 오면』의 앞머리에는 심훈의 중형 설송(雪松)의 「발간사」가 수록되어 있다. 그 글에서 설송은 심훈의 시집 출판이 1930년대에 이루어지지 못한 사유를 다음과 같이 설명하고 있다. "본고 중 시가는 1933년 제1집을 발간하려고 당시 왜정(倭政)에 검열 신청하였다가 반 이상이나 삭제의 적인(赤印)이 찍혀 퇴출되어 뜻을 이루지 못하고 다른 저서를 압수당할 때에 이 원고는 타에 숨겨 두었던 것이다."

23) 최동호, 위의 글.

86

은 광복 직후의 여러 '인경' 제재 시편들에 영향을 끼치지는 못했던 것으로 판단된다. 광복 직후의 '인경' 제재 시편들을 발표 연대순으로 정리해 보면 다음과 같다.

이상로, 「'인경'아 우러라」, 『자유신문』 1945. 12. 30.
황석우, 「넷 鐘소리」, 『대동신문』 1946. 3. 4.
윤곤강, 「잉경」, 『피리』, 정음사, 1948. 1. 30.
심훈, 「그날이 오면」, 『그날이 오면』, 한성도서, 1949. 7. 30.

위와 같이 해방 직후의 '인경' 제재 시편들을 발표순으로 정리해 보면, 시 「그날이 오면」의 제작 연대는 다른 작품들에 비해 15년 이상 일렀으면서도 그 계열의 시편들에 영향을 끼치기는 어려웠던 사정이 드러난다. 그 점과 함께 윤곤강의 '인경' 제재 시편인 「잉경」이 광복의 감격을 종로의 풍경과 관련시켜 노래한 작품으로는 단연 주목할 만하다고 했던 앞서의 평가가 지나친 것이 아니었음을 확인할 수 있다. 이상로, 황석우의 '인경' 시편들은 광복의 감격만을 앞세워 작품을 예술적으로 통어하는 데에 실패하고 있기 때문이다.

심훈의 「그날이 오면」과 윤곤강의 「잉경」은 그 작품들 자체가 종로의 인경을 제재로 한 작품들로 종로 시편의 좋은 보기가 되어준다. 그 작품들은 종로를 우리 사회의 '풀무'로 인식한 작품들의 선례로서 우뚝 솟아 있으며, 그 뒤의 '종로', '서울' 시편에 큰 영향을 끼쳤다고 할 만하다.

2) 남북 분단 - 38선과 이데올로기의 시련

1946년 가을에 쓴 시 「잉경」의 끝 대목에서 윤곤강은 "이젠 새 세상이 온다/ 이젠 새 세상이 온다"고 읊었다. 시인 자신이 그렇게 믿었던 결과이다. 시인 윤곤강은 36년만에 울린 종로 인경이 그런 낙관적인 전망을 전해주면서 운다고 생각한 것이다. 근 반세기에 걸쳐 한민족에게 고통과 신음, 절망을 강요했던 일제가 물러갔으니 시인이 "이젠 새 세상이 온다"고 믿었던 것도 허황하지만은 않은 셈이다. 그러나 해방 이후의 시국은 시인 윤곤강의 믿음과는 전혀 다른 방향으로 전개되어 나아갔다. 일제를 물러나게 만든 강대국 미·소가 저들의 편익에 따라 한반도를 분점하면서 한반도 위에서는 이데올로기의 싸움판이란 새로운 갈등과 혼돈이 시작된 것이다. 한반도 안에서 이데올로기 싸움이 시작된 것은 광복의 기쁨에 도취했던 해방 직후부터였다고 볼 수밖에 없다. 그 사태를 경계한 시작품이 1946년 1월 1일에 벌써 발표된 점으로 미루어서 그렇다.

해방의 기꺼움이
다섯달이 채 못돼서
민족은 또다시
천(千)길 지옥(地獄)으로 떠러진다

구슬처럼 영롱하게 부서지거라
기왓장이 될 수는 없구나

(……)

이래도 와싱톤을 제2 고향(故鄕)이라고 부를테냐
이래도 스타린을 국조(國祖)라고 부를테냐
좌(左)도 우(右)도 다 이러나거라
조선(朝鮮) 민족(民族)이거든!

──박종화, 「통곡(痛哭)」, 1, 2연 및 6연[24)

　　광복의 감격이 채 지워지지도 않았던 시점인 1946년 벽두에 발표된 박종화의 위 시는 당시 우리 민족이 처한 정황을 충분히 짐작하도록 만든다. 38선을 경계로 한 미·소 양국의 한반도 분점으로 말미암아 미처 독립된 국가를 세우지도 못한 한민족은 좌·우 이데올로기의 선택을 둘러싼 큰 혼란을 겪고 있었다는 점이 그것이다. 위 시를 쓴 박종화는 뒤에 결국 민족문학 진영을 이끄는 지도적 위치에 서게 된다. 그러나 그는 이 시에서 좌도, 우도 아닌 민족 주체의 입장을 견지하면서, 부서질망정 모든 조선인이 ‘구슬’이 될 것을 강조했다. 그에게 ‘구슬’은 민족을 살리는 바른 처신이요, ‘기왓장’은 눈앞의 이를 따르는 부끄러운 처신의 은유에 해당한다. 박종화가 세상을 개탄하면서 그의 시의 표제를 「통곡」이라고 붙인 데서도 나타나듯이, 이데올로기를 둘러싼 갈등은 박종화 시에 내포된 깨우침 정도로는 이미 치유하기 어려운 지점에 이르러 있었다. 좌는 좌대로 그들만이 옳았고, 우는 우대로 그들의 선택만이 정당했다. 좌의 노선을 따르던 조남령[25)의 다음 작품은 해방 공간에서 한 개의 이데올로기를 선택한 쪽이 다른 이데올로기를 택한 쪽을 결국 적으로 몰 수밖에 없었던 불행한 일면을 보여준다.

---

24) 박종화, 「통곡(痛哭)」, 『자유신문』 1946. 1. 1.

25) 조남령은 가람 이병기의 촉망을 받았던 시조시인으로, 역시 시조시인으로 상당히 알려져 있었던 조운의 제자이다. 1920년 생, 전남 영광 출신으로 조운에게는 동향의 후배가 되기도 한다. 1940년 『문장』지에서 3회 추천을 완료하여 시조작가로 등장했다. 6·25전란 중 두 해를 복역하다 석방된 후 단신 월북한 것으로 알려져 있다(김기현, 「조운(曺雲)의 생애와 문학」, 『시조학논총』 제6집, 한국시조학회, 1990).

종로 ; 현대 한국의 ‘풀무’로서의 모습 | 89

북악산(北岳山) 산ㅅ바람 불어내린 날
시체(屍體)를 거두는 누나 네 동무
피! 피! 피투성이의 삼청회관(三淸會館)에
아무도 오지 않는 삼청회관에
시체를 거두는 누나 네 동무

조선인민공화국(朝鮮人民共和國) 만세와
약소민족해방(弱小民族解放) 만세를
부르짖고 쓰러진 세 동무의 시체
　　　　　　—조남령, 「북악산(北岳山) 산ㅅ바람 불어내린 날」· 부분[26]

　위는 북한의 공산세력이 '인공(人共)'이라고 명명했던 그들의 국가
를 아직 세우기 전의 작품이다. '인공'의 국가 창건은 1948년 9월
9일로 알려져 있고, 위 시는 1946년 3월 이전의 작품이기에 그렇게
말할 수 있는 것이다. 그렇다면 위 시에 나오는 '조선인민공화국'이란
국호는 제법 실체를 갖춘 국가라고 보기 어렵다. 그것은 공산주의
이데올로기의 비전이 낳은, 실체를 갖지 못한 국호일 뿐이다.[27] 그
비전을 추종하는 세 청년이 서울 종로의 삼청회관[28]에서 피살되었으

---

26) 조남령, 「북악산(北岳山) 산ㅅ바람 불어내린 날」, 『학병(學兵)』 제2호,
　　1946. 3.
27) '조선인민공화국'이란 1945년 9월 6일 여운형이 이끌던 건국준비위원
　　회와 공산세력이 합작하여 만들어낸 국가 설계안에서 채택된 국호이다
　　[민주주의 민족전선 편, 『해방조선·1』, 과학과 사상, 1988(원제 『조선
　　해방 연보』(1946)를 새로 손질하여 낸 것이 위 책이다].
28) '삼청회관'은 서울 종로구 삼청동에 소재했던 학병 회관의 명칭이다.
　　1946년 10월에 발행된 좌익계열의 한 책자는 그 회관에 대하여 다음과
　　같은 기록을 남겨놓았다.
　　　"학병동맹은 1945년 8월 23일 보인상업학교에서 창립되었는데 조직될
　　　당시에는 10여 명이 있었을 뿐이었다. 그 후 평양 육군형무소로부터
　　　석방된 학병들과 합류하여 낙원회관에 본부를 두었다가, 가맹원의 숫

며, 피살된 그 세 청년의 시체를 네 여성들이 돌보았다는 것이 위 시가 우리에게 알려주는 전언이다.

위 시에는 세 청년의 피살 및 피해의 원인과 경과 그리고 가해측의 자세한 움직임이 드러나 있지 않다. 아마도 당시 서울을 장악하고 있었던 미군정 당국과의 마찰을 피하기 위함일 것이다. 당시의 사건을 전하는 좌파 계열의 한 책자는 그 사건이 신탁통치 반대와 찬성을 둘러싼 이데올로기 싸움에서 비롯되었다고 기록하고 있으며,29) 우파 와 연계된 경찰들이 학병동맹 본부를 급습하여 벌어진 사태로 적어놓 고 있다.30) 그 사건의 자세한 경위와 시비는 여기서 밝히기도, 가리기 도 어렵다. 다만 한 가지 분명한 것은 좌·우 이데올로기 싸움이 거칠게 벌어지면서 종로가 그 싸움판으로 빈번하게 쓰였다는 점이다. 식민지 시대에도 그러했듯이 종로는 민족의 중심 판, 민족사의 중심 무대로서 해방공간에서도 변함없이 수난을 겪을 수밖에 없었다는 사실이다.

위에 인용한 조남령의 시 「북악산(北岳山) 산ㅅ바람 불어내린 날」에 는 그 표제에서부터 '북악산'이 등장하고 있다. 북악에 가까운, 종로 삼청동에서 벌어진 사태를 '서울의 사건', '한국의 사건'으로 말해 나가려는 의도일 것이다. 시의 표제에 나타난 것은 아니지만 유치환의 시 「조국(祖國)이여 당신은 진정 고아(孤兒)일다」에도 당시 우리 사회 가 당면하였던 문제를 종로와 관련시키려는 의도가 반영되어 있다.

자가 급증함에 따라 삼청회관으로 이동하였다."(민주주의 민족전선 편, 『해방조선·1』(원제, 『조선해방연보』, 과학과 사상, 1988)

29) 민주주의 민족전선 편, 『해방조선·1』, 287~289쪽.

30) '학병동맹'이란 일제말에 전문학교, 대학에 재학 중 학병으로 징발되었 다가 일제 패망 후 귀국한 한국 청년들로 구성된, 좌익 계열의 젊은 행 동대의 단체이다. 그들의 주장에 따르면 소속 맹원은 3,500명 정도로, 학병 출신의 7할 정도를 포용했다는 것이다. '삼청회관'은 그 단체의 본 부 건물이었으며 그들의 기관지는 조남령의 시가 실렸던 『학병』이었다.

나의 눈을 뽑아 북악(北岳)의 산성(山城) 위에 높이 걸라
망국(亡國)의 이리들이여
내 반드시 너희의 불의(不義)의 끝장을 보리라

쓰라린 쓰라린 조국(祖國)의 오랜 환난의 밤이 밝기도 전에
너희 다투어 그를 헐벗기어 아우성 치며
일찍이 원수 앞에 떳떳이 쓰지 못한 환도(環刀)이어든
한낱 사조(思潮)를 신봉(信奉)하여
골육(骨肉)의 상쟁(相爭)을 선동하여 불놓기를 서슴지 않고
보잘 것 없는 제 주장(主張)을 고집(固執)하기에
감(敢)히 나라의 망(亡)함은 두려하지 않나니
매국(賣國)이 의(義)를 일컫고
사욕(私慾)의 견구(犬狗)는 저자를 이루고
오직 소리 소리 패악하는 자(者)만이 도도(滔滔)히 승세하거늘
─유치환, 「조국(祖國)이여 당신은 진정 고아(孤兒)일다」· 1, 2연

이 시는 1948년 9월에 발행한 시집 『울릉도』 제5부에 실린 유치환의
우국시들 중의 한 편이다. 해방 직후 민족주의의 입장을 견지하여
<청년문학가협회>를 조직하고 그 회장을 맡아 좌익 문학진영을
견제하며 민족 문학진영을 결속하여 북돋아오던 유치환은 그 시집의
머리말에 다음과 같이 적어놓았다.

여기에 수록한 것은 시집 『정령일기』와 아울러 1945년 8월 15일부
터 1948년 8월 15일까지의 만 3년 동안 일제의 질곡(桎梏)에서 벗어난
조국이 다시 암담한 혼돈에서 진통하던 그 가운데서 할 일 없이
만지적거리던 나의 죄스런 작품들이다.

위 글에서 유치환이 시집 『울릉도』에 수록한 시들을 제작한 기간이
라고 말한 1945~1948년의 3년 동안은 세칭 해방기 또는 해방 공간이
라고 부르는 기간에 해당한다. 위에서도 말해두었듯이 그 기간에 우리
민족은 일제 침탈기와는 또 달리 암담한 가운데 혼돈을 겪어야만
했다. 유치환의 시 『조국(祖國)이여 당신은 진정 고아(孤兒)일다』의
표현을 빌리면 한낱 이데올로기를 신봉하여 골육상쟁의 불을 붙인
것이 그것이다. 민족주의의 입장에서 조국의 안위(安危)를 무엇보다도
염려하였던 유치환으로서는 이데올로기의 싸움은 "보잘 것 없는 제
주장의 고집"에 해당하는 것이었다. 그는 보잘 것 없는 그 고집이
조국을 고아처럼 헐벗긴다면서 자신의 "눈을 뽑아 북악의 산성(山城)
위에 높이 걸라"고 노호(怒號)한다. 망국(亡國)을 재촉하는 무리들의
불의(不義)의 끝장을 산성 위에 걸린 자신의 눈으로 직접 확인하겠다는
의도의 반영이다. 그 경우 '불의의 끝장'을 확인할 눈이 왜 하필 '북악
의 산성' 위에 걸려야 하는가는 어렵지 않게 짐작할 수 있을 것이다.
'북악'은 서울, 특히 종로를 둘러싸고 있는 옛 한양의 주산(主山)으로,
서울의 상징, 민족사의 상징이라는 성격을 갖고 있기 때문이다.

　서울, 그 중에서도 종로를 중심 무대로 한 이데올로기의 싸움판이
위와 같이 벌어져 있을 때에 북한에서는 공산주의 일당 체제가 짜여가
고 있었다. 분단 이후 북한의 강력한 공산주의 체제 편성의 실상은
당시 북한에 잔류했었던 김동명, 구상 등 월남 시인들의 작품들을
통해서 확인해볼 수 있다.

여기에,
「이순신(李舜臣)」을 가르친 죄로 교단에서 추방을 당한 젊은 교원
이 있다
애국가(愛國歌)를 부르다가 반동자의 낙인(烙印)을 받은 늙은 교

장이 있다.
천조대신으로부터
스탈린 대원수에게로
아아 네 이름은
세기(世紀)의 코스모폴리턴!
헌 신짝같이
아하 진실로 헌 신짝같이
조국(祖國)을 버리는 무리들이여
너희들의 등 뒤에서
악마(惡魔)는 웃는다
『히히, 히히히…
세상 놈들이 모두 요것들처럼…. 히히히,…』

─김동명, 「악마(惡魔)는 웃는다」· 전편

김동명의 위 시는 해방기의 북한에서 얼마나 한심스러운 작태가 벌어졌던가를 알려준다. 「이순신」을 가르친 죄로 교단에서 추방당하고 애국가를 부르다가 반동자의 낙인을 받았다는 사실은 북한의 공산주의로의 체제 편성이 민족사의 소중한 것들마저 돌보지 못하고 훼손하는 우격다짐으로 진행되었음을 알려주는 단적인 사례이다. 북한 실권층이 그렇게 우격다짐으로 진행시킨 것은 '공산주의'라는 미지의 코스모폴리터니즘이며 스탈린이라는 공산주의 수령의 우상화이다. 공산주의로의 체제 편성과 스탈린의 우상화에 편승하여 당시 북한의 실권을 장악하고 있었던 김일성은 자기 자신에 대한 우상화도 병행 추진하였다. 김동명의 다른 시 「비 맞는 화상(畵像)」에는 그가 머물렀던 북한 도시의 시청 정문 베란다에 김일성의 초상이 스탈린의 초상과 나란히 걸려 있었던 풍경이 그려져 있다.[31] 저들의 건국일인 1948년

─────────────

31) 김동명, 「비 맞는 화상(畵像)」

9월 9일 이래 40여 년간에 걸쳐 벌어졌던 그의 개인숭배 작업이 실제로는 해방기로부터 이루어져 왔음을 보여주는 자료이다. 집권자에 대한 개인숭배와 함께 진행된 것은 자유, 인권의 유린이며 굶주림의 세월이었다. 사태가 그렇듯 악화되자 무수한 양민들은 그들의 많은 것—육친, 친척, 친지, 집, 고향, 재산—을 버리고 탈북을 기도했다. 다음의 짤막한 시는 그런 정황의 일부를 보여준다.

> 「어데로들 가시오?」
> 웃고 대답이 없다.
>
> —김동명, 「남행차(南行車)」·전편

기차에서 만난 두 승객들 사이에서 행선지(行先地)를 묻고 대답하는 것은 흔히 볼 수 있는 풍경이다. 그런 상례를 어기면서 위 시에서 행선지의 물음을 받은 승객은 "웃고 대답이 없다." 이 경우에 웃음은 친근감의 표시이며, '대답이 없'음은 그럴 만한 어떤 곡절이 있음을 의미하는 것으로 판단된다. 이 시의 경우에 만약 「남행차」란 제목이 달려 있지 않았더라면, 시의 의미는 미궁에 빠질 뻔했다. 그러나 시의 의미가 미궁에 빠지는 것을 막아 주면서 이 시에 붙어 있는 제목은 아주 기능적으로 쓰여 많은 것을 암시한다고 할 수 있다. 행선지를 웃고 대답하지 않은 이 시에서의 승객 일가는 지금 남행차를 타고 38선 가까운 곳에 내려 탈북을 기도하려는 것이다. 그 행위는 물론 북한 체제가 금하는 것이어서 그 승객은 그의 일가의 행선지에 대해서 입을 굳게 다물 수밖에 없었던 것이다. 그렇게 탈북하는 일을 당시에는

우리의 김장군(金將軍)은/ 시청 정문(市廳 正門) 베란다에서/ 스탈린대원수(大元首)를 모시고/ 오늘도 비를 맞으신다./ 누구 우산(雨傘)을 좀 받어 드릴 이는 없는가,/ 아니, 이제 그만 나려들 오시구려.

'월남(越南)' 또는는 '남하(南下)'라고 불렀다. '월남', '남하'하기 위해서는 목숨을 건 모험이 수반되었는데, 이 시에서는 시의 구조상 그런 모험까지 그려내지는 않았다.[32]

위와 같은 탈북, 월남과 관련하여 여기서는 두 가지 사실을 덧붙여 적어두고 싶다. 탈북, 월남이 제대로 성사되었을 때에 많은 이들은 서울에 몸을 붙이기를 원했다는 점이다. 시인들의 경우도 그러했다. 「남행차」를 쓴 김동명도, 시집 『응향(凝香)』 사건[33]으로 북한 체제로부터 이른 시기에 핍박을 받았던 구상도, 시 「민간인」으로 탈북, 남하의 비극을 토로했던 김종삼도 남하 이후 서울에서 그들의 활동의 기반을 마련했던 데서 월남민의 서울 집결의 실상을 짐작할 수 있다. 다른 한편 이데올로기를 둘러싼 민족 내부 갈등의 골이 깊어지면서 그 갈등양상이 민족 상쟁으로까지 치닫게 되는 비극의 씨앗으로 작용했다는 점이 주목된다. 뒷날의 역사 전개과정이 보여주듯이 이데올로기

---

32) 남하할 때의 모험을 그려낸 작품으로는 김종삼의 「민간인(民間人)」 (1977)을 살펴보는 것이 좋겠다. 김종삼의 「민간인」 전편을 옮겨 적어보면 다음과 같다.

    1947년 봄
    심야(深夜)
    황해도(黃海道) 해주(海州)의 바다
    이남(以南)과 이북(以北)의 경계선(境界線) 용당포(浦)

    사공은 조심 조심 노를 저어가고 있었다.
    울음을 터뜨린 한 영아(嬰兒)를 삼킨 곳.
    스무 몇 해나 지나서도 누구나 그 수심(水深)을 모른다.

33) '『응향』 사건'이란 북조선예술총동맹의 지부에 해당하는 원산문학동맹의 이름으로 나온 시집 『응향』(1946. 12.)에 실린 일부 시에 대한 총동맹측의 비판과 그에 따른 결정을 일컫는 말이다. 이 시집에 실린 구상, 강홍운, 서창훈 등의 작품들은 도피적·투항적·영탄적·절망적 태도를 보인다는 비판과 함께 반동적인 작품들로 매도되었다(송희복, 『해방기 문학비평 연구』, 문학과지성사, 1993, 100쪽 ; 김재용, 『북한 문학의 역사적 이해』, 문학과지성사, 1994, 128쪽).

의 알력은 모든 가치에 우선하는 절대적인 것이 아니다. 그러함에도 불구하고 1950년 무렵의 한국에는 이데올로기만을 중시하는 이데올로기 신봉자들이 남·북한의 도처에서 득세하고 있었다. 민족상잔의 씻을 수 없었던 비극인 6·25 전란은 바로 그러한 이데올로기의 미망(迷妄)이 만들어낸 민족사의 불행이었다고 볼 수 있다.

3) 6·25 전란과 민족의 수난

6·25 전란은 1950년 6·25에서 1953년 7·27 휴전까지 3년여에 걸쳤던 전쟁이다. 이 전란에서 유엔군의 인명 피해는 33만 명, 적의 인명 피해는 180만 명, 전비는 약 150억 달러로 전해지고 있으나, 그런 통계 수치 이상의 재난이었던 것이 이 전란의 성격이었다. 전쟁만으로도 참화인 데다가 그것마저 동족상잔의 형태로 치러진 것이어서 그 비극은 필설로 말하기 어려운 것이었다. 비유로 말하면 6·25는 민족 구성원 전체가 입은 화상과 같은 것이었고, 민족 재산 전부가 입었던 화재와 같은 것이었다. 그 전란에서 요행으로 목숨을 부지했던 이들조차도 전란에서 입은 상처의 그 악몽 같은 기억을 평생 떨쳐낼 수 없었던 것이다.

6·25가 전쟁이었던 만큼 그 전쟁의 체험은 당연히 전투 현장, 곧 전장(戰場)의 체험을 앞세워야 할 줄 안다. 그러나 서울 종로와 관련된 한, 그런 체험을 노래한 시는 구하기 어렵다. 6·25 전쟁 중 서울 시가에서 벌어진 시가전이란 그야말로 산발적인 수준의 것이었을 뿐, 그 이상의 것이 아니었다는 실상에서 연유한 결과이다. 6·25 전란을 제재로 택한 전쟁시들 중 서울 가까운 곳의 전투를 노래한 작품들로는 연희고지(延禧高地) 전투를 시로 그려낸 이영순의 연작시 「연희고지」가 대표적인 경우이다. 연희고지란 당시로는 서울 외곽 서쪽

의 신촌 너머에 위치한 곳이어서 종로와는 상당히 떨어진 곳이었다.
　시작품으로 남길 만큼 격렬한 시가전이 벌어졌던 것은 아니었으나
종로를 비롯한 서울은 그 3년여의 전쟁에서 여러 형태로 망가지고
깨어지고 부서졌다. 무엇보다 먼저 전장이 아닌 서울 복판에서도 동족
의 살상이 자행되었던 점을 다음 작품들은 증언하고 있다.

<blockquote>

경학원 자리. 마른 소나무에 동여매고 애매한 동장 아저씨를 총
살시켰지. 눈을 뜬 채 이마에서 피가 뻗더군. 사람이 사람을 죽이
는 것을 처음 지켜본 국민학교 육학년, 6·25 사변 때였지만.

—마종기, 「경학원(經學院) 자리」·부분

</blockquote>

<blockquote>

내 사춘기의 여름에 남은 기억은
총과 창으로 죽은 시체들
천, 십만, 백만의 시체가
죽어서 썩어서 우물 속에서 끓고
장작같이 쌓여서 태워서 탄화하고
그래서 내 사춘기는 탄화하고.
20년이 지나도, 새벽에도 꿈에도
내 사춘기는 우물 속에 빠지고
가해자들의 저음의 합창으로
사춘기의 온몸에는 소름이 돋고.

—마종기, 「그리고 평화한 시대가」·부분

</blockquote>

　시인 마종기가 증언하고 있듯이 시 「경학원(經學院) 자리」에서 총살
로 처형된 이는 그 마을의 동장이었다. 아마도 그는 공산주의자들이
흔히 사용하던 문자로 '반동분자'의 혐의로 처형당하였을 것이다.
짐작할 수 있듯이 마을 동장의 '반공주의자'로서의 역할은 그 폭이

제한된 것이기 십상이다. 그러나 그 제한된 폭의 활동마저 증오의 대상이 되어 사법 절차를 거치지 않은 처형 대상으로 삼아버린 것이 이데올로기의 폭력이며, 전쟁의 잔혹상이었다. 아군과 적군이 밀고 밀리는 전쟁의 소용돌이 속에서 그와 같은 살육은 경향(京鄕)을 가릴 것 없이 마을, 마을마다 자행되었다. 그것은 전장에서의 살육과는 또 다른 의미의 비극이었다. 그리하여 시인 마종기는 숱한 시체가 썩어 "우물 속에서 끓고/ 장작같이 태워서 탄화"된 그 전쟁으로 하여 자신의 사춘기 또한 탄화되었노라고 토로한다.

6·25 전란은 무수한 한국인을 살상시켰으며 그들의 막대한 재산을 잿더미로 만들어 버렸다. 그런 재난을 겪은 뒤에도 전체 인구의 반수 가량은 피난 보따리를 만들어 이고 진 채 피난민 대열에 끼어 그들의 삶의 터전을 등져야만 했다. 밀고 밀리는 전쟁 속에서 목숨을 부지하고 이데올로기의 모진 시련을 모면하기 위해서였다. 중공군의 참전으로 공산군이 다시 힘을 얻어 남진을 시작하자 서울 시민들에게는 1950년 연말에 피난령이 떨어졌다. 시민들은 남부여대(男負女戴)하여 남으로 남으로 그야말로 지향할 곳 없이 피난길을 떠나야만 했다. 조지훈의 다음 시는 서울이 다시 적의 수중에 넘어가기 하루 전인 1951년 1월 3일에 씌어진 작품이다. 시의 행간에서도, 부제로 붙인 '다시 서울을 떠나며'라는 말 속에서도 그런 긴박한 사정을 읽을 수 있다.

>   첩첩이 문을 닫아 걸고
>   사람들은 모두다 떠나버렸다
>
>   이룩하기도 전에 흔들리는 사직(社稷)을 근심하고
>   조국(祖國)의 이 간난(艱難)한 운명(運命)을 슬퍼하여
>
>   사람들은 저마다 신념(信念)의 보따리를 짊어진채

아득한 천애(天涯)의 어느 일각(一角)으로 표표(飄飄)히 사라졌는데

차운 서천(西天)에 노을이 물드는 종로(鐘路) 네거리
종루(鐘樓)는 불이 타고 종(鐘)은 남아 있는데

몸을 던져서 종(鐘)을 울려보나
울지 않는 종(鐘) 나의 심장(心臟)만이 터질 듯 아프다

십리(十里) 둘레의 은은한 포성(砲聲) 때문에
안타깝게 고요한 이 거리에는

황소처럼 목놓아 우는 사나이도 없고
영하(零下) 십칠도(十七度)의 추위에 입술이 타오른다

불의(不義)의 그늘에선 숨도 쉬기 싫어서
차라리 일체(一切)를 포기(抛棄)하고 발가숭이가 되고저

사람들은 모두다 떠나버렸다
첩첩이 문을 닫아건 종로(鐘路)의 적요(寂寥)

아아 이제 나마저 떠나고 나면
여기 오랑캐의 노래가 들려오리라

허나 꽃피는 봄이 오면
서울은 다시 우리의 서울

내 여기 검은 흙 속에
가난한 노래를 묻고 간다.

—조지훈, 「종로에서」 · 전편

위에 인용한 시 「종로에서」를 쓴 조지훈은 광복 당시 26세의 젊은 나이였으면서도 민족 문학 진영의 선두에 나섰던 시인이다. 6·25 전란이 발발하자 그는 종군 작가단체인 '문총구국대'를 조직하여 종군 작가로 국군의 진격과 함께 전선을 따라 종군하면서 다수의 시작품들을 남겼다. 위에 인용한 시에서 그가 이른바 '1·4 후퇴'로 적에게 넘겨주기 하루 전의 서울 종로를 시로 형상화할 수 있었던 데는 그런 신분상의 배경이 있었던 것이다.

위의 시 「종로에서」에는 전쟁으로 이미 파괴된 서울 종로의 모습이 그려져 있다. 이 시의 제4연에 해당하는 "차운 서천(西天)에 노을이 물드는 종로(鐘路) 네거리/ 종루(鐘樓)는 불이 타고 종(鐘)은 남아 있는데"가 그런 대목이다. 1950년 6월에서 9월까지 공산군이 서울을 장악하고 있던 사이에 종루를 비롯한 종로의 큰 건물들은 모두 앙상한 뼈대만을 남긴 채 불타 버리고 말았다. 긴 세월에 걸쳐 서울의 상징 구실을 했던 보신각종은 땅바닥에 그대로 주저앉고 말았던 것이다. 아마도 해방기의 우리 시에서 보신각종의 상징 기능을 잘 짐작하고 있었을 조지훈은 그 종이 겪은 재난을 민족 전체가 겪은 재난의 모습으로 그려내려 하였을 것이다.

이 시에는 '1·4 후퇴' 당시의 전황과 종로를 비롯한 서울 일원의 모습이 어느 문학 작품에서보다 사실적으로 그려져 있다. 당시의 전황이 잘 그려져 있는 것은 제6연 "십리(十里) 둘레의 은은한 포성(砲聲) 때문에/ 안타깝게 고요한 이 거리에는"과 제10연 "아아 이제 나마저 떠나고 나면/ 여기 오랑캐의 노래가 들려오리라"의 두 연이다. "십리(十里) 둘레의 은은한 포성"이란 아군과 적군 사이의 공방전이 서울 십리 밖에서 벌어지고 있었다는 전언으로, 당시의 긴박한 전황을 알려 준다. 당시 아군의 수뇌진은 서울의 사수(死守)보다 서울을 일단 적에게 넘겨주는 전략을 택했던 것으로 알려져 있다. '작전상 후퇴'란 문자가 당시에 널리 유포되었던 배경이다. '1·4 후퇴'가 '작전상 후퇴'였음은 위 시에서도 엿볼 수 있다. 위의 제6연에서 "안타깝게 고요한 이 거리"라고 한 것은 당국이 서울 철수(撤收)를 예견하고 시민들을 미리 피난시켰다는 사정을 반영한다. 제10연에서 시인이 "나마저 떠나고 나면/ 여기 오랑캐의 노래가 들려오리라"고 한 것은 아군의 서울 철수가 이미 군만의 비밀이 아닌 공공연한 전략이었음을 알려주는 것이다.

1950년 6월에서 9월까지 어쩔 수 없이 적치(敵治) 90일간을 겪었던 서울 시민들은 당국의 피난령 이전부터 피난길을 서둘렀다. 중공군의 참전 이래 전황이 날로 불리해 보였기 때문이다. 이 시에서의 표현 그대로 "저마다 신념(信念)의 보따리를 짊어진채/ 아득한 천애(天涯)의 어느 일각(一角)으로 표표(飄飄)히" 떠난 것이다. 그 결과 서울 종로는 "첩첩이 문을 닫아 걸"은 형국이 되었고, 종로에는 '안타까운 고요함' 과 '적요'만이 머물게 된 것이다.

> 정든 집을 저바리고
> 노들의 빙판을 건너
> 남으로 남으로
> 수 없는 피난민의 대열이 간다
>
> 어디로 가는 것이냐,
> 누구를 찾어 간다는 게냐
> 모다 보따리를 질머지고
> 찬바람에 쫓기우며 불리우며
> 눈 덮혀 허이헌
> 광야를 걸어가는 우리의 동족들
>
> —장만영, 「피난민의 대열」·전편

조지훈의 시 「종로에서」는 피난길에 나선 사람들의 모습을 "아득한 천애(天涯)의 어느 일각(一角)으로 표표(飄飄)히 사라졌는데"라고 했다. 피난길에 나선 사람들의 그 모습을 조금 더 구체적으로 그려낸 것이 위에 인용한 장만영의 시 「피난민의 대열」이다. 그 해 겨울은 유난히도 눈이 두텁게 내렸었다. 기차도 자동차도 얻어 타지 못한 힘없는 피난민들은 "눈덮혀 허이헌/ 광야"를 "찬바람에 쫓기우며 불리우며" 정처 없이 남으로 남으로 몰려 내려갔다. 그렇게 길을 재촉하여 모여든 곳이 부산이요 대구였다. 당초에 부산과 대구 같은 남쪽 도시들이 엄청난 숫자로 몰려든 피난민들을 따뜻이 맞아 주리라고 기대했던 것은 물론 아니었다. 그러나 사태는 예상보다도 훨씬 심각했다. 거접할 한 칸 방도, 내일의 끼니를 이을 어떤 대책도 용이하게 찾을 수가 없었던 것이다. 일자리가 없어 그저 서성거릴 수밖에 없었던 피난민들을 바라보며 원래 남쪽 도시들을 삶의 터전으로 삼았던 유치환은 피난민들이 '갈대'와 같다고 애달파했다. 의지할 어떤 대상도 없이 바람에 불리는 대로 흐느적거리는 피난민의 모습을 그렇게 말한 것이다.[34]

애달픈 '갈대'와 같은 피난민의 모습은 박인환의 시 「어린 딸에게」에서 좀 더 구체적으로 나타난다. 시의 행간에서도 볼 수 있듯이 그는 서울에 어엿이 자기 집을 소유하고 있었다. 그러나 피난지에서 그것은 한갓 그리움의 대상일 뿐이었다. 그는 피난지인 부산에서 어린 딸을 부둥켜안고 3개월간에 일곱 번이나 거처를 옮겨 다닐 수밖에 없었던 딱한 현실을 그의 시에서 털어놓고 있다.

> 기총(機銃)과 포성(砲聲)의 요란함을 받아가면서
> 너는 세상(世上)에 태어났다 죽음의 세계로

---

34) 유치환, 「갈대」, 『보병과 더불어』, 문예사, 1951.

그리하여 너는 잘 울지도 못하고
힘없이 자란다.

엄마는 너를 껴안고 3개월 간에
일곱 번이나 이사를 했다.
서울에 피의 비와
눈바람이 섞여 추위가 닥쳐오던 날
너는 입은 옷도 없이 벌거숭이로
화차(貨車) 위 별을 헤아리면서 남(南)으로 왔다.

—박인환, 「어린 딸에게」·부분

　박인환의 시 「어린 딸에게」의 전 7연 중 처음 두 연이다. 전란 중에
태어나고 자라는 어린 딸에게 보낸 형식을 택한 이 시에는 어린 딸의
애처로운 생장 환경을 말하느라 전쟁과 피난으로 얼룩진 현실이 드러
나 있다. 박인환은 이 시에서 전쟁으로 소용돌이치는 세상을 '죽음의
세계'라고 말한다. 피아(彼我)가 상대를 얼마나 살상했는가로 승리를
판가름하는 전선은 말할 나위도 없고 후방에서조차도 살육과 기아로
죽음의 그늘이 덮여 있으니, 전란 중의 세상을 '죽음의 세계'라고
말했던 그의 현실 진단이 결코 과장은 아닐 것이다.

　피난은 그 '죽음의 세계'에서 삶의 길을 찾는 과정이다. 따라서
그 과정은 결코 순탄하게 이루어지지 않는다. "눈바람이 섞여 추위가
닥쳐오던 날" 입은 옷도 변변치 못한 채 "화차(貨車) 위 별을 헤아리면
서 남(南)으로" 와야 했으며, 피난지에 도착해서도 어린것을 싸안고
3개월간에 "일곱 번이나 이사를" 해야만 했다. 피난살이에 시달리는
피난민들에게 공통된 것은 두 가지의 소망들이었다. 전쟁의 종식과
남겨놓고 떠나온 그들의 집으로 하루 빨리 돌아가는 것이 그 소망들이
었다. 시인 박인환 역시 그 점에서는 다른 이들과 조금도 다르지 않았

104

다. 그는 위 시의 5~7연에서 그 소망을 다음과 같이 그려냈다.

> 엄마는 전쟁(戰爭)이 끝나면 너를 호강시킨다 하나
> 언제 전쟁이 끝날 것이며
> 나의 어린 딸이여 너는 언제까지나
> 행복(幸福)할 것인가.
>
> 전쟁이 끝나면 너는 더욱 자라고
> 우리들이 서울에 남은 집에 돌아갈 적에
> 너는 네가 어데서 태어났는지도 모르는
> 그런 계집애.
>
> 나의 어린 딸이여
> 너의 고향(故鄕) 너의 나라가 어데 있느냐
> 그때까지 너에게 알려줄 사람이
> 살아 있을 것인가.

앞에서도 말해 두었듯이 이 시 5~7연에서 시인이 소망하여 그려내는 것은 종전(終戰)과 서울로의 귀향이다. 종전과 서울로의 귀향은 어린 딸에게 행복을 마련해줄 가능성으로 전망되는데, 그 소망이 용이하게 실현될 것 같지 않다는 것이 시인 박인환의 탄식이었다. 당시 피난민들이 소망하였던 종전은 더 이상 남북 대결 체제가 존속하지 않는 방식을 전제한 것이었다. 더 부연할 것도 없이 그것은 통일 한국의 실현을 통해서만 이루어질 수 있었던 것이다. 그러나 6·25 전란에 관여했던 미국, 중공 등 외세가 그 전쟁을 종식시킨 방식은 우리 민족 공동체가 소망했던 방식과는 상당히 다른 것이었다. 그들은 남북 대치 전선의 한 모퉁이인 판문점에서 긴 협상을 벌인 끝에 휴전을 성사시켰던 것이다. 그로써 3년여의 전쟁은 종식되었다. 그러나 남북 대치 현상은 38선이 아닌 휴전선을 경계로 하여 새로운 형태로 고착되어 버리고 말았다.

4) 4·19 혁명과 자유, 민주 정신의 분출(噴出)

1960년 4월 19일, 2만 명 이상의 서울지역 대학생들과 시민들이 연대하여 부패한 이승만의 자유당 정권에 항쟁하기 위하여 일으켰던 민주화 운동은 긴 시간에 걸쳐 통일된 명칭을 갖지 못하였었다. '4·19 혁명', '4·19 항쟁', '4·19 의거', '4·19 운동' 등 그 명칭은 제대로 합의를 보지 못한 채 보는 이의 관점에 따라 다양하게 불려 내려왔었다. 그렇던 끝에 김영삼 정권 시기에 이르러서야 '역사 바로 세우기' 정책의 일환으로 '4·19 혁명'이란 공식 명칭을 얻게 되었다.

이제 공식적으로 '4·19 혁명'이란 명칭으로 불리게 된 그 사건의 원래 진원지는 서울 종로가 아닌 경남 마산이었다. 제4대 정·부통령 선거에서 국민의 신망이 적은 이기붕의 부통령 당선을 음모했던 정부와 여당인 자유당은 전국에 걸쳐 부정 선거를 자행했다. 선거에서 부정을 목격, 확인한 경남 마산 시민들은 부정에 항의하여 민중 시위를 일으켰고, 부정에 앞장섰던 경찰서를 습격하는 과정에서 80여 명의 사상자를 낳게 했다. 마산에서 시위에 참가했다가 피살된 학생 김주열의 시체가 바다에서 인양된 사건은 전국민을 분노 속으로 몰아넣었다. 사태가 그렇게 발전하자 부정 선거에 항의하는 민중 시위의 현장은, 한국 현대사 전개의 중요한 국면에서 늘 그러했듯이, 서울 종로로 바뀌게 되었다. 강만길의 『한국현대사』는 서울 종로가 중심 현장이 되었던 '4·19 혁명'의 경과를 다음과 같이 서술하였다.

부정선거를 규탄하는 학생데모가 서울·부산 등지로 퍼져나갔고 마산에서도 피살된 데모학생의 시체 인양을 계기로 두 번째 민중데모가 일어났다. 이승만 정권은 흔히 써오던 책략대로 마산사건의 배후에 공산세력이 개입한 혐의가 있다고 조작하여 사태를 수습하려 했으나 서울에서의 고려대학생 데모에 이어 마침내 2만 명 이상의 서울지역 대학생과 시민들이 일제히 일어나 정부 기관지인 서울신문사와 반공회관·경찰관서 등을 불 지르고 부정선거를 규탄했다. 이 과정에서 경찰의 발포로 142명이 목숨을 잃었다.[35]

이승만이 이끌던 정부와 자유당이 자유, 민주의 기본틀로서 공명선거를 짓밟은 이외에 그 폭거, 만행에 항의하던 학생, 시민들까지 무차별로 살상하자, 그 사건은 민족사의 거대한 사건으로 자리잡지 않을 수 없게 되었다. 당시의 우리 시인들 다수는 민족사의 이 대사건을 그들의 작품으로 형상화하기 시작하였다. 그런 시인들 중에서도 그 대사건을 시로 그려내는 데 가장 앞장을 섰던 이는 김수영이었다. 김수영은 '4·19 혁명'을 계기로 그 앞뒤의 시작품들이 달라졌다고 말해질 만큼 그 사건의 충격을 작품으로 살려낸 경우이다.[36] 그는 다른 시인들처럼 '4·19 혁명'의 성공이 일단 확실해진 때로부터 그 사건을 시로 그려낸 경우가 아니라, 3·15 부정선거로 민심의 이반(離反)이 흉흉하게 돌기 시작한 때로부터 이미 자신의 시에서 비판을 가하기 시작한 경우이다. 다음에 인용하는 시 「하……그림자가 없다」가 그런 작품이라고 말할 수 있을 것이다.

　　우리들의 적(敵)은 늠름하지 않다

---

35) 강만길, 『한국현대사』, 창작과 비평사, 1984.
36) 김현, 「自由와 꿈—김수영의 시세계」, 김수영 시선집 『거대한 뿌리』 해설문, 민음사, 1974.

우리들의 적(敵)은 카크 다글라스나 리챠드 위드마크 모양으로
사나웁지도 않다

그들은 조금도 사나운 악한(惡漢)이 아니다
그들은 선량(善良)하기까지도 하다
그들은 민주주의자(民主主義者)를 가장(假裝)하고
자기들이 양민(良民)이라고도 하고
자기들이 선량(選良)이라고도 하고
자기들이 회사원(會社員)이라고도 하고
전차(電車)를 타고 자동차(自動車)를 타고
요리(料理)집엘 들어가고
술을 마시고 웃고 잡담(雜談)하고
동정(同情)하고 진지(眞摯)한 얼굴을 하고
바쁘다고 서두르면서 일도 하고
원고(原稿)도 쓰고 치부도 하고
시골에도 있고 해변(海邊)가에도 있고
서울에도 있고 산보(散步)도 하고
영화관(映畫館)에도 가고
애교(愛嬌)도 있다
그들은 말하자면 우리들의 곁에 있다

우리들의 전선(戰線)은 눈에 보이지 않는다
그것이 우리들의 싸움을 이다지도 어려운 것으로 만든다
우리들의 전선(戰線)은 당게르케도 놀만디도 연희고지(延禧高地)
도 아니다
우리들의 전선(戰線)은 지도책(地圖冊) 속에는 없다
그것은 우리들의 집안 안인 경우도 있고
우리들의 직장(職場)인 경우도 있고
우리들의 동리(洞里)인 경우도 있지만……

보이지는 않는다
            (……)
우리들의 싸움은 하늘과 땅 사이에 가득차있다
민주주의(民主主義)의 싸움이니까 싸우는 방법도 민주주의식(民
主主義式)으로 싸워야 한다
하늘에 그림자가 없듯이 민주주의(民主主義)의 싸움에도 그림자
가 없다
하……그림자가 없다

하……그렇다……
하……그렇지……
아암 그렇구 말구……그렇지 그래……
응응……응……뭐?
아 그래……그래 그래.

　　5연으로 이루어진 시 「하……그림자가 없다」에서 3연을 제외한
전체를 옮겼다. 이 시는 두 개의 시각으로 해독할 가능성을 처음부터
열어놓은 작품처럼 보인다. 첫째 시각은 이 시를 화자와 시인의 말
그대로를 받아들여 우리의 생활 속에 박혀 있는 ‘민주주의의 적(敵)’으
로서 ‘비민주적 요소’들과의 싸움을 북돋고 있는 작품으로 읽는 것이
다. 그런 시각으로 읽을 때에 적(敵)인 그들은 “말하자면 우리들의
곁에 있다” 같은 시구들의 적절성은 충분한 설득력을 발휘하게 될
것이다.
　　둘째 시각은 이 시를 제작 당시의 우리 사회 상황과 관련시켜 읽는
것이다. 이 시가 제작된 날짜는 『전집』에 따르면 1960년 4월 3일로
밝혀져 있다. 『전집』에 수록된 이 작품 말미에 그렇게 밝혀져 있는
것이다. 1960년 4월 3일의 우리 사회 상황은 어떠했던가? 그 시기는

조직적인 부정으로 얼룩졌던 제4대 정·부통령 선거가 행해진 같은 해 3월 15일로부터 보름쯤 사이를 둔 때이다.

정·부통령 선거로 대통령 이승만은 국민들로부터 재신임을 받았다. 또한 부통령으로 새 인물 이기붕이 뽑혔다. 치열한 경쟁 끝에 정·부통령 당선자가 결정되었으니 이제 선거의 열기를 식히고 새로운 정치로 국민들에게 쇄신된 기운을 불어넣어야 마땅한 시기였다. 그러나 당시의 우리 사회 정황은 전혀 그렇지 못했다. 무엇보다도 정·부통령 선거에서의 부정에 국민들이 분노한 채 민심의 이반이 심각해졌기 때문이었다. 그런 시기를 배경으로 하여 제작된 이 시를 둘째 시각으로 읽는 방법은 이 시가 당시 우리 사회의 최대 현안이었던 부정선거 문제를 암시적으로 다룬 작품이라는 점을 뚜렷이 의식하는 것이다.

이 시에서 화자인 시인은 1~3연에 걸쳐서, '적(敵)'의 성격과 그 '적'과 싸워야 할 싸움의 성격을 말한다. 시인이 말하는 '적'의 성격은 두 가지이다. 그가 우리 곁에 있다는 것, 그러나 보이지 않는다는 것이다. 또 시인이 말하는 '적'과의 싸움이 갖는 성격은 한 가지이다. 그 싸움은 어느 때나 쉼, 곧 멈춤이 없다는 점이 그것이다. 시인은 그렇게 '적'에 대하여 많은 것을 말하면서도 정작 '적'의 정체에 대하여서만은 끝내 말을 삼가고 아꼈다. 다만 4연에서 '적'과의 싸움에 대하여 다음과 같이 말하고 있는 것이 '적' 그리고 그 싸움에 관한 정보들 중 가장 구체적인 것이다.

> 우리들의 싸움은 하늘과 땅 사이에 가득차있다
> 민주주의(民主主義)의 싸움이니까 싸우는 방법도 민주주의식(民主主義式)으로 싸워야한다
> 하늘에 그림자가 없듯이 민주주의의 싸움에도 그림자가 없다

위의 인용에서 볼 수 있듯이 '적'과의 싸움을 '민주주의(民主主義)의 싸움'이라고 부를 수 있다면, 그 경우에 '적'을 무엇이라고 부를 수 있는가는 이미 자명해진다고 보아도 좋을 터이다. "민주주의(民主主義)의 싸움'에서 '적'은 반민주적, 비민주적 성격, 작태에 해당하리라는 점은 이미 움직일 수 없는 사실이겠기 때문이다. 조직적으로 선거부정을 감행했던 '3·15 부정선거'로부터 불과 보름쯤을 경과한 시점에서 반민주적 성격, 작태로서, 우리 사회는, 우리 국민들은 무엇을 쉽게 연상할 수 있었을까? 또 시인 김수영은 무엇을 연상하면서 이 시를 쓰게 된 것일까? 바로 그 점에서 이 작품을 당시 우리 사회의 정황과 관련시켜서 읽는 둘째 시각이 마련된다. 이 작품을 당시의 우리 사회 정황과 관련시킨 둘째 시각으로 읽을 때에 아주 생채(生彩)를 띠고 또 쉽게 해독할 수 있는 대목은 제5연이 될 것이다.

> 하……그렇다……
> 하……그렇지……
> 아암 그렇구 말구……그렇지 그래……
> 응응……응……뭐?
> 아 그래……그래 그래.

위는 무엇인가를 깨닫고 또 가까운 누군가와 무엇인가 쑥덕거리는 듯한 정경을 구체적인 정경 묘사 없이 오직 독백, 대화의 형태만으로 그려낸 대목이다. 이 대목을 이 시를 해독하기 위한 첫째 시각으로 바라보면, 그 의미가 선명하게 잡히기 어렵다. 이 시를 해독하기 위한 첫째 시각이란 이 시에서 말하는 '적'을 우리 일상생활에 침투해 있는 '반민주적 요소'로 바라보는 것이다. 그것을 말하기 위하여 알아듣기 어려운 독백이나 대화를 열거하는 방법이 과연 기능적인가 하는 점이 위 대목의 의미의 모호성을 발생시킨다. 첫째 시각으로 제5연을 읽었을 때에 발생했던 그러한 모호성과 비기능성은 둘째 시각으로 읽을 때에 그 모습을 달리하게 된다. 둘째 시각으로 그 연을 읽을 때에는 그 연에서의 알아듣기 어려웠던 독백 또는 대화가 '민주주의의 적'들이 저지른 부정선거의 내막에 고개를 주억거리고 그 내막에 얽힌 정보를 주고받는 풍경으로 전환되는 것이다.

앞에서도 말해 두었듯이 이 시는 당시의 정황을 반드시 관련시키지 않고도 해독할 수 있는 첫째 시각과, 당시의 정황과 관련시켰을 때만 의미의 모호성을 발생시키지 않고 읽을 수 있는 둘째 시각을 함께 포용하는 작품이다. 앞의 시각이 '반민주적 요소'와의 싸움이라는 일반적, 추상적 입장에 서 있는 것이라면, 뒤의 시각은 눈앞의 '반민주적 요소'와의 싸움이라는 특수한, 구체적 입장에 서 있는 것이다. 김수영이 그 두 개의 시각을 함께 아우른 것은 아마도 두 면을 함께 고려한 결과일 것이다. 그 두 면이란, 두 개의 시각을 아우름으로 시가 단선적이지 않고 심원한 맛을 살릴 수 있다는 점과 현실에 관한 비판을 엄하게 제약했던 당시 우리 사회의 억압 장치들을 돌파할 수 있다는 점이다. 시인 김수영에게 있어 그 두 개의 시각은 그렇게 원리와 실천의 모습을 띤 것으로 나타났다고 이해하는 것이 바람직하다.

4·19 혁명이 일단 성공을 거두기 전부터 당시 집권층의 '반민주적 작태'를 비판하기 시작했던 김수영은 그 혁명으로 부패한 정권이 쓰러지자 가뒀던 봇물을 쏟아내듯이 혁명과 관련된 시들을 쏟아내기 시작했다. 그가 4·19 혁명과 관련된 문제들을 작품으로 만든 것들로는 「우선 그놈의 사진을 떼어서 밑씻개로 하자」, 「기도」, 「육법전서와 혁명」, 「푸른 하늘을」 등 모두 10편을 상회한다. 그 작품들 중에서도 「우선 그놈의…」는 혁명에 대한 그의 불같이 뜨거운 기대와 반민주적

행각을 보였던 집권자에 대한 강렬한 비판을 담아낸 작품이다. 또한 「푸른 하늘을」은 혁명이 가져야 할 성격이 무엇인가를 요약하여 그려낸 작품이다. 특히 「우선 그놈의…」는 그 작품을 제작한 날이 이승만의 하야가 결정된 다음 날이란 점에서 주목된다. 이승만이 이끌었던 정부와 역시 그가 이끌었던 여당인 자유당의 '반민주적 작태'를 4·19 혁명 이전에 제작한 시 「하…그림자가 없다」에서 이미 비판하기 시작했던 김수영은 이승만과 그 일당이 물러서자 환호작약하면서 새로운 사회를 건설하려는 설레는 기대를 그려내기에 열중했다.

> 우선 그놈의 사진을 떼어서 밑씻개로 하자.
> 그 지긋지긋한 놈의 사진을 떼어서
> 조용히 개굴창에 넣고
> 썩어진 어제와 결별하자
> 그 놈의 동상이 선 곳에는
> 민주주의(民主主義)의 첫 기둥을 세우고
> 쓰러진 성스러운 학생(學生)들의 웅장(雄壯)한
> 기념탑(紀念塔)을 세우자
> 아아 어서어서 썩어빠진 어제와 결별하자

「우선 그놈의…」의 제1연이다. 그는 이 시 제1연에서뿐만 아니라, 작품 전체에 걸쳐서 관공서, 학교 등 관의 힘이 미치는 곳이면 빼놓지 않고 걸게 했던 이승만의 사진을 문제삼고 있다. 김수영으로서는 자신의 사진을 전국의 공공장소 어디나 걸도록 했던 이승만의 행위가 그의 '반민주적' 행태의 표상처럼 인식되었던 모양이다. 그리하여 그는 '반민주적' 행태를 청산하는 제1보로서 '우선 그놈의 사진을' 떼어내 밑씻개로도 쓰고, 불쏘시개로도 쓰며, 강아지장에 깔아주자고 말한 것이다.

다수의 시인들은 4·19 혁명이 일단의 성공을 거두자 그 혁명에서 희생된 젊은 학생들의 영웅적 투쟁을 찬양하고 영령을 위무하는 작품들을 만들기에 몰두했다. 다수 시인들의 그런 4·19 시들과 방향을 달리 했던 것이 김수영의 4·19 시들이었다. 그는 10편을 상회하는 그 의 4·19 시들에서 학생들의 투쟁을 찬양하고 영령을 위무하는 작품을 거의 쓰지 않았다. 아마도 그는 4·19 혁명 주역들에 대한 찬양, 위무만으로 한 편의 시를 쓰는 것이 그가 의도하는 혁명기의 시와는 거리가 멀다고 생각한 듯하다.

그는 "4·19 순국학도 위령제에 부치는 노래"란 부제가 붙어 있는 시 「기도」를 쓰기도 했다. 부제로 보아 그 시는 응당 순국한 혁명 주역들에 대한 찬양, 위무로 채워질 법한 작품이었다. 그 경우에도 그는 그들에 대한 찬양, 위무의 말을 길게 끼어 넣지 않았다. 대신, 그 시는 「기도」라는 제목에 걸맞게 "우리가 찾은 혁명(革命)을 마지막까지 이룩하자"는 말을 중심으로 하여 짜여져 있는 것이다. 김수영으로서는 혁명을 마지막까지 이룩하는 것이 영령들에 대한 진정한 추모라고 생각하였음에 틀림없다. 그는 혁명은 응당 피를 흘리는 것이라고도 생각하였다. 그 점은 흔히 그의 4·19 시의 대표 작품으로 꼽히는 「푸른 하늘을」에 선명히 부각되어 있다.

> 푸른 하늘을 제압(制壓)하는
> 노고지리가 자유(自由)로왔다고
> 부러워하던
> 어느 시인(詩人)의 말은 수정(修正)되어야 한다.
>
> 자유(自由)를 위해서
> 비상(飛翔)하여본 일이 있는
> 사람이면 알지

노고지리가
무엇을 보고
노래하는가를
어째서 자유(自由)에는
피의 냄새가 섞여있는가를
혁명(革命)은
왜 고독한 것인가를

혁명(革命)은
왜 고독해야 하는 것인가를

　3연으로 짜여진 시 「푸른 하늘을」의 전편이다. 4·19 순국학도 위령제에 부치는 시에서조차 4·19 영령들을 찬양, 위무하기를 삼갔던 김수영은 그 점에 대신하여 이 시에서 자유와 혁명이란 어떤 것인가를 노래한다. 그는 이 시에서 자유의 표상물로서 새, 그 중에서도 노고지리를 내세운다. 새들 중에서도 노고지리는 푸른 하늘로 마음껏 치솟는 생리로 하여 일찍부터 자유의 표상으로 부러움을 사 왔다. 그러나 노고지리를 자유의 표상만으로 인식하여 부러워하는 처사는 온당하지 않다는 것이 이 시 1연에서의 김수영의 전언이다. 왜 그렇다는 것인가? 투쟁하여 피를 흘리지 않으면서 자유를 얻을 수 없듯이, 노고지리 또한 높은, 자유로운 비상에서 자유의 값을 치를 수밖에 없다는 것이 시인의 생각이다. 아마도 고공(高空) 비상을 생리로 하는 노고지리에게는 여러 맹금류(猛禽類)에게 피습, 희생당할 가능성이 그만큼 늘어난다는 의미일 것이다. 따라서 자유와 같이 소중한 가치를 추구하며 피를 흘려야 하는 혁명의 중요한 과정, 과정은 어쩔 수 없이 고독할 수밖에 없다. 고독은, 피를 흘리면서도 전진할 수밖에 없는 혁명의 필연적 성격이라는 것이 시인 김수영의 생각이었던 것이다.

　김수영이 그의 4·19 시에서 혁명의 본질 문제와 본질과는 동떨어진, 그 혁명의 지지부진한 전개과정을 주로 문제삼았던 것과는 달리, 4·19 혁명 직후의 4·19 시들의 대다수는 혁명 주체였던 젊은 학생들의 영웅상을 그려내는 데 힘을 기울였다. 혁명으로 희생된 젊은 학생들의 영웅적인 투쟁상을 그려낸 작품들 중 주목할 만한 것들로는 신동문의 「아! 신화(神話)같이 다비데군(群)들」과 구자운의 「젊은 짙은 피로써 물들인 큰길에서」를 들 수 있다. 두 시인의 작품 중에서도 대상의 인식과 작품 구성의 밀도에서 보다 견고성을 보여준 것은 「아! 신화(神話)같이 다비데군(群)들」 쪽이다. 그 작품은 우선 자유, 정의를 외치다 희생된 젊은이들과 전제적(專制的)인 정권을 구약 성서 중의 널리 알려진 인물들로 인유하였다. 맨손으로 거대한 전제 정권에 맞섰던 학생들을 다비데(다윗)로, 거대한 전제 정권을 고리아테(골리앗)로 비유한 것이 그것이다. 또한 이 작품은 4·19 혁명 투쟁의 전개과정을 "시공간적 점층법을 통해서" "역동성과 박진감"을 살려 그려낸 점에서도 주목할 만하다.37)

　　　　서울도
　　　　해솟는 곳
　　　　동(東)쪽에서부터
　　　　이어서 서(西) 남(南) 북(北)
　　　　거리 거리 길마다
　　　　손아귀에
　　　　돌 벽돌알 부릅쥔 채
　　　　떼지어 나온 젊은 대열(隊列)
　　　　아! 신화(神話)같이

---

37) 김재홍, 「4·19의 시적 수용과 문제점」, 『현대시와 역사의식』, 인하대 출판부, 1988.

나타난 다비데군(群)들

혼자서만
야망(野望) 태우는
목동(牧童)이 아니었다
열씩
백(百)씩
천(千)씩 만(萬)씩
어깨 맞 잡고
팔짱 맞 끼고
공동(共同)의 희망(希望)을
태양(太陽)처럼 불 태우는
아! 새로운 신화(神話) 같은
젊은 다비데군(群)들

고리아테 아닌 거인(巨人)
살인전제(殺人專制) 바리케이트
그 간악(奸惡)한 조직(組織)의 교두보(橋頭堡)
무차별(無差別) 총구(銃口) 앞에
빈 몸에 맨주먹
돌알로서 대결(對決)하는
아! 신화(神話)같이
기이(奇異)한 다비데군(群)들

빗살 치는
총알 총알
총알·총알·총알 앞에
돌 돌
돌 돌 돌

주먹 맨주먹 주먹으로
피비린 정오(正午)의
포도(鋪道)에 포복(匍匐)하며
아! 신화(神話)같이
육박(肉迫)하는 다비데군(群)들

제마다의
가슴
젊은 염통을
전체(全體)의 방패 삼아
관혁(貫革)으로 내밀며
쓰러지고
쌓이면서
한 발씩 다가가는
아! 신화(神話)같이
용맹(勇猛)한 다비데군(群)들
                (……)
멍든 가슴을 풀라
피맺힌 마음을 풀라
막혔던 숨통을 풀라
짓눌린 몸뚱일 풀라
포박된 정신(精神)을 풀라고
싸우라
싸우라
싸우라고
이기라
이기라
이기라고

아! 다비데여 다비데들이여
승리(勝利)하는 다비데여
싸우는 다비데여
쓰러진 다비데여
누가 우는가
너희들을 너희들을
누가 우는가
눈물 아닌 핏방울로
누가 우는가
역사(歷史)가 우는가
세계(世界)가 우는가
신(神)이 우는가
우리도
아! 신화(神話)같이
우리도
운다.

앞에서 길게 인용한 것은 신동문의 시 「아! 신화(神話)같이 다비데군(群)들」의 전 10연 중 앞의 다섯 연과 뒤의 두 연이다. 4·19 혁명에서 희생된 학생들이 시위에 결집하는 모습으로부터 총격으로 절명하는 모습까지 그려낸 이 시는 그 뒤로 다시 두 가지 점을 덧붙여 그려냈다. 4·19 혁명의 정신이란 무엇인가를 말한 것과 희생된 영령들에게 짙은 애도를 표한 것이 그것이다. 이 시에서는 4·19 혁명의 정신을 말하기 전에 먼저 혁명 대열에 참여한 이들의 참여 정신부터 밝혀 노래했다. 제5연의 "제마다의/ 가슴/ 젊은 염통을/ 전체(全體)의 방패 삼아/ 관혁(貫革)으로 내밀며/ 쓰러지고/ 쌓이면서/ 한 발씩 다가서는" 이 그 대목이다.

4월 혁명에 참여했던 젊은 학생들이 "젊은 염통을/ 전체의 방패 삼았"으며 "관혁으로 내밀"었다는 위의 표현은 실로 젊은 학생들의 현실 참여 정신을 선명하게 파악한 표현이었던 것으로 이해된다. 3·1 운동 이후 우리 사회에서 전개된 학생들의 구국(救國) 투쟁의 기치는 바로 그 정신을 바탕으로 하여 세워졌던 것이다. 위 대목에서 '젊은 염통'으로 '방패 삼았'다고 한 '전체'란 우리 민족 공동체 또는 사회 공동체를 가리킨다. 젊은 학생들은 일제가 민족 공동체를 짓밟는 현실에 저항해 투쟁해온 역사를 간직하고 있다. 또한 그들은 남한만의 단독 건국 이후 우리 통치자들이 자유, 민주와 같은 사회 공동체의 존귀한 가치를 짓밟는 데도 저항해온 전통을 쌓아놓고 있다. 그런 저항과 투쟁의 경우, 젊은 학생들을 투쟁의 대열에 나서게 한 것은 그들 자신 이외에는 우리 사회 공동체, 위 시의 표현대로 하면 우리 '전체'의 '방패' 역할을 해줄 만한 다른 세력이 없다고 생각한 점이다. 그런 인식 위에서 젊은 학생들은 그 투쟁에로의 투신이 자신들을 희생시키는 일인 줄을 뻔히 알면서도 그 희생을 회피하지 않았다. 바로 그런 점에서 "젊은 염통을/ 전체의 방패 삼았"다고 말한 위 대목의 표현은 젊은 학생들의 구국 투쟁정신을 집약시켜 그려낸 것으로 읽힌다고 할 수 있다.

4·19 혁명의 이념이 무엇이었던가 하는 문제는 그 설명이 간단하지 않다. 그 혁명은 처음부터 치밀하게 계획되지 않았고, 결과에 있어서는 '미완의 혁명'이란 평가[38]를 듣는 만큼 그 이념을 말하는 데에도

---

38) 이화수, 『4월혁명—정치행태학적 연구』, 평민사, 1985, 153쪽에서는 4·19 혁명을 '미완의 혁명'이었다고 다음과 같이 말하고 있다.

"4월혁명은 대중의 폭동에 의하여 한 정권이 무너지고 보다 폭넓은 대중의 지지를 받는 정권이 들어섰다는 의미에서 대중혁명이라고 볼 수 있다. 그러나 4월혁명은 정치, 경제, 사회의 제반 분야에서 전면적 구조의 변화를 일으키지 못했기 때문에 브린튼의 의미로 보면 미완성의

어려움이 있는 것이다. 그러나 그 "혁명의 관심은 대학 내의 이슈들로부터 시작하여 사회 정의로, 자유민주주의적 정치 개혁을 이슈로, 특히 자유의 기치하에 발전되었다."는 설명[39]은 4·19 혁명 이념의 대체적인 윤곽을 말했다고 보아도 좋을 것이다. 앞의 설명에 이어서 같은 논자는 다음과 같이 4·19 혁명의 이념을 정리하여 말하였는데, 그 혁명의 과정에서 실제로 제기되지는 못하였던 '경제 성장의 이념'을 포함시킨 점이 특별히 눈길을 끈다.

> 4월 혁명은 한국 역사의 한 새로운 획을 그은 사건으로 민주주의와 경제 성장의 새로운 가치와 이념과 이데올로기를 제시하고 구체적으로 국민적 차원에서 재확인한 것이다. 이는 지배자와 피지배자 간의 전통적 개념을 새로운 현대적 개념으로 변화시켰다.[40]

4·19 혁명의 이념이란 같은 문제를 국사학자 강만길 교수는 우리의 역사 전개과정과 관련시켜서 파악하였다. 그는 4·19 혁명의 직접적인 동기가 제4대 정·부통령 선거에서의 파렴치한 부정에 있었음을 전제한 뒤에, 그러나 그것은 단순한 부정선거 규탄운동이 아니라, 국민주권주의에 입각한 민주주의 운동, 민족주의 운동이었다고 주장한다.

> 대한제국 시기에서부터 국민주권주의 운동이 일부 일어났으나 일본의 침략으로 실패했고 식민통치아래서는 국민주권주의가 전혀 용납되지 않았기 때문에 해방 후에는 철저한 국민주권주의·민주주의에 대한 요구가 그만큼 더 높았다. 그럼에도 이승만 정권의

혁명이라고밖에 볼 수 없는 것이다".
39) 이화수, 앞의 책, 149쪽.
40) 이화수, 앞의 책, 153쪽.

반공주의를 표방한 독재체제가 강화되다가 민중봉기로 무너진 것이다. 그런 면에서 4·19운동은 대한제국 시기 이래의 국민주권주의 운동, 민주주의 운동의 계승이었던 것이다.[41]

위 두 연구자가 밝혀놓은 4·19 혁명의 이념이 '자유민주주의', '국민주권주의'로 집약될 수 있는 것이었다면, 신동문의 「아! 신화(神話)같이 다비데군(群)들」은 그것을 어떻게 이해하고 또 표현한 것일까? 신동문의 그 시에서 4·19의 이념을 노래한 것에 해당하는 것은 9연 중 다음과 같은 대목이다.

> 멍든 가슴을 풀라
> 피맺힌 마음을 풀라
> 막혔던 숨통을 풀라
> 짓눌린 몸뚱일 풀라
> 포박된 정신(精神)을 풀라

위 대목들에서 시인 신동문은 '가슴'·'마음'·'숨통'·'몸뚱이'·'정신' 등을 한결같이 '풀라'고 말한다. 시인이 생각하기로는 '푸는 것'이 4·19 혁명의 투쟁 목표였으며, 또 투쟁의 전과(戰果)이기도 했던 것이다. 그가 생각한 '푸는 것'이 무엇보다도 자유를 의미한다는 점은 어렵지 않게 짐작할 수 있을 줄로 안다. 얽히고 조이고 묶인 것들이 풀리는 것을 해방이라고 하며, 속박이 풀린 해방 상태는 자유를 의미하는 것이다. 아마도 시인은 어떤 형태로라도 자유를 자유민주주의, 국민주권주의 같은 정치 이념과 연결시켜 생각했던 것으로 보인다. 「아! 신화(神話)같이 다비데군(群)들」의 제3연에 '살인전제(殺人專制)'

---

41) 강만길, 앞의 책, 211쪽.

라는 말이 쓰인 것으로 보아 그 대극에 해당하는 정치 이념들인 자유민주주의, 국민주권주의를 생각했을 가능성이 높다는 뜻이다. 그러나 그는 4·19 혁명의 이념을 풀어 노래한 위 대목에서 자유를 고창하면서도, 그런 정치 이념들과 자유를 직접 연결시키지는 않았다.

긴 기간에 걸쳐 외침과 전제(專制)의 사슬에 묶여 있던 한국인들에게 4·19 혁명의 의의는 각별한 것이었다. 비록 그것이 '미완의 혁명'으로 매듭을 지었을망정, 그 사건이 준 의의는 막중한 것으로 부상된다. 그 사건은, 앞에서도 이미 인용했던 대로, 지배자와 피지배자 사이의 관계를 새로운 현대적 관계로 정립시킨 민족사적 사건이었다는 점에서 그렇게 말할 수 있는 것이다. 바로 그 점 때문에 그 혁명에 직접 참여하지 않았던 후대의 시인들조차도 그 혁명을 시로 그려내려는 의욕을 빈번하게 보여주었던 것이다.

5) 5·16 군사정변과 참여시의 성장

5·16 군사정변은, 두루 아는 바와 같이 성공한 쿠데타였다. 그 정변으로 집권한 집권자는 18년을 넘게 권좌를 지켰다. 그런 사정으로 말미암아 5·16 쿠데타에 얽혔던 이런저런 장면들을 찍은 사진은 일반 국민들에게도 꽤 널리 알려지게 되었다. 그렇게 알려진 사진들 중 한 장의 사진에 관하여 회상해보는 것으로 5·16 군사정변 당시의 '풀무'로서의 종로를 생각해보기로 한다. 그 사진은 5·16 군사정변을 진두지휘했던 박정희 소장의 모습을 담은 것이었다. 종로와 인접해 있는 서울특별시 청사 건물을 배경으로 하여 찍은 그 사진 속의 박소장은 한동안 그의 표지처럼 알려졌던 짙은 썬 글라스를 쓰고 있었다. 박소장의 곁에는 뒤에 박대통령의 경호실장으로 막강한 권세를 휘둘렀던 당시의 대위 차지철이 완전 무장한 채 박소장의 신변을 지키고

있는 모습이 깊은 인상을 심어주었다.

그 사진을 대상으로 하여 말하고 싶은 점은 쿠데타 초기에 촬영된 그 사진이 왜 하필 서울 시청을 배경으로 하였던가 하는 점이다. 그 사진이 촬영되기까지의 자세한 경위야 물론 알 수 없다. 그러나 그 사진의 배경이 서울 시청이었던 것은 당시 쿠데타군의 서울 중심가 주둔지가 덕수궁이었던 점과 불가분의 관련을 가졌으리라는 점을 지적하고 싶다. 평상의 경우라면 문화재로 힘써 가꿔야할 고궁에 군대를 주둔시킨다는 발상 자체가 성립될 수 없는 것이다. 그러나 당시 쿠데타군의 입장에서 생각하여 보면, 덕수궁은 서울 중심가 주둔지로는 여러 이점을 가진 곳이었음에 틀림없었을 것이다. 덕수궁은 서울 시청을 바로 길 건너로 바라보면서 종로와 세종로, 조금 떨어져 있는 서울역 일대까지를 손쉽게 제압할 수 있는 요충지였기 때문이다. 여의도로 의사당을 신축하여 이전하기 전의 국회도 바로 덕수궁 옆에 위치하고 있었다.

이 글의 앞에서도 이미 여러 번 말하여 두었듯이 종로와 세종로 일대는 서울, 나아가 한국의 중심지이다. 국가와 민족의 대사건이 벌어질 때마다 서울 종로와 세종로의 풍향은 그 대사건의 성공과 실패를 결정지었다. 5·16 군사정변이 일어나기 1년 전에 일어났던 4·19 혁명이 소용돌이쳤던 곳도 역시 종로, 세종로 일대였다. 4·19 혁명에서 5·16 군사정변이 일어나기까지 1년 여에 걸쳐 거의 하루도 조용한 날이 없이 각종의 시위가 휩쓸고 다녔던 곳도 종로와 세종로, 국회 의사당이 있던 태평로 일대였다. 사정이 그러했기에 쿠데타군은 서울의 어느 지역보다도 종로, 세종로, 태평로 일대를 장악할 필요가 있었을 것이고 그 결과 덕수궁을 서울 중심가의 주둔지로 정했으리라고 이해할 수 있다.

5·16 군사정변이 일어나자 종로, 세종로를 중시했던 것은 쿠데타

군만이 아니었다. 국가와 민족의 명운을 결정짓는 대사건에서 종로, 세종로의 풍향이 중요함을 이미 숙지하고 있었던 우리 시인들도 종로, 세종로를 배경 공간으로 설정한 작품들을 만들어냈던 것이다. 5·16 군사정변과 관련하여 그런 작품들을 만들어내는 데에 가장 앞장섰던 시인은 조태일이었다. 그의 그런 작품들에 관하여는 뒤에서 살펴보기로 하겠다.

4·19 혁명과 5·16 군사정변은 1년여를 사이에 두고 일어난 한국 현대사의 대사건들이지만, 두 사건의 성격들은 매우 달랐다. 4·19 혁명의 주체가 신동문의 시 「아! 신화(神話)같이 다비데군(群)들」의 표현대로 돌알들을 손아귀에 쥔, 무장하지 않은 학생들이었다면, 5·16 군사정변의 주체는 치밀하게 조직된 무장한 군인들이었다. 4·19 혁명의 이념이 자유민주주의와 국민주권주의에 입각한 시민들의 안정되고 풍요한 삶이었다면, 5·16 군사정변의 이념은 안보와 경제제1주의에 입각한 국가의 번영이었다.

4·19와 5·16 사이 그리고 5·16 이후에도 왕성한 시작 활동을 펼쳤던 시인 김수영은 4·19 이후에 쓴 글에서 창작 자유의 조건은 "1에도 언론자유요, 2에도 언론자유요, 3에도 언론자유다. 창작의 자유는 백퍼센트의 언론자유가 없이는 도저히 되지 않는다. 창작에 있어서는 1퍼센트가 결한 언론자유는 언론자유가 없다는 말과 마찬가지다."42)라고 했다. 그는 또 다른 글에서 "문제는 한국시단에 '자유의 회복'에 둔감한 시인이 너무나 많다는 사실이다. 내가 시를 보는 기준은 이 '자유의 회복'의 신앙이다."43)라고도 했다. 그 글들에서 볼 수 있듯이 창작 조건 또는 삶의 조건으로서 무엇보다도 자유를 중시했던 김수영은 5·16이 일어나자 심각한 좌절을 겪지 않을 수 없었다. 그는 군사정변으로 맞게 된 좌절을 '신귀거래(新歸去來)'라는 이름의

---

42) 김수영, 「창작 자유의 조건」, 『김수영전집·2-산문』, 민음사, 1981.
43) 김수영, 「나의 신앙(信仰)은 '자유(自由)의 회복'」, 위의 책.

연작시들로 묶어냈다. '귀거래(歸去來)'란 관직을 내놓고 전원으로 돌아가겠다는 뜻을 담았던 도연명의 글로 유명해진 글귀이다. 군사정변으로 현실에 대한 발언을 억제하고 은둔할 수밖에 없다고 생각한 김수영은 그 제목으로서 그의 의식의 일단을 드러냈던 것이다. 김수영의 '신귀거래' 연작으로는 모두 9편이 남아있는데, 그 중 두 번째 작품으로 발표된 「격문(檄文)」이 군사정변을 맞게 된 그의 불편한 심경을 가장 잘 드러냈다고 말할 수 있다.

아아 그리고 저 도봉산(道峰山)보다도
더 큰 증오(憎惡)도
굴욕(屈辱)도
계집애 종아리에만
눈이 가던 치기(稚氣)도
그리고 무수한 잡동사니 잡념(雜念)까지도
깨끗이 버리고
깨끗이 버리고
깨끗이 버리고
깨끗이 버리고
깨끗이 버리고
깨끗이 버리고
농부(農夫)의 몸차림으로 갈아입고
석경을 보니
땅이 편편하고
집이 편편하고
하늘이 편편하고
물이 편편하고
앉아도 편편하고
서도 편편하고
누워도 편편하고

도회(都會)와 시골이 편편하고
시골과 도회(都會)가 편편하고
신문(新聞)이 편편하고
시원하고
삐쓰가 편편하고
시원하고
하수도(下水道)가 편편하고
시원하고
뽐프의 물이 시원하게 쏟아져나온다고
어머니가 감탄하니 과연 시원하고
무엇보다도
내가 정말 시인(詩人)이 됐으니 시원하고
인제 정말
진짜 시인이 될 수 있으니 시원하고
시원하다고 말하지 않아도 되니
이건 진짜 시원하고
이 시원함은 진짜이고
자유(自由)다

—김수영, 「격문(檄文)」·부분

　　김수영은 뒷날 반복법의 새로운 기술을 완성시켰다[44]고 불릴 만큼 그의 시에서 반복법의 기능과 효과를 잘 살려서 쓴 시인이다. 반복법을

---

44) 황동규, 「정직의 공간」, 황동규 편, 『김수영의 문학』, 민음사, 1983. 이 글에서 황동규는 반복의 효과가 김수영에게서 새로운 방법으로 사용되었음을 다음과 같이 밝히고 있다.

　　"그러나 그는 산문처럼 시에서도 새로운 기술을 하나 완성한다. 그것은 반복의 효과이다. 그 효과를 시도한 시인은 그 이외에도 많지만, 분위기를 위해서가 아니라 강조하기 위하여, 그리고 강조를 통해 논리를 뛰어넘기 위하여 사용한 사람은 없었다고 생각된다."

잘 살려서 쓴 그로서도 앞에서 인용한 시 「격문」의 경우처럼 다수의
반복법을 동원한 경우는 달리 찾아보기 어렵다. 그의 작품들 중 반복법
을 가장 많이 사용한 위의 시 「격문」은 반복법으로써 시적 진술을
강조하려 하지 않았다. 그는 반복법으로써 그의 진술을 강조하려고
하기보다 오히려 그 시적 진술을 전복시키는 방법을 모색했던 것이다.
어떤 진술을 거듭 반복함으로써 오히려 그 진술 내용을 뒤집는 역전의
효과는 두 면과 관련하여 발생하는 것이 아닌가 한다. 한 면은 시인이
처한 상황과 관련된 문맥이다. 시인의 의식 성향과 그가 처한 상황을
짐작하는 독자들로서는 그의 반복된 진술이 일종의 위장이며 위장을
통한 역전의 시도임을 짐작하게 되는 것이다. 또 한 면은 화법의 실제와
관련된 문맥이다. 너무도 뻔한 말을 되풀이하고 되풀이할 때에, 듣는
이들로서는 오히려 말하는 이의 내심은 다르지 않은가 의심을 품지
않을 수 없다. 그렇게 화법의 실제와 관련된 문맥이 이 시의 이해에는
적용된다고 할 수 있다.

　시 「격문」의 반복법이 역전의 효과를 시도한 점은 그 제목과 반복된
진술의 상치(相馳)로서도 짐작할 수 있다. 시인은 그 시의 표제를 "사람
들을 흥분시키거나 격동시키기 위한 글"이란 뜻을 가진 '격문'이라고
붙였다. 제목은 그렇게 붙였는데, 정작 시적 진술에서는 '깨끗이 버리
고', '편편하고', '시원하'다는 말만 거듭될 뿐 「격문」이란 제목에
합당한 어떤 진술도 찾아보기 어렵다. 그렇다면 그 제목은 반복된
진술을 진술 그대로 읽을 때보다 역전시켜 읽는 경우에 더 적절하도록
붙여진 것이라 말할 수 있을 것이다.

　김수영이 위 시에서 반복을 통하여 거듭 말한 점은 세 가지이다.
'깨끗이 버리고', '편편하고', '시원하'다가 그것들이다. 그 말들을
역전된 반어(反語)로 읽으면, "도봉산보다도/ 더 큰 증오도/ 굴욕도"
'깨끗이 버리'려 하지만 그렇게 하는 것이 용이하지 않다는 것, "뼈쓰가

편편하"지 않은 것처럼 "신문이 편편하"지 않다는 것, 자신이 "진짜 시인이 될 수 있으니 시원하"여야 할 터인데, 그렇지 못하다는 것이다. 5·16을 맞은 뒤에 토로한 위의 세 가지 진술들은 군사정변에 봉착한 시인 김수영의 불편한 심기를 반영한 것이며, 다수의 반복을 역전시킨 반어로써 눈앞의 현실에 소극적 저항을 감행한 것이다.

반어로 말한 위 세 가지 진술들 중 "진짜 시인이 될 수 있으니"라는 김수영의 말은 그 말의 전후 맥락을 좀더 자세히 살펴보아야 그 의미가 소상히 드러난다. 그가 반어로써 말하고 있는 '진짜 시인'이란 그 때까지 그가 무시했거나 경멸했던 몰시대적인 시인을 가리킨다. 그는 월평, 비평, 시론의 개진 등 그의 산문 작업을 통하여 몰시대적인 시인 개개인들을 거세게 비판하지는 않았다.45) 그러나 그가 월평으로 쓴 글인 「모더니티의 문제」 같은 글을 보면 바람직한 참다운 시인의 존재를 그가 어떻게 인식했던가를 명확하게 알아볼 수 있다.

시인의 스승은 현실이다. 나는 우리의 현실이 시대에 뒤떨어진 것을 부끄럽고 안타깝게 생각하지만, 그보다도 더 안타깝고 부끄러운 것은, 이 뒤떨어진 현실을 직시하지 못하는 시인(詩人)의 태도이다. 오늘날의 우리의 현대시의 양심과 작업은 이 뒤떨어진 현실에 대한 자각이 모체가 되어야 할 것같다. 우리의 현대시의 밀도는 이 자각의 밀도이고, 이 자각의 밀도는 우리의 비애, 우리만

---

45) 아마도 김수영은 1950년대와 1960년대 초반의 우리 시단에 막강한 영향을 끼쳤던 서정주의 시 등을 '몰시대적인' 작품으로 생각했을 공산이 크다. 그러나 그는 서정주 시에 대한 비판을 단편적으로만 행했을 뿐 본격적인 비판은 가하지 않았다. 그런 단편적인 글들로는 "서정주를 닮았다고 하지만 그는 이런 관념시는 쓰지 않는다."(「즉물시(卽物詩)의 시험」, 1964. 5. 월평), "이러한 시대착오는 단적으로 말해서 「신라(新羅)」에의 도피나 「순수」에의 도피와 유(類)를 같이하는 현대성에의 도피라고 볼 수밖에 없다."(「현대성(現代性)에의 도피」, 1964. 6. 월평) 등을 들 수 있다.

의 비애를 가리켜 준다. (……) 세계의 시시장(詩市場)에 출품된 우리의 현대시가 뒤떨어졌다는 낙인을 받는 것을 두려워하기 전에, 우리들에게는 우선 우리들의 현실에 정직할 수 있는 과단과 결의가 필요하다.[46]

이 글에서 볼 수 있듯이 김수영은 "뒤떨어진 현실을 직시하지 못한" 채 음풍영월(吟風詠月)에나 빠져 있는 몰시대적인 시인을 비판하는 입장을 견지했었다. 그가 그런 입장을 그의 시작에서도 일관하여 견지하였음은 더 말할 나위도 없는 것이다. 그러나 5·16 군사정변의 돌발은 그의 그러한 현실인식 및 시작 태도에 중대한 장애를 초래했다. 군부의 정치 개입이 정당화되고 언론 자유가 억압받는 현실에서 "현실을 직시하기는" 어차피 지난한 일이었기 때문이다. 그런 현실에서 그는 자신이 '진짜 시인(詩人)'이 되는 길밖에 없음을 자조할 수밖에 없었다. 이 경우 그가 자조하듯이 말하는 '진짜 시인'이란 위 글에서 비판한 몰시대적인 시인으로, 그것은 달리 말하면 '음풍영월'을 시의 전부로 생각하는 시인이다.

5·16이라는 뜻밖의 사태에 직면하였던 김수영으로서는 일단 좌절을 겪지 않을 수 없었다. 그러나 그가 그 좌절 속에서 자신의 말 그대로 '진짜 시인'만으로 행동했는가 하면 그런 것은 아니다. 시 「격문」에서 볼 수 있듯이 그는 시작에 일종의 전략을 도입했던 것이다. 다수의 반복법을 동원하여 시적 진술을 역전시키는 반어의 방법으로써 그의 내심은 눈앞의 현실에 동의할 수 없음을 드러낸 것이다. 특히 시 「격문」의 끝 대목은 그런 점에서 눈길을 끈다. 그는 그 시의 끝 대목을 다음과 같이 맺었던 것이다.

---

46) 김수영, 「모더니티의 문제」, 앞의 책.

무엇보다도
내가 정말 시인(詩人)이 됐으니 시원하고
인제 정말
진짜 시인(詩人)이 될 수 있으니 시원하고
시원하다고 말하지 않아도 되니
이건 진짜 시원하고
이 시원함은 진짜이고
자유(自由)다

우리는 앞에서 김수영의 '진짜 시인' 운운의 말들이 시인의 내심과는 동떨어진 반어임을 살펴보았다. 그렇다면, 위에 인용한 「격문」의 끝 대목에서 반어와는 무관한 말은 오직 한 마디를 찾을 수 있을 뿐이다. '자유(自由)다'란 시의 끝 행의 한 마디가 그것이다. 아마도 시인은 자유가 위축될 대로 위축된 5·16 직후의 현실에서 그 한 마디를 구호처럼 크게 외치고 싶었으리라고 생각해볼 수 있다. 딱하게도 시인은 그런 의욕을 그대로 덮어둘 수는 없어 시의 끝 행에 아로새기는 마음으로 적어 놓았던 것이다. 그 한 마디로써 이 시의 제목이 왜 「격문」으로 결정되었던가는 더 확연하게 드러나게 된 셈이다.

김수영은 '음풍영월(吟風詠月)'과 같은 몰시대적인 시에 반기를 들었다. 그리고 "현실을 직시"하는 시작을 모색하며, 그것을 이론으로 다듬어내는 과정에서 참여시의 성장에 크게 기여했다. 김수영 다음으로 김수영의 그런 시작 태도에 영향을 입으면서 참여시에 두각을 나타낸 이들은 신동엽, 조태일이다. 두 시인들 중 신동엽은 5·16에 대한 비판적 시각보다 4·19 정신의 계승 쪽에 무게를 둔 편이었다. 조태일 역시 4·19 정신의 순수성을 아껴 지키려 하는 입장을 견지했다. 그러면서도 그는 4·19 정신의 순수성을 훼손시킨 5·16의 폭력성에 대한 분노를 거리낌 없이 표출해냈다. 5·16에 대한 조태일의 그러한 저항은 군부 세력이 한창 강성했으며 반체제 전선도 채 형성되지 못한 시점에서 이루어졌다는 점에서 특별히 주목할 만한 것이다.

> 사계(四季)를 할 것 없이
> 뚜렷한 번지에서
> 뚜렷한 신분을 높이높이 펄럭이며
> 뚜렷한 취주법으로 띄워보낸 피리소리는
> 하마 의욕의 강물을 이뤄 철철철
> 그대의 가슴, 백성들의 가슴에까지 흐르고 있는지
>
> 그리하여 그 물결에 아로새겨진
> 소생의 처녀막 파열사를 읽어나 보셨는지
> 도대체가 불통이어서 갑갑합니다.
> 소생의 힘은 보잘 것 있는지 없는지 모르겠사오나
> 가서 뵙겠습니다.
> 각하.

위는 5·16 군사정변이 4·19 정신을 유린한 것에 대한 항의를 담아낸 조태일의 연작시 「나의 처녀막」의 세 번째 작품이다. 이 작품은 구성상 (1)·(2)·(3) 세 부분으로 나누어져 있는데, 위에 인용한 대목은 그 (1)에 해당한다. 위에 인용한 (1)에서 시인이 말하고 있는 요지는 자신이 "뚜렷한 취주법으로" '피리소리'를 띄워 보냈는 바, '각하'는 그 소리를 들으셨는가 하는 물음이다. 시인이 위 인용에서 '피리소리'를 띄워 보냈다고 한 것은 그가 이미 발표했던 연작시 「나의 처녀막」 1과 2를 가리킨다. 시인은 그 연작시 1과 2에서 이미 4·19로 표상되는 '민주'와 '자유'가 5·16으로 훼손되었음을 노래했는데, 그 시들을 접해보았는가 하는 물음을 제시한 것이다. 시인이 '피리소리'라고 명명한 그 두 작품에서 '민주'와 '자유'의 훼손을 말한 대목들을 인용해 보면 다음과 같다.

나의, 당신의, 상한 처녀막은
혁명으로 파열돼서 부끄러워라
부끄러워라. 당신의 병사의, 시인의 처녀막도
혁명으로 파열돼서 정말 원통해라.
아아. 내 작은 한 줌의 자유여. 민주여.
나의 상한 처녀막 근처에서 웅성이는
고달픈 아우성을, 쫓기던 음성을 듣는가.

—「나의 처녀막·1」

제군
연전에 파열된
나의 처녀막을 기억이나 하시는지.
            (……)
상한 나의 처녀막 근처에 꿇어앉아
산산이 쪼가리난 흔적의 민주를 자유를
감득(感得)이나 하시는지.
통곡이나 하시는지.

—「나의 처녀막·2」

위의 「나의 처녀막·1」에서 민주와 자유의 순수성을 의미하는 '처녀막'을 파열시킨 것으로 말해진 '혁명'이란 말할 것도 없이 5·16 군사정변을 가리킨다. 쿠데타 세력이 집권하고 있었던 당시는 물론, 1990년대 중반까지 그 군사정변을 '혁명'이라고 불렀던 데서 연유한 명칭이다. 조태일은 「나의 처녀막·1」에서 그 때까지 우리 공동체가

누렸던 "작은 한 줌의 자유, 민주"마저 그 군사정변이 짓밟았음을
노래했다. 자신의 '처녀막'이 '혁명'으로 '파열된' 것으로 그려낸 것이
그것이다. 「나의 처녀막·2」에서 시인이 노래한 것도 앞의 작품과
다르지 않다. 그는 '제군'이라고 호칭된 독자, 넓게는 시민들이 "산산
이 쪼가리난 흔적의 민주를 자유를" "통곡이나 하시는"가를 물었다.
앞에서 인용하였던 「나의 처녀막·3」에서는 그 시에 앞서 발표되었던
위의 연작시 1과 2를 '피리소리'로 비유하였다. 그러면서 시인은 그
소리를 들어보기는 했는가를 묻고 있는 것이다. 「나의 처녀막·3」의
전반부에 해당하는 (1)은 그렇게 앞서 발표된 연작시들과의 관련을
말했다. 그리고 그 시 나름으로 말하려는 문제는 미처 꺼내놓지 않은
단계에서 끝을 맺는다.

피 묻은 피 묻은 처녀막을 나부끼며
아프고 피비린 냄새를 풍기며
광화문 네거리 한복판에
내가 섰다 내가 섰어.

삼천만 개의 쌍 눈을 번뜩이며
삼천만 개의 쌍 귀를 세우고
삼천만 개의 가슴을 비벼 불꽃 튀는
불꽃 튀는 단일화된 외침을 가지고
삼천만의 기념비처럼
내가 섰다. 내가 섰어.

개판에,
소판에,
말판에,

나의 처녀막은 더 이상 갈갈이 안 찢기겠다.

「나의 처녀막·3」의 중반부에 해당하는 (2)이다. 여기서는 이 시에서 시인이 말하려고 하는 바가 뚜렷하게 나타나 있다. 여기서 시인이 말하려고 하는 것은 두 가지이다. "피 묻은 처녀막을 나부끼며" "광화문 네거리에" 시인 자신이 섰다는 사실이 그 첫째이다. '개판' 같은 현실의 어떤 경우라도 "나의 처녀막은 더 이상 갈갈이 안 찢기겠다"는 다짐이 그 둘째이다. 이 두 진술들 중 뒤의 다짐에 대한 이해는 어렵지 않아 보인다. 이미 찢기고 짓밟힌 것이 '처녀막'으로 표상된 자유와 민주이지만, 더 이상의 찢김과 짓밟힘을 허용하지 않겠다는 의지로 읽는 것이 무리하지 않기 때문이다. 그러나 뒤의 경우와는 달리 앞의 경우, '삼천만 개의' 쌍 눈, 쌍 귀, 가슴으로 "단일화된 외침을 가지고/ 삼천만의 기념비처럼" 시인이 서야 할 자리가 어째서 "광화문 네거리 한복판"인가, 그는 거기서 무엇을 하겠다는 것인가에 대한 해답은 용이하지 않아 보인다. 그것은 어째서이고 무엇 때문인가?

그것은 종로, 세종로 일대가 광복 이후로도 줄곧 한국 현대사의 '풀무'로 기능하여 왔음과 깊은 관련을 갖는다. 시인 조태일이 왜, 무엇 때문에 세종로 네거리 한복판에 서는 상상력을 발동했던가는 그 곳이 우리 사회 공동체의 '풀무'에 해당하는 장소이기 때문이라고 답할 수 있는 것이다. 이 글이 종로, 곧 한국 현대사의 '풀무'라는 점을 전제한 토대 위에서 펼쳐져 왔듯이, 조태일의 시 「나의 처녀막·3」의 상상적 공간이 "광화문 네거리 한복판"에 펼쳐진 것도 같은 이유에서이다. 조태일 시의 그러한 상상적 공간의 제시는 같은 시의 (3)에서도 다음과 같이 계속된다.

아직까지도 처녀막이 파열됐다고 여기지 않는 자들은 다리를 벌

　　리고
한강 다리 위에 서서 수면에 비춰볼 일이요,
파열됐다고 여기는 자들은, 그리하여
한줌의 울분이라도 있다면
파열된 처녀막을 가지고 광화문 네거리 한복판에
바리케이드를 바리케이드를 칠 일이다.

위에 인용한 (3)까지 읽었을 때에 이 시에서 '광화문 네거리 한복판'이라는 특정 공간의 의미는 한결 생생하게 부각된다. 무엇보다 그 공간은 자유, 민주 같은 가치 훼손의 현실을 우리 공동체에 일깨우기에 가장 적절한 공간으로 부각되는 것이다. 또한 그 공간은 훼손된 그 가치를 지켜낼 뿐 아니라, 훼손 이전의 가치를 회복하는 데 가장 알맞은 싸움터의 모습으로까지 나타난다. 광화문 네거리가 청와대, 정부 중앙 청사 등 권부(權府)로 드나드는 길목이며 전국민의 이목이 집중되는 지역이란 점과 관련된 모습이다. 그것은 바로 이 글에서 명명한 종로, 세종로 일대의 '풀무'로서의 모습을 시적 상상력으로 보여준 뚜렷한 예에 해당한다고 할 수 있다.

　4·19를 전후하여 참여시의 새 지평을 열기에 힘썼던 김수영에게 조태일의 「나의 처녀막·3」이 어떻게 비춰졌을까는 능히 짐작할만하다. 그는 1966년 4월의 시 월평47)에서 이 작품을 인용, 비평하면서 "힘찬 발효의 톤을 높여서 호소력이 있는 이미지의 윤곽을 잡은 점에서" '이 달의 주목할만한 작품'이라고 평가했다. 그런 뒤에 "성대의 과장이 눈살을 찌프리게 하는 데도 있지만, '파열(破裂)된 처녀막(處女膜)'을 고함치면서 파열되지 않은 처녀막의 순결이 밑바탕에 깔려있는 '처녀막'의 이미지가 은근한 호소력을 발휘하고 있는 점이 이 작품의

---

47) 김수영, 「지성(知性)의 가능성」, 앞의 책.

136

실력이다.”라고 지적했다.

그가 「나의 처녀막·3」이 “힘찬 발효의 톤을 높”였다거나 “호소력이 있는 이미지의 윤곽을 잡”았다고 한 것은 용이하게 이해할만한 점이다. “삼천만 개의 쌍 눈을 번득이며”, “내가 섰다 내가 섰어” 같은 행들에서 볼 수 있듯이 그의 언어는 거칠고 힘차서 높은 톤의 어조를 느끼게 한다. 또한 “피 묻은 피 묻은 처녀막을 나부끼며/ 아프고 피비린 냄새를 풍기며” 같은 행들에서 우리 시대의 존귀한 가치인 자유와 민주가 유린된 사정을 처녀막의 파열이란 이미지로 그려낸 것은 “호소력을 갖춘 이미지”라고 생각할 수도 있는 것이다. 그러나 그의 다른 설명인 “‘파열된 처녀막’을 고함치면서 파열되지 않은 처녀막의 순결이 밑바탕에 깔려있는 ‘처녀막’의 이미지가 은근한 호소력을 발휘하고 있는 점”이란 대목은 설명 자체가 장황할 뿐더러 돌고 도는 골목길 같아 난해하다는 선입관을 떨치기 어렵다. 그 선입관은 “파열되지 않은 처녀막의 순결”이라면 그것은 처녀막의 원관념으로서 자유와 민주의 순결을 의미한다는 점을 깨달을 때에 남김없이 해소된다. 김수영은 검열의 눈을 용케 비껴간 「나의 처녀막·3」에서의 자유, 민주에 관한 진술을 새삼스럽게 문제화시키지 않고 싶었을 것이다. 그는 그 점에 대한 배려로 조태일의 작품을 설명하면서 비유의 에워도는 길을 택했던 것으로 보인다.

5·16 군사정변으로 집권한 대통령 박정희는 1963, 1967 대선으로 4년씩 두 번에 걸쳐 대권을 잡았었다. 그러면서도 그는 3선 개헌을 거쳐 1971년 대선에 다시 나서려고 획책하고 있었다. 박정희의 그러한 획책으로 우리 사회에는 다시 민주와 반민주 세력 사이에 갈등이 고조될 수밖에 없었다. 개헌을 둘러싼 그 고조된 갈등은 물론 시작에도 반영되었다. 조태일은 그의 새로운 연작시 「식칼론(論)·3」에서 당시 최대의 논란거리였던 ‘개헌(改憲)’ 문제를 다뤘다. 이 시에 ‘—헌법을

위하여'라는 부제가 붙어 있는 점만으로도 시인 조태일의 의도가
무엇이었던가를 짐작하기는 어렵지 않아 보인다.

> 생각 같아서는 먼눈 썩은 가슴을 도려파 버리겠다마는,
> 당장에 우리 나라 국어대사전 속의 「개헌(改憲)」이란
> 글자까지도 도려파 버리겠다마는
>
> 눈뜨고 가슴 열리게
> 먼눈 썩은 가슴들 앞에서
> 번뜩임으로 있겠다! 그 고요함으로 있겠다!
> 이 칼빛은 워낙 총명해서 관용스러워서
>
> —「식칼론(論)·3」·부분

앞에서 살펴보았던 연작시 「나의 처녀막」 이후 조태일이 새로 시작
한 연작시가 「식칼론(論)」이었다. 그는 새로 시작한 그 연작시에서
우리 사회의 폐단을 잘라내 척결하는 일을 상상했다. 「식칼론(論)·2」
에서 그는 우선 "뼉다귀와 살도 없이 혼도 없이" 아름다운 말들만을
생산해내는 시인들을 '쓰러뜨리는' 작업을 상상했다. 조태일이 "뼉다
귀와 살도 없"고 "혼도 없"다고 한 시인들이란 그의 선배 김수영이
'몰시대적'이라고 비판했던 바로 그 시인들을 가리킨다. 그 시의 부제
로 붙어 있는 "허약한 시인의 턱밑에다가" 칼을 겨눈다는 말들이
보여주듯이 그로서는 '몰시대적인' 시인들의 허약한 기질을 참아낼
수 없었던 것이다.
　위에 인용한 「식칼론(論)·3」에서 시인은 당시 우리 사회의 가장
뜨거운 논란거리였던 '3선 개헌'에 초점을 맞추었다. 그는 '개헌' 문제
가 부상되어 있는 현실에 대하여 반감을 표시했다. 그는 "우리 나라
국어대사전 속의 「개헌」이란/ 글자까지도 도려파 버리"고 싶다고 할

만큼 개헌 문제의 부상 자체를 못마땅해 했던 것이다. 그가 「개헌」이란 표제어를 사전에서 '도려파 버리'고 싶어한 이유는 충분히 짐작할만하다. 우리 공동체가 헌법을 가진 이래로 개헌이란 대체로 집권자의 올바르지 못한 욕심에서 배태되었고 또 나라 전체를 뒤흔드는 소동을 가져왔기 때문이다.

6) 유신의 억압과 저항시의 항전

3선 개헌이 한국 현대사의 저 불행한 연대인 '유신'으로 나아가는 길목이었다는 점은 이미 잘 알려진 사실이다. 3선 개헌 뒤 1971년 4월의 대선에서 저항세력의 괄목할만한 성장을 목격한 박정희 정권은 안보(安保)를 구실로 내세워 유신을 단행했다. 국가의 모든 권력을 대통령 1인에게 집중시켰을 뿐만 아니라, 대통령에게 종신 집권의 길을 터주었던 유신체제는 대통령의 선출방식조차도 '통일주체국민회의' 대의원들의 간접선거로 묶어놓은 희유(稀有)의 1인 집권체제였다.[48] 유신체제는 헌법의 어느 면을 보아도 정권 교체의 가능성을 닫아놓고 있었다. 국민의 자유로운 정권 선택을 가로막아놓은 그 체제는 "모든 권리는 국민으로부터 나온다"는 민주주의의 제1원리를 유린했다는 의미에서 남북 대치 상황을 빙자한 독재체제 그 자체였음이 분명하다.

유신체제는 그토록 막강한 정권 안보 장치들을 설치하여놓고도 민주화를 열망하는 여러 세력들의 도전을 받았다. 학생, 지식인, 재야 정치인 그리고 공정한 부의 분배를 희구하는 노동자들의 저항이 날로 격화된 것이다. 민주화를 열망하는 투쟁 대열 중에는 시인, 소설가, 평론가 등 문학인들의 참여도 현저하게 늘어났다. 1960년대에 김수영

---

48) 김인걸 외, 『한국현대사 강의』, 돌베개, 1998, 319～329쪽.

에게서 비롯하여 신동엽, 조태일로 이어졌던 현실 참여의 경향이 확산된 결과이다. 온전한 의미에서 투쟁의 대열에 참여하였다고 말하기는 어려우나 순수 쪽에 가까웠던 시인들의 현실 관련 발언의 폭이 증가된 점도 눈여겨볼 현상이다.

박정희 정권을 비판한 저항적인 시작품들 중 메가톤급의 충격을 불러일으킨 작품은 김지하의 「오적(五賊)」이다. 「오적」은 1970년 5월 당시의 가장 비판적인 교양지 『사상계』에 발표되었는데, 제1야당인 신민당 기관지 『민주전선』에 전재되어 파문이 더욱 증폭되었다. 흔히 '「오적」사건'으로 명명된 그 작품의 충격은 시인 김지하의 구속을 비롯하여 『사상계』의 발행인과 편집인, 『민주전선』의 발행인이 구속당하는 파장을 가져왔다. 또한 그 작품을 처음 게재했던 『사상계』는 그 작품 게재를 이유로 정간당하였다.[49]

1960년대에 성장한 참여시들과 적지 않은 차이를 보여주었던 것이 「오적」을 비롯한 김지하 담시(譚詩)의 저항적인 양상이었다. 그의 담시들은 구체적인 실명으로까지 비판 대상들을 열거하지는 않았다. 그러나 그는 그 대상들을 계층으로 묶고 '부류(部類)'로 매도함으로써 비판 대상들에 정면으로 맞서는 과감성을 보여주었다. 그가 「오적」에서 장성, 국회의원, 고급공무원, 정부 각료, 재벌 등을 '부류'로 묶어 '오적'으로 매도한 것이 그 뚜렷한 예이다. 그는 다음 인용에서 볼 수 있듯이 작품의 첫머리에서부터 부정적인 대상들에 대한 도전적인 자세를 감추려하지 않았다. 저항시인으로서 그의 저항 의지를 고스란히 드러낸 것이다.

詩를 쓰되 좀스럽게 쓰지말고 똑 이렇게 쓰랐다.

---

49) 푸미오 다부치, 정지련 역, 『김지하론(論)—신(神)과 혁명의 통일』, 다산글방, 1991, 28쪽.

내 어쩌다 붓끝이 험한 죄로 칠전에 끌려가
볼기를 맞은지도 하도 오래라 삭신이 근질근질
방정맞은 조동아리 손목댕이 오물오물 수물수물
뭐든 자꾸 쓰고 싶어 견딜 수가 없으니, 에라 모르겠다
볼기가 확확 불이 나게 맞을 때는 맞더라도
내 별별 이상한 도둑이야길 하나 쓰겄다.

—「오적」· 부분

김지하가 시도한 위와 같은 새로운 유형의 저항시는 그 자체로
엄청난 파괴력을 지녔던 것이다. 그 파괴력은 그가 지녔던 매섭고
단단한 현실인식, 저항 의지에서 발원했으리라는 점은 물론이나, 동시
에 그가 채택한 '담시'의 형태에서도 연유했던 것으로 생각한다. 1970
년에 시작된 김지하의 저항시로서 '담시'에 관한 논의는 상당한 작업
을 필요로 하는 것으로서 여기서는 자세한 논의를 줄이기로 한다.
1970년대의 저항시들 중 '풀무'로서의 종로와 관련된 작품들을 살펴
보는 작업에 충실하려는 뜻에서이다.

김지하와 함께 1970년대 저항시의 대표적인 시인으로 꼽히는 고은
은 1970년 겨울 이후로부터 그의 시작 방향을 크게 바꾸었다. 그는
1970년 겨울, 전태일의 분신자결의 소식을 접하고 '돈오적(頓悟的)인
충격'에 빠진 뒤로, 종전의 허무의식으로부터 역사인식의 방향으로
선회했다.[50] 1970년대 초엽, 그는 종로에 인접한 청진동을 거점으로

---

50) 고은, 「운명으로서의 문학」, 고은 · 최원식 · 김승희, 『고은 문학앨범』, 웅
진출판, 1993.

"1970년 초겨울 나는 무교동 낙짓집에서 잔뜩 취해 있었다. 그때 옆
탁자에 널려 있는 신문에서 노동자 전태일의 분신자결(焚身自決)을 알
았다. 나는 벌떡 일어섰다. 그 돈오적(頓悟的)인 충격으로 하여 내게는
허무로부터 역사로 내달려가야 할 새로운 운명이 열리기 시작했다. 가
혹하게 말하면 전태일은 효봉이나 서정주를 나로부터 떼어 놓은 것이

활동하고 있었다. 그의 새로운 방향 전환의 시들이 종로 일대를 배경으로 하여 제작된 것은 그의 활동 거점과 깊은 관련을 갖는다. 그런 시들 중 발표 시기가 앞섰던 것은 아마도 「광화문(光化門)에서」일 것이다.

구두닦이 총각 길동아 독재는 설탕보다도 달구나.
오늘도 세종로가 무사하구나.
만물 어느 하나 일하지 않는 것 없으니 광화문(光化門)아
통금시대(通禁時代)의 밤중 네 일은 무엇이냐.
아무리 아무개 휘호 달고 오색단청(五色丹靑)으로 칠했건만
어둠 속에서 둔갑(遁甲)으로 찬연히 떠오르건만
우리 백년(百年)의 오명(汚名) 어디에 감추겠느냐.
우리 사월의 꽃 사월의 역사 어디 두고
오늘이 우리를 몇 다발씩 실어다가 변두리 이루어
여기서 종점까지는 너무 멀구나.
오늘도 세종로가 무사하구나.
캐터필러소리가 꿍꿍꿍 지나갈 때마다
우리는 두더지였고 파고 들어 숨어야 했다.
우리는 독립문고개 포승줄로 묶여야 했다.
구두닦이 길동아 네 고향 논바닥 가물면
우리는 목 막혀서 숨쉴 데도 없단다.
광화문(光化門)아 광화문(光化門)아
너에게 아침이 오거든
온갖 권세 단장 다 지워 버리고
단 한 사람 나의 효수(梟首)를 증거하라. 우리를 증거하여라.
　　　　　　　　　　　　—고은, 「광화문(光化門)에서」·전편

다."

위 시는 1971년 10월 『현대문학』에 발표되었다. 발표시기로 미루어 이 시가 제작된 것은 같은 해 4월의 제7대 대통령 선거 직후였을 것으로 보인다. 그 선거로 전임 대통령이 연임하는 것으로 결판이 났으니, 정권측으로 보면 응당 승리의 기분에 젖을만한 시기였다. 시기가 그러했음에도 불구하고 위에 인용한 시를 보면, 정권측이 승리를 축하했던 어떤 자취도 읽어내기가 어렵다. 승리 축하는커녕 '통금시대' 같은 낱말, "캐터필러소리가 꿍꿍꿍 지나"가는 시 속의 풍경으로 보면 광화문 일대의 모습은 결코 평화롭지 못해 보인다. 국민들의 입에 재갈을 물린 채 몰아붙였던 3선 개헌, 가까스로 승리를 끌어낼 수 있었던 제7대 대선, 조금씩 그 윤곽을 드러내기 시작한 유신의 음모 등이 만들어낸 1971년 당시의 '국심(國心)'의 풍경이 그려진 것이다.

시인 고은은 세종로의 삼엄한 풍경으로 대표되는 1인 집권체제 강화의 시점에 '허무'의 시학에서 '역사'의 시학으로 방향을 선회했다. 고은의 그러한 방향 선회는 위에 인용한 시 「광화문에서」에서도 그 모습을 찾아볼 수 있다. 종전의 '허무'의 시학에 잠겨 있을 때였었다면, 그는 '시대'의 모습을 굳이 아랑곳하지 않았을 것이다. '허무' 시절의 그는 자기 존재의식 또는 인생 문제의 무거움으로 하여 '공동체', '시대', '역사' 등을 넘겨다볼 겨를조차도 갖지 못하였었다. 그러했던 그가 위 인용시에서는 그것들에 대하여 깊은 관심을 기울이고 있음을 용이하게 알아볼 수 있다. 인용시에는 그의 '공동체', '시대', '역사'에 대한 관심이 다양한 모습으로 나타나 있다.

시의 첫 행을 "독재는 설탕보다도 달구나"라고 시작하고 있음은 심상하지 않아 보인다. 새삼스럽게 설명할 필요도 없겠지만, 당시에는 별로 혹독하달 것도 없는 비판조차도 시작품에 올려 쓰기 어려운 형편이었다. 첫 행에 튀어나온 그 한 마디는 어쩌면 당시의 시민들이

귓속말로 나눔직한 개탄의 언사로 알맞은 것이다. 그런 말을 시의 첫머리에 잡아쓰고 있는 데서 그의 저항 의지가 이미 1971년 여름 무렵에는 틀이 잡혀 있었음을 엿볼 수 있다.

이 시에서는 고은의 역사인식을 적어도 세 가닥은 찾아볼 수 있다. 그 첫째는 당시 집권자의 휘호를 달고 깊은 밤에도 오색단청을 빛내며 떠올라 있는 광화문을 바라보면서 혼자 뇌까리듯한 "우리 백년의 오명(汚名)"이다. "우리 백년의 오명"이란 개항기 이래 우리 사회가 겪어온 국정의 혼란-외세의 침탈-국민을 억압하는 정치의 연속 같은 명예롭지 못한 역사의 점철을 가리킨다. 둘째는 "사월의 꽃 사월의 역사 어디 두고"에서 볼 수 있는 4·19의 희생의 역사와 그 정신의 실종에 대한 안타까움이다. 셋째는 당시 우리 공동체의 삶을 '변두리의 삶'으로 인식한 바탕 위에서 말한, 아득한 '종점'에 이르는 먼 길에 대한 탄식이다. 이 경우 '변두리'란 국가간의 선의의 경쟁에서 낙오된 우리의 현실을 가리킨다. 또한 '종점'이란 우리 공동체가 이루어내야 할 지고(至高)의, 그러나 까마득한 목표에 해당한다.

고은은 위와 같은 역사인식을 밝혀놓은 뒤에, 시작의 방향 전환 이후 앞날의 지표가 될 자신의 중요한 태도를 보여준다. '효수(梟首)'로 상징되는 자기희생의 결의가 그것이다. 그는 그 결의에 도달하기 전에 집권자가 보여주는 폭압의 시위에 맞서야 한다는 매서운 깨우침을 전제했다. 집권자가 보여주는 거대한 폭압 앞에 무력하게 굴복하는 것은 일반 시민들의 나약한 모습이다. "캐터필러 소리가 꽹꽹꽹 지나 갈 때마다/ 우리는 두더지였고 파고들어 숨어야 했다./ 우리는 독립문 고개 포승줄로 묶여야 했다."는 집권자의 힘의 시위 앞에 시인 고은이 일반 시민의 입장에서 느꼈던 무력감의 표명이다. 그는 자유와 민주를 향유하는 시민이 되기 위하여는 당연히 그 무력감을 끊어야 한다고 생각했다. '효수'로 상징되는 자기희생의 결의는 그 공포, 그 무력감을 끊으면서 솟아오른 매서운 결단의 사물화에 해당한다.

　시 「광화문에서」에서 자신의 목숨을 건 저항을 상상하여 그려냈던 고은은 그 이후로 삼엄한 유신체제에 맞서는 저항에 직접 투신했다. 유신체제에 대한 그의 저항 수단은 두 가지였다. 행동으로의 저항과 시로서의 저항이 그 둘이다. 다음에 인용하는 시 「청진동(淸進洞)에서」는 그가 행동과 시, 시와 행동을 결합하면서 어떻게 유신체제를 돌파해 나갔던가를 생생하게 보여주는 점에서 주목할 만하다.

우리가 범죄 구더기 득실거리는 역사 증오하며 떠도는 것은
떠도는 곳에서 우리가 쓰레그물에 갇힐지라도
金빛 저녁바다 물결 위에도 솟아오르며 나는 날치떼 아니냐
그렇다. 우연은 어느 날보다 잉잉거린다. 끝내 필연이 된다.
우리가 우연으로 모여서 이리저리 떠도는 동안
가장 눈부신 역사의 필연으로 복되어라 고난이어라
그리운 벗아, 金빛으로 모여 저녁은 영원하다.
아무리 우레소리 1호 4호 그리고 9호를 먹어도 쓰러지지 않고
더 필요한 만조(滿潮) 수평선(水平線)의 번개칼을 외쳐 부른다. 오
라! 오라! 오라!
우리가 여기서 떠돌지 않을 때
누가 구층(九層) 십층(十層) 밑에서 우리 진실로 하여금 떠돌겠느냐.
—고은, 「청진동에서」·전편

　이 시는 앞서 인용했던 「광화문에서」와 적어도 두 가지 점에서 차이를 보여준다. 「광화문에서」에서 시인은 뜨거운 열기를 간직했으나 외로운 홀로에서 벗어나 있지 못했다. 그러나 이 시에서의 시인은 이미 외로운 홀로의 모습을 보여주지 않는다. 그는 시 「청진동에서」의 '우리'라는 복수 대명사가 자연스럽게 드러내듯이 어떤 집합 중의

자신을 보여주고 있는 것이다. "우연은 어느 날보다 잉잉거린다. 끝내 필연이 된다."라는 대목이 말하고 있듯이 한 개인은 우연 속에서 행동하며 살아가는 것을 원리로 삼는다. 그러나 그 우연 속의 개인들이 집결하여 하나의 목표 아래 대오를 이루었을 때에 벌써 우연은 우연을 넘어서게 된다. 우연으로 모여든 그 집합의 목표가 필연의 형태를 띠는 까닭이다. 이 시는 그 필연을 강조할 만큼 이미 하나의 집합 속에 몸담고 있는 시인을 보여주는 점에서 「광화문에서」의 시인 홀로 와는 차이를 드러낸다.

「광화문에서」와는 달리 「청진동에서」는 투쟁의 양상에서도 차이를 보여준다. 앞서 「광화문에서」를 살필 때에 우리가 눈여겨볼 수 있었던 점은 집권체제에 맞서려던 시인의 결의에 찬 태도였다. 그의 결의에 찬 태도는 자신의 '효수(梟首)'를 상상할 만큼 확고한 것이었다. 그러나 그 결의는 아직 투쟁의 실천 속에서 다듬어진 자취를 간직하지 못했다. 그런 점에서 그 결의는 적지 않게 관념적 성격을 띠고 있었다고도 할 수 있다. 「청진동에서」에 나타난 투쟁의 양상은 「광화문에서」의 경우와는 다르다. 여기서는 "우리가 범죄 구더기 득실거리는 역사 증오하며 떠도는 것은"이라는 시의 첫 행에서 볼 수 있듯이 체제에 대결해 투쟁하는 모든 행위를 '떠돌다'라는 한 낱말로 수렴한다. 그런 뒤에 시인은 세 번에 걸쳐 '떠도는' 모습에 대해서 말하고 있는데, 그 점을 정리하여 보면 다음과 같다.

① 떠도는 곳에서 우리가 쓰레그물에 갇힐지라도/ 金빛 저녁바다 물결 위에도 솟아오르며 날으는 날치떼가 아니냐
② 우리가 우연으로 모여서 이리저리 떠도는 동안/ 가장 눈부신 역사의 필연으로 복되어라 고난이어라
③ 우리가 여기서 떠돌지 않을 때/ 누가 구층 십층 밑에서 우리 진실로 하여금 떠돌겠느냐

①의 '쓰레그물'은 사전의 표제어로 오르지 못한 말이다. '쓰레그물'
은 배에서 고기를 잡는 어망의 이름이다. 논을 가는 농기구인 '쓰레(써
레)'가 논바닥의 흙덩이들을 남김없이 갈아 나가듯이 물고기들을 남김
없이 걷어 올리는 그물이란 뜻으로 쓰인 말이다.51) ①에서는 민주회복
투쟁에 참여한 인사들을 가두는 '옥'의 의미로 쓰였다. ①의 '날치떼'
란 집권층의 온갖 위협에도 만만히 굴복하지 않는, 참된 의미에서
자유를 누리는 이들이란 의미로 쓰인 말이다. 시인은 수면 위로까지
튀어 올라 약동하는 '날치떼'를 자유의 표상으로 읽은 것이다.

②에서 고은이 말하는 "가장 눈부신 역사의 필연"이 무엇을 뜻하는
가는 앞에서도 조금 살펴보았다. 그는 개인, 개인의 선택은 우연으로
이루어지지만, 그 개인, 개인이 모여 개인, 개인을 넘어선 역사와의
만남을 이룰 때 '역사의 필연'이 된다고 생각한다. 그 '역사의 필연'과
의 만남이 '복되어라', '고난이어라'라고 한 것은 모순어법에 해당한
다. '역사의 필연'을 담지하는 개인이 그것을 보는 시각에 따라 상반된
견해를 제출할 수 있기에, 또 그렇게 반응하는 것이 사태를 정직하게
증언한 것이기에, 그 모순어법은 성립한다. ②에서의 모순어법은 '역
사의 필연'에 참여하는 일이 '복되'기도 한 것이면서 동시에 엄청난
'고난'을 수반하는 일임을 선명하게 그리고 처연하게 드러내준다.

③에서는 '떠돌다'란 낱말에 수렴된 투쟁의 주체가 '우리'라는 말로
지시된 크고 작은 공동체 이외에는 달리 있을 수 없음을 말했다. '구층',
'십층'은 '우리'와 남들과의 거리를 사물화한 것이다. 따라서 이 대목
은 우리 자신의 처지와는 동떨어진 남들이 우리의 투쟁을 대신 행할

---

51) '쓰레그물'이란 낱말의 의미를 밝히는 과정에서 문화인류학을 전공하는
　　인하대 김광언 교수의 도움을 받았다. 전북 부안 현지의 자료 제공자에
　　게까지 전화를 걸어 그 의미를 밝혀준 김 교수에게 고맙다는 뜻을 전하
　　고 싶다.

수 없다는 전언을 구체화한 것으로 읽힌다. '구층', '십층'은 남들과의
거리를 나타내는 사물화이면서 동시에 투쟁 대열에 선 공동체가 처한
위험 상황을 나타낸 사물화이기도 하다. 지표에 비해 고층이 더 많은
위험 을 수반한다는 것은 실제의 우리 삶에서 얻을 수 있는 상식이다.
이 경우, 우리 선인들이 높은 다락을 '위루(危樓)'라고 불렀던 점은
참작할 만한 예이다.

  앞의 ①~③에서 '떠도는 모습'으로 표현된 '투쟁'의 모습 이외에도
「청진동에서」에는 민주화 투쟁의 실상이 생생하게 포착되어 나타나
있다. "아무리 우뢰소리 1호 4호 그리고 9호를 먹어도 쓰러지지 않고/
더 필요한 만조(滿潮) 수평선(水平線)의 번개칼을 외쳐 부른다. 오라!
오라! 오라!" 같은 시행들이 그런 예이다. 이 행들에서 "우뢰소리
1호 4호 그리고 9호"는 유신체제를 갖추어놓고도, 그 체제에 대한
도전을 원천적으로 막아내기 위하여 만들어낸 대통령령(令) 1호[52]와
4호[53] 그리고 9호[54]를 가리킨다. "만조(滿潮) 수평선(水平線)의 번개

---

52) 김인걸 외, 앞의 책, 328쪽. 이 책이 요약해서 소개해놓은 '긴급조치 1
   호'의 내용은 다음과 같다.

   ① 헌법의 부정·반대·왜곡 행위 및 폐지·개정 주장을 금지
   ② 유언비어 금지
   ③ 위반사실의 보도 금지
   ④ 본 조치의 비방 금지
53) 김인걸 외, 위의 책. 책이 요약하여 소개한 '긴급조치 4호'의 내용은 다
   음과 같다.

   ① 민청학련 조직원 및 이와 관계된 자는 5일 이내에 수사기관에 출
      석·고지하고 이에 위반한 자 처벌
   ② 정당한 이유 없는 학생의 출석·수업·시험 거부와 집회시위 금지
   ③ 위반한 학생은 퇴학·정학처분, 학교는 폐교조치 가능
54) '긴급조치 9호'가 선포된 해는 1975년이며, 이 시가 수록된 시집『문의
   마을에 가서』가 출판된 해는 1974년이다. 따라서 이 시에서 말한 '9호'
   는 실제의 '긴급조치 9호'가 발동되기 이전에 말해진 것임을 알 수 있
   다. 시인은 다만 '무수한 긴급조치'라는 뜻으로 '9호'를 말한 것으로 이

148

칼"이란 긴장을 고조시키고 발동하는 단호하고 가혹한 명령이란 뜻으로 쓰인 말이다. "오라! 오라! 오라!"는 제 아무리 단호하고 가혹한 명령일지라도 그것을 받아낼 마음의 준비가 되어있음을 뚜렷이 표명한 말이다. 앞에서 살펴왔듯이 고은의 시 「청진동에서」는 활발한 민주화 투쟁의 와중에서 그 투쟁을 격려, 고무하는 뜻을 강렬하게 담아낸 작품이다. 그런 점에서 그 투쟁을 예비하는 단계에서 만들어진 「광화문에서」와는 그 성질을 달리 하는 것이다.

민주화 투쟁의 와중에서 한편으로는 실천적인 행동으로, 다른 한편으로는 시작으로 투쟁했던 고은은 시집 『새벽길』(1978)에 시 「화살」을 묶어낸다. 시 「화살」은 "맨몸으로 시대의 어둠에 맞서 부른 절창"[55]이란 평가를 받는, 80년대 운동권의 애송시가 된 작품이다. 시 「화살」에서 고은은 "우리 모두 화살이 되어/ 온몸으로 가자/ 허공 뚫고/ 온몸으로 가자/ 가서는 돌아오지 말자/ 박혀서/ 박힌 아픔과 함께 썩어서 돌아오지 말자"고 "새 시대를 예비하기 위해 기꺼이 자신을 바칠 것을 서약하는 비장한 결단"[56]을 노래하였다. 「화살」과 같은 시기의 작품으로 넓게는 서울, 좁게는 종로 또는 세종로와 관련을 가진 작품으로는 「얼음」을 들 수 있다. 이 작품은 「화살」이 민족 공동체 또는 민주화 운동 공동체인 '우리'를 말하고 있는 것과는 달리 고은 자신을 화자로 설정했다. 또 「화살」이 투쟁 대상인 '적'을 명시적으로 그려내지 않은 점과는 달리 '적'의 정체를 밝혀 그려냈다.

> 비록 나 물이건만
> 백담사 앞 돌마다 부딪친 피투성이 물이건만

해하여야 할 것이다.
55) 김승희, 「파란과 신명의 축제」, 고은·최원식·김승희, 『고은 문학앨범』, 웅진출판, 1993.
56) 최원식, 「고은, 서정시 30년의 역정」, 고은·최원식·김승희, 위의 책.

흐르며 마흔살도 넘었건만
어느 밤중 몰려온 것아
아직도 네가 사나운 목대잡이면
쩡! 얼어붙은 얼음 한 덩어리로
서울바닥 네 패거리 때려 부수고
춘삼월
그냥 이름없이 한강 하류 흙탕물로 흘러가리라
피투성이 얼음 풀려 흘러가리라

—고은, 「얼음」·전편

　앞에서도 조금 살펴두었듯이 이 시에는 '나'인 시인 고은과 나의 적대 세력인 유신 집권층의 모습이 비교적 구체적으로 그려져 있다. 이 시에서 '나'는 일단 '물'로 은유된 뒤에 조금 더 구체적으로 "백담사 앞 돌마다 부딪친 피투성이 물"로 은유된다. 시인이 자신을 지칭하여 "백담사 앞……피투성이 물"이라고 한 것은 일찍이 세간을 벗어나 무수히 방황과 번뇌를 겪었으며 환속(還俗) 이후로도 고난의 길을 밟아온 자신의 삶의 궤적에 말미암은 것으로 보인다. 시인은 그렇게 자신을 '피투성이 물'로 은유한 뒤에 "흐르며 마흔살도 넘었건만"처럼 자신도 어느 결에 긴 세월을 살았음을 밝힌다.

　위와 같이 자신의 모습을 밝혀놓은 뒤에 시인은 우리 공동체의 '적'이라고 판단되는 유신 집권층 쪽으로 눈길을 돌린다. 이 시에서 유신 집권층은 세 가지 모습을 가진 것으로 그려져 있다. "어느 밤중에 몰려온 것", "아직도 사나운 목대잡이인 것" 그리고 "그들 패거리의 거점이 서울인 것"이 그 모습들이다. "어느 밤중에 몰려온 것"이란 유신 세력의 뿌리가 1961년 5월 16일에 벌어졌던 군사 쿠데타에 두어져 있음을 말한 것이다. 그 군사 쿠데타는 1961년 5월 16일 밤중에 다수의 군 병력을 동원하면서 정권을 장악할 수 있었기에 "어느 밤중에 몰려온 것"이라는 지칭이 성립될 수 있는 것이다. '목대잡다'는 이희승 편『국어대사전』에 "여러 사람을 거느리고 일을 시키다"로 풀이되어 있으며 '목대잡이'는 "목대잡아 일을 시키는 사람"으로 풀이되어 있다. 그런 뜻을 가진 '목대잡이'에 '사나운'이라는 부정적 성격이 덧붙게 되면, 그 인물 자체의 부정적인 성격을 면하기는 어렵다. 아마도 그 낱말은 사람들을 사납게 몰아붙여 일을 시킨다는 의미에서 전제적(專制的)이며 독재적인 인물을 가리키는 말로 쓰인 것이리라는 짐작이 가능하다.

이 시에서 고은은 서울을 거점으로 한 유신세력과의 싸움에서 자신을 옥쇄(玉碎) 또는 산화(散華)시키는 모습을 상상해낸다. 자신이 "쩡! 얼어붙은 얼음 한 덩이"가 되어 서울 바닥의 유신세력을 때려 부수고, 봄날 "피투성이 얼음 풀려", "한강 하류 흙탕물로 흘러가"는 모습을 상상한 것이 그것이다. 그 상상은 이 시보다 몇 해 전에 씌어졌던 「광화문에서」에서 자신의 '효수'를 상상했던 모습과 다르지 않다. 부정적인 집권층과의 싸움에서 자신을 기꺼이 희생시키겠다는 상상에서 두 시는 일치된 모습을 보여준 것이다. 다만 민주화 투쟁의 과정에서 만들어진 「얼음」에서는 자신의 희생과 함께 유신세력의 격멸(擊滅) 또한 상상된 점이 「광화문에서」와는 다른 점이다.

7) 10·26과 광주의 5월

시인 황지우의 첫 시집『새들도 세상을 뜨는구나』에 실려 있는 시 「활엽수림에서」는 1970년대에 대학을 다녔던 시인의 고난과 아픔을 연대기 형태로 적어놓은 작품이다. 1971년부터 1979년까지의 연대기적인 기술에서 1979년은 "1979년 : 대통령 죽다. 그리고 어느 날, 문득, 멀리서, 모두, 한꺼번에 돌아오다."라고 기술되어 있다.[57] 시인의 기술에서처럼 유신을 획책하고 또 그것을 이끌었던 대통령의 의외의 죽음은 유신체제에 저항하다가 형무소, 군영 등으로 흩어졌던 모든 이들을 돌아오도록 만들었다. 그의 죽음은 한때 민주화의 가능성을 넓게 열어놓은 것으로 전망되기도 했다. 그런 낙관적인 전망 위에서 1980년 '서울의 봄'은 대다수의 한국인들에게 기대의 봇물을 만들어 내게도 했다.

그러나 사태는 그렇게 순리대로만 전개되지 않았다. 1979년 12·12 쿠데타로 군권을 장악하고 있었던 전두환·노태우 중심의 '신군부'는 유신체제를 그들 나름의 방법으로 이끌어 나가려던 과정에서 '광주민중항쟁'을 유발시켰다. 1980년 5월 18일에서 5월 27일까지에 걸쳐 전개되었던 광주 민중항쟁을 '신군부'는 시민의 살육도 개의치 않은 채 무력으로 진압하였다. 살육도 개의치 않았던 그 무력 진압 과정에서

---

57) 1979년 10월 26일에 일어난 박정희의 시해(弑害)를 제대로 노래한 시는 찾아보기가 어렵다. 필자가 아는 한에서는 정현종의 「아저씨의 죽음」이 있을 뿐이다. 박정희의 시해 사건과 함께 계엄령이 떨어졌고, 그의 역사적 공과가 어떻든 이미 고인이 된 이를 시의 제재로 하기가 거북했기 때문에 나타난 결과일 것이다. 그런 의미에서 정현종의 「아저씨의 죽음」은 매우 희귀한 작품이다. 당시의 사나운 검열을 벗어난 솜씨도 다시 음미해볼 만한 점이 아닐 수 없다.

> 매일……
> 매일……
> 저녁 다섯시에……
> 저녁 다섯시에……
> 방송하려고……
> 방송하려고……
> 애국가 녹음을 틀던……
> 애국가 녹음을 틀던……
> 아저씨 한 분이……
> 아저씨 한 분이……
> 자살했습니다.
> ─정현종, 「아저씨의 죽음」·전편

숱한 사상자를 발생시켰음은 물론이다. 광주 민중항쟁의 그러한 비극
적 양상은 그 항쟁 이후 다수 시인들의 작품으로 그려져 남겨졌다.

(1)
어둠 속에 불기둥이 솟고 있었다
끝없는 아우성 소리 밤바람 소리
더욱 참혹하게 일어서 달리는
사랑과 평화와 자유의 갈증들
아아, 밤이었다 불 꺼진 밤 10시
텅 비어 있는 죽음과 죽음 속에
가득히 담겨 소용돌이치고야 마는
저 역사에 대한 명백한 진리의 확인
어둠 속에 부서진 라디오와
눈덩이처럼 얼어붙은 별빛이 뒹굴고
그러나 사람들은 결코 비겁하지 않았다.

—김준태, 「밤 10시」·전편

(2)
오월 어느 날이었다
1980년 오월 어느 날이었다
광주 1980년 오월 어느 날 밤이었다

밤 12시
도시는 벌집처럼 쑤셔놓은 심장이었다
밤 12시
거리는 용암처럼 흐르는 피의 강이었다
밤 12시
바람은 살해된 처녀의 피묻은 머리카락을 날리고

                              (……)
        밤 12시
        학살자들은 끊임없이 어디론가 시체의 산을 옮기고 있었다

        아 얼마나 끔찍한 밤 12시였던가
        아 얼마나 조직적인 학살의 밤 12시였던가
                                    ─김남주, 「학살 1」·부분

　　시 (1)에서 시인 김준태는 광주민중항쟁의 참혹한 모습을 포착,
제시했다. 아마도 계엄군이 민중항쟁을 무력으로 진압하면서 벌어졌
던 비극적 정황이 그 시가 그려낸 모습일 것이다. "어둠 속에 불기둥이
솟고", 죽음의 위협 앞에 "끝없는 아우성 소리"를 지르던 아수라장의
밤, 시인은 그 모습을 실제 그대로 그려내기보다 비유의 모습으로
그려냈다. "어둠 속에 부서진 라디오와/ 눈덩이처럼 얼어붙은 별빛"
같은 시행들은 그 아수라장의 모습을 다른 사물들로 빗대어 그려낸
것에 해당한다.
　　시 (2)에서 시인 김남주는 (1)시와 같은 정황을 그려냈다. (1)시와
같은 정황을 그리면서 그는 그 정황에 대한 직접적인 진술을 조금도
피하지 않았다. 평론가 류보선은 그의 시선집을 해설하는 자리에서
"김남주의 시는 강렬하다. 그의 시를 대충만 훑어봐도 가장 먼저 눈에
뜨이는 시어들은 '칼', '피', '싸움', '학살', '전사', '낫' 등이다. 이러한
시어들이 엮어내는 시적 정서 또한 전투적이며 한껏 싸움의 정조로
충일되고 있다."고 평가했다.58) 류보선의 그 평가처럼 광주민주항쟁
의 참혹한 희생을 말한 (2)시는 당시 계엄군의 잔학상을 직설적으로

---

58) 류보선, 「이상과 현실의 거리, 그리고 그 거리 좁힘」 ; 김남주, 『함께 가
　　자 우리 이 길을』, 미래사, 1991.

154

남김없이 고발했다고 할 수 있다.

1980년 5월에 광주 시민들이 벌인 민중항쟁은 지역상으로는 한 지역에 한정된 것이었음에 틀림없다. 그러나 정신면으로 볼 때에 그 항쟁은 어디까지나 전국적인 성격을 띤 것이었다. 민주화에 대한 전국 민의 뜨거운 갈망을 유린하였던 '신군부'의 책동을 광주 시민들이 앞장서 항의하는 과정에서 불붙은 것이 그 항쟁이었기 때문이다. 광주 민중항쟁의 그런 성격으로 말미암아 그 항쟁은 그 항쟁에 미처 참여하지 못한 이들에게도 떼어내려야 떼어낼 수 없는 '가위눌림'의 모습으로 다가왔다.

퇴계로―3·1로―청계천의 서울 도심을 걷고 있었던 시인 황지우가 광주 무등산, 망월동 시립 공원묘지가 자신을 쫓아온다고 상상한 것도 그런 '가위눌림'에 시달렸음을 드러낸 것이다.

> 퇴계로에 와서도 그 山이 보인다. 3·1로까지 걸어가는데, 봄바람 맞으며 가는데, 산은 흔들리는 자기 그림자를 발목까지 담그고 자꾸 뭔가 게워낸다. 흙덩어리인 자기를 버리기라도 하려는 듯이. 그녀를 무등태운 山 그림자가 시내까지 따라온다. 죽겠다! 좀 봐 줘. 그래도 온다. 뻐꾹새 울음의 반음(半音) 플랫에 실려, 山이 가까이, 멀리, 그만 따라와! 해도, 시(市) 외곽 시립 공원묘지 천 (千)여 구를 싣고 청계천(淸溪川)까지 흘러온다.

> 경주최씨애숙지묘(慶州崔氏愛淑之墓)
> 음력(陰曆)―九五四年 九月 十四日 생(生)
> 음력(陰曆)―九八〇년 四月 十八日 졸(卒)
> 여보 당신은 천사였오
> 천국에서 다시 만납시다
>   수철이 아빠

청계천 2가. 횡단보도를 바삐 교차하는 사람들 사이에서(저쪽에
서 이쪽으로) 그녀는 아이를 업고 나타났다. 그 山이 게워낸 이물
질(異物質)인 듯한 하얀 안개꽃을 아이가 쥐고 흔들어댔다. 거기
서 무슨 은방울 같은 소리가 났다. 맹인을 위한 신호 소리를 들으
며 쌩쌩한 사람들이 이쪽에서 저쪽으로 넘어갔다. 사라지는가 했
는데 그녀는 다시 자동차 부속품상 앞 잡상인들 틈에서 나왔다.
—황지우, 「에서·묘지·안개꽃·5월·시외버스·하얀」·부분

위 시는 광주, 오월의 충격이 꽤 긴 시간이 지났음에도 잊히지
않는다, 그 충격은 '가위눌림'처럼 아직도 자신을 따라붙어 다닌다는
점을 진술한 시이다. 아마도 광주민주항쟁이 유발된 때로부터 1년쯤
사이를 두고 만들어진 이 작품은, 광주의 5월이 1980년대의 우리
사회에 어떻게 짙은 그늘을 던져놓았던가를 보여준 생생한 예에 해당
할 것이다. 시인 황지우는 서울의 도심을 걸으면서 광주 제1의 상징물
인 무등산이 자기를 집요할 만큼 따라다니는 모습을 상상한다. 시인이
겪고 있는 정신적인 내상(內傷)을 '무등산'이란 가시적인 사물로 외화
(外化)시킨 것이다. 그 모습에 잇따라 시인은 민주항쟁의 소용돌이
속에서 희생되어 광주 망월동 시립공원 묘역에 안장된 한 여인의
묘지명 앞에 서는 것을 상상한다. 그리고 다시 그 여인이 자신을 따라다
니며 그녀의 깊은 원한을 토로하는 모습을 상상한다.

앞에서 살펴보았듯 광주 5월이 주는 아픔과 거기서 연유한 강박감을
토로해낸 이 작품은 고도의 새로운 기법을 활용하였다. 시대의 예민한
문제를 깊이 있게 형상화해내기 위한 방법적 대응이었다. 광주를 상징
하는 무등산에서 망월동 묘역으로 대상을 바꾸고, 그 묘역에 묻힌
한 희생자와의 대화를 상상한 것이 그런 기법의 발현에 해당한다.
그런 기법은 이 시의 표제에도 나타나고 항쟁 희생자의 '묘지명'에도

156

나타난다. '묘지명'에서 "음력 1980년 4월 18일 졸(卒)"로 나타난 그 날짜를 양력으로 환산하면 아마도 광주 항쟁 기간이 될 터임에 틀림없을 것이다. 사망한 주부 '최애숙'이 계엄군의 무차별 폭력의 희생자임을 상기시킨 방법이다. 이 시의 표제가 '말 맞추기' 놀이의 낱말들처럼 흩어져 있는 것도 삼엄한 검열을 고려한 대응 방식이다. 또한 그 방식은 정상적인 차분한 시의 표제로는 미처 표현할 수 없는 비정상적인 문제를 그려낸 시의 표제 달기로서도 전략적임을 고려한 방식이기도 하다.

서울에서 살면서 광주의 5월을 잊기 어려웠던 것이 시인 황지우의 경우였다. 그렇게 살아가면서 그는 앞의 시의 경우처럼 서울의 삶을 말하면서 광주를 되돌아보는 기법을 개발하였다. 그의 제1시집『새들도 세상을 뜨는구나』에서는 그런 작품들을 여럿 찾아볼 수 있다.「흔적 Ⅲ·1980(5.18×5.27㎝)—이영호 작」은 제목만 보아도 그런 작품임을 용이하게 알아볼 만하다. 이미 짐작하였을 것처럼 1980, 5. 18, 5. 27 같은 숫자는 광주민주항쟁과는 뗄 수 없는 것들이라는 점 때문이다. 전시회에 출품된 그림을 표면상의 대상으로 한 그 작품은 전시회의 그림을 빙자하여 광주 민중항쟁의 참상을 그려냈다. 그의 다른 시 「심인」역시 그런 작품의 하나이다. 신문의 광고란에 자주 등장하는 '사람을 찾습니다'의 뜻을 가진「심인」에서는 광주 민중항쟁에서 실종 된 사람을 찾는 문제를 제기했다.

김종수 80년 5월 이후 가출
소식 두절 11월 3일 입대 영장 나왔음
귀가 요 아는 분 연락 바람 누나
829 – 2551

이광필 광필아 모든 것을 묻지 않겠다
돌아와서 이야기하자
어머니가 위독하시다

조순혜 21세 아버지가
기다리니 집으로 속히 돌아오라
내가 잘못했다

나는 쭈그리고 앉아
똥을 눈다

—황지우, 「심인」· 전편

이런 유의 시를 처음 대하는 독자들로서는 "과연 이것도 시인가"라는 의문을 가질 법하다. 그 내용이 극히 상스러운 끝의 한 연을 제외한다면 신문의 광고 문안을 그대로 옮긴 듯한 짜임새를 보여주기 때문이다. 그런 의문을 품은 독자들에게 나는 이 시는 시인의 현실인식, 형태의식 두 면에서 모두 만만하지 않은 문제성을 내포한다고 말하고 싶다. 형태의식면에서 이 시는 시인과 독자 사이의 소통 문제에 새로운 가능성을 모색한 작품이라는 점에 주목하는 것이 좋겠다.[59]

시인의 현실인식으로 볼 때에 이 시는 계엄군의 광주 진압에 의문을 품는 것으로 나타난다. 광주 진압에서 어떤 일이 어떻게 벌어졌던가에 관하여 의문을 증폭시키는 것이 그것이다. 사람을 찾는 광고 문안의 첫 번째 것이 그런 의문을 제기, 증폭시키도록 설계된 것이다. 김종수

---

59) 시인과 독자 사이의 소통 문제에 관하여는 여기서 길게 설명하지 않으려 한다. 이 문제에 관한 좀더 상세한 고찰을 위하여는 필자의 다음 글이 도움이 될 것이다. 권오만, 「김수영 시의 기법론」, 『한양어문연구』 제13집, 한양대 한양어문연구회, 1995.

라는 이름의 청년이 "80년 5월 이후 가출/ 소식 두절" 중인데, 계엄군의
광주 진압에서 그가 희생되지는 않았는가 하는 의문을 품도록 만드는
것이다. 그 의문을 조금 확장하면, 계엄군의 광주 진압으로 '김종수
같은' 다수 양민(良民)들의 희생을 가져온 것은 아닌가 하는 쪽으로
발전한다. 광주에서의 숱한 죽음을 그렇게 의심스럽게 바라볼 때에
이 시의 끝 두 행 역시 각별한 의미로 읽을 수 있다. 시인은 숱한
양민들이 거창한 죄목으로 죽어간 폭압적 현실 앞에서 자신은 어떤
일도 할 수 없다는 무력감, 절망감에 빠져 있는 것이다. 시인은 그런
무력감, 절망감을 "나는 쭈그리고 앉아/ 똥을 눈다"는 상스러운 행위로
표현했다고 보인다.

　황지우의 몇몇 작품들에서 볼 수 있듯이 1980년 5월의 광주는 1980
년대 한국 사회의 태풍의 눈이었다. 그 해 5월의 광주는 1980년대
민주화 운동을 추동시키는 원천이었다. 우리 사회의 현실 문제를 말하
면서 민주화 운동에 발걸음을 맞추었던 1980년대 우리 참여시들의
거점 또한 광주 민중항쟁에 두어져 있었다. 광주 민중항쟁의 그러한
역할은 1987년 6월 민주항쟁의 결실을 얻을 때까지, 아니 그 이후로도
한동안 계속되었다. 다음에 인용하는 문병란의 시 「보는가 듣는가
생각하는가」는 우리 사회의 1980년대 민주화 운동에 광주 민중항쟁이
차지하는 위치를 뚜렷하게 보여준다.

　　　듣는가 보는가 생각하는가?
　　　저 파도치는
　　　금남로
　　　충장로
　　　모이면 즐거운
　　　수많은 해바라기꽃으로 가득한

물결쳐 일렁이는 인파, 인파, 인파
제 발로 걸어와
저절로 찬란한 꽃밭이 된
1980년 그날의 감격, 그날의 눈물,
누가 저 찬란한 꽃밭을 짓이길 수 있는가?
누가 저 고운 가슴들에 총을 겨눌 수 있는가?

천하는 한 사람의 천하가 아니다
천하는 천하지천하
이 땅의 주인은 민중이다
누가 민중의 입에 재갈을 물리고
누가 민중의 손발에 쇠고랑을 채울 수 있는가?

천하의 봄은 오고야 마는 것
태양을 거꾸로 돌릴 수 없고
불어오는 남풍 앞에
어찌 산골의 얼음이
끝끝내 봄을 막을 수 있는가?

남쪽 무등산 밑에서 시작된
5월의 북상은 시작되었다.
광희의 이빨로 웃는 해바라기꽃들이
온몸으로 웃는 뜨거운 장미꽃들이
전진, 전진,
천하의 얼어 붙은 겨울을 녹이고
대구에서 인천에서 서울에서
찬란한 꽃밭으로 열린다
오 열망하는 민주의 합창으로 타오른다.

—문병란, 「보는가 듣는가 생각하는가」·부분

이 시는 "1980년 그날로부터/ 만 5년이 지나간/ 광주 금남로"에 "다시 모여든 30만" 광주 시민들을 대상으로 하여 씌어진 작품이다. 이 시가 씌어진 때의 정권인 '5공'은 광주 민중항쟁을 비롯한 민주화 운동이 극소수 불순세력의 책동인 것처럼 선동하고 선전했었다. 그러나 광주 민중항쟁을 기념하고 그 항쟁 희생자들을 추모하는 30만 시민의 거대 모임은 정권측의 그런 선동, 선전을 무력화시켰다. 시인은 5공 정권이 민의를 봉쇄하고 진실을 유린하는 작태를 자연의 이법(理法)을 들어 비판했다. "천하의 봄"을 막을 수 없듯이 뜨겁게 타오르는 민주와 자유의 불길을 누구도 막아낼 수는 없다는 것이다.

1980년대에는 우리 사회 곳곳에서 민주와 자유의 뜨거운 불길이 타오르고 있었다. 그 불길은 대학 캠퍼스들 안에서 더 세차게 타올랐지만, 캠퍼스 바깥, 가령 노동 현장 같은 데서도 뜨겁게 타올랐다. 민주와 자유를 지향하는 1980년대의 뜨거운 불길 가운데에서, 광주 민중항쟁이 언제나 강렬한 불꽃으로 자리 잡고 있었던 점은 매우 뜻깊은 것이었다.

8) 6·10 민주항쟁과 '새 날들'

정현종의 제3시집 『떨어져도 튀는 공처럼』(1984)에는 시 「눈보라에 뿌리 내린 꽃」이 실려 있다. 그 시는 3연의 "물 여기 있다/ 한국의 젊은애들아/ 물 여기 있다"라는 화자의 말로 미루어 당시 우리 젊은이들의 힘겹고 가파른 삶의 모습을 그려낸 작품인 것으로 보인다. 당대 젊은이들의 힘겹고 가파른 삶의 모습은 그 시에서 "얼음에 뿌리 내린 꽃/ 눈보라에 뿌리 내린 꽃/ 칼날에 뿌리 내린 꽃/ 오, 상처에 뿌리 내린 꽃/ 묘연(杳然)한 꽃!"으로 그려져 있다. 시인 정현종이 1980년 전후의 우리 젊은이들의 삶을 얼음·눈보라·칼날·상처 등에 뿌리

내린 것으로 그려낸 것은 시인의 날카로운 감수성과 젊은이들에 대한
연민이 제휴, 작용한 결과이다. 시인 정현종이 형상화해낸 대로, 광주
민중항쟁 이후의 우리 젊은이들은 험궂은 시대를 살아야만 했다. 정권
장악을 위해 양민 학살을 서슴지 않았던 집권세력에 저항하지 않을
수 없었으나, 그렇다고 경찰·군 등을 조직적으로 활용한 거대 권력에
맞서기도 용이한 일은 아니었기 때문이다. 당시의 가파른 삶의 모습은
역시 당시에 제작된 다수의 작품들에 그 편린들이 나타나 있다.

(1)
그대, 보았어? 온 몸에 신나를 끼얹고 대기권으로 들어오는 꽃다
운 유성(流星)을.
아아 역사여, 뇌성 번개여, 피뢰침 밑으로 들어간 자를 쳐라!

나를 쳐라! 나를 먼저 쳐다오! 금간 하늘이 드러내는 두려워하는
얼굴.
내 마음이 만든 이 두려움을 박살내 다오!

망월(望月)로 가는 길. 그 황토길. 묘비도 팻말도 없는 무덤에게
가는 길.
이제 참회하지 말고 나가 싸우라! 돌아오는 그 길은 그렇게 내게
말했다.

—황지우, 「191.—표적」·부분

(2)
봄이오, 1985년 3월이오, 재채기가 만발하는 데모로다
이반은 최루탄 살포 지역을 피해 급히 충무식당으로 뛰어간다 일
인분의 밥그릇이 수북이 차오르는 백반의 높이가 가장 확실하게
두툼한—

　위에 인용한 (1), (2)는 1980년대 우리 사회의 정황들을 비교적 충실하게 보여준다. 「191—표적」이라는 표제가 붙어 있는 (1)은 시인 황지우의 체험들과 그에 따른 그의 느낌들을 묶은 작품이다. 인용한 대목에는 대학 캠퍼스 안에서 벌어진 사건에 대한 것과 광주 망월동 묘지를 찾은 느낌이 함께 묶여있다. 대학 캠퍼스 안에서 벌어진 사건이란 한 학생의 분신자살에 관한 것이다. 시인은 한 학생의 분신자살을 "온 몸에 신나를 끼얹고 대기권 안으로 들어오는 유성"이라고 표현했다. 자신의 몸을 불태움으로 일그러진 시대에 항거하는 모습에 참담해 하지 않을 이는 드물다. 시인은 그런 참담한 느낌을 "아아 역사여"라고 통탄한다. 그리고 역사의 격랑으로부터 몸을 피하는 이들을 "피뢰침 밑으로 들어간 자"라면서 그들의 비겁을 규탄했다. 대학 캠퍼스 안의 분신 사건이 시인에게 체제 저항의 두려움을 깨는 사건이었다면, 광주 망월동을 찾은 느낌은 항전의 용기를 북돋우는 것이었다.

　(2)에서 시인 오규원은 두 겹의 패러디를 활용했다. "봄이오, 1985년 3월이오, 재채기가 만발하는 데모로다"라는 첫 행은 이상의 소설 「봉별기(逢別記)」의 패러디에 해당한다. 이상이 그 소설 첫머리에서 "스물 세살이오—三月이오—각혈(略血)이다"라는 연쇄구로써 그 자신이 처한 정황을 집약했듯이, 오규원은 그 패러디로써 시대적 정황을 집약하여 그려냈다. 오규원은 이 짧은 시에서 이상 소설 「봉별기」만을 패러디 한 것이 아니라, 러시아의 반체제 작가 솔제니친의 「이반 데니소비치의 하루」도 함께 패러디했다. 시의 표제가 그 점을 나타내고 있으며, 역경 중에도 '밥'을 챙기는 인간 조건을 그린 점에서도 그렇다. 오규원이 (2)시에서 주로 그려낸 것은 시대 정황 속에서의 자신의 모습이다. 시대 정황 속의 자신의 모습을 그리는 한편, 이 시는 '1985년

3월'이라고 밝혀놓은 시대의 정황 또한 명확하게 제시하여 시대의 모습을 짐작하게 했다. 이 시에 나타난 시대의 모습은 한 마디로 "재채기가 만발하는 데모로다"에 집약된다. 전제적인 정권 아래서의 데모는 원래 대학, 산업체 등 특정 지역, 특정 집단으로만 국한된 저항의 모습이었던 것이 오랜 관례였다. 국소(局所) 저항이 관례였던 데모가 특정 지역을 벗어나 서울의 거리로까지 진출했던 데서 민주화를 둘러싼 공방의 싸움이 우리 사회에 확산된 모습을 볼 수 있다.

위 (1), (2)시들에서 볼 수 있듯이 5공 치하의 1980년대는 민주화라는 시대적 명제를 둘러싸고 날카로운 대립을 보인 연대였다. 민주화를 둘러싼 그 대립에서 "눈보라에 뿌리 내린 꽃"으로 명명된 젊은이, 곧 대학생들은 언제나 전위로서의 역할을 피하지 않았다. 그들은 그들 자신의 온갖 희생을 무릅쓰고 민주화 투쟁에 몸을 던졌다. 유신체제를 이어받으면서 출생한 정권인 5공은 민주화 투쟁에 거듭 거듭 쐐기를 박았다. 1986년 5월의 '인천 사태', 같은 해 11월 29일의 '서울개헌대회' 등에서 다수의 참가자들을 체포, 구금한 것이 그 한 예이다.

유신시대와 5공 시대에 걸쳐 학생, 시민들과 정권 사이에 끝없는 민주화 공방전이 펼쳐지면서 서울 거리에는 희한한 풍경이 펼쳐졌다. 거리 곳곳에 전경들로 편성된 검색 요원들이 등장했다. 도심으로 들어온 대학생인 듯한 젊은이들은 신분증을 제시해야 하기도 했고, 소지품 검사를 받기도 해야 했다. 전경들을 신속하게 출동시키기 위한 방석차들도 등장했다. 가까운 지역에서 데모가 발생한 경우에는 최루탄 발사 대차의 등장도 드물지 않게 볼 수 있었다. 민주화 공방전이 한창 가열되었을 무렵, 세종로·종로 같은 서울의 도심에는 최루탄 가스 냄새가 가시는 날이 드물 정도였다. 그 희한한 서울 도심의 풍경 모두가 민주화를 둘러싼 공방전의 한 장면, 한 장면을 구성한 것들이었다.

1987년 1월에 서울대생 박종철 군의 고문치사 사건이 알려지자

민주화를 둘러싼 학생·시민과 정권 사이의 공방전은 중대한 고비에 이르렀다. 궁지에 몰린 5공은 드디어 '개헌' 의사를 내놓았다. 그러나 그것이 물론 5공의 본심은 아니었다. 1987년 4월 13일, 5공은 "개헌 논의 유보", "현행 헌법으로 정부 이양", "연내 대통령 선거 시행 예정" 등을 골자로 한 이른바 '4·13 호헌조치'를 발표했다. 민주화 투쟁세력에 대한 강경, 유화의 갈림길에서 다시 강경쪽으로 선회하겠다는 입장을 표명한 것이다.[60] 1985년 2월의 총선을 거치면서 촉발된 '대통령 직선제'로의 개헌 요구는 '4·13 호헌조치' 발표 무렵에는 이미 국민 대중의 폭발적인 지지를 얻고 있었다. 개헌에 대한 국민의 그 같은 강렬한 염원은 5공의 '호헌 조치'로 막을 수 있는 정도의 것이 아니었다. 야당인 신민당과 민주헌법쟁취국민운동본부의 주도로 1987년 6월 10일에 100여 만 명의 학생·시민들이 시청 앞·세종로·서울역 앞으로 몰려들었다. 그 시위는 우리 역사상 최대의 인파로 알려진 거대한 것으로서, '민주화', '대통령 직선'을 외쳤다. '6월 민주항쟁'으로 불리는 역사적인 사건이 일어난 것이다. 그 역사적인 사건은 우리 시인들 다수에 의해서 노래되었다. 다음에 그 사건을 노래한 김혜순, 이영진 두 시인의 작품들을 살펴보기로 한다.

> (3)
> 너무 차가운 것은
> 시가 되지 않는다
> 너무 뜨거운 것은
> 시가 아니다
> 끓는 물 속에
> 두 발 담그고 있을 땐

---

60) 김인걸 외, 앞의 책, 542쪽.

시가 나오지 않는다
얼음 속에 누워
눈 뻐언히 뜨고 있을 땐
시가 나오지 않는다

그날, 아무도 시를 쓰지 않았다
다만 전화를 걸었다
수화기를 들고, 은밀히
시를 날려 보냈다
—새 옷을 입었는가
—아니, 다만 헌 옷을 벗었어
그날, 아무도 시를 쓰지 않고
웨딩드레스를 찢어
붕대를 만들고
밥주발을 들어
각자의 머리를 담을 관을 삼았다
너무 아름다운 것은
시가 아니다
그날, 입을 벌려
세상 처음인 듯 울 때
그것은 시가 아니었다
다만
한 도시 전체의 개화(開花)
지구 밭에 떠오른
한사코 시(詩)가 되지 않는 꽃

—김혜순, 「한사코 詩가 되지 않는 꽃」· 전편

시인 김혜순은 아주 독특한 시학을 실천해 온 시인이다. 그는 현실을 외면하고 '음풍농월(吟風弄月)'만을 일삼는 반현실주의 시를 배격하는 시인이다. 또한 그는 어떤 대상에 대한 시인 자신의 감상만을 기술하는 감상적(感傷的)인 시작 태도를 극히 경계해 온 시인이기도 하다.[61] 자연 예찬, 그리움의 표백과 같은 순연한 서정적 담론을 의도적으로 기피해 온 그[62]는 100만이 넘는 거대 시민들이 벌인 민주화 운동에 대한 감격 또한 절제된 방법으로 들려준다. 위 (3)에서 김혜순은 '민주화', '시민', '데모', '100만'과 같은, 그 현장과 관련된 어휘들을 단 한 마디도 사용하지 않았다. 그러면서도 그 시는 어떤 격앙된 목소리로 들려주는 것보다 6·10 민주항쟁이란 역사적 사건을 더욱 감격스럽게 전해준다. 절제를 바탕으로 하여 그가 닦아낸 시작 방법의 놀라운 결실이다.

(3)시의 첫째 연은 시쓰기의 실제 문제를 말하는 것으로 지금 시인이 문제삼는 사태가 심상하지 않음을 일깨운다. "너무 차가운 것", "너무 뜨거운 것" 모두가 시가 되지 않으며, '끓는 물 속', '얼음 속' 어느 경우에도 "시가 나오지 않는다"고 말함으로써 그가 지금 특별한 사태를 마주하고 있음을 말한 것이다. 우리 모두가 그렇게 생각했듯이 6·10 민주항쟁과 같은 사건은 한 생애에 걸쳐 몇 번 만나기 어려운 특별한 사건임에 틀림없다. 시인은 첫째 연에서 바로 그 점을 말하면서 경탄할만한 역사적 사건을 경험한 이로서의 실감을 토로한 것이다.

둘째 연에서도 시인은 그가 마주한 사건을 시로 쓰기 어렵다는 말을 토로한다. 시 쓰기가 어려워 다만 전화만을 주고받았다는 것인데, 그 통화 내용으로 진술된 말들이 깊은 뜻을 울려준다. "새 옷을 입었는

---

61) 김혜순, 「프랙탈, 만다라, 그리고 나의 시 공화국」, 『현대시세계』, 고려원, 1997. 봄.
62) 권오만, 「김혜순 시의 技法 읽기」, 『전농어문연구』 제10집, 서울시립대 국어국문학과, 1998.

가?", "아니, 다만 헌 옷을 벗었어"가 시인이 그려낸 그 진술 내용이다. 그 말은 마치 "새 시대가 왔는가?", "아니, 다만 묵은 시대는 갔구만."이라는 유추를 가능하도록 하는 것이다.

다음으로 시인은 그 항쟁에 참여한 이들의 정신과 자세를 그려냈다. 항쟁에 참여한 이들의 정신과 자세는 "웨딩드레스를 찢어/ 붕대를 만들고/ 밥주발을 들어/ 각자의 머리를 담을 관을 삼았다"라는 네 행으로 그려냈다. 두루 알다시피 웨딩드레스는 여성들에게 꿈, 순결, 소중함을 표상하는 아름다운 의상으로 통용된다. 그렇듯 귀한 의상을 항쟁에 참여하면서 아낌없이 내어놓았다는 의미가 "붕대를 만들고"라는 말로써 살아난다. 대다수의 서울 시민들은 자영(自營)으로 생계를 해결하는 이들이 아니다. 그들 중의 다수는 이른바 급여(給與)를 받는 이들이다. 그런 이들이 자신의 생계 수단인 '밥통'도 돌보지 않고 항쟁에 참여했다는 뜻이 "밥주발을 들어/ 각자의 머리를 담을 관을 삼았다"라는 말에 내포되어 있다. 우리 공동체가 민주화를 위해 자기 한 몸의 위험을 돌보지 않았다는 뜻이 거기에 포함되었다.

다음으로 "그날, 입을 벌려/ 세상 처음인 듯 울 때/ 그것은 시가 아니었다"라는 행들에서는 6·10 민주항쟁에 참여한 이들의 행위를 그려냈다. 이미 앞에서 말해두었듯이 그 날의 항쟁에 참여한 시민들은 대략 100만 명쯤으로 알려져 있다. 그 거대 시위 군중들은 민주화 투쟁의 경험을 가진 학생층으로만 이루어졌다고는 볼 수 없다. 그 거대 군중들의 대다수는 '민주', '자유', '독재 타도' 같은 토막 구호마저도 제대로 외쳐본 경험이 없는 일반 시민들이다. 그런 이들이 일제히 입을 벌려 처음으로 그리고 거대한 함성으로 민주화를 외쳤을 때에 그것은 시위 자체이면서, 시위를 넘어선 어떤 성스럽고 아름다운 의식이라는 뜻이 위 행들에 담겨 있다.

그것은 시가 아니었다
다만
한 도시 전체의 개화(開花)
지구 밖에 떠오른
한사코 시가 되지 않는 꽃

6·10 민주항쟁에 참여한 이들의 구호 외치기 광경을 잇는 행들이다. 이 행들에서 시인은 그의 시야를 확대한다. 대상물에 근접해 있던 거리에서 먼 거리로 이동함으로써 카메라의 시야를 확대하듯이, 시인은 그의 시각을 넓혀 시위 중인 공동체를 향하게 함으로써 도시 전체를 포착한다. 그렇게 포착된 6·10 항쟁 중의 도시 서울은 시인의 눈으로 보면 한 떨기 꽃으로 피어난다. 도시 전체가 힘찬 생동감으로 새롭게 피어난 모습을 시인은 '꽃'으로 인식한 것이다. '꽃'은 '꽃'이로되, 그 '꽃'은 "한사코 시가 되지 않는 꽃"이다. "한사코 시가 되지 않는 꽃"은 이미 앞에서 살펴보았던 대로 시로 만들기 어려운, 너무도 경탄할만한 역사적 사건을 시인이 마주하고 있음을 의미한다. 시인은 거듭하여 너무도 경탄할 만한 역사적 사건은 시가 되지 않는다는 뜻을 말했다. 시인의 그 거듭된 말은 아마도 시작에 관한 한 진실일 것임에 틀림없다. 그러나 그 말은 진실은 진실이면서도, 절대로 바꾸어질 수 없는 진실이라고는 말하기 어렵다. 김혜순 자신의 시를 보더라도 경이적인 그 거대 사건은 "시가 되지 않는"다는 거듭된 진술 속에, 그 진술까지를 포함하면서 한 편의 예사롭지 않은 시로 태어났기 때문이다.

어떤 시인은 우리 공동체의 특정한 큰 사건들과 깊이 얽혀진 것으로 보인다. 시간을 지내놓고 보면 그 얽힘은 우연 속의 필연이라고나 할 어떤 인연의 모습으로 나타난다. 4·19와 김수영, 신동엽의 얽힘이 그렇고, 5·16과 조태일의 얽힘이 그러하며, 3선 개헌·유신과 김지하, 고은의 관련이 그렇다. 또한 광주 민중항쟁과 황지우, 김남주가 그렇다. 그렇게 보면 6·10 민주항쟁이란 역사적 사건과 가장 깊게 얽혀진 시인은 누군가라는 물음이 가능하다.

단언하기는 어렵지만, 6·10 민주항쟁과 깊이 얽혀진 시인을 찾아보기는 어려우리라는 생각이다. 6·10 민주항쟁 이후 우리의 정치, 사회현실이 넓게 열린 형국을 택했다는 점과 관련된 양상이다. 정권의 폭압과 그로 말미암은 고난이 크게 완화되었기에, 공동체의 큰 사건과 고투를 벌이는 시인의 등장도 어려울 것이라는 뜻이다. 공동체의 큰 사건과 시인의 관련상이 그렇게 과거와 다르리라는 점을 전제할 때에, 6·10 민주항쟁에 지대한 관심을 표한 시인으로는 이영진이 떠오른다. 그는 그 항쟁을 제재로 하여 「다시 서울이 바다가 되기 위해」라는 연작시를 7편이나 산출했다. 그는 그 날의 그 항쟁을 우리 공동체의 '구원의 시간', '구원의 사건'으로 인식했음이 나타난다.

(4)

죽음 앞에 1백만이 모여들었다. 아니, 그 억울함과 진실 앞에 다시 1백만이 더 모여들었다. 항의하기 위해서? 아니다! 권력을 살인으로 찬탈한 자들을 몰아내기 위해서? 아니다! 수천만의 파도들이 죽음을 앞세워 청와대를 향했던 것은 그 길만이 가장 자연스러운 일이었고, 가장 자유로운 진실의 길이었기 때문이다. 저승꽃과 비통한 어머니들의 통곡에 묻혀 파도에, 서로 어깨를 걸고 철썩이는 파도에 묻혀, 검은 리본을 단 영구차가 청와대를 향해, 그 바리케이드를 넘어가고자 했던 것은 아무리 되짚어 생각해도 그것이 자연스러운 일이었으며 동녘에 해가 뜨는 일만큼이나 움직일 수 없는 우리 모든 존재의 순리였기 때문이다.

　　　　　　　—이영진, 「다시 서울이 바다가 되기 위해·2」·전편

(5)

그날 거리와 빌딩의 옥상. 그리고 창들은 모두 거리를 향해 열려
있었다. 모두가 쫓기고 구타당하기는 했지만 아무도 물러서 도망
가지 않았다. 누구도 쉽사리 귀가를 서두르거나 안락한 침대의
달콤함에 빠져들려 하지 않았다. 시청 앞 광장의 비둘기들과 서
울역 앞의 대합실, 육교와 그 밑의 공중전화, 길가에 늘어선 푸른
은행나뭇잎들 심지어 검은 아스팔트 위의 도로 표지판까지 존재
하는 모든 것들이 하나로 출렁이고 하나로 소리지르고 하나로 울
고 있었다. 아아 모르긴 해도 정말 모르긴 해도 적들의 진영 속에
서 최루탄을 발사하던, 곤봉을 휘두르던 또 다른 우리도 울고 있
었으리라. 1987년 6월 10일 그날의 정오를, 그 장대한 승리의 대
낮을.

──이영진, 「다시 서울이 바다가 되기 위해 · 3」· 전편

위에 인용한 이영진의 시 (4), (5)는 앞에서 살펴본 김혜순의 시
(3)과 중요한 점에서 차이를 보여준다. (3)이 6 · 10 민주항쟁 직후의
작품이라면 (4), (5)는 그 때로부터 상당한 시간이 경과한 때의 작품들
이라는 점에서 그렇다. (3)은 철저한 시적 변용을 거쳐 그 시가 6 · 10
민주항쟁을 제재로 한 작품인가를 용이하게 알아볼 수 없도록 만든
정도이다. 그와는 달리 (4), (5)는 '파도', '출렁이고' 등 몇 낱말들에서
시적 수사를 활용한 이외에 일상어를 거의 전면적으로 구사했다. (4),
(5) 시의 그러한 점은 그 시들에 질박 · 간명 · 적확 등의 성질을 부여하
며, 결과적으로 '사실시'라는 느낌을 환기하도록 만든다.

위 (4)가 실제로 일어났었던 사건을 바탕으로 하여 전하는 말은
간단하다. 1백만이 넘는 군중들이 모여서 죽음을 앞세워 청와대로
향했다. 그런 행동은 한 젊은이의 죽음을 항의하기 위한 것이 아니었
다. 살인으로써 권력을 찬탈한 자들을 몰아내기 위한 것도 아니었다.

그 행동은 그렇게 하는 것이 자연스럽고 진실되며 순리에 맞는 것이었기 때문에 일어난 사건이었다는 것이다. (4)시는 그 말들로써 6·10 민주항쟁의 정신을 인간 사회의 근본적 지향인 '자연스러움', '순리' 등과 깊이 있게 관련시켰다.

(4)는 6·10 민주항쟁이 전개된 일면과 함께 항쟁의 정신을 그려냈다. 그러한 (4)의 면모와는 달리 (5)는 민주항쟁의 실경을 포착하기에 주력한 편이다. "그날 거리와 빌딩의 옥상, 그리고 창들은 모두 거리를 향해 열려 있었다."는 (5)의 첫머리부터가 그렇게 시작된다. 그 뒤로 "쫓기고 구타당하기는 했지만 아무도 물러서 도망가지 않았다."에서 "모든 것들이 하나로 출렁이고 하나로 소리 지르고 하나로 울고 있었다."는 대목에 이르기까지 (5)는 그 항쟁의 날에 모든 시위 군중이 어떻게 한 덩어리가 되어 싸웠던가를 증언한 것이다. 이영진은 그 항쟁의 날에 사람들만이 싸움에 나선 것으로 그리지 않았다. 주체할 수 없을 만큼 감동에 젖어 있었던 그는 시청 광장의 비둘기, 역 앞의 대합실, 육교, 공중전화, 길가의 은행나뭇잎들, 심지어 도로 표지판까지 모두 사람들과 한 덩어리가 되어 민주항쟁에 나섰던 것으로 그려냈다.

이영진이 그려낸 대로 1987년 6월 10일은 '장대한 승리'의 날이었다. 그날의 항쟁은 1971년의 대선 이후로 유린당했던 민주주의의 대원칙을 소생시켜 대통령 직선제를 되찾도록 했다. 대통령 직선제의 회복 이후로도 우리 공동체는 시행착오를 거듭해, 6·10 민주항쟁을 퇴색하게 하는 혼란에 빠져들기도 했다. 그러나 6·10 민주항쟁은 장구한 역사에 걸쳐 우리 공동체에게 한 가지 사실만은 분명히 일깨울 것으로 믿어도 좋을 것으로 보인다. 우리 공동체의 운명은 다른 누구가 아닌 우리 자신의 손으로 개척할 수 있다는 사실이 그것이다.

3. 맺는말

서울은 올해(2004년)로 '정도(定都) 610주년'을 맞는 역사가 오랜 도시이다. 그 긴 시간에 걸쳐 서울의 세종로를 비롯한 종로 일대는 우리 생활·역사 공동체의 '풀무'와 같은 기능을 담당해 왔다. 세종로를 비롯한 종로 일대의 '풀무'로서의 기능은 광복 이전에도 활발했지만, 광복 이후로도 변함없이 지속되어 왔다.

시인 심훈이 그의 시 「그날이 오면」에서 그날이 오면 "육조(六曹) 앞 넓은 길을 울며 뛰며 뒹굴"리라고 했던 전망은 빗나가지 않았다. 불행하게도 심훈 자신은 일찍 유명을 달리 하여, 광복의 그날, 오늘의 세종로에 해당하는 육조 앞 넓은 길에서 광복의 환희를 맛보지는 못했다.63) 그러나 그의 전망대로 광복을 맞은 민족의 축제는 바로 그 자리 세종로, 심훈 생존 당시의 명칭대로 하면 "육조 앞 넓은 길"에서 벌어졌다. 광복의 축전만이 아니었다. 1948년 8월 15일 남한만의 단독정부가 세워져 '대한민국'이란 국가의 성립이 선포된 곳도 중앙청 앞뜰이었다. 6·25 전란 중에도 세종로를 비롯한 종로 일대는 변함없는 관심의 대상 지역이었다. 적에게 3개월간이나 내주었던 서울을 되찾은 국군이 서울 수복의 상징으로 가장 먼저 태극기를 휘날리게 했던 곳도 다른 곳 아닌 중앙청 앞 국기 게양대였다.

정권의 실정(失政) 또는 집권자의 탐욕으로 우리 사회가 들끓었을 때에도 세종로를 비롯한 종로 일대의 상징성은 솟아올랐다. 4·19 시민혁명 당시 학생 시위 대열이 "부정선거 다시 하라"고 들끓어

---

63) 심훈은 우리 민족의 광복을 보지 못하고 1936년에 갑작스럽게 발병하여 타계했다. 심훈의 유고 시집 『그날이 오면』에는 심훈이 타계한 날을 두 가지로 달리 적어 놓았다. 그의 가형 설송(雪松)이 적은 「발간사」에 1936. 9. 16.으로 적은 것과 「작자약력」에 1936. 9. 6.으로 적은 것이 그 것들이다.

외친 곳도 그 지역이었다. 4·19 희생자들의 대다수가 총격을 받은 곳도 또한 그 일대였다. 그 때로부터 27년 뒤인 6·10 민주항쟁의 뜨거운 열기가 몰린 곳도 또한 그 일대였다. 당시 시청 앞 광장에 운집하였던 시위대는 무고한 젊은이의 죽음에 항의하기 위하여 청와대 방향으로 시위대의 진로를 트기도 했다.

5·16 군사정변과 광주 민중항쟁 당시에는 종로 일대가 예외라 할 만큼 정적에 잠겨 있었다. 계엄령의 발동과 함께 출동한 병력이 그 일대를 삼엄하게 경비하는 가운데 시민들의 반응은 고작 차디찬 침묵일 수밖에 없었다. 사태의 진상을 알기도 어려웠고 사태의 진상을 알려주어야 할 언론이 침묵을 강요당했던 때에 일반 시민들이 취할 수 있는 행동은 오직 침묵 속에서의 사태의 응시뿐이었다. 그 결과 세종로를 비롯한 종로 일대의 '풀무'로서의 기능 또한 제대로 발동되지 못하였다.

앞에서 개괄해본 세종로를 비롯한 종로의 '풀무'로서의 기능은 광복 이후의 우리 시들에도 거의 남김없이 반영되어 나타나 있다. 세종로를 비롯한 종로 일대의 '풀무'로서의 기능을 우리 현대 시인들이 깊이 깨닫고 시작품으로까지 그려낸 결과이다. 우리 현대 시인들의 그런 깨달음은 종로 일대를 배경으로 한 다수의 시편들을 축적하도록 했다. 종로 일대를 우리 공동체의 '풀무'로 바라본 그 시편들에서 우리는 다음 몇 가지의 양상들을 찾아볼 수 있다.

(1) 종로를 우리 공동체의 '풀무'로 인식한 그 시들에서는 당연히 공동체의 진로를 문제 삼고 있다. 이 경우, 우리 공동체의 진로란 우리 역사의 진로, 그것을 가리키는 것임은 물론이다. 이 계열의 시들이 1945년의 민족 광복과 그 뒤를 이은 이데올로기의 갈등에서부터 1987년 6월의 민주항쟁에 이르는 한국 현대사의 큰 획을 그은 사건들을 그려낸 것은 그 때문이다.

174

(2) 이 계열의 시들이 그려낸 우리 역사의 진로는 밝은 전망을 드러낸 경우와 어두운 절망을 보여준 경우로 양분된다. 우리 공동체가 마주했던 현실 또는 역사의 명도가 밝고 어두웠던 점들과 대응되는 양상이다. 역사의 밝은 전망이 가능했을 때에 우리 시인들은 '찬가'에 가깝다고 할 만큼 밝은 현실인식을 그려 보였다. 8·15 광복 직후에 만들어진 윤곤강의 「잉경」 같은 시가 그런 경우이다. 역사의 전망이 어두웠을 때에 우리 시인들은 그 어둠의 실체를 경계하는 메시지를 담아내기도 했고, 어둠의 실체와 대결하려는 강렬한 의지를 보여주기도 했다. 5·16 직후에 발표된 조태일의 연작시 「나의 처녀막」은 전자에 해당하며, 유신의 기세가 사납던 1978년경에 제작된 고은의 시 「얼음」은 후자에 해당한다. 시인들이 대했던 역사의 명암은 시대에 따라서 그렇게 달랐다. 그러나 시인들의 관심이 역사로 향한 한, 그들의 작품들은 우리 공동체의 앞날이 희망차고 복되게 전개되기를 기원한 점에서는 어떤 차이도 찾아볼 수 없다.

(3) 이 계열의 시들을 제작한 시인들은 그들 자신의 작품들로써 시대와 역사에 참여하려는 강렬한 의지를 표명했다. 서울 종로 일대를 우리 공동체의 '풀무'로 인식한 것은 이 계열 시인들의 현실인식의 일부이다. 그 인식과 병행하여 그들은 그들 자신의 작품들로써 시대와 역사에 투신하려는 의지를 실천했다. 5·16 군사정변 직후나 유신시대 그리고 광주민중항쟁 직후와 같은 힘궂은 시대에 시작품들로써 집권세력에 맞서는 것은 자신의 신명을 거는 일이었다. 그것은 불굴의 용기와 매서운 결단이 전제되지 않고서는 감내하기 어려운 일이었다. 그러나 조태일, 고은, 김지하, 황지우 등 일단의 시인들은 종로 일대를 '풀무'로 인식하면서 아울러 그들 자신의 작품들을 시대와 역사의 '풀무'로 만드는 일에 서슴지 않았다. 그 결과 그들은 서울 종로와는 일단 떨어진 거리에 있었던 문병란, 양성우, 김남주, 박노해 시인들과

함께 구속, 투옥되는 등의 모진 수난을 겪었다.

(4) 이 계열의 시들 중에는 종로를 상징하는 것들을 그려낸 작품들이 여러 편 포함되어 있다. 광복 1년 뒤인 1946년에 발표된 윤곤강의 「잉경」, 6·25 전쟁이 발발한 이듬해에 제작된 조지훈의 「종로에서」 등은 '인경'으로도 불리는 종로 보신각종을 전면적이거나 부분적으로 그려낸 작품들이다. 1971년에 발표한 고은의 「광화문에서」에는 광화문의 모습이 그려져 있다. 이미 앞에서 여러 번에 걸쳐 말해두었듯이 서울은 한국의 수도, 종주도시이며, 종로는 서울에서도 중핵에 해당하는 지역이다. 바로 그 점에서 종로의 상징물들은 한국의 상징물들로 곧장 부상하여 한국의 상징물들로 인식되는 경우가 적지 않다. 이 계열의 시인들이 그들의 작품에서 종로의 상징물들을 그려낸 것은 그것들을 우리 공동체의 상징물들로 받아들였기 때문이다.

(5) 앞에서 이 계열의 시들은 시대와 역사의 '풀무'이기를 지향한다는 점을 말했다. 시대와 역사의 '풀무' 기능을 떠맡는 작품들로서는 그 작품들이 난해하지 않게 읽혀야 한다는 점을 의식할 수밖에 없다. 어떤 경우에도 시의 난해는 미덕일 수 없겠지만, 한 공동체의 '풀무' 기능을 지향하는 작품으로서는 독자, 곧 일반 시민의 용이한 접근을 의식하지 않을 수 없는 것이다. 이 계열 작품들로서 난해한 작품이 비교적 드문 것은 그 때문이다.

한국 현대시의 서울 체험

1. 서울 체험의 두 양상

최근 몇 년 사이에 빈번하게 쓰이는 것의 하나로 '도시시'라는 문학 용어가 있다. 도시를 배경 공간으로 하되, 도시 공간 자체가 시의 대상이 된다기보다 그 공간 안에서의 인간의 삶과 의식에 관심의 초점이 놓이는 유형의 시작품들을 일컫는 이름이다.[1]

이 글에서 한국 현대시에 나타난 서울 체험을 논의하려고 할 때에 불가피하게 부딪히게 되는 문제들 중의 하나가 우리의 현대시에 나타난 서울 체험이란 도시시에 나타난 도시 체험과 어떻게 같고, 다른가 하는 점이다. 장황한 설명이 쑥스럽다고 할 만큼 서울은 한국에서 가장 넓은 지역을 차지하고, 가장 많은 인구를 포용하고 있는 대표적인 도시이다. 서울은 그 지역의 넓이와 인구수에 있어서만 대표적인 도시가 아니라, 도시 문화의 공급과 수요의 질량에 있어서도 한국의 도시들을 대표하는 도시이다. 이 점을 도시시와 관련된 면으로 좁혀서 말한다면, 오늘날 우리 주변에서 시작품으로 형상화되어지는 도시 체험의 대부분은 서울이나 서울의 외곽 지역이라고 할 수 있는 수도권역을 배경으로 하고 있으며, 그 체험을 형상화하고 있는 시인 자신들의 주거 역시 그 대부분이 이 지역에 두어져 있다고 할 수 있다. 이 점을 다시 간추려서 말한다면, 오늘날 우리 사회에서 이루어지는 도시시의 대부분은 서울 체험을 형상화한 것이라고 말해도 좋을 만큼 우리의 도시시는 서울 체험에 치우쳐 있는 모습을 보여 주고 있는

---

1) 오세영, 「도시시의 가능성과 그 의미」, 『상상력과 논리』, 민음사, 1991.

것이다.

사정이 그와 같다면 우리 현대시에서의 서울 체험은 곧 도시 체험과 같은 의미로, 도시 체험은 곧 서울 체험과 같은 의미로 대체될 수 있을까? 서울 체험이란, 서울이라는 대도시에서의 체험이라는 의미에서 필연적으로 도시 체험의 의미를 내포하게 될 것이다. 그러나 그 역도 참일 수는 없다. 서울이 아닌, 다른 도시에서의 체험이 서울 체험일 수 없는 것은, 서울은 부산, 대구, 광주와 다를 것이 없는 개별 도시의 하나로서 개별성을 갖고 있기 때문이다.

다른 도시들과 마찬가지로 서울은 여러 가지의 개별성을 가지고 있다. 서울이 가지고 있는 여러 가지의 개별성들 중 가장 주목할 만한 것은 이 도시가 조선 왕조 516년간의 도읍이었을 뿐만 아니라, 일제 치하 36년간의 행정 중심지, 광복 이후 59년간에 걸친 수도(首都)라는 점이다.

서울이 장구(長久)한 역사를 가진 역사 도시이며 현재에 이르기까지 600년이 넘는 기간에 걸쳐 우리나라의 수도라는 개별성 중에서 서울이 역사 도시라는 점은 대비할 만한 도시들이 전혀 없다고는 할 수 없다. 신라의 도읍이었던 경주, 고려의 도읍이었던 개성이 역사 도시인 서울에 비교될 수 있는 도시들이다. 그러나 서울이 일제하 36년간의 행정, 문화의 중심지였을 뿐만 아니라, 광복 이후 오늘에 이르기까지 한국의 수도라는 점은 국내의 어떤 도시로도 비교될 수 없는 서울만이 가진 유일한 개별성이다. 말할 것도 없이 서울은 유일한 한국의 수도이기 때문이다.

서울이 가진 그러한 성격은 그 이름에도 반영되어 나타나 있다. 고유어로 발달하여 온 낱말인 '서울'은 보통명사로도 쓰이는 한편, 고유명사로도 쓰이는 낱말이다. 보통명사로서의 '서울'은 한 국가의 행정 중심지로서, 수도 또는 수부(首府)의 뜻을 갖는다. 고유명사로서의 '서울'은 한반도 중서부에 위치한, 1,000만이 넘는 인구를 포용하고 있는 거대한 도시의 이름이다.

'서울'이라는 이름이 갖는 그 두 겹의 의미와도 같이 한국 현대시에 나타난 서울 체험은 크게 두 가지 양상으로 나타난다. 한 가지는 우리 겨레 또는 우리나라의 역사적 수난과 환희가 집중하여 나타나는 중심 지역으로서의 체험이며, 다른 한 가지는 거대한 인구를 포용하고 있는 산업 사회의 거대도시에서의 체험이다. 다음에 이 두 유형의 체험을 차례로 검토해 보기로 하겠다. 이 글에서는 앞에서 거듭하여 밝혀 왔듯이 우리의 현대시에 나타난 서울 체험을 중심으로 하여 살펴 나가기로 한다. 이 글에서는 현대시의 출발 시기를 정지용의 모더니즘 계열의 작품들이 처음으로 발표된 무렵인 1926년경으로 잡기로 한 다.[2]

2. 수도(首都)에서의 체험—국운(國運)을 실감하는 현장

1) 현대시 이전

서울의 모습이 우리 시문학사에 처음으로 등장한 것은 이 도시가 조선 왕조의 도읍으로 선정되어 천도(遷都)가 이루어진 직후이다. 작가 는 조선조를 개창한 공신인 삼봉(三峯) 정도전(鄭道傳)이다. 그는 새 왕조의 새 도읍이 도읍으로서의 뛰어난 모습을 갖춘 것을 찬양하는 한편, 개국성왕(開國聖王)인 태조 이성계의 성덕으로 국운이 융성할 것을 신도가(新都歌)에서 다음과 같이 송축하였다.

---

2) 정한모, 「한국 현대시 연구의 반성」, 『현대시』 제1집, 문학세계사, 1984. 여름.

네는 양주(楊州) ㅣ 고올히여
디위예 신도형승(新都形勝)이샷다
개국성왕(開國聖王)이 성대(聖代)를 니르어샷다
잣다온뎌 당금경(當今景) 잣다온뎌
성수만년(聖壽萬年) 호샤
만민(萬民)이 함락(咸樂)이샷다
아으 다롱다리
알폰 한강수(漢江水)여
뒤흔 삼각산(三角山)이여
덕중(德重) 호신 강산(江山)즈으메
만세(萬歲)를 누리쇼셔

　감탄의 뜻을 나타내는 여음(餘音)인 '아으 다롱다리'를 논외로 하면
모두 10행으로 이루어진 이 작품에서 서울 체험과 관련하여 눈길을
끄는 대목은 제1, 제2, 제4, 제7, 제8의 다섯 행이다. 제1행과 제2행에서
는 새 도읍인 한양(漢陽)이 원래 양주 고을에 속해 있던 고토(故土)
위에 세워졌음을 말한 뒤에 그 지역에 새 도읍의 뛰어난 지세가 펼쳐져
있음을 노래하였다. 제4행에서는 새 나라를 개창한 임금 이성계가
성대를 이룩하겠다고 말하였듯이 지금 눈앞에 펼쳐진 한양성의 모습
이 도성(都城)다움을 송축하였다.
　이 작품의 제7행과 제8행에서 노래하고 있는 '알폰 한강수(漢江水)',
'뒤흔 삼각산(三角山)'은 새 도읍인 한양성을 남과 북으로 경계짓는
지형이며 지물이 된다. 이 지형, 지물은 당시의 서울 체험과는 떼어놓
을 수 없는 것으로, 남에서 서울로 들어올 때와 북에서 서울로 들어올
때 각각 나룻배로, 고갯길로 거쳐야 했던 곳들이며, 따라서 당시의
서울인 한양에서의 나날의 삶에 심대한 영향을 미친 것들이다. 따라서
이 지형, 지물은 한양을 대표하는 지형, 지물이 되며 마침내 한양을

상징하는 상징물로 자리잡게 된다. 인조 당시의 척화파의 중심인물이었던 김상헌(金尙憲)의 다음 시조가 그러한 양상의 일단을 보여 준다고 할 수 있다.

가노라 삼각산(三角山)아 다시보쟈 한강수(漢江水)야
고국산천(故國山川)을 떠나고쟈 ᄒ랴마ᄂᆞᆫ
시절(時節)이 하 수상(殊常)ᄒ니 올동말동 ᄒ여라

이 작품은 호란(胡亂) 당시 척화(斥和)를 주장하였던 청음(淸陰) 김상헌이 삼전도에서의 굴욕 이후 청(淸)에 척화신(斥和臣)의 혐의로 잡혀 갔을 때에 지은 것으로 알려져 있다. 이 작품에서 청음은 '삼각산'과 '한강수'를 한양의 상징물들로 노래하였을 뿐만 아니라, 나아가 조선의 상징물들로까지 노래하였다. 한양은 당시의 왕도로서, 왕도의 안위(安危)는 곧 국가의 안위와 직결되었기에 한양을 상징하던 상징물들은 국가를 상징하는 것으로도 기능할 수 있었던 것이다. 청음의 시조에 나타난 한양 상징, 곧 국가 상징의 기능은 국권 상실의 참담한 시기에 제작된 「사회등」가사에도 지속하여 나타난다. 다음에 인용하는 「사회등」가사에서는 다만 한양 상징물로서 쓰였던 '삼각산'이 '북악'으로 바뀌었다는 점이 주목할 만하다.3)

---

3) '삼각산'의 다른 명칭인 '북한산(北漢山)'과 그 '북한산' 앞에 위치한 '북악산(北岳山)'은 명칭에 있어서 음운이 가까우며 소재한 거리가 멀지 않다는 점으로 말미암아 자칫 혼동을 일으킬 수 있다. 북한산은 서울시 도봉구와 경기도 고양군 사이에 소재한 산으로 그 높이는 837m에 이르며, 백운대, 인수봉, 만경대의 세 봉우리가 보여 주는 산형으로 말미암아 삼각산이라고도 불린다. 한산(漢山), 화산(華山)이라는 다른 명칭으로도 불린다. 북악산은 경복궁 바로 뒤에 위치한 경복궁의 진산으로 높이는 342m에 이른다. 백악(白岳)이라는 명칭으로도 불린다.

시국(時局)을 살펴보니 밧귀나니 마음이라
한강수(漢江水)는 씽그리고 북악산(北岳山)은 근심흔다
영웅열사(英雄烈士) 몃몃친고 슬흔눈물 졀로는다
시르렁둥뎡실

나라파라 엇은지위(地位) 칠대신(七大臣)이 누구신가
와송세월(臥送歲月) 홀렷더니 홀지풍파(忽地風波) 누가알가
여천거함(如天巨艦) 돗슬다니 내두안위(來頭安危) 염려(念慮)로셰
시르렁둥뎡실

이 작품은 『대한매일신보』 1908년 1월 11일자에 실린 「아양구첩(峨洋九疊)」이란 제목이 붙어 있는 「사회등」 가사 작품이다. 이 작품의 제목인 「아양구첩」 중 「아양」이란 높은 산과 넓은 바다를 가리킨다. 당시에 우리 국가와 민족이 처한 현실이 높은 산에 가로막히듯, 넓은 바다에 아득하게 표류하듯 험난하다는 뜻을 나타낸 말이다. 국가와 민족이 처한 현실을 이 작품이 그렇게 암담한 것으로 본 것은 을사, 정미조약으로 말미암아 외교권, 군사권, 경찰권까지 일제의 손아귀에 넘겨주었다는 사실과 관련된다. 국가와 민족의 명운이 말 그대로 백척간두(百尺竿頭)의 위기를 맞은 때에 그것을 걱정하고 근심하는 주체가 '한강수'와 '북악산'으로 설정되어 있는 점은 유의할 만한 대목이다. 사고와 감정의 능력을 갖지 못한 '한강수'와 '북악산'같은 국토의 산천이 국가와 민족의 명운을 걱정하고 근심하는 주체로 설정된 것은 물론 의인법적 은유에 말미암은 것이다. 그러나 그 기법을 활용하도록 만든 것은 이 자연물들을 한양의 상징물, 나아가 조선의 상징물들로 받아들였기 때문이다.

2) 현대시에서의 수도 체험

위에서 살펴보았듯이 현대시 이전의 우리 시작품들의 수도 체험이 비탄과 분노로 얼룩져 나타났던 것은, 우리 국가와 민족의 명운이 순탄하지 못하였기 때문이다. 그렇듯 순탄하지 못하였던 우리 공동체의 운명은 마침내 일제의 식민지로 전락하는 참상을 맞기에 이르렀다. 그러한 참상은 우리의 현대시가 출발하였던 무렵인 1920대 말경이나 1930년대에도 여전히 지속될 수밖에 없었을 뿐만 아니라, 오히려 더욱 심화되었다.

육사의 「절정」과 함께 1930년대 우리 저항시의 가장 빼어난 작품[4]으로 알려져 있는 것이 심훈의 시 「그날이 오면」이다. 시 「그날이 오면」에는 민족의 비극적 운명이 말끔하게 청산될 '그날'에 대한 강렬한 기원이 표명되어 있다. 그 기원과 함께 그 시에는 저항시로서 수도 체험의 일면이 나타나 있다. 그 자신의 술회[5]에도 나타나 있듯이 서울에서 생장한 심훈은 '그날'에 대한 강렬한 기원을 토로한 이 작품에서 '그날'을 맞아 환희에 뛰노는 배경 공간으로 서울의 중심가를 선택한 것이다.

> 그 날이 오면 그 날이 오며는
> 삼각산이 일어나 더덩실 춤이라도 추고
> 한강물이 뒤집혀 용솟음칠 그날이,
> 이 목숨이 끊치기 전에 와 주기만 하량이면,

---

4) 최동호, 「沈熏詩의 전개와 시대적 상황의 인식」, 서준섭 외, 『식민지 시대의 시인연구』, 시인사, 1985.

5) 심훈, 「필경사 잡기(筆耕舍雜記)」, 『심훈문학전집·3』, 탐구당, 1966.

  "나는 생어장(生於長)을 서울서 한지라 외모(外貌)와 감정(感情)까지 '서울놈'을 못 면한다. 철두철미(徹頭徹尾) 놀고 먹는 도회인(都會人)의 타입인 것을 나 스스로 인정한다."

나는 밤하늘에 날으는 까마귀와 같이
종로의 인경(人磬)을 머리로 들이받아 울리오리다.
두개골(頭蓋骨)은 깨어져 산산조각이 나도
기뻐서 죽사오매 오히려 무슨 한(恨)이 남으오리까.

그 날이 와서 오오 그 날이 와서
육조(六曹) 앞 넓은 길을 울며 뛰며 뒹굴어도
그대로 넘치는 기쁨에 가슴이 미어질듯 하거던
드는 칼로 이 몸의 가죽이라도 벗겨서
커다란 북을 만들어 들쳐 메고는
여러분의 행렬에 앞장을 서오리다.
우렁찬 그 소리를 한 번이라도 듣기만 하면
그 자리에 거꾸러져도 눈을 감겠소이다.

—「그날이 오면」·전문

위에 인용한 시에서 볼 수 있듯이 심훈은 현대시 이전의 시인들이 그렇게 했던 것처럼 '삼각산'과 '한강물'을 수도의 상징물, 조선의 상징물로 노래하였다. 옛 시인들이 다듬어 썼던 수도의 상징물, 조선의 상징물들을 그 역시 지속하여 사용하였다는 점에서 그의 태도는 전통적인 것이었다. 그러나 그 상징물들을 활용하는 방법에 있어서 그는 옛 시인들과는 현저한 차이를 보여 주었다. 그는 「사회등」가사의 한 편인 「아양구첩」의 작가가 그 상징물들을 "한강수는 찡그리고 북악산은 근심한다"처럼 비교적 정태적으로 사용했던 데에서 한 걸음 더 나아가, "삼각산이 일어나 더덩실 춤이라도 추고 / 한강물이 뒤집혀 용솟음칠 그날"과 같이 좀더 동태적으로 사용하는 변화를 가져오도록 만들었다.

이 작품에 나타난 그의 수도 체험은 전통적인 수도의 상징물들을

184

활용하는 선에서만 멈추지 않았다. 이 작품은 그 상징물들 이외에도 1930년대 초기의 일제 식민지의 중심 도시였던 경성의 중심가의 편모를 보여 주고 있다. "나는 밤하늘에 날으는 까마귀와 같이/ 종로의 인경(人磬)을 머리로 들이받아"와 "그 날이 와서 오오 그 날이 와서/ 육조(六曹) 앞 넓은 길을 울며 뛰며 뒹굴어도" 같은 대목에 나타난 중심가의 모습이 그것들이다. 이 작품에 나타난 당시 경성의 중심가의 모습은 이 시의 작가인 심훈이 서울 출신이었다는 점으로 하여 이렇다 할 기능이 없이 덧붙여졌다고 말하기 어렵다. 그 모습은 미래의 어느 시점에 도래할 '그날'의 환희를 상상적으로 구축하는 데 기능적으로 활용되었던 것이다. 지금도 우리는 민족 공동체의 환희를 표출하는 수단으로 '종로의 인경'을 울리고 있다든가, 그 환희의 축제가 집행되는 공간은 수도의 가장 넓게 트인 공간 또는 거리일 수밖에 없다는 점에서 그렇게 말할 수 있는 것이다.

이 작품 이외에도 심훈은 서울에서 생장한 시인답게 서울 체험을 형상화한 여러 작품들을 보여 주었다. 「잘 있거라 나의 서울이여」, 「나의 강산이여」, 「통곡(痛哭) 속에서」, 「조선은 술을 먹인다」 등이 그의 시들 중에서 서울 체험이 현저하게 나타난 작품들이다. 그 작품들 중에서도 1927년 일본을 향해 떠나던 경부선 열차 안에서 제작된 것으로 밝혀져 있는 작품인 「잘 있거라 나의 서울이여」에는 일제 치하에서의 아픈 체험이 절실하게 형상화되어 있다.

오오 잘 있거라! 저주(咀呪)받은 도시(都市)여,
'폼페이' 같이 폭삭 파묻히지도 못하고,
지진(地震)때 동경(東京)처럼 활활 타보지도 못하는
꺼풀만 남은 도시(都市)여, 나의 서울이여!
성벽(城壁)은 토막이 나고 문루(門樓)는 헐려

'해태'조차 主人 잃은 궁전(宮殿)을 지키지 못하며
반천년(半千年)이나 네 품속에 자라난 백성들은
산(山)으로 기어오르고 두더지처럼 토막(土幕) 속을 파고들거니
이제 젊은 사람까지 등을 밀려 너를 버리고 가는구나!

남산(南山)아 잘 있거라, 한강(漢江)아 너도 잘 있거라
너희만은 옛모양을 길이길이 지켜다오!
그러나 이 길이 영원(永遠)히 돌아오지 못하는 길이겠느냐
내 눈물이 마지막 너를 조상(弔喪)하는 눈물이겠느냐
오오 빈사(瀕死)의 도시, 나의 서울이여!

「잘 있거라 나의 서울이여」· 전문

이 작품에서 시인은 500년이 넘는 기간에 걸쳐 조선 왕조의 왕도이었던 서울이 일제의 침략과 폭압으로 말미암아 파괴되어 가며 일제 치하의 겨레는 생업도 제대로 얻을 수 없고 주거도 마련할 길이 없어 산동네 토막의 주민으로 전락하여 버렸음을 탄식한다. 탄식과 비탄 가운데 시인은 일제 치하의 서울이 '저주받은 도시'라고까지 말할 정도로 뼈아픈 절망을 느끼는 것이다. 이 작품에서 시인은 주로 역사 도시인 서울이 침략자인 일제에게서 파괴되어 가는 모습을 그렸다. 서울을 떠나는 이로서 시인은 이 역사 도시의 슬픈 운명을 그려낸 셈이다. 이 작품의 경우와는 달리 심훈은 시 「통곡 속에서」에서 식민지 백성으로서의 삶의 실상이 어떠한가를 보다 상세하게 그려 보였다.

큰 길에 넘치는 백의(白衣)의 물결 속에서 울음 소리 일어난다.
총검(銃劍)이 번득이고 군병(軍兵)의 말굽소리 소란(騷亂)한 곳에
분격(憤激)한 무리는 몰리며 짓밟히며
따에 엎디어 마지막 비명(悲鳴)을 지른다

땅을 뚜드리며 또 하늘을 우러러
외오치는 소리 느껴 우는 소리 구소(九宵)에 사모친다.

검은 '댕기'드린 소녀(少女)여
눈송이 같이 소복(素服)입은 소년(少年)이여
그 무엇이 너희의 작은 가슴을
안타깝게도 설음에 떨게 하더냐
그 뉘라서 저다지도 뜨거운 눈물을
어여쁜 너희의 두눈으로 짜내라 하더냐?
            (……)
할아버지여! 할머니여!
오직 무덤 속의 안식(安息) 밖에 희망(希望)이 끊진 노인(老人)네
여
조팝에 주름잡힌 얼굴은 누르렀고 세고(世苦)에 등은 굽었거늘
창자(腸子)를 쥐어 짜며 애통(哀痛)하시는 양은 참아 뵙기 어렵소
이다.
그치시지요 그만 눈물을 걷으시지요
당신네의 쇠잔(衰殘)한 백골(白骨)이나마 편안히 묻히고저 하던
이땅은
남의 '호미'가 이미 샅샅이 파헤친 지 이미 오래어늘
지금에 피나게 우신들 한번 간 옛날이
다시 돌아 올줄 아십니까?

—「통곡(痛哭) 속에서」· 1, 2연과 4연

　이 작품의 말미에는 제작 연도는 밝혀지지 않은 채 4월 29일이라는
제작 월일만 기록되어 있다. 작품의 내용으로 미루어 이 작품이 제작된
연도는 조선의 마지막 임금이었던 순종이 승하하였던 1926년으로
짐작된다. 작품 말미에 기록되어 있는 4월 29일이란 날짜는 순종이

승하한 직후였던 때로 추정된다. 이 작품이 수도에서의 체험을 반영하고 있는 점은 제1연의 첫머리에서 찾아볼 수 있다. 이 작품의 첫머리에서는 조선 왕조의 마지막 임금 순종의 승하 소식에 접한 백성들이 거리로 몰려나와 애도하는 모습과 애도하는 그 군중들을 총검과 군마로 제압하는 일본 군경의 모습을 그려냈다. "큰길에 넘치는 백의(白衣)의 물결 속에서 울음 소리 일어난다./ 총검(銃劍)이 번득이고 군병(軍兵)의 말굽소리 소란(騷亂)한 곳에"와 같은 대목이 바로 그런 정황을 보여주는 대목이다. 이 대목에서 승하한 임금을 백성들이 애도하는 모습과 애도하는 그 백성들을 총검과 군마로 제압하는 일본 군경의 모습은 수도에서의 체험이 아니고서는 달리 찾아보기 어려운 모습일 것이다. 이 시기의 한국의 도시들 중 왕궁이 소재한 서울을 제외한다면, 임금의 죽음을 애도하기 위하여 백성들이 운집할 도시도, 그 애도의 물결을 제압하기 위하여 군경이 출동할 도시도 따로 존재하기 어렵다는 점에서 그렇게 말할 수 있는 것이다.

이 작품에서 심훈은 단순히 멸망한 왕조의 마지막 임금의 승하를 애도하는 백성의 모습만을 그려내려 하지 않았다. 조선 왕조의 마지막 임금의 죽음보다 그에게 있어 더 큰 무게를 가진 것으로 인식된 것은, 왕조의 운명과는 별도로 그 백성들이 나라를 잃어 버렸다는 사실이었다. 왕조의 운명과 국가의 운명을 동일시할 수 없다는 심훈의 근대적인 각성은 이 작품의 제6연에 이르러 다음과 같이 선명하게 제시되어 있다.

오오 쫓겨 가는 무리여
쓰러져버린 한낱 우상(偶像) 앞에 무릎을 꿇치 말라!
덧없는 인생(人生) 죽고야 마는 것이 우리의 숙명(宿命)이어니
한 사람의 돌아오지 못함을 굳이 설어 하지 말라.

위에 인용한 제2행에서 '쓰러져버린 한낱 우상(偶像)'이라고 지칭한 것은 이 작품이 만들어지기 며칠 전에 승하한 순종을 가리킨다. 많은 이들에게 국가 그 자체인 것처럼 인식되어 온 군왕을 심훈이 '쓰러져버린 한낱 우상'으로 절하(切下)하여 평가할 수 있었던 것은 그에게 있어 왕조나 군왕이 곧 국가일 수는 없다는 근대적 인식이 확고하게 자리 잡았다는 점을 반증한다. 그러한 인식을 바탕으로 하여 심훈은 멸망한 왕조의 마지막 임금의 승하라는 사실보다도 외세가 이 땅을 샅샅이 노략질한다는 사실("당신네의 쇠잔(衰殘)한 백골(白骨)이나마 편안히 묻히고저 하던 이땅은/ 남의 '호미'가 샅샅이 파헤친 지 이미 오래어늘")에 그의 관심을 모은다. 따라서 그는 이 작품의 끝 대목에 이르러 멸망한 왕조의 임금이었던 순종의 죽음보다도 일제에게 짓밟히고 있는 망국의 현실을 애통해해야 할 것이라는 점을 강조하여 노래하였던 것이다.

> 목매처 울고저 하나 눈물마저 말라 붙은
> 억색(抑塞)한 가슴을 이 한날에 뚜드리며 울자!
> 이마로 흙을 비비며 눈으로 피를 뿜으며…

위에서 살펴본 몇 작품들이 보여 주듯이 심훈은 1920년대 후반과 1930년대 전반에 걸쳐 민족 현실을 직시하면서 그것을 구체적으로 절실하게 그려 낸 시인이다. 서울에서 생장한 그는 민족 현실이 펼쳐지는 현장으로 흔히 서울을 선택하였기에, 그의 작품들에서는 그 연대의 수도 체험이 절실하게 형상화되어 나타났던 것이다.

1945년 8월의 해방은 민족사의 큰 전환점이었다. 일제에게 우리의 국권을 송두리째 빼앗긴 우리 민족은 그들의 탄압 아래 가난, 절망과 실의의 긴 세월을 견뎌내야만 했다. 해방은 말 그대로 그 억압과 질곡의 세월로부터의 벗어남과 풀려남을 의미했다. 억압과 질곡의 세월로부터의 벗어남과 풀려남을 의미하는 해방은, 그것이 민족사에 큰 획을 긋는 사건이었던 만큼 자연히 수도 체험의 모습으로 나타났다.『병(病)든 서울』이란 표제와 함께 '1945·8·15부터 오장환의 부른 노래'라는 부제가 붙어 있는 오장환의 시집에 수록된 작품들도 해방이 가져다 준 감격과 들끓는 기대를 수도 체험과 관련하여 노래한 작품들이다.

> 팔월 십오일(八月十五日), 구월 십오일(九月十五日),
> 아니, 삼백예순날
> 나는 죽기가 싫다고 몸부림치면서 울겠다.
> 너의들은 모도다 내가
> 시골 구석에서 자식때메 아조 상해버린 홀
> 어머니만을 위하야 우는줄아느냐.
> 아니다. 아니다. 나는 보고싶으다.
> 큰물이 지나간 서울의하눌이……
> 그때는 맑게개인 하눌에
> 젊은이의 그리는 씩씩한 꿈들이 힌구름처럼 떠도는것을……
>
> 아름다운 서울, 사모치는, 그리고, 자랑스런 나의 서울아,
> 나라 없이 자라난 서른해,
> 나는 고향까지 없었다.
> 그리고, 내가 길거리에 자빠져죽는날,
> "그곳은 넓은 하늘과 푸른 솔밭이나 잔디 한뼘도 없는"
> 너의 가장 번화한 거리
> 종로의 뒷골목 썩은 냄새나는 선술집 문턱으로 알었다.
>
> 그러나 나는 이처럼 살었다.
> 그리고 나의 반항은 잠시 끝났다.

아 그동안 슬픔에 울기만하여 이냥 질척어리는·내눈
아 그동안 독한 술과 끝없는비굴과 절망에 문들어진 내 씰개
내 눈깔을 뽑아버리랴, 내 씰개를 잡아떼어 길거리에 팽개치랴.
—「병(病)든 서울」·7-9연

위 시에서 오장환은 식민지 백성으로서 그 자신의 삶이 슬픔, 비굴, 절망, 반항으로 점철된 것이었음을 회고한다. 그러한 회고와 함께 오장환은 해방이 그에게 있어 정신적으로나 육체적으로 재생의 계기였음을 토로한다. 울분과 반항의 세월에 '종로의 뒷골목 선술집'에서 술에서만 위안을 찾다보니 그의 삶을 마감할 곳은 어김없이 "넓은 하늘과 푸른 솔밭이나 잔듸 한뼘도 없는/ 너(서울……필자)의 가장 번화한 거리/ 종로의 뒷골목 썩은 냄새나는 선술집 문턱"일 것으로 생각해 왔는데, 해방은 그에게 운명의 방향을 돌려놓았다는 것이다.

그 개인에게 있어 해방은 재생의 계기였을 뿐만 아니라, 미래를 새롭게 전망하고 실현하려는 가능성이기도 했다. 그는 앞에서 인용한 작품의 제7연에서 일제 치하의 혹독한 세월을 '큰물이 지나간' 것으로 은유한 뒤에 미래의 밝고 무한한 가능성을 "그때는 맑게개인 하눌에/ 젊은이의 그리는 씩씩한 꿈들이 힌구름처럼 떠도는것을……"이라고 노래하였다. '맑게 개인 하늘'이 민족 수난의 역경이 끝난 시대의 밝은 모습이라면, 그 맑은 하늘에 흰 구름처럼 피어올라야 할 것이 민족의 미래를 새롭게 설계하여야 할 '젊은이의 그리는 씩씩한 꿈들' 이라고 보았던 것이다.

위 작품에서 볼 수 있듯이 해방은 민족의 재생과 약진의 계기로 인식되었었다. 그러나 조금도 예상하지 못했던 38도선의 분할은 뜻하지 않았던 재앙의 근원이었다. 38도선의 분할에 따른 미·소군의 남북 진주는 격심한 이데올로기의 갈등이 소용돌이치는 계기가 되었

다. 그 갈등으로 말미암아 남북은 각각 미·소의 지원을 받는 반쪽만의 국가를 출생시키기에 이르렀으며, 마침내 모든 한국인들과 한반도 전역을 죽음, 파괴, 이산(離散)의 광란으로 몰아넣는 6·25전란을 일으키기에 이르렀다. 다음에 인용하는 조지훈의 시 「종로(鍾路)에서」는 6·25전란 중의 서울 체험을 형상화한 작품들 중의 하나이다.

첩첩이 문을 닫아 걸고
사람들은 모두다 떠나버렸다

이룩하기도 전에 흔들리는 사직(社稷)을 근심하고
조국(祖國)의 이 간난(艱難)한 운명(運命)을 슬퍼하여

사람들은 저마다 신념(信念)의 보따리를 짊어진채
아득한 천애(天涯)의 어느 일각(一角)으로 표표(飄飄)히 사라졌는데

차운 서천(西天)에 노을이 물드는 종로(鐘路) 네거리
종루(鐘樓)는 불이 타고 종(鐘)은 남아 있는데

몸을 던져서 종(鐘)을 울려보나
울지 않는 종(鐘) 나의 심장(心臟)만이 터질듯 아프다

십리(十里) 둘레의 은은한 포성(砲聲)때문에
안타깝게 고요한 이 거리에는

황소처럼 목노아 우는 사나이도 없고
영하(零下) 십칠도(十七度)의 추위에 입술이 타오른다

불의(不義)의 그늘에선 숨도 쉬기 싫어서

차라리 일체(一切)를 포기(抛棄)하고 발가숭이가 되고저

사람들은 모두다 떠나버렸다
첩첩이 문을 닫아건 종로(鐘路)의 적요(寂寥)

—「종로(鍾路)에서」·1-9연

이 시에는 작품의 제작 시기와 관련된 두 개의 자료가 명기되어 있다. 하나는 제목 곁에 붙어 있는 '다시 서울을 떠나며'라는 부제이고, 또 하나는 작품의 말미에 붙여져 있는 '1951. 1. 3.'이라는 이 시의 제작 일자이다. 1951년 1월 3일이라면 6·25전란 중 1·4후퇴라는 이름으로 알려져 있는, 서울을 적의 수중에 내주고 다시 남으로 피란길을 떠나야 했던 바로 하루 전에 해당하는 날이다.

위의 부제와 제작 일자가 붙어 있지 않았더라도 이 작품을 주의 깊게, 면밀하게 읽으면 이 작품의 제작 배경과 시기를 파악할 수 있을 만한 대목들을 어렵지 않게 만날 수 있다. 이 작품의 제4연에서 '종루(鐘樓)는 불이 타고 종(鐘)은 남아 있는데'라고 노래한 대목이 바로 작품의 제작 배경과 시기를 알려 주는 단서가 되는 대목이다. 흔히 보신각(普信閣)이라고 불려 온 종로 입구의 종루는 6·25전란 중에 불타 버렸고, 거기에 걸려 있었던 종은 바닥에 내려앉아 있었던 것이다. 보신각의 종과 종루가 참화를 입었던 것은 6·25전란이 일어났던 1950년의 여름이었고, 더 좁혀 말한다면 국군과 UN군의 9·28 수복 작전으로 말미암은 적의 퇴각의 와중이었다.

이 작품에는 1950년 여름에 서울 시민들이 겪었던 전쟁의 참상이 담겨 있을 뿐만 아니라 중공측의 뜻밖의 전쟁 개입으로 말미암아 삶의 터전을 등지고 피난길을 떠도는 수도 체험의 특이한 면이 나타나 있다. 이 작품의 제6연에서 "십리(十里) 둘레의 은은한 포성(砲聲) 때문

에/ 안타깝게 고요한 이 거리에는"이라고 한 데서 1951년 1월에 서울이 다시 적의 수중에 떨어진 정황을 짐작해 볼 수 있는 것이다. 이 작품의 제1연 "첩첩이 문을 닫아 걸고/ 사람들은 모두다 떠나버렸다", 제3연 "사람들은 저마다 신념(信念)의 보따리를 짊어진채/ 아득한 천애(天涯)의 어느 일각(一角)으로 표표(飄飄)히 사라졌는데"와 제9연의 '사람들은 모두다 떠나버렸다/ 첩첩이 문을 닫아건 종로(鐘路)의 적요(寂寥)" 같은 대목들은 적의 수중에 떨어질 서울을 예견한 시민들이 전황에 대처한 모습들을 보여 주는 대목들이다.

6·25전란으로 말미암아 국토의 거의 전역이 그러했던 것처럼 서울은 숱한 지역이 폐허의 모습으로 변해 버렸다. 전란의 와중 또는 전란 직후의 수도 체험이 궁핍, 살풍경한 모습을 드러낸 것은 어쩌면 당연한 사태일 수밖에 없었다. 목숨마저 부지하기 어려웠던 참담한 세월에 궁핍과 몰인정은 벗어나기 어려운 질곡일 수밖에 없었던 것이다.

1953년 7월까지 3년을 넘겨 끌어왔던 전란이 휴전협정으로 매듭을 지은 뒤에도 우리 사회에는 안정된 기운이 돌지 못했다. 전란으로 말미암은 인명, 재산, 믿음의 상실이 워낙 심각했던 데다가 민심과 이반된 집권층의 전횡과 발호가 우심했기 때문이다. 민심의 이탈이 더욱 가속화된 것은 1960년 초에 행했던 정·부통령 선거에서 조직적인 부정이 저질러진 뒤였다. 집권층의 파렴치한 선거 부정에 접한 학생, 시민들은 거대한 규모의 시위로써 항의 운동을 전개했고, 그 항의 운동은 4월 혁명으로 결실을 맺게 되었다. 1960년 4월 26일에 제작한 것으로 밝혀져 있는 김수영의 「우선 그놈의 사진을 떼어서 밑씻개로 하자」란 작품은 당시의 최고 지도자였던 이승만을 독재와 폭압으로 전근대적인 정치를 행해 온 인물로 매도한 작품이다.

우선 그놈의 사진을 떼어서 밑씻개로 하자

그 지긋지긋한 놈의 사진을 떼어서
조용히 개굴창에 넣고
썩어진 어제와 결별하자
그놈의 동상이 선 곳에는
민주주의(民主主義)의 첫 기둥을 세우고
쓰러진 성스러운 학생(學生)들의 웅장(雄壯)한
기념탑(紀念塔)을 세우자
아아 어서어서 썩어빠진 어제와 결별하자

                    (……)

밑씻개로 하자
이번에는 우리가 의젓하게 그놈의 사진을 밑씻개로 하자
허허 웃으면서 밑씻개로 하자
껄껄 웃으면서 구공탄을 피우는 불쏘시개라도 하자
강아지장에 깐 짚이 젖었거든
그놈의 사진을 깔아주기로 하자……

민주주의(民主主義)는 인제는 상식(常識)으로 되었다
자유(自由)는 이제는 상식으로 되었다
아무도 나무랄 사람은 없다
아무도 붙들어갈 사람은 없다

군대(軍隊)란 군대(軍隊)에서 장학사(獎學士)의 집에서
관공리(官公吏)의 집에서 경찰(警察)의 집에서
민주주의(民主主義)를 찾은 나라의 군대(軍隊)의 위병실(衛兵室)
에서 사단장실(師團長室)에서 정훈감실(政訓監室)에서
민주주의(民主主義)를 찾은 나라의 교육가(敎育家)들의 사무실(事
務室)에서
사일구(四·一九)후의 경찰서에서 파출소에서
민중(民衆)의 벗인 파출소에서

협잡을 하지 않고 뇌물을 받지 않는
관공리의 집에서
역이란 역에서
아아 그놈의 사진을 떼어 없애야 한다
—「그놈의 사진을 떼어서 밑씻개로 하자」 · 1연과 4-6연

　이 작품이 제작된 날짜가 1960년 4월 26일로 밝혀져 있는 점은, 이 작품에 나타난 체험이 우리 역사 전개 과정에 있어 4·19 혁명 체험이라는 고유한 명칭을 부여받고 있는 바로 그 체험에 해당하는 것임을 알려 준다. 3·15 부정 선거 직후 경남 마산에서 불붙기 시작한 부정 선거에 대한 학생, 시민들의 항의는 그 때로부터 1개월쯤이 경과한 뒤인 1960년 4월 18일부터 서울에 옮겨 붙기 시작하였다. 4월 18일의 고대 시위를 이어 4월 19일에 보다 큰 규모로 확대된 비폭력 시위대를 향해 무차별한 발포 명령을 내려 다수의 시위 군중을 살상하게 한 것은, 부정 선거에 대한 항의를 썩은 집권층을 도려내려는 민중 혁명으로 전환하도록 만드는 계기가 되었다. 김수영의 위 시는 4월혁명의 확실한 승리라고 부를 수 있는 이승만의 하야(下野) 성명이 나오기 직전에 이루어진 작품이다. 당시의 지식인이 그 혁명이 어떻게 진행되어야 할 것인가를 선명하게 전망하여 보여 주었다는 점에서 상당한 의의를 가진 작품이라고 할 수 있다.
　김수영은 위 시에서 민주주의와 자유는 이제는 시민들의 상식이라면서 '어서어서 썩어빠진 어제와 결별'을 서두르자고 했다. 그러나 그가 그토록 소망한 어제와의 결별은 결코 용이한 것이 아니었다. 그가 청산해야 할 '썩어빠진 어제'로 인식한 것들로는 구속·부정·불의·몰주체·반통일 등6)을 열거할 수 있다. 그 중 어느 것을 청산하는

---

6) 김수영은 '썩어빠진 어제'에 대한 구체적인 세목들을 제시하지는 아니

작업도 그의 소망과 같이 손쉬운 것이 아니었다. '썩어빠진 어제'를
청산하자는 것이 4·19혁명의 본질적인 정신이었음에도 불구하고
'어제'의 낡음과 썩음을 청산하기는 결코 용이한 작업이 아니었다.
  그러했던 4·19 혁명의 정신과는 근본적으로 배치되는 전혀 새로운
국면이 전개되었다. 5·16 군사 쿠데타로 군부가 등장하게 된 사태가
그것이다. 새로운 집권층으로 군부가 등장하게 되자, 위 시에서 김수영
이 믿음에 차서 표명했던, '민주주의와 자유는 인제는 상식'이라고
했던 그 '상식'은 다시 유린되거나 유보되기에 이르렀다. 그가 믿었던
'상식'이 유린되거나 또는 유보되는 새로운 사태를 맞게 되자 김수영
은 그 사태에 대하여 반어로 대처하는 길을 택하였다. 반어는 이 시기의
김수영이 그의 항의를 드러냈던 효과적인 수단이었다.

땅이 편편하고/ 집이 편편하고/ 하늘이 편편하고/ 물이 편편하고
/ 앉아도 편편하고/
서도 편편하고/ 누워도 편편하고/ 도회(都會)와 시골이 편편하고
/ 시골과 도회(都會)가 편편하고/
신문(新聞)이 편편하고/ 시원하고/ 뻐스가 편편하고/ 시원하고/
하수도(下水道)가 편편하고/ 시원하고/
뽐프의 물이 시원하게 쏟아져나온다고/ 어머니가 감탄하니 과연
시원하고/ 무엇보다도/
내가 정말 시인(詩人)이 될 수 있으니 시원하고/ 인제 정말/ 진짜
시인(詩人)이 될 수 있으니 시원하고/
시원하다고 말하지 않아도 되니/ 이건 진짜 시원하고/ 이 시원함
은 진짜이고/ 자유(自由)다

　　　　　　　　　　—「격문(檄文)-신귀거래(新歸去來)·2」·부분

─────────────────────

  하였다. 위에 열거한 항목들은 위 시 이전의 그의 작품들에서 필자가 찾
아본 것들이다.

위에 인용한 대목에서 '편편하다'와 '시원하다'의 두 낱말은 거의 예외 없이 반어로 사용되었다. 5·16 군사정변으로 말미암아 4월 혁명의 소중한 전취물로 생각했던 민주주의와 자유라는 소중한 가치들을 잃어버릴 위기를 맞게 되자 김수영은 '신문(新聞)이 편편하고/시원하고'의 경우에서와 같이 반어로써 그의 불편하고 답답한 심기를 표백하고 있는 것이다. 5·16 군사정변으로 집권에 성공한 군부는 '근대화'라는 이름의 기치 아래 산업의 구조적 변화를 추구하였다. 군부 집권층의 그러한 노력은 공장의 건설과 공산품의 증가 및 그에 따른 무역량의 확대를 가져오는 데에 현저한 성과를 거두었다. 그러나 군부 집권층이 이루어 낸 그 성과는 시민의 자유와 민주 제도에 있어서의 기본권을 제약하면서 이루어진 것이기에 그에 항거하는 세력들과 빈번한 갈등을 빚을 수밖에 없었다. 3선 개헌을 거쳐 가까스로 재집권에 성공한 박정희는 그 이후 영구 집권의 길을 모색한 끝에 '유신'을 단행하여 그의 독재 권력의 길을 틔어 놓았다. 그렇지 않아도 그의 독재적인 성향으로 말미암아 빈번하게 야기되었던 갈등은 이 시기부터 한층 격화되지 않을 수 없게 되었다. 다음에 인용하는 황동규의 「계엄령 속의 눈」은 '유신'을 향한 작업이 진행되던 초기의 지식층의 반응을 보여준 작품이다.

> 아아 병(病)든 말(言)이다
> 발바닥이 식었다
> 단순한 남자가 되려고 결심한다
> 마른 바람이
> 하루 종일 이리저리
> 눈을 몰고 다닐 때
> 저녁에는 눈마다 흙이 묻고
> 해 형상(形象)의 해가 구르듯 빨리 질 때

꿈판도 깨고
찬 땅에 엎드려
눈도 코도 입도 아조아조 비벼버리고
내가 보아도 내가 무서워지는
몰려 다니며 거듭 밟히는
흙빛 눈이 될까 안될까.

—「계엄령 속의 눈」 · 전편

　제목이 보여주듯이 이 시는 '유신'이란 이름 아래 장기 집권 체제의 획책을 도모하기 위하여 계엄령을 선포한 사태를 때마침 내린 눈과 관련시켜 노래한 작품이다. 앞에서 인용한 김수영의 작품 「그놈의 사진을 떼어서 밑씻개로 하자」에서 시인이 말하고 있듯이 이 시대, 우리 사회에서 민주주의와 자유는 상식으로 존중되어야 할 가치이다. 그러나 우리 사회에서 존중되어야 할 그 가치가 거대한 폭압으로 무참히 짓밟히는 사태 앞에서 「계엄령 속의 눈」의 시인은 자신이 무력할 수밖에 없음을 괴롭게 토로한다. 자유와 민주주의가 이 시대의 상식임을 증언하여야 하겠다는 강렬한 내적 욕구와 거대한 폭력이 횡행하는 현실 사이에서 갈등하는 시인은 "눈도 코도 입도 아조아조 비벼버리는" 참담한 모습을 상상해 보는 것으로 그의 내적 욕구를 은밀히 드러낸다.

　군부 정권의 정치적 폭압은 1970년대 말까지 날로 기승을 부리면서 계속되었다. 군부 정권의 정치적 폭압이 날로 그 도를 더해 가는 것과 비례하여 그 폭압에 맞서는 학생, 노동자 계층의 저항운동도 한층 격화되었다. 고은의 다음 시는 이 시기의 정치적 억압에 맞선 저항의 움직임과 지향을 함께 한 것으로 주목할 만한 작품이다.

비록 나 물이건만
백담사 앞 돌마다 부딪친 피투성이 물이건만
흐르며 마흔살도 넘었건만
어느 밤중 몰려온 것아
아직도 네가 사나운 목대잡이면
쩡! 얼어붙은 얼음 한 덩어리로
서울바닥만한 얼음 한 덩어리로
서울바닥 네 패거리 때려부수고
춘삼월
그냥 이름없이 한강 하류 흙탕물로 흘러가리라
피투성이 얼음 풀려 흘러가리라

—「얼음」· 전편

　이 시에서 시인은 자기 자신을 일단 '물'로 은유한다. '물'의 하잘 것 없음과 순하디 순함이 그 은유가 성립되도록 만든 표적일 것이다. '물'은 '물'이로되, 시인은 자신이 '백담사 앞 돌마다 부딪친 피투성이 물'이라고 자신의 모습을 한결 구체화하여 제시한다. 아마도 이 대목은 시인 자신이 생각해 온 그 때까지의 그 자신의 자화상을 제시한 것에 해당하는 것으로 보인다. 그 자신이 일찍이 세간을 벗어나 한 사람의 승려로서 무수히 방황과 번뇌의 궤적을 밟아왔음을 농축하여 형상화한 것으로 짐작되는 것이다. 그러한 짐작을 더욱 보강하여 주는 표현이, '마흔살도 넘었건만'처럼 자신의 모습을 숨기지 않고 보여준 다음 행의 진술 내용이다.

　그 때까지의 자신의 삶의 모습을 그렇게 제시한 뒤에 시인은 당시의 우리 공동체의 삶을 심각할 만큼 왜곡, 훼손시키는 대상쪽으로 관심의 방향을 바꾼다. 그는 공동체의 삶에 끊임없이 위해를 가해 오는 그 존재를 두 개의 은유로 그려냈다. '어느 밤중 몰려온 것'과 '사나운 목대잡이'가 그것들이다. 부정적인 그 대상을 '어느 밤중 몰려온 것'으로 은유한 것은 두 가지 의미 또는 효과를 발생시키는 것으로 이해할 수 있다. 첫째는 당시의 부정적인 집권층인 군부 세력이 1961년 5월 16일 야반에 거사한 5·16 군사 쿠데타로 집권하였음을 의미한다는 점이다. 둘째는 밤중에 준동하는 것은 도둑, 불량배, 귀신, 도깨비 등 부정적인 존재들이라는 관습적인 사유를 바탕으로 하여 당시의 집권층이 이매·망량 등 밤도깨비와 같은 행태를 자행하는 존재임을 의미하는 효과를 띤다는 점이다. 다른 또 하나의 은유인 '사나운 목대잡이'는 그 부정적인 대상이 끊임없이 국민들을 위협하고 그들에게 폭력을 행사한다는 사실을 의미한 것이다.

시인은 '어느 밤중 몰려온' 부정적인 집권 세력이 여전히 '사나운 목대잡이'로서 국민을 위협하는 행위를 계속하여 자행할 때에, 그 자신부터 위협적인 폭력을 자행하는 그 세력에 대항할 준비를 갖추어야 하겠다고 다짐한다. 시인이, 거대한 조직으로 짜여 있던 그 부정적인 집권 세력에 맞서는 방법으로 생각한 것은 각별히 색다른 방법이라고 할 만한 것이 아니다. 평소에 하잘 것 없으며 순하디 순하다는 점으로 하여 스스로 '물'로 자처한 자신을 '쩽! 얼어붙은 얼음 한 덩어리'로 바꾸는 것이 시인이 생각한 그 방법이다. 물이 얼어 얼음덩이가 되고, 얼음덩이가 녹아 물이 되는 것은 별로 특기할 만한 것이 아닌, 자연의 평범한 이법일 뿐이다. 그러나 그 평범한 자연의 이법으로 이루어져 있는, 이 시에서의 '얼음덩이'는 시의 은유로서는 결코 평범하기만 한 것이 아니다. 은유로서의 '물'은 높은 데서 낮은 데로 흐르는 성질을 가졌다. 또한 물은 막으면 막히고 어떤 형태의 그릇에든지 담으면 담기는 순하디 순한 성질을 가졌다. 이 시에서 사용된 은유로서의 '물'은 그렇게 민중을 가리키는 관습적인 알레고리[7]인 '풀'에 못지않은 의미 기능을 가졌다고 말할 수 있을 것이다.

‘물’이 얼어 만들어지는 ‘얼음’은 ‘물’과는 현격하게 다른 성질을
나타낸다. 무엇보다도 ‘얼음’은 촉감에 있어 섬뜩한 차거움을 지니고
있다. 그 섬뜩한 차거움은 ‘얼음’으로 자신을 은유한 이의 섬뜩한
결의 또는 엄혹한 결단을 상기하도록 만든다. ‘물’은 흐름의 연속체로
서 유체에 해당하지만 ‘얼음’은 고체로서, 그것에 부딪히는 것에 상당
한 타격과 피해를 입힐 수 있다. 앞에서 ‘물’로 은유하였던 자신을
부정적인 집권층과 대결하는 자리에서 ‘얼음’으로 은유한 것은, 자신
에게 내장되어 있는 파괴력을 남김없이 발동하겠다는 의지로 읽힌다.
쇳덩이, 나무 둥치와는 달리 ‘얼음’ 덩어리는 상대에게 타격과 피해를
입히면서도 그 자신도 부서질 가능성이 높은 사물이다. 시인은 아마도
자신이 파괴되는 그런 비극적인 정황까지도 고려하면서 자신을 ‘얼음’
으로 은유하였던 것으로 이해할 수 있을 것이다.

자신을 ‘얼어붙은 얼음 한 덩어리’로 은유한 시인이 이 작품에서
대결하려는 대상은 ‘서울바닥 네 패거리’이다. 이 작품을 여기까지
읽어 나가면 이 작품이 어째서 서울 체험과 관련을 맺게 되는가 하는
점이 드러나게 되는 셈이다. 서울은 한국의 수도이고, 이 시에서 부정
적인 군상으로 그려진 집권층은 서울에 집결하여 권력을 생산, 향유한
다는 뜻에서 ‘서울바닥 네 패거리’라는 표현이 만들어진 것이다.

자유와 민주제도의 억압과 폭력으로 점철되었던 박정희의 유신
정권은 10 · 26의 시해로 막을 내렸으나, 긴 기간에 걸쳐 다져진 군부

---

7) 널리 알려진 김수영의 시 「풀」 이후, ‘풀’은 1970년대의 우리 시단에서
　관습적 알레고리로서 널리 유행하였다. 그러나 이 낱말의 알레고리로서
　의 기능은 현대시에서 처음 시도된 것이 아니라, 훨씬 더 긴 유래를 가
　졌음에 유의하여야 한다. 조선 왕조 사회에서는 민중을 가리키는 낱말
　로 흔히 ‘민초(民草)’라는 낱말을 사용하였다. 조선 선조조의 뛰어난 시
　인인 정철은 그의 「관동별곡」에서 “풍운(風雲)을 언제어더 삼일우(三日
　雨롤) 디련는다/ 음애(陰崖)예 이온풀을 다살와 내여스라“처럼 ‘풀’로써
　민중을 표상하는 모습을 보여 주었다.

집권 자체가 끝을 맺는 데 이르지는 못하였다. 유신 정권의 갑작스러운 몰락 이후, 군부 집권층을 몰아내고 민주 시민의 기본권을 회복하려던 민중의 뜨거운 의지와 그 의지를 무력으로 제압하여 정권을 계속하여 유지하려던 군부의 숨겨진 의도가 맞부딪혀 거대한 참사를 빚어 놓은 사건이 광주 시민 혁명이다. 젊은 시인 유하는 키치시8)로 알려져 있는 그의 시 「무력(武歷) 18년에서 20년 사이—무림일기·1」에서 10·26 변란과 광주의 대참사를 수도 체험의 양상으로 그려냈다. 그 시의 표제로 쓰인 '무력(武歷)'이란 낱말은 사전에 표제어로 등장하지 않은 낱말이다. 이 낱말의 의미를 '무술을 연마한 세월' 정도로 달아 사전의 표제어로 올려 싣지 못할 이유는 없다 할지라도, 그 경우에도 그 시의 표제로 쓰인 의미와는 얼마쯤 차이가 있다고 보아야 한다. 시인은 이 낱말을 '광무(光武)', '융희(隆熙)'의 경우와 같이 연호처럼 쓰고 있기 때문이다.9) 연호처럼 쓰인 이 낱말은 군부가 5·16 군사 쿠데타로 집권하기 시작한 때로부터 몇 해가 지났는가를 한눈에 보여 주는 성질을 가지고 있는 것처럼 보인다.

---

8) 키치의 개념을 선명하게 제시하는 일은 용이하지 않다. 클레멘트 그린버 그는 키치란 대중적이고 상업적인 예술, 화보를 곁들인 문학지, 잡지의 표지, 삽화, 광고, 호화판 잡지나 선정적인 싸구려 잡지, 만화, 유행가, 탭댄스, 할리우드 영화를 가리키는 것이라고 정리했다. 키치에 관한 좀 더 상세한 논의는 이승훈의 『모더니즘 시론』, 문예출판사, 1995를 참고 하는 것이 좋겠다.

9) '무력(武曆)'이란 낱말이 유하의 작품에서 연호로 쓰이고 있는 점은 시인 자신의 다른 작품인 「무림 파천황(武林 破天荒)」에서 용이하게 찾아 볼 수 있다.

> "서기, 불기, 단기, 분단조국, 통일염원
> 세월을 헤아리는 용어는 많이 있지만 난 무력(武曆)을 쓴다
> 그건 순전히 와룡생 선생 영향이다 덕분에 대학 다닐 때
> 무협지 쓰는 아르바이트도 했다 장당 오십 원"

경천동지할 무공으로 중원을 휩쓸고 우뚝 무림왕국을 세웠던
무림패왕 천마대제 만박이 주지육림에 빠져 온갖 영화를 누리다
무림의 안위를 위해 창설했던 정보기관 동창서열 제이위
낙성천마 금규에게 불의의 일장을 맞고 척살되자
무림계는 난세천하를 휘어잡으려는 군웅들이 어지러이 할거하기
시작했다.
                    (……)
천마대제가 죽자 무림존폐의 위기를 느낀 동창서열 제오위 광두
일귀 동문혹은
낙성천마를 기습, 금나수법으로 제압한 뒤 고수들을 규합하였다
                    (……)
그무렵 하남 땅에선 민초들의 항쟁이 있었다
아, 이름하여 하남의 대혈검
광두일귀는 공수무극파천장을 퍼부어 무림잡배의 폭동을
무사히 제압했다고 공표, 무림의 안녕을 거듭 확인했다
그날은 꽃잎도 혈편으로 흐드러졌고 봄비도 피비린내의 살점으
로 튀었다
이 엄청난 혈채를 어디서 보상받아야 하는가
무력 19년 가을, 광두일귀는 숭산의 영웅대회에서 잔혼귀존 폭풍
마독 등과
형식적인 비무를 거친 뒤 무림맹주의 권좌에 등극하였다
그날 무협신문들은 일제히 환영의 뜻을 표하며
혈의방 무사들이 통천가공할 무공을 익히며 호시탐탐 중원을 노
리는 이때
강력한 무공의 소유자가 중원을 다스려야 한다고
수심에 가득 찬 기사를 썼지만 대부분 인면수심들이었다

　위 작품에서는 무력 18년에서 20년 사이로 표현된 1979년에서
1981년 사이의 대권을 둘러싼 싸움과 광주의 대참사를 그려내고 있다.

이 작품에서 시인은 현실세계의 심각하고 처절한 국면들을 무협지의
세계의 그것들로 바꾸어 놓았다. 따라서 이 작품을 해독하기 위하여는
무협지의 세계를 현실세계로 바꾸어 읽는 독법이 요청된다. 이 작품에
서 '낙성천마 금규'에게 불의의 일장을 맞고 척살된 '무림패왕 천마대
제 만박'이란 그의 측근 중의 측근이었던 김재규의 총격으로 비명횡사
한 박정희 대통령을 가리키며, 그를 척살한 '낙성천마 금규'는 박정희
휘하의 중앙정보부장 김재규를 가리킨다. 또한 '무림패왕 천마대제
만박'을 척살한 '낙성천마 금규'를 기습, 금수나법으로 제압한 뒤
힘의 공백상태에서 고수들을 재빨리 규합한 '광두일귀 동문혹'은 당시
보안사령관의 직책으로 자신을 따르는 장성들을 규합하여 힘의 공백
상태에서 위세를 떨쳤던 전두환을 가리킨다. '하남의 대혈검'이란
전두환 일파의 부당한 권력 장악에 항의했던 광주 시민들을 무참히
살륙하였던 광주의 대참사를 가리킨다.

이 작품에서 '광두일귀'가 숭산의 영웅대회에서 '무림맹주의 권좌
에 등극하였다'고 한 것은 전두환이 그를 따르는 일단의 장성들의
추대로 제5공화국을 열고 스스로 대통령의 자리를 차지하였음을 의미
한다. 제5공화국이 성립된 이후 한때 쇠미하였던 민주화 운동은 새롭
게 전열을 정비하여 열띤 양상을 보이기 시작하였다. 5공의 말기인
1987년 6월 10일의 국민 항쟁은 5공 치하에서 전개되었던 민주화
운동의 가장 큰 규모의 것이었으며 가장 뚜렷한 성과를 전취한 운동이
었다. 6·10항쟁으로 대통령 직선제를 전취한 우리 국민은 제6공화국
을 열기에 이르렀으며 그 때로부터 5년여를 경과한 뒤에는 32년만에
문민정부를 다시 맞기에 이르렀다.

이제 7, 80년 정도의 연륜을 기록하게 된 한국 현대시에 형상화된
수도 체험은 주로 왜곡된 국권과 정권에 관련된 것이었다는 점에서
놀라움을 느끼지 않을 수 없다. 현대시에 나타난 수도 체험의 이러한

양상은 지난 한 세기에 걸친 우리 민족 공동체의 삶이 고난과 역경 속에 전개되었음을 알려 주는 생생한 증표로서 소중한 문학적 가치를 갖는다.

3. 서울에서의 도시 체험

1) 현대시 이전

현대시 이전의 시작품들 중 서울에서의 근대 도시 체험을 형상화한 작품들은 그 수효가 많다고 하기는 어렵다. 서울이 근대 도시로서의 모습을 띠기 시작한 것은 19세기도 저물 무렵인 개화기에 들어와서의 일이기 때문이다. 한시 작가로서 한말(韓末) 4대가의 한 사람으로 꼽히는 매천 황현(梅泉 黃玹)은 「서울에 들어와서(入京師)」라는 한시 작품에서 그가 접한 신식 문물과 시대 상황에 대한 느낌을 다음과 같이 토로하였다.

<blockquote>
십 년만에 다시 서울에 와 보니
오직 남산만이 옛처럼 푸르구나
길 양쪽 유리창엔 전등불 밝고
가로 지른 전깃줄 아래 전차가 땡땡
수륙(水陸) 만리(萬里) 어디 가나 신식뿐이요
황옥좌독(黃屋左纛) 천추(千秋)만에 황제 일컫네
가소롭다 기우(杞憂)에 빠진 어리석은 이들
저 하늘이 어찌하여 갑자기 무너지겠나

十年重到漢陽城 惟有南山認舊靑
夾道琉璃洋燭上 橫空鐵索電車鳴
梯航萬里皆新禮 屋纛千秋始大名
</blockquote>

却笑杞人痴滿腹 彼天安有驀然傾

　위 시에서 매천은 십 년 만에 다시 찾은 한양의 모습이 유리창, 전등(洋燭으로 명명되어 있다),전차 등의 신식 문물로 말미암아 크게 바뀐 것에 놀라워하면서도 그 신식 문물들을 일단 긍정적으로 수용한다. 그의 이러한 태도는 그가 한문체, 국한문체, 국문체의 세 문체가 정족의 형세를 보였던 문체 선택의 소용돌이 속에서 여전히 한문체를 고수하였던 모습10)과는 판이하게 다른 것으로, 그가 문화의 대변동기였던 개화기에 온건 보수의 길을 선택하였음을 보여 주는 것이다.11)

　매천의 서구 문물 수용 태도와는 달리 그것들을 부정적으로 비판하는 세력도 개화기에는 없지 않았다. 위정척사론(衛正斥邪論)을 제기하면서 강경 보수의 길을 걸었던 의암 유인석(毅菴 柳麟錫) 같은 이가 그 대표적 인물이다. 의암은 「양화(洋禍)」 같은 그의 한시 작품에서 전기, 기차, 자동차, 기선 같은 '양물(洋物)'이 하늘·땅·사람, 곧 삼재(三才) 모두에게 화를 불러오는 사악한 것임을 경고하였다.12) 앞에 인용한 한시에서 매천이 "가소롭다 기우(杞憂)에 빠진 어리석은 이들/ 저 하늘이 어찌하여 갑자기 무너지겠나"라고 한 것은 서양의 문물을 받아들이기만 하면 우리 사회에 큰 재앙이 닥칠 것처럼 생각하는 위정척사론자들의 좁은 견식을 나무랜 것이라고 말할 수 있다.

　서구 문물의 수용을 둘러싼 개화기의 그러한 찬반양론은 신·구

---

10) 매천의 한문체 선택에 관한 의견으로는 다음의 책을 참고하는 것이 좋겠다. 황현, 「매천야록」, 『황현 전집(하)』, 아세아문화사, 1978, 1084쪽.
11) 황현을 비롯한 개화기 문인의 의식 동향에 대하여는 다음 글들을 참고하는 것이 좋겠다. 김용직, 「개화기 문인의 의식 유형」, 『한국근대문학론고』, 서울대학교 출판부, 1985 ; 권오만, 「개화기의 문체와 장르 선택」, 『한국 현대시사의 쟁점』, 시와 시학사, 1991.
12) 주승택, 「개화기의 한시연구」, 서울대학교 석사학위논문,1984.

문화가 갈등하던 그 시대의 모습을 드러낸 일면이었다. 개화기의 뒤를
이은 일제 강점기에 들어서면서 서구 문물은 이렇다 할 저항을 받지
않은 채 우리 생활 속에 편입되었다. 다음에 인용하는 김소월의 작품
「서울밤」에는 나그네로서 시인의 서울 체험이 '전등'이라는 서구 문물
을 중심된 자리에 놓고 펼쳐진다는 점에서 주목할 만하다.

> 붉은전등(電燈).
> 푸른전등(電燈).
> 넓다란거리면 푸른전등(電燈).
> 막다른골목이면 붉은전등(電燈).
> 전등(電燈)은 반짝입니다.
> 전등(電燈)은 그무립니다.
> 전등(電燈)은 또다시 어스렷합니다.
> 전등(電燈)은 죽은듯한긴밤을 직힙니다.
>   (……)
> 서울거리가 죠타고해요,
> 서울밤이 죠타고해요.
> 붉은전등(電燈).
> 푸른전등(電燈).
> 나의가슴의 속모를곳의
> 푸른전등(電燈)은 고적(孤寂)합니다.
> 붉은전등(電燈)은 고적(孤寂)합니다.

──「서울밤」 · 1연과 4연

소월의 이 시에는 서울에 정주하는 이가 바라본 도시의 모습이
그려져 있는 것이 아니라, 나그네가 바라본 모습이 그려져 있다. 이
시의 화자로서 자신의 목소리를 직접 들려주고 있는 시인 김소월은

아마도 1920년대 첫 무렵의 서울의 문물에 친숙하지는 않았던 듯하다. 당시 서울의 문물을 경이롭게 대하였던 시인의 느낌이 이 시에는 '전등'을 중심 소재로 하여 나타나 있는 것이다.

이 시의 제1연에서 시인은 전등이 '반짝입니다'라고 하고, 그것이 '그무립니다'고도 말한다. 이 문맥에서 '그무립니다'라는 표현은 두 가지의 해석의 가능성을 제기하도록 만든다. 첫째는 '그무리다'를 명사 '그물'에 지정(指定)의 뜻을 나타내는 조사 '―이다'가 결합한 형태로 이해하는 것이다. 둘째는, '그무리다'를 "구름이 끼어 날이 침침하다"는 의미를 나타내는 형용사 '끄무레하다' 또는 "날이 개었다 흐렸다 하다"라는 의미를 나타내는 자동사 '끄물거리다'와 친연성을 가진 말로 이해하는 것이다. '그무리다'라는 말을 해석하는 그 두 개의 가능성 중 이 글에서는 후자쪽을 택하려고 한다. 그 이유는 두 가지이다. 하나는 '전등은 그물―입니다.'라는 은유가 이 시의 행간에 서는 지나칠 만큼 튀어 오른다는 점이다. 또 하나는 '반짝이다', '어스 렷하다'처럼 전등불의 밝기를 말하는 사이에 놓인 '그무리다'라는 말 역시 전등불빛이 "밝았다 흐렸다 하다"처럼 안정적이지 못한 상태 를 나타내는 말로 이해하는 것이 무리하지 않으리라는 점 때문이다.

제1연에서 '반짝이는 것', '눈길을 잡아끄는 것'으로 전등을 인식하 였던 시인은 제4연에 이르러서는 전혀 색다른 인식을 보여 준다. 제4연에서는 전등을 "나의가슴의 속모를곳의/ 푸른전등(電燈)은 고적 (孤寂)합니다./ 붉은전등(電燈)은 고적(孤寂)합니다."처럼 화자가 느끼 는 정서의 한 형태로 바꾸어 놓은 것이다. 이 연에서의 '푸른전등(電燈)' 과 '붉은전등(電燈)'이 실경으로서의 전등이라는 점 이외에 어떤 정서 들을 의미하는 것인가를 밝혀 보기는 어렵다. 다만 그 어구의 뒤를 잇는 낱말이 '고적(孤寂)하다'라는 점을 미루어 볼 때 '푸른전등(電燈)' 과 '붉은전등(電燈)'으로 형상화된 그 정서들 또한 '고적(孤寂)하다'라는 서술어와 가까운 성질의 것이리라는 점을 짐작할 수 있을 뿐이다.

앞에서 살펴보았듯이 이 시의 표제는 「서울밤」으로 되어 있다. 그 표제와 관련하여 이 작품을 도시시의 하나로 간주할 때, 이 작품의 중심 소재인 전등은 두 가지의 상반된 현상을 생각하도록 만든다. 한 가지는 이 작품의 중심 소재가 전등으로 선택된 점으로 미루어 전등은 이 시기의 우리 사회에 있어 충분히 경이로운 문물이었다는 점이다. 또 한 가지는 소월이 전등을 그의 정서의 일면을 형상화하는 사물로 원용한 점으로 미루어 그 개인에게 있어 전등은 이미 친숙한 사물이었으리라는 점이다. 이미 친숙한 사물이 아니고서는 그것을 정서의 한 면을 표상하는 사물로까지 사용하기는 어려우리라는 점 때문이다.

앞의 두 작품을 통해 살펴볼 수 있었듯이 1920년대 중반까지의 우리 시에는 서구 근대 과학 문명의 영향을 받은 도시로서의 서울의 모습이 나타나 있을 뿐 아직 본격적인 근대 도시로서의 서울의 모습이 형상화되었다고는 말하기 어렵다. 시의 형상화에 있어서뿐만 아니라 도시 형성의 실제에 있어서도 1920년대에는 근대 도시로서의 모습을 제대로 갖추었다고 하기는 어려웠던 것이 이 시기의 서울의 실상이었다. 서울이 본격적인 근대 도시로서의 모습을 갖추고 그에 따라 본격적인 도시시들이 출현하기까지는 아직 얼마간의 시일이 필요하였던 것이다.

2) 현대시에 나타난 서울에서의 도시체험

우리의 현대시에서 근대 도시의 다채로운 모습이 처음으로 형상화되어 나타난 것은 박팔양의 「도회정조(都會情調)」(1927. 1.)에서이다. 모두 10연으로 짜여진 이 시에서 시인은 아마도 오늘의 서울인 당시의

경성을 대상으로 하여, 도시의 풍경과 군중의 잡답, 도시에 침투한
자본주의에 대한 체험을 그려 놓았다.

도회는 강렬한 음향과 색채의 세계,
나는 그것을 얼마나 사랑하는지 모른다.
불규칙한 직선의 나열, 곡선의 배회,
아아 표현화의 그림 같은 도회의 기분이여!
       (……)
문명기관(文明機關)의 총신경(總神經)이 이 곳에 집중되어
오오! 현대문명이 이 곳에 있어
경찰서, 사법대서소, 재판소, 감옥소, 교수대,
학교, 교회, 회사, 은행, 사교구락부, 정거장,
실험실, 연구소, 운동장, 극장, 음모단의 소굴,
아아 정신이 얼떨떨하다.

아침에는 수없는 사람의 무리가 머리를 동이고
일터로! 일터로! 밥먹을 자리로
저녁에는 맥이 풀려 몰려나오는 사람의 무리가
위안을 구하려, 향락장으로, 향락장으로!
연극장과 도박장과 유곽과 기생집은
한 집도 빼놓지 않고 만원이다.

기생이 인력거 우에 높이 앉아
값비싼 담배를 피우면서 연회장으로 달릴 때,
순사는 다 떨어진 양복에 헬메트를 쓰고
네거리에서 STOP과 GO를 부른다.
거미새끼들같이 모였다 헤어지는
상, 중, 하층의 각 생활군을 향하여.

어떻든 이 도회란 곳은

철학자가 혼도(昏倒)하고 상인이 만세 부르는 좋은 곳이다.

그 복잡한 기분과 기분의 교류는

어느 놈이 감히 나서서 정리하지를 못한다.

마치 그는 위대한 탁류의 흐름과 같다.

―「도회정조」· 1연과 6-9연

1926년 무렵 서울의 인구는 30만 명쯤이었을 것으로 추정된다.[13] 현재의 서울 인구의 3퍼센트를 밑도는 숫자이다. 또 당시 서울에는 이렇다 할 만한 산업시설이 자리 잡고 있었던 것도 아니었다.[14] 그와 같은 사정을 고려할 때, 과연 당시의 서울에서 '위대한 탁류의 흐름과 같다'고 할 만한 도회의 외관을 찾을 수 있었을 것인가 하는 의문이 없지 않다. 이 시의 제7연에서 도시의 모든 위락시설들은 '한 집도 빼놓지 않고 만원이다'라고 말한 것처럼 이 작품에 나타난 1926년 무렵의 서울 풍경에는 적지 않게 관념적인 과장이 보태졌다고 할 수 있을 것이다. 그러나 다른 한편, 당시 경성의 인구가 해마다 증가하고, 일제의 식민지 통치를 위한 다수의 시설, 건물과 일본의 자본이 유입되어 이루어 놓은 민간 시설, 건물들이 도시 공간에 들어서고 있었다는 사실은 장구한 시간에 걸쳐 전통적인 문물만을 바라보며 살아야 했던 그 시대의 한국인들에게는 충분히 경이로운 체험이었다고 말할 수 있을 것이다.

박팔양의 이 시는 두 가지 면에서 주목할 만하다. 한 가지는 그가

---

13) 손정목, 『일제 강점기 도시화과정 연구』, 일지사. 1996, 141쪽에는 1920 년의 경성 인구수가 250,208명, 1930년의 인구수가 394,240명으로 밝혀져 있다. 위와 같은 서울 인구의 증가 추세로 보아, 1926년 무렵의 서울 인구는 30만 명쯤이었을 것으로 추정해 볼 수 있다.

14) 손정목, 위의 책, 184쪽.

'도회는 강렬한 음향과 색채의 세계'라고 말하면서 '나는 그것을 얼마나 사랑하는지 모른다'고 표백하고 있는 점이다. 그 점은 그보다 몇 해 뒤늦게 도시시를 제작, 발표했던 김광균을 비롯한 후대의 도시시의 시인들이 도시의 현상들을 비판적, 회의적, 부정적인 관점에서 바라본 것과는 현저한 차이를 드러낸다. 서울이라는 도시에 대한 박팔양의 그러한 느낌은 당시의 경성이 인구 30만쯤의 중형 도시로서 한창 발전 단계에 있었기 때문에 가능할 수 있었을 것이다. 한창 발전 중이었던 경성이란 이름의 도시에서 그가 도시라는 인간의 거대 주거 공간이 빚어내는 추악한 면보다 도시 공간에 집중하는 인간 문명의 밝은 면에 눈을 돌릴 수 있었기 때문이다. 박팔양이 도시를 긍정적으로 인식할 수 있었던 또 다른 원인은 그의 개인적 성향이 친도회적이었다는 점일 것이다. 아마도 그 두 가지 원인들이 함께 작용하면서 박팔양은 천국과 지옥, 신과 악마가 공존하는 것으로 흔히 비유되는 도시의 야누스적인 모습을 전면적으로 사랑한다고 말할 수 있었을 것이다.[15]

박팔양의 이 시를 주목하게 되는 또 다른 이유는 이 시에는 소박한 대로나마 도시의 특징적인 성격들이 포착되어 있다는 점이다. 이 시의 제7연에서는 '사람의 무리'라는 어구를 2회에 걸쳐 쓰고 있다. 제8연에서는 "거미새끼들같이 모였다 헤어지는/ 상, 중, 하층의 각 생활군"이라는 어구로써 도회에는 수많은 인간이 모여 살고 있는 점을 그려 보여 주고 있다. 도시 형성의 제일의 지표로써 흔히 거론되는 것이 인구의 거대성이라면, 이 시는 그 점을 적절하게 그려냈다고 말할 수 있을 것이다.

도시에 수많은 인간이 모여 살기 위하여는 그에 따르는 기반 시설이 필요하게 마련이다. 1920년대 중엽의 서울에는 현대 교통수단의 총아

---

15) 손정목, 『한국 현대도시의 발자취』, 일지사, 1988, 85쪽.

라고 불리는 자동차가 널리 보급되어 있지는 못했다. 그 까닭에 이 시에서는 인력거를 교통수단으로 이용하고 있는 모습과 함께, 경찰서, 사법대서소, 재판소, 학교, 교회, 은행 등 도시의 기반 시설이 들어서 있는 모습이 그려져 있는 것이다.

　도시학자들은 도시인의 인간관계가 환절적(環節的), 익명적(匿名 的), 표면적, 비인격적으로 이루어진다는 점을 흔히 거론한다.16) 도시 인은 하루의 생활을 영위하는 데 상당히 다양한 다수의 사회 집단과 접촉하게 된다. 다수의 다양한 사회집단의 구성원들과 접촉하다 보니 자연히 도시인의 인간관계에서 위와 같은 성격들이 형성될 수밖에 없다는 것이 도시학자들의 진단이다. 이 작품에서도 도시인의 그러한 인간관계의 일면이 나타나 있는 것을 찾아볼 수 있다. 이 작품의 제8연 에서 "기생이 인력거 우에 높이 앉아/ 값비싼 담배를 피우면서 연회장 으로 달릴 때,/ 순사는 다 떨어진 양복에 헬메트를 쓰고/ 네거리에서 STOP과 GO를 부른다."고 서술한 행들이 그 예이다. 이 행들에서 시인은 사회적 신분과 경제적 여유라는 면에서 기생과 순사의 전도된 모습을 형상화하는 데 초점을 둔 것으로 보이지만, 그 과정에서 자연히 도시인이 맺는 인간관계의 특징적인 성격들이 나타나게 된 것이다.

　근대 도시의 형성, 발전은 산업화의 진전 그리고 자본주의의 발달과 불가분의 관계를 맺고 있다. 「도시의 폭력에 맞서는 길」이란 평론에서 정효구 교수는 근대 도시의 형성, 발전과 산업화, 자본주의가 맺는 관계를 다음과 같이 요약하여 제시하였다.

　　근대의 도시는, 한편으로 산업화의 진전과 몸을 뒤섞으며 맞물려
　　서 움직였고, 다른 한편으로는 자본주의의 급속한 발달과 결합되
　　어 그 모습을 바꾸어 나아갔다. 그러므로 도시와 산업화 그리고

---

16) 손정목, 위의 책, 220~229쪽.

자본주의는 트라이앵글의 세 변처럼 기능하는 모습을 띠고 있는
데, 이들은 서로 상성하는 관계이기도 하면서 동시에 야합하는
부정적인 관계를 노정하기도 한다.[17]

정 교수가 위 글에서 도시와 산업화 그리고 자본주의가 맺는 관계가
'트라이앵글의 세 변'과 같다고 한 점은 이 시의 작가에게도 거의
같은 모습으로 인식되었던 것으로 보인다. 이 시의 작가는 그러한
인식을 "이 도회란 곳은/ 철학자가 혼도(昏倒)하고 상인이 만세 부르는
좋은 곳이다."라고 간결한 아포리즘으로 정리하여 제시하였다. 앞에
서 살펴보았듯이 1926년 무렵의 서울은 아직 근대 도시로서의 모습을
제대로 갖추지 못하였었다. 근대 도시로서 그렇게 미비하였던 서울을
대상으로 하여 시인 박팔양이 「도회정조(都會情調)」에서와 같이 도시
의 여러 특징적인 성격들을 포착할 수 있었던 것은 도시에 대한 그의
관심과 애정이 그만큼 각별하였음을 보여 주는 것이다.

박팔양의 「도회정조(都會情調)」 이후, 1930년대 서울에서의 체험을
시작품으로 형상화하는 데 크게 유의한 시인으로는 김광균이 자주
거론되어 왔다. 김광균은 그의 대표작들 중의 하나인 「와사등」(1938)
에서 도시의 공간을 떠도는 외로운 자화상을 다음과 같이 그려내고
있다.

차단-한 등불이 하나 비인 하늘에 걸려 있다
내 호올로 어델 가라는 슬픈 신호(信號)냐

긴- 여름해 황망히 나래를 접고

---

17) 정효구, 「도시의 폭력에 맞서는 길」, 『20세기 한국시의 정신과 방법』, 시
　　와시학사, 1995.

늘어선 고층(高層) 창백한 묘석(墓石)같이 황혼에 젖어
찬란한 야경(夜景) 무성한 잡초(雜草)인양 헝클어진 채
사념(思念) 벙어리되어 입을 다물다

피부(皮膚)의 바깥에 스미는 어둠
낯설은 거리의 아우성 소리
까닭도 없이 눈물겹고나

공허(空虛)한 군중(群衆)의 행렬에 섞이어
내 어디서 그리 무거운 비애(悲哀)를 지고 왔기에
길게− 늘인 그림자 이다지 어두워

내 어디로 어떻게 가라는 슬픈 신호(信號)기
차단−한 등불이 하나 비인 하늘에 걸리어 있다

위 시에는 도시에서만 접할 수 있는 몇몇 풍경들이 나타나 있다. 황혼에 젖어 '늘어선 고층(高層)', 무성한 잡초인양 헝클어진 '찬란한 야경(夜景)', '거리의 아우성 소리', '군중(群衆)의 행렬' 등이 이 작품에 나타난 도시의 풍경들이다. 이 작품에 나타난 도시의 풍경들은 이 시기의 대표적인 모더니즘 이론가였던 김기림이 "색다른 문명의 진행을 따라서 거기는 반드시 거기 상응하는 형식과 정서를 가진 문학이 자라나고 있었다."고 주장한 바와 부합하는 것이었다. 김기림은 그 사회의 문명의 성격이 문학의 성격을 결정짓는다는 생각을 "신시의 발전은 그것의 환경인 동시에 모체인 오늘의 문명에 대한 태도의 변천이었다는 것은 매우 흥미 있는 일이다. 모더니즘은 특히 이 점에 있어서 의식적이어서 그것은 틀림없이 문명에 대한 새로운 이해를 가져왔다. 이 일을 이해함이 없이는 신시사(新詩史) 전체는 물론 '모더

니즘'은 더군다나 알 수 없이 된다."고 부연하면서 '모더니즘'과 현대 문명 그리고 도시와의 관련 양상을 다음과 같이 지적하였다.

'모더니즘'은 위선 오늘의 문명 속에서 나서 신선한 감각으로써 문명이 던지는 인상을 붙잡았다. 그것은 현대의 문명을 도피할려고 하는 모든 태도와는 달리 문명 그것 속에서 자라난 문명의 아들이었다. 그 일은 바꾸어 말하면 우리 신시사상(新詩史上)에 비로소 도회의 아들이 탄생했던 것이다. 제재부터 위선 도회에서 구했고 문명의 뭇 면이 풍월(風月) 대신에 등장했다. 문명 속에서 형성되어 가는 새로운 감각 정서 사고가 나타났다.[18]

김기림이 위 글에서 주장한 '모더니즘 시', 곧 현대의 문명과 도시의 삶의 반영이라는 생각은 김광균 그 자신의 시론에서도 거의 동일한 주장으로 되풀이되어 나타나 있다. 김광균은 『인문평론』 제5호(1940. 2)에 그의 유일한 시론이라고 할 「서정시의 문제」를 발표했는데, 그 글에서 종래의 낭만주의적인 시작 방법을 다음과 같이 비판하였던 것이다.

거기엔 주로 20세기 이전의 기분이나 정서로 차 있어 포화(砲火)에 날아간 포-란드의 소식도 피로한 도시의 얼굴도 문화와 신념과 가치를 상실해 가는 현대의 목쉰 호흡과는 아무런 상관이 없는 일종 기이한 감을 주는 질서로 차 있다.

위 글에서 김광균이 '거기'라는 지시어를 사용하면서 비판하고 있는 것은 시작을 자연발생적인 것으로 생각하여 온 낭만주의의 시작품들

---

18) 김기림, 「모더니즘의 역사적 위치」, 『시론』, 백양당, 1947.

이다. 김광균은 그 작품들이 20세기 이전의 기분이나 정서에 사로잡혀 제작된 것이기에, 현대의 거친 삶을 형상화하는 것과는 거리를 가질 수밖에 없음을 비판한 것이다. 김광균의 그러한 비판을 역으로 읽어보면 그의 모더니즘 작품들은 현대의 거친 삶을 제대로 그려내려 하였다는 진술이 될 터인데, 실제로 그의 시들이 그 목표를 말 그대로 이루어 냈는가 하는 점에 대하여는 논란의 여지가 없지 않다.

김광균이 그 글에서 "20세기에 존재해 있는 우리는 20세기의 정신과 감각을 노래할 뿐이다."라고 말했듯이 그의 작품들에는 현대의 삶의 일면이 등장해 있다. 시 「와사등」에서의 '늘어선 고층(高層)', '찬란한 야경(夜景)', '거리의 아우성 소리', '공허한 군중의 행렬' 등이 그 예들이다. 이 작품에서뿐만이 아니라, 그의 다른 시들에서도 현대 도시의 풍경들은 다수 등장하고 있다. "슬픈 도시(都市)엔 일몰(日沒)이 오고/ 시계점(時計店) 지붕 우에 청동(靑銅) 비둘기"(「광장(廣場)」) 또는 "체조장(體操場) 시계탑(時計塔) 우에/ 파-란 기폭(旗幅)"(「가로수(街路樹)」) 같은 것들이 그런 풍경들에 해당한다.

그러나 그의 작품들이 위와 같이 현대 도시의 풍경들을 그려내고 있는 점이, 그의 작품들이 전면적으로 현대적 성격을 띠고 있는 것을 의미하는 것은 아니다. 그는 종전의 낭만주의 계열의 작품들을 비판하면서 그 계열의 작품들이 '포화(砲火)에 날아간 포-란드의 소식'도 '현대의 목쉰 호흡(呼吸)'도 구현하지 못하였음을 비판하였다. 낭만주의 계열 작품들에 대한 그와 같은 비판의 핵심은 그 자신의 작품들에도 그대로 돌아갈 수밖에 없다고 말할 수 있다. 김광균의 작품들에는 현대 도시의 풍경들이 다수 나타나기는 한다. 그러나 그 풍경들은 그의 작품의 현대성을 구현하는 데 기능적으로 작용하고 있지는 못하기 때문이다.

김광균은 그의 작품 공간에 현대 도시의 풍경들을 끌어들이면서,

그 풍경들을 시각적 이미지로 다듬어 놓는다. "늘어선 고층(高層) 창백한 묘석(墓石)같이 황혼에 젖어/ 찬란한 야경(夜景) 무성한 잡초인양 헝클어진 채" 같은 대목이 그런 예이다. 그의 시각적 이미지화 작업에는 괄목할 만한 솜씨가 발휘되어 있기도 하다. 청각적 대상물을 시각화한 것으로 '분수(噴水)처럼 흩어지는 푸른 종소리'라는 「외인촌(外人村)」의 한 구절은 지금도 자주 회자되는, 여전히 신선미를 잃지 않은 이미지이다. 바로 그 점으로 말미암아 그는 우리 시문학사에서 상당한 평가를 받아 왔다. 그러나 그와 같은 긍정적인 면에도 불구하고 그는 현대 도시의 풍경들을 슬픔, 한탄과 같은 애상적 정조 위에 끌어들임으로써 그의 작품들이 현대적인 갈등과 고뇌를 형상화하도록 만드는 길을 차단해 버렸다. 현대 도시의 풍경이 나타나면서 거기에 현대인의 갈등과 고뇌가 드러나는 작품이 출현하기 위하여는 김광균으로부터 다시 긴 시간을 기다리게 된 것이다.[19]

광복 이후 1950년대와 1960년대에 걸쳐 서울의 인구는 거듭 증가하였다. 1955년에 150만이었던 서울의 인구는 1960년에 224만에 이르렀으며, 다시 10년 뒤인 1970년에는 550만을 넘어서기에 이르렀다. 1960년대의 10년간에 걸쳐 서울의 인구가 급격하게 증가된 것은 1962년부터 시행된 경제개발계획이 큰 성과를 올리면서, 우리의 산업구조에 새로운 변화가 일어났기 때문이다. 이 시기의 인구 증가는 오직 서울에만 국한된 것도 아니었다. 부산, 대구, 인천, 광주, 대전 같은 대도시는 물론, 전국의 소도시, 읍에 이르기까지 거의 대다수 도시들의 인구수는 비율에 있어서는 차이가 있었다 할지라도 그 대부분이 증가

---

19) 이 시기에 현대적인 갈등과 고뇌를 표출해 놓은 시인으로는 李箱을 들 수 있다. 그는 서울 태생으로, 그의 작품들에는 도회적인 감각과 정조가 짙게 깔려 있으나, 그의 작품들은 그 감각과 정조를 주로 내면화해서 그려냈기에 이 글에서는 논의하지 않기로 한다.

되는 형세를 보였다. 그와 같은 도시의 인구 증가는 물론 인구의 자연 증가에만 기인하기만 한 것이 아니라, 농촌 인구의 도시 유입으로 말미암은 것이었다. 그 결과 도시와 농촌의 인구 비율은 1949년에 26.1 : 73.9였던 것이 1970년에는 50.2 : 49.8로 역전된 형세를 보이기에 이르렀다.[20]

1950, 60년대의 위와 같은 도시 인구 증가 추세에도 불구하고, 이 시기에는 도시시라고 부를 만한 작품들이 다량 제작되지 못했다. 또 그런 성질의 작품들이 제작되었다 할지라도 그것들은 스피어스(M. K. Spears)가 지적하였듯이, 그 문학 행위를 관통하는 문명에 대한 쓰디쓴 적의를 드러내는 글쓰기[21]라는 현대 문학의 중심된 성격과는 구별되는 작품들이 대부분이었다. 그런 의미에서 오세영교수가 적절하게 지적하였듯이, 우리 시단에서 도시시가 보편적으로 씌어지고 지배적인 경향으로 받아들여지게 되며 또 그것이 산업사회의 인간 문제를 반영하기 시작한 것은 70년대 이후의 일이라고 말할 수 있다.[22] 그런 사정을 염두에 두면서 50년대와 60년대의 도시시 작품들을 각각 한 편씩 살펴보기로 한다.

(A)
살아남았다는
기적과 기적의 틈바구니에서
창백한 문명의 위기에
서글픈 진단서를 쓴
D.H. 로렌스의 얼굴을 그리며

---

20) 손정목, 위의 책. 174쪽.
21) Monroe K. Spears, *Dionysus and the City*, Oxford Univ. Press, 1971, p.73.
22) 오세영, 「도시시(都市詩)의 가능성과 그 논리」, 『상상력과 논리』, 민음사, 1991.

오늘도 살벌한 귀로의 전차에 오른다

갈수록 괴로워지는 현실 때문에
말이 없는 청년과
숱한 피곤한 얼굴을 붙안은 그림자

모두가 제각기
붙잡히지 않는 행복을 서글피 여기며
밤의 어둠 속을 굴러가고 있을 때
안전에 어른거리는
내 가난한 가족의 헐벗은 정경이
황폐한 지평에 쓸쓸히 남는다

(B)
화창한 날은
종로(鍾路)를 십분(十分)쯤만 걷자.
새 신발을 신은
그 마르고 가벼운 마음으로.
우연하게 만나는 친구와
악수(握手)를 나누고,
허물없이
웃으며 헤어지고.
소매 한 번 스치는 것도
억겁(億劫)의 인연임을
아아
억겁(億劫)의 인연임을.
오바를 벗은 가벼운 어깨로
십분(十分)쯤만 걷자.
더 바라는 것은 과분(過分)

　　벌써 덜덜 떨며 오는 버스
　　마음을 어둡게 말라.

　(A)는 김규동의 시집 『현대의 신화』(1958)에 실린 작품 「위기(危機)
를 담은 전차(電車)」의 1-3연이고 (B)는 박목월이 1965년에 발표한
「작품 5수」 중 넷째 작품 전편이다. 두 작품들에는 각각 도시의 풍경들
이 나타나 있다. (A)가 전차 안의 풍경을 배경으로 하고 있는 점,
(B)가 종로 거리에서의 산책을 말하고 있는 점에서 그렇게 말할 수
있는 것이다. 그러나 두 작품은 함께 그 체험들을 도시에서의 삶의
문제로까지 끌어올리는 데 관심을 둔 것은 아니었다. (A)에서는 만원
전차의 승객들이 시인 자신과 다를 것 없이 생활고에 시달리는 이웃이
라는 점을 인식하는 데 이르고 있으나, 그 인식이 현대 문명 또는
도시에서의 삶과 어떤 기능적인 관련을 맺고 있는 것은 아니다. 이
작품의 제1연에서 시인은 "창백한 문명의 위기에/ 서글픈 진단서를
쓴/ D. H. 로렌스의 얼굴"을 그린다는 점을 밝혀 놓음으로써 시인
자신이 모더니즘에 깊은 관심을 가지고 있음을 알려 준다. 그러나
모더니즘에 대한 시인의 깊은 관심은 이 작품에서 삶에 대한 지각이라
는 면에서도, 또 작품의 형식이라는 면에서도 별로 기능적으로 활용되
지는 못한 것으로 보인다.
　(B)의 경우도 그렇다. 시집 『산도화(山桃花)』에서 향토에서 맛볼
수 있는 자연의 아름다움을 곱고 섬세한 정서와 율격으로 노래하던
박목월이 현실 생활 주변의 것들로 관심을 옮겨 평범한 사람들의
일상생활과 소박한 꿈을 서정 소품으로 노래한 것이 (B)와 같은 유형의
작품이다. 이 유형의 작품들에는 「당인리 근처」, 「가정」, 「일상사(日常
事)」 등이 있는데, 이 유형의 작품들을 일상시라고 한다.23) 이 유형의

---

23) 김준오, 「현대시와 일상성」, 『도시시와 해체시』, 문학과 비평사, 1992.

222

작품들에는 일상의 현실을 다루는 만큼 자연히 도시에서의 체험이 나타나 있다. 그러나 이 유형의 작품들은 도시 체험의 문제 자체보다 거기에 나타나는 일상의 삶에 관심을 갖기 때문에 도시의 삶에서 파생하는 여러 형태의 문제점들이 각별히 부각되기는 어렵다는 한계를 드러낸다.

1950년대와 1960년대 우리 시의 위와 같은 한계는 70년대에 들어와 새로운 변화를 맞게 되었다. 오규원과 김광규의 작품들이 도시 거주자, 더욱 좁혀 말한다면 서울 거주자들의 변화된 삶의 양태를 그려내기 시작하면서 나타난 변화이다.

(A)
김포가도에 올라선다. 순간 무너지고 부서진 거리를 한강(漢江)이 모두 내놓고 햇볕을 쬐고 있는 광경이 내 눈에 들어온다. 이 순간, 내 눈은 하느님의 눈이다. 고요하고, 따뜻하고, 사실(事實)을 사실(事實)로 사랑하는 긍정이 햇빛에 아름답게 반짝 빛난다.

—「내가 부활하려나 ?」

거리. 부동산(不動産) 붐에 올라타고 청바지를 입은 젊은 부인들이 길 건너 아파트 공사장으로 떼지어간다. 서부(西部) 사나이들처럼 늠름하게, 그리고 천천히. 부동산(不動産)—움직이지 않는, 움직일 수 없는 재산(財産). 겨우 아파트나 가옥(家屋)이 부동산(不動産)인 이 시대의 목수(木手)들은 습관처럼 십자가(十字架)에 못을 쾅 쾅 박고 있다.

—「유다의 부동산(不動産)」·1-2연

(B)
시(詩)에는 무슨 근사한 이야기들이 있다고 믿는

낡은 사람들이
아직도 살고 있다. 시(詩)에는
아무 것도 없다
조금도 근사하지 않은
우리의 생(生)밖에.
            (……)
확실하지 않음이나 사랑하는 게 어떤가.
시(詩)에는 아무 것도 없다. 시(詩)에는
남아 있는 우리의 생(生)밖에.
남아 있는 우리의 생(生)은 우리와 늘 만난다
조금도 근사하지 않게.
믿고 싶지 않겠지만
조금도 근사하지 않게.

—「용산(龍山)에서」·1연과 3연

위 두 작품에서 시인 오규원은 서울에서의 삶으로 대표되는 70년대 우리 삶의 물신주의의 만연과 그 결과로 초래되는 삶의 허망함을 말하고 있다. 작품 (A)에서 시인은 김포가도를 달리면서 원경으로 서울을 본다. 원경은 거시적인 시점에 붙잡힌 풍경이기에, 시인은 그 때 자신의 시점이 하느님의 그것을 닮았다고 상상하면서, 서울의 거리는 무너지고 부서진 풍경을 보여 준다고 생각한다. 제3연에서는 서울의 무너지고 부서진 풍경의 한 폭이 근경으로 묘사된다. 아파트 투기 열풍에 몰려가는 일단의 젊은 부인들의 모습이 그것이다. 젊은 부인들의 행위로 표상되는 물신 숭배는 사회와 이웃을 돌보지 않는 이기적인 행각일 수밖에 없는 것이기에, 그 풍조는 궁극에 있어서는 공동선을 주창한 예수를 십자가에 못 박는 행위에 다를 것이 없다는 것이 이 연에서의 시인의 전언이다.

표면만으로 보면 (B)는 시가 가진 기본적 성격의 일면, 그 중에서도 현대시의 성격의 일면을 진술한 작품인 것처럼 읽혀진다. "시(詩)에는 무슨 근사한 얘기가 있다고 믿는/ 낡은 사람들이/ 아직도 살고 있다. 시(詩)에는/ 아무 것도 없다"와 같은 행들에서 거듭 '시(詩)'를 화제로 삼고 있는 점에서 그러한 이해는 올바른 것으로 보이는 것이다. 그러나 시 쓰기라는 문학 행위가 단순히 언어를 그럴 듯하게 조립하는 행위가 아니고 삶에 바탕을 두고 삶을 재현하는 과정에서 이루어지는 행위라 는 점에 상도할 때, 시가 그려내고자 하는 대상으로 자연히 삶 자체가 문제로 떠오르지 않을 수 없다. 이 작품이 진술하고자 하는 것도 바로 그 점이다. 시가 들려주고, 보여 주는 바를 말하면서 시로 향하던 눈길을 삶 자체쪽으로 옮겨 놓는 것, 그것이 이 작품이 화제를 대하는 전략이다. 시를 말하면서 어느새 "시(詩)에는 아무 것도 없다. 시(詩)에 는/ 남아 있는 우리의 생(生)밖에./ 남아 있는 우리의 생은 우리와 늘 만난다/ 조금도 근사하지 않게./ 믿고 싶지 않겠지만/ 조금도 근사하 지 않게."라는 시행들에서처럼 삶 자체쪽으로 화제 이동을 한 데에서 이 작품의 의도가 드러나는 것이다.

화제 이동을 꾀하면서 이 작품이 말하고 있는 우리의 삶은 '조금도 근사하지 않다'는 것이다. 시인은 어떤 사유로 말미암아 우리의 삶이 '조금도 근사하지 않다'고 단정적으로 말할 수 있는 것인가? 이 작품에 서 시인은 그 사유를 전혀 제시하지 않았다. 따라서 우리는 이 작품이 아닌, 그 시기 시인의 다른 작품들에서 그 사유에 해당하는 것을 찾을 수밖에 없게 되어 있다. 이 작품을 싣고 있는 시집 『왕자(王子)가 아닌 한 아이에게』의 해설문을 쓴 김병익은 그 글에서 이 시기의 오규원이 그 시대와 삶에 대한 구조적 관찰에서 얻은 것은 물신주의(物神主義)와 그것의 타락한 삶의 형태라고 지적했다.[24] 김병익이 지적한 대로 이 시기의 오규원은 우리의 삶이 물신주의의 팽배로 말미암아 훼손당하고 있음을 형상화하는 데 힘을 기울였다. 위에서 인용한 작품 (A) 역시 그런 지향을 보여 준 작품이다. 오규원의 그러한 지향은 80년대 거의 끝 무렵까지 한결같이 지속되었다. 다음의 「자바자바 셔츠」도 그런 지향을 보여 준 작품의 하나이다.

> 자아바, 자아바
> 쿵(발을 구른다)
> 고올라, 자바
> 짝짝(손벽을 친다)
>
> 여기는 남대문 시장 오후의
> 난장이다 티이를 파는 이씨(李氏)는
> 리어커 위에 올라 육탁(肉鐸)을 친다
> 하루의 햇빛은 쿵 할 때마다 흩어지고
> 짝짝 손뼉에 악마구리처럼 몰려오고
> 여자들은 제각기 두 발로 와서
> 이씨(李氏)의 가랑이 밑에 허리를
> 구부린다 엘리제 카사미아 캐논 히포
> 아놀드 파마 새미나 마리안느를
> 두 손으로 잡는다 건방진 여자들은
> 한 손으로 제 얼굴까지 바싹 끌어당긴다
>
> 상가의 건물은 금강(金剛)의 영혼으로
> 여자들의 어깨를 짚고
> 여자들은 우뚝 선 이씨(李氏) 무릎 아래 엎디어
>
> ─오규원, 「자바자바 셔츠」 · 2-4연

---

24) 김병익, 「물신시대(物神時代)의 시와 현실」, 『오규원 시집, 왕자(王子)가 아닌 한 아이에게』, 문학과 지성사, 1978.

상당히 구체적으로 묘사되어 있는 이 작품의 현장은 물신주의가 최대의 위력을 드러내는 시장이다. 시인은 일정한 거리를 유지하면서 시장의 한 난장('질서를 잃어 뒤죽박죽이 된 곳'이란 뜻을 가진 낱말인 난장판은 여기서 유래한 것이다)을 관찰하는데, 그의 눈에 띈 난장은 물신주의의 작은 축도이다. 그 판에서는 누구도 최소한의 품위를 지킬 수가 없다. 장사꾼은 '쿵', '짝짝' 소리가 나도록 자기 몸을 부딪쳐 육탁(肉鐸)을 치는 것으로 손님을 끌어들인다. 손님인 여자들은 유명 상표의 물건들을 값싸게 골라내기 위하여 장사꾼의 가랑이 밑으로 허리를 구부리는 수모를 스스로 자초한다. 직장 생활을 시작하면서 거대도시 서울에서 거주, 활동해 온 시인의 관점에서 서울이란 도시는, 그 도시를 발전시키고 지탱하게 해 온 자본주의로 말미암아 철저하게 훼손된 공간이다. 위의 작품을 발표하였을 무렵 오규원은 자본주의, 물신 풍조, 훼손된 도시에서의 삶을 그려내는 특이한 방법으로 '광고시'라는 새로운 양식의 작품들을 시도했다.

한국 현대 시사에서 가장 본격적이고 전형적인 도시시를 써 온 것으로 평가받은[25] 김광규에게도 서울은 훼손된 삶의 공간이다. 김광규는 서울을 두 면에서 훼손된 공간으로 파악했다. 한 면은 물리적으로 훼손된 공간이라는 것, 또 한 면은 정신적으로 훼손된 공간이라는 것이다. 다음의 (A), (B) 두 작품은 각각 그 점들을 그려내고 있다.

(A)
등이 굽은 물고기들
한강에 산다
등이 굽은 새끼들 낳고
숨막혀 헐떡이며 그래도

---

25) 김준오, 앞의 글.

서울의 시궁창 떠나지 못한다
바다로 가지 않는다
떠나갈 수 없는 곳
그리고 이젠 돌아갈 수 없는 곳
고향은 그런 곳인가

―「고향」·전문

(B)
연리 10%에 상환 기간 15년
원가 계산에 골몰하며 하루를 보내고
저녁때 나는 친구들을 만난다
오늘을 이기고 진 영리한 사내들이 모여
취하지 않기 위해 술 마시고
말하지 않기 위해 떠들어 대고
통금 시간에 쫓겨 집으로 돌아오는 길
골목길 전봇대 옆에 먹은 것을 토하고
잠깐 소주처럼 맑은 눈물 흘리며
뿌옇게 빛나는 별을 바라본다

―「오늘」·제4연

　(A)는 서울이 물리적으로 훼손된 공간으로 변모되었음을 보여 주는 작품이다. 서울의 변모를 이 시대의 가장 심각한 문제들 중의 하나인 공해 문제와 연결하여 형상화한 데서 그런 성격이 나타난다. 온갖 공해로 말미암아 '등이 굽은 물고기들'이 또 '등이 굽은 새끼들'을 낳고 숨막혀 헐떡이며 그래도 그 시궁창에 다름없는 그 삶의 공간을 떠나지 못한다는 이 시의 전언은 충격적인 것이 아닐 수 없다. 새삼스럽게 밝힐 것도 없이 이 작품에서 시인이 그려내고 있는 물고기의 삶의

환경은, 물고기에만 한정되는 것이 아님은 물론이다. 도시학자들은 도시의 숱한 병리현상들을 지적하면서 도시는 신과 악마의 합작품이라고 말해 왔다. 이 작품은 바로 그러한 악마 이미지가 내비치는, 지옥에 비길 수 있는 거대도시 서울의 병든 모습을 그린 것이다.26) 작품 말미의 '이젠 돌아갈 수 없는 곳'이란 어구로써 서울 또는 서울의 상징으로서 한강이 훼손당하지 않았던 시기를 그리워하는 이 작품이 '고향'이란 제목을 달고 있는 점은 유의할 만한 대목이다. 김광규는 「영이가 있던 날」, 「밤의 서울」, 「인왕산」 등의 작품들에서 그가 어린 시절 이래 서울에서 성장하여 왔음을 그려냈다. 따라서 이 작품은 서울을 고향으로 하는 시인이 시간 속에서 훼손된 오늘의 서울을 탄식하며 옛 서울을 그리워하는 작품으로도 읽을 수 있을 것이다.

(A)가 물리적인 환경의 훼손으로 말미암아 망가진 도시, 곧 서울에서의 삶을 그려 낸 작품이라면, (B)는 그 물리적인 환경의 훼손에서 발단한, 정신적인 훼손을 문제 삼고 있는 작품이다. 위에 인용한 대목에서 시인이 문제 삼고 있는 정신적인 훼손은 친구들과의 인간관계로써 드러난다. 도시사회학에서는 도시인의 성격상의 특징들 중 인간관

---

26) Monroe K. Spears, 앞의 책. p.74에서 도시의 지옥 이미지에 대하여 다음과 같이 말하고 있다.

> "도시는 근대성의 거대한 실체이며 보편적으로 인정할 만한 상징이다. 도시는 근대적 곤경을 만들어 내기도 하고 상징하기도 한다. 그가 종전에 속하였던 그의 과거와 인간관계로부터 단절되어 익명의 뿌리 없는 존재가 되었으며 대중 매체의 노예가 되고 정신적 선택이라는 가공할 자유만을 가진 채 신의 사라짐으로 말미암아 외롭게 남겨져 불안하고 위험에 빠진 집단적 인간은 극심하게 마비되는 교통, 물리적인 황폐와 정치적 부패, 인종과 경제의 갈등, 범죄, 폭동, 경찰의 포학성을 겪는 대도시의 전형적 시민이다. 이 모습은 우리에게 친숙하면서도 무시무시한 풍경이다. 단테나 보들레르를 들어 보지 못한 이들에게조차도, 이 잔혹하고 추악하며 반인간적이며 절망적인 모습을 지옥이라고 말하는 은유는 매우 자연스럽다."

계의 특징들을 환절적(環節的), 익명적(匿名的), 표면적, 비인격적, 일시적, 공리적이라고 말한다.[27] 도시에서의 인간관계가 위와 같은 특징들을 갖게 된 것은 무엇보다도 도시가 다수 인구를 포용함으로써 도시 주민들은 하루에도 무수한 인간 군상을 접해야 하기 때문이다.

(B)에서는 친구들 사이의 인간관계를 그려내고 있다. 친구들 사이의 관계라면 그것이 미지의 도시인들 사이의 관계와는 달라야 한다는 것이 우리의 당연한 기대이다. 우리의 기대가 그러함에도 불구하고, (B)에 나타난 친구들 사이의 관계에서는 도시인의 인간관계의 여러 특징적인 양상들이 현저하게 드러나 있음을 보게 된다. 무엇보다도 친구들과의 어울림이 '말하지 않기 위해 떠들어대'는 자리로 전락했다는 데서 그 사정이 명확히 드러난다. '말하지 않기 위해 떠들어 댐'이란 정작 중요한 말은 뒤로 감추고 허튼 소리들만을 늘어놓았다는 뜻이다. 친구들과의 어울림에 나타나는 그러한 행태는 익명이 아니라는 점을 제외하면 미지의 도시인들 사이의 인간관계와 별로 다름이 없는 것이다.

리스먼(David Riesman)은 고도산업사회 곧 대중사회에서의 인간을 '고독한 군중'으로 규정했다. 겉보기에는 풍부한 사교성을 지닌 듯하나 그 내면에 있어서는 깊은 고독감을 지닌 인간 군상이 그가 말하는 '고독한 군중'이다. (B)에서 그려 낸 인간 군상이 그런 모습을 보여 준다. 친구들과의 만남 자리에 서둘러 나가서 깊은 속내는 뒤로 감추고 허튼 소리들만을 주고받아야 하는 군상들은 정신적으로 훼손된 삶을 살아가는 '고독한 군중'의 모습을 띠고 있는 것이다.

오규원과 김광규의 도시시 이후, 도시시에 관심을 기울이는 시인들은 그 수가 현저하게 증가하였다. 1970년을 고비로 도·농 인구비가

---

27) 도시인의 인간관계에서의 특징을 위와 같이 밝힌 이는 Urbanism as a Way of Life를 저술한 L. Wirth이다(손정목, 『한국 현대도시의 발자취』, 일지사, 1988, 224쪽).

도시쪽의 우세로 돌아서고 도시에서의 삶이 종전과 현격하게 달라지면서 나타난 추세이다.[28] 그러한 추세로 말미암아 오늘에 있어서는 다만 몇 편이라도 도시시를 발표해 보지 않은 시인들이 드물다고 할 만큼 도시시는 이 시대에 크게 성행하고 있다. 1980년대 이래 발표된 다수의 도시시 작품들 중 여기서는 네 시인의 작품들을 살펴보기로 한다. 최승호, 황지우, 이윤택, 함민복의 작품들이 다음에 살펴볼 대상 작품들이다.

(A)

그는 밖으로 나갈 때 방 안에서 문을 노크한다. 보다 넓게 폐쇄된 공간으로, 열리는 문을 그는 보는 것이다. 세상으로부터 소외된 자, 노크할 권리 있는 존재, 즉 인간임을 주장하기 위해 그는 노크한다. 그러나 과연 아귀지옥에서도 살아남은 사람들과 원만하게 어울릴 수 있는지를 그는 늘 걱정하고 복면을 쓴 사람들을 두려워한다. 그는 너무 착하다. 남에게 조금도 해 끼치지 않으려고, 그는 문을 벽으로 만들어 놓고 똑, 똑, 똑, 섬세하게 문을 노크한다. 그러니까 그는 밖으로 나가는 법이 없다. 그는 그렇게 혼자, 자물통속정신병원에서죽어간다.

—최승호, 「어느 정신병자의 고독」·전문

(B)

쪼옥 빠라서 씨버 주세요. 해태 봉봉 오렌지 쮸스 삼배권!

---

28) 오세영은 앞에서 인용하였던 그의 평론 「도시시(都市詩)의 가능성과 그 의미」에서 1970년대 이후 우리 도시시의 경향을 내면화된 도시시, 외면화된 도시시, 서술화된 도시시의 세 부류로 나누고 각 부류에 속하는 시인들을 다음과 같이 열거하였다.
   (1) 내면화된 도시시 : 이성복, 하재봉, 박상우, 조원규, 김영승, 김신용
   (2) 외면화된 도시시 : 황지우, 박남철, 이윤택, 윤성근, 장정일, 이승하
   (3) 서술화된 도시시 : 이세룡, 감태준, 최승호, 장석주, 김용범, 기형도

더욱 커졌씁니다. 롯데 아이스콘 배권임다!
뜨거운 가슴 타는 갈증 마시자 코카콜라!
오 머신는 남자 캐주얼 슈즈 만나줄까 빼빼로네 에스에스 패션!

보성물산주식회사 종로 지점 근무, 34세의 장만섭씨는 산요 리
시버를 벗는다. 최근 그는 머리가 벗겨진다. 배가 나오고, 그리고
그는 최근 피혁 의류 수출부 차장이 되었다. (……)
아저씨 아저씨 잇짜나요 내일 나제 아저씨 사무실 아프로 나갈께
나 마신는 거 사줄래
커 죠티(보성물산주식회사 장만섭 차장은 '일간 스포츠'의 고우
영 만화에 대한 지독한 팬이다)
잇짜나요, 그리구,
어쩌구 저쩌구 해서 오늘 장만섭씨는 미스췬가 챈가 하는 여자를
낮에 만났고, 대낮에 여관으로 갔다.

—황지우, 「서벌(徐伐), 셔블, 셔볼, 서울, SEOUL」 · 부분

(C)

저것 보십시오, 지하철 4호선이 달리고 있지요, 저기 중생들 사
이 떼밀려 자빠지지 않으려고 출입구 쇠봉에 찰싹 달라붙은 사내
가 시인 하재봉입니다. 저 인간은 아직 아침도 제대로 챙겨넣지
못했습니다. 보십시오, 입가에 젖물 같은 게 허옇게 말라붙어 있
지요. 아파트에서 급히 뛰쳐나오면서 찬 우유를 밥통에 냅다 들
이붓다 보니 콧구멍이고 바지 가랑이고 할 것 없이 그냥 철철 흘
리면서 7 : 30에 매달린 것입니다.

—이윤택, 「막연한 기대와 몽상에 대한 반역 · 2」 · 전문

(D)

친구네 집에 갔었지요

친구는 없고 친구 티브이만 있었습니다
들고 간 비닐봉지를 풀고
요플레를 먹으며 리모컨을 눌렀지요
               (……)
그런데 놀라워라
티브이 속에서도 앙징맞게 생긴 여자가
요플레를 먹고 있는 거였습니다
이 범상치 않은 정황, 전생의 인연을 들먹이고 싶은
친구의 방에서 아주 우연히 그녀와 함께
요플레를 먹게 된 것은 너무나 큰 행운이었습니다
시큼털털하면서 새콤달콤한 요플레를 먹으며
그녀에게 무엇인가 인정받는 느낌이 들었지요
당신이 좋다는 걸 전 이렇게 먹고 있어요
기분 좋은 이 들킴, 들뜬 기분.

—함민복, 「자본주의의 사랑」·부분

　　최승호의 작품인 (A)에는 두 겹의 세계가 그려져 있다. 하나는 표제 그대로 어느 정신병자의 세계이며 다른 하나는 그의 의식 또는 그의 입장에서 본 이른바 정상인의 세계이다. 시인은 이 작품에서 정신병자 쪽에 가까운 거리를 유지하고 있다. 얼마쯤 정신병자의 무력함에 대한 반어로서의 의미를 함유하기도 하지만, 그를 가리켜 '너무 착하다'고 한 데서도 그 사정을 짐작할 수 있는 것이다. 시인은 이 작품에서 병자쪽에 가까운 거리를 설정함으로써 결국 정상적인 인간 군상의 병리를 말하고 있는 것이다. 이 작품에 드러나 있는 바깥 세계의 병리는 두 가지이다. 바깥 세계 역시 정신 병동과 다를 것 없이 '보다 넓게 폐쇄된 공간'이라는 점, 또 하나는 바깥 세계의 인간은 맨얼굴을 드러내지 않는 복면한 이들이라는 점이다. 이 두 가지의 병리현상은 결국 하나의 상징적인 병리현상으로 통합된다. 살아남기 위한 싸움을 끝없이 치러야 하는 '아귀지옥'의 모습이 그것이다.

도시의 상징이 '아귀지옥'이라는 것은 보들레르의 도시시 이래 일관되어 온 인식이다. 최승호는 그러한 인식을 바탕으로 하여 도시 곧 아귀지옥의 등식이 성립하는 내적 원인을 탐사한다. 그의 탐사에 따르면 도시를 병들게 하는 내적 원인은 인간의 끝을 모르는 욕심이다. 인간의 끝없는 욕심이 엄청난 갈등과 추태를 연출하는 자리에 반어로서의 그의 '세속도시의 즐거움'이 피어나는 것이다. 욕심은 인간 세계를 아귀지옥으로 만들 뿐만 아니라, 그 자신을 '암덩어리'로 만드는 병인이다. 작품 「몸」에서 시인은 그 점을 "끙끙 앓는 하나님/ 누구보다도 당신이 불쌍합니다/ 우리가 암덩어리가 아니어야/ 당신 몸이 거뜬할 텐데// 피둥피둥 회충떼처럼 불어나며/ 이리저리 힘차게 회오리치는/ 온몸이 헛바닥뿐인/ 벌건 욕망들"이라고 그려냈다.

(B)에서는 도시의 한 중산층 인물을 내세워 세속 도시의 인간이 어떻게 부패의 늪으로 천천히 빠져 들어가고 있는가를 그려 보였다. 황지우는 해체의 기법까지 동원하여 도시의 한 회사원이, 그것이 자본주의 사회의 늪인 줄도 모르면서 환락에 탐닉하면서 하루를 보내는 모습을 스케치한 것이다. 시인은 위에 인용한 대목에서 보여 주기(showing)에만 힘을 기울였을 뿐, 일체의 들려주기(telling)를 제거해 버렸다. 그 결과 이 작품을 이해하기 위한 독자쪽의 몫이 크게 증대되어 버렸다. 시인은 도시에서의 자본주의 풍조의 범람을, 이 시가 그리려 하는 대상 인물인 장만섭이 귀에 꽂고 있는 라디오 리시버에서 흘러나오는 C.M.으로 제시한다.

황지우는 도시의 여기저기에 펼쳐져 있는 자본주의의 늪에 빠지는 것은 그의 상상력이 산출한 인물인 장만섭에게만 해당하는 것이 아님을 그의 다른 작품 「서울이여 안녕」에서 보여 주었다. "이젠 그만 따라와/ 들어가봐/ 너를 돌아다보면/ 이 자리에서 소금 기둥이 될까봐/ 차마 너를 돌아보지 못하고/ 이젠 그만 따라와/ 어서 너의 명부(冥府)로 들어가라/ 고 말할 뿐/ 너를 찢어버리고 싶었던 만큼/ 나는 너를 닮아 있었고/ 그래, 나도 너의 친인척비리(親姻戚非理)였어” 같은 시행들에서 시인은 서울에 대한 그의 애증을 모두 털어놓는다. 서울을 떠나는 시점에서의 생각과 느낌을 토로한 이 작품에서 시인은 “나는 너를 닮아 있었고/ 그래, 나도 너의 친인척비리(親姻戚非理)였어”라고 말한 대목이 그렇다. 시인이 ‘나는 너를 닮아 있었고’라고 서울을 2인칭화하여 자신이 그것에 닮아 있음을 말한 것은 그 자신도 도시의 자본주의적 생활양식에 오염되었음을 토로한 것이다. 시인은 자신에게도 오염되어 있는 도시 생활의 비리(非理)를 혐오한다. 그러한 혐오감으로 시인은 ‘나는 너를 찢어버리고 싶었’다고도 말하고 ‘나도 너의 친인척비리(親姻戚非理)’였다고도 말한다.

(C)는 이윤택의 시 「막연한 기대와 몽상에 대한 반역·2」이다. 이 작품에서 시인은 도시 중산층의 또 다른 삶의 일면을 제시하였다. 우리에게 너무도 익숙한 풍경인 도시 봉급생활자의 아침 출근 풍경이 그것이다. 시인은 이 범속한 풍경이 시적 상상력으로 생채를 얻도록 특별한 방법을 시도하였다. 출근길을 서둘러 가까스로 전철에 매달린 인물로 그의 문단 친구인 시인 하재봉을 등장시킨 것이다. 친구인 시인 하재봉을 도시 봉급생활자의 한 전형으로 등장시킴으로써 이 작품은 상당한 이점을 얻고 있다. 가까운 친구에게 허물없이 농담을 말하듯, 친구를 희화화시킴으로써 자칫 어둡게 채색될 수 있었을 이 작품의 분위기를 가볍게, 밝게 만든 것이다. 이 작품에서의 가벼움과 밝음은 그것만으로 끝나지 않는다. 마치 희곡에서 비희극(tragicomedy)의 효과가 그러하듯 이 작품에서의 가벼움과 밝음은 도시인이 자기를 성찰한 끝에 느끼는 안타까움과 서글픔으로 연결되어 그 성질을 바꾸

는 것이다.

　문단 친구인 시인 하재봉을 아침 출근길의 도시 중산층의 전형으로 등장시켰던 이윤택은 그의 다른 작품인 「몽유-후기 풍경(後期風景), 혹은 포스트 모던한 현실」 중의 한 편인 「검은 관(棺)」에서는 자기 자신을 도시인의 비극적인 삶의 한 초상으로 그려내고 있다. "쓰레기가 쌓인 아파트 앞길에서 검은 관이 내려오고 있다/ 곤돌라에 실려서 뒤뚱거리며./ 청소부도 아파트 관리인도 파업중이라서/ 성년이 된 내 딸애가 곤돌라 줄을 잡아당기면서 울고 서 있다/ 그렇다면, 저 공중에 떠서 흔들리는 것은/ 나 자신이다"라는 작품 전편을 통하여 대지와 유리된 채 공중에 떠서 살아가는 이 시대 도시인의 메마른 삶의 형태와 운구(運柩) 절차에 따라 경건하게 치러졌던 장송 예절이 허물어진 채, 곤돌라를 이용하여 운구될 수밖에 없는 비정한 도시 생활의 중심인물로 자신을 내세운 것이다. 이윤택이 그려낸 것처럼 오늘의 도시에서의 삶, 특히 한국 최대의 거대도시인 서울에서의 삶은 공해, 교통지옥, 주택난 등 인구 밀집으로 하여 파생하는 여러 형태의 파행성으로 말미암아 '스스로 선택했으며 또 스스로 탈주를 꿈꾸는' 감옥(「신기루 도시」)에서의 삶과 방불한 모습으로 그려낸 것이다.

　자본주의와 후기 산업사회가 만들어 낸 삶의 모습 중 중요한 것의 하나는 상품의 광고이다. 오늘의 도시인들은 수면 시간을 제외한 그들의 남은 시간의 거의 전부를 상품 광고에 침식당하고 있다고 말해도 좋을 정도로 상품 광고는 집요하게 생활 주변에 침투해 있다. 이와 같은 상품 광고의 범람으로 말미암아 시인 오규원은 상품 광고를 이용한 광고시를 제작하여 우리 시대의 삶의 면모를 형상화했다.

　(D)에서 인용한 함민복의 「자본주의의 사랑」은 상품 광고를 소재로 택했다는 점에서는 오규원의 광고시와 성격을 같이 한다. 그러면서도 이 작품은 광고 속의 인물을 현실의 인물로 동일시하고 대상화한다는

점에서 오규원의 광고시에서 멀리 벗어나 있다. 함민복의 이 작품은 표면만으로 보면 웃음을 자아낸다. 현실의 인간이 아닌 티브이 영상 속의 인물에게 사랑을 느끼고 또 사랑을 받는다고도 생각하는 화자인 '나'의 착란에 대한 웃음이다. 그러나 화자의 착란에 대한 이 웃음은 웃음 끝에 성찰을 가져온다. 전자 미디어인 TV가 막강한 위력을 발휘하는 시대에 인간의 전도된 행태 그리고 소외된 행태에 대한 성찰이다.

이 시의 끝 부분에서 화자는 영상 인물과의 사랑이 소외에서 발단하였음을 "티브이 모든 프로그램이 애국가로 시작/ 애국가로 끝나는 애국가 포장이 되어 있듯/ 도시에서의 삶이란/ 산부인과 병동에서 태어나 몇몇 병동을 거쳐/ 영안실로 완성 포장이 되는 것/ 이런 쓸쓸한 곳에서 이런 엄청난 소외 속에서/ 내가 꿈꾸고 사랑할 수 있는 사람/ 우리 시대 유일한 대화 창구인 미디어." 같은 몇몇 시행들로 전해 준다. 그러나 화자가 도시 생활에서의 소외를 해소할 수 있는 길을 TV 속의 영상 인물과의 사랑에서 찾는다고 한 것이 또 하나의 심각한 소외임을 우리는 결코 놓칠 수가 없다. TV의 영상 인물은 물론 실제 인물이 아닌 허상이기 때문이다.

앞에서 인용한 최승호, 황지우, 이윤택, 함민복의 도시시들에는 온갖 부정적인 서울의 이미지들이 나타나 있다. 감옥, 병동, 지옥, 부패의 늪, 죽음의 세계, 소외된 삶 등이 그 목록이다. 이 부정적인 서울 이미지의 목록에 시인 김혜순은 '노아의 방주'(「서울의 방주」), '끝 없는 길'(「서울 길」), '출구 없는 미로'(「서울」) 등의 이미지를 형상화하여 덧보태면서 도시시의 새 가능성을 모색하였다. 김혜순의 위 시들 중 물질문명 속에서의 서울에서의 병든 삶의 모습을 거의 전면적으로 다루었다고 할 만한 「서울의 방주」를 살펴보기로 한다.

노아는 술 처먹고 죽었는지 보이지 않았다 그렇지만 서울 방주는

아직도 떠 있었다 밤이 오고 또 심해지면 저 먼 바다를 향해 부아
앙 경적도 울려보았다 점점점 수위가 높아진다 하였으나 우리로
선 그 깊이를 알 수 없었다 악취가 진동한다 경보음이 삐리릿 몇
번씩 울렸으나 우리 이미 마비된 지 오래였다 산소가 희박하다 하
였으나 아직 선반 위의 방독면이 지급되진 않았다 언제 비가 그치
려나 나는 갑판을 붙들고 무료히 저 알지 못할 깊이로 고개를 처
박아 내려다보기도 했다(……)우리가 출항했던 것 그 언제였던가
갑판 위의 새들의 날개는 점점 퇴화돼갔다 비가 그치지 않아 갑판
위의 아기는 계속 태어나고   갑판위로 조그만 집들이 올망졸망
위태롭게 매달렸다(……)갑판 위에서 보면 조망탑이 날마다 높아
지는 것 보였지만 육지가 보이지 않아요 날마다 똑같은 타전이 왔
다 갑판을 붙들고 선 내 곁으로 차들이 빙빙 돌아다녔다 네번째
내 곁을 스치던 르망이 다가와 내게 물었다 어떻게 밖으로 나가지
요?

—「서울의 방주」· 부분

‘노아’, ‘방주’ 등의 이름들에서 이미 드러난 것처럼, 이 작품은
구약 성서 창세기편에 실린 ‘노아의 방주’ 설화에서 모티프를 빌린
작품이다. 창세기편에서 노아의 방주가 마련된 것은 하느님의 계획에
따른 것이었다. 불의한 무리를 홍수로 쓸어버리려던 하느님이 의로운
노아를 구하기 위해 마련하도록 배려한 것이 노아의 방주였다. 노아의
방주에는 하느님의 배려가 개재했고 노아라는 미더운 지도자가 앞장
섰으며 홍수가 빠지면 정착할 신천지가 기다리고 있었다. 그러나 그
방주 설화에서 모티프를 빌린 김혜순의 ‘서울의 방주’에는 하느님의
계획은커녕 믿을 만한 지도자도, 신천지에 대한 어떤 기대도 존재하지
않는다. 노아의 방주 설화 모티프를 빌렸으면서도 ‘서울의 방주’가
놓인 상황은 막연한 기다림을 지닌 채 이러지도, 저러지도 못하고

물 위에 떠 있는 상황일 뿐이다. 삶의 공간인 방주가 물 위에 떠 있는 상황은 정착된 삶이 아니므로 제대로의 생활이라고는 부를 수 없는 생존의 상황일 뿐이다. 김혜순의 「서울의 방주」는 서울이라는 거대도시 공간에 거주하는 도시인들의 생존 상황을 전하고 있는 르뽀로서의 시이다. 「서울의 방주」가 처한 상황은 미래의 희망 또는 정주지에 대한 전망이 보이지 않는 어두운 상황일 뿐만 아니라, 현재의 생존 환경마저도 위협받는 암담한 상황이다. '점점점 수위가 높아진다', '악취가 진동한다', '산소가 희박하다' 등이 지금 그나마의 생존마저 위태롭게 만드는 악화된 상황에 대한 진술이다.

새로운 삶에 대한 「서울의 방주」에서의 기대는 날로 팽배하나 그 전망은 어둡다. "육지가 보이지 않아요 날마다 똑같은 타전이 왔다"는 것이 그 어두운 전망에 대한 보고이다. 미래에 대한 어두운 전망으로 말미암아 '서울의 방주'의 일부 재빠른 구성원들은 그 곳으로부터 탈출을 기도한다. 인용한 대목의 끝 부분인 '어떻게 밖으로 나가지요?'는 '서울의 방주'로부터의 탈출이 이미 기도되고 있는 정황을 보여주는 것이다.

서울을 생존의 고난이 중첩하는 물 위에 떠 있는 방주로 그려낸 김혜순은 거기서 멈추지 않았다. 그는 고난의 생존 공간인 서울을 '방주'에서와는 전혀 판이한 관점에서도 파악한 것이다. 그가 시 「나의 우파니샤드, 서울」과 「불쌍히 여기소서」에서 그려 낸 서울은 1,200만 시민들이 공동체로 얽혀져 있는 공간이다. 그 두 작품에서는 공동체 서울이 장엄하게, 긍정적으로 그려져 「서울의 방주」, 「서울 길」, 「서울」 같은 작품들에서와는 판이한 모습을 드러냈다.

하늘이 빛의 발을 서울의 동서남북
환하게 내다걸면 태양이 일천이백만 쌍

우리들 눈 속으로 떠오른다 그러면

서울 사람들, 두 귀를
가죽배의 방향타처럼 쫑긋거리며
이불을 털고 일어난다

바람이 내 안으로 들어왔다 그대 안으로
들어가고, 다시 그대 숨이 내 숨으로
들어오면 다시 머리 위에서 신나는 풀들이
파랗게 또는 새카맣게 일어선다 오오

그러다 밤이 오면 죽음이 오백 년 육백 년 전 할아버지의
배꼽을 지나 내 배꼽으로
들어오고 일천이백만 개의 달이
우리의 가슴속을 넘나들며 마음 갈피갈피
두루두루 적셔준다

―「나의 우파니샤드, 서울」· 부분

　앞에서도 말해 두었듯이 이 작품에 나타난 서울에 대한 인식은 80년대, 90년대에 다수 발표되었던 도시시들의 서울 인식과는 크게 다르다. 다른 시인들의 서울 인식과 현저하게 다를 뿐만 아니라, 김혜순 자신의 다른 도시시편들의 인식과도 다른 것이 이 작품들에서의 서울 인식이다. 그 인식은 한 마디로 서울의 삶에 대한 긍정적인 시각과 1,200만 서울 시민들을 운명 공동체 또는 삶의 공동체로 묶어 보는 거시적인 시각에 바탕을 둔 것이다. 이 작품에 나타나는 긍정적인 시각은 현실의 온갖 부정적인 현상에 눈을 감아 버린, 몰현실적 시각이라고 말하기는 어렵다. 이 작품에서는 종래의 도시시 작품들이 서울에

서의 삶의 문제들을 흔히 개인의 입장에서 접근한 것과는 달리, 다수 시민들의 공동체적 삶에 눈길을 돌림으로써, 현실의 부정적인 현상들을 건너뜀으로써, 긍정적인 시각을 마련했기 때문이다.

이 작품이 마련한 긍정적, 거시적 시각에 따라 이 작품에서는 개인을 문제 삼지 않는다. 태양이 떠오르더라도 일천이백만 쌍이 떠오르며 달의 경우도 일천이백만 개의 달이 "우리의 가슴속을 넘나들며 마음 갈피갈피/ 두루두루 적셔주"는 집체적인 양상을 드러낸다. 이런 집체적인 양상은 바람의 경우, "내 안으로 들어왔다 그대 안으로/ 들어가고, 다시 그대 숨이 내 숨으로/ 들어오는" 순환적이고 연쇄적인 양상으로 나타난다.

김혜순의 다른 시 「불쌍히 여기소서」에서는 몇백 명, 몇천 명의 인간 집단이 거대한 힘을 발동할 수 있는 것으로 상상된다. "삼천 개의 뛰는 심장이/ 전동차 열 량을 끌고 간다/ 삼백 개의 따스한 심장이/ 지하로부터 무쇠 에스컬레이터를/ 끌어올리기도 한다/ 다시 삼만 개의 고린내나는 발가락이/ 저 푸른 하늘 아래/ 저 쉼없이 흐르는 강 위에/ 전동차 열 량을 올려놓는다" 같은 시행들이 그런 상상력으로 형상화된 장엄한 풍경을 보여 준다. 이 작품 또한 거대도시 서울의 공동체적 삶을 보여 준 작품의 하나인데, 이 작품의 끝 부분에 "오우 하나님 보시옵소서/ 따듯한 속꽃 삼천 송이로 지은 심장 만다라/ 지금 한강 노을 속에 잠시/ 떴나이다"처럼 기도의 형식을 빌린 점은 유의할 만한 대목이다. 그것은 시인의 개인적 신앙과 관련을 가진 대목이기도 하고 도시의 공동체적 삶에 대한 시인의 짙은 염원을 드러낸 대목이기도 할 것이다. 김혜순의 도시시 작품들 중 「나의 우파니샤드, 서울」과 「불쌍히 여기소서」 두 편은 단연 이색적인 작품이다. 그 두 편은 거대도시 서울의 병리현상과 그 안에 또아리를 틀고 있는 물신주의의 만연으로 말미암아 대다수의 시인들이 서울에서의 삶을 부정적인 것으로 형상화하는 추세와 다른, 새로운 방향을 택하고 있기 때문이다.

4. 요약과 결론

이 글에서는 이제껏 한국 현대시에 나타난 서울 체험을 고찰하여 왔다. 그 고찰에서 얻은 결과를 간략히 정리해 보면 다음과 같다.

한국 현대시에 나타난 서울 체험은 크게 두 갈래로 나뉜다. 우리말에서 '서울'이란 명칭이 한 국가의 수도를 가리키는 한편, 현재 1,200만의 인구를 포용하고 있는 특정 도시의 명칭으로 사용되고 있는 것처럼, 한국 현대시에 나타난 서울 체험은 한국 근·현대사에서의 수도 체험과 거대도시 서울에서의 도시 체험으로 양분된다. 한국 현대시에서의 수도 체험은 비탄, 분노, 결의로 얼룩져 있다. 우리 현대시의 수도 체험 시편들에 나타나는 사상과 정서가 어둡고 가파른 면모를 보여 주는 것은, 그것이 파란과 곡절로 점철되어 있는 우리의 근·현대사의 궤적과 맥을 같이 해 왔기 때문일 것이다. 한국 현대시에 나타난 거대도시 서울에서의 체험은 수도 체험과는 다른 의미에서 어둡고 절망적인 면모를 보여준다. 한국 현대시에서 본격적인 도시시 작품들이 나타난 것은 1970년대 이후로 알려져 있는데, 이 점은 1970년을 고비로 도시의 인구수가 농촌 인구수를 추월하여 오늘에 있어서는 전체 한국인의 80% 이상이 도시에 거주하고 있는 사실과 깊은 관련을 갖는다.

거대도시 서울에서의 체험이 시작품으로 형상화되었을 때, 거기에는 자본주의의 모순과 산업화의 병리현상이 나타난다. 또한 서울을 배경으로 한 도시시 작품들에는 거대한 수의 도시인들을 일상으로 접하면서 습득한 도시인의 부정적인 성격과 행태가 드러난다. 그 결과 70년대 이후 우리의 도시시에 나타난 서울은 '감옥', '아귀지옥', '탈출하여야 할 곳', '찢어 버리고 싶은 곳'과 같은 부정적인 이미지로 대표되는 공간으로 등장한다.

　우리의 도시시 작품들에서 서울이 위와 같이 부정적인 이미지로 형상화되어 있음에도 불구하고 실제의 생활에서 서울은 여전히 거의 모든 한국인들에게 진출하여야 할 고장, 소속하여야 할 고장으로 남아 있다. 물론 거기에는 그럴 만한 다른 이유들이 개재해 있는 것이지만, 또 바로 그 점에서 서울을 배경으로 하는 도시시는 새로운 관점과 기법을 모색하지 않을 수 없을 것이다.

서울의 문학 100년

1. '서울 문학 100년'의 뜻

이 글에서 표제로 사용한 '서울의 문학 100년'이란 말은 그 의미가 상당히 모호한 말이다. 그 의미의 모호성은 자그마치 100년이란 긴 시간을 논의 대상으로 설정해 놓은 데에도 원인이 없지 않겠지만, 그것만이 의미의 모호성을 가져온 중요한 원인이라고는 할 수 없다. 그 표제에서 의미의 모호성을 가져온 것은 무엇보다도 '서울의 문학'이란 개념 자체이다. 이제까지 별로 사용된 적이 없는 '서울의 문학'이란 말로써 의미하는 바가 선명하게 잡히지 않는다는 점이 그 명칭에서 제기되는 문제점이라고 할 수 있다.

서울이란 특정 공간과 관련하여 한 건축학자가 '서울의 건축 100년'이란 말을 사용했다고 가정해보자. 그 경우에 그 말이 의미의 모호성을 발생시킬 가능성은 거의 없으리라고 생각한다. 서울에 소재한 건축물들의 설계·시공자가 어느 지역 출신의 누구이든, 또 그 건축물들의 이용자가 누구이든, 그 건축물들은 각각 하나의 실체로서 서울이란 지역 안에 엄연히 존재하는 것들이기 때문이다. 그러나 건축물과 같이 일정한 공간을 점유한 시설물들이 아닌, 문학작품의 경우로 돌아가면, 문제는 건축의 경우처럼 단순, 명료해지기 어렵다. ① 서울에서 출생했고 또 서울을 거점으로 활동한 작가의 작품들을 '서울의 문학'으로 보아야 하는가, ② 작가의 출생·활동 지역과는 관계없이 그 작품이 서울에서의 삶을 그려내기만 하면 '서울의 문학'이라고 할 것인가, ③ 서울에서 생산, 출판되어 국내 곳곳으로 흩어져 나간 작품이면 그것을 '서울의 문학'이라고 분류해야 할 것인가, ④ 그도 저도 아니라면 서울 사람들이 읽고 즐기는 작품들을 '서울의 문학'이라고 부를 것인가?

'서울의 문학'이란 명칭 자체는 간단하지만, 그 명칭이 제기하는 문제들은 위에서 간략하게 살펴본 것처럼 결코 단순한 것이 아니다. 바로 그 점에서 '서울의 문학'처럼 그 의미가 모호한 명칭을 사용할 경우에는 불가피하게 개념 자체를 일단 정리해보지 않을 수 없다. 위와 같은 문제점들을 고려하면서 이 글에서는 '서울의 문학'이란 명칭의 개념을 생각해보기로 한다.

첫째, '서울의 문학'은 그것이 한국인 작가가 한국어로 만들어낸 작품들로 한정되어야 한다는 것이다. 둘째, '서울의 문학'은 협의와 광의의 의미로 구분할 수 있는데, 이 글에서 말하는 '서울의 문학'은 협의의 대상들을 중심으로 하면서 필요에 따라서 광의의 대상들을 부분적으로 포용하여 다루도록 한다는 점이다. '서울의 문학'을 협의와 광의의 의미로 나눌 때에 그 구분의 경계가 되는 것은 두 가지이다. ① 그 문학 작품에 서울에서의 삶이 그려져 나타나 있는가 하는 점이 그 하나다. ② 그 문학 작품이 서울에서 제작, 발행되어 전국적으로 유포되어 나갔는가 하는 점이 또 하나다. 협의의 '서울의 문학'은 이 두 조건들 중 ①, ②를 모두 충족시킨 작품들을 가리킨다. 광의의 '서울의 문학'은 이 두 조건들 중 ②만을 충족시킨 작품들을 가리킨다. 앞에서 '서울의 문학'은 협의의 '서울의 문학'을 중심으로 하면서 필요에 따라서 광의의 '서울의 문학'을 부분적으로 포용하여 다룬다고 했다. 그 말은 달리 말하면 '서울의 문학'은 서울에서의 삶을 그려낸 작품들을 중심 대상으로 한 문학으로, 필요에 따라서는 서울에서의 삶의 모습을 다룬 작품이 아니더라도 우리 문학 100년에 중요한 자취를 남긴 작품이라면 대상 작품으로 포용한다는 뜻이다.

어째서 '광의'의 서울의 문학 중 한국문학의 전개과정에 큰 자취를 남긴 작품들만을 이 글이 논의할 대상으로 포용한다는 것인가? 거기에는 뚜렷한 이유가 있다. 서울의 문학을 논의하는 작업도 결국 한국문학의 전개과정이라는 큰 테두리를 이해하는 작업의 일부를 이룬다는 인식 때문이다. '협의'의 서울의 문학작품들도 결국 한국문학의 전개과정에 큰 자취를 남긴 작품들과 상호 조명하면서 이루어졌을 터이다. 바로 그 점에서 한국 현대문학사에 큰 발자취를 남긴 작품들을 서울의 문학의 논의 대상으로 삼는 것이 마땅하다고 생각한 것이다.[1]

지난 100년 동안의 서울의 문학에서 논의할 대상 작품들을 결정한 다음에 제기되는 문제는 그것을 논의할 방법의 문제이다. 우리 민족사, 사회사에 구비가 있듯이 서울의 문학사 또한 구비가 있게 마련이다. 그러한 구비를 돌아보지 않은 채, 긴 시기에 걸친 역사 내용을 시기 구분 없이 줄달아 논하는 경우는 생각하기 어렵다. 1901년에서 2000년에 이르는 지난 100년 동안의 서울 문학의 역사는 우선 1945년 8·15 광복을 경계로 하여 양분할 필요가 있다. 그리고 8·15 이전을 두 시기로, 그 이후를 네 시기로 구분하여 논의하는 것이 적절하리라고 생각한다. 그 시기 구분과 시기의 성격을 정리해보면 다음과 같다.

제1기(1901~1918) : 국가의 상실과 식민지로의 전락
제2기(1919~1945) : 국권 회복 투쟁과 민족의식의 발양
제3기(1945~1959) : 해방, 이데올로기의 갈등과 분단, 전란의 경험
제4기(1960~1972) : 산업화, 도시화 현상과 민주의식의 형성

---

1) 앞에서 '서울의 문학'에 대한 나의 견해를 밝히면서 '광의'의 서울 문학 중 우리 문학에 큰 발자취를 남긴 작품들에 대한 논의를 이 글에서 포함하겠다고 했다. 그런 견해는 이 글에 제대로 반영하지 못했다. 논의 대상이 넓어져 벅찼다는 이유도 없지 않다. 그러나 그보다 더 그 작업을 제약한 것은 지면의 제한 때문이었다. 이 글을 읽는 분들의 양해를 청한다.

제5기(1972~1990) : 민중의식의 대두와 분단 체제의 반성
제6기(1991~2000) : 이데올로기 갈등의 와해와 개인의식의 확산

위와 같이 서울의 문학 100년을 여섯 시기로 구분할 때에 다소의 논란이 없지 않을 것이다. 각 시기의 성격을 간명히 정리한 점에서도 이왕의 문학사 기술과 견해를 달리 한 점이 없지 않다. 각 시기의 문학을 논의하면서 그 성격을 좀더 구체적으로 살펴보기로 한다.

2. 서울 문학 100년의 전개 양상

1) 제1기의 서울 문학(1901~1918)

이 시기는 민족사의 입장에서 보아 서로 성질을 달리 하는 두 시기로 구성된다. 외세 일본의 침탈로 나라를 잃어가던 10년과 나라를 잃은 뒤 8년여에 해당하는 시기가 그 두 시기이다. 민족사의 관점에서 보면 서로 성질을 달리 하는 그 두 시기를 구별하지 않고 함께 묶어놓는 것이 온당하달 수가 없을 터이다. 비록 빈사(瀕死)의 상태를 헤맸지만, 국권을 유지했던 시기와 그렇지 못했던 시기를 구분하지 않은 것이 문제점으로 부상할 수 있기 때문이다. 앞에서 제시한 시기 구분의 문제점을 그렇게 인식하고 국권의 유지 여부를 준거로 1901~1918년의 기간을 양분하려는 견해에 이견을 달 이유는 전혀 없다. 다만, 1901~1918년의 시기를 묶어 지난 100년간의 서울의 문학 제1기로 구분한 것은, 그 시기가 문학 장르를 비롯한 새로운 문학의 골격을 거듭 모색한 시기였다는 점 때문이다.

20세기가 시작되던 1900년 무렵의 우리 시가로는 애국·독립가, '사회등' 가사, 창가, 신시 등이 있었다. 1910년 무렵부터 제대로 근대

시를 만들어내려는 노력을 여러 시인들이 기울였다. 그러나 그 작업은
결코 용이한 것이 아니었다.

(가)
어야지야 어서 가자
모든 風波 무릅쓰고

文明界와 獨立界로
어서 빨리 나아가쟈

멸망波에 뜬 자들아
길이 멀다 恨歎 말고

希望키를 굿이 꼿고
實行돗슬 놉피 달아

부는 바람 자기 젼에
어야지야 어서 가자

(나)
時局을 살펴보니 밧귀나니 마음이라
漢江水는 찡그리고 北岳山은 근심혼다
英雄烈士 몃몃친고 슬흔눈물 졀로는다
시르렁둥덩실

나라파라 엇은地位 七大臣이 누구신가
臥送歲月 흘럿더니 忽地風波 누가알가
如天巨艦 돗슬다니 來頭安危 염려로세

(가)는 『황성신문』(1908. 2. 12.)에 발표된 논설 「화안군창호심주가(和安君昌浩心舟歌)」에서 소개한 안창호의 「심주가」 전편이다. 작가 안창호는 우리에게 '도산(島山)'이란 호로 널리 알려져 있는 바로 그이이다. 그 작품의 형태는 1896년 『독립신문』에 다수 발표되어 파급되기 시작한 「애국·독립가」의 형태를 활용한 것이다. 「애국·독립가」는 민중의 전열에 서서 당대의 시대적 과제를 교술하는 입장에 섰던 시가였다. (나)는 『대한매일신보』(1908. 1. 11.)에 발표되었던 「사회등」 가사 「아양구첩(峨洋九疊)」 전 9연 중 처음 두 연이다. 「사회등」이란 『대한매일』의 고정란의 이름이었다. 국권을 좀먹던 세력과의 싸움에서 가장 과감했던 그 신문이 독자들의 감응력을 크게 북돋으려는 목적으로 그 난에 매일 (나)와 같은 유형의 시가들을 발표하였는데, 뒤에 그 시가들을 구분하기 위하여 「사회등」 가사라고 부르게 된 것이다. 「사회등」 가사는 「애국·독립가」의 교술적 태도와는 달리 병든 현실을 고발, 풍자하는 방법을 택했던 시가이다.

1908년 11월에 육당 최남선이 단독으로 동분서주하면서 만든 잡지 『소년』이 창간되었음은 괄목할 만한 사건이다. 이 잡지의 창간호 첫머리에는 저 유명한 시 「해(海)에게서 소년(少年)에게」가 실려 있었다. 앞서 인용했던 애국·독립가와 「사회등」 가사들은 모두 전통적인 4음보격의 틀에서 벗어나지 못하였었다. 그에 비하여 「해에게서…」가 그 틀에서 벗어난 모습을 보였던 것은 적어도 형태면에서는 신선한 느낌을 주기에 충분했다. 바로 그 점이 이 시로 하여금 한국 신시의 첫출발이라는 명성을 누리도록 만들었던 것이다. 그러나 이 시에 대한 보다 정밀한 연구들은 이 시가 누렸던 그 명성의 허상을 벗겨냈다. 김춘수는 이 시의 각 연 대응행이 같은 음절수에 묶여 있어 온전한 자유시가 아닌, 자유시이면서 동시에 정형시인 불안정한 형태임을 밝혀냈다.[2] 조동일은 이 시가 발랄한 우리의 전통 율격을 음수율로 묶어놓음으로써 전통 율격의 계승에 해독을 끼치고 있음을 지적했다.[3]

> 처……ㄹ썩, 처……ㄹ썩, 척, 쏴……아.
> 때린다, 부순다, 무너 버린다,
> 태산(泰山) 같은 높은 뫼, 집채 같은 바윗돌이나
> 요것이 무어야, 요게 무어야,
> 나의 큰 힘 아느냐, 모르느냐, 호통까지 하면서
> 때린다, 부순다, 무너 버린다,
> 처……ㄹ썩, 처……ㄹ썩, 척, 쏴……아

최남선은 위의 「해에게서…」 이후에도 새로운 시의 형태를 거듭 모색했다. 그러나 그의 노력은 「태백산부(太白山賦)」 같은 작품에서 다소의 가능성을 보였을 뿐 제대로 피어나지 못하였다. 그 이후 새로운 시 형태의 모색과 함께 당대의 삶의 문제를 그려내려던 노력은 현상윤, 최승구, 김억, 김여제 등으로 이어져 나타났다.

이 시기 시에서 서울이 그려져 나타난 모습은 한 마디로 풍요하지도 다양하지도 못하였다. 시대의 문제였던 애국, 독립, 개화를 고취, 교술하는 데에 몰두하였기 때문이다. 「사회등」 가사는 매일 매일 뉴스를 전하는 신문의 고정란 형태로 제작되었기 때문에 서울에서의 삶의 모습을 다루는 경우가 빈번했다. 그러나 이 시가 유형의 시각은 고발, 풍자로 고정되어 있어서 역시 서울에서의 삶이 제대로 그려지기는 어려웠다. 이 시기 서울에서의 삶의 모습을 시가 형태로 그려내려고

---

2) 김춘수, 『한국현대시형태론』, 해동문화사, 1958, 23쪽.
3) 조동일, 『한국문학통사·4』, 지식산업사, 1986, 410쪽.

한 것은 최남선의 「경부철도가」 같은 창가 작품이었다. 그 작품에는
철도가 부설되어 기차가 달리는 서울의 모습이 그려져 있었던 것이다.

> 우렁차게토하는, 汽笛소리에
> 南大門을등지고, 떠나나가서
> 빨리부는바람의, 형세같으니
> 날개가진새라도, 못따르겠네

　1900년대의 서사문학은 세 방향으로 진행되었다. ⓐ토론체 형식과
ⓑ애국 전기물(傳記物)과 ⓒ신소설이 그 세 방향이다. ⓐ는 「소경과
앉은뱅이 문답」, 「거부오해(車夫誤解)」 같은 신문에 게재되었던 토론
체 단편들과 「금수(禽獸)회의록」, 「자유종(自由鐘)」 같은 소설들을 포
함한다. ⓑ는 「월남망국사(越南亡國史)」, 「서사건국지(瑞士建國志)」,
「비율빈전사(比律賓戰史)」, 「애국부인전(愛國婦人傳)」, 「최도통전(崔
道統傳)」, 「이순신전(李舜臣傳)」 등을 포함한다. ⓒ는 「혈(血)의루(淚)」,
「은세계(銀世界)」, 「화(花)의혈(血)」, 「설중매(雪中梅)」같이 신문 연재
를 거쳤거나 단행본으로 바로 출판된 신소설들을 가리킨다. 이 세
방향의 서사문학 중 ⓐ·ⓑ는 국난기(國難期)였던 당대의 시대적 과제
에 부응하기 위한 것들이었음에도 불구하고, 이광수, 김동인 같은
다음 세대의 작가들에게 계승되지 못하였다. 이광수·김동인이 주로
이어받은 것은 ⓒ신소설 쪽이었다. 신소설만이 "이념지향성이란 시대
적 요구와 소설의 본래적 성격이 균형을 획득하였다"는 점4) 때문이다.
신소설의 주요 작가들로는 이인직, 이해조, 최찬식 등이 꼽힌다.
　일제에게 나라를 빼앗긴 때로부터 6년여가 지난 1917년 벽두부터
우리 소설사에는 거대한 사건이 솟아올랐다. 『매일신보』 지상에 이광

---

4) 김윤식·정호웅, 『한국소설사』, 예하, 1993, 18쪽.

수의 『무정(無情)』이 연재된 것이 그것이다. 이 소설은 우리 소설사의 기념비적 성격을 띤 작품이다. 이 소설이 제시한 이념, 풍속 묘사, 인물 설정, 문장 등에서 새로운 소설의 가능성을 만들어냈다는 점에서 그렇다. 당시로서는 드물게 풍속·세태·인물 묘사가 뛰어났던 이 소설은 개화기 서울의 문물을 흥미롭게 그려낸 점에서도 주목할 만하다.

> "안으로 들어오시랍니다."하는 어멈의 말을 따라 새삼스럽게 가슴을 두근거리면서 중문을 지나 안 대청에 올랐다.
> 전 같으면 외객이 중문 안에를 들어설 리가 없건마는 그만하여도 옛날 습관을 많이 고친 것이다. 대청에는 반양식으로 유리 문도 해 달고 가운데는 무늬 있는 책상보 덮은 테이블과 네다섯 개 홍모전 교의가 있고, 북편 벽의 한 길이나 되는 책장에 신구 서적이 쌓였다.
> —『무정』, 연재 제2회

1910년대 서울의 상류 가정의 모습을 그려낸 위의 짧은 인용문에서도 시대의 변모를 읽어볼 수가 있다. 인용문에서도 말하고 있듯이 외객의 안채 출입이 그러하며, '대청의 반양식 유리 문', '테이블'과 '교의'가 그렇다. 소설 『무정』이 보여주는 당시의 한국—서울의 문물 변화는 여러 가지이다. 시내의 교통수단으로 등장한 전차, 장거리 여행 수단으로 등장한 기차가 그 대표적인 것들이다. 소설 『무정』은 그렇게 변화된 문물 속에서 살아가는 이들의 의식 변화로서 자유연애를 중심 이야기로 채택했다. 그 이야기와 함께 그 소설은 민족의 재생과 번영을 교술하는 계몽적 관점을 보여주었다.

  일제의 식민지로 전락한 지 9년이 경과한 1919년 초였다. 우리 민족은 잃어버린 나라를 되찾기 위해 거대한 전열(戰列)을 다듬어 일어섰다. 3·1 독립운동이 그것이다. 그 운동은 무장한 일제의 군경에게 비폭력으로 대항한 것이었던 만큼 그 패배는 필연한 것이었다. 그러나 물리적인 패배에도 불구하고 그 운동은 우리 민족사에 거대한 자취를 남겼다. 무엇보다도 중국 상해에 대한민국 임시 정부가 세워졌던 것은 가시적인 성과였다.

  그 운동은 문학에도 현저한 영향을 끼치고 있었다. 다수의 시인들은 그 운동의 실패 이후 체념과 허무와 비탄에 사로잡혀 있었다. 그러나 일부 소수의 시인들은 투철한 세계인식과 역사인식으로써 가시밭길을 넘어서 민족의 재생을 맞으리라고 확신하고 있었다. 시집『님의 침묵』을 통하여 "님은 갔습니다. 그러나 나는 님을 보내지 아니하였읍니다"라고 선언하듯이 노래하였던 한용운이 그런 깨달음을 가졌던 대표적인 경우이다. 한용운 이외에도 「빼앗긴 들에도 봄이 오는가」를 남긴 이상화, 이 시기 뒤에 이루어진 유고 시집인『그날이 오면』, 『육사시집(陸史詩集)』, 『하늘과 바람과 별과 시』를 각각 남긴 심훈, 이육사, 윤동주도 그런 확신을 가지고 시작을 했던 시인들이다.

  한국 근대시에 우리 전통 율격을 끌어들여 전통의 계승과 그로부터의 변화를 실험하였던 김소월 또한 민족 공동체의 운명에 민감하였던 시인이다. 그의 「초혼(招魂)」, 「무덤」, 「우리에게 보습대일 땅이 있었더면」 같은 시들은 그가 단순히 그 자신만의 개인적 정서에 머무르지 않고 민족 정서에 민감하였음을 보여준다. 그러나 그는 우리의 민중 정서인 한(恨)에 깊이 물들여져 자신이 민족의 운명에 비탄하고 있음을 감추어버렸다. 그의 비탄이 어떠했든, 전통 율격의 계승과 쇄신을 둘러싼 그의 노력은 대단히 값진 것이었다. 그의 노력이 없었더라면 아마도 우리 근대시는 전통 율격과의 유리(遊離)를 좀더 심각하게 겪어야만 했을 것이다.

1919년에서 1945년에 이르는 한국 시는 대체로 네 단계를 밟으면서 전개되었다. 같은 시기의 소설 역시 다소의 차이는 없지 않으나 비슷한 단계를 밟았다고 할 수 있다.

첫째 단계는 『창조』(1919), 『폐허』(1920), 『백조』(1922) 등 새로운 시인, 작가들이 발행한 동인지들을 중심으로 하여 전개되었다. 둘째 단계는 1925년에 결성된 사회주의 문학단체인 KAPF에 동조하던 시인들과 그런 동향에 반대하거나 중립적이었던 시인들의 분화된 양상 속에서 전개되었다. 셋째 단계는 이미지즘 등 모더니즘의 영향을 입었거나 순수 서정시를 지향한 시가 출현한 단계이다. 넷째 단계는 일제가 1937년 중일전쟁을 일으킨 이후로 식민지인 한반도에서 일어나고 있던 문화 전반에 철쇄를 채우기 시작한 단계이다. 일제의 혹독한 탄압으로 우리 시단에서는 자연과 토속(土俗)의 탐구 등 탈이데올로기적 징후가 나타나기 시작했다.

이 시기의 시들이 서울에서의 삶을 그려낸 방식은 대략 네 가지로 정리할 수 있다. 첫째는 도시의 생태에 대한 관심, 둘째는 서울의 현실을 직접 보고 듣고 겪으면서 얻게 된 민족주의적 자각, 셋째는 모더니스트로서의 도시 발견, 넷째는 사회주의 운동 공간으로서의 도시에 대한 개안이 그것들이다. 첫째 방식은 신문 기자 출신인 박팔양에게서, 둘째는 서울에서 생장했으며 3·1 독립운동에 투신하였고 상해 임시정부를 체험하기까지 하였던 심훈에게서, 셋째는 모더니스트였던 김기림, 김광균에게서, 넷째는 역시 서울 출신이며 KAPF의 투사였던 임화에게서 각각 찾아볼 수 있는 방식이다.

(가)

도회는 강렬한 음향과 색채의 세계,
나는 그것을 얼마나 사랑하는지 모른다.
불규칙한 직선의 나열, 곡선의 배회,
아아 표현파(表現派)의 그림 같은 도회의 기분이여!

—박팔양, 「도회정조(都會情調)」·부분

(나)

그날이 오면 그날이 오면은
삼각산이 일어나 더덩실 춤이라도 추고
한강물이 뒤집혀 용솟음칠 그날이
이 목숨이 끊기기 전에 와 주기만 하량이면
나는 밤 하늘에 날으는 까마귀와 같이
종로의 인경(人磬)을 머리로 들이받아 울리오리다.
두개골은 깨어져 산산조각이 나도
기뻐서 죽사오매 오히려 무슨 한이 남으오리까.

—심훈, 「그날이 오면」·부분

(다)

차단─한 등불이 하나 비인 하늘에 걸려 있다
내 호올로 어딜 가라는 슬픈 신호냐

긴 여름해 황망히 나래를 접고
늘어선 고층 창백한 묘석(墓石)같이 황혼에 젖어
찬란한 야경(夜景) 무성한 잡초인 양 헝클어진 채
사념(思念) 벙어리 되어 입을 다물다

—김광균, 「와사등(瓦斯燈)」·부분

(라)

자 좋다, 바로 종로 네거리가 예 아니냐!

어서 너와 나는 번개처럼 두 손을 잡고,

내일을 위하여 저 골목으로 들어가자,

네 사내를 위하여,

또 근로하는 모든 여자의 연인을 위하여…

이것이 너와 나의 행복된 청춘이 아니냐?

—임화, 「네거리의 순이(順伊)」·부분

위 (가)~(라)가 1930년을 전후하여 우리 시가 그려낸 서울 또는 도시의 모습이다. (가), (다) 시들은 서울 또는 도시의 표면을 겨우 그려내고 있을 뿐, 그 안에서의 삶의 진면목을 제대로 그려내는 데까지 이르지 못하였음을 알아볼 수 있다. (나)는 서울의 상징물 또는 한국의 상징물인 '보신각 종'을 소재로 하여 잃어버린 국가 회복의 강렬한 열망을 노래한 경우이다. 심훈의 격정적으로 타오르는 민족주의적 상상력을 실감할 수 있는 한편, "두개골은 깨어져 산산조각이 나"는 처절한 자기희생까지도 상상하도록 하는 국가란 무엇인가를 생각하도록 이끄는 작품이다. (라)는 1930년대 초에 KAPF의 서기장 직책을 맡고 있었던 임화의 작품이다. 임화는 이 작품에서 근로 계층의 단결과 부단한 투쟁을 강조했다.

이 시기의 소설 또한 『창조』를 비롯한 문예 동인지의 발간으로 활기를 띠고 전개되기 시작하였다. 이 시기에 동인지를 통하여 등장한 주요 작가들로는 김동인, 염상섭, 현진건, 나도향 등이 꼽힌다. 그 작가들 중 염상섭, 현진건은 서울을 배경으로 하여 그 시대 한국인들의 삶의 모습을 사실적으로 그려낸 작품들로 명성을 얻었다. 염상섭의 중편 「만세전」, 장편 『삼대(三代)』, 현진건의 「빈처」, 「술 권하는 사회」,

「운수 좋은 날」 같은 단편들이 그런 작품들이다. 염상섭의 작품들 중 특히 「만세전」은 작품의 제목 그대로, 3·1운동 직전의 한국 사회 현실을 일본 유학생의 시점에서 바라보도록 만든 작품이다. 이 작품의 주동인물이며 작중 화자인 이인화는 일제의 식민지인 조선 사회를 한 마디로 '묘지(墓地)'라고 인식한다. 그만큼 목표를 상실하고 생기를 잃은 사회라는 탄식이다. 다음 대목이 주동인물 이인화의 그런 인식을 보여주는 한 예이다.[5]

> 조선 와서 보아야 술이나 먹고 흐지부지 하는 것밖에는 사실 할 일이 없다는 것도 무리가 아닐 것 같기도 하지마는, 생각하면 조선사람이란 무엇에 써먹을 인종인지 모르겠다. 아침에도 한잔, 낮에도 한잔, 저녁에도 한잔, 있는 놈은 있어 한잔 없는 놈은 없어 한잔이다.(……)그들은 사는 것이 아니라 목표도 없이 질질 끌려가는 것이다. 무덤으로 끌려간다 고나 할까?(……)하여간 지금의 조선 사람에게서 술잔을 뺐는다면 아마 그것은 그들에게 자살의 길을 교사(敎唆)하는 것일 것이다.

위 인용문에서 염상섭이 보여주었던, 서울을 배경으로 한 한국 사회의 병든 현실은 그가 1931년에 발표한 가족사 소설 『삼대』에서 더 폭넓으면서도 깊이 있게 그려진다. 그 결과 『삼대』는 식민지시대에 씌어진 최고 걸작이라는 영예로운 평가를 받기에 이른다.[6]

1925년의 KAPF 결성은 우리 문단의 지각 변동을 가져왔다. KAPF

---

5) 이재선, 『한국현대소설사』, 홍성사, 1979, 277쪽. 이재선은 이 책에서 『만세전』에 대한 평가를 다음과 같이 요약하여 제시하였다.

　"『만세전』은 염상섭의 문학적인 위치를 든든한 기반으로 끌어올린 식민지시대 문학의 수작의 하나로 평가된다."

6) 이재선, 위의 책, 377쪽.

258

가 사회주의 문학을 이념으로 내세우며 기세를 올렸던 1925~1935년의 우리 문단에서는 그 계열의 문인들과 그 계열이 아닌 문인들을 대별할 만큼 KAPF의 판도가 컸다. 당시의 문인들에게 있어 KAPF를 통한 사회주의 사상 또는 문학의 선택은 단순히 그 이데올로기의 선택만을 의미하는 것이 아니었다. 일제의 억압 밑에서 신음했던 그들로서는 "민족독립을 얻는 일이 앞서고, 그 다음 단계에 다른 생각 곧 사회주의 국가이념을 품어볼 수 있는 것이었다."[7]

이 시기의 소설들 중 서울과 같은 도시에서의 삶을 주로 그려낸 작가들이 채만식, 유진오 등 KAPF의 맹원(盟員)은 아니나 그 주변의 작가들이었음[8]은 매우 흥미로운 점이다. 그들은 자본주의가 지배하며 다른 한편 군국주의의 모습이 대두하기 시작하던 서울의 삶에서 계급 모순으로서의 민족 갈등을 읽었다고 할 수 있다. 1930년대의 작가들 중 서울을 즐겨 그린 작가들로는 위의 두 작가 이외에 박태원, 이상이 꼽힌다. 이태준, 김남천에게도 역시 서울에서의 삶을 그린 작품들이 여러 편 제작되었다.

채만식의 「레디 메이드 인생」, 유진오의 「김강사와 T교수」의 주요 인물들은 모두 대학을 거친 지식인들이다. 그들은 자신들이 닦은 지식에 걸맞은 일자리를 구하려 하지만 참담한 실패만 맛볼 뿐이다. '직업 동냥'에 실패한 「레디 메이드 인생」의 P는 시골에서 아비를 찾아 서울로 올라온 아들 창선이를 인쇄소의 견습공으로 맡긴다. "내가 학교 공부를 해본 나머지 그게 못쓰겠으니까 자식은 딴 공부를 시키겠다."는 것이 P가 아들을 인쇄소에 맡기면서 내세운 이유이다. 채만식은

---

7) 김윤식, 「1920년대 프로문학의 내적 형식」, 『교재용 한국현대문학사』, 서울대학교 출판부, 1992.

8) KAPF의 맹원은 아니면서도 그 단체에 이념적으로 동조한 작가를 현대 문학사에서는 '동반작가'라고 부른다.

이 작품으로써 출구가 막힌 식민지 지식인의 고뇌와 지식인인 자기 자신에 대한 자조를 토로한 것이다. 그의 장편『태평천하』(1938)의 배경 역시 서울로 설정되어 있다. 지방에 광대한 농지를 소유한 부유한 지주 윤직원을 비롯한 그 일가의 일탈된 삶을 풍자적으로 비판한 이 작품은 사건의 사이사이에 1930년대 서울의 풍물을 보여준다. '부민관에서의 국창대회', '인력거 삯을 둘러싼 노사(勞使)의 싱갱이' 같은 것들이 그 예이다. 이 작품의 결말부에서 부정적인 주인공 윤직원이 손자 종학의 피검(被檢) 소식을 접하고 일본이 수십만의 병력을 움직여 조선을 보호하여주는 현실을 '태평천하'라고 외치는 대목은 채만식 풍자문학의 압권에 해당한다. 부정적인 인물의 현실인식이 '태평천하'였던 만큼 실제의 현실은 그것과 정반대로 어긋나 있다는 것이 작가가 전하고 싶어 했던 메시지였을 것이다. 그가 소설 속의 부정적 인물인 윤직원 영감의 그 말을 자신의 소설 표제로까지 끌어 쓴 참된 이유가 그것이다.

「김강사와 T교수」의 김강사는 무직으로 고초를 겪다가 요행으로 전문학교의 강사직을 구한 경우이다. 그러나 그는 앞뒤의 언행을 달리하며 그를 꿇리는 아첨꾼 T교수의 모함으로 심한 좌절을 겪는다. 지식인으로서의 세상살이가 '사면초가(四面楚歌)'임을 보여준 작품이다. 이상의 「날개」 등 그의 일련의 단편들은 실제로 1930년대 서울의 삶을 보여주기도 하지만, 단순한 공간 지지학(空間 地誌學) 이상의 의의를 갖는다. 그의 단편들은 복잡한 시대에 서울에서 살아가는 인물들의 감추어진 내면의 드라마를 보여주는 점에서 더 큰 의의를 갖는다고 말할 수 있다.

염상섭, 채만식과 함께 이 시기 서울의 문학에 뚜렷한 자취를 남긴 작가는 박태원이다. 그는 단편 「소설가 구보(仇甫)씨의 一日」에서 인텔리인 실직 소설가의 하루의 생활을 그려내고 있다. 소설가 구보씨의 하루 생활은 그 대부분이 서울 시내를 떠도는 일이다. 그는 그의 떠돎을 통하여 1930년대 서울의 문물과 풍속을 보여준다. 소설가인 주인공이 스스로 명명한 '고현학(考現學)'이 그렇게 해서 이루어진다. 박태원의 장편『천변풍경(川邊風景)』또한 1930년대 서울의 삶의 모습을 보여주는 작품이다. 「소설가 구보…」와 같은 시대를 다루면서도 그 방법에는 현저한 차이를 가진 것이『천변풍경』이다. 오늘날의 청계로 2, 3가 지역을 배경으로 하여 그 곳에 사는 다수 주민들의 삶을 그려냄으로써 도시의 생태를 그려낸 것이 이 소설의 특징적인 모습이다.

3) 제3기의 서울 문학(1945~1959)

이 시기는 감격 속에서 해방을 맞았던 8·15로부터 시작되어 이념의 갈등과 남북 분단으로 빠져들고, 끝내는 골육상쟁인 6·25 전란을 겪게 된 참담한 연대를 배경으로 한다. 이 시기의 우리 문학 또한 그러한 연대를 배경으로 하면서 짧은 시기에 걸친 환희와 반성, 자괴(自愧)의 모습을 보여주었다. 그리고 긴 시간에 걸쳐 증오, 분노, 낙담, 허무, 불안의 모습을 그려낼 수밖에 없었다. 이 시기의 첫 무렵인 광복에서 1947년까지는 좌익 계열의 대다수 시인, 소설가들도 서울을 거점으로 활동을 벌였다. 그러나 남한 정부가 수립되면서 좌익 운동을 불법화하기에 이르자 그들의 대다수는 월북하거나 전향(轉向)했다. 그런 시인들로는 임화, 김기림, 정지용, 오장환, 이용악, 조운, 설정식 등 다수가 해당한다. 한편 해방 공간에서 좌익 시인들과 대결, 경쟁하면서 민족문학을 이끌어 나갔던 시인들로는 박종화, 김광섭, 서정주, 유치환, 조지훈, 박목월, 박두진이 두드러졌다. 이들 이외에 이념의 차이로 북으로부터 월남한 김동명, 박남수, 구상 등이 월북 시인들이 남긴 빈 자리를 채워 주었다. 이 시기에 진출한 신인들로는 김수영,

김춘수, 김종삼, 박용래, 박재삼, 천상병 등이 주목을 받았다.

> 아 해방(解放)된 감격(感激)
> 아 공통(共通)된 환희(歡喜)가
> 오늘 자유의 기원(紀元)이 되어
> 조국에 바치는
> 한 덩어리 열(熱)이 되고
> 힘이 되었으니
> 누가 우리의 길을 막으랴

김광섭의 시 「해방(解放)」의 한 대목이다. 이 시에서 김광섭이 노래하였듯이 우리 민족 전체는 1945년 8월 15일의 해방을 감격과 환희로 맞았다. 압박과 유린(蹂躪)과 희생으로 점철되었던 것이 일제 36년의 세월이었고 보면, 그 감격과 환희는 지극히 당연한 것이었다. 그러나 북위(北緯) 38도선을 경계로 미국과 소련이 한반도를 분할, 점령한 사태는 해방의 감격과 환희 중에도 미묘한 분파 작용을 파생시켰다. 소련을 배경으로 한 좌익, 미국에 의지한 우익 사이에서 경쟁, 대립, 갈등이 시작된 것이다. 이데올로기를 둘러싼 그 대립, 갈등은 해방의 감격과 건국의 밝은 전망을 훼손시킬 만큼 거칠고 사나웠다. 당시 민족문학 진영(陣營)에서 활동하였던 시인 유치환은 그러한 사태를 다음과 같이 격렬하게 비판하면서 그려냈다.

> 쓰라린 조국(祖國)의 오랜 환난의 밤이 밝기도 전에
> 너희 다투어 그를 헐벗기어 아우성 치며
> 일찍이 원수 앞에 떳떳이 쓰지 못한 환도(環刀)이어든
> 한낱 사조(思潮)를 신봉(信奉)하여
> 골육(骨肉)의 상쟁(相爭)을 선동하여 불놓기를 서슴지 않고

보잘 것 없는 제 주장(主張)을 고집(固執)하기에
감(敢)히 나라의 망(亡)함을 두려하지 않나니
　　　　—유치환, 「조국(祖國)이여 당신은 진정 고아(孤兒)일다」 · 부분

　위에 인용한 대목에서 유치환이 말하였듯이 "나라의 망(亡)함"을
돌보지 못하였던 이데올로기 대립, 갈등은 남·북한 각각의 정부를
세우기까지에 이른다. 그리고 그 갈등은 더욱 증폭되어 민족 전체를
재난(災難)으로 몰아넣는 6·25 전쟁으로까지 치닫도록 만든다. 6·25
전쟁은 한반도 안의 모든 이, 모든 곳에 그 참화(慘禍)가 미치지 않은
곳이 없었던 참변(慘變)이었다. 그 전쟁은 숱한 생명, 재산을 잃게
했고 삶의 뿌리를 그 밑둥부터 뽑아놓았다.

　　(가)
　65야아드,
　나는 60야아드로
　압축(壓縮)시켰다.
　나는 저격병(狙擊兵)의 정조준(正照準) 위에 놓였다.
　나는 마지막 수류탄(手榴彈)을
　던졌다.

　따발, 막씸, 자동기총(自動機銃)의 일제(一齊) 사격(射擊)이
　내 심장(心臟)높이를
　통과(通過)하는
　45야아드,——

　　　　　　　　　　　—전봉건, 「0157584」 · 부분

　　(나)
　엄마는 너를 껴안고 3개월 간에

일곱 번이나 이사를 했다.
서울에 피의 비와
눈바람이 섞여 추위가 닥쳐오던 날
너는 입은 옷도 없이 벌거숭이로
화차(貨車) 위 별을 헤아리면서 남(南)으로 왔다.

—박인환, 「어린 딸에게」· 부분

(가)는 6·25 전쟁 중 직접 실전에 참가했던 전봉건의 시이며, (나)는 전쟁 중 서울 집을 떠나 피난지에서 고난을 겪었던 박인환 시인 일가의 아픔을 적은 시이다. (가)는 결코 적이랄 수 없는 적, 같은 족속, 같은 또래를 자동기총의 조준경 위에 올려놓을 수밖에 없다는 점에서 문제적인 양상을 보여준다. (나)는 서울에 자기 집을 가지고 있으면서도 피난지의 각박한 인심 때문에 3개월에 일곱 번이나 이사를 다녀야 했다는 점에서 또 다른 문제적인 양상을 보여준다. 위 두 작품에서 볼 수 있듯이 6·25 전쟁은 우리 민족에게 엄청난 희생을 치르게 한 전쟁이었다. 이 시기의 시들은 몇몇 소수의 예들을 제외하면 서울의 삶을 그려낼 여유를 갖지 못하였다. 몇몇 예외들이란 종군 중이던 조지훈이 남긴 시 「종로(鐘路)에서」, 박목월의 서울에서의 일상생활을 그린 일상시(日常詩)들, 조병화 시집 『서울』(1957)이 그린 서울의 편모(片貌) 같은 것들이다.

이 시기의 시들에 비해 소설들은 해방─분단─전쟁 같은 격동 중에도 서울에서의 삶을 그려내거나, 서울을 떠올리게 하는 데에 성과를 올렸다. 이 시기의 소설들을 말할 때에 가장 앞자리에 허준의 「잔등(殘燈)」을 놓을 수 있다. 최학송의 「홍염(紅焰)」, 안수길의 『北間道』가 식민지 한국으로부터의 떠남을 그린 작품들인 것과 역(逆)의 방향에서, 해방을 맞은 한국으로의 귀환을 그려낸 것이 그 작품이기 때문이다.

소설 문장에서 적지 않은 흠결을 찾을 수도 있는 것이 그 작품의 실상이다. 그러나 자신들의 신분을 감춘 패망(敗亡)한 일본인들을 찍어내는 소년의 나이와는 동떨어진 모습, 증오의 대상인 일본인들까지를 품어주는 노파의 성격 창출에서 그 작품은 해방 공간에서 수작(秀作)으로 평가된다.

8·15 광복은 말 그대로 '빛의 회복'을 의미하기에 어두웠던 식민지 시대의 반성을 포함한다. 이 시기에 식민지 시대를 살았던 지식인으로서의 자기비판을 문제삼은 소설들로는 김동인의 「반역자(反逆者)」, 채만식의 「민족(民族)의 죄인(罪人)」, 이태준의 「해방전후(解放前後)」 등이 있다. 그 소설들 중 채만식의 「민족의 죄인」은 작가 채만식 자신의 민족 앞에서의 양심을 문제삼고 있다. 일제 말에 일찍이 몸을 숨김으로 일제 협력의 허물을 남기지 않은 윤(尹)으로부터 '민족 반역자'라는 지칭을 받은 '나'는 충격에 휩싸인다. 자신의 허물이 없지 않음을 '나'도 안다. 그러면서도 그 허물이 일제의 핍박을 면하기 위한 부득이한 것이었음을 괴롭게 고백하는 것이 이 작품의 줄거리이다. 「민족의 죄인」의 중심인물 '나'는 자성(自省)과 부끄러움 중에 서울 생활을 청산하고 싶어 한다. 서울은 역사의 치열한 현장이기에 그는 그 현장으로부터 몸을 빼어 떠나고 싶어 한 것이다.

허준의 「잔등(殘燈)」이 광복된 한국으로의 귀로(歸路)를 다룬 작품이라면, 귀국 후 뿌리 뽑힌 삶을 다룬 작품들이 이 시대 소설로 다수 나타난 것은 특기할만하다. 계용묵의 「별을 헨다」, 김동리의 「혈거부족(穴居部族)」이 그 예에 해당한다. 위 두 소설들에는 뿌리 뽑힌 채 서울 안에서 삶을 모색하는 이들의 고달픈 모습이 그려져 나타난다.

6·25 전쟁은 이 시기 이후 우리 소설들의 최대의 광맥이었다. 동족상잔(相殘)이 남긴 상처는 그만큼 아리고 쓰라린 것이었다. 이 시기에 그 전쟁과 그로 말미암은 상처를 그려낸 작가들로는 「곡예사

(曲藝師)」, 『나무들 비탈에 서다』의 황순원, 「비 오는 날」을 비롯한 일련의 어두운 삶을 그린 손창섭, 「닳아지는 살들」 등을 내어놓은 이호철, 「수난 이대(受難 二代)」 등을 쓴 하근찬, 「불신시대(不信時代)」 등을 쓴 박경리 등을 꼽을 수 있다. 이 시기에 문단 원로로서 줄기찬 활동을 전개한 작가로는 염상섭을 잊을 수 없다. 그에게는 전쟁 시기의 체험을 그린 『취우(驟雨)』 같은 작품이 없지 않다. 그러나 그보다 더욱 중요한 것은 일상(日常)에 가까운 서민들의 삶의 모습을 그려내면서 사실주의 기법의 높은 단계를 성취한 「임종(臨終)」, 「두 破産」 같은 단편들이 보여준 대가의 모습이다. 염상섭은 그 자신이 서울 출신의 작가로, 40년이 넘는 긴 시간에 걸쳐 서울에서의 삶을 그려냈다는 점에서 주목과 상찬(賞讚)을 받게 된 것이다.

4) 제4기의 서울 문학(1960~1972)

이 시기는 우리 사회에 산업화, 도시화 현상이 크게 대두해가던 시기이다. 전쟁으로 파괴되었던 산업시설을 복구하고 외국 자본과 기술을 끌어들여 새로운 산업을 일으키면서 우리 사회는 비교적 빠른 속도로 산업화의 길로 접어들었다. 산업화는 당연히 도시화를 수반했다. 이 기간 중 도시로 흘러든 농촌 인구는 실로 막대했다. 1950년대에 7 : 3으로 우세를 보였던 농촌 인구는 1970년에 이르러 5 : 5 비율로 재편되었다. 도시 인구의 증가현상은 당연히 서울에도 반영되어 나타났다. 아마도 그 현상은 서울에서 가장 격심하게 나타났다고 말해야 옳을 것이다. 1970년에 서울 인구는 500만을 돌파하기에 이르렀다. 그렇게 되자 거대 인구를 안고 있는 거대도시의 여러 문제점들이 분출되었음은 물론이다. 산업화, 도시화와 아울러 이 시기에 머리를 들고 일어난 것은 민주화의 욕구였다. 이 시대의 첫머리에 해당하는

1960년에 4·19 혁명이 일어난 것은 이 시대의 욕구를 상징적으로 보여준 사건이다. 1960~1972년 사이의 한국 그리고 서울은 산업화, 도시화의 현상과 민주화의 욕구가 뒤섞이면서 격동하던 사회였다.

이 시기의 우리 시는 1960년의 4·19 혁명을 노래하는 것으로부터 시작되었다. 당시 우리 시인들 중 다수는 4·19 시들을 다투어 지었으나 그 때로부터 40년이 지난 오늘에 이르기까지 시적 감응력을 잃지 않은 작품들은 많지 않은 편이다. 그런 작품들 중에도 신동문의 「아! 신화(神話)같이 다비데군(群)들」과 김수영의 몇몇 시들은 주목할 만한 작품들이다.

> (가)
> 제마다의
> 가슴
> 젊은 염통을
> 전체(全體)의 방패 삼아
> 관혁(貫革)으로 내밀며
> 쓰러지고
> 쌓이면서
> 한 발씩 다가서는
> 아! 신화(神話)같이
> 용맹(勇猛)한 다비데군(群)들
>
> ——신동문, 「아! 신화(神話)같이 다비데군(群)들」·부분

> (나)
> 자유(自由)를 위해서
> 비상(飛翔)하여본 일이 있는
> 사람이면 알지

        노고지리가 무엇을 보고
        노래하는가를
        어째서 자유(自由)에는
        피의 냄새가 섞여있는가를
        혁명(革命)은
        왜 고독한 것인가를
        왜 고독해야 하는 것인가를

                          —김수영, 「푸른 하늘을」·부분

　(가)는 전부 10연으로 짜인 「아! 신화같이 다비데군들」의 한 연이다. 시의 첫머리를 "서울도/ 해솟는 곳/ 동(東)쪽에서부터/ 이어서 서(西) 남(南) 북(北)"처럼 4·19의 발단에서부터 결말까지를 다루고 있는 이 작품에서 인용 대목은 그 혁명 대열에 참여한 젊은이들의 태도를 말하고 있다. "젊은 염통을/ 전체의 방패 삼"았다는 말은 젊은이들이 그 혁명에서 민족 전체의 정의감과 양심을 지키는 '방패'를 자임(自任) 했다는 뜻이다. (나)를 쓴 김수영은 4·19로부터 그의 자유정신을 개화(開花)시킨 시인으로 알려져 있다.9) (나)에서도 김수영의 그런 모습의 일단을 읽는 것이 가능하다. 김수영은 위 인용 대목에서 "노고 지리가/ 무엇을 보고/ 노래하는가"를 묻고 있는데, 그 물음에 대한 해명이 이 시의 핵심에 해당하는 것이다. 아마도 시인은 노고지리가 높은 비상에서 보았던 것은 결코 안온한 풍경이 아니었음을 말하고 싶었을 것이다. 매, 솔개 같은 맹금(猛禽)들을 두려워했다면 노고지리 의 높은 비상은 가능하지 않았다는 것이 그의 생각이었던 것으로 보인다. 따라서 그가 붙인 시의 표제 그대로 '푸른 하늘을' 제대로

---

9) 김현, 「自由와 꿈—김수영의 시세계」, 김수영 시선집 『巨大한 뿌리』해설 문, 민음사, 1974.

268

누리는 자유를 지키기 위하여는 어쩔 수 없이 희생의 '피의 냄새가 섞'일 수밖에 없다는 것이 그의 생각이었다.

4·19 혁명 한 해 뒤인 1961년 5월 16일에는 군사 쿠데타가 일어났다. 5·16은 '반공(反共)과 경제의 발전'을 중시하면서 자유를 제약했다는 의미에서 4·19와 대조적이었다. 5·16 이후 군부 정권의 위세가 사나웠음에도 불구하고 신동엽, 조태일, 김지하 등 신진 시인들은 자유를 지향한 그들의 작업을 멈추려 하지 않았다. 조태일은 그의 연작시 「나의 처녀막(處女膜)」 둘째 작품의 배경을 광화문 네거리로 설정하면서 당시의 권부(權府)에 거칠게 저항하였다. 그가 형상화해 낸 '처녀막'이란 4·19로 하여 한껏 고조되었던 자유의 순결성이다. 시인은 그 순결성이 5·16으로 훼손된 사태를 '나의 처녀막'이 능욕(凌辱)당한 것으로 고발한 것이다.

김지하가 담시(譚詩) 「오적(五賊)」(1970)으로 벌였던 저항은 조태일의 경우와는 또 달랐다. 「오적」은 당시 우리 사회 전체에 큰 파장(波長)을 일으킨 사건으로 확대되어 나갔을 정도였다. 그가 그 시에서 '오적'으로 지목한 이들은 재벌(財閥), 장성(將星), 장차관(長次官) 등 국가의 지도 세력들이었다. 그들이 자신들에게 비판적이었던 시인에게 느꼈던 분노는 맹렬한 것이었다. 당시의 정권은 「오적」의 현실 풍자를 국가를 위태롭게 하는 혐의로 기소, 시인을 구속하기까지 했다. 만만하지 않은 기세로 일어나고 있었던 문학의 현실 참여 경향과 언론 자유의 동향에 쐐기를 박고 싶었던 것이다.

집권층의 장기 집권 획책이 지식인층의 거센 저항에 부딪혔던 1970년대 초에는 참여적 경향과는 무관했던 시인들까지 시대의 아픔을 그리는 일에 나섰다. 황동규, 정현종, 오규원이 그런 이들이다. 황동규의 「계엄령 속에 내리는 눈」을 비롯한 일련의 작품들과 정현종의 「심야통화(深夜通話)」 등은 정치 현실에 대하여 시인이 느끼는 아픔을 토로했다. 시대의 아픔을 자신의 아픔으로 바꾸어 그려낸 그들의 시는 당시 지식인층의 폭넓은 공감을 받았다.

이 시기의 서울의 삶을 정치사회학이 아닌, 도시사회학의 관점에서 노래한 시는 드물다. 감태준의 서울에서의 뿌리 내리기 시편들이 눈에 띄는 성과이다. 이 시기의 소설들이 도시 사회의 문제들을 그려내는 데에 관심을 기울이기 시작했던 것에 비하면 늦은 행보(行步)였다고 할만하다. 이 시기 시인들이 도시 문제를 그려내는 데에 소홀하였던 경향과는 동떨어지게 나타난 작품이 김광섭의 「성북동(城北洞) 비둘기」 (1969)이다. 이 시에서는 도시 개발로 하여 둥지를 잃고 쫓기는 비둘기 의 처지를 그려냄으로써 도시 개발, 팽창이 생태계를 파괴하고 순후(淳 厚)한 인정을 망가트리는 양상을 경고했다.

이 시기의 소설은 최인훈의『광장』(1960)으로부터 시작되었다고 말해도 좋을 듯하다. 분단과 전란을 겪으면서 우리 사회는 우리 자신의 삶을 이끌고 있는 이데올로기에 비판을 가할 여유를 가질 수 없었다. 마찬가지로 남한과 적대 관계에 있던 북의 이데올로기, 곧 공산주의에 대하여도 냉철하게 비판적으로 평가하기가 어려웠다. 분단과 전란으 로 말미암은 엄청난 상처가 이데올로기에 대한 이성적인 접근을 방해 했기 때문이다. 이데올로기 비판의 그러한 제약을 이 작품은 성큼 뛰어넘었다. 이 소설의 주인공 이명준은 전쟁 포로로서 남(南)의 밀실 도, 북(北)의 광장도 불신한 채 제3국을 선택한다. 그러나 그 선택조차 허망하다고 판단하여 자살을 선택한 것이 이 소설이 보여준 이데올로 기 갈등의 결과이다.[10] 이 작품의 주인공은 자유(自由)를 추구하는 관념 속에 잠겨 있었다. 4·19 직후 자유를 한껏 향유하던 시대 분위기 는 관념 중심으로 구축된 이 작품의 출생을 가능하게 만들었다.

---

10) 김윤식,『교재용 한국현대문학사』, 서울대학교 출판부, 1992, 605쪽.

최인훈의 『광장』 이후에 등장한 김승옥은 우리 소설에 신선한 새 물결을 일으켰다. 그는 일찍이 우리 소설들이 보여주지 못했던 신선한 감수성(感受性)으로 사회 속에서의 개인의 문제를 그려냈다. 「무진기행(霧津紀行)」은 그의 기량을 탁월하게 드러낸 대표작이며, 「서울 1964년 겨울」은 대도시 서울에서의 허망한 삶을 그려낸 역작(力作)이다. 김승옥과 같은 무렵에 감수성보다는 단단한 지성(知性)과 논리(論理)로써 소설을 구축해 나간 작가가 이청준이다. 그는 「병신과 머저리」, 「별을 보여드립니다」 등 단편들로 자기 세계를 구축하면서 줄기차게 우리 사회의 여러 문제들을 자신의 작품들로 그려 나갔다.[11]

이 시기에 우리 소설 문학에서 서울에서의 삶을 깊이 있게 그려낸 작가들로는 이호철, 박태순, 최인호 등을 꼽을 수 있다. 이호철은 월남한 작가로서 분단 문제를 그의 소설의 중요한 화두로 삼은 이이다. 그는 분단 문제와 함께 『소시민(小市民)』(1965), 『서울은 만원(滿員)이다』(1966) 등 도시에서의 삶의 모습을 그려내는 데에도 관심을 기울였다. 『소시민』은 1951년의 피난 시절 부산을 배경으로 한 작품이다. 그와는 달리 『서울은 만원이다』는 1960년대 서울을 배경으로 떠도는 서민들의 삶을 그려낸 작품이다.

서울은 넓다.
(……)그러나 이렇게 넓은 서울도 삼백칠십만이 정작 살아보면 여간 좁은 곳이 아니다. 가는 곳마다, 이르는 곳마다 꽉꽉 차 있다. 집은 교외에 자꾸 늘어서지만 연년이 자꾸 모자란다.(……)하여, 서울은 바야흐로 싸움터다. 성실보다는 요령, 일관한 신념보다는 눈치, 진실한 우정보다도 잇속, 협동보다도 적의가 온 서울 하늘을 덮고 있다. 길녀도 어쩌다가 이 속에 껴들어, 살게 된 지가 어언

---

11) 권영민, 『한국현대문학사』, 민음사, 1993, 205 · 289~292쪽.

사 년이다.

위는 작가 이호철이 그려낸 1960년대 서울 풍속도(風俗圖)의 일부이다. 그 풍속도에 '껴들어' 살게 된 길녀를 중심인물로 하는 이 소설은 1960년대 서울의 떠도는 삶을 보여주는 작품으로서 풍성한 이야기 거리를 담고 있다. 「정든 땅 언덕 위」(1966), 「낮에 나온 반달」(1969) 등의 작품들에서 도시 변두리 인물들의 삶을 그려낸 것은 박태순의 독특한 소설 구축 방법이다. 「정든 땅 언덕 위」를 비롯한 작품들에서 '외촌동(外村洞)'이라는 가상(假想)의 공간을 구축한 박태순은 그 공간에 시대의 모습을 투영하면서 변두리 인물들의 애환을 그려냈다. 최인호는 한국의 소설사에서 가장 많은 수의 인기 대중소설들을 생산해낸 이로 기록될 작가이다. 그는 대중소설들뿐만 아니라, 도시 생활의 문제점들을 날카롭게 그려낸 수준 높은 작품들도 다수 발표했다. 그는 특히 도시 공간 안에서 정체성(正體性)을 상실해가는 인물들을 그린 「타인(他人)의 방」(1971), 「돌의 초상(肖像)」(1978) 같은 작품들을 발표하여 관심을 끌었다. 이 시기의 작가로서 「꺼삐딴 리」를 쓴 전광용, 『시장(市場)과 전장』을 쓴 박경리도 높은 평판을 받았다.

5) 제5기의 서울 문학(1973~1990)

이 시기는 "암흑과 공포의 정치"로 일컫기도 하는 1972년 10월 유신 이후로부터 시작되어 1990년 동구(東歐)의 몰락으로 끝난다. 이 시기는 한국 현대사가 잊을 수 없는 굵직굵직한 몇몇 사건들을 포함하는데, 1979년 10월 유신 권부(權府)의 갑작스러운 몰락, 1980년 광주 민주항쟁(抗爭)과 1987년 6월의 민주항쟁 등이 그런 사건들이다. 앞에 열거한 사건들에서 볼 수 있듯이, 이 시기의 정치는 한 마디로

'뒷걸음질치는' 형국이었다. 그것과 대조적으로 경제는 '앞으로 뛰어 가고 있는' 형국이었다고 할 만했다.[12] 이 시기의 정치는, 분단 현실을 집권 연장의 수단으로 악용(惡用)하는 저열(低劣)한 수준의 것이었다. 그러나 그런 정치 현실과는 달리 경제는 더욱 성장하여 앞 시기의 산업화, 도시화를 더욱 가속화시켰다. 이 시기의 우리 사회는 그렇게 명암(明暗)이 엇갈리는 거대한 혼돈을 겪어야만 했던 것이다.

앞 시기의 우리 시들에는 도시에서의 삶, 그 중에도 서울에서의 삶을 그려낸 것들이 많지 않았다. 앞 시기와는 달리 이 시기에 들어서면서 많은 시인들이 다양한 방식으로 서울에서의 삶을 그려내는 작업에 참여했다. 도시와 농촌의 인구비(人口比)만 해도 이미 도시의 우세가 현저해진 자연스러운 결과이다. 그리하여 이 시기에는 정치, 경제 현실에 직접 관심을 표명한 참여시, 민중시와 함께 도시시가 우리 시의 주류(主流)를 형성했다고 말할 수 있다. 이 시기에는 산업의 발전과 함께 각종 공해(公害)로 병든 환경을 문제 삼는 생태시가 출현하기도 했다.

이 시기에 그릇된 방향으로 흘러가던 정치 현실에 저항하면서 아울러 서울에서의 공동체의 삶을 그려내는 데에 힘쓴 시인은 고은이다. 그는 등단 이후 10여 년 동안 허무의식에 사로잡힌 채 미(美)의 세계에 안주했었다. 그러했던 그가 병든 정치 현실과 공동체의 문제로 관심을 돌리면서 투쟁하는 시인으로 새로 태어나게 된 것이다. 그의 초기 저항시인 「광화문(光化門)에서」, 「청진동(淸進洞)에서」는 그런 변모를 뚜렷하게 보여준다.

　　　오늘도 세종로가 무사하구나.

---

12) 조남현, 「해방 50년, 한국 소설」, 유종호 등 편, 『한국 현대 문학 50년』, 민음사, 1995.

캐터필러 소리가 굉굉굉 지나갈 때마다
우리는 두더지였고 파고 들어 숨어야 했다.
우리는 독립문 고개 포승줄로 묶여야 했다.
구두닦이 길동아 네 고향 논바닥 가물면
우리는 목 막혀서 숨쉴 데도 없단다.
광화문(光化門)아 광화문아
너에게 아침이 오거든
온갖 권세 단장 다 지워 버리고
단 한 사람 나의 효수(梟首)를 증거하라. 우리를 증거하여라.

—「광화문에서」·부분

앞에 인용한 대목에서도 볼 수 있듯이 고은의 초기 저항시들은 서울 시내의 풍경화로 펼쳐진다. 집권측의 정권 연장 기도(企圖)와 시민측의 저항이 엇갈리는 풍경화로써 말이다. 그 풍경화 중에는 시인의 범상하지 않은 결의(決意)가 담겨져 있기도 했다. '효수'로 표명되어 있듯이 목숨을 건 투쟁의 결의가 그것이다. 그가 1973년 이후, 그의 저항시의 결의 그대로 자신의 안위(安危)를 돌보지 않은 채 민주 투쟁 대열에 선 것은 널리 알려져 있는 사실이다. 그는 1980~1982년 사이의 수감(收監)에서 풀려난 이후 『만인보(萬人譜)』를 비롯한 막대한 양의 시집들을 생산해내 큰 관심을 불러 일으켰다.

이 시기에 참여적 경향의 작품들을 내놓으면서 활동한 시인들로는 신경림, 김지하, 조태일, 이성부, 최하림, 정희성, 김준태, 이시영 등이 주목된다. 1980년대에 들어와 이들을 계승하면서 민중시로까지 맥을 이어놓은 시인들로는 김명수, 고정희, 김정환, 황지우, 김진경, 박노해 등을 들 수 있을 것이다. 위 시인들 중 황지우와 박노해 두 시인은 이 시기 시의 전개양상을 돌아보는 데에 건너뛸 수 없는 존재들이다.

황지우는 무엇보다도 그의 복합적인 면모로 하여 주목받는 시인이다. 김수영이 4·19로, 김지하와 고은이 유신의 폭정(暴政)과 대결하면서 시인으로서 그들의 시대적 사명을 찾아냈다면, 그는 광주 민주항쟁을 겪으면서 그의 시인된 사명을 찾아낸 시인이다. 이 점이 그를 참여 시인의 반열에 들게 하는 사유인데, 그의 면모는 거기서 끝나지 않는다. 병든 서울의 삶을 말할 때에 그는 모더니스트가 되기도 하고, 또한 해체 시인이 되기도 한다.

박노해의 『노동의 새벽』(1984)은 1980년대 우리 사회에 큰 충격을 몰아온 책의 하나이다. 서울 변두리 공장 지대인 가리봉동, 구로동 지역을 현장으로 하여 노동자의 삶의 실상을 그려낸 이 시집은 단순히 노동자의 고달프고 비참한 삶을 그려낸 시들의 묶음만이 아니라, 노동 계층의 투쟁까지를 말하고 있어 큰 문제를 파생시켰다. 이 시집은 1980년대 민중시의 한 개 깃발처럼 여겨져 이른바 '박노해 현상'을 만들어내기도 했다.

이 시기에 황동규, 정현종, 오규원, 정진규, 이승훈, 이수익, 오세영, 김종해, 이건청 등 일단의 시인들은 참여적 경향과는 다른 방법으로 각각 그들의 시작을 모색하였다. 이 시인들 중 그들의 시작을 통하여 서울에서의 삶을 그려내는 데 힘쓴 이로는 정현종, 오규원, 김종해를 들 수 있을 것이다. 이 시기의 정현종은 티 없는 자연과의 친화를 즐기던 시인이었다. 그 친화 중에도 그는 때때로 정치 현실을 날렵하게 그려내는 수법과 도시 환경을 생태시로 고발하는 방법으로 서울의 삶을 그려냈다. 오규원은 그가 관심을 기울이던 도시의 삶과 언어 문제를 결합하는 방법으로 광고시를 만들어냈다. 그의 광고시는 산업화, 도시화로 말미암아 팽창할 대로 팽창한 상업 문화, 대중문화를 환기하는 방법으로 서울의 삶과 관계를 맺는다. 김종해는 힘겨운 서울에서의 삶을 항해(航海)로 비유한 경우이다. 그는 그런 제재의 작품들을 연작으로 만들어 시집 『항해일지』(1984)를 만들어냈다.

이 시기는 비약적인 속도로 도시화가 진행된 연대이다. 그런 형세는
이 시기의 시에도 반영되어 나타났다. 김광규, 이성복, 최승호, 하재봉,
이윤택, 장정일, 황지우, 김승희, 최승자, 김혜순 등이 도시 생활의
여러 면모들을 그려낸 시인들이다. 이 시인들 중에서도 김광규와 최승
호는 서울의 삶에 대한 관심이 가장 컸던 이들이다. 김광규는 첫 시집
『우리를 적시는 마지막 꿈』(1979) 이후 거의 모든 시집들에서, 최승호
는 시집『고슴도치의 마을』,『진흙소를 타고』,『세속도시의 즐거움』에
서 서울을 본거지로 하는 도시의 생태를 말하였다. 시인 김혜순에게도
서울의 삶을 그린 작품들은 많다. 그 중에도「한사코 詩가 되지 않는
꽃」같은 작품은 1987년의 민주화 운동을 그려낸 작품으로 눈길을
끌었다.

(가)
그로부터 18년 오랜만에
우리는 모두 무엇인가가 되어
혁명이 두려운 기성 세대가 되어
넥타이를 매고 다시 모였다
회비를 만 원씩 걷고
처자식들의 안부를 나누고
월급이 얼마인가 서로 물었다
치솟는 물가를 걱정하며
즐겁게 세상을 개탄하고
익숙하게 목소리를 낮추어
떠도는 이야기를 주고 받았다
모두가 살기 위해 살고 있었다
아무도 이젠 노래를 부르지 않았다
적잖은 술과 비싼 안주를 남긴 채

우리는 달라진 전화 번호를 적고 헤어졌다

—김광규, 「희미한 옛사랑의 그림자」·부분

(나)
너무 아름다운 것은
시가 아니다
그날, 입을 벌려
세상 처음인 듯 울 때
그것은 시가 아니었다
다만
한 도시 전체의 개화(開花)
지구 밖에 떠오른
한사코 시(詩)가 되지 않는 꽃

—김혜순, 「한사코 詩가 되지 않는 꽃」·부분

위 (가)는 시인 김광규가 서울 중년 남자들의 살아가는 모습을 그려낸 대목이다. 20년 가까운 세월 전에 그들은 '때묻지 않은 고민'을 가졌던 젊은이들이었다. 그러나 20년의 세월이 흘러 중년이 된 무렵의 그들은 친구들과 모처럼 만난 모임에서도 "월급이 얼마인가"같은 현실 계산에만 열중한다. 또한 세상을 개탄하되, 그 개탄조차도 즐겁게 주고받을 줄 알 만큼 변하게 되었다. 젊은 시절의 이상 추구와 열띤 토론을 멀리 벗어난 속화(俗化)된 모습이다. 김광규는 그 속화된 중년의 모습을 돈이 지배하는 도시 서울의 삶의 풍경으로 제시한 것이다.

김혜순의 시인 (나) 또한 서울의 모습을 그려낸 작품이다. 같이 서울을 그려낸 작품이면서도 (나)가 그려낸 서울의 모습은 (가)와는 국면을 달리 한다. (가)가 서울의 일상(日常)의 삶을 문제삼아 도시에서 살아가는 개인의 속물성과 무력감을 그렸다면, (나)는 거대도시 서울의 시민들이 운명 공동체의 구성원으로서 결속한 모습을 보여준다. (나)는 시의 문맥과 제작 시기로 보아 1987년 6월의 민주화 투쟁을 그린 작품이다. 흔히 100만으로 추산되던 그 때의 거대 시위 군중을 시인은 "한 도시 전체의 개화(開花)" 라면서 공동체가 보여준 거대한 힘 앞에 깊은 감격을 토로한다.

이 시기의 소설들에는 몇 가지 중요한 변화가 나타났다. 연작(連作)이 다수 나타난 것, 긴 시간, 다수의 공간, 다수의 인물들을 포용하는 대하 장편(大河 長篇)이 나타난 것, 오랜 시간에 걸쳐 건드릴 수 없는 금기(禁忌)처럼 여겨져 왔던 분단 문제를 테마로 한 작품들이 다수 출현한 것, 민중시의 소설적 대응이라고 할 만한 노동소설이 등장한 것 등이 이 시기 소설의 중요한 변화이다.

연작은 문자 그대로 여러 편의 독립된 삽화들을 모아 더 큰 하나의 이야기가 되도록 고안해낸 소설 형태이다.[13] 연작소설이 우리 문단에서 주목을 받기 시작한 것은 1960년대 말, 1970년대 초에 최인훈의 『총독의 소리』와 서기원의 「마록열전(馬鹿列傳)」이 발표되면서이다. 그 뒤 이 형태의 소설들로는 이문구의 『관촌수필』·『우리 동네』, 박완서의 「엄마의 말뚝」, 조세희의 『난장이가 쏘아올린 작은 공』, 양귀자의 『원미동 사람들』, 최수철의 『고래 뱃속에서』 등 이 시기의 중요한 성과들이 포함되면서 큰 반향을 얻게 되었다. 그 중 박완서의 「엄마의 말뚝」, 조세희의 「난장이가 쏘아올린 작은 공」은 각각 서울을 배경으로 한 작품들로 큰 반향을 불러일으켰다.

(가)

오빠가 성공하면 곧 문안으로 들어갈 것을 믿고 임시적으로 인왕산 마루턱에 박은 말뚝에 우리는 그후에도 십년이나 매어 살았다.

---

13) 권영민, 『한국현대문학사』, 민음사, 1993, 330쪽.

278

오빠는 학교를 졸업하고 큰 회사에 취직도 하고 효성도 여전히 지극했으나 문안에다 번듯한 집을 살 만큼의 성공은 못됐다. 엄마는 겨우 바느질 품팔이를 놓았을 뿐 2차대전이 막바지로 접어들자 우리들 콩깻묵밥 안 먹이려고 자주 송도 왕래를 해야 했다.(……)대개 밤기차를 탔기 때문에 자정 못 미처 돌아 온 엄마가 등화 관제용 갓이 내려진 어두운 전등 밑에 쭈그리고 앉아 배나 허리·젖가슴·정강이 등 여기저기서 올망졸망한 쌀자루를 꺼내 양동이에 쏟아붓는 걸 실눈뜨고 보고 있으면 절망과 슬픔이 목구멍까지 괴어 와서 이를 악물곤 했다.

—박완서, 「엄마의 말뚝·1」

(나)

나는 바깥 게시판에 적혀 있는 공고문을 읽었다. 거기에는 아파트 입주 절차와 아파트 입주를 포기할 경우 탈 수 있는 이주 보조금 액수 등이 적혀 있었다. 동사무소 주위는 시장바닥과 같았다. 주민들과 아파트 거간꾼들이 한데 뒤엉켜 이리 몰리고 저리 몰리고 했다. 나는 거기서 아버지와 두 동생을 만났다. 아버지는 도장포 앞에 앉아 있었다. 영호는 내가 방금 물러선 게시판 앞으로 갔다. 영희는 골목 입구에 세워놓은 검정색 승용차 옆에 서 있었다. 아침 일찍 일들을 찾아 나섰다가 철거 계고장이 나왔다는 소리를 듣고 돌아온 것이었다. 누군들 이런 날 일을 할 수 있을까.

—조세희, 「난장이가 쏘아올린 작은 공」

(가)는 '나'를 포함한 어머니, 오빠 세 식구의 서울 입성과 서울에서의 뿌리내리기 과정을 다루고 있는 작품이다. 이 작품 안에서의 오빠와 나는 중학생, 초등학생이기에 서울 입성과 뿌리내리기의 몫은 자연히 어머니에게 무겁게 지워졌다. 이 작품에서 말하는 '엄마의 말뚝'이란

홀어미로서 고립무원(孤立無援)의 '대처'인 서울에서 엄마가 버텨낸 힘과 그 힘의 근원을 말하는 것이다.

널리 알려져 있듯이 (나)에서 인용한 조세희의 「난장이가 쏘아올린 작은 공」은 1970, 80년대의 최대의 화제작이다.[14] 「난장이가 쏘아올린 작은 공」이란 그의 연작 소설집의 표제가 되기도 하는 이 작품은, 대단한 화제의 중심에 자리 잡은 소설답게 작가의 들끓는 의욕을 보여준다. 이 작품에 서려 있는 작가의 의욕은 얼핏 보기에도 세 가지를 들 수 있다. '난장이'란 이름으로 대표되는 소외계층의 고난상(苦難相)의 제시, 사용자측(使用者側)의 기만적인 태도와 그 태도에 얼비치는 당대의 개발 독재에 대한 함축적인 비판, 소설의 새로운 문법과 미학의 탐구가 그것들이다. 작가는 이 세 가지 큰 문제들에 의욕을 보이면서 그것들을 상당 부분 성취한다. 바로 그 점이 이 소설이 사실주의적인 노동소설과 실험적인 비사실주의 소설 양측 모두에게 중요하게 부상하는 이유이다.

이 시기에 다수 생산된 대하 장편소설들은 방대한 분량으로 긴 시기 또는 다수 인물들의 삶의 모습을 엮어낸 소설 형태이다. 이 시기에 발표된 대표적인 대하 장편소설들로는 박경리의 『토지(土地)』, 황석영의 『장길산(張吉山)』, 김주영의 『객주(客主)』, 조정래의 『태백산맥(太白山脈)』 등이 꼽힌다. 이 형태의 소설들이 이 시기에 다수 출현한 것은 우리 사회의 산업화와 혼돈 속에서의 안정과도 관련을 갖는다. 위에 열거한 대표적인 대하 장편소설들은 거대한 수의 독자들을 확보하여 상업적으로도 큰 성공을 거두었다.

분단과 그에 따른 6·25 전쟁을 그려내는 작업은 한국 현대소설의 큰 과제였다. 그 제재는 우리 소설이 힘써 도전할 만한 광맥(鑛脈)으로

---

14) 우찬제, 「대립의 초극미, 그 카오스모스의 시학」 ; 조세희, 『난장이가 쏘아올린 작은 공』, 문학과지성사, 1997 신판 해설.

도 평가되어 온 정도이다. 그러나 이데올로기를 둘러싼 남북의 대치가 계속되는 한, 그 작업은 용이한 것이 아니었다. 그 어려운 작업이 1970년대 중반 이후 전개된 민족문학론의 확산에 힘입어 고개를 들고 일어났다. 김원일, 윤흥길, 전상국, 이동하, 유재용, 조정래, 현기영, 이문열, 이창동, 임철우, 김영현 등이 그런 작업에 힘썼던 작가들이다.

1980년대에 출현한 노동소설은 노동 현장을 리얼하게 그리기보다는 노동 해방의 새벽이 올 것이라는 전망을 제시하는 데 힘을 기울였다.15) 이 시기에 이 유형의 소설들이 출현한 데에는 멀리 1920, 30년대의 KAPF계 소설들이 영향을 주었을 것으로 보인다. 그러나 가까운 시기에 만들어졌던 소설들 중 이 소설 유형에 현저한 영향을 미친 것은 황석영의 『객지(客地)』(1974), 조세희의 『난장이가 쏘아올린 작은 공』같은 단편집들이었다. 단편 「객지」는 노·사(勞使) 갈등의 양상을 보여준 이 무렵의 주목할 만한 작품으로, 노동문학에 끼친 영향이 컸다.

1970, 80년대에 서울의 삶을 그려내는 데에 힘을 기울였던 작가들로는 최일남, 이동하, 박완서 등이 꼽힌다. 이 유형의 소설들 중 최일남의 『서울 사람들』, 박완서의 『도시의 흉년』, 『휘청거리는 오후』, 이동하의 『도시의 늪』 등은 당대의 세태(世態)를 포착하는 데 주력하였기에 서울의 삶을 바라본 세태소설이라고도 할 수 있다.

6) 제6기의 서울 문학(1991~2000)

이 시기의 우리 사회는 지난 90년간의 어느 시기에 못지않은 고난을 겪기도 했다. 1997, 98년 사이에 겪었던 환란(換亂) 경제, 이른바 IMF의 고난이 그것이다. 그러나 이 시기의 우리 사회는 우리 공동체를 옭아매

---

15) 조남현, 위의 글.

어 오던 두 가지 구속으로부터 현저하게 풀려나올 수 있었던 점을
부정하기는 어렵다. 소련을 비롯한 동구(東歐) 공산권의 몰락으로 이데
올로기 갈등의 강박관념으로부터 적지 않게 자유로워진 것이 그 하나
다. 긴 세월에 걸쳐 겪어야만 했던 개발 독재의 폭압(暴壓)으로부터
현저하게 벗어나게 된 것이 또 하나다. 그 두 가지 구속으로부터의
자유는 물론 온전한 것이라고 말할 수는 없다. 아직도 분단 현실이
엄연하다는 점이 정치 이데올로기의 온전한 자유에 이르는 데에 제약
을 가져오기 때문이다. 그러나 1990년대는 환란 경제의 어려움을
겪었음에도 불구하고, 지난 100년간의 어느 시기보다 경제적으로
여유로웠고 정신적으로도 자유로운 연대였다고 말할 수 있다. 개인,
개인으로는 물론 지금도 경제적, 정신적 여유를 갖기 어려운 이들이
우리 주변에 수다하게 존재하는 것이 부정하기 어려운 현실이기는
하다.

　1990년대 우리 사회의 그러한 양상은 이 시기의 우리 문학에도
거의 그대로 반영되어 나타났다. 민중시, 노동소설이 급격하게 쇠퇴한
것, 이데올로기의 거대 담론(談論)이 썰물이 빠지듯 사라진 자리에
탈중심적(脫中心的)인 포스트모더니즘의 현상이 나타난 것, 젊은 신인
(新人)들이 크게 진출한 것 등이 그러한 현상이다.

　이 시기에 지속적으로 활동을 편 원로, 중견 시인들은 다수이다.
많은 원로, 중견들 중에서 서울의 삶과 관련하여 볼 때에 세 시인의
작업들이 특별히 의미 있게 부상한다. 이형기, 오규원, 김혜순이 펼쳐
놓은 작업들이다. 이 세 시인들 중 이형기, 김혜순은 서울의 삶을
그려냄으로써 서울과 관련을 갖지만, 오규원은 서울의 삶과 거리를
두고 서울을 떠남으로써 오히려 서울에서의 삶을 환기시키는 경우이
다. 이형기는 한 사회의 원로 시인답게 시집『죽지 않는 도시』에서
서울의 삶으로 대표되는 자본주의의 삶과 무분별한 대량 소비를 우려,

경고한다. 김혜순은 『나의 우파니샤드, 서울』, 『불쌍한 사랑 기계』에서 복잡하게 뒤얽히고 제어(制御)하기 어렵도록 거대해진 서울을 그가 고안해낸 새로운 방법으로 그려낸다.

앞에서 살펴보았듯이 오규원은 도시시의 한 유형으로까지 부상시켰던 광고시의 제작 등으로 서울의 삶을 그려내는 데에 친숙했던 시인이다. 그러했던 그가 광고시 이후에 보여주는 시작의 행보는 온갖 장식을 지우는, '날 이미지'를 찾아내 만나는 시작이다. 시는 말의 예술인 문학 중에서도 말을 구사한 표현에 가장 민감한 장르이다. 시의 그러한 성격으로 말미암아 '날 이미지'를 제시하려는 오규원의 근작시들은 말의 살을 떨어내고 말의 뼈로써만 행하는 시작을 시도한다. 그는 시집 『길, 골목, 호텔 그리고 강물소리』와 『토마토는 붉다 아니 달콤하다』에서 꾸밈말을 떨어내고 말의 뼈로만 행하는 시작을 거듭 모색 중이다.

그렇다면 오규원의 그 시작이 서울의 삶과 어떻게 관련을 갖는다는 것인가? 그것은 '반면(反面)의 효과'라고나 부를 만한 양상으로 나타난다. 서울로 대표되는 도시에서 만나기 어려운 '날 이미지'를 만나고 그 '날 이미지'를 형성하는 소박한 말들을 만남으로써, 도시의 삶이 얼마나 문명의 더께에 묻혀 있는가를 돌이켜 환기하는 방법으로써 관련을 갖는다고 말할 수 있을 것이다.

(가)
어느 날 문득 둘러보니
도시는 이미 완전히 포위되어 있었다.
한발한발 거리를 좁혀오는 막강 쓰레기 군단.
함부로 버려진 그날의 원한을
쓰레기는 잊은 적이 없다.
냉혹한 복수의 찬 피, 무표정

고도문명 시대의 메갈로폴리스에 되살아난
보라 저 공룡의 무리들!

─이형기, 「메갈로폴리스의 공룡들」·부분16)

(나)
밤새 눈이 온 뒤 어제는 지워지고 쌓인 흰 눈만 남은 날입니다
쌓인 눈을 위에 얹고 物物이 허공의 깊이를
물물의 높이로 바꾸고
나뭇가지에서는 쌓인 눈이 눈으로 아직까지 그곳에 있는 날입니다
뒤뜰에 붙은 언덕의 덤불 밑에는 오목눈이와 멧새와 지빠귀와
그리고 콩새가 서로 다른 방향으로 먹이를 찾고
새들이 먹이를 삼킬 때마다
덤불 밖의 하늘이 꼬리 쪽으로 자주 기우는 날입니다

─오규원,『물물과 높이』·부분

　(가)에서 이형기는 인간의 고도문명이 만들어낸 쓰레기가 인간에게
원한의 복수를 시작하는 모습을 상상하여 경고한다. 메갈로폴리스의
쓰레기가 '공룡의 무리'만큼 거대해졌다는 사실 자체가 인간이 행한
업(業)의 응보라는 것이 (가) 시에서의 생각이다. (나)에서 오규원은
가능한 한, 자신의 용어대로 '날 이미지의 현상학' 으로 대상을 포착하
려 한다.17) 문명과 인공의 더께가 앉은 장식적인 언어를 최대한으로

---

16) 백낙청, 「'통일시대'의 한국 문학」, 유종호·백낙청 등 편,『한국 현대문
　　학 50년』, 민음사, 1995. 이 글에서 백낙청은 근년에 괄목할 성과를 내
　　놓은 원로시인의 한 사람이 이형기라면서 이 시 이외에 몇 편을 소개했
　　다. 그는 이 시의 끝 부분에 긴장을 떨어트리는 부연 대목이 덧붙었다고
　　했다. 백교수의 견해에 나 역시 공감한다. 지나치게 설명적인 부분이 시
　　의 긴축미를 잃게 하는 대목이 그 시집의 여러 곳에서 눈에 띈다.
17) (나)시는 은유적인 장식을 피하려 하고 있지만, 한 대목에서만은 그것을
　　사용한 것으로 보인다. "어제를 지우고"가 그 대목이다. 시인으로서는

피하고 아울러 그 언어에 깃들어 있는 어떤 관념의 着色을 피하면서 대상을 파악하려는 '날 이미지의 현상학'은 (나)에서 소박한 이미지들과 언어들을 통하여 실현된다.

이 시기의 시단에는 다수의 신진 시인들이 등장하여 서울에서의 삶의 문제들을 새로운 제재와 시각들로 그려냈다. 시집『바람 부는 날이면 압구정동에 가야 한다』,『세운상가 키드의 사랑』을 펴낸 유하를 비롯하여 고형렬, 윤성근, 장정일, 함민복, 함성호, 장경린, 이대흠, 이선영, 김상미, 신현림 등이 그들이다.

이 시기의 소설을 이끈 이들에는 신진 작가들이 많았다. 중견 작가들의 활동이 결코 미약했다고 할 수 없었음에도 불구하고 신진 작가들의 작품들이 줄곧 화제를 이끌었던 것은 변모된 시대를 그려내는 데에 그들이 유리한 입장이었기 때문일 것이다. 신진 작가들 중에는 여성이 다수 포함된 점도 특기할 만한 점이다. 그 동안 우리 사회에서 진행되어 오던 여성의 사회 참여 풍조가 변동하는 시대를 맞아 실현된 결과일 것으로 보인다. 이 시기에 신진 작가로서 부상된 이들은 윤대녕, 구효서, 김소진, 이순원, 성석제, 김영하, 정찬, 박상우, 이승우, 백민석, 신경숙, 최윤, 공지영, 은희경, 배수아, 조경란 등이다.

앞의 시기에 그러했던 것처럼 이 시기에도 대하 장편소설들이 다수 출현하였다. 다수의 이 유형 소설들 중 폭넓은 관심을 모았으며 좋은 반응을 얻었던 것은 김원일의『늘 푸른 소나무』와 이문열의『선택』이었다. 이 시기에는 서울에서의 삶을 그려낸 소설들이 상당히 많은 수에 이르렀다. 작가들의 대다수가 서울을 거점으로 살아가고 활동하고 있기에 나타난 당연한 결과이다. 그런 중에도 막상 서울의 세태,

---

불가피한 사용으로 생각한 것이 아닌가 한다. 인용 대목에는 시인의 개입도 눈에 띈다. "物物이 허공의 깊이를/ 물물의 높이로 바꾸고"가 그것인데, 그릇을 둘러싼 莊子의 유명한 해설을 연상시키는 대목이다.

풍속을 집중적으로 그려낸 작품들은 그 숫자가 많지 않았다. 이문열의 『오디세이아 서울』과 이순원의 『압구정동엔 비상구가 없다』, 『압구정동엔 무지개가 뜨지 않는다』가 이 시기 서울에서의 삶을 집중적으로 문제삼은 소설들이다. 세 작품들은 모두 장편으로 만들어졌는데, 분량을 보면 『오디세이아 서울』이 가장 많은 분량으로 이루어졌음을 확인할 수 있다.

> 그러나 서울의 팽창은 산아래 옛마을들을 변두리 도심(都心)으로 만들고 산허리로는 4차선 도로를 끌어올려 산중턱까지도 특별히 고지대란 것을 느끼지 못하게 만들었다. 옛날로 치면 큰 산중턱이었건 어쨌건, 시내버스가 올라오는 이상 자신들이 걷기 시작하는 곳을 기준으로 삼는 사람들에게는 그곳이 평지나 다름없었다. 따라서 강만석씨의 집이 있는 산꼭대기도 이제는 그리 높은 곳이 아니었고 나도 그 같은 사람들의 착각에 넘어가 전날은 그곳이 유명한 달동네라는 것조차 깨닫지 못한 것이었다.
>
> —이문열, 『오디세이아 서울 · 2』 · 부분

위 인용문에서도 볼 수 있듯이 이 소설은 작중 화자 '나'가 보고 들은 것들을 보고하는 방식으로 전개된다. 소설의 시점(視點)에서 말하는 '1인칭 관찰자'가 개입하여 소설이 전개되는 것이다. 이 소설의 '나'는 놀랍게도 사람이 아니다. 동화(童話)에서 흔히 채택되는 의인화된 화자와도 다를 것 없이, 독일제 볼펜인 몽블랑이 이 소설의 화자인 '나'로 행세한다. 볼펜이 화자로 행세하는 소설의 리얼리티 문제에 대하여 여기서 호오(好惡)를 가릴 겨를은 없다. 하여튼, 화자를 사람이 아닌 사물, 볼펜으로 택함으로써, 그 소설은 빈부 계층의 경계를 넘어서 서울의 이곳저곳을 가리지 않고 돌아볼 수 있게 된다. 그 결과 산업화, 도시화가 진행된 자본주의 사회의 실상으로서의 서울에서의 삶의 모습이 실상 그대로 드러난다. 위에 인용한 것은 그 중에서도 가난한 이들이 모여 사는 '달동네'의 모습을 그려낸 대목이다.

이 소설의 작가인 이문열은 1979년 『사람의 아들』로 작가의 명성을 굳힌 이래 우리 시대의 대표적인 소설 장인(匠人)으로 알려져 온 작가이다. 그는 뛰어난 장인답게 종교, 분단과 젊은이의 성장 등 다양한 문제에 손을 대어 그 때마다 좋은 평판을 거두어왔다. 그는 이 소설에서 이례적으로 세태, 풍속을 그려내는 데에 착수하였는데, 이 새로운 시도에서도 또한 한 시대의 세태, 풍속도를 포착하는 좋은 결실을 얻었다고 생각한다. 이 작품을 만들기에 기울인 그의 노력은 아마도 그 세태, 풍속의 흔적이 지워질 무렵에 오히려 빛을 발할 것임에 틀림없다.

3. 맺는말

앞에서 말 그대로 주마간산(走馬看山) 하듯이 서울의 문학 100년의 자취를 돌아보았다. 문학 100년의 자취를 돌아보면서 바라본 서울은 한국의 수도이며 종주도시(宗主都市)라는 위치 이상으로 우리 문학에 심대(甚大)한 영향을 끼쳐왔음을 확인할 수 있었다. 지자제(地自制) 이전에 우리 정치, 행정이 중앙 집권적이라는 비판을 자주 들어왔듯이, 문학에 있어서도 지나칠 만큼 서울 중심적이라는 평가가 나오게 되는 것은 당연한 현상이라고 생각한다. 넓은 의미의 서울 문학은 한국 문학의 거의 대부분을 포용한다는 뜻에서 하는 말이다.

작품 발표, 출판, 작품에 대한 홍보, 평가 형성의 의미까지를 포함하는 넓은 뜻의 서울 문학이 막강한 세력을 구축했다고 해서,

서울에서의 삶을 그려내는 좁은 뜻의 서울 문학까지 저절로 풍성해지는 것은 아니다. 좁은 뜻의 서울 문학이 풍성해지기 위하여는 시인, 작가들의 재능과 땀의 결정(結晶)이 요구된다. 그 점에서는 오히려 결핍된 지대가 넓어 보이는 것이 '서울의 문학'이 보여주는 실상이다. 재능 있는 작가들의 깊은 성찰이 요청되는 대목이다.

서울에서 출생했으며 성장한 이들을 전국의 인구비로 보면 높지 않을 것으로 예상된다. 그러함에도 불구하고 한국 현대 문학사의 흐름에서 서울 출신 시인, 작가들이 중요한 역할을 수행하여 왔고 또 현재도 수행하고 있는 점은 눈에 띄는 현상이다. 염상섭, 박종화, 박태원, 이상, 임화, 심훈, 김수영, 정현종 등이 그들이다. 그들의 문학 활동이 그들의 생장지인 서울과 어떻게 관련되어 있는가는 따로 깊이 있게 살펴볼 만한 문제이다.

제2부
즐거운 詩 읽기

한국 현대시와 '집 안의 집'

1. 시 읽기의 새 방법을 찾아서

시란 무엇인가? 그것은 과연 우리의 바쁜 시간을 쪼개서 읽고, 거기에 잠기고, 사랑할 만한 대상이기는 한 것인가? 이 글의 첫머리에서 나는 그런 물음들을 제기하고 싶은 강한 유혹을 느낀다. 그런 물음들이야말로 시와 관련된 물음들의 가장 밑자리에 놓여야 한다고 생각하기 때문이다. 그러나 그 물음들은 필경 긴 설명의 과정을 거쳐야 할 것이다. 또 그 일을 감당할 만한 능력도, 또 그 성과도 자못 의심스럽다고 할 수 있다. 따라서 이 책에서는 시 읽기의 실제에 곧바로 들어가면서 때때로 그런 물음들에 토막토막으로 응대할 수 있기를 기대하려고 한다.

시에는 인간의 삶의 기쁘고 서러운 기미(機微)가 나타난다. 시에는 어쩔 수 없이 험한 삶의 국면이 등장하며 한 인물이 살아가는 험궂은 시대의 모습이 등장한다. 시에는 한 인물이 접한 자연의 티 없는 모습이 그려지고, 사람과 사람 사이의 이런저런 얽힘의 모습이 드러난다. 시에는 어떤 모진 상황과 국면에 처한 한 인물의 결단의 모습이 새겨진다. 시는 한 인물의 내밀한 독백, 꿈을 표출하는 자리가 될 수도 있다. 결국 시란 이 세상에 몸 받은 인간이 자연, 다른 인간, 세계에 대하여 보고 듣고 느끼고 생각하고 행동하며 예감한 것 모두를 털어놓을 수 있는, 털어놓은 어떤 방식이다.

시는, 위와 같은 의미에서 삶의 축도(縮圖) 또는 삶의 만화경(萬花鏡)이랄 수 있다. 그러나 삶의 축도, 삶의 만화경이면서 그것은 되는 대로 아무렇게나 만들어진 푸대자루가 아니다. 시는 필요에 따라 단정한 형식을 요구하기도 하고, 때로 거칠게 형식 파괴를 감행하기도 한다. 형식 이외에도 시의 시다움을 결정짓는 요소들에는 리듬, 은유, 상징, 이미지 등이 있다. 형식, 리듬, 은유, 상징, 이미지는 모두 언어와 관련을 가진 요소들로, 시를 언어예술의 가장 꽃다운 존재로 부상하도록 하는 요소들이다. 시를 언어예술의 가장 꽃다운 존재로 만드는 이 요소들과 시의 사유(思惟)라고 부를 수 있는 시인의 체험, 느낌, 생각들은 한 편의 시에서 따로 겉돌지 않는다. 그 두 갈래 시의 구성소들은 한 편의 시에서 이것과 저것을 따로 갈라 뗄 수 없는 반죽이 되어 온전한 하나가 되는 것이다.

그렇게 한 편의 시는 두 갈래 구성소들이 온전히 결합된 하나이다. 우리가 시를 읽고 즐기는 행위는 따라서 그 두 갈래 구성소들 중 어느 하나만을 취하고 어느 하나를 버리는 행위를 의미하지 않는다. 시 읽기란 인간의 삶에 대한 통찰과 언어예술적 감식(鑑識)이 걸음걸이를 맞추어 나가는 행위이다. 우리는 필요에 따라서만 부득이 그 두 구성소들 중 어느 하나만을 들어올려 말할 수 있을 뿐이다. 그 경우에도 우리는 말하고 있지 않은 다른 하나의 존재를 절대로 잊어서는 안 된다. 시 읽기란 그렇게 인생론과 예술론이 동행하는 행위이다.

시를 읽고 시를 즐기는 일은 그렇게 인생과 예술을 함께 접하는 소중한 작업이다. 그러함에도 불구하고, 그것이 점점 외면당한다는 우려가 곳곳에서 들린다. 시 독자로서 큰 몫을 차지했던 젊은이들부터 시를 돌보지 않는다는 것이 작금(昨今)의 중론이다. 이래저래 시의 위기라는 진단이 설득력 있게 돌고 있는 것이 오늘의 실정이다.

시의 위기라고 일컬어지고 있는 오늘, 시인들, 시 평론가들, 시학 교수들처럼 한 생애를 시와 더불어 살아온 이들은 그 사태에 어떻게 대처할 수 있을까? 뜻밖의 사태를 바라보며 속수무책인 채 탄식만 되풀이할 수는 없으리라. 각각 자신이 서 있는 자리에서 시와 독자

사이의 원활하지 못한 통로를 뚫고 개척하는 데 나설 수밖에 없을
터이다.

이 글은 바로 그런 과제를 염두에 두고 기획되었다. 이 글을 조금만
검토해 보아도 드러나듯이, 한국 현대시들을 대상으로 하여 시 읽기의
즐거움을 안내하려는 목표를 간직하고 있는 이 글은 대상 작품 선정에
문학사적 관점을 채택하지 않았다. 1908년에 육당 최남선의 새로운
시 「해(海)에게서 소년(少年)에게」가 발표되었고, 1919년에 송아 주요
한의 「불놀이」가 발표되었으며, 1926년에 만해 한용운의 「님의 침묵
(沈默)」이 발표되었다. 종래 한국시의 사화집(詞華集, anthology)의 차
례는 거의 예외 없이 앞에 든 문학사의 순서에 따라 편집하는 것을
어길 수 없는 관습으로 여겨왔다.

사화집 또는 시 해설서의 문학사 전개 순서에 따른 편차 구성은
물론 그 효용성이 크다. 한국 현대시가 전개되어 온 큰 줄거리를 짧은
시간 안에 파악하려는 이들은 그런 편집 방향을 택한 책들에서 용이하
게 목표를 이룰 수 있는 것이다. 그러나 명백히 그 효용성이 크며
결코 그 가치가 훼손되어서는 안 될 그 구성 방식은 접하는 이에
따라서는 거북스러운 느낌을 불러일으킬 가능성이 높다. 시정의 일반
독자들은 그저 감동을 받을 만한 좋은 시들과의 대면을 원할 뿐, 굳이
한국 현대 시문학사의 전개 순차에 따라 좋은 시들을 찾아내려고
하지는 않을 것이기 때문이다. 일반 독자들에게 문학사에 따른 사화집
또는 시 해설서를 권하는 것은 시 읽기에 어느 정도 맛들인 뒤가
더 적기일 것이라는 생각도 든다.

그 점에 착안하여 이 글에서는 한국 현대시들을 독자들에게 안내하
는 방법에 변화를 가져오려고 한다. 이 글의 제목『한국 현대시와
'집 안의 집'』이 드러내듯이 시 읽기를 구체적인 우리의 삶의 국면과
관련시켜 시도해 보겠다는 것이 이 글의 의도이다. 이 글은 우리 현대시

읽기를 구체적인 삶의 국면과 관련시켜 수행하되, '집 안의 집'이라고 표현한 우리네 가정에서의 구체적인 삶의 모습과 관련을 가진 시들을 우선 가려내어 읽으려는 목표를 가지고 씌어질 것이다.

한국 현대시를 읽는 작업이 '집 안의 집'인 가정과의 관련만으로 진행되는 데 이의를 갖는 분이 없지 않을 줄 안다. 당연한 지적이다. 그 점에 대하여는 이 글, 『한국 현대시와 '집 안의 집'』이 "즐거운 시 읽기·제1부"라는 부제에서처럼 연속된 기획의 일부임을 전해 드리고 싶다. 그 기획의 제2부가 『한국 현대시와 '집 밖의 집'』으로 진행 중인 것을 비롯하여 앞으로도 계속하여 '즐거운 시 읽기'의 작업을 계속하리라는 점을 말씀드려 둔다.

2. '집 안의 집'과 '집'의 뜻

한국어로서 가장 기초적인 낱말의 하나인 '집'은 상당히 특이한 성격을 가졌다. 그 말은 무엇보다도 거쳐야 할 만한 낱말의 파생을 거치지 않은 점에서 특이한 경우라고 할 수 있다. 신기철·신용철이 편찬한 『새 우리말 큰사전』(삼성출판사, 1974)은 낱말 '집'의 용례들을 다음과 같이 설명하여 놓았다.

> 집 ⑲ ① [사람이 살기 위하여 일정한 터 위에] 추위·더위·비바람 따위를 막으려고 지은 건물. *~을 짓다. ~이 크다. ⇒옥우(屋宇). ②동물이 보금자리를 이루고 사는 곳. *참새~. 제비가 처마 끝에 ~을 짓다. ③칼·벼루·총 따위를 끼거나 담아 두는 제구. *칼~. 벼룻~. ④바둑 둘 때에, 바둑돌로 에워싸서, 상대편이 들어올 수 없게 된 바둑판의 빈자리, 또는 바둑 놀이가 끝난

때에, 완전히 자기 차지가 된 바둑판의 빈 자리. ⑤가정. *결혼하고 ~을 이루다. ~을 돌보다.

　위에 인용한 낱말 '집'의 풀이 중, 이 글에서 문제 삼고 있는 것은 ①항 "사람이 살기 위하여 지은 건물"과 ⑤항 '가정'이다. 위 사전이 풀어서 설명하고 있듯이 우리말 '집'은 "사람이 살기 위하여 지은 건물"과 그 건물 안에서 이루어지는 '가정'이라는 공동체 생활을 굳이 구별하지 않은 채 함께 의미한다. 아마도 그 점은 우리 선인들이 "사람이 살기 위하여 지은 건물"과 그 건물 안에서 영위되는 공동체 생활이 상호 침투하고 있음을 깊이 의식한 데서 결과된 현상일 듯하다. 실제로 '건물'로서의 '집'이나, '생활'로서의 '집'을 노래한 시들을 찾아보면, 그런 상호 침투 현상에 불가피하게 부딪히게 마련이다. '건물'로서의 '집'과 그 안에서 영위되는 '생활'로서의 '집'이 그만큼 긴밀히 얽혀 있음을 알아볼 수 있는 것이다.
　'건물'로서의 '집'과 '생활'로서의 '집'이 각각의 낱말들로서 분화, 발달하지 않아 복잡한 현대의 삶을 영위하는 우리는 종종 불편을 겪는 때가 있다. 그렇기는 하지만 그런 현상이 우리 선인들의 섬세하고도 예민한 느낌과 생각의 결정이라는 점 또한 부정할 수 없는 사실이다. 오늘날, 주거로서의 '집' 안에서 이루어지는 공동체 생활을 또한 '집'이라고 명명했던 데서 초래된 불편은 한자로 만들어진 새 낱말 '가정'의 출현으로 크게 완화되었다. 아마도 개화기 이후에 만들어졌을 그 낱말은 '집'으로 '건물'과 그 건물 안의 '생활'을 함께 의미하였던 불편을 해소하기라도 하려는 듯 큰 기세를 떨치며 쓰이고 있다.
　그러나 '가정'이라는 새로 만들어진 한자어는 적어도 말맛에 있어서만은 적지 않은 한계를 지니고 있는 것으로 보인다. 무엇보다도 '건물'과 그 건물 안의 '생활'이 얽히고 설켰던 맛을 살려내지 못하는 점에서 그렇다. 우리 선인들이 불편을 겪으면서도 끝내 새 낱말을 만들어내지 않았던 원인이 '건물'과 그 '건물 안에서의 '생활'의 얽힘, 그것이었다면, 적어도 시를 말하는 자리에서만은 선인들의 그 느낌과 생각을 아끼는 방안을 찾아야 하겠다는 생각이 든다. 시란 언어생활의 다른 국면과는 달리 사소해 보이는 말맛에 이르기까지도 섬세하고 예민하게 반응하는, 반응해야 마땅한 국면이겠기 때문이다. 이 책에서 가정 안에서의 삶의 모습들을 그려낸 시들을 대상 작품들로 한정하면서, '집 안의 집'이라는 생소한 말을 찾아 쓰는 까닭이 거기에 있다. 이미 충분히 설명된 셈이지만, 이 글에서는 '집 안의 집'이라는 말로써 '집'이라는 '건물' 안에서 이루어지는 '집'이라는 '생활', 곧 가정생활을 말하려고 한다. '집'이라는 '건물' 또는 주거 형태 안에서 이루어지는 가정생활은 '건물' 또는 주거 형태로의 '집'과 상호 침투하면서 이루어지리라는 점을 '집 안의 집'이라는 말이 효과적으로 나타낼 수 있기를 기대하는 것이다.

3. 집―건물 또는 주거―의 시

건물 또는 주거로서의 '집'을 관련 학문에서는 어떻게 정의하고 있는가 살펴보기로 한다. 윤복자·지순이 공저한 『기초 주거학』(신광 출판사, 1992)에서는 '집'을 다음과 같이 정의했다.

집은 주택으로도 표현되며, 주택은 인간의 은신처로 사용되는 건물 그 자체로서 가족에게 생활공간을 제공해 주는 물리적 구조물 을 의미한다. 더 나아가 각 개인과 가족 또는 그 곳에 모여 사는 가구 구성원들의 생활 활동이나 취미활동을 다양하게 제공해 주는 역할까지 포함하므로 곧 생활의 터전이며 외부로부터의 방어와 평안 유지, 노동력의 재생산, 자녀의 양육과 보호, 가족의 단란과 휴식 등이 이루어지는 일상생활의 근거지이다. 따라서 주택은 모든 인간 생활에 대한 기본이다(위의 책, 13쪽)

　건물 또는 주거로서의 '집'에 관한 위의 정의를 따르면, '집'을 그려낸 시들은 우선 두 갈래의 것들이 가능할 것으로 보인다. '나'로 불리는 개인을 비롯한 가족 또는 가구원(家口員)들의 생활 터전으로서의 '집'이 그 하나이다. 개인, 가족, 가구원들을 더위, 추위, 비, 눈, 바람 같은 자연 현상과 소음, 매연, 차량 같은 도시 현상으로부터 안전하게 지켜주고 휴식과 수면으로써 노동력을 재생산하도록 하며, 자녀의 양육과 보호, 가족의 단란을 지켜주는, 인간이 의지할 곳으로서의 '집'이 다른 하나이다.

　생활공간으로서의 집과 의지할 곳으로서의 집 이외에, 집은 인간의 사업과 그 성취의 표상물로도 시에 등장한다. 집이 인간의 사업과 성취의 표상물로 시에 등장할 수 있게 된 것은 아마도 집이 형체를 가진, 인간의 원초적 건조물이라는 점 때문일 것이다. '집'이라는 낱말의 어원은 동사 '짓다(作)'로 알려져 있다. 인간이 지은 것 중 가장 원초적인 것의 하나가 '집'이기에, 인간의 사업과 그 성취를 '집'으로 그려내게 되었을 것이다. 인간의 사업과 그 성취를 집에 빗대어 말하는 것은 시 이전의 우리 의식에 이미 판박힌 관습이라고 할 수 있다. 가령 한 회사의 사장이 그 회사의 뛰어난 직원을 가리켜 "저 사람은 우리 회사의 기둥일세"라고 말했다면, 그 사장의 의식 속에는 사업을 '집'에 빗대고, 인재(人材)를 '기둥'에 빗대는 관습적 인식이 이미 형성되어 있었다고 할 수 있다. 방금 '인재(人材)'라는 낱말을 사용했는데, 그 낱말도 그런 인식의 소산이며, 어떤 인물을 "국가의 동량(棟樑)"이라고 말할 때에 '동량(棟樑)'도 그런 인식의 소산이다. '인재'는 사람됨을 재목(材木)에 빗댔다는 점에서, '동량'은 핵심, 기간(基幹)의 역할을 수행하는 인물을 집의 '마룻대(棟)와 들보(樑)'에 빗댔다는 점에서 그렇게 말할 수 있는 것이다. 위에서 살펴본 바와 같은 관습적 인식에 기초한 은유를 레이코프와 터너는 '개념적 은유conceptual metaphor'라고 명명했다. 레이코프와 터너의 견해에 따르면, 인간의 사업과 그 성취를 집에 빗대어 말하는 것은 인간에게 그런 개념적 은유가 이미 의식 속에 자리 잡고 있었기에 가능할 수 있었던 것이다(레이코프·터너,『냉철한 이성 이상의 것—시적 은유의 현장 안내』, 시카고 대학교 출판부, 1989).

우리 현대시에서는 '집'을 인간 존재로 그려낸 경우도 있다. 썩 예외적인 경우이다. 시인 김용택이 널리 알려진 시집『섬진강』으로 문단에 진출하기 이전에 써 놓았던 시들의 묶음이라고 밝힌『누이야 날이 저문다』의 앞머리에서 그런 시를 찾을 수 있었다. '집'으로서 인간 존재를 표상하는 것은 썩 드문 일이지만, 그런 표상이 가능했던 것은 '집'과 인간이 맺는 관계가 워낙 가깝기 때문에 가능할 수 있었던 것이리라고 생각한다. 위에서 살펴본 우리 현대시에서의 '집'을 그려 낸 유형들을 다시 간략하게 정리해 보면 다음과 같다.

① 생활 공간으로서의 집
② 의지할 곳으로서의 집
③ 인간의 사업과 그 성취의 표상으로서의 집
④ 인간 존재의 표상으로서의 집

위에서 넷으로 나눈 각 유형의 시들을 살펴보기 전에 먼저 '집'을 노래하고 있는 세 편의 널리 알려진 시들을 돌아보는 것으로 이 글을 시작하려고 한다. 박목월의 「가정」, 노천명의 「이름 없는 여인이 되어」
와 백석의 「오리 망아지 토끼」가 그 작품들이다. 그 작품들은 모두
'집'과 얽혀 있는 삶의 모습들을 그려낸 것들로, '집'을 노래한 시들의
본보기가 될 만한 것들이다. 세 작품들에는 각각 그 집의 남편, 아내,
아이의 모습들이 그려져 있어, 한 집에서 각 가족 구성원들이 어떻게
살아가는가를 생각하도록 이끈다. 바로 그 점이 앞의 세 시들을 이
글의 앞머리에 내세우는 또 하나의 이유이다.

가　정(家庭)

박 목 월

지상(地上)에는
아홉 켤레의 신발.
아니 현관(玄關)에는 아니 들깐에는
아니 어느 시인의 가정(家庭)에는
알 전등(電燈)이 켜질 무렵을
문수(文數)가 다른 아홉 켤레의 신발을.

내 신발은
십구문반(十九文半)
눈과 얼음의 길을 걸어,
그들 옆에 벗으면
육문삼(六文三)의 코가 납짝한
귀염둥아 귀염둥아
우리 막내둥아.

미소(微笑)하는 내 얼굴을 보아라.

얼음과 눈으로 벽(壁)을 짜올린
여기는
지상(地上).
연민(憐憫)한 삶의 길이어.
내 신발은 십구문반(十九文半).

아랫목에 모인
아홉 마리의 강아지야
강아지 같은 것들아.
굴욕(屈辱)과 굶주림과 추운 길을 걸어
내가 왔다.
아버지가 왔다.
아니 십구문반(十九文半)의 신발이 왔다.
아니 지상(地上)에는
아버지라는 어설픈 것이
존재(存在)한다.
미소(微笑)하는
내 얼굴을 보아라.

　　위 시 「가정」은 박목월의 제3시집 『청담(晴曇)』(1964)에 수록된 작품
이다. 그는 박두진, 조지훈과 공저한 시집 『청록집』(1946) 이외에,
『산도화(山桃花)』(1954), 『난·기타(蘭·其他)』(1959), 『청담(晴曇)』,
『경상도의 가랑잎』(1968) 등 여러 권의 시집들을 남겼다. 그 중 시집
『청담』은 시인의 40대 후반의 대략 5년간의 시들을 묶은 것이다.
　　박목월은 우리 독자들에게 널리 알려진 시인들 중의 한 사람이다.
그가 독자들에게 널리 알려지게 된 계기로는 두 가지쯤을 들 수 있다.
중·고 국어 교과서에서 자주 만날 수 있었던 고운 서정을 보여준
시들의 작가라는 점이 하나이다. 교과서를 통해 고르게 친숙해진 박두

진, 조지훈과 함께 시집 『청록집』의 공저자의 한 사람이라는 점이
또 하나이다. 그가 독자들과 친숙해진 계기에서 볼 수 있듯이 시인
박목월은 독자들에게 『청록집』, 『산도화』에 수록된, 자연과 향토의
서정을 노래한 시인으로 널리 알려져 있는 편이다. 박목월 시에 대한
일반 독자들의 그러한 선입관과 상당한 거리를 보여 주는 것이 시
「가정」의 면모이다. 시 「가정」에는 자연을 대신하는 인간사, 향토를
대신하는 도시에서의 한 가정의 모습이 노래된 점에서 그렇다. 시
「가정」의 그러한 변모는 『청록집』, 『산도화』의 결고운 시들이 6·25
전란의 참혹한 체험과 힘겨운 삶의 체험을 통해 바뀐 결과에서 말미암
는다. 박목월은 자신의 시가 시집 『청담』에서 변모한 과정을 다음과
같이 설명했다.

> 『청담』에 수록한 작품을 처음으로 손을 댈 무렵에는 비근한 나의
> 생활 주변의 인생쇄사(人生鎖事)를 하나하나 정리해 보고 싶은
> 심정에서 출발하였다. 그것도 40대 후반에 처음으로 내게 무거운
> 짐으로 양견(兩肩)에 짊어지워지는 '가정'을 중심으로 정리해 보려
> 고 한 것이다. (……) 40대 후반에 이르기까지 가정은 차고 다니는
> 주머니처럼 가벼운 것이었다. 그것이 40대 후반에 갑자기 무거운
> 짐이 된 것이다. (……) 생활과 의무의 수렁창 속에서 나의 이마에
> 소금끼는 가실 날이 없었다. 이마에 땀이 마를 날이 없으리라는
> 아담의 저주를 나는 몸소 체험하게 된 것이다. 이런 수렁창 속에서
> 우러러 보는 하늘을 노래하고 싶은 것이 『청담』의 세계이다(박목
> 월, 「목마른 역정(歷程)」, 『청록집 이후』, 현암사, 1968).

  시인의 자전적 시론(自傳的 詩論)에 해당하는 위 글에서 박목월은
그의 개인 시집으로는 제3시집에 해당하는 『청담』에 관한 여러 생각들

을 전해 주었다. 시집 『청담』에 실린 시들에서 ① 자신의 생활 주변의 인생쇄사를 하나하나 그려내고 싶었다는 것 ② 그가 그려내려 한 인생쇄사는 40대 후반에 무거운 짐으로 느껴지게 된 '가정'을 중심으로 한다는 것 ③ 40대 후반에 들어 '가정' 생활을 제대로 꾸려야겠다는 의무의 무게는 가장인 '나'의 이마에 땀이 마를 날이 없도록 만들었다는 것 등이 그가 위 글에서 전해 준 내용이다.

앞에 인용한 시 「가정」은 시집 『청담』 시기의 박목월의 시작 의도를 거의 남김없이 구현한 작품처럼 보인다. 그도 그럴 수밖에 없었을 것이다. 왜냐하면 시인의 설명 그대로 『청담』 시기의 그의 시의 무게 중심은 '가정'이었고, 시 「가정」은 바로 그 무게 중심인 가정의 모습을 그려낸 작품이기 때문이다.

시 「가정」은 한 가정의 전면적인 모습을 보여 준 작품이라고는 할 수 없다. 이 시는 한 가정의 전면적, 세부적인 모습보다도 한 가장이 그의 가정을 대하는 심경을 그리는 데에 초점을 맞추었다. 가장에게는 그의 가정을 순탄하게 이끌어갈 책무가 주어진다. 이 시에서 그런 책무감은 그 집 신발의 가장 큰 문수인 '19문 반'으로 그려졌다. '19문 반' 신발의 임자인 가장은 그 집의 '문수가 다른 신발'의 임자들, 곧 그의 가족들을 건사해야 할 책무를 떠맡는다. 그러나 그 일은 가장의 소망처럼 그렇게 손쉽게 이루어지지 않는다. 그의 책무 수행이 쉽지 않았던 것은 그가 벌이를 해 들여야 할 집 바깥의 세상이 녹록하지 않았기 때문이다.

집 바깥의 세상은 이른바 '생존 경쟁'을 치러야 할, '정글의 법칙'이 판치는 공간이다. 이 시는 바깥세상의 그 같은 살벌한 경쟁을 '눈과 얼음'으로 그려냈다. 바깥 경쟁 마당의 비정(非情)하고 냉혹하며 위태로움을 말한 것이다. 그렇게 비정, 냉혹하고 위험한 경쟁 마당이 된 세상에서 버티어 내자면 때로 연민, 굴욕의 느낌을 피하기 어렵다.

때로 굶주림과 추위 또한 겪지 않을 수 없게 마련이다.

　구약 창세기에서 인류의 조상인 아담에게 주어졌던 "이마에 땀이 마를 날이 없겠다"는 신으로부터의 운명 선언이 실감되는 대목이다. 박목월의 시 「가정」은 아담의 예정된 운명을 실감하면서 그 자신도 그 운명을 짐진 채 고투하는 한 가장을 그려낸 작품으로서 의의를 갖는다. 한 집의 가장의 그러한 고투는, 그 집의 구성원인 가족들에게는 믿음직한 '울타리'가 되어준다. 자신은 "굴욕과 굶주림과 추위"를 겪으면서도 가족들에게 '울타리'가 되어주는 가장이 존재하므로, 가족 구성원들은 마음 놓고 그들의 삶을 엮어 갈 수 있는 것이다. 그런 의미에서 이 시는 한 가정을 형성하도록 하는 가장 밑자리의 모습을 보여주었다고 할 수 있다. 그 밑자리의 모습이란, "얼음과 눈으로 벽을 짜올린" 세상으로부터 가족들을 지켜주는 것이 사랑의 공동체로서 가정이라는 점의 확인에 해당한다.

이름없는 여인이 되어

노 천 명

　　어느 조그만 산골로 들어가
　　나는 이름없는 여인이 되고 싶소
　　초가 지붕에 박 넝쿨 올리고
　　삼밭엔 오이랑 호박을 놓고
　　들장미로 울타리를 엮어
　　마당엔 하늘을 욕심껏 들여놓고
　　밤이면 실컷 별을 안고

　　부엉이가 우는 밤도 내사 외롭지 않겠소
　　기차가 지나가버리는 마을

　　　　놋양푼의 수수엿을 녹여 먹으며
　　　　내 좋은 사람과 밤이 늦도록
　　　　여우 나는 산골 얘기를 하면
　　　　삽살개는 달을 짖고
　　　　나는 여왕보다 더 행복하겠소

　시인 노천명은 한국 여성 시사의 한 획을 그은 것으로 평가받는
시인이다. 『사슴―노천명 전집 ①―시』를 해설한 평문에서 김현자는
"노천명은 1938년 첫 시집 『산호림』으로 문단에 화려하게 입성하여,
『창변』, 『별을 쳐다보며』, 『사슴의 노래』의 시집을 남기며 한국 현대시
사에 크고 인상적인 이정표로 서 있다."(김현자, 「식물적 상상력과
절제의 미감(美感)」, 『사슴―노천명 전집 ①―시』, 솔, 1997)고 했다.
그 글에서 김현자는 "현대 여성시사의 실질적인 시작에 노천명의
시들이 존재함을 확인할 수 있었다."는 말로써 그로부터 본격적인
한국 여성 시사가 출발한다는 주장을 펴고 있다. 관점에 따라 얼마쯤
가감이 없지는 않을 것이다. 그러나 김현자의 노천명 시에 대한 평가는
문단과 학계 일반의 평가로 받아들여도 좋을 듯하다.

　노천명은 46세에 병몰(病沒)하기까지 결혼하지 않은 채 독신으로
지냈다. 바로 그 점이 그렇지 않아도 고독하기 쉬웠던 성격의 그를
더욱 고독하게 몰아 붙였던 듯하다. 노천명이 고독하기 쉬운 성벽을
가졌었다는 점은 그 자신의 술회에 바탕을 둔다. 노천명은 자신이
자신을 그려낸 시 「자화상」에서 아주 예리한 자기 투시의 시선을
보여 주었다. 그 시에서 그는 자신이 어떻게 고독하기 쉬운 성벽을
지녔는가를 조금도 가림없이 그려내 보여주었다. 그 시를 그대로 옮겨
보면 다음과 같다.

오 척 일 촌 오 푼 키에 이 촌이 부족한 불만이 있다. 부얼부얼한
맛은 전혀 잊어버린 얼굴이다 몹시 차보여서 좀체로 가까이하기
어려워한다.
그린 듯 숱한 눈썹도 큼직한 눈에는 어울리는 듯도 싶다마는……
전시대 같으면 환영을 받았을 삼단 같은 머리는 클럼지한 손에 예
술품답지 않게 얹혀져 가냘픈 몸에 무게를 준다. 조그마한 거리
낌에도 밤잠을 못 자고 괴로워하는 성격은 살이 머물지 못하게 학
대를 했을 게다.

꼭 다문 입은 괴로움을 내뿜기보다 흔히는 혼자 삼켜 버리는 서글
픈 버릇이 있다 세 온스의 ‘살’ 만 더 있어도 무척 생색나게 내
얼굴에 쓸 데가 있는 것을 잘 알건만 무디지 못한 성격과는 타협
하기가 어렵다.
처신을 하는 데는 산도야지처럼 대담하지 못하고 조그만 유언 비
어에도 비겁하게 삼간다 대(竹)처럼 꺾어는질망정
구리(銅)처럼 휘어지며 구부러지기가 어려운 성격은 가끔 자신을
괴롭힌다

―「자화상」 · 전편

위 시를 싣고 있는 시집 『산호림』이 간행된 것은 시인이 만 26세에
이르렀던 1938년의 일이다. 그만 나이에 위 시에처럼 투명하게 자기
자신을 성찰할 수 있었음은 결코 범상한 능력이었다고 할 수 없다.
그 투명한 성찰은 시인으로서 그의 만만하지 않은 지성과 재능을
일러준다. 다른 한편, 그 성찰은 자신의 특이한 개성으로 하여 고뇌했
던 시인의 깊은 번민(煩悶)을 알려준다. 자신의 개성을 깊이 고뇌하지
않았던 이로서는 용이하게 보여줄 수 없었을 ‘몸과 마음의 지형도’를
위 시는 뚜렷이 보여주고 있는 것이다.
시 「자화상」은 시인 자신의 용모를 말하는 단계에서부터 세상과

조화롭지 못했던 그의 성벽을 보여주었다. "부얼부얼한 맛은 전혀 잊어버린 얼굴이다 몹시 차보여서 좀처럼 가까이하기 어려워한다."고 자신의 용모, 안색을 말한 점이 그렇다. 근자에는 들어보기조차도 어렵게 된 낱말인 '부얼부얼하다'를 한 사전에서는 "살이 쪄서 탐스럽고 복스럽게 보인다"로 뜻을 풀었다. 시인은 그 대목에서 자신에게서는 그런 푸근한 맛이 전혀 느껴지지 않는다고 말한 것이다. '몸피'('몸둘레의 굵기')를 화제로 해서도 시인은 자신의 성격과 관련을 지어 말했다. "조그마한 거리낌에도 밤잠을 못 자고 괴로워하는 성격은 살이 머물지 못하게 학대를 했을 게다."가 그런 대목이다. 그 밖에도 이 시에서 시인 자신의 성벽을 말한 대목들을 여럿 찾아볼 수 있다. "꼭 다문 입은 괴로움을 내뿜기보다 흔히는 혼자 삼켜버리는 서글픈 버릇이 있다", "무디지 못한 성격과는 타협하기가 어렵다.", "처신을 하는 데는 산도야지처럼 대담하지 못하고 조그만 유언비어에도 비겁하게 삼간다 대(竹)처럼 꺾어는질망정", "구리(銅)처럼 휘어지며 구부러지기가 어려운 성격은 가끔 자신을 괴롭힌다." 같은 대목들이 그런 예들이다. 그 자신이 말했듯이 노천명은 예민하면서도 결곡하고 내향적인 성질을 가졌던 인물이었다. 거기에 그의 성벽 한 가지를 더 보태 말한다면 높은 자존심을 들 수 있을 것이다. 그의 대표시의 하나로 알려져 있는 「사슴」이 그의 높은 자존심의 한끝을 엿보게 한다고 말하고 싶다. 예민, 결곡하고 내향적인 성질을 가진데다가 자존심마저 강했던 시인 노천명이 시 「이름없는 여인이 되어」에서 미혼이었던 자신의 생애와 대조적인 생애를 상상해본 것은 의외의 사건이다. 노천명이 자신을 무명, 기혼의 여성이었더라면 하고 상상해본 그 시가 제작, 발표된 데에는 그럴 만한 계기가 있었다. 나는 그 계기를 시인 노천명의 수감 체험에서 찾을 수 있으리라고 추정해본다.

시인 노천명은 1950년 10월부터 1951년 4월까지 6개월간 수감되어 고초를 겪었다. 6·25 전란기 공산 치하에서 문학가동맹에 참여, 부역(附逆)을 했다는 혐의에서였다. 당시 대통령 비서관으로 일하고 있었던 김광섭 등 지인들의 주선으로 20년형에서 6개월 만에 풀려날 수 있었으나, 그 수형 생활의 충격은 심각한 것이었다. 수감 생활 중 노천명이 받았던 충격은 그의 제3시집 『별을 쳐다보며』에 실린 다수의 시들에 그려져 있다. 그 시들 중에는 자신이 이름없는 아낙네가 아닌 여류 명사이기에 환란을 자초했다는 한탄을 노래한 작품들도 포함된다. 시 「유명하다는 것」에서는 "유명하다는 건 얼마나 거북한 차림차림이냐/ 이 거추장스런 것일레/ 나는 저기서도 여기서도/ 걸려 넘어지고/ 처참하게 찢겨졌다"고 유명세를 혹독하게 치러야 했던 자신의 불운을 한탄했다. 세상으로부터의 절리(絶離)를 강하게 소망한 시 「고별」에서는 "온갖 화근이었던 이름 석 자를/ 갈기갈기 찢어서 바다에 던져버리련다/ 나를 어니 떨어진 섬으로 멀리멀리 보내다오"라며 이름 석자가 자신에게 닥친 모든 화란(禍亂)의 근원임을 뼈아프게 토로하기도했다.

앞에 인용한 시 「이름없는 여인이 되어」는 그렇게 이름 석 자에 대한 혐오가 격렬했던 노천명의 수감 체험과 깊이 연결되어 있는 작품이다. 노천명은 그 시에서 당시 그에게 회오리쳤던 이름 없는 여인의 삶에 대한 염원을 구체적으로 상상해 그려냈다. 그뿐만이 아니다. 다른 한편 노천명은 그 시에서 미혼 독신인 자신을 벗어나 한 남성에게서 살뜰한 사랑을 받는 한 아낙네로 변신한 자신의 모습을 그려내기도 한 것이다. 시 「이름없는 여인이 되어」는 당시 40세를 막 넘겼던 노천명의 가정생활에 대한 동경이 아프게 그리고 소박하게 피어난, 아름다운 작품이다. 평상의 경우였다면 쉽게 토로하지 못했을 그의 은밀한 소망이 고통스러웠던 수감 체험을 한 끝이라 스스럼없이 토로된 것이 그 시였다는 이해가 가능하다. 시 「이름없는 여인이 되어」

가 만들어진 배경에는 그렇게 한 여인의 뼈를 후벼파는 듯한 아픔이 서려 있었다. 그러나 작품 제작 배경의 그런 쓰라린 아픔과는 역의 방향에서 그 시는 아름답게 피어났다. 풍부한 상상력과 예민한 감성을 가졌던 미혼 중년의 시인이 평소에 그려 왔던 집과 가정의 정경을 상상 속에서나마 마음껏 피워냈던 덕분이다. 앞에서 말했듯이 이 시의 바탕이 되는 정서는 소박하다. "초가 지붕에 박 넝쿨 올리고/ 삼밭엔 오이랑 호박을 놓고", "놋양푼의 수수엿을 녹여 먹으며" 같은 대목들에서 우리는 질박하다고 할 만한 정경들을 만난다. 그러나 그런 질박한 정경 중에도 노천명은 그의 시 특유의 화사한 감각이나 어투를 곁들이기를 잊지 않았다. "들장미로 울타리를 엮"는 꿈의 표백이나 "나는 여왕보다 더 행복하겠소" 같은 어투가 그런 예에 해당한다.

　노천명의 시 「이름없는 여인이 되어」는 아름다운 집의 노래이다. 이 시를 시인 노천명의 고독했던 삶과 관련시켜 읽을 때에 우리는 애틋한 느낌 또한 지우기 어렵다. 시인이 현실의 삶에서 심각하게 느꼈던 결핍을 자신의 상상 속에서 채워 그려낸 것이 이 시라는 점 때문이다. 시인이 상상 속에서 그려낸 이 시는 바로 그 점 때문에 양면적 성질을 갖는 것으로 보인다. 상상만으로 그려낸 이 시는 집의 노래로는 현저하게 현실감이 부족하다. "내 좋은 사람과 밤이 늦도록/ 여우 나는 산골 애기를 하면/ 삽살개는 달을 짖고/ 나는 여왕보다 더 행복하겠소" 같은 대목들에서 가정생활의 실상과는 적지 않은 거리를 실감할 수 있을 것이다. 집의 노래이면서 아이들이 보이지 않는 것도 아쉬운 점이다. 그러나 다른 한편 상상만으로 만들어진 이 집의 노래는 그 점 때문에 훼손되지 않은 채 빛을 던지는 것으로도 이해된다. 상상 속에서는 질척거리는 현실이 들어설 자리가 없다. 상상 속에서는 훼손된 현실이 굳이 들어서지 않아도 좋은 것이기에 이 시는 동경하는 상태로서의 집을 노래한다. 바로 그 점이 노천명의

시 「이름없는 여인이 되어」가 변함없이 간직한 빛의 원천이라고 할
수 있다.

오리 망아지 토끼

백 석

오리치를 놓으려 아배는 논으로 나려간 지 오래다
오리는 동비탈에 그림자를 떨어트리며 날어가고 나는 동말랭이
에서 강아지처럼 아배를 부르며 울다가
시악이 나서는 등 뒤 개울물에 아배의 신짝과 버선목과 대님오리
를 모다 던져버린다

장날 아침에 앞 행길로 엄지 따러 지나가는 망아지를 내라고 나는
조르면
아배는 행길을 향해서 크다란 소리로
―매지야 오나라
―매지야 오나라

새하려 가는 아배의 지게에 지워 나는 산으로 가며 토끼를 잡으리
라고 생각한다

맞구멍난 토끼굴을 내가 막아서면 언제나 토끼새끼는 내 다리 아
래로 달어났다
나는 서글퍼서 서글퍼서 울상을 한다

　　백석(白石)은 1912년에 출생한 것으로 알려져 있다. 그의 출생에
관한 정보가 얼마쯤 알려져 있는 점과는 달리 그가 타계한 연대와

원인 등은 지금껏 소상하게 알려지지 못한 채로 남아 있다. 그의 사몰(死沒) 연대는 1963년쯤으로 추정되기도 하고, 1990년대까지 어려움을 겪으며 생존했던 것으로 전해지기도 할 뿐, 좀더 상세한 것은 제대로 알려져 있지 못한 편이다. 그렇게 된 원인은 평북 정주 출신인 그가 광복 이후 그대로 북한에 머물렀으며, 북한 사회에서 그의 문학을 별달리 조명하지 않았던 점과 관련된다.

북한 사회가 그의 문학을 별로 돌보지 않았던 점과는 달리, 남한의 독자들이 그의 시에 기울이는 애정은 가위 '뜨겁다'고 할 만하다. 그가 남긴 시들에 대한 반응은 1988년의 재북·월북 문인의 작품들에 대한 해금(解禁)이 단행된 이후에 선명하게 나타났다. 출판 쪽에서 보면 그의 시 전집 또는 문학 전집을 여러 출판사들이 경쟁하듯이 내어놓았다. 학계의 관심도 지대했다. 해금 이후 그의 시를 문제삼고 있는 논문들은 석사, 박사 학위 논문들을 포함하여 그 수가 날로 증가하는 형세를 보인다. 일반 독자들 사이에서도 "좋아하는 시는?" 하는 물음에 "백석"이란 대답이 드물지 않게 들릴 정도이다.

이 글에서 백석 시의 어떤 점들이 우리 독자들의 뜨거운 관심을 불러 일으켜 왔던가를 상세히 짚어보기는 어렵다. 그렇기는 하나, 앞에 인용한 「오리 망아지 토끼」와 관련하여 한 가지 사실만은 명확히 밝혀 두고 싶다. 지금 우리에게 남겨져 있는 백석의 시들은 독자들에게 두 가지 대조적인 삶의 모습을 전해 준다. 지금은 거의 구해보기 어려운 우리 전통생활의 세목(細目)들과 어우러졌던 삶의 모습을 차분히 바라보는 계열이 그 첫째이다. 앞에 인용한 시 「오리 망아지 토끼」는 이 계열에 해당하는 작품이다. 견디기 힘든 삶의 곤경에 빠져 남모르게 흐느끼면서도 스스로 기품을 잃지 않도록 화자 자신의 태도를 다지는 계열이 그 둘째이다. 백석의 대표작으로 꼽히는 「남신의주 유동 박시봉방」 같은 시가 이 계열에 해당하는 작품이다. 백석의 시는 대조적인

이 두 계열의 시들에 다시 한 계열을 추가해야 그 전모가 드러난다. 같은 시대를 살아가던 이웃의 삶을 굳이 설명을 붙이지 않은 채 차분히 그려낸 계열이 그것이다. 이 계열의 대표시들로는 「팔원(八院)」, 「여승」 같은 작품들을 꼽을 수 있을 것이다.

독자들로서는 대조적인 정서가 흐르는 백석 시의 두 계열을 포함한 세 계열 모두에게 각별한 관심을 기울일 만한 이유가 충분하다. 한 편의 시가 우리를 이끄는 힘은 그 시를 출산하기까지 그 시에 참여한 구성소들의 총화임은 주지의 사실이다. 따라서 한 편의 시가 독자들에게 강렬하게 다가오는 힘을 시의 소재만으로 설명하는 것은 무리하다고 할 수밖에 없다. 그렇기는 해도 백석 시의 소재는 우리 근대시들이 결여한, 소중한 부분이라는 점에서 일단 다른 시의 소재들과는 변별된다는 점을 밝혀 두기로 한다. 거기에 백석 특유의 삶의 태도가 더해지고 그의 시학과 기법이 가세하면 그의 시들은 높은 흡인력을 발동하게 된다. 1988년의 해금 이후 백석의 시들이 우리 독자들의 뜨거운 관심을 불러 일으켰던 데에는 그럴 만한 사유가 개재해 있었던 것이다.

시 「오리 망아지 토끼」는 백석 시집 「사슴」의 주조라고 할 만한 유년 체험을 회상한 작품이다. 유년 체험을 회상한 작품들에서 시인은 우리 전통 생활의 세목과 함께 가족과 가까운 이웃들을 그려냈다. 시 「고야(古夜)」에서 어머니, 「고방」에서 할아버지, 「가즈랑집」에서 '가즈랑집 할머니', 「주막」에서 동갑네 '범이'를 그려낸 것이 그 예이다. 그 작품들과 마찬가지로 시 「오리 망아지 토끼」에서는 오리와 토끼 사냥 그리고 '엄지'와 함께 장에 끌려가는 망아지 같은 삶의 세목들과 함께 아버지의 모습을 그려냈다.

「오리 망아지 토끼」는 시인의 유년 체험 중 아버지를 대하던 자신과 자신을 대하던 아버지의 모습을 그립게 회상한 작품이다. 시인은 그 회상을 오리 사냥, 토끼 사냥과 망아지를 내어놓으라고 떼를 쓰던 토막 등 세 개의 정경을 엮어서 그려냈다. 그 정경들을 통해서 그려낸 어린 시절의 시인의 모습은 엄격한 가정교육에 길들여진 어린이의 모습에 가깝다기보다 포근하게 자식을 감싸는 부모 밑에서 제 마음껏 성질을 피우는 방임형 교육에 길들여진 모습을 보여준다. '나쁜 성미'라는 뜻을 가진 '시악'을 부리며, "아배의 신짝과 버선목과 대님오리를 모다(모두)" 개울물에 던져버리고, 행길(한길)을 지나는 망아지를 내어놓으라는 아들의 떼부림에서 그런 모습을 목격한다. 아들의 그런 생떼를 따듯이 받아주면서 "—매지(망아지를 달리 이르는 말)야 오나라/ —매지야 오나라"라고 소리 치기도 하고, "새하려(땔나무를 장만하려) 가는" 지게 위에 어린 아들을 앉혀 산길을 동행하기도 했던 아버지의 모습에서는 포근하고 자애로운 교육을 베풀던 시인의 아버지의 모습이 그대로 살아난다.

이 시는 평북 정주 사투리를 솜씨 있게 살려 쓴 백석의 초기 시로서는 사투리 사용이 억제되어 있는 편이다. 이 시에 쓰인 사투리들 중 '오리치'의 '오리'는 '집오리'가 아닌 야생의 '물오리'를 가리킨다. '오리치'의 '치'는 "벌의 독바늘"과 같은 사냥용 '바늘'을 말하는 듯하다. 백석의 다른 초기 시 「오리」에서 야생 오리를 잡으려 "닭이깃 올코에 새끼달은치를 묻어놓고"라고 말한 대목을 보면 '치'란 '바늘'처럼 묻어놓고 사냥감이 걸리기를 기다리는 사냥 도구이다. '동비탈', '동말랭이'처럼 쓰인 말들에서의 '동'은 사전에도 올라 있지 않다.(북한 사회과학원 언어연구소 편, 『조선말 대사전』, 1992) 아마도 이 말은 우리 사회에서 "집 뒤의 언덕이나 수풀"을 가리키는 낱말인 '동산'에 가까운 뜻을 가진 말일 것이라고 추정한다. '동말랭이'의 '말랭이'는 정상(頂上) 부분을 뜻하는 '마루'의 사투리이다. 낱말 '시악'의 뜻은 앞에서 말한 바와 같다. '엄지'는 어미 짐승을 가리키는 낱말이다. '매지'는 망아지를 달리 이르는 말로 그 말체는 어린이의 말체에 해당

한다. 위에서 살펴보았듯이 백서의 초기 시 「오리 망아지 토끼」는
한 가정에서 아버지와 그의 자녀가 어떻게 어울려 살아갔던가를 보여
준, 향기롭고 품격 높은 작품으로 떠오른다.

1) 생활공간으로서의 집

　생활공간으로서의 집을 그려낸 시들은 많다. 시인 백석이 시집『사
슴』에서 생활공간으로서의 집을 집중적으로 그려낸 이래, 집은 시인들
이 그려내는 친숙한 대상의 하나가 되었다. 여기서는 생활공간으로서
집을 노래한 두 작품들을 살펴보기로 한다. 이상국의 「저녁의 집」과
고형렬의 「미시령 아래 집」이 그것들이다. 두 작품 모두 제작된 때가
오래지 않은 것들이다. 이상국의 「저녁의 집」은 그의 시집『집은 아직
따뜻하다』(1998)에 실린 것이고, 고형렬의 「미시령 아래 집」은 시집
『마당식사가 그립다』(고려원, 1995)에 실린 것이다.

저녁의 집

이 상 국

해 떨어지면
나무들은 이파리 속의 집으로 들어가고
먼 개울물 흐르는 소리
울타리 너머 밥 짓는 냄새 속으로
꼴짐 높게 진 사람들 두런두런 혼잣말하며
배가 장구통 같은 소 앞세우고 돌아오네
제 새끼 안 보인다고 아갈질해대는 소울음 사이로
박쥐떼들 아무렇게나 날아간다
고등빼기 우리 집에서는

어여 와 저녁 먹으라고 어머니가 부르는 소리
어머니도 딱하다
나도 이제 자식을 둘이나 두었는데
아직 내 이름을 알몸뚱이로 동네방네 불러대다니
하늘 뒤에서 별이 어둠을 씻고 나온다
키 큰 밤나무 꼭대기까지 차 오르는 어둠속에서
새는 보이지 않고 울음소리만 들리고
변소 지붕 위의 박이 엉덩이처럼 희게 떠오른다
부엌문 여닫힐 때마다 불빛에 어리는 마당 식구들
어둠에 잠겨 찰랑거리는 마을에서
이파리들의 소곤거림
쇠똥 냄새
먼데 집 펌프대 삐걱거리며 물 올리는 소리
명석가로 펄쩍펄쩍 개구리들 덤벼드는
그 머나먼 집 마당에서
나는 아직 저녁을 먹고 있다

이상국의 「저녁의 집」 전편이다. 이상국은 1946년 강원도 양양에서 출생했다. 그의 시들을 보면 그는 고향인 양양에서는 조금 벗어나 있지만, 지금까지 강원도 일원에서 줄곧 살아 왔음을 알아볼 수 있다.

위 시는 얼핏 보아서, 시인의 부모가 오래 살아온 집에서 시인이 근자에 체험한 바를 담은 작품처럼 보인다. 무엇보다도 그런 단정을 내리도록 이끄는 대목은 "어여 와 저녁 먹으라고 어머니가 부르는 소리/ 어머니도 딱하다/ 나도 이젠 자식을 둘이나 두었는데/ 아직 내 이름을 알몸뚱이로 동네방네 불러대다니"라는 대목이다. 이 대목들 중 "나도 이젠 자식을 둘이나 두었는데"라는 대목에서 독자들은 이 시가 그려낸 것이, 시인이 자식을 둘이나 둔 이후의 체험, 곧 시인의 성가(成家) 이후의 체험이며 근자의 체험이라는 단정을 망설이지 않고 내릴 수 있는 것이다. 그러나 그런 단정은 이 시의 끝 대목인 "그 머나먼 집 마당에서/ 나는 아직 저녁을 먹고 있다"라는 시문장을 곱씹을 때에 수정될 여지를 남긴다. 이상국이 말하는 "머나먼 집"이란 공간상으로 멀리 떨어진 집을 의미한다기보다는 시간상으로 멀리 떨어진 집을 의미한다고 보이기 때문이다. "머나먼 집"이 공간상의 거리를 의미한다기보다 시간상의 거리를 의미한다면, 이 시에서 그려진 체험은 현재의 것이 아닌 기억 속의 것, 추억 속의 것이라고 말해야 옳을 것이다.

그렇다면 두 대목, "나도 이젠 자식을 둘이나 두었는데"와 "머나먼 집"이란 두 대목 사이에서 시간상의 충돌이 일어나는 듯한 점을 어떻게 이해할 것인가 하는 문제가 제기된다. 두 대목 사이의 시간상의 충돌이란 다름이 아니다. "나도 이젠 자식을 둘이나 두었는데"라고 생각하는 시간은 현재에 가까워 보이고, "머나먼 집"이라고 말할 때의 시간은 앞의 경우보다 현재에서 멀어 보이는 것을 말한다. 한 작품에 나타난 이와 같은 시간상의 불일치를 어떻게 설명할 수 있을까?

한 작품에 나타난 위와 같은 시간상의 불일치를 설명하기 위하여 우선 확실히 해 두어야 할 점이 있다. 그것은 이 시가 시인이 살았던 옛 집에 대한 체험의 기억을 그려낸 작품이란 점이다. 그 점은 이 시의 끝 대목에 나오는 "머나먼 집"이란 말로써 뚜렷이 드러난다. 그렇다면 "나도 이젠 자식을 둘이나 두었는데"라는 말에 드러나는 시간은 어떻게 가능했을까? 나는 그 대목을 이해하는 두 가지 방법을 생각해본다. 한 가지는 "나도 이젠 자식을 둘이나 두었는데"라는 화자, 곧 시인의 푸념이 추억 속의 푸념이 아니라, 추억 속에 끼워 넣은 현재의 푸념, 아니, 현재의 익살이라고 이해하는 방법이다. 시인이 지난날의 추억에 현재의 자신의 모습을 끼워 넣은 솜씨는 능청스럽다.

어머니가 자신의 이름을 알몸뚱이로 부를 수밖에 없었던 과거의 시간에 "자식을 둘이나" 둔 현재의 처지를 슬쩍 끼워 넣음으로써 이 대목에서는 과거와 현재의 시간이 뒤섞이고, 그 익살에 따른 웃음이 유발된다. 이 대목을 이해하는 또 한 가지 방법은 이 시가 옛 체험을 되살리고 있지만, 그 시간의 역행이 아득히 화자의 소년시절까지 거슬러 오르는 것이 아니라, 그가 이미 "자식을 둘이나" 둔 시점까지만 거슬러 오른다고 이해하는 것이다. 그렇게 이해할 때에 "나도 이젠 자식을 둘이나 두었는데"라는 화자의 푸념은 그 추억 속의 시점에서 행해진 것으로 이해된다. 그 경우에는 앞의 경우에서 보았던 바와 같은 현재와 과거의 시간이 뒤섞이는 양상은 발생하지 않는 것으로 정리된다.

위에서 제시한 두 가지 독법 중 시인은 어느 쪽을 의도했었던 것일까? 이상국의 시집『집은 아직 따뜻하다』에 실린 시들을 꼼꼼히 읽어본 독자라면 그 답을 쉽게 얻어낼 수 있었을 것이라고 생각한다. 이상국의 시들은 시로서는 예외적이라고 할 만큼 해학을 보여주고 있는데, 위의 경우도 그런 예의 하나로 읽는 편이 시인의 의도에 가까운 것으로 보이는 것이다. 이상국 시의 해학적인 면모를 알아보기 위하여 다음의 두 예를 들어두기로 한다.

(가)

아직 봄이 이른데 저놈의 딸기 빛깔도 곱다. 순대국밥집 앞의 시멘트 바닥에 잘 생긴 소머리 하나가 새벽잠을 자다가 끌려나왔는지 아직 꿈꾸는 표정으로 면도를 받고 있는데 갑자기 골목이 환해지며 차 배달갔다 오는 다방 아가씨가 어묵가게 아저씨를 향하여 엉덩이를 힘차게 흔들며 지나간다.

—「아침 시장」·부분

(나)

우리는 해방되던 바로 뒷해에 겨우 태어나 '우리의 맹세'를 외
우며 큰 개울 건너 학교에 다녔는데 마흔해도 훨씬 지난 오늘, 새
잘 잡던 상준이 혼자만 고향에 남았다. 중학교 졸업장만 있어도
면서기가 되었거나 읍내 아파트 수위라도 해먹을 텐데 이 세상 괜
찮은 자리는 배운 사람들이 다 차지하고 그에겐 논과 밭이 돌아갔
다. 그래서 새 잘 잡던 상준이는 우리나라에서 가장 크고 아름다
운 직장의 평생사원이 되었다.

―「새 잘 잡던 상준이」· 전편

위의 설명에서도 짐작할 수 있듯이 이상국의 시 「저녁의 집」이
그려내는 추억 속의 풍경은 일상적인 성격을 띠고 있다. 옛 집을 중심
자리에 놓고 그가 그려낸 풍경에서는 가난, 상실, 설움 같은 어떤
비참한 면모도, 획득, 희열 같은 어떤 득의로운 면모도 각별히 드러나
지 않는다. 그저 평범한 일상의 추억만으로 그 시는 채워져 있는 것이
다. 그러함에도 불구하고 그 시를 접하는 이들은 답답하다거나 지루한
느낌을 갖지는 않을 것으로 생각한다. 평범한 소재를 새롭게 부상시키
는 표현의 힘이 적절하게 작용한 까닭이다.

그 시에서 가장 재미있게 읽히는 대목은 역시 위에서 그 독법을
따져 보았던 바로 그 대목이다. 지난날의 추억을 말하는 대목에 현재의
자신의 처지를 뒤섞어 넣음으로써 웃음을 유발하도록 한 시인의 능청
스러움은 실로 빼어난 솜씨이다. 그 대목 이외에도 "제 새끼 안 보인다
고 아갈질해대는 소울음 사이로/ 박쥐떼들 아무렇게나 날아간다",
"그 머나먼 집 마당에서/ 나는 아직 저녁을 먹고 있다"고 한 두 대목의
표현 또한 뛰어난 것으로 읽힌다. 앞의 대목에서는 우리가 범상하게
대할 소울음의 이유를 풀어 말한 것을 비롯하여 '아갈질해대는'이란
생동하는 비어(卑語)를 사용한 것, 박쥐의 서투른 비상 능력을 '아무렇

게나'라고 그려낸 솜씨가 주목할 만하다. 뒤 대목은 추억 속의 체험을 말하는 이 시의 바탕을 이루는 대목이다. 그 대목에서 "그 머나먼 집 마당에서/ 나는 아직 저녁을 먹고 있다"고 한 것은 시인이 지금 그 옛 집의 회상 속에 젖어 있음을 말한 것이다.

미시령 아래 집

고 형 렬

눈 빠지고 열흘 뒤였다
낫과 새끼줄과 반합을 니야까에 달고
아버지와 어머니는 산으로 가셨다
자식들 집에 두고 간 미시령은
바람이 불어오고 해가 지는 곳이었다

어두운 시절의 젊은 아버지
고추장에 찬 보리밥 덩이
낙엽더미 깔고 둘이 앉아 쩝쩝 먹고
해지는 산속에서 단을 묶고 나서면
절간보다 조용한 골짜기 바람소리
어두워서 가서 어두워 돌아오는 산길은
광속으로 타는 별 떼
아이들 시커먼 얼굴로 보던 곳
캄캄한 산에 백야 같은 하늘
아버지는 니야까 들어올리고
어머니는 죽어라 잡아당기던 미시령 내리막길
아이쿠 여보 하면서
어머니는 질질 끌려 내려왔다

그렇게 캄캄한 아홉 시나 되면
오누이는 생솔을 때며 솥에 물을 끓였는데
펄펄 끓이다가 졸음이 올 때야
아버지 어머니 휙 찬 바람을 안고 들어오셨다

얼마 뒤에 식구는
죽인가 밥인가 불을 켜고
떨거덕이며 입에 끼니를 떠 넣었다
니야까는 마룻기둥에 쇠줄로 묶어 쇠통 채우고
미시령 찬바람은 윙윙
지붕과 창고를 올라타고 억누르고 있었다.

고형렬의 시 「미시령 아래 집」 전편이다. 고형렬은 속초에서 성장했던 이로 이 시는 그의 성장기의 정황을 실감있게 그려냈다.

우리가 앞에서 살펴보았던 이상국의 시 「저녁의 집」과 이 시는 크게 두 가지 점에서 닮아 있다. 그리고 한 면에서 성질을 달리 한다. 우선 두 시의 닮은 점부터 짚어보기로 한다. 두 시는 집을 시의 중심 제재로 한 추억의 시라는 점에서 공통점을 갖는다. 두 편의 시들이 함께 추억의 시이기는 하되, 그러나 그 시문장에 사용된 말들의 시간상을 들여다보면 중요한 차이가 나타난다. 「저녁의 집」에서는 "하늘 뒤에서 별이 어둠을 씻고 나온다", "변소 지붕 위의 박이 엉덩이처럼 희게 떠오른다"처럼 동사의 시제(時制)가 현재로 되어 있다. 「저녁의 집」의 그 현재 시제와는 달리, 「미시령 아래 집」의 시제는 "눈 빠지고 열흘 뒤였다", "어머니는 질질 끌려 내려왔다/ 니야까째 굴러 떨어질 뻔하였다"와 같은 과거 시제를 쓰고 있는 것이다. 두 편의 시가 모두 지난날의 체험을 말하는 추억의 시라면, 그 시제로서는 「미시령 아래 집」의 과거 시제가 일반적인 것이라고 할 수 있다. 추억이 과거의 체험을 재구(再構)한 것이라면, 그 시간상은 과거 시제로 이루어지는 것이 당연하다는 점 때문이다. 「저녁의 집」은 과거를 회상하면서도 현재 시제를 사용하였다. 바로 그 점 때문에 「미시령 아래 집」으로서는 고려하지 않아도 좋았던 특별한 장치를 「저녁의 집」은 마련할 수밖에 없었다. 그 장치에 해당하는 것이 "그 머나먼 집 마당에서/ 나는 아직 저녁을 먹고 있다"라는 대목이다. 이 대목은 말하자면 과거와 현재의 시간상을 묶는 고리로 기능한다. 회상 속의 옛 집을 '머나먼 집'이라고 지칭하면서 그 집 마당에서 "나는 아직 저녁을 먹고 있다"고 말하는 것은 '현재 속의 과거'로 시간을 이동하는 것에 해당한다. 이상국의 시 「저녁의 집」의 시문장들이 현재 시제로 말하면서도 과거 회상을 말하는 것이 될 수 있었던 연유는 바로 그 대목을 시간의 고리로 하여 '현재 속의 과거'로 시간 이동을 할 수 있었기 때문이다.

「저녁의 집」과 「미시령 아래 집」의 또 하나의 공통점은 두 시들이 함께 가족들의 하루의 생활을 그려냈다는 점이다. 두 시들은 가족들의 하루 생활을 그려내되, 집 밖의 일터에서 집으로 돌아오는 저녁 이후의 시간들을 그려냈다. 그런 공통점 때문에 두 시들은 또 하나의 공통점을 갖게 되었다. 그것은 두 시의 가족들이 모두 저녁 밥상을 받은 모습으로 그려졌다는 사실이다. 큰 줄기로 보아 그렇게 공통점을 가졌으면서도, 두 시들은 세부에서 변별점을 갖고 있기도 하다. 「저녁의 집」이 가족들 이외에 마을과 마을 사람들 쪽으로 관심의 방향을 확대했다면, 「미시령 아래 집」은 낮 시간의 부모의 작업 쪽으로 관심을 확대하면서 가족들의 생활을 그리는 쪽으로만 관심을 집중한 점이 그것이다.

앞에서 살펴본 두 가지 점들을 공유한 것과는 달리 두 시들에는 현격한 차이점도 나타난다. 「저녁의 집」이 삶의 애환을 그리는 데에 각별한 관심을 갖지 않았던 것과는 달리, 「미시령 아래 집」이 가난과 그에 따른 삶의 아픔을 그리는 데에 힘을 기울인 점이 그것이다. 「미시

령 아래 집」의 아버지, 어머니를 비롯하여 어린 자식들이 겪었던 삶의
실상은 순탄한 것이 아니었다. 그것은 비유로 말하면 벼랑 위의 삶이라
고 부를 만한 것이다. 그 벼랑 위의 삶을 그리면서 이 시는 자연스럽게
리얼리즘 시의 성격을 띠게 되었던 것으로 보인다.

2) 의지할 곳으로서의 집

　　앞에서 "생활공간으로서의 집"을 노래한 두 편의 시들을 살펴보았
다. 그 두 편의 시들을 살펴보는 과정에서 글 쓰는 이의 자기 성찰
같은 것이 끊임없이 따라다녔다. 나는 지금 '3.집—건물 또는 주거—의
시'라는 제목 아래, '집'이라는 '건물 또는 주거'를 말하려고 하는데,
어느 새 '가정'이란 또 다른 '집'을 말하고 있는 것이 아닌가 하는
점이 그 첫째였다. 그 점은 이미 이 글의 앞부분에서 예견했던 바이다.
이미 주택과 가정을 뜻하는 각각 다른 의미의 '집'들이 상호 침투하리
라는 점을 앞서 말해 두었기에 그 점에 관한 상세한 말은 줄여도
좋으리라고 생각한다. 둘째로, 또한 생활공간으로서의 집과 의지할
곳으로서의 집으로 집의 기능을 구분한 점 역시 설명의 편의에 따른
것일 뿐이라는 점이다. 앞에서 생활공간으로서의 집을 말하는 과정에
서 의지할 곳으로서의 집의 모습은 빈번하게 겹쳐 나타났다. 아마도
의지할 곳으로 집을 살피는 과정에서도 그럴 것이라는 예상이 가능하
다. 생활공간과 의지할 곳으로서의 집의 모습은 편의를 위한 구분이기
에 그것들이 빈번하게 뒤섞일 것은 필지의 사실이라고 할 만하다.
　　다음에 인용한 것은 김명인의 제3시집『물 건너는 사람』(세계사,
1992)에 실린 시「너와 집 한 채」의 전편이다. 김명인은 1946년 경북
울진에서 출생한 이로, 각각 발간하였을 때마다 적지 않은 화제를
불러 일으켰던 6권의 시집들을 출간하였다.『동두천(東豆川)』,『머나먼

곳 스와니』,『물 건너는 사람』,『푸른 강아지와 놀다』,『바닷가의 장례』,
『길의 침묵』이 그 시집들이다.

너와집 한 채

김 명 인

길이 있다면, 어디 두천쯤에나 가서
강원남도 울진군 북면의
버려진 너와집이나 얻어 들겠네, 거기서
한 마장 다시 화전에 그슬린 말재를 넘어
눈 아래 골짜기에 들었다가 길을 잃겠네
저 비탈바다 온통 단풍 불 붙을 때
너와집 썩은 나무껍질에도 배어든 연기가 매워서
집이 없는 사람 거기서도 눈물 잣겠네

쪽문을 열면 더욱 쓸쓸해진 개옻 그늘과
문득 죽음과, 들풀처럼 버팅길 남은 가을과
길이 있다면, 시간 비껴
길 찾아가는 사람들 아무도 기억 못하는 두천
그런 산길에 접어들어
함께 불 붙는 몸으로 저 골짜기 가득
구름 연기 첩첩 채워넣고서

사무친 세간의 슬픔, 저버리지 못한
세월마저 허물어버린 뒤
주저앉을 듯 겨우겨우 서 있는 저기 너와집,
토방 밖에는 황토흙빛 강아지 한 마리 키우겠네
부뚜막에 쪼그려 수제비 뜨는 나 어린 처녀의

외간 남자가 되어
아주 잊었던 연모 머리 위의 별처럼 띄워놓고

그 물색으로 마음은 비포장도로처럼 덜컹거리겠네
강원남도 울진군 북면
매봉산 넘어 원당 지나서 두천
따라오는 등뒤의 오솔길도 아주 지우겠네
마침내 돌아서지 않겠네

　앞에 인용한 시 「너와집 한 채」를 제대로 살펴보기 위하여는 약간의 예비작업이 필요하다. '너와집'이란 어떤 집인가, '강원남도 울진군 북면'의 '두천'이란 어떤 곳인가를 알아보는 작업이 그것에 해당한다. 먼저 '너와집'이란 어떤 집인가를 알아보기로 한자. 한국 정신문화연구원이 편한 『민족문화대백과사전』의 「너와집」 항목(제5권, 1991)은 다음과 같이 그것을 설명해 놓았다.

　　너와집　너와로 지붕을 이은 집. 너와는 지붕을 이는 데 기와처럼
　　쓰는 재료로서, 널빤지를 쓰는 나무너와와 켜가 이는 청석
　　판을 쓰는 청석너와의 두 가지가 있다. 보통은 나무로 만든
　　것을 너와로 부르며, 강원도 지방에서는 '느에' 또는 '능에'
　　라고도 한다. 너와는 지름 30㎝ 이상의 나무결이 바르고
　　잘 쪼개지는 적송 또는 전나무 등의 수간(樹幹)에서 밑둥치
　　와 윗부분을 잘라낸 다음 토막을 내서 사용한다. 쪼개는
　　방향은 생목이 서 있던 향의 동서 방향에 평행이 되도록
　　한다. 너와의 크기는 일정하지 않으나 보통 가로 20~30㎝,
　　세로 40~60㎝, 두께 4~5㎝ 정도이다.(……)원래 너와집은
　　수목이 울창한 지대에서 볼 수 있는 살림집으로 (그 분포

지역은) 대체로 화전민의 분포지역 범위 속에 들어간다. 화전민과 같이 산간지역에서 농업에 종사하는 사람들은 주로 밭작물을 재배하게 되어 지붕을 일 짚 같은 것을 구하기 어렵기 때문에, 새·겨릅(대)·수수깡·굴피 등으로 지붕을 이기도 하였지만, 근처의 산림에서 쉽게 구할 수 있는 적송·전나무 등을 쓰기도 하였다.

위 인용 항목에서 그 실상의 대체를 알아볼 수 있는 '너와집'은 한반도 안에서 수목이 울창한 지역인 개마고원을 중심으로 한 함경도 지역, 낭림산맥과 강남산맥을 중심으로 한 평안도 산간지역, 태백산맥을 중심으로 한 강원도 지역, 울릉도 등지에 분포해 있는 주택 양식이다. 시 「너와집 한 채」에서 '너와집'의 소재지로 말하고 있는 '강원남도 울진군 북면'의 '두천'은 태백산맥의 삼림지대에 가까운 곳이기에 '너와집'의 분포지역에 해당한다고 말할 수 있을 것이다.

시 「너와집 한 채」에서 '너와집'의 소재지로 말하고 있는 '강원남도 울진군 북면'은 김명인의 시적 상상력의 한 끝이 발동된 표현이다. 잘 알고 있는 바와 같이 우리 행정 구역 중에 '강원남도'란 물론 존재하지 않는다. 사정이 그러함에도 불구하고 시인이 '강원남도'란 허구의 행정구역 지명을 쓴 것은 울진군 북면이 가진 두 가지 성격에 말미암았을 것이다. 첫째는 울진군이 동해안쪽으로는 경상북도의 가장 북단에 위치해 있으면서, 그 중에서도 '북면'이 울진군의 여러 면 중 가장 북단에 위치해서 강원도의 삼척군과 접경하고 있다는 점이다. 둘째는 울진군의 북면과 이 시에서는 말해지지 않은 서면이 태백산맥의 끝자락에 위치하고 있어, 산이 많고 풍광이 수려한 강원도의 지형에 닮아 있다는 점이다. 이 두 가지 점들로 하여 시인은 행정구역으로 엄연히 경상북도에 속하는 '울진군 북면'을 '강원남도'라고 지칭한 것이다.

울진군 북면 중에서도 너와집이 소재한 곳으로 말한 '두천'은 산악이 높고 깊은 골이 산재한 울진 안에서도 오지에 속한 지역이다. 그곳은 10여 호, 20호쯤이 모여 사는 마을인 '안말래', '말래' 등의 마을이 형성된 지역으로, 거기서 서쪽으로 더 들어가면 겨우 몇 집들만이 삶의 둥지를 튼 곳이 나타난다. 「너와집 한 채」의 배경은 그 언저리일 가능성이 높은 편이다. 거기서 서쪽으로 더 들어가면 조금씩 표고가 높아지면서 태백산맥의 줄기에 닿게 된다(국립지리원 편, 『신판 1 : 50,000 기본도지도첩, 제1권』 참조). 이 시에 나오는 '말재'는 그 오지 마을 서쪽에 위치한 어떤 산지일 것으로 추정한다.

위와 같은 예비 작업을 거쳐 시 읽기에 들어갔을 때에, 대뜸 부딪히는 대목은 이 시의 첫머리이다. "길이 있다면, 어디 두천쯤에나 가서/ 강원남도 울진군 북면의/ 버려진 너와집이나 얻어 들겠네,"의 첫 대목 중 "길이 있다면"이란 이 시의 첫머리는 '울진군 북면 두천'이란 고장이 말 그대로 길이 제대로 나 있는가를 의심할 만큼 오지임을 드러낸다. 두천이 오지임을 드러내는 이외에 이 구절은 달리도 해석된다. '길'이란 낱말은 '도로' 이외에 '방법, 방도'의 뜻도 가지고 있다는 점에 착안할 때에 이 구절은 "그럴 수만 있다면"이란 의미로도 해독이 가능한 것이다. 두 가지 독법 중 나는 어느 쪽에 손을 들어줄 의사가 없다. 시인에게 어느 쪽인가 물어도 역시 애매한 태도를 취할 것으로 짐작한다. 그것이 애매성으로 의미의 울림을 더 크게 할 시의 맛이기 때문이다.

이 시의 1연은 "너와집 썩은 나무껍질에도 배어든 연기가 매워서/ 집이 없는 사람 거기서도 눈물 잣겠네"로 끝난다. 끝의 두 행 중 뒤의 행은 두 가지 점에서 눈길을 끈다. '너와집'을 얻어 들었으면서도 새삼스레 자신을 '집이 없는 사람'이라고 말한 점과 '눈물 잣겠네'라는 예외적인 표현이 우리를 당기는 힘 때문이다. 위 대목에서의 '집이 없는 사람'이란 표현은 실제로 "주택을 갖지 못한 사람" 또는 "주택을 마련하지 못한 사람"이란 의미로 읽히지 않는다. 그가 얻어 들기로 한 버려져 있던 '너와집'이란 물론 주택으로서 보잘 것이 없는 것이기는 하다. 그렇더라도 이제는 '너와집'이나마 마련하였기에 '집이 없는 사람'이란 표현이 적절하지 않다는 뜻이 아니다. 그보다 중요한, 간과할 수 없는 점이 있다. 그것은 화자가 주택을 마련하지 못하였기에 '강원남도 울진군 북면'의 '두천'으로 들어올 것을 상상한 것은 아니라는 사실과 관련된다. 물론 화자는 우리에게 그가 '두천' 바깥의 세상에서 그럴듯한 주택을 가졌던가 여부의 정보를 주지는 않았다. 그렇더라도 시의 행간 어디에도 그가 바깥세상에서 주택을 갖지 못하였었고 그 점 때문에 '두천'으로 들어온다는 징표를 찾기는 어렵다. 그 정보 대신에, 그는 한 가지 점만은 분명히 밝혀 놓았다. '두천'으로 들어올 때의 그는 가족이 딸리지 않은 단신이라는 점이 그것이다. 세상살이를 단신으로 엮어내기로 상상하는 것은 고독이 단단하게 결정(結晶)된 모습이다. 그가 겪고 있는 그와 같은 고독한 생활로 보아, 그가 말한 '집이 없는 사람'이란 의지할 곳을 제대로 찾아내지 못한 자신을 표백한 말로 보이는 것이다.

이 시의 2연 전반부는 시인들의 순탄한 정서 표출과 그에 따른 평탄한 시문장에 길들여진 이들에게는 낭패감을 줄지도 모른다. "쪽문을 열면 더욱 쓸쓸해진 개옻 그늘과/ 문득 죽음과, 들풀처럼 버팅길 남은 가을과/ 길이 있다면, 시간 비껴/ 길 찾아가는 사람들 아무도 기억 못하는 두천/ 그런 산길에 접어들어"라는 대목에서 시를 읽는 이는 '죽음'이라는 추상적인 개념이 '개옻 그늘', '남은 가을'과 같은 구체적인 개념들과 병치되어 있는 사실에 곤혹스러움을 느낄 것이다. 그 곤혹스러움은 가령 "사과와 결혼과 과실 향기와"를 병치, 연결한 시문장을 만났을 경우의 곤혹스러움과 다르지 않다. 그 곤혹스러움을 넘기고 나면 시를 읽는 이는 또 하나의 미궁(迷宮)에 마주치게 된다. 그 미궁이란 접속조사 '~과'로 병치, 연결된 "쪽문을~남은 가을과"라는 명사 병렬구가 어디에 접속되어야 하는가라는 의문에서 생겨나는 미궁이다.

위의 두 가지 의문 중 '죽음'과 '개옷 그늘', '남은 가을'의 병렬은 갑자기 이루어진 것처럼 보인다. '죽음' 앞에 '문득'이란 부사가 붙어 있는 것은, 그야말로 '죽음'이 문득 떠오른 생각임을 생생히 보여준다고 할 수 있다. 그런 의미에서 2연 2행의 '문득 죽음과,'란 대목은 괄호로 묶인 대목이라고 보아도 좋을 듯하다. 실제로 이 대목을 괄호로 묶인 대목으로 가정하고 읽을 때, 읽는 이의 부담은 현저하게 줄어든다. "쪽문을~남은 가을과"라는 명사 병렬구는 그 아래 이어지는 어떤 대목과 연결되더라도 의미상으로 빈 틈 없이 이어지기는 어려워 보인다. 달리 말하면 위 병렬구는 다른 시문장과 가까스로 이어지기는 하되, 빈 틈을 남기면서 이어지도록 씌어진 듯하다. 위 병렬구는 그 아래 이어지는 시문장 중 '두천'에 이어지는 경우에 가장 호응이 좋을 듯하다. 그러나 그 경우에도 앞, 뒤 두 대목의 솔기가 빈 틈 없이 꼭꼭 맞는 것은 아니다. 결국, 김명인은 앞, 뒤 솔기가 꼭꼭 들어맞지 않은 시문장을 구사한 셈인데, 그것은 문법상의 비문(非文)이라기보다 의도된 시적 자유의 행사(行使)로 판단된다. 그가 그 의도된 시적 자유를 행사한 것은 이 시에 어떤 분위기랄까, 음영을 던지기 위하여서일 것이다. 인간의 삶 자체가 매끈매끈하게 전개되는 것이 아닌 터에 인간의 삶을 말하고 있는 시문장만이 매끈매끈하게 연결되는 것을 시인은 탐탁하게 생각하지 않았던 것으로 이해하여야 할 대목이다.

2연에 대한 검토를 마치기 전에 조금 더 생각해보아야 할 대목들이 있다. 2연의 끝 두 행 중 "함께 불붙는 몸으로"와 "저 골짜기 가득/구름 연기 첩첩 채워 넣고서"에 대한 독법이 그것이다. 시인은 왜 자신까지 포함하여 "함께 불붙는 몸"이라고 표현했을까? 또 무슨 방법으로 "저 골짜기 가득/ 구름 연기 첩첩 채워넣"는다고 한 것일까? 그 의문들은 시에 나타난 정황을 참작할 때에 의외로 쉽게 풀린다. 시 「너와집 한 채」의 시간, 계절의 배경은 가을이다. 그 점은 1연의 "저 비탈바다 온통 단풍 불붙을 때"에서 뚜렷하게 나타난다. 따라서 "온통 단풍 불 붙"은 '비탈바다' 또는 골짜기에 들어섰을 때에 화자로 등장한 시인 자신도 둘레의 단풍에 싸여 붉게 물들게 됨은 매우 자연스러운 이치이다. 정황이 그렇기 때문에 시인은 "함께 불붙는 몸"이란 표현을 자연스럽게 쓸 수 있었을 것이다.

시 「너와집 한 채」의 공간적 배경은 깊은 오지의 삼림지대이다. 이 시를 읽기 위한 예비 작업 단계에서 드러났듯이 '너와집'이 분포한 지역은 화전민이 분포한 지역과 겹친다. 그 점은 이 시에서도 확인된다. 「너와집 한 채」 1연 3~5행에서 "버려진 너와집이나 얻어 들겠네, 거기서/ 한 마장 다시 화전에 그슬린 말재를 넘어/ 눈 아래 골짜기에 들었다가 길을 잃겠네"를 보면 '너와집'과 화전민의 분포 지역이 겹침을 알아볼 수 있는 것이다. 그런 사정을 참작할 때에 "저 골짜기 가득/ 구름 연기 첩첩 채워 넣고서"라는 대목이 무엇을 의미하는가는 명료하게 떠오른다. 시인은 '너와집' 입주 뒤에 자신이 화전을 일구는 모습을 상상했던 것이다. 어쩌면 그는 화전 일구기를 시의 전면에 부각시킬 수도 있었을 것이다. 그러나 짐작하는 바와 같이 화전 일구기는 환경, 생태 보존을 강조하는 우리 시대가 나무라는 일이다. 바로 그 점 때문에 시인은 자신의 화전 일구기 상상을 최소한으로 줄였으리라는 이해가 가능하다.

이 시 제3연의 머리에는 시인의 삶의 이력이랄지 삶의 비전 같은 것이 나타나 있다. 그것은 "사무친 세간의 슬픔, 저버리지 못한/ 세월"로 표현된 그가 체험한 어떤 쓰라림이다. 김명인은 삶에 대한 그의 생각과 느낌을 시 「낮달」(제2시집 『머나먼 곳 스와니』)에서 "살아볼수록 마음은 속타는 가뭄밭"이라고 그려냈던 적이 있다. 그 '가뭄밭'의 연장선상에서 그는 삶의 팍팍함과 허무함을 '사막'으로 그려내기도 했다. 그와 가까운 거리에서 그의 삶과 시를 지켜보았던 김인환은 시인이 "사막을 내면에 간직하고 사는 사람"이라고 지적하면서 "김명인의 시에는 사막을 걷는 유랑민의 강인한, 그러나 묘하게도 슬픈 방황의 울림이 퍼져 있다."고 했다(김인환, 「필연의 벼랑」, 김명인 시집,『물 건너 는 사람』, 세계사, 1992). 제3연 머리에서 김명인이 "사무친 세간의 슬픔, 저버리지 못한 세월"이라고 말한 것은 삶을 '사막'으로 인식하도록 만든 그의 원체험과 그 원체험의 쓰라림으로 말미암아 힘겹게 산 그의 세월을 가리키는 말일 듯하다. 그 쓰라린 체험과 그 상처로 말미암아 시인은 남들과는 격절된 '두천' '너와집'에서의 삶을 상상하기에 이르렀을 것이다.

제4연 끝 대목에 이르면 시인은 그가 '두천'에 들어와 '너와집'에 들기를 상상한 것이 결국 "따라오는 등뒤의 오솔길도 아주 지우겠네/마침내 돌아서지 않겠네"라는 말에서처럼 '세간'이라고 부른 바깥 세상과의 격절을 의도하였기 때문임이 밝혀진다. 제3연 끝 대목 "아주 잊었던 연모 머리 위의 별처럼 띄워놓고"에서 볼 수 있듯이 그에게는 그리워하는 일 또는 사람이 없지 않다. 그러함에도 불구하고 그가 세상과의 격절을 상상한 것은 그만큼 쓰라린 상처로 인한 아픔이 컸다는 증좌이다.

그는 바깥세상과의 격절을 기도(企圖)하면서도 마음의 평정을 얻었다고 말하지는 않는다. 마음의 평정은커녕 그는 "마음은 비포장도로처럼 덜컹거리"리라는 점까지 예상한다. 그 점은 세상과의 격절을 상상하는 도인풍의 다른 시들과 「너와집 한 채」의 중요한 차이이다. 그렇게 덜컹거리는 마음을 안고도 세상을 지우고 세상을 향해 돌아서지 않겠다는 데서 우리는 시인 김명인의 강인함을 읽을 수 있다.

　위에서 살펴보았듯이 김명인의 시 「너와집 한 채」에서의 집은 사람이 의지할 공간의 모습으로 나타난다. 사람이 의지할 공간으로서의 '너와집'은 집의 형상을 가진 것으로는 더할 나위 없이 궁벽한 곳에, 또한 더 할 나위 없이 추레한 모습으로 서 있는 건물이다. 그러나 외관상의 그런 허술한 모습에도 불구하고 그 집은 사람살이의 최소 조건을 갖춘 채, 사람이 의지할 공간이 되어 준다. 「너와집 한 채」의 문면에 보이는 '토방', '쪽문', '부뚜막', '너와' 등 집의 시설들은 사람살이를 보듬기 위해 만들어진 것들이라고 할 수 있을 것이다.

낡은 스웨터

이 승 훈

봄추위도 끝나고 난 손으로 발을 만져본다
발로는 손을 만질 수 없기 때문이다 세상엔
발로 손을 만지는 사람들도 많다 내가 아는
한 (내가 직접 본 적도 있다) 문학이라는
이름의 성스러움이여 문학 속에선 무슨 말도
할 수 있다 시 속에선 더욱 그렇다 난 지금
시를 쓴다 낡은 스웨터를 걸치고 낡은 청색
스웨터, 팔꿈치가 닳아 헤어지고, 실밥이
터진, 헐렁한, 펄럭대는, 아마 거지들도 안
입을, 그러나 난 이 스웨터를 입고 해방감을
느낀다 이승훈 씨는 헐렁한 옷, 낡은 옷,
떨어진 옷을 사랑한다 (파출부까지 이 옷은
버려야 한다고 아내한테 말했다지만) 해방
이라고? 아니다 헐렁한 옷은 그를 구속하는

것도 아니고 해방하는 것도 아니다 아아 그는
집에 있는 날이면 이 옷을 입고 겨우내 이
세상과 저 세상을 들락거린다 그의 방에서
주방으로, 다시 거실로, 딸애가 공부하는 방
으로, 하이얀 변기가 있는 화장실로, 다시
안방으로, 준이가 자는 작은 방으로, 다시
그의 방으로, 흐린 방으로, 흐린 방으로
방은 어머니다 그리고 아무리 흐려도 방은
그를 타자와 분리시키고 이어준다 방은 그의
개별성, 그의 단일성, 그의 개인성, 그의
개인적인 사상, 빛, 그의 빛, 그가 찾는 빛,
그가 만드는 사상, 그가 들어가 자는 사상,
그가 물어뜯는 사상, 그가 기대는 사상,
그가 잠드는 사상, 방, 어머니, 그가 채워야
할, 오늘도 채우고 다시 비워야 할 이 방!
그리고 이 스웨터!

이승훈이 근자에 간행한 시집 『너라는 햇빛』(세계사, 2000)에 수록
한 시 「낡은 스웨터」의 전편이다. 이승훈은 1963년 『현대문학』을
통해 등단한 이래 『사물 A』, 『환상의 다리』 등 다수 시집들을 통해
그 특유의 세계를 구축한 중진 시인이다. 그는 시론에도 매우 밝은
시인이다. 그는 『모더니즘 시론』, 『포스트모더니즘 시론』, 『해체시론』,
『한국현대시론사』 등의 시론서들을 저술하여 현대시의 체계적인 이
해에도 크게 기여했다.

　그는 초기에 자신의 내면세계 천착에 주력하면서 존재·무·실존
등 형이상학의 문제에 이끌렸다. 내면세계의 천착과 형이상학의 문제
에 대한 관심으로 자연히 존재 탐구에 기울었던 그의 초기시는 현실적,

실재적 세계를 극도로 배제했다. 그 결과 그의 초기시는 초현실적, 추상적인 면모를 강하게 띠게 되었다(서준섭, 「이승훈론—시와 존재의 탐구-초기시를 중심으로」, 『일모 정한모박사 퇴임기념논문집—한국 현대시 연구』, 민음사, 1989).

위에 인용한 시 「낡은 스웨터」를 보면 거기에는 몇 가지 성격이 드러난다. 그 성격들 중 그의 초기시의 특징으로 말한 내면세계, 형이상학의 문제, 초현실적·추상적 면모들은 그 자취를 많이 감추었다. 그의 초기시의 특징 중 이 시에까지 그대로 뻗어 있는 것은 자신의 존재 탐구에 대한 관심 정도이다. 이승훈은 자신의 존재 탐구를 지금도 자신의 시의 화두로 삼는다. 그러나 머지않아 이순(耳順)을 바라보는 시인의 연치와 거듭되어 온 시 방법론의 모색이 그것을 젊은 날의 방법과는 확연하게 바꾸어 놓았다.

시 「낡은 스웨터」의 첫 행에서 6행 "문학 속에선 무슨 말도/ 할 수 있다 시 속에선 더욱 그렇다"까지는 말하자면 이 시의 허두(虛頭)에 해당한다. 시의 허두로서 그 대목은 제대로 화두를 펼쳐 놓는 데까지 이르지는 못하였다. 그러나 그 대목은 허두답게 이 시를 읽는 이들을 시의 세계 안으로 끌어들이는 기능을 맡는다.

이 시의 첫 행에서 우리는 아주 진솔한 삶의 모습을 만난다. "봄추위도 끝나고 난 손으로 발을 만져본다"라는 이 시의 첫 행이 주는 느낌이 그렇다. 봄추위가 끝난 어느 날 포근한 햇살을 받으며 갑남을녀(甲男乙女)인 우리가 손으로 발을 만지작거리듯 하는 한가한 풍경을 이 시는 가림없이 보여주면서 시의 첫머리를 시작한 것이다. 그렇게 진솔하게 시작된 이 시의 첫머리는 2행으로 옮겨가면서 급격하게 바뀐다. "발로는 손을 만질 수 없기 때문이다"라는 재치있는 기구(奇句)가 등장했기 때문이다. 다음 대목에서 시인은 그가 내세운 기구를 조금 더 강조, 확장한다. "세상엔/ 발로 손을 만지는 사람들도 많다 내가 아는/ 한

(내가 직접 본 적도 있다)"가 그 재치있는 기구를 더욱 강조, 확장한 대목에 해당한다. 괄호로까지 묶어 가면서 시인이 "발로 손을 만지는" 기행을 "(내가 직접 본 적도 있다)"고 말할 때에 시를 읽는 이들의 관심은 당연히 높게 고조될 수밖에 없다. 누가? 왜? 시를 읽는 이들은 순진하게 그런 강렬한 호기심을 품는다. 그러나 독자들의 호기심을 그렇게 잔뜩 부풀려 놓은 시인은 바로 그 대목에서 시침을 떼면서 딴소리를 시작한다. 시인의 딴소리는 바로 독자들 앞에서 앞의 화제를 흐리고 뒤의 화제를 새로 제기하는 방법으로 펼쳐지는 것이다.

세상엔
발로 손을 만지는 사람들도 많다 내가 아는
한 (내가 직접 본 적도 있다) 문학이라는
이름의 성스러움이여 문학 속에선 무슨 말도
할 수 있다 시 속에선 더욱 그렇다

위 인용에서 "내가 아는/ 한"이란 부사절은 "세상엔/ 발로 손을 만지는 사람들도 많다"와 "(내가 직접 본 적도 있다)"라는 대목들 사이에 끼어 있다. "세상엔/ 발로 손을 만지는 사람들도 많다"란 시인이 경험한 사실의 진술이며, "(내가 직접 본 적도 있다)" 또한 그런 사실의 진술이다. 그렇다면 "내가 아는/ 한"이란 부사절의 진술 대상 또한 발로 손을 만지는 기행에 대한 진술이어야 마땅하다. 아다시피 우리말에서는 앞과 뒤의 화제가 일치하는 진술들 사이에 끼어 있는 어떤 진술이 앞, 뒤와 다른 화제를 진술하도록 허용하지 않기 때문이다. 문법의 그런 관행을 어겼다고 할 만한 사례가 위 인용에는 나타나 있다. "내가 아는/ 한 (내가 직접 본 적도 있다) 문학이라는/ 이름의 성스러움이여"처럼 "내가 아는/ 한"이란 부사절이 괄호 속에 들어 있는 후속하는 문장을 넘어서 "문학이라는/ 이름의 성스러움이여"라는 화제가 달라진 진술을 한정하는 듯하기 때문이다. 이 대목에서 시인 이승훈은 "발로 손을 만지는" 기행을 제기함으로써 독자들을 잔뜩 호기심에 부풀게 하고 슬쩍 꼬리를 빼는 날렵한 솜씨를 보여 준 것이다.

그러나 달리 생각하면 시인은 화제를 겹침으로써 앞의 화제를 흐리고 뒤의 화제를 새로 제기하는 범수(凡手) 아닌 솜씨를 교묘한 시문장의 짜임으로 보여 주었을 뿐, "발로 손을 만지는" 기행에 대한 독자들의 호기심을 전면적으로 농락했다고는 할 수 없다. 왜냐하면 시인이 말한 "발로 손을 만지는" 기행이란 실제의 행위 차원에 머무는 것이 아니라, 야유로서의 의미 이동이 가능한 것이기 때문이다. "발로 손을 만지는" 기행이 야유로서 의미 이동을 하였을 때에 그 의미는 "세상을 사는 순리랄까 정도 같은 것을 어거지로 어기는 행위"로 읽힌다. 시인은 세상의 적지 않은 이들이 순리, 정도를 그들의 자의(恣意)에 따라 어기는 모습을 "발로 손을 만지는" 것으로 표현한 것이다. 바로 그 점 때문에 시인은 "(내가 직접 본 적도 있다)"고 그 점을 거듭 강조할 수 있었던 것이다.

이 시 6행의 끝 "난 지금/ 시를 쓴다 낡은 스웨터를 걸치고"에서 15행 "아니다 헐렁한 옷은 그를 구속하는/ 것도 아니고 해방하는 것도 아니다"까지는 이 시의 화두로서 낡은 스웨터를 부각시킨 대목이다. 4단으로 짜여진 일반 산문으로 말하면 승단(承段)에 해당하는 이 대목에서는 이 시의 표제인 '낡은 스웨터'를 화두로 하여 그것의 여러 가지 성질들을 말한다. '낡은 청색' '팔꿈치가 닳아 헤어지고' '실밥이 터진' '헐렁한' '펄럭대는' '거지들도 안 입을' 등이 그 성질들이다. 이 대목에서 나열한 '낡은 스웨터'의 성질들 중 시의 문맥으로 보아 가장 중요한 것은 "그러나 난 이 스웨터를 입고 해방감을 느낀다"라는 스웨터가 '나'에게 주는 정서적 반응이다. 그리고 그 정서적 반응에 못지않게 중요한 것은 "해방/ 이라고? 아니다 헐렁한 옷은 그를 구속하는/ 것도 아니고 해방하는 것도 아니다"라는 정서적 반응을 넘어선 사유로서의 반응이다.

이승훈의 시 「낡은 스웨터」의 이 대목까지를 읽어 온 이들은 이 시의 화두가 된 '낡은 스웨터'가 단순한 물질, 털실로 짠 단순한 방한용 의복의 차원을 넘어선 것임을 느낄 것이다. 시인은 그 점을 "난 이 스웨터를 입고 해방감을 느낀다"고 시인하는 한편, "해방/ 이라고? 아니다 헐렁한 옷은 그를 구속하는/ 것도 아니고 해방하는 것도 아니다"라고 다른 한편 부정한다. 그러나 시인의 시인과 부정은 잠시 접어 둔 채, 시를 읽는 이들은 이 대목에서 이 시에서의 '낡은 스웨터'와 방불한 성질을 가진, 자신의 옷을 몽상하리라고 짐작할 수 있다. 그것은 아내가 만들어 준 지 20년도 지난, 자신의 낡은 털조끼일 수도 있고, 내 마흔 두 번째 생일날 누나가 사 준, 짜깁기를 한 낡은 가디건일 수도 있으며 5년 전인 고2 때부터 즐겨 입어 왔던, UNIV. OF MICHIGAN이란 큰 글자를 박은 체육복일 수도 있다. 그 이유를 또렷하게 설명할 수도 없으면서 나는 그 옷이 좋다. 집에서 뒹굴뒹굴 지낼 수 있는 겨울날, 그 옷을 입으면 마음이 절로 포근해지는 듯하다. 어떤 알 수 없는 포근함이 그 옷에는 서려 있어 평상의 생활로부터 '나'를 빼어내 포근하게 감싸주는 듯하다.

'낡은 스웨터'를 화두로 하여 생각이 여기까지 이르렀을 때에 우리는, 나를 감싸주는 어떤 옷 또한 바슐라르가 『공간의 시학』(곽광수 역, 민음사, 1990)에서 누누이 말했던 '집'의 성질과 다름없음을 알아챌 수 있다. 바슐라르는 그 책 1장 '집'과 2장 '집과 세계'의 여러 곳에서 '집'이 어떻게 우리가 의지할 공간이 되는가를 말하였는데 그 '집'의 성질이 이 시에서의 '낡은 스웨터'의 성질과 가까움을 알아볼 수 있는 것이다.

    ⓐ 집이란 세계 안의 우리들의 구석인 것이다. 집이란—흔히들
       말했지만—우리들의 최초의 세계이다. 그것은 정녕 하나의 우
       주이다. 우주라는 말의 모든 뜻으로 우주이다(바슐라르,『공간
       의 시학』, p.115).
    ⓑ 따라서 우리는 모든 내밀성의 영역들이 가지는, 우리를 끄는
       힘에 신뢰를 걸 것이다. 참된 내밀성으로서 우리를 밀어내는
       것은 없는 법이다. 일체의 내밀성의 공간들은 끌어들이는 힘으
       로 지칭될 수 있다. 그 공간들의 존재는 안락이라는 것을 다시
       한번 되풀이해 말해 두기로 하자(같은 책, p.126).
    ⓒ 내 몸을 보호해 주고 있는, 이미 인간이 된 그 집은 폭풍우에
       아무것도 양보하지 않았다. 집은 마치 암 늑대처럼 나를 폭
       감싸안았고, 때로 나는 그의 내음이 어머니의 그것인 양 내
       심장 속에까지 내려오는 듯이 느꼈다. 그것은 그날 밤 정녕
       내 어머니였다(같은 책, p.165).

    바슐라르는 ⓐ에서 '우리들의 구석', '최초의 세계', '하나의 우주'로
서 '집'을 말하고 있다. 그의 책『공간의 시학』에서는 '집' 이외에
내밀성을 가진 공간으로서, 서랍·상자·장롱·새집·조개껍질 등이
다루어지고 있으나, 거기에 옷이 포함되지는 않았다. 아마도 옷은
제 나름의 공간을 확보해 갖지 못한 사물로 여겨졌기 때문일 것이다.
그러나 모든 옷이 몸에 밀착하여 제 나름의 독자 공간을 갖지 못한다는
일반적 성질 이외에, 위의 '낡은 스웨터' 같은 옷이 은밀하게 품고
있는 내밀성을 부정하기는 어려울 터이다. 바슐라르는 ⓑ에서 "일체의
내밀성의 공간들은 끌어들이는 힘으로 지칭될 수 있다. 그 공간들의

존재는 안락이라는 것을 다시 한번 되풀이해 말해 두기로 하자."고 했다. '낡은 스웨터' 류의 옷들이 '공간'이라는 고려항으로 말미암아 내밀성을 따지는 자리에서 제외되었음은 위에서 살핀 바와 같다. 그러나 그 점만을 제외한다면, '끌어들이는 힘', '안락'이라는 내밀성의 성질에서는 더할 나위 없이 부합하는 것이 바로 '낡은 스웨터' 류의 옷이다.

ⓒ는 바슐라르 자신의 글이 아니라, 그가 자신의 논의를 전개하기 위하여 끌어들인 앙리 보스코의 『말리크롸(Malicroix)』의 한 대목이다. 앙리 보스코는 그 글에서 집이 폭풍우로부터 '나'를 어떻게 지켜 주었던가를 말하였는데, 그것을 두 개의 이미지로 제시하였다. 하나는 집이 마치 "암 늑대처럼 나를 폭 감싸안았"다는 것이고, 또 하나는 폭풍우가 치던 그 밤의 집이 "정녕 내 어머니였다"는 것이다. 두 이미지는 모두 '감싸안음'과 '포근함'이라는 느낌에서 만들어진 것일 터인데, '낡은 스웨터'류의 옷들이 불러일으키는 느낌 또한 그것들과 별로 다르지 않은 것이라고 말할 수 있다.

아마도 시인 이승훈은 바슐라르가 말한 집의 내밀성과 비슷한 느낌을 그의 '낡은 스웨터'를 입으면서 가졌으리라고 생각한다. 그렇기 때문에 그는 "난 이 스웨터를 입고 해방감을 느낀다"고 말할 수 있었을 것이다. 그러나 자신의 느낌 그대로를 솔직하게 언표했던 그 말은 그 자신에 의해서 곧 수정을 받는다. "해방이라고?"가 자신의 느낌 그대로를 토로했던 말에 대한 새삼스러운 회의라면, 그 회의 뒤에 잇따른 "아니다 헐렁한 옷은 그를 구속하는/ 것도 아니고 해방하는 것도 아니다"란 진술은 그 문제에 대한 그의 이성적 판단이 녹아 있는 견해를 들려준 것이다. 차가운 이성으로 판단할 때에 '낡은 스웨터'가 '나'에게 해방감을 준다는 것은 일종의 감상(感傷)으로 치부될 수도 있었으리라는 점을 뒤의 말에서 엿볼 수 있을 것이다.

시인은 그쯤에서 '낡은 스웨터'가 자신에게 해방감을 주는가 여부의 문제를 접는다. 그 문제에 대한 그 이상의 논의를 접은 뒤에 그가 보여주는 것은 그 '낡은 스웨터'를 입고 집 안의 이 공간, 저 공간을 들락거리는 자신의 모습이다. 그런 모습을 보여준 뒤, 자신의 방으로 돌아온 '나'를 보여주면서, "다시/ 그의 방으로, 흐린 방으로, 흐린 방으로"라고 집 안에서의 들락거림을 멈추는 모습을 보여준다. 4단으로 구성된 산문이라면 전단(轉段)에 해당하는 이 부분에서 큰 전환은 나타나지 않은 셈이다. 그러면서도 그 대목은 결코 가볍게 넘길 수 없는, 한 가지 문제를 던져 놓았다. 시인이 자신의 방을 "흐린 방으로 흐린 방으로"라고 두 번씩이나 강조해 놓은 점이 그 문제이다.

시인이 자신의 방을 '흐린 방'이라고 두 번씩이나 강조해 놓은 이유는 무엇일까? 그가 말하는 '흐린 방'이 단순히 부실한 조명 상태를 가리키는 것이 아님은 분명하다. 그 대목을 단순한 조명 상태로 한정하여 이해하는 것은 그 대목의 뒤를 잇는 시인 자신의 진술과도 어긋나는 것이다. 시인은 그 다음 대목에서 "방은 어머니다"라는 아포리즘이라고 부르기에 적절한 은유를 만들어 제시한다. 그런 뒤에 "그리고 아무리 흐려도 방은/ 그를 타자와 분리시키고 이어준다"고 방이 지닌 성질을 명언한다. 시인의 그런 명언과 관련된 문맥에서 보면, 앞의 '흐린 방'은 조명이라는 물리적 상태를 의미한다기보다 방의 감싸주는 힘에 묻혀 있는 의식의 상태를 표현한다고 이해하는 편이 적절해 보인다.

방의 감싸주는 힘에 묻혀 있는 의식의 상태는 왜 '흐리'다는 것인가? 그 경우 의식의 흐림이란 의식의 분별이 명료하지 못하거나 의식이 자아쪽으로 편향됨을 의미한다. 세상살이는 자아와 자아를 둘러싼 세계 사이의 화해와 불화 그리고 갈등이라는 어떤 접점들의 연속적인 만남 속에서 이루어진다. 세계와 줄곧 화해롭기 어려운 자아의 삶에서 자아는 때로 세계와의 뒤얽힘에서 벗어나와 자아/세계의 분별조차도 잊고 자아쪽으로 편향된 시간을 갖기도 한다. 그런 시간이 휴식의 시간이라는 이름을 갖는다면, 그런 시간을 갖는 공간은 일반적으로 '나'의 방일 것이다. 방, 그 중에서도 '나'의 방을 '흐린 방'이라고 한 것은 '나'의 방이 갖는 위와 같은 성질, 자아/세계의 분별이 흐려진 성질에 말미암은 것으로 보인다.

"방은 어머니다 그리고 아무리 흐려도 방은/ 그를 타자와 분리시키고 이어준다"에서 이 시의 끝 행인 "그리고 이 스웨터!"까지는 이 시를 맺는 결단(結段)이다. "방은 어머니다~타자와 분리시키고 이어준다"는 결단의 앞 대목을 이 시의 앞부분과 관련시켜 읽으면 곤혹스러운 느낌을 떨치기 어렵다. 시에서 추상적인 관념을 기피하는 것은 널리 알려져 있는 상식이다. 그러함에도 불구하고 그 대목은 그 상식에 대한 위반을 정면으로 감행하였기에 그 대목을 읽는 이들은 곤혹스러움을 떨치기 어려운 것이다. 그러나 그러한 느낌은 그저 잠깐 동안만 가져볼 수 있을 뿐, 곧 수정되지 않을 수 없다. 시인은 그 뒤 대목들에서 방과 관련된 다수 관념의 덩어리들을 거침없이 쏟아놓는데, 앞에서의 관념의 제시는 그 관념의 덩어리들을 쏟아내기 위한 바탕을 마련한 것으로 이해되기 때문이다.

> 방은 어머니다 그리고 아무리 흐려도 방은
> 그를 타자와 분리시키고 이어준다 방은 그의
> 개별성, 그의 단일성, 그의 개인성, 그의
> 개인적인 사상, 빛, 그의 빛, 그가 찾는 빛,
> 그가 만드는 사상, 그가 들어가 자는 사상,
> 그가 물어뜯는 사상, 그가 기대는 사상,
> 그가 잠드는 사상, 방, 어머니, 그가 채워야
> 할, 오늘도 채우고 다시 비워야 할 이 방!

그리고 이 스웨터!

위 인용에서 볼 수 있듯이 이 단락에는 방을 가지고 있어 내가 거기서 누리는 여러 성질들이 나열되어 있다. 나열된 성질들은 개인성으로 대표될 수 있는 개별성, 단일성과 '빛'으로 표상될 수 있는 '나(그)'가 만드는 사상이다. 그런 성질들을 열거한 뒤에 시인은 "방, 어머니"처럼 방을 어머니와 동일시하는 그의 의식의 한 끝을 보여준다. 시인이 방을 어머니와 동일시하는 의식을 보여준 것은 이 대목이 처음이었던 것은 아니다. 이 단락의 첫머리에서 볼 수 있듯이 그는 "방은 어머니다"라는 아포리즘 성격의 은유를 이미 제시해놓고 있었던 것이다. "방은 어머니다"라는 은유가 만들어질 수 있었던 것은 다름이 아니다. 그것은 공간으로서의 방이 어머니처럼 포근히 감싸는 힘을 '나'에게 느끼게 하기 때문이다. 그렇다면 방이 '나'를 감싸듯, 또한 '나'를 포근히 감싸던 '낡은 스웨터' 역시 어머니와 같다고 할 수 있을까? 시인은 그런 섣부른 표현을 직접 보여주지는 않았다. 그러면서도 시인은 어머니—방—'낡은 스웨터'를 같은 자리에 놓고 생각한/생각하도록 하는 다음과 같은 표현을 보여주었다.

> 방, 어머니, 그가 채워야
> 할, 오늘도 채우고 다시 비워야 할 이 방!
> 그리고 이 스웨터!

이승훈의 시 「낡은 스웨터」를 위와 같이 읽어 오면서 우리는 '낡은 스웨터'라는 보잘 것 없는 사물이 실로 놀랍게 변모하는 과정을 경험하였다. 그 낡은 옷은 파출부까지 버려야 한다고 말했을 정도로 허름한 옷이지만, 그 옷이 포근함으로 '나'를 감싸는 힘을 갖는 점으로 하여

340

'나'의 '방'의 성질과 같은 것으로 여겨지기도 하는 한편, '어머니'와 같은 품성을 가진 것으로 여겨지기도 한다. 우리는 이쯤에서 바슐라르가 그의 책 『공간의 시학』에서 집을 어머니와 같은 품성을 가진 것으로 인식하였던 점을 상기하는 것이 좋겠다. 바슐라르가 집을 어머니와 같은 품성을 가진 것으로 인식한 것은 무엇보다도 집이 우리를 포근하게 감싼다고 생각하였기 때문이다. 바슐라르는 결국 인간이 의지할 곳으로서 집이라는 공간의 내밀성을 인식한 것인데, 이승훈이 그의 시 「낡은 스웨터」에서 '낡은 스웨터'나 방을 찾아내 그려낸 인식 또한 바슐라르의 집에 관한 인식과 다르지 않다고 할 수 있다.

아름다운 집

김 용 택

하늘 아래 아름다운 집 그 집은
아버님이 지으셨다.
아버님은 깊은 산속을 돌아다니며
곧고 푸른 솔나무를 베어 말렸다가
지게로 하나하나 져날라
빈터 그늘에 차곡차곡 쌓았다.
기둥과 서까래와 상량나무와 개보와 마루 판자감이 몇 년만에
다 모이자
아버님은 목수를 불렀다.
        (······)
구렁이, 참새, 쥐, 굼벵이들이 그 집에 집을 지었다.
그 집에는 소, 개, 돼지들이 깃들어 살고
그 집에 아버지와 어머니와 나와 세 명의 남동생과 두 명의 누이
가 살았다.

그 집에서는 산이 보였다.
그 집에서는 마루에 누워도 물이 보였다.
그 집에서는 물을 차고 뛰는 하얀 물고기들의 저녁 놀이가 보인다.

아이들이 크고 세월이 갔다. 그 집에서 오랜 세월이 더 흐른 후
그 집을 지은 아버지는
그 집 큰방에서 숨을 거두었다.
그리고, 아버지는 솔나무를 베어 왔던 그 산에 둥그렇게 묻혔다.

아, 아름다운 그 작은 집, 그 흙집에서 나는 지금 산다.

시인 김용택은 1948년 생으로, 1985년 시집 『섬진강』을 간행한 이후 다수의 시집들과 동시집들을 간행하였다. 『맑은 날』, 『누이야 날이 저문다』, 『꽃산 가는 길』, 『그리운 꽃편지』, 『그대 거침없는 사랑』, 『강 같은 세월』, 『그 여자네 집』, 『나무』 등이 『섬진강』 이후에 그가 내놓은 시집들이다.

시집 『섬진강』이 간행되어 세상의 독자들에게 널리 읽힌 이후, 김용택은 그의 시의 성격에 어울리는 여러 이름들을 얻게 되었다. 농촌 시인, 농민 시인 혹은 민중 시인이란 명칭이 그것들이다. 이 이름들은 이미 문단에서 널리 쓰여 온 것들이지만, 그 중 민중시의 대세가 물러간 이제 그를 민중시인이라고 부를 이유는 없어졌다고 해야 하겠다. 반면에 그를 가리켜 농촌 시인, 농민 시인이라고 부르는 명칭은 지금도, 또 앞으로도 계속하여 쓰일 것으로 전망된다. 그는 농촌에 삶의 뿌리를 두고 농촌에 사는 이들의 삶의 모습을 그리는 데에 시의 기반을 두고 있기 때문이다. 그런 명칭들과는 달리 이 글에서는 그를 가리켜 '고향 시인'이라는 다소 생소한 이름으로 부르기로 한다. 이 명칭은 한 개의 용어로 정착하기에는 난점을 가진 것이다. 시인들마다 그 곳이 도시이

건 농촌이건 고향을 갖지 않은 이는 없을 것이기에 그 명칭으로서 김용택 시의 개별성을 드러내기는 어렵기 때문이다. 사정이 그러하기에 시인 김용택을 '고향 시인'이라고 부르는 것은 분류를 위한 명칭이라고는 할 수 없다. 분류보다도 그 명칭은 그의 시들 자체의 성격을 더 분명하게 드러내는 데에만 유용할 뿐이다. 그를 가리켜 '고향 시인'이라고 할 때에 '고향'의 의미는 우리 시대에 거대하게 소용돌이쳤던 '향도이촌(向都離村)'의 사태로 말미암아 대다수 한국의 성인들이 잃어버린 농촌의 '고향'을 의미한다.

 '고향 시인'인 그의 시의 소재, 배경, 인물들은 그 대부분이 고향에서 얻어진다. 그를 주목받는 시인으로 만들어낸 연작시 「섬진강」의 섬진강을 비롯하여, 아버지·어머니·집·마을 사람들이 모두 그의 고향과 관련을 가진 그런 소재, 배경, 인물들이다.

 그의 시들에는 빈번하게 집이 출현한다. 그의 시집들에는 고르게 시의 소재, 배경으로서 집이 출현하지만, 그 중에도 『누이야 날이 저문다』, 『그 여자네 집』 등 두 시집들에 수록된 집을 대상으로 한 작품들은 각별히 관심을 기울이지 않을 수 없는 작품들이다. 『누이야 날이 저문다』에 실린 집을 대상으로 한 짧은 서정시들은 이문재 시인의 생동하는 작품 해설 그대로, 짧으면서 "짧은 시의 생명인(동양화의 생명인) 여백을 자아내고 다양한 이미지의 울림을 울려내"는 그런 시들이다. 그 짧은 시들은 역시 이문재의 표현 그대로 팽팽하고 선명하고 단단한 시들이다(이문재, 「'집'과 '집 밖' 사이, 거기가 삶이었으니」, 김용택 시집 『누이야 날이 저문다』 해설문, 열림원, 1999).

 그 경우와는 달리 『그 여자네 집』에 실린 집을 대상으로 만든 시들은 호흡이 긴 작품들이다. 그런 작품들 중 그 시집에서 가장 의연하게 솟아오르는 작품은 「아름다운 집, 그 집」이다. 시 「아름다운 집, 그 집」은 집을 대상으로 한 시로서 몇 가지 유의할만한 면모를 간직하고

있다. 집을 짓는 이들과 그 집에 들어 사는 이들이 분리되지 않고
결합되어 있는 점, 아버지가 짓고 살다가 돌아간 집을 아들이 이어
살고 있는 점, 사람과 함께 참새·쥐 등 생명을 가진 것들이 사람의
집 안에 또한 집을 깃들이고 있는 점들이 그런 면모들이다.

　집을 지은 이와 그 집에 들어 사는 이가 분리되어 있는 시대를
살고 있는 우리로서는 짐작하기조차 어려운 삶의 모습들이 위 시에는
아로새겨져 있다. 위 시에 나타나기는 하지만, 시의 뒤 부분에 치우쳐
부각되어 있는 것이 집터 고르기에 관한 것이다. 뒤로 산을 두르고
앞으로 물을 굽어보는 '배산임수(背山臨水)'의 터를 비롯한 좋은 집터
를 골라내는 안목이 집짓기를 위한 첫 걸음이다. 다음으로 한 채의
집을 짓기 위해 목재, 석재들을 하나하나 골라내어 모으는 정성스런
작업이 그 둘째이다. 이 시는 그 정성이 깃든 작업으로부터 집짓기를
그려냈다. 집터가 정해지고 목재, 석재 등 재료가 준비되면 집을 짓는
이는 집을 앉혀 세우기에 부족함이 없는 장인(匠人)인 목수를 불러야
한다. 이 시에서의 목수는 먼저 아버지가 날라 온 나무들을 깎고 잘라
기둥·문틀·창틀 등 목재들을 마름질하는 모습부터 보여준다.

　이 시에서의 집짓기는 기둥이 세워지는 과정으로부터 시작된다.
기둥이 세워진 뒤 집의 방·마루·부엌 등이 될 공간들의 '간살'이
잡혀진다. '간(間)살'이란 집짓기에서 기둥과 기둥 사이에 돌려 얹히는
나무인 '도리' 네 개로 둘러막은 면적을 가리키는 개념이다. '간살'이
결정된 뒤 '도리' 위로 '서까래'가 올라간다. '서까래'란 '도리'에서
처마 끝까지 건너지른 나무로서 지붕의 뼈대 구실을 맡는 목재이다.
이 시에서는 '서까래'를 올린 뒤, 그 위에 '닥채'와 장작을 얹어 지붕을
덮은 것으로 되어 있다. '닥채'란 닥나무의 껍질을 벗기어 낸 연한
가지이며 장작이란 땔감으로 쓰도록 자르고 쪼개놓은 나무이다. '닥
채', 장작 등을 '서까래' 위에 엮어 까는 것은 '이엉'과 '서까래' 사이에

흙을 깔기 위한 받침을 마련하려는 배려이다. 이 받침을 '산자'라고 부른다. '산자'를 설치하고 나면 그 위로 논흙이 올라간다. 이 때에 논흙은 짚을 썰어 섞고 물을 부어 맨발로 이겨 만든 "머리통만한 흙덩어리"들이다. 그 흙덩어리들은 그 위로 '이엉'을 얹는 데에 안정감을 갖게 하며, 눈과 비 그리고 추위와 더위를 막게 한다. 「아름다운 집, 그 집」에서 지붕 위로 다져진 흙을 올리는 대목은 다음과 같이 그려져 있다.

> 닥채로 지붕을 엮어 덮었다. 다시 그 위에 장작을 얹어 덮었다.
> 그리고
> 그 위에 논흙이 올라갔다.
> 사람들은 텃논에 흙구덩이를 내어
> 마당에다 쌓고
> 그 위에 짚을 썰어 섞고 물을 부어 흙을 맨발로 밟아 이겼다.
> 머리통만한 흙덩어리를 만들어
> 지붕 위로 휙휙 던졌다.
> 흙덩이들이 지붕 가득 날아올라
> 점점 하늘을 막았다.

　지붕 공사가 거기까지 이르면 다음 과정은 '이엉'을 덮을 차례이다. '이엉'이란 "지붕이나 담을 이는 데 쓰기 위하여 엮은 짚 또는 새(띠, 억새 등의 총칭)"를 가리킨다. 이 시에서는 '저릅대'(표준어는 '겨릅대'. '겨릅대'는 "껍질을 벗긴 삼대"를 가리킴)로 '이엉'(이 시에서는 '날개'라고 했다)을 엮은 것으로 그려졌다. '이엉', 곧 '날개'가 지붕을 덮으면 "노랗고 따뜻하고 둥그스름한 초가 지붕"이 완성되는 것이다. 지붕 공사가 완료되면 다음으로 벽 치기, 구들 놓기, 굴뚝 쌓기, 방 들이기 등의 작업들이 진행된다. 그 작업들이 모두 완결되면서 비로소 사람이 들어 살 수 있는 집이 완성된다.

위에서 살펴보았듯이 김용택은 집에 관심이 큰 시인이다. '고향 시인'인 그가 집에 큰 관심을 기울이게 된 배경은 위의 시 「아름다운 집, 그 집」에서도 충분히 엿볼 수 있다. 집은 아버지·어머니·형제·남매 등 가족들의 거점이며, 삶의 둥지이다. 집은 마을 사람들과의 어우러짐을 위한 터전이며, 고향의 산과 물, 논과 밭과 어울려 있는 사람살이의 공간이다. 아버지·어머니를 비롯한 가족들과 마을 사람들 그리고 마을을 둘러싼 자연 환경은 고향을 구성하는 중요한 구성소들이다. 그 구성소들과 다를 것 없이 나의 집을 비롯한 고향 마을의 집들 역시 고향을 구성하는 중요한 요소들로 등장한다. 고향을 구성하는 것들에게 민감하게 반응해 온 '고향 시인'인 그가 나의 집을 비롯한 고향의 집들에 큰 반응을 보이는 이유는 충분히 짐작할만한 것이다.

나의 집 또는 마을의 집들에서 출발한 집에 관한 사유는 이른 시기의 김용택에게 이미 깊이 있게 형성되어 있었던 듯하다. 그 점을 뚜렷하게 확인하도록 하는 것이 시집 『누이야 날이 저문다』의 앞부분에 실려 있는, 집을 대상으로 한 짧은 서정시들이다. 그 짧은 서정시들을 지목하여 이문재는 "늘 시만을 생각하는 시인이 언어 경제를 실천할 때, 짧은 시, 시간의 풍화작용을 이겨내는 견고한 시가 태어난다"고 찬탄을 보냈다. 그 짧은 서정시들의 견고함에 대한 찬탄과 함께 또 하나 그대로 지나칠 수 없는 점은 그 시들의 대부분이 집에 관한 시인의 깊이 있고 성숙한 사유의 산물이라는 점이다. 그가 사람이 의지할 공간으로서 집을 노래한 작품 한 편을 살펴보기로 한다.

집이 없었다

김 용 택

해가 지고 있었다
그녀가 돌아앉더니
그녀의 가슴에 내 머리를 묻어주었다
수면이 가만히 흔들리며 얼고 있었다
그녀가 내 머리를 쓸어주며
하늘을 보고 있었다

그녀가 울고 있다고 느꼈을 때
내가 그녀의 손을 더듬어 찾고
그녀가 내 머리에 얼굴을 부볐다

해는 어디나 지고 없었다

침침한 하늘에 별이 뜨고
집이 없었다

　여기에 인용한 시에는 서로 깊이 사랑하는 것으로 보이는 남자와 여자가 등장한다. 지금 그들이 만나고 있는 곳은 마을 밖의 어떤 물가이다. 이 시에서 그들의 만남의 장소를 알려주는 대목들은 "수면이 가만히 흔들리며 얼고 있었다", "침침한 하늘에 별이 뜨고" 같은 대목들이다. 이 시에 등장하는 남녀의 서로 사랑하는 모습과 추운 날씨에도 불구하고 그들의 만남이 노천인 물가에서 이루어진 점으로 하여 지금 그들은 의지할 만한 집 또는 방을 찾는다는 독법이 나올 만하다. 그런 독법은 이 시의 표제인 「집이 없었다」는 말로 하여 더욱 힘을 얻을 것이라는 짐작이 가능하다. 그런 독법으로 이 시를 읽을 경우에 이 시의 남녀 두 인물은 플라스코의 소설 「제8요일」의 남녀 주인공들처럼 그들이 의지할 만한 네 개의 벽을 찾는 것처럼 이해할 수 있을 것이다.

　　그러나 그러한 독법은 시 「집이 없었다」의 남녀 두 사람의 사랑의 행위만 읽어냈을 뿐, ‘그녀’라고 호칭된 여성 인물의 심상치 않은 행위들은 간과한 결과이다. 「집이 없었다」가 그려낸 ‘그녀’는 ‘나’를 사랑하는 행위들을 보여주는 한편, 심상치 않은 또 다른 행위들을 보여주는데, 앞의 독법은 그 ‘심상치 않은 또 다른 행위들’의 의미를 제대로 읽어내지 못한 것처럼 보이는 것이다. 이 시의 의미를 제대로 읽어내는 데에 긴요하리라고 보이는 ‘그녀’의 ‘심상치 않은 또 다른 행위들’이란 “그녀가 내 머리를 쓸어주며/ 하늘을 보고 있었다”, “그녀가 울고 있다”, “그녀가 내 머리에 얼굴을 부볐다” 같은 대목들에서 엿볼 수 있는 것들이다. 그 대목들에서 엿볼 수 있는 ‘그녀’의 ‘심상치 않은 또 다른 행위들’은 그들 남녀의 사랑의 행위들을 지속시키기 위하여 단순히 집 또는 방을 안타깝게 찾으려는 행위들과는 경우를 달리 한다. 그 행위들은 ‘그녀’가 ‘나’를 사랑하면서도 불가피한 어떤 사정이 개재하여 ‘나’를 떠나기 직전에 보여준 모습이라고 보아 조금도 무리가 없을 정도이다. 김용택의 시 「집이 없었다」는 이 시의 여성 인물인 ‘그녀’의 위와 같은 ‘심상치 않은 또 다른 행위’를 보여준 뒤에 시의 가장 끝 행을 “집이 없었다”로 맺으면서 끝난다.

　　시 「집이 없었다」에서 위와 같이 여성 인물 ‘그녀’의 ‘심상치 않은 또 다른 행위’를 읽었을 때에, 이 시의 끝 행이면서 그로부터 시의 표제로 쓰이기도 한 “집이 없었다”는 말은 그 의미를 달리 하게 된다. 위와 같은 문맥에서 “집이 없었다”는 말은 두 남녀의 사랑을 지속할 공간이 없었다는 뜻으로 읽히지 않는다. 그보다는 오히려 남성 인물인 ‘나’의 의지할 대상으로서의 여성 인물을 상실했다는 의미로 읽히는 것이다. 그럴 경우에 이 시는 사랑의 시라기보다 사랑하는 이를 잃는, 이별의 시로 읽히는 변화를 맞는다. 그리고 그 경우에 ‘집’은 구체적인 삶의 공간이라는 의미보다도 삶을 감싸안는 여성성이라는 의미를 띠게 된다. 다시 말하면 이 시에서의 '집'은 '여자'와 동일한 의미로 쓰였다고 할 수 있을 것이다.

김용택의 시에서 '집'은 '여자'와 같은 의미로 쓰인 경우가 더러 눈에 띈다. 그런 문맥 의미를 가진 시들은 시집 『누이야 날이 저문다』에서 여러 편을 찾을 수 있다. 그 시집 중 '집'='여자'의 의미가 가장 분명하게 드러난 시는 「초가집」의 경우이다. 모두 5행으로 짜여져 있는 그 시의 제1행에서 시인은 '집'='여자'의 인식을 다음과 같이 또렷하게 부각하여 놓았다.

> 제 그림자를 잡고 앉아 있는 여자
> 시꺼멓게 그을려 있다
>
> 풀꽃들이 저물어
> 낮은 처마 밑으로
> 기어들고 있다

위와 같이 '집'을 '여자'와 동일시하는 김용택의 상상력은 '집'을 '어머니'와 동일시한 바슐라르의 상상력과 별로 다르지 않다고 말할 수 있다. 바슐라르는 집이 사람을 감싼다는 점에서 집을 어머니와 동일시했는데, 김용택은 여성성이 남성성을 감싸는 점을 의식하면서 집과 여자를 동일시한 것이다. 김용택에게 있어서도 집은 물론 생활의 공간이다. 그러나 젊은 시절의 그는 여성의 감싸는 힘을 깊이 의식하고 그리워하면서 의지할 대상으로서 '집'과 '여자'를 동일시하는 상상력을 펼쳤다고 할 수 있을 것이다.

3) 인간의 사업과 그 표상으로서의 집

집을 짓고 그것을 제대로 유지, 관리하는 일은 옛날과 지금을 가릴 것 없이 어려운 일이다. 몇 해 전에 우리는 몇몇 재벌 기업들이 공 들여 마련했던 그들의 그룹 건물들을 남의 손에 넘기는 딱한 모습들을 목격하였다. 두루 짐작하듯이 재벌 기업의 대표 사옥(社屋)은 그 재벌 기업을 상징하는 건물이다. 그 상징 건물을 남에게 넘겨주는 모습들을 목격하면서 그 재벌 기업과는 무관한, 평범한 우리 시민들까지 착잡한 느낌을 떨치기 어려웠었다.

건물 신축은 용이한 작업이 아니다. 건물 신축의 그러한 어려움 때문에 우리 선인들은 "집 지어 보고, 자식 길러 보고, 상(喪)당해 봐야 사람이 할 일 한 것이다."라는 말을 남겼을 것이다. 우리 선인들은 "이사는 죽을 수에 한다."는 말도 남겼다. 이사는 건물의 신축에 비해 현저하게 품과 시간이 덜 소요되는 작업이다. 그런 이사도 '죽을 운수' 에나 한다고 했으니, 우리 선인들이 집의 신축을 얼마나 지난한 일로 여겼을 것인가?

하나의 사업을 새로 구축하는 일은 어렵다. 집짓기 또한 어렵다. 새 사업을 구축하는 일은 집 짓는 일만큼, 또는 그 일 이상으로 어려운 일이기에 자주 집짓기로 비유된다. 어렵다는 점 말고도 사업 구축이 집짓기로 비유될 수 있는 다른 근거도 찾을 수 있다. 사업 구축에는 집짓기의 기초 닦기, 기둥 올리기, 지붕 씌우기, 실내 꾸미기로 비유될 수 있는 일의 여러 과정이 필요하다. 바로 그 점 때문에 사업 구축은 집짓기로 흔히 비유된다. 다음에 인용하는 시인 김남조의 시 「문학사」 는 인간의 사업은 곧 집짓기라는 인식에 바탕을 둔 것이다.

문학사

김 남 조

이 집은
하세월 완공의 기약 없고
시인은 단 한 장만
그의 벽돌을 얹을 수 있다

혹여 국법으로
문학을 금해라도 준다면……
야릇하게 간혹 꿈꾸며
혼신으로 벽돌을 굽고 구워도
한사코 숯이어라
한사코 사금파리여라
시인은 준열히 자책하며
그 허무를 운다

문학일래 참담하였다고
시인은 생애의 고백을 남긴다
아울러
문학일래 기쁨 있었다고

계간 시 전문지 『시안詩眼』 2000년 여름호에 발표된 김남조의 「문학사」 전편이다. 김남조는 1927년 생으로, 첫 시집 『목숨』(1953)을 펴낸 이후, 『나아드의 향유』(1955), 『나무와 바람』(1958), 『情念의 旗』(1960) 에서 『희망 학습』(1998)에 이르기까지 모두 14권의 시집들을 펴낸 원로 여류 시인이다. 그는 사랑·생명·희망의 가치에 근원을 둔 채 고독·허무·참회·기도·섭리·은총을 노래해 온 시인인데(김재홍, 「사랑과 희망의 변증법」, 김남조, 『희망학습』 해설문, 시와시학사, 1998), 위 시에서는 이례적으로 문학사와 관련된 시인의 고통과 기쁨 을 노래하였다.

이 시에서 인간의 사업과 그 성취의 표상으로서의 '집'은 '문학사'를 가리킨다. 한 민족 또는 한 국가 사회의 문학사는 말 그대로 연면하게 이어지는 것이다. 시인은 그 점을 이 시의 앞머리에서 "이 집은/ 하세월 완공의 기약 없고"라고 표현했다. 그렇게 연면히 이어나가는 문학사에서 한 작가, 시인이 차지할 수 있는 자리는 아주 좁은 것이 일반적이다. 그것도 문학사의 평가라는 '그물' 안에 끼어들었을 때에만, '문학사'라는 '집'에 약간의 재료를 보탤 수 있는 모습으로 나타날 뿐이다. 시인 김남조는 그 점을 "시인은 단 한 장만/ 그의 벽돌을 얹을 수 있다"는 말로 그려냈다. 거대한 '문학사'라는 '집'에 기껏 해야 단 한 장의 '벽돌'을 얹을 수 있을 뿐인 시인, 작가의 필생의 사업. 자신의 필생의 작업이 차지할 수 있는 자리가 너무도 좁다는 사실에 좌절을 느끼지 않을 작가, 시인들은 아마도 드물 것이다.

3연으로 엮어진 이 시에서 문학사와 시인, 그러니까 비유로서 '집'과 '벽돌'의 관계가 집중적으로 부각된 것은 1연에서이다. 2연에서는 그 관계의 부각이 흐려져 있다. 3연에서는 그 관계의 모습이 시문장에서는 사라진 채, 그 음영만이 배경으로 던져져 있을 뿐이다. 2연에서 시인은 문학사와 시인의 관계보다도 창작의 어려움을 토로하는 데에 집중한다. 흔히 "뼈를 깎는다"는 표현을 입고 있는 창작의 고통은 때로 "국법으로/ 문학을 금해라도 주"었으면 하는 망상이 들게 할 정도이다. 그만큼 창작의 고통은 모진 것이어서 가능하다면 '피하고 싶은 잔'이란 뜻이 위 대목에는 나타나 있다. 그런 망상까지 겪어내면서 전력으로 시작에 매달리지만, 만들어진 결과는 대체로 기대 이하이다. 시작의 그 같은 어려움을 토로하면서 시인은 "혼신으로 벽돌을 굽고 구워도/ 한사코 숯이어라/ 한사코 사금파리여라"라고 탄식한다. 그 짙은 탄식과 함께 시인은 준열히 자신을 나무라기도 하고, 혼신의 노력에도 소기의 것을 얻지 못한 허무를 울기도 한다.

앞에서 살펴보았듯이 이 시의 2연은 시인이 겪는 창작의 고통을 보여주었다. 거기서 더 나아가 3연은 시인으로 살아온 자신의 생애 전체를 반추하는 모습으로 짜여 있다. 자신의 삶을 돌이켜보면서 시인은 두 가지 상반된 느낌을 털어놓는다. "문학일래 참담하였다"와 "문학일래 기쁨 있었다"가 그 상반된 느낌들이다. 그 상반된 느낌 속에서 때로 신음하고 때로 희열에 떴던 것이 시인 김남조의 50년에 걸친 시작의 길이었음을 그는 이 시에서 숨기지 않고 털어놓았다고 할 수 있다.

4) 인간 존재의 표상으로서의 집

집과 사람의 거리는 가깝다. 사람은 집을 만들고 집은 사람을 품는 상호작용이 이루어진다고 할 만큼 집과 사람 사이의 관계는 밀접하다. 건축가 김진애는 집과 사람 사이의 그처럼 가까운 거리를 의식하면서 건축 에세이 『이 집은 누구인가』(한길사, 2000)를 썼다. 그 책에서 그는 "집과 사람은 떼어놓으려야 떼어놓을 수 없는 짝이다. 마치 사람의 이성과 감성과도 같고, 사람의 몸과 마음과도 같다."고 했다. 집은 음식, 의복과 함께 사람살이의 기본 요건이다. 사람살이의 그 기본 요건들을 우리는 묶어서 '의식주'라고 부른다. 사람살이의 그 세 요건들 중 음식과 의복 역시 사람살이에 긴요하다. 그렇지만, 그것들은 유동적인 소비품들이어서 집과 사람 사이의 '만들고 품는' 관계를 형성하지는 못하며 다른 성질의 관계를 형성한다. 집과 사람 사이의 그 같이 밀접한 관계가 바탕을 만들어 준 것일 터이지만, 시인 김용택은 '집'으로써 '인간 존재의 삶'을 표상하는 시를 쓰기도 했다. 김용택의 시집 『누이야 날이 저문다』에 실린 시 「집」이 그런 작품이다.

집

김 용 택

외딴집,
외딴집이라고
왼손으로 쓰고
바른손으로 고쳤다

뒤뚱거리며 가는 가는 어깨를 가뒀다

불 하나 끄고
불 하나 달았다

가물가물 눈이 내렸다

이 시를 제대로 읽어내기란 쉽지 않다. 이 시의 시적 자아는 자신과 자신을 둘러싼 세계 사이의 교섭을 그려내려 하지 않았다. 이 시에서 그가 주로 그려낸 것은, 그 자신의 내면 풍경이다. 이 시에서 외부 세계와의 교섭을 그린 것은 단지 한 행으로만 한정된다. "가물가물 눈이 내렸다"라는 이 시 끝 행이 이 시로서는 유일한 외부 세계 묘사에 해당하는 것이다.

이 시의 시적 자아는 자신의 내면 풍경을 그려내면서 그 내면 풍경을 그려내는 언어들을 새롭게 재편하였다. 이 시에서의 언어의 재편이란, 물론, 이 시만의 고유한, 독자적인 것은 아니다. 그 방법은 대다수의 시들이 그러하듯이, 가능한 한 언어의 사전적인 의미를 배제, 축소하고, 그 언어가 연상, 환기시킬 수 있는 변두리의 의미, 아직 제대로 사전에 등재되지 못한 의미를 확장, 팽창시키는 방법 그것이다. 그런 의미는 흔히 시적인 문맥에서 풍요롭게 확장, 팽창될 수 있기에 시적 의미라고 부르기에 적절한 것이다. 야콥슨(Jakobson)은 그가 생각한 담화 행위의 6구성소들 중 위와 같은 의미는 문맥에 따라 결정된다고 보았다(Terence Hawkes, "Structuralism and Semiotics", Univ. of California Press, 1977, p.83).

이 시에서 시적인 의미를 지향한 말들은 꽤 여럿이다. '외딴 집', '왼손', '오른손', '뒤뚱거리며 가는', '가는 어깨', '가뒀다', '불', '끄고', '달았다' 등이 거기에 해당하는 말들이다. 위와 같이 짧은 시를 구성하는 거의 대부분의 말들이 사전적인 의미를 벗어나 있기에, 사전적인 의미에 의지하여 이 시를 읽으려는 이들은 어려움을 겪지 않을 수 없다. 따라서 이 시를 읽는 이들은 시에 쓰인 말들의 사전적인 의미와 함께, 그 시적인 의미가 무엇인가를 줄곧 모색하지 않을 수 없게 된다.

'외딴 집'은 어떤 주택이 홀로 떨어져 있는 상태를 그린 말로 읽히지는 않는다. 사전적인 말뜻 그대로 어떤 주택이 홀로 떨어져 있는 상태라면 그것은 후속하는 시행에서처럼 "왼손으로 쓰고/ 바른손으로 고치"는 행위는 성립하지 않는다. 마을의 다른 집들과 동떨어진 거리로 하여 생긴 '외딴집'의 물리적 거리란 객관적 사실에 해당하는 것이다. 따라서 그 사실을 '쓰고 고치기'는 의미가 없을 뿐만 아니라, 그 사실을 고치는 일이 불가능하기까지 하다고 보아야 한다. 따라서 이 시 첫머리에 나오는 '외딴집'이란 '쓰고 고치는' 일이 아울러 가능한 어떤 '정신적'인 상태라고 이해하는 것이 옳을 듯하다. 나는 그 정신적인 상태를 '집' 속에서 이루어지는 '삶'으로 이해하는 것이 타당하다고 생각한다. 그렇게 되면 '외딴집'의 의미는 "외롭게 소외되어 살고 있는 '나'란 존재"라는 의미를 갖게 된다.

이 시의 시적 자아는 자신을 "외롭게 소외되어 살고 있는 존재"라고 생각하면서 그 사실을 "왼손으로 쓰고/ 바른손으로 고쳤다"고 했다. '쓰다', '고치다'는 행위의 의미로 보아 대조적인 것으로 이해된다. 이 시에서 쓰는 일과 고치는 일을 맡은 '왼손', '바른손' 역시 기능상 대조적인 성질을 가진 것으로 나타난 점은 유의해야 할 점이다. 아랍인들과 친교를 가졌던 이들이 들려주는 아랍의 풍속 중 왼손과 바른손의 기능 분화(分化)랄지 차별화 이야기는 흥미롭다. 그들은 꼭 바른손으로만 밥을 먹고, 왼손으로만 화장실에서 뒤처리를 한다는 것이다. 우리 민속에서는 그들처럼 엄격하게 두 손의 기능을 차별화하지는 않았다. 그러나 우리 민속이라고 해서 그런 차등이 전혀 없었다고 말하기는 어렵다. 우선 우리 관습에서는 왼손으로 수저, 젓갈을 잡고 왼손으로 글씨를 쓰는 사람을 '이상인(異常人)'으로 취급했다. 말에서도 '외다/ 바르다'의 구별이 남아 전한다. '외다'는 지금은 별로 쓰이지 않는 고어이지만 그 뜻은 '바르다'의 반대로 '그르다'의 뜻을 지녔던 말이다. 그 용례를 보면 "제 올호라 ᄒ고 ᄂᆞ물 외다 ᄒᆞ야"("저는 옳다 하고 남을 그르다 하여"—월인석보)와 같다.

　시인 김용택은 '왼손', '외다'에 얽혀 있는 우리의 옛 민속, 관습이나 생각을 익숙하게 알고 있었던 듯하다. 따라서 그가 시 「집」에서 "왼손으로 쓰고/ 바른손으로 고쳤다"고 했을 때의 의미는 "내가 생각을 그릇되게 하였을 때에 나 스스로를 외롭게 소외된 존재라고 생각했다. 그러나 생각을 바로 잡고 다시 깊이 돌이켜보니 나는 결코 외로운 존재도, 소외된 존재도 아니었다. 나는 이제부터 내 부정적인 생각을 고쳐먹기로 작정한다"가 될 것이다.

　앞의 4행연을 위와 같이 읽었을 때에 한 행만으로 한 연을 이룬 "뒤뚱거리며 가는 가는 어깨를 가뒀다"의 의미를 이해하기는 어렵지 않다. 이 행에서 말하는 시적 자아의 행위는 앞의 연에서의 "바른손으로 고쳤다"는 행위와 의미에 깊이 있게 상응하는 것으로 보이기 때문이다. 이 행에서 "뒤뚱거리며 가는" 행위 주체는 물론 시적 자아이다. 그는 뒤에 생각을 고쳐먹기는 했지만 한때 자신이 외롭게 소외되어 있다고 생각했기에 자주 뒤뚱거리는 삶의 모습을 보여준다. 그런 자신의 삶의 행보를 "바른손으로 고쳤다"라고 그려낸 새로운 결의(決意)에 따라 새롭게 다듬은 모습이 "가는 어깨를 가뒀다"라는 표현으로 나타나 있는 것이다.

'불'은 빛을 뿜고 그렇기에 주변을 밝히며 어떤 존재와 상태를 드러낸다. '불'이 지니고 있는 그런 성질로 말미암아 그것은 흔히 시에서 '희망', '목표', '거사(擧事)'의 의미를 나타낸다. 이 시 3연의 "불 하나 끄고/ 불 하나 달았다"란 대목의 '불' 또한 시에서 흔히 쓰이는 그런 의미와 다르지 않아 보인다. 이 시를 해설하면서 시인 이문재는 이 대목을 "불을 하나 껐다는 것은 그릇된 삶의 한 국면을 정리했다는 의미로 읽힌다. 그리고 새로 단 불은, 뒤뚱거리는 삶과는 다른 새로운 삶의 한 차원을 환기시킨다."고 풀었다. 나 역시 그의 읽기와 조금도 다르지 않게 이 대목을 읽고 싶은 생각이다.

김용택의 시 「집」에서 '집'으로써 '인간의 삶' 또는 삶을 살아가는 '인간 존재'를 그려낸 것은 아주 희유(稀有)한 경우이다. 이 점은 앞에서도 말해 두었듯이 시인 김용택의 '집'에 대한 사유가 풍요했기에 가능했던 것이다. 그 점은 그의 시적 상상력의 한 면을 보여준 것이라고 보아 틀림이 없을 것이다.

4. '집 안의 집'과 삶의 모습

주거학(住居學)은 주생활(住生活)과 주건축(住建築)이 서로 만나는 지점에서 생활과 건축이 아울러지는 모습에서 발생한 학문이다(조성기·김일진, 『주거학(住居學)』, 동명사, 1975, 7쪽). 그 주거학에서는 인간 생활 행위의 성격을 4개의 범주로 제1생활, 제2생활과 같이 구분한다. 주거학에서 말하는 제1생활 행위 범주는 인간의 생리적 욕구를 해결하기 위한 생활을 묶은 것이다. 인간의 생리적 욕구는 인간이 여타 생물과 다를 것 없는 생물적 존재라는 점에서 나타나는 양상이다. 인간은 다른 생물들과 마찬가지로 하루 24 시간을 주기로 제1생활을 되풀이하며 거기에 소요되는 시간은 그의 생애의 절반을 차지할 정도이다. 이 범주에 속하는 행위 중 시의 창작과 관련하여 유의해야 할 것은 영양 섭취, 배설 등의 신진대사, 수면과 휴양, 신체의 발육과 성행위 등이다.

제2생활 행위 범주는 인간의 생활을 원활하게 수행하기 위한 활동을 묶은 것이다. 이 범주의 생활은 보다 나은 생활에의 욕망에 바탕을 둔 것이다. 인간과 인간 생활에 필요한 물질과의 교섭에 의해 영위되는 행위들은 이 범주에 속한다. 이 범주에 속하는 행위는 제1생활을 보조하기 위한 것들이어서 가사에 관한 것들이 많다. 가정생활을 원활하게 유지하기 위한 인간의 생산 활동 또한 이 범주에 속한다. 이 범주에 속하는 인간의 생활 행위는 결국 직업의 분화(分化)를 가져왔으며, 생산 활동의 다양화를 가져왔다. 인간의 제2생활은 기술적, 경제적, 제도적 향상을 이룩했으며 그 결과 인간의 정신적, 물질적 재산의 축적을 가져왔다. 가사, 근로, 교환 등이 이 범주에 속하는 중요한 행위들이다.

제3생활 행위 범주는 인간의 정신적 욕구에 따른 생활 행위의 묶음이다. 외부 세계로부터 제약을 받지 않고 한 인간 개체가 자신이 전면적으로 지배하는 세계를 희구(希求)하면서 자신의 욕망을 솔직히 표현하려는 충동에서 나온 행위가 이 범주에 속한다. 개인의 생활로 보면 제1생활은 그 개인이 성인이 된다든가 결혼, 출산, 사망을 맞는 일

등을 포함한다. 제2생활은 주기적인 수입, 기술의 습득, 사회적인 지위의 향상 등을 포함한다. 제3생활의 특징은 한 개인이 자아를 실현하는 것 이외에 다른 실리적인 것을 내포하지 않는 것이 원칙이다. 따라서 제3생활은 그 자체가 목적이 되는 것이 일반적인 양상이다. 이 범주에 속하는 생활행위로는 오락·교양·사교·창작·유희·명상 등이 포함된다.

제4생활 행위 범주는 공간 이동을 위한 행위이다. 인간 문화의 발달과 함께 위에서 살펴본 제1~제3행위가 이루어지는 장소는 반드시 하나의 공간만이 아닌, 여러 공간으로 분화되기에 이르렀다. 그런 사정으로 말미암아 인간 생활에는 공간 이동을 위한 행위가 반드시 수반되지 않을 수 없도록 바뀌었다. 그에 따르는 행위를 제4생활 행위라고 일컫는다. 이 행위는 다른 세 가지 행위들이 원활하게 이루어지기 위한 역할을 담당하도록 되어 있다.

위에서 살펴본 인간 생활 행위의 네 가지 유형들 중 예외없이 집 밖에서 이루어지는 것은 제4생활 행위이다. 제4행위를 제외한 제1~제3행위들은 시대를 거슬러 올라갈수록 각자의 집 안에서 또는 각 개인의 집과 긴밀한 관련을 가지면서 이루어졌었다. 지금부터 5, 60년 전만 해도 결혼, 출산, 치병(治病), 장례 등의 큰 일들을 거의 집 안에서 겪어냈던 점이 그 점을 알려준다. 그러나 최근 몇십 년 사이에 우리 사회는 생활 행위에 따른 엄청난 공간 분화를 겪어 왔다. 근자에 들어서 결혼과 출산을 집 안에서 겪어내는 이들이 점점 줄어 희소하기까지 하다는 사실이 우리 사회의 공간 분화를 실증하는 자료이다.

거리에 나서면 과거에는 집 안에서 이루어졌던 생활 행위를 해결해 주는 업소들이 무수히 눈에 띈다. 결혼식장, 병원, 장례식장, 양복점, 양장점, 양화점, 은행, 식당, 주점, 기원, 떡집, 방앗간 등 일일이 예거할 수 없을 정도이다. 전 같으면 집집마다 담그던 김치, 간장, 고추장 같은 기초식품까지 대량 생산하여 보급할 정도로 집 안에서 이루어지던 생활 행위들을 대신 떠맡아주는 업소들이 큰 거리에 즐비하다 할 만큼 생겨난 것이다.

생활 행위에 따른 다수 업소들의 분화는 집 안의 집을 중심 대상으로 하여 씌어진 시들을 주로 살펴보려는 이 글에도 현저한 영향을 끼칠 것이 분명하다. 지금부터 5, 60년 전까지만 해도 집 안에서 이루어지던 출생, 혼례, 상례 등 인생의 통과의례(The rites of passage)며 음식, 의복 만들기를 비롯한 온갖 형태의 생산 작업, 자녀 교육, 음주, 놀이 등 숱한 일들이 집의 울타리를 벗어나 집 밖에서 이루어지고 있기 때문이다. 오늘날 집 안의 집에서 이루어지는 생활 행위의 양태는 도시와 농촌 같은 지역에 따른 차이, 남편만의 홑벌이인가, 아내와 함께 하는 맞벌이인가 같은 가족 성원들의 취업에 따른 차이 등 여러 요인들로 말미암아 격심한 편차를 드러내고 있다. 5, 60년 전까지 별로 편차가 크지 않았던 각 가정의 삶의 모습이 오늘날 사회 변동에 따라 큰 격차를 벌이면서 바뀐 것이다.

인간의 삶은 위와 같은 생활 행위 유형으로 구분할 수 있지만 달리 여러 다른 방법들로 구분할 수도 있을 것이다. 여러 다른 구분 방법들 중의 하나로 통과의례를 포함하는 특별한 생활 행위와 일상의 생활 행위의 구분을 생각해 볼 수 있다. 통과의례란 프랑스의 인류학자 반겐넵(Arnold Van Gennep)이 그의 저서 『통과의례(Les rites de passage)』에서 처음 명명한 개념으로서 그 책에서 그는 통과의례에 대하여 다음과 같이 말하고 있다.

ⓐ 한 집단에서 다른 집단으로의 전이나 한 사회적 상황에서 다른 상황으로의 전이는 인간이 존재한다는 사실 자체에 벌써 내재 되어 있는 것이다. 따라서 인간의 생활은 비슷한 끝과 시작의

영속적 단계—출생, 사회적 사춘기, 결혼, 아버지가 되는 것,
상층 계급으로의 이동, 직업적 전문화, 죽음—로 이루어져 있다.
이러한 하나하나의 사건에서 의식이 행해진다. 이러한 의식의
근본적인 목적은 개인이 어떤 명백한 지위에서 또 다른 명백한
지위로의 통과를 가능케 하기 위한 것이다(반겐넵, 전경수 역,
『통과의례』, 을유문화사, 1985, 30쪽).

ⓑ 따라서 우리는 출생, 아동기, 사회적 사춘기, 약혼, 결혼, 임신,
아버지되기, 종교 단체에의 입회, 장례식 등의 의식에서 매우
광범위한 보편적 유사성을 찾을 수 있게 된다. 이러한 관점에서,
인간의 인생은 자연과 닮았다. 개인이나 사회는 자연으로부터
독립적일 수 없다. 우주 그 자체도 인간에게서도 반복되는 여러
단계와 전이, 전진, 상대적인 비활동기 등의 주기성에 의해
이루어지는 것이다(위의 책, 같은 쪽).

ⓒ 한 상황에서 다른 상황으로의 또는 특정의 사회적 또는 우주적
세계에서 다른 세계로의 통과(passage)에 수반되는 모든 의식의
유형을 이 책에서 다룰 것이다. 이와 같은 전이(transition)가
매우 중요하기 때문에 통과의례를 특별한 범주로 삼는 것이
적절할 것이다. 더 나아가 통과의례는 더 자세한 분석에 의해
분리의례(rites of separation), 전이의례(transition rites), 통합의례
(rites of corporation)로 나뉠 수 있다. 이 세 가지 하위 범위가
모든 의례 유형에서나 또는 모든 민족에게서 동일하게 나타나
는 것은 아니다. 분리 의례는 장례식에서 더욱 뚜렷하며, 통합
의례는 결혼식에서 뚜렷하다. 전이 의례는 임신, 약혼식, 입사식
(入社式, initiation)에서 특히 중요하다(위의 책, 40쪽).

집 안의 집을 중심으로 하는 인간의 삶의 모습을 위에서 반겐넵이 명명한 통과의례를 포함하는, 특별한 생활 행위와 일상생활 행위로 구분하는 것이 가능하다. 생활 행위를 특별한 것과 일상의 것으로 구분할 때에 집 안의 집의 생활을 소재로 한 한국 현대시 작품들 또한 그와 같은 두 계열로 구분하는 작업이 가능하리라고 생각한다. 따라서 이 장에서는 집 안의 집에서 일어나는 삶의 행위를 (1)삶의 특별한 모습들과 (2)일상적인 삶의 모습들로 구별하여 살펴보려고 한다. (1)삶의 특별한 모습들 중에는 앞에서 검토하였던 통과의례에 속하는 삶의 모습들—출생, 결혼, 와병, 장송(葬送), 제례와 같은 삶의 특별한 모습들을 포함시키게 될 것이다.

삶의 특별한 모습들

이 글에서 다루려고 하는 삶의 특별한 모습들로는 ①결혼 ②출생 ③죽음과 같은 통과의례에 속하는 것들을 포함시키려고 한다. 통과의례 이외의 것들로 삶의 특별한 모습들에 포함시키려는 것들에는 ④제례(祭禮), ⑤와병(臥病) 등이 있다. 조상 숭배에 각별한 정성을 기울였던 우리 사회에서는 '관혼상(冠婚喪)'과 함께 사례(四禮)로 꼽힐 정도로 '제례'를 중시했었다. 와병은 건강한 심신에 적신호가 켜진 현상으로, 정상적인 삶을 영위하기 어려운 위기에 해당한다. 좋고 궂음, 또는 기쁨과 슬픔 같은 생각과 느낌을 떠나서 위 다섯 가지의 삶의 모습들은 인생의 과정에서 특별한 일들임에 틀림없다. 위 다섯 가지 삶의 모습들 중 우리 생활에 던지는 파장이 가장 작은 것은 제례일 것이다. 그 이외의 것들은 그 때까지의 삶을 크게 뒤흔들 정도로 그 파장이 크고 특별하다.

1) 결혼

우리의 전통 혼례에서 혼례가 집행되는 장소는 대체로 당사자의 집, 일반적으로는 신부의 집이었다. 예식, 잔치, 신방이 모두 그 집 안에 꾸며지고 또 거기서 치러졌다. 오늘날, 예식은 흔히 '웨딩 홀'이라고 부르는 예식장, 잔치는 그 예식장의 부속 음식점이나 인근 전문 음식점, 신방은 신혼 여행지에서 투숙하는 호텔이 맡도록 분업화되어 있다. 그러나 지금부터 4, 50년 전까지는 신부집에서 그 모든 절차를 치르는 것이 일반적이었다.

우리 현대 시인들의 작품들 중 결혼을 그려낸 작품으로는 김조규(金朝奎)의 것이 비교적 이른 시기의 것으로 눈에 띈다. 김조규는 1936년 4월 5일에 발행한 『조선중앙일보』 지상에 「소묘속편(素描續篇) 중(中)」을 실었는데, 그 한 편으로 「결혼식」을 발표했다. 그 작품은 모두 4행으로 짜여진 짧은 것이다.

결혼식

김 조 규

푸른 해면(海面)을 찢을 머언 항로(航路)……
한 가닥 꽃다발을 실은 행운(幸運)의 출범(出帆)
순풍(順風)에 흰 돛이 통통, 배불리울 때
부두(埠頭)에는 흰 손수건들이 수없이 팔랑인다

―『김조규시집』(숭실대 출판부, 1996)

김조규는 재북(在北) 문인으로 한동안 우리 문학사에서 논의할 수조차 없었던 이들 중 한 사람이었다. 그는 1914년 평남 덕천군 태극면 풍전리에서 목사(牧師) 김명덕(金明德)의 7남 5녀 중 2남으로 태어났다.

기독교 가정에서 태어난 이로서 그는 당시 평양의 기독교 계열 학교인
숭실중, 숭실전문에서 수학했다. 그가 처음으로 시를 발표한 것은
1931년 8월 『조선일보』를 통해서였다. 그 지면에 발표된 「연심(戀心)」
이후로, 그는 잡지 『동광(東光)』의 작품 공모에서 시 「검은 구름이
모일 때」로 1등 당선하면서 시단에 등장했다. 그의 첫 시집 『동방(東方)』은
1947년에 간행되었다. 1948년 이후 그는 평양의 예술대학 교수로
재직하였다.

그는 광복 이후 북에서 활동한 시인으로, 그의 시적 경향을 사회주의
문학의 틀에 맞는 것으로 바꿀 수밖에 없었겠지만, 앞에서 인용한
「소묘 속편·중」 시기의 그의 시적 경향은 모더니스트의 그것이었다
고 할 수 있다. 결혼식에서 느낄 수 있는 감각적 인상을 사물화시킨
솜씨에서 당시의 그가 모더니즘 지향의 시인이었음을 어렵지 않게
알아볼 수 있는 것이다.

김조규의 시 「결혼식」이 소재로 하였던 결혼식은 전통 혼례와는
다른, 당시의 표현대로 하면 '신식 결혼식'이었으리라고 추정한다.
그런 추정을 하도록 만드는 것은 그 시에서 구사한 이미지들 때문이다.
독자들에게 그런 추정을 하도록 만드는 이미지들이란, '꽃다발', '흰
손수건' 등이다. 2행의 '꽃다발'은 자연스럽게 신식 신부의 부케를
연상하게 하며, 4행의 '흰 손수건'은 신식 결혼식에서 신랑·신부와
그들의 아버지, 주례가 착용하는 흰 예식 장갑의 흰 빛 잔상(殘像)을
연상하도록 만든다.

작품 전체가 4행으로 짜여진 김조규의 「결혼식」은 "인생은 여행이
다(Life is a journey)"라는 개념적 은유(conceptual metaphor)에 크게
의지하여 만들어졌다. 그 개념적 은유 이외에 이 시에서 찾을 수 있는
또 하나의 생각은 결혼이 인생의 중요한 통과의례의 하나라는 그의
인식이다. 어떤 점에서 그렇게 말할 수 있는가를 밝혀보기로 한다.

364

'개념적 은유'란 『차거운 이성(理性) 이상의 것—시적(詩的) 은유의 현장 안내 More than Cool Reason—A field guide to poetic metaphor』(시카고대학 출판부, 1989)라는 책에서 레이코프(George Lakoff)와 터너(Mark Turner)가 제시한 용어이다. 그들은 사람들이 언어에서 사용하는 은유가 이미 많은 사람들의 인식 속에 개념적인 틀을 가진 것으로 생각했다. 그렇지 않고서야 시인만의 독자적이고 창조적인 은유를 어떻게 평범한 독자들이 이해할 수 있겠는가 하는 것이 그들의 생각이었다. 예를 들어, 사람들은 흔히 인생살이의 여러 경험을 여행 중의 다양한 경험과 관련시켜 짝지어 생각하는 개념틀을 가졌다는 것이 그들의 생각이다. 인생에서 어려운 시련을 만난 사람이 "이 고개만 무사히 넘기면, 평탄한 길이 앞에 있다."고 생각하거나, "젊은이들이여, 인생의 종착점까지 우리 한 걸음, 한 걸음을 성실하게 걷자."고 교장 선생님이 훈화를 할 때에, 그들의 의식 깊은 곳에는 삶을 여행으로 짝지은 어떤 개념틀이 작동한다는 것이 레이코프, 터너의 생각이었던 것이다. 레이코프, 터너는 삶을 여행으로 짝지은 그 개념틀이 작동한 은유를 일컬어 '인생은 여행이다 은유(Life is a journey metaphor)'라고 불렀다.

김조규의 시 「결혼식」에는 '인생은 여행이다 은유'가 채택되어 나타난다. 남자와 여자가 결혼하여 한 쌍의 부부로서 살아갈 앞날을 여로(旅路)로 바라본 것이 그것이다. 이 시에서는 한 쌍의 부부가 살아갈 앞길을 여로로 바라보되, 특별히 그것을 뱃길, 곧 '항해(航海)'로 바라보았다. 불과 4행으로 이루어진 그 짧은 시에서 '출범(出帆)', '순풍(順風)', '흰 돛', '부두(埠頭)' 그리고 '항로(航路)'와 같은 항해(航海)와 관련을 가진 말들이 다수 사용된 것이 그 점을 알려준다.

시 「결혼식」은 '인생은 여행이다 은유'를 사용한 이외에, 결혼을 통과의례의 하나로 바라보는 의식도 보여 주었다. 앞에서 우리는 프랑스의 인류학자 반겐넵이 "한 상황에서 다른 상황으로의 또는 특정의 사회적 또는 우주적 세계에서 다른 세계로의 통과에 수반되는 모든 의식"이라는 말로써 통과의례를 설명하였음을 상기하는 것이 좋을 듯하다. 통과의례가 한 세계에서 분리되어 다른 세계로 전이, 통합할 때에 이루어지는 의식이라면, 이 시에서의 결혼식이라는 의식은 그 때까지의 육지 생활을 떠나, 항해 생활이라는 새로운 세계로의 진입(進入)으로 그려져 있다는 점에서 결혼식의 통과의례로서의 성격을 아주 명료하게 부각시켰다고 이해할 수 있는 것이다.

김조규의 시 「결혼식」이 위와 같이 '인생은 여행이다 은유'와 결혼은 통과의례의 하나라는 인식에 바탕을 두었다는 점을 염두에 두면서 그 시를 음미해 보기로 한다.

그 시의 제1행인 "푸른 해면(海面)을 찢을 머언 항로(航路)"란 대목은 결혼식을 거쳐 새로 태어난 신혼의 한 쌍이 살아갈 앞날을 '항로(航路)'로 인식한다. 신혼부부가 새로운 '항로'를 개척하면서 살아갈 터이기에 "푸른 해면을 찢을"과 같은 '개척', '고통'의 의미를 수반하는 표현이 채택된 것이다.

제2행의 "한 가닥 꽃다발을 실은 행운(幸運)의 출범(出帆)"이란 대목에서는 결혼식의 두 가지 정황을 알려준다. 한 가지는 결혼식에서의 축하의 정황, 또 한 가지는 새로운 형태로서의 인생의 출발이라는 정황이다. 제2행은 그 두 정황으로 하여 '꽃다발', '행운', '출범'이라는 말들을 택하게 된 것이다.

3행에서는 신혼부부로서 새로운 삶을 살아가려는 이들의 의욕을 항해에서의 돛으로 그려냈다. '순풍'을 맞아 통통, 배불린 돛은 새 생활에의 설레는 기대를 남김없이 반영한 것에 해당한다. 결혼으로 결속한 신혼부부의 새 삶이 '항해'에 비유된다면, 결혼식장은 '항해'를 준비하는 '부두(埠頭)'에 해당할 수밖에 없다. 바로 그 점 때문에 제4행에는 '부두'의 풍경이 출현한 것이다. 신혼 생활이 '항해'이고 결혼식 장이 '부두'라면 결혼식장의 하객(賀客)들은 부두의 전송객(餞送客)이 된다.

제4행에서 "부두에는 흰 손수건들이 수없이 팔랑인다"고 했을 때의 '흰 손수건들'이란 결혼식 하객들의 축하하는 모습들을 그려낸 상관물 이라고 할 수 있다.

결혼식 정경을 그려낸 둘째 작품으로 고은의 시 「초례청」을 들어보 기로 한다. 앞의 김조규의 「결혼식」이 1936년에 발표된 작품임에 대하여, 이 시는 1986년에 간행한 시인의 대하(大河) 연작 시집 『만인보 (萬人譜)』 첫째 권에 수록된 작품이다. 두 시가 창작된 시대상의 거리는 50년 정도이다. 그 50년 동안 우리 한국인들의 삶은 현저하게 서구화, 도시화되었다. 사정이 그러함에도 불구하고 앞서 창작된 김조규의 시 「결혼식」은 이른바 신식 결혼의 정경을 그려냈고, 뒤에 창작된 고은의 시 「초례청」은 전통 혼례의 정경을 그려냈다.

세태와는 달리 두 시들에서 엇갈리는 풍속을 그려낸 데에는 각각 그럴 만한 사정이 개재해 있었다. 사회 현실 전체로 보아 전통 혼례의 풍속이 훨씬 우세하였던 시기에 신식 결혼 풍경을 그려냈던 김조규에 게는 문예사조로서의 모더니즘을 비롯한 신문물과 도시 지향 의식이 현저하게 작용했다. 김조규의 경우와는 달리 『만인보·1』 시기의 고은 에게는 세 갈래의 생각이 작용했다. 첫째는 그가 '서구시의 외세'라고 부른 서구시의 방법론으로부터의 해방, 둘째는 "내 어린 시절의 기초 환경"이라고 그가 이름 붙였던 6·25 전란 이전의 우리 농촌 사회의 전통 문화적 환경의 재현, 셋째는 민족의 삶의 '동시적 형상화' 등이 그 시에 배어 있는 당시의 그의 생각들이다. 그런 생각들을 밝혀 말한, 『만인보·1』 머리에 붙어 있는 「작자의 말」을 조금 인용해 보기로 한다.

내가 서사시『백두산』을 비롯한 다른 계획들과 함께 꿈꾼 것이 이『만인보』이다. 80년대 벽두 남한산성 아래에서 살 때 이 계획이 떠올랐다가 이제야 그 꿈이 실현되기 시작한다. 나는 이제 서구시의 외세로부터 해방된 것이다. 이 말 한마디에 내 긍지의 전부가 들어 있다.

     (……)

우선 내 어린 시절의 기초 환경으로부터 나아간다. 그것은 다음 단계인 편력시대의 여러 지역과 사회 각계 그리고 이 땅의 광막한 역사와 산야에 잠겨 있는 세상의 삶을 사람 하나하나를 통해 현재화할 터이다. 이는 결국 가서 민족의 동시적 형상화가 들어 있어 마땅하다. 따라서 민족 생명력의 전형화 역시 덤으로 기대하고 있다.

위 인용에서 볼 수 있듯이 시인 고은은 한국 현대사의 가장 어두운 시기의 하나인 광주 민주화 투쟁기에 남한산성 밑의 육군 형무소에 수감되어 있으면서 '만인보' 연작을 기획했다는 것이다. 이 시집들을 기획한 시기가 예사롭지 않았던 만큼, 그가 이 시집들에서 살려내려 한 의도도 범상한 것이 아니었다. 그가 이 시집들에서 구현하려고 한 의도는 ①'서구시의 외세'라고 부른 서구시의 방법론으로부터 벗어난, 민족시의 새로운 방법론을 모색한 것이다. ②'기초 환경'을 그려냈다고 한『만인보』1~3권에서 그는 자신이 어린 시절에 직접 목격, 경험한 우리 농촌 사회의 삶의 실상으로서 전통 문화적 환경을 재현하려고 했다. ③연작시인 '만인보' 시의 집적을 통해서 그는 "민족의 동시적 형상화", 곧 시로써 그려낸 한 연대의 거대하고도 다채로운 민족적 생활 벽화를 완성하려고 했다. 시인 고은의 위와 같은 기도로 말미암아 시「초례청」은 1980년대에 제작되었으면서도 전통 혼례의 정경을 담게 된 것이다.

초례청

고 은

풀같이 자라서
풀밭 가시덤불 서낭당 찔레같이 자라서
마른 신 한번 신어본 적 없이
남의 논밭에서 뼈가 굵더니
말 한마디 제대로 배울 참 어디 있던가 뭣이여 그려밖에
그렇게 살아오다가
초파일 수박등 같은 인연 닿아
사모관대 쓴 신랑으로 와서 서 있는
관여산 머슴 김복동이 굳은 얼굴
차일에 바람 들어 제법 펄럭이는데
초례상에 놓인 닭 두 마리 겁 먹고 야단이구나
꼬꼬댁 꼬꼬댁 야단이구나

아이고 가까이 보니 신랑 살짝곰보네
만복깨나 스물스물 기어다니다 박혀 있네

  고은의 『만인보』 중의 한 작품인 시 「초례청」에는 두 가지 모습이
나타나 있다. 하나는 시인이 기획한 시집 『만인보』의 성격으로서,
초례청에 "사모관대 쓴 신랑"으로 등장한 "관여산 머슴 김복동"의
모습을 그려낸 점이다. 시인은 초례청의 주인공으로 나선 김복동을
그의 『만인보』의 기획 의도인 "이 세상에 와서 알게 된 사람"의 모습으
로 그려내기 위하여 그 때까지의 그의 삶과 그의 생김새를 전해 준다.
시의 앞 부분인 "풀같이 자라서~그렇게 살아오다가"에 이르는 대목
과 별개의 연으로 떨어져 있는 "아이고~박혀 있네"라는 대목이 그런

의도를 구현한 대목들이다. 시 「초례청」이 그려낸 또 하나의 모습은 '초례청'을 통하여 그려낸 전통 혼례의 모습이다. 이 시에서의 전통 혼례의 모습은 신랑의 복식, 초례청의 차일, 초례상에 놓인 닭 두 마리의 모습들만으로 소략하게 한정되어 있다. 이 시에서 전통 혼례의 모습이 그처럼 소략하게 나타난 것은 시인이 전통 혼례의 의식 자체를 상세하게 그리는 쪽보다도 혼례식장에 나선 "관여산 머슴 김복동"의 모습을 그리는 데에 주안점을 두었기 때문이다.

『만인보』 시들의 대부분이 그렇듯이 이 시가 그려낸 삶의 모습은 애매하지 않으며 그 시가 구사한 언어는 복잡하게 내포적이지도 않다. 한 마디로 직절(直截), 명료한 것이 이 시가 그려낸 삶의 모습이다. 시인 고은이 『만인보·1』의 앞머리에 붙인 「작자의 말」에서 "나는 이제 서구시의 외세로부터 해방된 것이다. 이 말 한마디에 내 긍지의 전부가 들어 있다."고 한 것은 시집 『만인보』에서 볼 수 있는 언어 표현의 성질과도 무관한 것이 아닐 듯하다. 그렇게 직절, 명료한 말들로 쓰여진 것이 『만인보』 시들의 특징이다. 따라서 시집 『만인보』의 독자들은 시인이 펼쳐 놓은 언어의 유곡(幽谷)에 빠져 고뇌하지 않아도 좋도록 되어 있다. 그러나 이 시, 「초례청」을 제대로 이해하기 위하여는 적어도 두 대목에 나타난 삶의 모습이랄지 삶과 얽혀 있는 사물들에 대해서 살펴 두는 것이 불가피하다. "초파일 수박등 같은 인연 닿아"와 "초례상에 놓인 닭 두 마리"라는 대목들에 나타나는 사물들이 그것들이다.

위 두 대목에 나타난 '초파일 수박등', '초례상에 놓인 닭' 같은 사물들에 대한 이해는 그 풍속에 젖어 있던 이들에게는 별로 어려운 것이 아니었을 듯하다. 그러나 그런 풍속으로부터 멀리 떨어진 시간, 공간에 사는 이들에게는 그 풍속 자체가 난해한 것으로 보일 수 있다. "초파일 수박등 같은 인연 닿아"라는 대목의 수박등은 석탄일(釋誕日)

인 4월 초파일에 절 밖에 흔히 달았던 수박형의 둥근 등이다. 그 등이 이 시에서 인연의 상징물처럼 쓰인 것은 그 등이 같은 꼴의 많은 등들과 이쪽저쪽으로 연결되어 달려 있어 그야말로 인연의 줄을 연상하게 하기 때문일 것이다.

전통 혼례식의 교배상─시 「초례청」에서는 그것을 '초례상'이라고 불렀다─을 제대로 구경조차 못한 이들이 많을 줄 안다. 그런 이들로서는 그 상 위에 올려놓은 닭 두 마리에 의아해 할 수밖에 없을 것이다. 더구나 그 닭들이 시 「초례청」의 시문장 그대로 '겁 먹고', '꼬꼬댁 꼬꼬댁'거리는 대목에 이르면, 그 의아심은 더욱 증폭될 수밖에 없을 터이다. 그렇다면 초례상 위에 닭은 왜 올려진 것일까? 또 살아 있는 닭을 어떻게 상차림으로 상에 올릴 수 있었던 것일까? 살아 있는 닭을 교배상에 올려놓기 위하여는 먼저 보자기로 닭의 온 몸, 특히 다리 부분을 바짝 묶어 놓았다는 점을 밝혀 두기로 한다.

교배상에 암·수 두 마리의 닭을 올리게 된 이유로는 기러기 대신일 것이라는 설이 유력하게 전해진다. 우리 선인들은 기러기는 일단 짝을 얻으면 그 짝이 죽는다 해도 다시 짝을 구하지 않는 영물(靈物)로 여겼다. 기러기의 그 같은 절개(절개를 숭상하던 조선조의 한국인에게 기러기의 그 생리는 절개로 비쳤다)를 주술적으로 이어받기 위하여 교배상에 기러기가 올려져야 했다. 그러나 야생의 기러기를 혼례 때마다 구할 길이 없어 그것이 닭으로 대체되었다는 것이 기러기─닭 대체설이다(배도식, 『한국 민속의 현장』, 집문당, 1993, 368쪽).

기러기의 그런 성질 때문일까? 우리 전통 혼례에서는 기러기를 대신했다는 닭 이외에도 기러기를 중시한 흔적을 간직하고 있다. 전통 혼례의 첫머리를 장식하는 '전안례(奠雁禮)'가 그 예이다. 전안례에서는 신랑 집에서 안고 온 나무로 깎은 기러기를 신부 댁에 바치는 예를 행했다. 말 없는 가운데 배례, 신부 댁에 기러기 바침으로 이루어진 의식이지만, 한번 짝을 지으면 기러기처럼 평생 해로(偕老)하겠다는 신랑의 다짐이 그 의식 속에 녹아 있다고 보아야 할 듯하다.

　혼례식 날 밤이 깊어지면 신랑, 신부는 버글거리던 잔치 자리를 떠나 그들 두 사람을 위해 꾸며진 방에 든다. 그 방을 흔히 '신방(新房)'이라 부른다. 우리 혼속에는 혼례를 치른 첫날밤 신랑, 신부가 머무는 신방을 신부의 가족, 친척 아낙네들이 창호에 구멍을 내고 들여다보는 풍속이 있었다. 그런 풍속을 '신방 지키기'라고 부른다. '신방 지키기'를 하던 이들도 물러간 뒤에 신랑, 신부는 비로소 그들만의 시간을 가지며 첫날밤을 맞는다. 신랑, 신부가 맞는 그 첫날밤의 풍경을 우리 현대시의 선구의 한 사람인 공초(空超) 오상순(吳相淳)은 그의 시 「첫날밤」에서 다음과 같이 노래했다.

첫날밤

오 상 순

어언 밤은 깊어
화촉동방의 촛불은 꺼졌다.
허영의 의상은 그림자마저 사라지고…….

그 청춘의 알몸이
깊은 어둠바다 속에서
어족(魚族)인 양 노니는데
홀연 그윽히 들리는 소리 있어,

아야……야!
태초 생명의 비밀 터지는 소리
한 생명 무궁한 생명으로 통하는 소리

열반(涅槃)의 문 열리는 소리
오오 구원의 성모 현빈(玄牝)이여!

머언 하늘의 뭇 성좌는
이 밤을 위하여 새로 빛날진저!

밤은 새벽을 배(孕胎)고
침침히 깊어 간다.

　이 시를 쓴 공초 오상순(1894~1963)은 우리 문단의 한 기인으로 널리 알려졌던 이이다. 그는 젊은 한때를 제외하면 이렇다 할 직업도 안 가졌을 뿐만 아니라, 역시 한때를 제외하면 가정을 꾸리지도 않은 채 홀로 떠돌며 지냈다. 만년의 그는 서울 명동의 다방 '청동(靑銅)'에 매일 좌정하여 줄담배를 즐기면서 그를 찾아오는 젊은이들과 담소를 즐겼다. 그 결과 그는 작품으로서의 시는 시집 한 권 분량밖에 안 될 만큼 적게 썼던 반면에, 살아가는 모습 자체로 시를 남겼다는 평가를 받았다.
　그의 많지 않은 작품들에서 흔히 만날 수 있는 말들은 허무와 태초였다. 허무를 자주 반추하던 그에게서 허무와는 동떨어진 혼례 첫날밤의 정경이 그려졌던 점은 의외라고 할 만하다. 당시의 시적 관습으로는 혼례 첫날밤의 정경을 시적 대상으로 선택하였던 일부터가 대담한 시도였다. 그 대담한 시도 위에 오상순은 첫날밤에 신방에서 터져 나올 만한 소리 묘사를 덧붙이기까지 서슴지 않았다. 그 소리 묘사로 이 시는 생동하는 생채(生彩)를 얻게 되었다. 그렇게 첫날밤 남녀 교합의 소리 묘사까지 곁들였으면서도 이 시는 남녀 교합의 묘사로 격조를 잃지 않았다. 결혼은 주위의 축복 속에 인간이 겪어 나가야만 할 통과의 례라는 우리의 이해가 그 격조의 바탕을 이룬다. 또한 그 바탕 위에

결혼을 거친 남녀의 교합은 "한 생명 무궁한 생명으로 통하는" 행위라
는 시인의 인식이 정결하고도 굳게 자리잡고 있기 때문이다.

　결혼이라는 통과의례를 거쳐 삶의 반려(伴侶)가 된 부부는 열 쌍이면
열 쌍마다 달리, 그야말로 다양한 모습들로 살아간다. 어떤 이들은
아기자기하게, 어떤 이들은 우당퉁탕거리면서, 또 어떤 때는 달콩달콩
하면서, 또 어떤 때는 서로 으르렁대면서 말이다. 그렇게 살아가는
부부의 모습들을 그려낸 시들은 이루 열거할 수 없을 만큼 그 수가
많다. 부부의 살아가는 모습들을 그려낸 그 많은 시편들 중 여기서는
두 편만을 골라내어 소개하려고 한다. 한 편은 박남수의 「사뭇 즐거운
속삭임같이」, 또 한 편은 김혜순의 「대결」이다.

사뭇 즐거운 속삭임같이

박 남 수

아들만 둘이어서, 우리 집은
화장품 냄새가 없었다.
그 소꿉장난감 같은 장식품들도
모두 며느리가 갖고 온 것이다.
황금 구두에는
솜을 꾸겨 넣고 천이 씌워져 있었다.
―이건 뭘 하는 거가.
―바늘꽂이예요.
책상에 앉아 책을 읽노라면,
아랫목에서 시어머니와
며느리가 주고받는 이야기가
들려온다. 사뭇 즐거운 속삭임 같다.
이 때로부터 어머니도

엷은 화장을 하시었다.
─늙은 게 화장은.
하시면, 며느리는 장난끼마저 피우며
─어머님 새색시 같으셔요.
손뼉마저 칠 것 같았다.
실수라도 할까싶어 마음 조려도
실수 없이 집안을 맑고
밝게 만들어 갔다.
─네가 오구부턴, 집안이
늘 환하구나.
시할머님이 흐뭇해 하셨다.
목종(木鐘)이 열 한 번 쟁그렁거리고, 방안은
햇빛으로 채워졌다. 우리 집은.

'신혼(新婚)의 추억'이란 부제가 붙어 있는 박남수의 이 시는 그의
제7시집 『그리고 그 이후(以後)』(문학수첩, 1993)에 수록되어 있는
작품이다. 이 시집 머리에 붙인 글 「책머리에」에서 시인은 "이 시집은
아내의 돌연한 죽음으로 받은 충격과 그로 인해 내가 '죽음과 그
이후'를 생각하게 되면서 만들어진 것들이다."라고 그 시집이 만들어
진 경위를 밝혔다.

　그의 전집에 실린 간단한 작가 연보에는 그가 결혼했던 때를 밝혀놓
지 않았다. 따라서 그 때를 상세하게 알기는 어렵지만, 그의 작품들을
통해 미루어 보면 그가 결혼했던 때는 그가 일본에서 학업을 마쳤던
1941년 앞뒤였을 것으로 추정된다. 그런 추정을 하는 것은 1939년
10월 그가 『문장』에서 추천을 받았던 시 「심야(深夜)」의 끝 행에 "새악
시를 못 가진 나는 휘파람 불며 논두렁을 넘어버렸단다"라고 자신이
미혼임을 밝혀 놓고 있기 때문이다. 또 하나 시인 부부의 결혼 시기를

알려 주는 자료는 역시 『그리고 그 이후』에 실려 있는 시 「다이아몬드 반지」이다. 그 시에는 "제2차 세계대전 중에/ 우리는 결혼하였다/ 금붙이나 다이아몬드는/ 일제(日帝)가 몰수해 갔다"고 씌어 있다.

일제 말의 암흑기, 광복 뒤의 혼란기 그리고 남북 분단으로 1940년~1950년의 10년간에 걸쳐 박남수는 남한 사회와 유리되어 살았다. 그는 평양에서 생장했고 일본의 중앙대학 법과를 마친 뒤에도 향리(鄕里)인 평양에서 일자리를 찾았기 때문이었다. 그 긴 공백 끝에 1951년 초, 평양에 진주했던 UN군의 후퇴와 함께 월남했던 박남수는 남한 사회에 제대로 뿌리를 내리지 못하였다. 그는 이미 일제 말기이던 1940년에 『문장』을 통해 등단했던 유수한 시인이었다. 또한 그는 당시로는 드물었던, 어엿하게 일본의 정규 대학을 마친 고학력의 소유자였다. 그렇지만, 그가 마음놓고 시작에 정진할 만한 일자리를 구하기는 어려웠다. 한창 사회에 진출할 시기에 공백을 남겼고 거기에 남한 사회에서의 인연의 끈이 든든하지 못했기 때문이었다. 그가 1975년 57세의 적지 않은 나이로 미국 이민을 결행했을 때까지 그가 구할 수 있었던 일자리는 고작 대학의 시간 강사 정도였다.

사회에 제대로 뿌리를 내리지 못하여 가족의 생계를 꾸려 나갈 수 없는 일은 한 가장에게 얼마나 무거운 형벌인가? 형벌 아닌 그 형벌을 이십 여 년에 걸쳐 겪던 시인 박남수를 언제나 깊이 이해했던 이는 아내 강창희였다. 시인의 아내는 "하루에/ 한 벌씩 털셔츠를 짜서, 겨우 연명하였던" 부산 피난 생활 중에도 "점심에 먹으라고, 매일/ 건(乾)빵을 한 봉씩 털어 넣어 주었"을 만큼 남편을 살뜰히 내조했다(「잊지 못할 건빵―피난지 그 가난 속에서」). 짜증나는 가난, 그 피난 생활 중에도 시인의 아내는 남편에게 실망의 모습을 보이지 않고 즐거움을 가꿔 나갔다. 남편의 벌이만으로 가계를 꾸리기 어려워지자 아내는 피아노 레슨 같은 방법으로 가계를 보탰다. 어렵게 살림을 꾸려 나가던 아내는 친정 형제들이 터놓은 미국 이민 길을 결행하여, 늦은 나이에도 불구하고 사업에 성공했고 그 곳에 뿌리를 내릴 수 있었다.

시인의 아내 강창희가 홀연히 시인의 곁을 떠난 것은 그들 부부가 때늦은 이민에도 불구하고 생활의 안정을 얻게 된 뒤의 일이다. 생활의 안정을 얻게 된 뒤 박남수는 그 곳이 한국 시의 창작 현장으로는 척박한 곳임에도 불구하고 다시 시작에 매진하고 있었다. 그러던 어느 날, 꽃구경 나들이를 나섰던 아내는 "그것이/ 이승의 마지막 나들이인 줄도/ 모르면서, 또한/ 이승의 마지막 꽃구경인 줄도/ 모르면서/ 꽃구경 을 갔던 다음 날,/ 스스로도 꽃잎 지듯/ 가볍게, 미련도 없이 이승을 버린" 것이다.

아내를 잃는 일은 남성 누구에게나 치명적인 타격이다. 항차 시인의 아내처럼 살뜰하게 남편을 내조하던 이를 노경(老境)의 이역에서 잃은 슬픔, 안타까움, 아쉬움이 얼마나 컸을 것인가는 상상하기에 어렵지 않다. 그 슬픔, 안타까움, 아쉬움에 깊이 젖으면서 박남수는 그의 제7시집 『그리고 그 이후(以後)』의 시들을 썼다. 시인 스스로 '알량한 남편'이라고 말했듯이 생전에 아내에게 변변히 마련해 준 것이 없었던 시인이었다. 그랬던 시인이 사후(死後)의 아내에게 큰 선물을 마련해 준 것이 이 시집인 셈이다. 이 시집의 표제인 『그리고 그 이후』에는 아내를 향한 시인의 따뜻하고 눈물겨운 그리움이 잘 응축되어 나타나 있다. '그리고 그 이후'란 말은 중대한 어떤 사건과 그 이후라는 뜻으로 읽힌다. 시인에게 있어 아내의 죽음은 그 이전과 그 이후를 나눌 만큼 큰 사건이란 뜻이 그 말에는 담겨 있는 것이다.

위에서 보아왔듯이 앞에서 인용한 시 「사뭇 즐거운 속삭임같이」는 시인 박남수가 아내를 잃은 시점에서 만든 작품이다. 시인의 아내는 생전에도 더할 나위 없이 착하고 밝았으며 살뜰했다. 그러했던 아내를 시인은 그들 부부로서는 가장 행복했던 시간—어머니, 할머니와의 뼈아픈 이산(離散)도 겪지 않았으며, 내 나라 내 고향에서 살림도 유족 (裕足)했던 시간, 게다가 인생의 황금기라 할 만큼 젊었고, 신혼의 기쁨으로 달콤하게 물들었던 시간—으로 데려가 그려낸 것이 이 시이 다. 따라서 이 시에는 어떤 고뇌, 불만도 보이지 않으며, 신혼의 남편과 아내로서의 즐거움, 만족감, 행복감만이 밝게 떠 흐르는 것이다.

  박남수의 시 「사뭇 즐거운 속삭임같이」에 나타난 부부의 모습이 더할 나위 없이 밝고 부드럽고 즐거운 것이라면, 김혜순의 시 「대결」의 인물들은 현저하게 다른 모습을 보여준다. 「사뭇 즐거운 속삭임같이」 의 아내가 전통적인 가정의 신참자(新參者)로서 가정 안의 조화를 만들어 나가는 모습을 보여준다면, 「대결」의 인물은 상대 인물에 대한 분노를 거침없이 뿜어낼 정도로 개성적인 면모를 보여준다.

대 결

김 혜 순

두 주먹을 움켜쥐고
이를 악물고
너를 향해
내 눈알을
빼 던진다
그러면 너는 손바닥을 좌악 펴들고
내 눈알을 되받아 돌려준다
탁구공을 보내듯 무심히
그러나 요령껏

내 힘찬 눈알은 네트를 넘어

나와 너
사이를 오간다 경쾌하게

어느 땐 경직된 눈알이
바닥에 떨어져 흙이 묻기도 한다
또 어느 땐 눈알이 다섯 개
여섯 개로 늘어나 종횡무진
뛰어다니기도 한다

눈알이 없어
눈물도 안 나온다
눈물 대신 두 눈구멍에서
억울한 뇌수가 쏟아진다
누군가 손뼉을 치며
소리친다
나인틴
나인틴

　위의 인용에서 볼 수 있듯이 김혜순의 시 「대결」은 여느 시와는 다른 모습을 보여준다. 이 시를 읽는 이들은 우선 시의 화자가 "내 눈알을/ 빼/ 던진다"고 말한 대목에서 섬뜩한 놀라움을 느낄지도 모른다. 그런 느낌은 "내 힘찬 눈알은 네트를 넘어"라고 말한 대목이나 "어느 땐 경직된 눈알이 바닥에 떨어져 흙이 묻기도 한다", "또 어느 땐 눈알이 다섯 개/ 여섯 개로 늘어나 종횡무진/ 뛰어다니기도 한다"는 대목들에 이르러 이해가 단절된 난감함에 빠질 수도 있다. 그러나 김혜순의 「대결」 같은 시가 주는 그런 곤혹감은 그의 시를 읽는 방법에 조금만 익숙해지면 오히려 시를 읽는 재미로 바뀔 수도 있다.
　시인 김혜순은 시가 시인 자신의 직설적이거나 은유적인 '푸념'으로 전락하는 것을 등단(登壇) 첫 무렵부터 극력 피해 온 시인이다. 그에게 있어서 시는 자연 예찬, 그리움의 표백(表白)과 같이 시인 자신의 '푸념'을 수반한 서정적 담론(談論)에 멈추는 것이 아니었다. 그 까닭에 그는 가령 봄을 노래하면서도 "대지는 부푼다./ 나, 또한 부풀어오른다./ 이 뼈 저 뼈의 맞물음을 풀어놓고 강물은 녹는다./ 나, 또한 허리띠 풀고, 온 몸이 가려워, 가려워."(김혜순, 「아지랑이 말씀」 부분)처럼 전통적이고 관습적인 자연 예찬을 말하지 않는다. 앞의 대목에서 볼 수 있듯이 그는 자연 예찬 대신, '부푼다', '풀어놓는다', '녹는다', '가렵다' 같은 몇 개의 동사, 형용사들을 동원하면서 그의 새로운 '봄노래'를 만들려고 시도했다. 짐작할 수 있듯이 그 동사, 형용사들이 그려내는 현상은 봄날과 전혀 무관한 것이 아니다. 그 동사, 형용사들이 그려내는 현상은 봄날의 화사한 풍경 자체와는 물론 동떨어진 것이다. 그러나 그 말들은 봄날의 화사한 풍경을 구성하는, 근원적인 에너지와 깊은 관련을 맺고 있는 것들이다. 시인은 몇 개의 동사, 형용사들을 활용하여 봄날의 화사한 풍경을 펼쳐주는 근원적 에너지를 그려내는 방법으로 그의 '봄노래'를 새롭게 만들려고 한 것이다.

관습적인 방법의 시쓰기를 위와 같이 기피했던 김혜순은 그 나름의 새로운 시작 방법을 개발해야만 했다. 그가 활용한 시작 방법들로는 순연한 서정적 담론의 기피라는 큰 바탕 위에 다수의 기법들이 모색되었다(권오만, 「김혜순 시의 기법 읽기」, 『전농어문연구』 제10집, 서울시립대, 1998). 그 기법들 중 시 「대결」에는 극화(劇化)의 기법과 '몸'으로의 시쓰기 기법이 활용되었다고 할 수 있다. 극화의 기법이란 희곡, 연극의 기법을 시의 기법으로 차용한 방식인데, 시 「대결」에서는 삶의 한 풍경을 탁구 경기로 바꾸어 놓은 데서 그 기법의 활용을 볼 수 있다. '몸'으로의 시쓰기는 앞에서 섬뜩한 표현이라고 말했던 '눈알을/ 빼/ 던지'는 행동으로 나타난다. 시 「대결」에서의 '눈알을/ 빼/ 던지는'

행동은 물론 실제의 행동이 아님이 분명하다. 실제의 행동이 아닌 '눈알/ 빼/ 던지'기로써 어떤 시적 대상을 그린 것은 몸을 가지고 시적 대상인 세계를 싸안겠다는 김혜순의 '몸의 시학'이 발동한 결과로 이해된다.

김혜순의 시 「대결」은 부부 싸움을 그려낸 작품인 것으로 보인다. 시의 분석을 더할 수 없을 만큼 날카롭게, 그러면서도 또한 더할 나위 없이 아름답게 행했던 생전의 김현은 이 작품을 대상으로 한 분석에서 다음과 같은 말을 남겼다.

아마도 부부 싸움임이 분명한 싸움을 이처럼 재치있게 묘사한 시는 드물 것이다. 여자는 눈을 부릅뜨고 남자는 실실거리며 그것을 받아넘긴다. 그것은 능숙한 탁구 선수들의 시합 같다. 남자가 그 눈총을 잘못 받아 시합이 흐트러지는 수도 있지만 대부분의 경우 그 싸움은 19 : 19의 접전이다. 그 살벌한 싸움을 탁구 시합으로 묘사하는 시인의 감성은 재치 있지만, 그 재치 뒤에 숨어 있는 것은 증오를 다스리는 방법이다. 두 눈에서 눈물 대신에 억울한 뇌수가 쏟아지는데도 증오는 방법적 억제를 통해 적절하게 제어된다(김현, 「행복한 여성성 : 순환하는 딸—김혜순의 시세계」, 『말들의 풍경』, 문학과 지성사, 1990)

시 「대결」을 분석한 김현의 위와 같은 말들을 참고하면 그 시는 어렵지 않게 풀린다고 할 수 있다. 위 글에서 김현이 '눈총'이란 말을 쓴 것처럼 시 「대결」에서 "내 눈알을/ 빼/ 던진다"고 했을 때의 그 '눈알'은 미움의 시선을 가리킨다. 집안에서 아내와 남편 사이에 불화가 생겨, 말로 옥신각신하고 눈으로 불만과 미움을 표하는 부부 싸움의 모습을 「대결」에서는 탁구 시합으로 바꾸어 그려낸 것이다. 거친 말,

거친 목소리, 거친 눈빛으로 이루어지는 싸움을 탁구 시합으로 바꾸는
데는 여유가 필요하다. 그 여유는 "탁구공을 보내듯 무심히/ 그러나
요령껏" 응대하는 싸움 상대의 태도에서 생기기도 하고, 싸움이 끝난
뒤의 자기 성찰에서 오기도 한다.

부부가 함께 한 생애를 살아가면서 싸움 한 번 한 일도 없다면
그들은 부부 생활의 달인이라 불러 마땅하다. 평범한 부부는 종종
다투는 모습을 보여준다. 남성과 여성의 차이, 각각의 욕망의 차이,
자라온 환경과 두 사람의 성격의 차이 등이 원인이 되어 부부는 아웅다
웅 다툴 수밖에 없는 경우에 흔히 놓인다. 그 때에 소중한 것은 여유이
다. 김혜순의 시 「대결」은 부부 싸움의 리얼한 모습과 함께 그 싸움을
시로 승화시키는 여유까지를 보여 준 작품이다. 그 시는 삶의 모습
그대로를 드러내는 솔직함과 여유로 하여 그 시를 읽는 이들에게
많은 것을 생각하도록 이끈다. 게다가 그 작품은 또 하나의 미덕을
갖추고 있다고 해야 하겠다. 종래의 시작 관습에서 벗어난 새로운
방법으로 시쓰기를 개척한 점이 그것이다.

2) 출산(出産)

"아기는 하늘이 준 선물"

서구의 한 시인은 앞의 시구처럼 아기의 출생을 하늘에 감사했다.
아기의 출생을 그렇게 하늘에 고마워하는 마음은 지난날의 우리 한국
인으로서도 별로 다르지 않았다. 아기를 맞는 한국인의 경건한 마음가
짐은 무엇보다 먼저 아기를 가리키는 이름에서 드러난다. 내가 들은
출생 이전의 아기 이름은 '새 사람'이었다. 내 할머니는 나보다 9년이
나 터울이 진, 머잖아 출생할 아기의 포대기를 만드시면서 '새 사람'이
쓸 것이라고 일러 주셨다. '새 사람'— 할머니한테 아기를 가리키는

그 이름을 들은 지 벌써 50년도 지난 세월이다. 그렇게 긴 세월에도
불구하고 그 이름이 환기시켰던 기묘하고 신선하며 경외로왔던 느낌
은 '새 사람'이 쓸 포대기를 경건한 손길로 만드시던 할머니의 모습과
함께 지금도 생생하게 잡힐 듯하다. 새로 태어난 아기를 '하늘이 준
선물', '새 사람'으로 경건하게 맞았던 우리 선인들의 마음가짐은
오늘 우리 시인들의 작품 속에도 그대로 살아나 있다. 이승훈의 시
「준이」가 그런 마음가짐을 보여준 예에 해당한다. 정진규의 시 「신생
아실에서」(『도둑이 다녀가셨다』, 세계사, 2000) 역시 그런 마음을 그려
낸 경우이다.

준 이

이 승 훈

네가 오고 우리 집엔 생기가 돈다
세상엔 빛이 터지고 차가운 피엔
따뜻한 열이 생기고 도시에도
생기가 돌고 네가 온 다음 난 아내와
싸우지도 않는다 넌 하느님이 우리 집에
보내준 천사야 그러니까 떼를 쓰면 안돼
하이얀 우유나 먹고 놀아야 돼 넌
태어난 지 두 달밖에 안되니까

　　이승훈의 위 시에는 아기가 '하늘이 주신 선물'이라는 시인의 인식
이 잘 나타나 있다. 또한 위 시에는 아기는 '새 사람'이라는 시인의
마음가짐도 잘 나타나 있다. 시의 행간에 쓰이고 있는 말 '천사'가 아기는
'하늘 선물'임과 동시에 거룩한 '새 사람'임을 뜻한다고 이해된다.

위 시에서와 같이 경건하게 아기를 맞던 우리 선인들의 마음가짐은 태교(胎敎)와 속신(俗信)의 금기(禁忌) 그리고 민속의 여러 의례 등에서 속속들이 나타났다. 태교란 임신 중 어머니의 마음가짐과 언행 및 주위 환경이 태아에게 중요한 영향을 끼친다는 생각에서 마련된 태중 교육(胎中敎育)을 의미한다. 속신으로서의 금기란 근거가 명료하지 않은 상태에서 발생한 민중의 소박한 믿음이 사람들의 행동을 제약하는 일을 의미한다. 태교는 "바르지 못한 곳에는 앉지 말고, 음난한 소리는 듣지 말며, 좋지 않은 꼴은 보지 말라(席不正不坐, 耳不聽淫聲, 目不視惡色)"라는 가르침처럼 어떤 객관적 사실에 근거한 가르침을 전하는 데에 주안점을 두었다. 그와는 달리 속신으로서의 금기는 "토끼 고기를 먹으면 토끼처럼 눈이 붉은 아이를 낳는다", "오리 고기를 먹으면 오리 발처럼 손가락, 발가락이 붙은 아이를 낳는다"와 같이 "한 사물이 그 자체와 비슷한 성질을 발동한다는" 유감주술(類感呪術) 같은 믿음을 전파하고, 그 믿음에 따라 행동을 제약했다. 태교, 속신의 금기 이외에 한 아기의 출산은 여러 의례들을 만들어 내기도 했다. 출산 이전에 순산을 빌며 삼신께 바치던 '삼신상', 해산 직후 산모와 아이의 평안을 빌며 삼신 앞에 올리던 '첫국밥', 대문 앞에 낳은 아이의 남녀 성별에 따라 '고추·숯'—'청솔 가지·숯'을 달아맸던 '금줄', 바깥 사람들의 출입 금지를 풀었던 3·7일, 백일, 돌 등이 한 아이의 출산과 관련된 중요한 의례들이다.

'새 사람'을 맞던 지난날의 가르침과 믿음 그리고 의례는 위에서 살핀 것처럼 실로 지극한 정성을 바탕으로 했다. '새 사람' 맞기에 그렇게 정성을 기울였으면서도 의술이 발달하지 못하였던 지난날의 해산은 산부(産婦)의 목숨을 걸어야 했을 만큼 지난한 일이었다. 해산 방에 들어서던 산부가 "저 신을 또 신을 수 있을까?" 댓돌에 벗어놓은 자신의 신발을 몇 번이고 돌아보았다는 옛 이야기는 지난날의 해산의 어려움을 실감나게 전해 준다.

　오늘의 여성들은 해산, 곧 목숨을 건 도전이라는 공포를 별로 느끼지 않는 듯하다. 어렵지 않게 이루어지는 제왕 절개 수술 등 현대 의술이 위기에 처한 산부를 쉽게 구해주기 때문이다. 죽음의 공포로부터 크게 벗어난 오늘의 출산을 오늘의 시인들은 어떻게 그려냈는가 몇 편의 시들을 통해 바라보기로 한다. 먼저 길에서 우연히 만난 한 임신부를 그려낸 정현종의 시 「청천벽력」부터 살펴보기로 하겠다.

청천벽력

정 현 종

여름날 오후, 만삭으로 보이는 배부른 여자가, 입을 헤 벌리고,
다리 달린 카메라를 들고 있는 남편의 손을 잡고, 걸어온다, 하,
청천벽력이다.
(그 그림이 어째서
그 순간 어째서
청천벽력이었는지—하여간)
그렇게 걸어온다, 그리고 카메라는 그 광경을 무한 복사한다 찰
칵 찰칵 찰칵 찰칵 찰칵 찰칵……
여름날 오후
오로지 혁명적인 공간 나무 그늘을 지나
되풀이를 벗어나는 시늉으로 햇차를 사러
죽은 길 아스팔트 길을 걸어가는데, 하,
그런 청천벽력—
(再生)
만삭으로 보이는 배부른 여자가, 입을 헤 벌리고, 다리 달린 카메
라를 들고 있는 남편의 손을 잡고, 걸어온다,

꽉찬 권태—
지루함이 지루함을 완성하고
복사(複寫)가 복사(複寫)를 완성하고
복사가 복사를 완성하고
복사가 지루함을 완성하고
지루함이 복사를 완성하고
포만에 겨워 포만에 겨워
터진다—청천벽력!

이 시는 정현종의 제5시집 『한 꽃송이』(문학과지성사, 1992)에 실려 있다. 이 시는 시의 행간에서 말하고 있듯이 "입을 헤 벌리고, 다리 달린 카메라를 들고 있는 남편의 손을 잡고, 걸어오"는 "만삭으로 보이는 배부른 여자", 곧 한 임부(姙婦)와의 만남으로 하여 촉발된 시인의 느낌과 생각을 그려냈다. 만삭의 임부를 대하고 있는 시인의 느낌과 생각은 한 갈래로 통합되어 있기보다 두 갈래로 나뉘어 있다고 말해야 할 듯하다. 그것도 대상에 대한 느낌과 생각이 대조적이라고 할 만한 갈래로 나뉘어 나타난 것이다. '분열'이라고 부를 만한 시인의 느낌과 생각의 두 갈래는 작품의 끝 부분에 이르러 통합되는 과정을 보여준다.

대상에 대한 시인 정현종의 느낌과 생각이 대조적으로 분열되어 있다고 한 것은 다름이 아니다. 시인은 길을 걷다가 미지의 어떤 임부를 목격하는 순간, 예상 밖의 모습(시인은 그 모습을 '그림'이라고 했다)에 소스라치게 놀란다. 시인은 그런 놀람을 '청천벽력'이라고 표현했는데, 그 말에는 놀람 이외에 경외감(敬畏感)도 곁들여 담겼다고 이해할 만하다. '청천벽력'을 포함한 '벽력'은 하늘의 노호(怒號)처럼 인식되어 언제나 인간의 경외감을 끌어낸다는 점에서 그렇게 말할 수 있는 것이다. 만삭 임부의 모습을 '청천벽력'이라고 표현한 시인은 그 모습을 달리도 인식한다. "지루함이 지루함을 완성하고/ 복사(複寫)가 복사(複寫)를 완성하고"처럼 시의 후반을 시작하기에 앞서 '꽉찬 권태'라고 표현한 말이 임부에 대한 시인의 또 한 갈래의 인식을 보여준 것이다. 결국 한 임부에 대한 시인의 인식은 '청천 벽력'과 '꽉찬 권태'라는 상반된 느낌과 생각으로 농축되었다고 할 수 있다.

시인이 한 임부의 모습을 '꽉찬 권태'라고 표현한 것은, 짐작할 수 있듯이, 임부의 몸매가 주는 팽만감(膨滿感)으로부터 비롯한다. 만삭 임부가 주는 그 팽만감은 보는 이의 느낌까지를 답답하게 만드는 것이 사실이다. 젊은 시인 장경린은 만삭 임부가 보여주는 팽만감을 "임신부가 걸어가고 있다/ 기타재제주가 가득한/ 캡틴큐 700ml 큰병처럼"(장경린, 「신세계(新世界)에서」, 『누가 두꺼비집을 내려놨나』, 민음사, 1909)이라고 그려냈다. 병목은 가늘고 대조적으로 몸통이 짧고 통통한 캡틴큐 술병의 모양을 임산부의 몸매에 빗댄 것이다. 그는 캡틴큐 술병의 생김새로써 임산부의 몸매가 주는 답답한 느낌을 그려냈다. 임부가 주는 답답한 느낌에 한 몫을 보태는 것이 날씨이다. 날씬한 몸매를 가진 이들조차 더위에 허덕이는 여름날 오후, 만삭 임부에게서 받는 느낌은 더할 나위 없이 답답하다. 시인 정현종은 '그런 느낌을 '꽉찬 권태'라고 표현했던 것이다.

만삭 임부의 모습이 주는 느낌은 그렇게 답답하다. 그러나 그녀가 지금 한 생명을 잉태하고 있음에 유의한다면, 한 생명이 머지않아 그녀에게서 튀어나온다는 점에 생각이 미친다면, 그 경우에도 임부가 주는 느낌이 변함없이 답답할 수만은 없을 터이다. 시인 정현종은 임부가 바로 한 생명을 품었고, 낳는다는 점까지를 생각하면서 그 모습을 '청천벽력'과 같은 놀랍고 경이로운 사태로 받아들였다. 맑은 날의 천둥소리는 흔히 기상(氣象)의 위화(違和)로 받아들여진다. 마찬가지로 '꽉찬 권태'의 몸매에서 새 생명이 길러지고 태어난다는 사실을 경이로운 위화로 받아들인 표현이 '청천벽력'이었다고 할 수 있다.

인간이 문화를 가져온 이래 최상의 가치로 여겨온 것이 인간 생명이다. 존귀한 그 생명이 '꽉찬 권태'처럼 보이는 임부의 몸매 안에서 출현을 준비하고 있기 때문에 임부의 모습은 다른 한편 '청천벽력'으로도 느껴질 수 있는 것이다. 시인 정현종이 그의 시 「청천벽력」에서 그려내려 한 점은 바로 그것이다. 시 「청천벽력」은 그 밖에도 시인의 한 관점을 미묘하게 보여주기도 하지만, 여기서는 그 미묘한 국면에 대한 접근은 줄이려고 한다.

어머니의 몸 안에서 어머니의 모습을 '꽉찬 권태', '청천벽력'처럼 만들며, 긴 기간을 자라온 태아는 때가 되면 어느 집의 아기, '새 사람'으로 출현한다. 젊은 시절의 박남수는 그의 시 「심야(深夜)」에서 한 마을 사람들이 아기의 출생을 맞는 모습을 다음과 같이 그려냈다.

심야(深夜)

박 남 수

보름달이 구름을 뚫코 솟으면……

감으스레한 어둠에 잠겼던 마을이 몸을 뒤차기며 흘러 흘른다.

하아얀 박꽃이 덮인 초가(草家)집 굴뚝에 연기 밤하늘을 보오얀
히 올르고,

뜰 안에 얼른얼른 사람이 흥성거린다.

어린애 첫 울음이 고즈넉한 마을을 깨울 때
바로 뒷방성 개 짓는 소리 요란요란하다.

새악시를 못 가진 나는 휘파람 불며 논두렁을 넘어버렸단다.

위에 인용한 시 「심야」는 1939년 10월호 『문장』에 발표되었던, 박남수가 추천을 받았던 작품의 하나이다. 시의 행간에서 "새악시를 못 가진 나는 휘파람 불며 논두렁을 넘어버렸단다"고 말하고 있듯이 젊은 시인 박남수의 모습과 숨결을 그대로 전해주는 것이 이 작품의 특징적 성격이다. 이 시를 쓸 무렵, 박남수는 당시로서는 상당히 특이한 시작 방법을 다듬고 있었다. 이미지로써 대상을 포착하되, 궁극에 있어서는 그 이미지로써 사람살이의 모습을 그려낸 것이 그 방법이다. 이미지로써 대상을 포착한 시들은 흔히 묘사시로 분류되는 것이 일반적 양상이다.

박남수의 초기시들은 묘사시, 그 중에서도 감각적 인상을 재현한 묘사시의 영향 속에서 형성되었다. 그의 초기시들이 이미지를 중시하면서 서술성을 힘써 외면하려 했던 점이 그 점을 알려준다. 그러면서도 그의 초기시들은 그만의 시작의 가능성을 힘써 열어 나갔다. 시에서 시인 자신의 출현을 억제하고, 자연과 이웃의 삶의 모습에 눈길을 돌리며, 이미지를 중시하고 서술과 설명을 힘써 배제한 점이 그것이다. 앞에 인용한 박남수의 시 「심야」는 그의 초기시의 위와 같은 성격을 생생히 보여준다.

시 「심야」에서는 깊은 밤, 한 시골 마을의 정경을 그려냈다. 환하게 보름달이 떠오른 시골 마을의 전경(全景)을 원경(遠景)으로 포착한 이 시의 시점은 시가 펼쳐져 나가면서 바뀐다. 지붕에 "하이얀 박꽃이 덮인" 초가집을 근경(近境)으로 그려낸 것이 그것이다. 근경으로 포착된 그 초가집 굴뚝에서는 깊은 밤의 것으로는 이례적인 그 풍경이 나타난다. "초가집 굴뚝에 연기 밤하늘을 보오얀히 올르고"라는 대목에서의 풍경이 그렇다. 깊은 밤의 것으로 이례적인 풍경은 그 다음

행에서도 계속된다. "뜰 안에 얼른얼른 사람이 홍성거린다"는 대목에서의 풍경이 그것이다. 시골 마을의 한 초가집에서 깊은 밤 시간으로는 어울리지 않는 그런 풍경들이 왜 나타난 것일까? 화자의 '들려주기'보다 독자의 상상력을 스스로 작동하도록 이끄는 '보여주기'를 선호했던 것이 시인 박남수의 초기 시의 작법이었다. 따라서 그는 시 「심야」에서 그 예외적인 풍경이 왜 만들어졌던가를 굳이 말하려 하지 않았다. 심야의 그 풍경이 왜 생겨났던가를 짐작하는 일은 어디까지나 독자의 몫으로 돌려졌던 것이다.

독자들의 상상력이 스스로 작동하도록 만들어진 시 「심야」에서 제5연의 두 행은 매우 중요하다. "어린애 첫 울음이 고즈넉한 마을을 깨울 때/ 바로 뒷방성 개 짓는 소리 요란요란하다"의 두 행이 이 시를 이해하는 결정적인 열쇠로 작용하기 때문이다. 이 시를 푸는 열쇠 중에서도 자물통을 풀기 위하여 자물통의 내부로 들어가 그것을 여는 예민한 주물 부분에 해당하는 것이 "어린애 첫 울음"이란 말이다. "어린애 첫 울음"은 언제 터져 나오는가? 더 말할 나위도 없이 그것은 한 아이가 출생할 때이다. 우리 선인들은 아이가 이 세상에 처음 나오면서 터뜨리는 그 울음을 '고고(呱呱)'의 소리라고 불러, 다른 울음소리와 구별했다. 제 5연의 "어린애 첫 울음"을 그렇게 '고고'의 소리로 이해했을 때에 앞에서 깊은 밤에 생겨난 '예외적인 풍경'이라고 했던 대목들은 어렵지 않게 이해된다. "초가집 굴뚝에 연기 밤하늘을 보오얀히 올른" 것은 아마도 '산관'하는 이가 산모에게 내놓을 첫국밥을 마련하는 일과 관련을 가질 것이다. "뜰 안에 얼른얼른 사람이 홍성거린" 것은 '해산방' 밖에서 초조하게 순산을 기다리는 가족 또는 이웃들의 모습일 것이다. 박남수의 초기 시 「심야」는 주로 이미지들만으로 어떤 시골 집에서 아이를 출산하는 정경을 보여 준 작고 알뜰한 작품이다(권오만, 「박남수 시 연구—초기 시를 중심으로」, 『인문과학』 제6집, 서울

시립대 인문과학연구소, 1999).

이 시에서 인상 깊게 맛볼 수 있는 것은 출산을 겪는 우리 사회의 전통적 모습이다. 병원에서의 출산을 엄두도 내보기 어려웠던 1939년 무렵, 한 아이의 출산은 당사자들만이 아닌, 가족, 친척, 이웃의 공동 관심사였다. 밤이 깊은 무렵임에도 불구하고 해산방 밖에서 홍성거리는 사람들의 모습에서 당시의 정황을 충분히 짐작할 수 있다. 시 「심야」에 직접 드러나 있는 것은 아니지만, 당시의 출산은 병원 의사나 간호사 같은 전문인의 손을 빌리지 못하였다. 마을과 친척 중의 경험 많은 노파 등 비전문인의 도움을 받으며 이루어졌던 것이 당시의 출산 풍속이었다.

박남수의 초기 시 「심야」는 아이의 출산을 그려낸 시이다. 시인은 그것을 해산방 안의 모습이 아닌, 해산방 밖의 모습으로 그려냈다. 흔히 해산방 안에서 행해지는 출산은 산부에게 엄청난 고통과 시련을 겪게 하는 것으로 알려져 있다. 현대 의술의 도움을 받는 병원 출산의 경우에도 그 고통과 시련은 견뎌내기 어려운 것으로 말해진다. 현대 의술의 경우, 출산에 따르는 산모와 산아의 위험은 여러 방법으로 해결한다. 제왕 절개 수술도 그런 방법의 하나이다. 현대 여성들과는 달리 생명의 위협을 느끼면서도 출산의 자리에 나설 수밖에 없었던 것이 지난 시대 여성들의 모습이었다. 출산의 자리에 나서는 지난 시대 여성들의 각오는 말 그대로 결연한 것이었다. 그들은 집안의 대를 잇게 한다는 사명감과 모성적 본능으로 그들의 몸에 닥치는 고통과 위험을 달게 받았다. 그렇게 위태롭고 힘들었던 지난 시대 여성들의 산고(産苦)를 그려낸 시는 구할 길이 없다. 직접 출산을 겪었던 여성 중에서 시작에 나섰던 이들이 적었던 것이 첫째 사유이다. 지금부터 몇십 년 전까지만 해도 산고와 같이 은밀히 감춰져야 할 모습을 시로 그려내는 행위는 망칙한 일로 여겨졌던 시에 대한 이해가 둘째 사유이다. 사정이 그렇기에 다음에 병원 출산을 그려낸 김승희의 시 「여인 등신불」의 몇 행들로써 시대를 넘어선 출산의 고통과 그 고통 뒤에 맞는 여인들 특유의 희열의 모습을 알아보기로 한다.

<blockquote>

한 남자를 사랑했다고 하여
이런 고통이 있는 것은 아닙니다
한 남자와 잠깐 쾌락을 같이 했다 하여
이런 원통한 아픔이
있는 것은 아닙니다
여인들이여, 울고 찢기고 흐느끼며 발광하는
여인들이여,
이 성스러운 하얀 굴속에서
한 남자란 이제 지극히 사소한 우연에
지나지 않습니다
짐승처럼 짐승처럼 지금 우리가
온몸을 물어뜯으며 울부짖는 것은
스님이 영혼을 구하기 위하여
다비의 불바다 속으로 들어감과 같습니다
하얀 도자기를 구워내기 위하여
불가마 속에 천하무비의 큰불을
지피는 것과 같습니다

</blockquote>

"―세브란스 병원 분만실에서"라는 부제가 붙어 있는 김승희의 시 「여인 등신불」의 제1연이다. 이 연에서 화자는 산고를 겪는 여인의 모습을 "울고 찢기고 흐느끼며 발광하는" 것으로 그리기도 하고, "짐 승처럼 짐승처럼 지금 우리가/ 온몸을 물어뜯으며 울부짖는 것"으로 그려내기도 한다. '산통(産痛)'으로 발광하듯 괴로워하는 산모의 아픔 을 그렇게 그려낸 화자는 그 고통을 두 가지 모습으로 짝지어 그려낸다.

무명(無明) 속에서 허우적거리는 수많은 영혼을 구제하기 위하여 자신
의 육신을 이끌고 다비의 불바다 속으로 들어가는 스님의 모습이
그 하나다. 불가(佛家)에서 말하는 '등신불' 조성 과정으로서 '소신
공양(燒身供養)'의 엄청난 아픔과 '산통'의 아픔을 그렇게 짝지은 것이
다. 도자기를 굽는 불가마에서 도자기가 겪는 단련과 분만 과정에서
산모가 겪는 아픔을 짝지은 것이 또 하나다.

> 도살장에서 젊은 도수가 하염없이
> 나의 정수리에 도끼를 내려치는
> 것같습니다
> 도끼날이 나의 숨골에 박힐 때마다
> 흰불의 꽃송이가 하염없이 튀어올라
> 흩어지고 있습니다
> 만다라의 꽃잎입니다
> 자비의 세례입니다

　같은 시의 제2연이다. 이 연에서는 '산통'을 겪는 산모의 아픔을
조금 더 구체적으로 비유적으로 그려냈다. 산모가 겪는 그 아픔은
도살장에서 정수리를 도끼로 내려치는 듯한 아픔으로 표현됐다. 도끼
날이 산모의 숨골에 박힐 때에 거기서 "흰불의 꽃송이가 하염없이
튀어오"르듯 아픔의 불꽃이 피어오르는 것으로 표현되기도 했다. 진통
중인 산모가 아픔으로 정신을 놓을 만큼 아찔한 상태를 그려낸 이
연에서는 혼미 중에 겪는 그 아픔을 '만다라의 꽃잎', '자비의 세례'라
고도 일컬었다. 4행으로 이루어진 이 시의 제3연을 거쳐 제4연에서는
아이의 출산을 노래하였다. 아이의 출생은 이 연에서의 표현 그대로
'핏덩이 하나'가 "삶 속에 우뚝 서"는 감격적인 사건으로 그려졌다.

쾌락처럼 그렇게 실신하면서
나는 천지 아득히 터지는 범종소리를
들은 것 같습니다
아가의 울음소리—갓난동이의 첫울음소리가
문득 하나의 태허(太虛)를 울리고
신탁처럼 장렬한 핏덩이 하나가
이제 삶 속에 우뚝 섭니다
우리는 어디에서 와서 어디로 가는가—
하얀 잠이 가득히 와서
내 육체의 모든 문을 꼭꼭 여며주고 있습니다

위에 인용한 대목의 첫째 행에서 "쾌락처럼 그렇게 실신하면서"라고 한 표현은 산고의 현장이 아니고서는 이해하기 힘든 말이다. 그 표현은 산고의 아픔이 너무도 혹독하여 고통과 쾌락의 뒤섞임조차 분별되지 못한 상태를 드러낸다. 또한 그 표현은 산고의 아픔 속에서 산모가 기진(氣盡), 실신한 모습을 보여준다. 그렇게 아픔으로 하여 제 정신이 아닌 상태에서 산모는 "천지 아득히 터지는 범종소리"라고 비유한 어떤 반가운, 티없는, 성스러운 소리를 듣는다. 자신이 출산한 "갓난동이의 첫울음소리가" 그것이다. "갓난동이의 첫울음소리"는 모체 내부에서 생명을 준비하던 태아가, 태아 단계를 벗어나 이제 한 인간 존재로 우뚝 서는 최초의 인간 선언이다. 위의 인용에서 산모는 아이의 그 '첫울음소리'까지를 확인한 뒤에 혼곤한 잠에 빠진 것으로 그려졌다.

아이의 수태(受胎) 그리고 모체의 긴 기간에 걸친 포태(胞胎)와 격심한 산고를 거쳐 한 아이는 태어났다. 이제 한 어린 생명은 그를 태어나도록 작용한 부모의 양육을 받으면서 인간으로서 삶을 누리게 된 것이다. 시인 김기택은 한 어린이가 태어나 말을 배우는 과정을 시

「말랑말랑한 말들을」에서 다음과 같이 그려냈다. 말은 인간을 동물과 구별하는 거의 유일한 척도라는 뜻에서(김진우, 『언어─그 이론과 응용』, 탑출판사, 1985, 8쪽) 한 어린이의 말 배우기는 인간의 삶을 습득해 나가는 상징적인 행위처럼 떠오른다.

말랑말랑한 말들을

김 기 택

돌 지난 딸아이가
요즘 열심히 말놀이 중이다.
나는 귀에 달린 많은 손가락으로
그 연한 말을 만져본다.
모음이 풍부한
자음이 조금만 섞여도 기우뚱거리는
말랑말랑한 말들을.

어린 발음으로
딸아이는 자꾸 무어라 묻는다.
발음이 너무 설익어 잘 알아들을 수는 없지만
억양의 음악이 어찌나 탄력있고 흥겨운지
듣고 또 들으며
말이 생기기 전부터 있었음직한 비밀스러운 문법을
새로이 익힌다.

딸아이와 나의 대화는 막힘이 없다.
말들은 아무런 뜻이 없어도
저 혼자 즐거워 웃고 춤추고 노래하고 뛰어논다.
우리는 강아지나 새처럼

하루종일 짖고 지저귀기만 한다.
짖음과 지저귐만으로도
너무 할말이 많아 해 지는 줄 모르면서

　시인 김기택은 1957년에 출생하여 올해(2004)로 47세에 이른 중년
시인이다. 그는 1989년 한국일보 신춘문예에 시「꼽추」로 당선, 시단
에 등단하였다. 등단 이후 그는『태아의 잠』,『바늘구멍 속의 폭풍』,
『사무원』등 세 권의 시집을 간행하여 독자들로부터 따듯한 반응을
받았다. 그의 시의 특색은 흔히 관찰과 묘사라고 알려져 왔다. 그는
우리 생활 속에서 흔히 지나치기 쉬운 것들에 깊이 주목하면서 삶의
의미를 새롭게 조명하는 독특한 시학을 전개하여 온 것이다. 그의
시에서는 관찰과 묘사가 삶의 의미를 새롭게 조명하게 될 때에 삶의
비의(秘義)가 깊이 있게 돋을 새김되는 경우가 적지 않다. 앞에 인용한
시「말랑말랑한 말들을」은 김기택 시의 그러한 특색이 제대로 살아난
작품은 아니다. 시인의 "돌 지난 딸아이가" 한창 '말놀이'(말 배우기)에
열중인 모습을 그려낸 작품이기에, 객관적인 관찰과 묘사보다 더 현저
하게 나타난 것은 아버지인 시인과 돌쟁이 딸의 즐거운 어울림이다.
　이 시에서 독자들의 눈길을 끌어들이며 마음을 따듯하게 만드는
것은 아버지와 딸의 어울림이다. 첫째 연에서 시인인 아버지는 돌쟁이
딸의 "모음이 풍부한/ 자음이 조금만 섞여도 기우뚱거리는/ 말랑말랑
한 말들"을 "귀에 달린 많은 손가락으로/ (…)만져본다"고 말한다.
아이의 '연한 말들'에 관심을 기울이는 아버지의 사랑이 '귀에 달린
손가락'이라는 구체적인 사물로 그려진 것이다. 둘째 연에서 아이의
'말놀이'에 대한 아버지의 사랑은 말 이전의 "비밀스러운 문법을"
익히고 싶은 마음으로 나타난다. 말을 매개로 한 돌쟁이 딸과 시인인
아버지의 어울림이 흐뭇한 정경으로 그려진 것은 셋째 연에서이다.

돌쟁이 딸아이는 겨우 "짖음과 지저귐"에 가까운 말만을 내놓는다.
그러나 "강아지나 새처럼" 지껄이는 아이의 그런 말들에도 불구하고
아이와 아버지의 대화에는 막힘이 없다. "짖음과 지저귐"만으로도
그 부녀는 "해 지는 줄 모를" 만큼 의사소통에 어려움을 느끼지 않기
때문이다. 이 정경에서 우리는 흐뭇한 웃음을 짓지 않을 수 없다.
그의 아이를 사랑과 즐거움으로 키워내는 인간의 연면한 삶의 현장을
목격한 느낌을 그 정경에서 맛보기 때문이다.

3) 와병(臥病)

우리가 일상생활에서 너무나 친숙하게 대하고 있는 일들, 언어로
말하면 그 뜻이 뻐언한 낱말들은 사전에서 그 뜻풀이를 찾아볼 때에
종종 실망스럽다. 그 뜻이 뻐언한 낱말들의 뜻풀이가 의외로 굽어도는
느낌을 받기 때문이다. '병'이란 낱말의 경우도 그렇다. 마침 책상머리
에 놓인 『국어 대사전』에서 '병(病)' 항목을 찾아보았다. 상당히 장황하
게 설명해 놓았다. 그대로 옮겨 보기로 한다.

> 병(病) 몡 ①생물체의 전신 또는 일부분에 생활 기능의 장해(障害)
> 로 인해 생리 상태의 변화가 일어나, 건강을 해하거나 고통
> 을 느끼는 현상. 질병(疾病). 질환(疾患). 탈(頉).

'병'이란 낱말의 위와 같은 뜻풀이에서 아쉽게 생각하는 것은 간결,
명쾌한 풀이이다. 아쉽게 생각한 뜻풀이의 간결, 명쾌함은 위 뜻풀이의
끝에 제시된 '탈(頉)'이란 말을 만나서 크게 완화되는 느낌이다. 나는
'병'이란 낱말의 뜻풀이에 요즘의 젊은 세대는 별로 쓰지 않는 듯한
'탈'이란 낱말을 활용하는 방법을 생각해 본다. 그럴 경우, 낱말 '병'의

뜻풀이는 "사람 또는 다른 생물체의 몸에 생긴 탈"처럼 간단히 풀어볼
수 있을 것이다.

앞에서 말했듯이 '탈'이란 낱말을 젊은이들에게서 들어보는 일이
흔하지 않다. 낱말도 유행을 탄다고 할 만한 사태다. '탈' 대신 요즘
젊은이들이 자주 입에 올리는 말은 '사고'이다. 그 결과 '사고치다',
'사고뭉치' 같은 새 말들까지 파생시켜 왕성하게 사용하기에 이르렀
다. 같은 사전에서 낱말 '탈'은 "①사고(事故). ②병(病)."으로 뜻풀이가
되어 있음에도 그렇다. 기계 문명 시대를 사는 우리에게 병은 기계에
있어 '고장(故障)'이란 개념과 짝지어 생각될 가능성이 높다. "몸에
고장이 났어." 같은 말들을 간혹 들을 수 있는 것은 그 때문이다.

병을 무엇이라 뜻풀이를 하든, 병에서 중요한 문제는 병이 저 혼자만
존재하는 것은 아니라는 사실이다. 사람살이의 관점에서 보면 병은
언제나 병을 앓는 사람과 더불어 존재한다. 사람과 더불어 존재하는
병에 대하여 한 의학자는 다음과 같이 말하고 있다.

> 질병이란 무엇인가? 그것은 '내'가 걸린 유행성 감기이고, '내
> 아이'의 급성 위장염이고, '내 친척'의 암이다. 나는 발열 때문에
> 학교를, 또는 회사를 나가지 못했다. 내 아이는 배탈 때문에 괴로워
> 하고, 내 친척은 그 악성 종양 때문에 죽을지도 모른다. 그것은
> 나와 내 아이와 내 친척의 아픔이고 고뇌이며 눈물이다. 질병은
> 틀림없이 나와 내 아이와 내 친척이라는 '인간'의 질병이다. 다시
> 말해 질병이라는 것은 저 혼자만 있을 수 없고, 병에 걸린 인간과
> 더불어 존재하는 것이다(황상익, 『문명과 질병으로 보는 인간의
> 역사』, 한울림, 1998, 17쪽).

위에 인용한 글에서 말하고 있듯이, 병은 저 혼자만 존재하는 것이

아니다. 그것은 한 인간의 몸에 침입하여 병에 걸린 이를 앓게도 하고 고통스럽게도 만들며 심한 경우에는 그 병을 앓는 이의 생명까지도 빼앗는다. 바로 그 점에서 병을 앓는 일, 곧 와병(臥病)은 인간의 삶에서 피하고 싶은 일로서, 삶의 중요한 국면으로 떠오른다.

1950년대까지만 해도 우리 시에서 자신이 병에 시달리는 모습을 시로 그려낸 시인은 많지 않았다. 시를 순도 높은 서정적 담론으로만 좁혀서 이해한 결과일 것이다. 아마도 우리 현대시에서 병에 시달리는 자신의 모습을 조금도 숨기지 않고 그려낸 최초의 시인은 이상이리라고 생각한다. 널리 알려져 있듯이 그는 각혈(咯血)을 하고 혈담(血痰)을 뱉는 결핵 중증 환자로서 시, 소설, 수필을 제작하는 작가로서 활동했다. 시, 소설, 수필 등 여러 장르의 작가로 활동하면서 이상은 그가 폐결핵을 앓는다는 사실을 조금도 숨기려 하지 않았다. 숨기기는커녕 그는 자신이 앓는 질병을 훈장처럼 달고 다녔고, 깃발처럼 펄럭거리도록 만들었다. 그러한 태도가 바로 선명하게 나타난 것이 소설 「봉별기(逢別記)」의 첫머리이다. 소설 「봉별기」는 작가 이상의 혼외(婚外) 여자로서 아내였던 변동림과는 비교할 수 없을 만큼 이상의 생애 중에 짙은 자취를 남긴 금홍과의 만남과 이별을 다루고 있는 작품이다. 이 소설의 첫머리는 "스물세살이오—3월이오—각혈이다."로 시작하면서 작가 자신이 결핵 환자임을 큰 소리로 떠벌리고 있다. 자신이 앓는 병을 떠벌리던 이상의 그와 같은 태도는 시 장르의 경우에도 다르지 않았다. 1934년 8월 3일의 『조선중앙일보』에 「오감도」의 제9호로 발표된 시 「총구(銃口)」에서는 그가 앓던 결핵과 그 질환으로 신음하던 자신의 모습을 다음과 같이 그려냈다.

시 제9호 · 총구(銃口)

이 상

매일같이 열풍(烈風)이 불더니 드디어 내 허리에 큼직한 손이 와
닿는다. 황홀한 지문(指紋) 골짜기로 내 땀내가 스며들자 마자 쏘
아라. 쏘으리로다. 나는 내 소화기관에 묵직한 총신(銃身)을 느끼
고 내 다물은 입에 매끈매끈한 총구를 느낀다. 그러더니 나는 총
쏘으드키 눈을 감으며 한 방 총탄 대신에 나는 참 나의 입으로 무
엇을 내어배앝었더냐.

이 시에서 이상은 자신이 질병을 겪는 가운데 경험했던 신체상의
여러 변화를 노래하고 있다. 그가 말하는 신체상의 여러 변화들 중
화제의 초점이 된 것은 자신의 입으로 내어배앝었던 것이 '무엇'인가
하는 점이다. 그가 입으로 내어배앝았던 것은 결코 예사로운 것이
아니었다. 그것이 입으로 흔히 내어배앝을 수 있는 것, 가령, 침 또는
어떤 형태의 반소화물 정도였다면 그것은 수수께끼를 내듯이 말하고
있는 '무엇'에 걸맞다고 하기 어렵다. 그것이 예사롭지 않은 것이라는
점과 시인이 결핵을 앓고 있었던 중이라는 점을 함께 고려할 때에
'무엇'의 정체는 제대로 떠오른다. 그 '무엇'은 시인의 다른 시 「행로」
에서 기침과 함께 쏟아졌다고 말했던 '독한 잉크'—곧 각혈이다. 시인
은 그가 폐결핵을 앓으면서 겪었던 각혈의 체험을 위에 인용한 시
「총구」에서 상세히 그려낸 것이다.
　시 「총구」에서 "매일같이 열풍이 불었다"고 한 것은 자신이 높은
열로 여러 날 시달렸음을 말한 것이다. "허리에 큼직한 손이 와 닿는다"
는 허리 부위가 불편했음을 표현한 것일 듯하다. "황홀한 지문 골짜기"
는 사람의 지문이 뱅글뱅글 무늬를 만들고 있듯, 자신이 고열 속에서
심한 어지러움을 겪었음을 표현한다. "소화기관에 묵직한 총신을 느끼
고"란 소화기관 언저리에 경직현상이 나타났음을 그려낸 것이다. "내
다물은 입에 매끈매끈한 총구를 느낀다"고 한 것은 자신이 구토의

증상을 느꼈음을 말한 것이다.

시 「총구」에서 그려낸 폐결핵으로 인한 아픔은 이상의 수필 「병상이후」에서도 유사한 모습으로 나타나 있다. 이 수필에서 이상은 자신의 체험을 직접 토로한 것이 아닌, 다른 인물 '그'의 아픔을 그려낸 방식을 택했다. 시점 설정의 그와 같은 차이점에도 불구하고 수필 「병상이후」는 "목은 그대로 타들어온다. 밤이 깊어갈수록 신열이 점점 더 높아가고 의식은 상실되어 몽현간(夢現間)에 왕래하고 바른편 가슴은 펄펄 뛸만치 아파들어오는 것이었다."처럼 시 「총구」에서의 증상과 유사한 증상을 보여준다.

이상의 소설 작품 분석과 함께 작가 이상 연구를 시도한 책 『이상(李箱)연구』(문학사상사, 1987)에서 김윤식 교수는 이상 문학의 밑자리가 폐결핵이었음을 누누이 논증했다. 그의 논증에서처럼 이상 시의 밑자리 또한 폐결핵이었음은 어렵지 않게 확인해볼 수 있다. 이상에게 있어 폐결핵은 단순히 그가 겪었던 질병의 명칭이 아니었다. 그 질병은 그에게 있어 불쑥불쑥 달겨드는 죽음이었고, 죽음의 공포였으며, 적빈(赤貧)을 헤쳐나갈 수 없도록 막아선 완강한 벽이었다. 또한 그 질병은 가족, 여성, 특히 금홍이에게 그가 보여주었던 엉거주춤한 태도의 원인이었다. 그 자신이 그 질병을 넘어설 수 없도록 사로잡혀 있었던 만큼, 그의 시들 또한 그 질병을 넘어설 수 없었다.

이상에게 있어 폐결핵이 떼어낼 수 없는 고난이었고 죽음의 예감이었던 만큼 그의 시들에는 은밀하게 죽음의 예감이 그려진다. 「오감도」 시 11호로 발표된 「나비」 같은 작품이 그 예이다. 당시의 의술로는 이상과 같은 중증 결핵 환자의 치료는 난망이었던 만큼, 그가 자신의 죽음을 예감하였던 것은 딱하게도 피할 수 없는 일이었다.

그가 앓는 질병이 심각한 것일 때에 환자가 죽음의 검은 그림자를 느끼는 것은 피할 수 없는 일이다. 그러나 몇몇 치유가 불가능한 질병이

아닌 한, 발전된 현대 의술은 환자를 기사회생(起死回生)시키는 경우가
또한 적지 않음을 우리는 목격한다. 죽음의 문턱에까지 이르렀다가
다시 목숨을 돌려받는 경우, 그 당자와 가족은 얼마나 벅찬 감격을
느낄 것인가? 그 경우, 질병으로부터의 회복은 그의 생애를 와병 이전
과 와병 이후로 나눌 수 있도록 인생의 중대한 분기점이 되리라고
짐작한다. 다음에 살펴볼 두 편의 시에 나타난 와병 체험이 그런 경우에
해당한다.

한 방울

조 창 환

입원실 침상에 누워
포도당 수액이 한 방울씩 천천히
맺혔다가 떨어지는 것을 보는 일은
명상적이다.

깊은 생각에 잠긴 성 아구스띤의
눈물 같기도 하고
누가 세례 받던 날 숨어서 흘린
눈물 같기도 하고
장충동 분도회관 조광호 신부 방의
바늘 하나짜리 시계 같기도 하다.

수액 한 방울 힘들게 맺혀
오래 망설인 후
단호히 결심하고
뚝 떨어진다.

한 방울의 참회에 우주를 담아
오래 기도한 후
눈물로 떨어질 때

보석보다 아름다운
평화가 온다.

　조창환은 1973년 『현대시학』의 추천으로 시단에 등단, 머잖아 시력 30년을 맞는 중견 시인이다. 대학의 시학 교수이기도 한 그는 그동안 네 권의 시집들, 『빈 집을 지키며』, 『나자로의 마을』, 『파랑 눈썹』, 『피보다 붉은 오후』를 출간했다.

　앞에 인용한 시 「한 방울」은 시인이 근년에 힘겹게 겪었던 투병의 끝 무렵에 만든 작품일 것으로 짐작한다. 시 「한 방울」의 제작 시기를 그렇게 짐작하는 것은 무엇보다 그 시 제1연에서 "포도당 수액이 한 방울씩 천천히/ 맺혔다가 떨어지는 것을 보는 일은/ 명상적이다"라고 말할 때의 '명상적이다'라는 한 마디에서 출발한다. 입원 경험이 있는 이들이라면 모두 겪어보았을 일이지만, 포도당 주사를 맞을 때에 그 수액의 맺힘과 떨어짐을 바라보는 시선은 병세와 긴밀히 연결된다. 포도당 수액의 맺힘과 떨어짐을 '명상적'으로 바라보는 시선은 대체로 환자의 회복기의 시선에 어울린다고 할 수 있다.

　앞에 인용한 시 「한 방울」은 『현대시학』 1999년 3월호에 발표된 작품이다. 같은 지면에는 조창환의 시 두 편 「사람의 동네」와 「절벽 앞에서」가 시 「한 방울」과 함께 묶여 발표되어 있다. 함께 묶여 발표된 이 세 편의 시들은 명시적인가 그렇지 않은가의 차이를 드러낼 뿐 시인 조창환이 겪었던 투병과 일정한 관련을 가진 작품들로 판단된다. 시 「사람의 동네」는 혹독하게 병고를 겪었던 시인이 사람살이의 모습을 잔잔한 감동으로 바라보는 시선을 보여준 작품이다. 시 「절벽 앞에서」의 ‘절벽’은 그가 앓았던 질병을 “천 길 낭떠러지”로 보았을 때의 바로 그 ‘절벽’이다. 그는 그가 앓던 병을 ‘절벽’의 위험으로 인식하면서 자신이 건강을 되찾는 일을 “맞은편 바위”로 안전하게 건너뛰는 일로 생각한다. “맞은편 바위”로 안전하게 건너뛸 수 있기를 기원하면서 독실한 신앙인인 시인은 신에게 그의 내밀한 서원(誓願)을 바친다. 「절벽 앞에서」의 끝 두 연에서 “맞은편 바위 위에 서기만 하면/ 허공에서 하느님 저를 붙드사/ 거기에 내려놓은 줄 알겠사오니// 절벽 건너서 길을 찾거든/ 쓰임새 있는 곳에 쓰시옵소서.”의 대목이 그의 서원을 말한 대목이다.

시 「한 방울」은 시인이 “천 길 낭떠러지”로 인식했던 무서운 질병 그리고 그 질병에 따른 혹독한 시련과 관련된 작품이다. 그 혹독한 시련 중에 시인은 자연스럽게 신앙에 의지했던 듯하다. 그 결과 그의 투병을 그려낸 이 시는 현저하게 신앙시로 채색되어 있다. 제2연에서 포도당 수액이 떨어지는 모습을 “성 아구스띤의 눈물”, “세례 받던 날 숨어서 흘린 눈물”로, 그 주사 장치를 “조광호 신부 방의 바늘 하나짜리 시계”로 인식한 것이 그렇고, 제4연에서 “천천히 맺혔다가 떨어지는” 포도당 수액을 참회의 ‘눈물’로 인식한 것이 그렇다. 「한 방울」 같은 시를 쓸 수 있었던 데서 이미 드러나 있듯이 시인 조창환은 그가 “천 길 낭떠러지” 같은 위험으로 여겼던 무서운 질병을 안전하게 건너뛰어 “맞은편 바위”에 건강하게 서 있다. 그는 투병 이후, 종전보다 더 깊은 맛이 담긴 시들을 왕성하게 발표하고 있는 중이다. 힘겨웠던 투병이 시인으로서의 그를 더 성숙시켰다는 평가가 나올 만한 국면을 그는 지금 맞고 있다. 그런 의미에서 시인 조창환은 투병 이전의 시기와 투병 이후 시기의 획을 긋는 새로운 삶을 지금 살아가고 있다고 말할 수 있을 것이다.

병상(病床) 일기

최 하 림

휘파람새들이 휘이익 휘이익 하늘을 날고 뱀들이 이슬을
먹으러 오는 새벽이면 의사들은 가운을 입고 안경을 쓰고
머리 하얀 새들을 데리고 온다 그들은 잠을 잘 잤느냐
변을 보았느냐 묻는다 나는 그의 손님이다 그는 주사를
주고 노란 알약과 베드를 주고 하루 세 번 식사를 준다
여섯 가지 풀로 된 식사다 그릇마다 향기가 소록소록
넘친다 저녁에는 아내가 엘란트라를 몰고 온다 여보 강
빛이 새들 같아요, 나는 새들이 너무 눈부셔요, 나으면
우리, 한강 가요, 네, 저녁 해는
창밖에서 빛난다
아내도 빛난다
그러나 아내는
밤이면 새들을 데리고
집으로 가
베드에서 잠잔다
나도 베드에서 잔다
어쩌다 베드에 똥을 누기도 한다
똥누는 일은 홀로 한다 모두 홀로 한다 다친 영혼의 몸을 떨며
창가에서, 휘파람새들이 기웃거린다
휘파람새들이 지금은 아프다.

시인 최하림은 1964년『조선일보』신춘문예에 시가 당선되면서
시단에 나섰다. 등단 이후 40년에 걸친 기간에 걸쳐 시작에 힘쓰면서
그는 모두 다섯 권의 시집들을 내어놓았다.『우리들을 위하여』,『작은
마을에서』,『겨울 깊은 물소리』,『속이 보이는 심연으로』,『굴참나무

숲에서 아이들이 온다』가 그 시집들이다. 그는 벌써 20년 전인 1982년
에 그의 연배의 한 평론가로부터 그가 이룩한 시적 성과에 비해 제대로
주목을 받아 오지 못한 시인이란 평가를 받았다. 그 평론가는 그 이유를
당시 우리 시를 이끌었던 순수와 참여 두 계열 어느 쪽에도 그가
선명하게 몸을 담그지 않았던 데에서 찾았다. 그의 실제 시작에서
최하림은 순수와 참여의 유리를 극복하려고 끊임없이 시도해 왔음에
도 불구하고 순수, 참여 어느 쪽으로부터도 제대로 평가를 받지 못했다
는 것이 그의 설명이었다(김치수, 「고통의 인식과 확대」, 최하림 시집
『작은 마을에서』의 해설 평론, 문학과지성사, 1982).

그 평론가의 그 설명은 최하림의 시가 크게 부상하지 못했던 원인을
아주 적절히 해명했다고 생각한다. 그 설명 이후로도 최하림 시에
대한 평가는 크게 개선되지 못하였다. 그런 부진상이 한동안 지속되던
끝에 1990년대에 들어서면서 그의 시들은 새롭게 평가받을 계기를
맞게 되었다. 그 때까지 혼미를 거듭하던 국내의 정정(政情)이 일단
민주화로 가닥을 잡은 것, 그리고 때맞추어 동구권의 몰락이 우리
시의 흐름에서 순수와 참여의 양분 현상을 현저하게 완화시킨 것이
그 계기였다. 그 계기를 맞은 무렵, 그는 꽤 긴 시간에 걸쳐 투병
생활을 겪게 되었다. 긴 기간에 걸친 그의 투병 체험은 그의 제5
시집 『굴참나무 숲에서 아이들이 온다』의 여러 시들에 투영되어 있다.
앞에 인용한 시 「병상 일기」 또한 그 시집에 실린 그런 시들 중의
하나이다.

시 「병상 일기」는 그의 투병 체험과 함께 긴 기간을 병원에서 지내야
했던 병원 생활 체험을 그려낸 작품이다. 이 시는 「병상 일기」라는
시의 표제에 걸맞게 병원에서의 아침부터 밤까지의 시간을 그려냈다.
"휘파람새들이 휘이익 휘이익 하늘을 날고 뱀들이 이슬을/ 먹으러
오는 새벽이면" 이라는 이 시의 첫머리를 제외한 전반부는 종합병원에

서 하루의 일과처럼 행해지는 회진의 광경을 그린 대목이다. 회진으로
말하면 병원 생활에 길들여진 이들에게는 너무도 익숙한 풍경이다.
너무나도 뻔언한 그 풍경을 그려내면서 최하림은 얼마쯤은 '낯설게
하기'를 시도했다.

> 새벽이면 의사들은 가운을 입고 안경을 쓰고
> 머리 하얀 새들을 데리고 온다 그들은 잠을 잘 잤느냐
> 변을 보았느냐 묻는다 나는 그의 손님이다 그는 주사를
> 주고 노란 알약과 베드를 주고 하루 세 번 식사를 준다
> 여섯 가지 풀로 된 식사다 그릇마다 향기가 소록소록
> 넘친다

　위에 인용한 시의 전반부에서 '낯설게 하기'를 효과적으로 시도한
대목은 "머리 하얀 새들을 데리고 온다"고 할 때의 "머리 하얀 새"와
"나는 그의 손님이다"라고 말한 대목에서의 '손님'이다. "머리 하얀
새"란, 짐작할 수 있듯이, 병원의 간호사를 가리키는 말이다. 그 말은
간호사들이 그들의 표지처럼 되어 있는 흰 천으로 만든 '캡'을 쓴
데서 연유한 환유에 해당한다. 우리는 병원의 의사에게 맡겨진 사람들
을 흔히 환자라고 부른다. 환자라는 특정한 명칭이 엄연히 존재함에도
불구하고 시인이 자신을 굳이 의사, 간호사의 '손님'이라고 한 것은
특정의 것을 일반의 것으로 바꾸어 '낯설게 하기'를 시도한 것으로
이해된다.
　이 시의 중반부는 환자인 시인과 그를 돌보기 위해서 찾아온 아내와
의 어울림으로 짜여 있다. 아내는 병원에 입원해 있는 그가 볼 수
없는 한강의 풍광을 전해준다. "여보 강빛이 새들 같아요, 나는 새들이
너무 눈부셔요, 나으면 우리, 한강 가요, 네," 아내는 이런 말들로

병고로부터 회복 중인 남편에게 퇴원 이후의 시간을 말하면서 설레는 마음을 전달한다.

이 시의 후반부는 아내까지 귀가한 뒤 환자인 시인이 혼자 맞는 시간을 그린 것에 해당한다. 이 대목에서 시인은 자신의 모습을 "다친 영혼이 몸을 떤"다고 표현했다. 아내를 비롯한 가족, 친지들이 병고로부터 그의 회복을 살뜰히 보살핌에도 불구하고, 누구와도 나눌 수 없는 병고와 그로 말미암은 마음의 아픔이 절절하다는 토로이다. 시인은 자신의 그런 처지를 한 마디로 농축하여 "휘파람새들이 지금은 아프다"라고 그려냈다. 여기서의 휘파람새는 시인의 육신 자체보다도 시 쓰는 자아를 말한 것에 가깝다. 시 쓰는 자아의 그 같은 아픔은 시 쓰는 그의 육신이 건강하지 못한 데에 기인했음은 더 말할 나위가 없다.

최하림의 시 「병상 일기」는 그의 투병 체험을 그린 작품이다. 그러면서도 그 시는 이례적인 면을 가졌다고 할 만하다. 휘파람새를 비롯한 새 이미지가 다수 내포된 점이 그렇다. 이 시에는 시의 첫머리와 끝부분에 출현하는 휘파람새를 포함하여 새 이미지가 7회나 나타난다. 그 중 시의 앞, 뒤에 나오는 휘파람새는 시신 뮤즈와도 닮아 있는 시인의 시적 자아 또는 시 쓰는 마음을 의미한 것으로 여겨진다. "머리 하얀 새"가 간호사를 의미한다는 점은 이미 앞에서 살펴보았다. 그 밖에도 이 시에는 "강빛이 새들 같아요", "나는 새들이 너무 눈부셔요", "아내는/ 밤이면 새들을 데리고" 등 새 이미지들이 세 번이나 더 쓰이고 있다. 이 시가 착상, 제작될 무렵, 시인의 자유로운 비상의 욕구가 그만큼 강렬했다는 증좌이다. 아마도 시인은 투병기에 강렬하게 솟구쳤던 비상의 욕구를 새 이미지들로 펼쳤으리라는 이해가 가능하다.

병(病)에게

조 지 훈

어딜 가서 까맣게 소식을 끊고 지내다가도
내가 오래 시달리던 일손을 떼고 마악 안도의 숨을 돌리려고 할
때면
그때 자네는 어김없이 나를 찾아오네.

자네는 언제나 우울한 방문객
어두운 음계(音階)를 밟으며 불길한 그림자를 이끌고 오지만
자네는 나의 오랜 친구이기에 나는 자네를
잊어버리고 있었던 그동안을 뉘우치게 되네

자네는 나에게 휴식을 권하고 생(生)의 외경(畏敬)을 가르치네
그러나 자네가 내 귀에 속삭이는 것은 마냥 허무(虛無)
나는 지긋이 눈을 감고, 자네의
그 나즉하고 무거운 음성을 듣는 것이 더 없이 흐뭇하네

내 뜨거운 이마를 짚어주는 자네의 손은 내 손보다 뜨겁네
자네 여윈 이마의 주름살은 내 이마보다도 눈물겨웁네
나는 자네에게서 젊은 날의 초췌한 내 모습을 보고
좀더 성실하게 성실하게 하던
그날의 메아리를 듣는 것일세

생(生)에의 집착과 미련은 없어도 이 생은 그지없이 아름답고
지옥(地獄)의 형벌이야 있다손 치더라도
죽는 것 그다지 두렵지 않노라면
자네는 몹씨 화를 내었지

자네는 나의 정다운 벗, 그리고 내가 공경하는 친구
자네는 무슨 말을 해도 나는 노하지 않네

그렇지만 자네는 좀 이상한 성밀세
언짢은 표정이나 서운한말, 뜻이 서로 맞지 않을 때는
자네는 몇날 몇 달을 쉬지 않고 나를 설복(說服)하려 들다가도
내가 가슴을 헤치고 자네에게 경도(傾倒)하면
그때서 자네는 나를 뿌리치고 떠나가네

잘 가게 이 친구
생각 내키거든 언제든지 찾아주게나
차를 끓여 마시며 우리 다시 인생(人生)을 얘기 해보세 그려.

「승무」,「고풍의상」,「낙화」,「다부원(多富院)에서」 등 빼어난 시들
로 널리 알려진 시인 조지훈은 1920년 경북 영양군 일월면 주곡동에서
태어났다. 그는 만 18세를 조금 넘긴 때였던 1939년『문장』의 추천으로
시단에 등단했다. 그는 생전에『풀잎단장(斷章)』,『조지훈 시선』,『역사
앞에서』,『여운(餘韻)』 등 네 권의 시집들을 내어놓았다. 그가 한국시인
협회를 조직하여 초대 회장으로 활동한 데서 볼 수 있듯이 그는 한국
시단의 중심인물이었으면서도 그의 활동은 거기서 멈추지 않았다.
그는『한국문화사 서설』,『한국민족운동사』 등의 저서를 내놓은 학자
로서도 활동했으며, 참된 지성을 위협하던 4·19 전후의 어지러운
세태 속에서 '선비 정신'을 강렬하게 고취하던 논객으로도 활동했다.
이같이 여러 방면에 걸친 그의 활동은 분명히 그의 시작 활동을 심화시
키는 데에 제약하는 요인으로 작용하였을 개연성이 높은 편이다. 그렇
기는 하지만 그가 시인 이외에 학자, 논객으로 활동하게 된 것은 그가
태어난 가문이나 그가 인격 형성기에 받았던 교육을 염두에 둘 때에

필연한 결과였다고도 말할 수 있을 듯하다. 그가 선비 정신을 숭상하던 영남 북부 명문가에서 출생한 점을 고려해서 하는 말이다.

한 편의 글은 어떤 면에서이든 그 글의 작가를 보여준다. 조지훈의 시 「고풍의상」이 우리전통 정서에 친숙해 있던 젊은 시인의 풍모를 보여준다면, 그의 논설 「지조론」은 선비 정신을 숭상하던 한 논객으로서의 지훈을 보여준다. 또한 그의 짧은 수필 「생전부귀 사후문장」은 그 필자가 부귀보다 문장을 소중히 여겼던 문장관을 뚜렷이 전해준다. 그런 의미에서 앞에 인용한 조지훈의 시 「병에게」는 지훈의 여의롭지 못했던 건강을 보여주며, 무엇보다도 그가 명쾌하게 세웠던 생사관을 보여준다.

지훈의 건강에 관하여는 그와 가까웠던 글벗 박목월의 지훈 회상기인 「노상의 검은 장갑—지훈과 나」(『현대문학』 통권 163호, 1968. 7)에서 중요한 정보를 얻을 수 있다. 박목월은 그 글에서 "그는 그 당시(1948년—필자 주)에도 쿨룩쿨룩 기침을 하였다. 늠름한 허우대에 비하면 몸이 약한 편이었다. 조금만 흥분하여도 눈가장자리가 분홍 빛으로 상기되곤 하였다."고 체격에 비하여 의외로 병약한 면을 보였던 지훈의 모습을 전해주었다. 지훈은 천식을 수반한 기관지 확장 증세로 시달렸던 것으로 알려져 있는데, 1948년 무렵에도 벌써 그 증세를 보였던 것을 알 수 있다. 시 「병에게」를 보면 그 증세는 때로 잠복하였다가 그의 체력이 달릴 경우에는 다시 재발하였음을 알 수 있다. 지훈은 잠복과 재발이 되풀이되는 그 증세를 시 「병에게」에서 "어딜 가서 까맣게 소식을 끊고 지내다가도/ 내가 오래 시달리던 일손을 떼고 마악 안도의 숨을 돌리려고/ 할 때면/ 그때 자네는 어김없이 나를 찾아오네."라고 노래하였다.

운명하기 한두 해 전에 그를 찾았던 제자들의 회상에 따르면, 조지훈은 병고로 무척 시달렸었던 듯하다. 병고로 말미암은 시달림은 그의 시 「병에게」에도 비교적 상세히 그려져 있다. 그 시의 넷째 연에서는 "내 뜨거운 이마를 짚어주는 자네의 손은 내 손보다 뜨겁네/ 자네 여윈 이마의 주름살은 내 이마보다도 눈물겨웁네/ 나는 자네에게서 젊은 날의 초췌한 내 모습을 보고/ 좀더 성실하게 성실하게 하던/ 그날의 메아리를 듣는 것일세" 라면서 병으로 말미암아 자신이 겪었던 고통과 초췌한 모습을 그려냈다.

이 연을 읽을 때에 한 가지 유의할 점은 이 연에서 시인이 병을 의인화하면서 자신과 병이 분리되어 있는 듯한 태도를 취하고 있는 점이다. 그러나 자신과 자신에게 찾아온 병을 분리하여 보는 듯한 시인의 태도는 자신을 건강할 때의 자신으로, 병을 와병 중의 자신으로 분리하여 생각한 경우이다. 그 태도는 와병 중이던 시작 당시로서는 시인이 취했던 수사적 태도일 뿐이라고 이해하는 것이 옳을 듯하다. 그렇게 말할 수 있는 근거는 병은 저 혼자만 존재하는 것이 아니라, 병 앓는 이의 병으로서만 존재한다는 점 때문이다.

지훈은 참으로 긴 기간에 걸쳐 병으로 시달렸다. 그러면서도 그는 병 그리고 병으로 말미암은 죽음에까지 의연한 태도를 취했다. 지훈의 절필(絕筆)이었다고 할 수 있는 시 「병에게」가 그 시를 읽는 이들로 하여금 가슴 뭉클한 감동을 느끼도록 만드는 것도 바로 그 점일 것이다. 병은 누구나 겪는다. 병으로 말미암은 죽음 또한 필경 누구나 피할 수 없이 겪어야 할 일이다. 그러나 우리가 흔히 인생살이의 재난이라고 생각하는 병, 또는 인생살이의 끝장이라고 생각하는 죽음에 대하여 의연한 태도를 간직하기는 용이하지 않은 일이다. 그 용이하지 않은 늠연한 모습을 지훈은 시 「병에게」에서 우리에게 뚜렷이 보여주었다. 병과 죽음을 늠연히 대하는 지훈의 모습은 그 시 전체에 깔려 있어 어느 연과 행만을 내세워 그의 늠연한 모습이 부각되었다고 말하기는 어렵다. 그런 가운데도 그 시의 제5연에는 그의 생사관이 선명하게 부각되어 있어 그 시의 기저(基底)를 이룬다고 할 수 있다. "생(生)에의 집착과 미련은 없어도 이 생은 그지없이 아름답고/ 지옥(地獄)의 형벌이야 있다손 치더라도/ 죽는 것 그다지 두렵지 않노라면/ 자네는 몹시 화를 내었지"라는 말에 표명된 삶과 죽음을 대하는 그의 태도가 그것이다.

시 「병에게」에 그려진 지훈의 삶과 죽음을 대하는 태도는 그의 시의 계보로 보아 이례적인 것에 해당한다. 지훈에 대한 추도의 뜻을 곁들이면서 지훈 시의 계보를 돌아보았던 글 「지훈시의 계보」를 쓴 김종길 교수는 시 「병에게」를 지훈 끝 무렵의 주목할만한 작품이라고 지목하면서 다음과 같이 말했다.

> 이 작품의 극적인 발상은 종래의 지훈시에서 볼 수 없었던 새로운 시풍이다. 『여운』에서 가장 연대가 나중인 작품인 「산중문답(山中問答)」(1964)에서도 이 시인은 회화조를 사용하고 있으나 구성의 밀도와 아이러니에 있어 「병에게」는 지훈시의 마지막을 빛내고, 가능했더라면 앞으로 대성을 기대케 하기에 족한 작품이었다(김종길, 「지훈시의 계보」, 『조지훈 연구』, 고려대학교 출판부, 1978).

김 교수가 지적한 대로 시 「병에게」는 시의 어조 등 기법면에서도 주목할만한 작품이다. 그러나 지훈 시의 계보에서 이 시가 차지하는 중요성은 기법과는 다른 측면에서도 검토되는 것이 바람직하다. 그렇게 생각하는 까닭은 시인의 생전에 시인과 가까운 거리에 있었던 동료, 후배, 제자들은 그를 가리켜 흔히 큰 인물로 말하고 있는데, 지훈의 시작품들 중 그의 성격과 사람됨, 다시 말하여 그가 큰 인물이었음을 가장 전면적으로 그리고 원숙하게 보여준 작품이 시 「병에게」이리라는 점에 말미암는 것이다. 지훈의 성격, 능력, 사람됨을 말한 글들은 조지훈이 타계한 지 10년 되던 해에 그의 동료, 후배, 제자들의 추모의 글들을 엮어 만든 『조지훈 연구』(고려대학교 출판부, 1978)에서 여러 편을 찾아볼 수 있다.

    ⓐ 하늘을 우러르고, 땅을 굽어봐도 부끄러운 일이 없기를 다짐하는 그의 신념은 그의 모든 처신에 의젓함을 가지게 하였고 세속적인 이해와 타협하기를 거부하게 하였으며 모든 일에 공명정대하기를 염원하고, 소인과 사귀기를 피하며, 항상 선비다운 지조를 지키려고 애를 쓰게 하였던 것이다(박목월, 「노상(路上)의 검은 장갑-지훈과 나」, 『전집』).

    ⓑ 그의 성격은 호방한가 하면 치밀하고, 멋있는가 하면 또한 부지런하며, 초강(楚剛)한가 하면 온아하고, 집요한가 하면 또한 관대하였다. 이와 같이 융통무애(融通無碍)라는 말에 어울리는 성격이었으 면서도 그는 결코 이른바 팔방미인(八方美人)은 아니었다. 무한히 소탈하고 천진스럽고 유우머러스한 면을 가졌으면서도 그는 근엄하고 위엄이 있었다. 그의 영결식장에서 그의 제자 한 사람이 말했듯이 그에게는 "소인배들이 감히 가까이 갈 수 없는 기품이 있었다."(김종길, 「조지훈론」, 『전집』).

    ⓒ 논객 조지훈은 역사를 볼 줄 아는 안목과 현실을 판단할 수 있는 시국관과, 그러한 현실에 맞서서 직언을 발할 수 있는 용기와 일신을 걸고 세상을 시끄럽게 살 수 있는 패기를 고루 갖추고 있었던 선비였다(박노준, 「논객 지훈의 면모」, 『전집』).

『조지훈 전집』에서 가려 뽑은 위 세 편의 글들은 한결같이 조지훈의 사람됨이 크고 동시에 기개(氣槪)가 헌앙(軒昻)했음을 말하고 있다.

414

위 세 편의 글들이 말하고 있는 그런 공통점은 그 글들이 지훈에 대한 추도의 뜻을 담아 쓴 글들이었음에서 연유한 것만은 아니다. 그를 장송(葬送)하는 자리에서 주고받았다고 알려져 있는 "나라를 맡겨도 안심할 수 있었을 사람"이라는 그에 대한 평가는 그의 사람됨이 실로 커 보였기에 나온 말이었음에 틀림없었던 것으로 울려온다.

시인으로서 지훈이 그런 큰 인물로서의 모습을 보여준 작품으로는 단연 시「병에게」를 꼽는 것이 타당할 듯하다. 병상에서 병과 죽음을 대하는 시인 자신의 모습을 그려낸 시「병에게」는 물론 삶의 여러 갈피를 다룰 수 있었던 작품은 못 되는 편이다. 그러나 그 시에서 그가 병과 그 병 너머의 죽음까지를 담담한 눈길로 바라보던 자세는 그가 죽음까지도 태연히 맞아들이던 큰 인물이었음을 넉넉히 짐작하도록 만든다는 점에서 뜻 깊다.

찾아보기

ㄱ

「가정(家庭)」 222, 299, 300, 302

「갈대」 103

감태준 28, 29, 34, 35, 270

『강 같은 세월』 342

강대기 68

강만길 106, 121

강은교 15

『객주(客主)』 280

『객지(客地)』 281

「거대(巨大)한 뿌리」 48

「거부오해(車夫誤解)」 252

「검은 관(棺)」 236

「검은 구름이 모일 때」 364

『겨울 깊은 물소리』 405

「격문(檄文)-신귀거래(新歸去來)·2」 126~130, 197

「결혼식」 363~365

「경부철도가」 252

『경상도의 가랑잎』 300

「경학원(經學院) 자리」 24, 98

「계엄령 속에 내리는 눈」 198, 199, 269

계용묵 265

고형렬 318

「고별」 307

『고슴도치의 마을』 276

고은 25, 141~147, 149, 150, 175, 176, 199, 273, 275, 367, 368

고정희 274

「고풍의상」 410

「고향」 228

고형렬 285, 313, 319

「곡예사(曲藝師)」 265

『광장』 270, 271
「광화문(光化門)에서」 142, 143, 145,
        151, 176, 273
구상 93, 96, 261
구자운 116
구효서 285
『굴참나무 숲에서 아이들이 온다』
        406
「그놈의 사진을 떼어서 밑씻개로 하자」
        199
『그대 거침없는 사랑』 342
『그리고 그 이후(以後)』 375, 377
「그리고 평화한 시대가」 23, 98
『그리운 꽃편지』 342
『그 여자네 집』 342, 343
기형도 231
『길, 골목, 호텔 그리고 강물소리』
        283
「김강사와 T교수」 259, 260
김광규 15~18, 20, 25, 223, 227,
        229, 276, 277
김광균 213~218, 255, 256
김광섭 72~76, 261, 262, 270
김규동 222
김기림 216, 217, 255, 261
김기택 395, 396
김남조 351, 353
김남주 154, 175
김동리 265
김동명 93~96, 261
김동인 252, 257, 265
김명수 274

김명인 321, 322, 327, 328, 330
김병익 225
김상미 285
김상헌(金尙憲) 181
김소월 208
김소진 285
김수영 15, 16, 48, 107, 111~115,
        125~131, 136~139, 194~199,
        201, 261, 267, 268, 275, 288
김승옥 271
김승희 32, 149, 276, 392
김억 251
김여제 251
김영태 15
김영하 285
김영현 281
김용택 298, 342, 346, 348, 353, 356,
        357
김용호 48
김원일 281, 285
김윤성 15
김조규 363~367
김종길 85, 413, 414
김종삼 96, 262
김종해 275
김주영 280
김준태 153, 154, 274
김지하 140, 141, 175, 269, 274, 275
김진경 274
김춘수 251, 262
김태준 231
김혜순 44, 45, 165, 166, 237, 238,

241, 276, 277, 282, 283, 374, 378~380, 382
김후란 15
「꺼삐딴 리」 272
『꽃산 가는 길』 342

ㄴ_
나도향 257
『나무』 342
『나무들 비탈에 서다』 266
『나무와 바람』 351
「나비」 401
『나아드의 향유』 351
「나의 강산이여」 185
「나의 우파니샤드, 서울」 44, 239, 240, 241, 283
「나의 처녀막(處女膜)」 132, 138, 175, 269
『나자로의 마을』 403
「낙화」 410
『난·기타(蘭·其他)』 300
『난장이가 쏘아올린 작은 공』 279, 281
「날개」 260
「낡은 스웨터」 330~332, 340
「남신의주 유동 박시봉방」 310
「남행차(南行車)」 95, 96
「낮달」 329
「낮에 나온 반달」 272
『너라는 햇빛』 331
「너와집 한 채」 321~324, 328, 329
「네거리의 순이(順伊)」 257

『노동의 새벽』 275
「노상(路上)의 검은 장갑-지훈과 나」 411, 414
노천명 299, 303~308
『누가 두꺼비집을 내려놨나』 387
『누이야 날이 저문다』 342, 343, 353
『늘 푸른 소나무』 285
『님의 침묵』 71, 254

ㄷ_
「다부원(多富院)에서」 410
「다시 서울이 바다가 되기 위해·2」 170
「다이아몬드 반지」 376
「닳아지는 살들」 266
「당신을 보았습니다」 71
「당인리 근처」 222
「대결」 374, 378~382
「도회 정조(都會情調)」 31, 210, 215, 256
「돌의 초상(肖像)」 272
「동대문 주변」 48
「두 破産」 266
『떨어져도 튀는 공처럼』 161

ㄹ_
「레디 메이드 인생」 259

ㅁ_
『마당식사가 그립다』 313
「마록열전(馬鹿列傳)」 278
『마음』 74

『마음의 집 한 채』 35
마종기 16, 20~25, 98
『막연한 기대와 몽상에 대한 반역』
    43
「막연한 기대와 몽상에 대한 반역・2」
    232, 235
「만세전」 257
『만인보(萬人譜)』 25, 274, 367~369
「말랑말랑한 말들을」 395
『맑은 날』 342
『머나먼 곳 스와니』 329
「메갈로폴리스의 공룡들」 284
「목마른 역정(歷程)」 301
「몸」 234
『몸 바뀐 사람들』 29
「몽유-후기 풍경(後期風景), 혹은 포스
    트 모던한 현실」 236
「무력(武歷) 18년에서 20년 사이—무
    림일기・1」 203
『무정(無情)』 253
「무진기행(霧津紀行)」 271
문병란 159, 160, 175
「문학사」 351
『물 건너는 사람』 321
『물물과 높이』 284
「미시령 아래 집」 313, 31~320
「民間人(민간인)」 96
「민족(民族)의 죄인(罪人)」 265

ㅂ_
『바늘구멍 속의 폭풍』 396
『바람 부는 날이면 압구정동에 가야

한다』 66, 285
박경리 266, 272, 280
박남수 261, 374~378, 388~390
박남철 231
박노해 175, 274, 275
박두진 261, 301
박라연 50
박목월 222, 261, 264, 299~301, 414
박상우 285
박완서 279, 281
박용래 262
박인환 104, 264
박재삼 262
박제천 15
박종화 15, 89, 261, 288
박태순 271, 272
박태원 259~261, 288
박팔양 31, 210, 212, 215, 255
「반역자(反逆者)」 265
「밤 10시」 153
배수아 285
백석 309
백민석 285
백석 25, 299, 309, 310
「백신의 도시, 백신의 서울」 42
변영로 15
「별을 보여드립니다」 271
『별을 쳐다보며』 304, 307
「별을 헨다」 265
『병(病)든 서울』 190, 191
「병상(病床) 일기」 405, 406, 408
「병신과 머저리」 271

「병(病)에게」 409, 411, 412, 413, 415
「보는가 듣는가 생각하는가」 159,
    160
『보병과 더불어』 103
「봉별기(逢別記)」 399
『北間道』 264
「북악산(北岳山) 산ㅅ바람 불어내린
    날」 90
「불신시대(不信時代)」 266
『불쌍한 사랑 기계』 283
「불쌍히 여기소서」 241
「비 맞는 화상(畵像)」 94
「비 오는 날」 266
「비율빈전사(比律賓戰史)」 252
「빈처」 257
「빼앗긴 들에도 봄이 오는가」 254

人 _

「사람의 동네」 403
『사람의 아들』 287
『사무원』 396
『사물 A』 331
「사뭇 즐거운 속삭임같이」 374, 377,
    378
『사슴』 25, 306, 311
『사슴의 노래』 304
「사회등」 가사 182, 249~251
『산도화(山桃花)』 222, 300
『산호림』 304, 305
『삼대(三代)』 257
『새들도 세상을 뜨는구나』 40, 151
「새 잘 잡던 상준이」 317

「생전부귀 사후문장」 411
「서곡·Ⅶ」 31
「서벌(徐伐), 셔볼, 셔볼, 서울, SEOUL」
    40, 232
「서사건국지(瑞士建國志)」 252
『서울』 237, 239, 264
「서울 길」 237, 239
「서울 밤」 208, 210
「서울에 들어와서(入京師)」 206
『서울은 만원(滿員)이다』 271
「서울의 방주」 237~239
「서울 1964년 겨울」 271
서정주 53, 129, 261
『선택』 285
설정식 261
「설중매(雪中梅)」 252
『섬진강』 298, 342
「성북동(城北洞) 비둘기」 270
『성북동 비둘기』 77
성석제 285
『세상에서 가장 무거운 싸움』 36
『세속도시의 즐거움』 39, 276
『세운상가 키드의 사랑』 285
「소경과 앉은뱅이 문답」 252
「소설가 구보(仇甫)씨의 一日」 260
『소시민(小市民)』 271
『속이 보이는 심연으로』 405
손창섭 266
「수난 이대(受難 二代)」 266
「술 권하는 사회」 257
「승무」 410
『시장(市場)과 전장』 272

「식칼론(論)」 138
신경림 274
신경숙 285
「신기루 도시」 236
「신도가(新都歌)」 83
신동문 116, 119, 122, 125, 267
신동엽 131, 140, 269
「신생아실에서」 383
「신세계(新世界)에서」 387
신현림 285
「심야(深夜)」 375, 388~390
「심야통화(深夜通話)」 269
「심인」 158
「심주가」 250
심훈 15, 82, 84, 86, 173, 183, 185,
　　　188, 189, 255, 257, 288

ㅇ_
『아니다 그렇지 않다』 17
「아름다운 집, 그 집」 343
「아! 신화(神話)같이 다비데군(群)들」
　　　116, 119, 122, 125, 267
「아양구첩(峨洋九疊)」 182, 184, 250
「아저씨의 죽음」 151
「아지랑이 말씀」 380
「아침 시장」 316
안수길 264
안창호 250
『압구정동엔 무지개가 뜨지 않는다』
　　　286
『압구정동엔 비상구가 없다』 286
「애국·독립가」 248, 250

「애국부인전(愛國婦人傳)」 252
애국 전기물(傳記物) 252
양성우 175
「양화(洋禍)」 207
『어느 날 나는 흐린 주점에 앉아 있
　　　을 거다』 56
「어느 정신병자의 고독」 231
「어린 딸에게」 104, 264
「얼음」 149, 150, 175, 200
「엄마의 말뚝·1」 279
「여승」 311
『여운(餘韻)』 410
「여인 등신불」 392
『역사 앞에서』 410
염상섭 257, 260, 266, 288
「0157584」 263
「옛 왕들이 잠든 거리에」 62
「오감도」 399, 401
오규원 163, 223~226, 236, 269,
　　　275, 282, 284
「오늘」 228
『오디세이아 서울』 286
「오리 망아지 토끼」 299~311
오상순 15, 372, 373
오세영 177, 220, 231, 275
『56억 7천만년의 고독』 30
오장환 191, 261
「오적(五賊)」 140, 269
『와사등(瓦斯燈)』 215, 256
『왕자(王子)가 아닌 한 아이에게』
　　　225
「외인촌(外人村)」 219

외촌동(外村洞) 272

「용산(龍山)에서」 224

『우리들을 위하여』 405

「우리들의 청계천」 50

『우리를 적시는 마지막 꿈』 276

「우선 그놈의 사진을 떼어서 밑씻개로
　　하자」 112, 194

「운수 좋은 날」 258

『울릉도』 92, 93

「월남망국사(越南亡國史)」 252

「유다의 부동산(不動産)」 223

유인석 207

유재용 281

유진오 259

유치환 91, 92, 103, 261, 262

유하 51~54, 66, 203, 285

『육사시집(陸史詩集)』 254

윤곤강 78, 87, 175

윤대녕 285

윤성근 285

윤흥길 281

「은세계(銀世界)」 252

은희경 285

『응향(凝香)』 96

이건청 275

이광수 252

이대흠 285

이동하 281

「이름 없는 여인이 되어」 299, 303,
　　306~309

이문열 281, 285~287

이문재 343

이상 15, 16, 259, 260, 288, 399, 401

이상국 313~320

이상화 254

이선영 285

이성복 231, 276

이성부 274

이세룡 231

이수익 275

「이순신전(李舜臣傳)」 252

이순원 285, 286

이승우 285

이승하 231

이승훈 275, 330, 331, 340, 383

이시영 274

이영진 62, 165, 170, 172

이용악 261

이육사 86

이윤택 37, 43, 231, 232, 235~237,
　　276

이인직 252

이창동 281

이청준 271

이탄 15

이태준 265

이해조 252

이형기 282, 284

이호철 266, 271, 272

「191.—표적」 162

「일상사(日常事)」 222

「임종(臨終)」 266

임철우 281

임화 255, 257, 261, 288

「입성」 29
「잉경」 78, 87, 175

ㅈ_
「자바자바 셔츠」 226
「자본주의의 사랑」 233, 236
「자본주의의 약속」 42, 60, 61
「자화상」 53, 304
『작은 마을에서』 405
「잔등(殘燈)」 264, 265
「잘있거라 나의 서울이여」 185
장경린 285, 387
『장길산(張吉山)』 280
장만영 102
장석주 231
장정일 231, 276, 285
「저녁의 집」 313, 314, 317~320
전광용 272
전봉건 263, 264
전상국 281
「절벽 앞에서」 403, 404
「절정」 86, 183
「젊은 짙은 피로써 물들인 큰길에서」
        116
『정념(情念)의 기(旗)』 351
정도전(鄭道傳) 83, 179
「정든 땅 언덕 위」 272
정지용 179, 261
정진규 275, 383
정찬 285
정한모 179
정현종 15, 151, 161, 269, 275, 288,

        385, 386, 388
정희성 274
「제8요일」 347
조경란 285
「조국(祖國)이여 당신은 진정 고아(孤
        兒)일다」 91, 92, 263
조남령 89, 90
조병화 264
「조선은 술을 먹인다」 185
조세희 279, 281
조운 261
조정래 280, 281
조지훈 99, 100, 103, 176, 192, 261,
        264, 301, 409, 410, 414
『조지훈 시선』 410
『조지훈 전집』 414
조창환 402, 403
조태일 125, 131, 135~138, 140,
        175, 269, 274
「종로(鍾路)에서」 100, 103, 176, 192,
        193
『죽지 않는 도시』 282
「준이」 383
『진흙소를 타고』 43, 276
「집」 353, 357
『집은 아직 따뜻하다』 313, 316
「집이 없었다」 348, 346

ㅊ_
창가 249
「창경궁 편지」 24
『창변』 304

채만식 259, 265

『천변풍경(川邊風景)』 261

천상병 262

「철새」 28

「첫날밤」 372

『청담(晴曇)』 300, 301

「청동(靑銅) 마로니에 숲」 55, 56, 58

『청록집』 301

「청진동(淸進洞)에서」 145, 148, 149,
    273

「청천벽력」 385, 388

「초례청」 367, 368, 370

「총구(銃口)」 399, 401

『총독의 소리』 278

최남선 15, 250, 252

최동호 85, 86, 183

최승구 251

최승자 276

최승호 39, 43, 231~234, 237, 276

최윤 285

최인호 271, 272

최인훈 270, 271, 278

최일남 281

최찬식 252

최하림 274, 405, 408

최학송 264

ㅌ

「타인(他人)의 방」 272

『태백산맥(太白山脈)』 280

「태백산부(太白山賦)」 251

『태아의 잠』 396

『태평천하』 260

『토마토는 붉다 아니 달콤하다』 283

『토지(土地)』 280

「통곡(痛哭) 속에서」 185~187

ㅍ

『파랑 눈썹』 403

「팔원(八院)」 311

『평균률 2』 20

『폐허』 255

「푸른 하늘을」 112, 114, 115, 268

「풀」 201

『풀잎단장(斷章)』 410

「피난민의 대열」 102

『피보다 붉은 오후』 403

피천득 15

「필연의 벼랑」 329

ㅎ

「하……그림자가 없다」 107, 113

하근찬 266

『하늘과 바람과 별과 시』 254

하재봉 231, 276

「학살 1」 154

『한 꽃송이』 386

「한 방울」 402, 403

「한사코 詩가 되지 않는 꽃」 166,
    276, 277

한용운 71, 254

『함께 가자 우리 이 길을』 154

함민복 42, 43, 59~61, 233, 236,
    285

함성호   29, 30, 61, 285
『항해일지』   275
「해방(解放)」   72, 73, 75, 262
「해방전후(解放前後)」   265
「해(海)에게서 소년(少年)에게」   250
「행로」   400
허준   264, 265
현기영   281
『현대의 신화』   222
현상윤   251
현진건   257
「혈거부족(穴居部族)」   265
「혈(血)의루(淚)」   252
「홍염(紅焰)」   264

「화안군창호심주가(和安君昌浩心舟
    歌)」   250
「화(花)의혈(血)」   252
「활엽수림에서」   151
황동규   127, 198, 269, 269, 275
황석영   280, 281
황순원   266
황지우   39, 40, 55, 57, 151, 155~
    159, 162, 175, 231~234, 237,
    274, 276,
황현(黃玹)   206
『희망 학습』   351
「희미한 옛사랑의 그림자」   277

권 오 만 (權五滿)

1938년 서울 출생
서울대 사대 국어교육과,
서울대 대학원에서 수학, 문학박사
1978년 이후 국제대, 서울시립대 교수
현재 서울시립대 명예교수

저서 『개화기 시가 연구』『시의 정신과 기법』,「한국 근대시의 출발과 지향』
『서울의 詩, 서울의 詩人들-일제 강점기편』 등

서울을 詩로 읽는다

권오만

초판 1쇄 인쇄   2004년 8월 2일
초판 1쇄 발행   2004년 8월 6일
        발행처   도서출판 혜안
        발행인   오일주
        등록번호   제22-471호
        등록일자   1993년 7월 30일
⊕ 121-836 서울시 마포구 서교동 326-26번지 102호
전화 3141-3711~12 | 팩시밀리 3141-3710
이메일 hyeanpub@hanmail.net

 값 17,000원
ISBN 89-8494-225-1 03810